陈忠实文集

增订本

第 **8** 卷

2004—2006

人民文学出版社

目　录

小　说

娃的心　娃的胆
　　——三秦人物摹写之一 ……………………………………（3）
一个人的生命体验
　　——三秦人物摹写之二 …………………………………（16）

散文·随笔

两个蒲城人
　　——关中辩证之七 ………………………………………（33）
舒悦里的亲情和友谊 ……………………………………（36）
永远的骡马市 ……………………………………………（38）
皮鞋·鳝丝·花点衬衫 ……………………………………（41）
从大理到泸沽湖 …………………………………………（47）
在好山好水里领受沉重 …………………………………（59）
第三粒失球致使的摧毁
　　——老陈看奥运之一 ……………………………………（62）
妩媚的回眸
　　——老陈看奥运之二 ……………………………………（64）

一把铁勺走天下 …………………………………………（66）

失败　仍令我敬重
　　——老陈看奥运之三 ………………………………（70）

为女曲喝彩
　　——老陈看奥运之四 ………………………………（72）

话说梦游
　　——老陈看奥运之五 ………………………………（74）

胜者的平静与败者的微笑
　　——老陈看奥运之六 ………………………………（76）

在河之洲 ……………………………………………………（79）

柴达木掠影 …………………………………………………（83）

借助巨人的肩膀
　　——翻译小说阅读记忆 ……………………………（87）

完成一次心灵洗礼
　　——感动长征之一 …………………………………（100）

白鹿回到白鹿原 ……………………………………………（104）

太白山记 ……………………………………………………（107）

关山小记 ……………………………………………………（110）

也说中国人的情感 …………………………………………（114）

黄洋界一炮
　　——感动长征之二 …………………………………（119）

再到凤凰山 …………………………………………………（123）

魅力亨利 ……………………………………………………（127）

陷入与沉浸
　　——《延河》创刊五十年感怀 ……………………（130）

关于一条河的记忆和想象 …………………………………（139）

也说"抬杠" …………………………………………………（149）

陪一个人上原 …………………………………… (152)

走过武汉,匆草一笔 …………………………… (158)

半坡猜想 ………………………………………… (163)

五月,临近盛事的期待

　　——二〇〇六足球世界杯观感之一 ………… (166)

正确的坚定和无知的固执

　　——二〇〇六足球世界杯观感之二 ………… (168)

最后才学会射门及其他

　　——二〇〇六足球世界杯观感之三 ………… (171)

黑马尚未出现

　　——二〇〇六足球世界杯观感之四 ………… (174)

帅气和率性的转移之谜

　　——二〇〇六足球世界杯观感之五 ………… (177)

绅士风度和心理赘肉

　　——二〇〇六足球世界杯观感之六 ………… (180)

尽享盛宴

　　——二〇〇六足球世界杯观感之七 ………… (183)

老陈与陈老 ……………………………………… (186)

又一次高潮式的盛宴

　　——二〇〇六足球世界杯观感之八 ………… (190)

娲氏庄杏黄 ……………………………………… (193)

太过的残酷和太过的轻松

　　——二〇〇六足球世界杯观感之九 ………… (198)

经典的防守也精彩

　　——二〇〇六足球世界杯观感之十 ………… (200)

谁都强,谁都强不起来

　　——二〇〇六足球世界杯观感之十一 ……… (202)

再看亨利的魅力
　　——二〇〇六足球世界杯观感之十二 …………………（204）
绝妙的与吓人的
　　——二〇〇六足球世界杯观感之十三 …………………（206）
父亲的树 ……………………………………………………（208）
地铁口脚步爆响的声浪
　　——俄罗斯散记之一 ……………………………………（215）
林中那块阳光明媚的草地
　　——俄罗斯散记之二 ……………………………………（220）
回家折枣 ……………………………………………………（227）
关中有螃蟹 …………………………………………………（232）
一九八〇年夏天的一顿午餐 ………………………………（235）

言论·对话

什么使我钦敬
　　——读《走进李焕政》……………………………………（245）
有剑铭为友 …………………………………………………（250）
你的发现，令我敬重 ………………………………………（258）
我的关中 ……………………………………………………（264）
关于《开坛》…………………………………………………（266）
天性与灵性 …………………………………………………（269）
心灵的狂欢和舞蹈 …………………………………………（273）
关中娃，岂止一个冷字
　　——读《立马中条》………………………………………（276）
令人惊喜的阅读 ……………………………………………（282）
灿烂在创造里
　　——感动葛玮 ……………………………………………（287）

红烛泪　杜鹃血 ……………………………………………（291）

难以化解的灼痛

　　——读陈行之新作《危险的移动》 ……………（298）

一种气质,鲜嫩和灿烂

　　——罗贯生山水画印象 ……………………………（305）

思辨决定形式

　　——从一部小说说起 ………………………………（309）

思辨的这一声

　　——读朱鸿散文之感受 ……………………………（313）

敬重宝成 ……………………………………………………（317）

天使或是蜻蜓,翅翼沉重

　　——读《午夜天使》及其来由 ……………………（320）

吟诵关中 ……………………………………………………（326）

唏嘘暗泣里的情感之潮 ……………………………………（332）

仰天俯地　无愧生者与亡灵

　　——感动孔从洲将军 ………………………………（335）

诗性的婉转与徘徊 …………………………………………（341）

业已铸就无限

　　——悼念巴金 ………………………………………（348）

陈孝英,让我感到灿烂 ……………………………………（350）

气象万千的艺术峡谷

　　——高峡印象 ………………………………………（353）

真实又真诚的叙写

　　——毛安秦散文读记 ………………………………（357）

别一种情怀 …………………………………………………（362）

心斋,一个海阔的文学空间 ………………………………（365）

中国乡村形态的智慧表达
　　——我读《山匪》……………………………………………（368）
筛选自己………………………………………………………（374）
少年已知情滋味
　　——禹治夏诗文印象………………………………………（377）
我看话剧《白鹿原》……………………………………………（381）
在现实的尘埃中思索与漫游
　　——序远村诗集《浮土与苍生》…………………………（387）
再读《活动变人形》……………………………………………（392）
长庆，鲜活的记忆与激情的书写………………………………（395）
印在生命脚印里的诗
　　——冯在才诗集《曲江吟》阅读印象……………………（401）
人生笔记的笔记………………………………………………（405）
难得一种真实…………………………………………………（408）
文学的力量
　　——与《陕西日报》记者张立的对话……………………（412）
关于《白鹿原》及其他
　　——与《时代人物周报》记者徐海屏的谈话……………（424）
公安文化及其他………………………………………………（432）
答《解放日报》记者姜小玲问…………………………………（437）
答《南方周末》记者张英问……………………………………（442）
和《瞭望东方周刊》记者的对话………………………………（449）
我相信文学依然神圣
　　——答《延安文学》特约编辑周瑄璞问…………………（457）

小　说

娃的心　娃的胆

——三秦人物摹写之一

司令跪下去了。

司令跪倒在黄河滩上。司令跪倒在黄河水和沙滩相接的水边。悠悠波涌的浑浊如泥汤似的黄河水,在司令跪着的膝头前扑闪着。眼前是翻卷着泥浪的铺天盖地的雾幔似的黄河河面,右首是陡峭冷峻的悬崖石壁。

司令跪下去之前,在水边的沙滩上伫立了一瞬,用左手系好粗壮脖颈上的风纪扣,双手轻轻地弹拊好戎装的前襟和后摆,几近一米九的雄壮巍峨的身躯就折腰屈膝跪倒了。他的身后,十余位师长团长营长和随员也都相继跪倒了。稍远处,十余匹棕色青色红色白色的战马石雕一般撑蹄昂首。马倌就跪倒在马前腿旁边。司令双手撑住湿溜溜的泥沙,深深地叩下头去;昂起头来,再叩下去;第三次叩下去的时候,他的硕大的前额抵着泥沙,许久许久都没有昂起来。司令蜷跪的身躯微微颤抖着,三叩之后昂起头来的时候,涕泪交流。

这样的跪拜仪式并不少见,每年除夕后晌,在占满整个一面墙壁的记载着列祖列宗的族谱下,在点亮漆蜡点燃紫香焚烧黄表的祭桌前,他和同族同辈兄弟排在上辈人的身后,打躬作揖叩拜者三,差别只是穿着袍子和棉褂。在柏树成荫的祖坟前,每到清明每到传说的农历十月一日的鬼节,他都不忘给逝去的先祖烧一炷香,焚一堆纸,叩拜三匝。从他投笔从戎直到成为三军司令,几十年来戎马倥偬移师南北,这样的祭奠仪式一年也难得实施一回。现在,他以从未有过的庄严从未有过的肃穆从未有过的痛彻心脾的悲怆,跪倒在黄河滩上,为着八百个尚未完全成年的关中子弟的英灵。

这儿刚刚发生过惊天地泣鬼神的一幕。

司令的八百个士兵,就从右前方的悬崖峭壁顶上跳进了黄河。他们的手榴弹扔完了,子弹打光了,肉搏之后刺刀拼弯乃至断折了,有的连枪也拼丢了。他们被两倍于自己的鬼子逼到这悬崖上,悬崖三面都是绝壁,逼近的鬼子一边射击一边哇哇叫着,这八百个中国士兵从崖顶上跳进了黄河。这八百个士兵是商议好了才决定集体投河,或是有人先跳了下去,其余人随后也跳了下去,现在都说不清楚。他们全都跳下去了,没有一个人被俘虏,也没有一个能逃出来报告实情。在司令的整个意识里,也许是尚来不及细问究竟,也许是不想探问这件意料不及的事件发生的具体情景。他的感觉里就只有八百个士兵从悬崖上跳下黄河的不堪一睹的画面,而这个画面确是让人不忍过细想象的,因为,这足以使司令窒息。

司令在他的指挥部里听到这个噩耗时,确实窒息了许久,才回过神来。他的极富力度的嘴唇紧闭着,脑子里却连天轰响着一个声音,八百个娃娃八百个娃娃……八百个娃娃呀!这确实是一群娃娃,全在十六岁至十八岁这个成人与未成人的年龄段上。他们是三个月前从关中乡村征召到烽火连天的中条山抗日前线来的农家子弟,有的就是司令老家邻村的乡党,他们的爷爷和父亲或是司令的同乡长辈,有的竟然是同一个私塾里的同窗学友。他们把自己的孙子和儿子送到他的军营里来了……他们现在一猛子都跳到黄河里去了。

就在他精心策划的这场战役打响之前,也是这个刚刚组建的新兵团结束军事训练即将参加会战的时刻,他亲自去看望了这些他习惯称为小乡党的士兵:一张张鲜活的脸孔上的神色,尚未完成农家子弟到军人的蜕变;新发的军服穿在身上,似乎还不大协调不大熨帖;他们挎在肩头的步枪,总让司令看出扛着犁杖的架势;他们跑步的姿势,明显存留着在雪地里莽原上追撵觅食野兔的野性……面对着那一张张或胖或瘦或方或圆的脸孔,耳畔滚过被他的讲话激发起来的阵阵呼吼的声浪。司令曾经动情地想到,站在这个队列里的娃娃,肯定将成为日本鬼子难以招架的对手;他们之中肯定会有出类拔萃的人物显露出来,进入军队各级指挥岗位,乃至成为统率全军的将军。当然,他们也免不了死亡和伤残……这是打仗。

他唯独没有料到这八百个娃娃最后选择了跳入黄河这种结局,这种死亡方式。他在司令部里最初听到这个事件所发生的几乎窒息的时间里,无法判断这八百个娃娃的死亡方式是增添了他打击敌人的意志,还是把组织和实施摧毁日寇的会战的意志摧毁了!许久许久的沉默之后,他从墙上摘下马鞭,听也不听身边将领和随员的劝告,跨马疾驰到这黄河滩上。

司令从沙滩上站起身来,膝盖和裤脚被扑淹上来的河水浸湿了。他沿着沙滩朝右前方的悬崖走去。他站在紧贴着河水的崖根下,仰头朝崖头山顶上望去,浓厚的暮色里一片模糊,一片沉寂,只有山峰和山崖的轮廓在微弱的星光里呈现出较为清晰的线条和走势。他久久地昂首注目,他突然听到他的随员在身后惊讶的声音:"河里那是什么?"有人接着以更惊讶的声音说:"像是一杆旗?"司令猛乍转过头来,顺着随员手指的方位看过去,苍茫模糊的河面上,隐隐可以看到有布质的东西在摆动。司令也首先想到是一面旗子,而且是一杆军旗,而且肯定是这个新兵团的军旗,这是八百个娃娃留给他的唯一的也是最后的遗物了。司令看看他的左右,问:"谁会凫水?"

"我会。"一个随员说着就解扣子。

"你真会凫水？"司令问。

"我家在渭河滩里，咋能不会凫水！"

"我也会。"一位马夫站出来说。

"你家也在渭水边上吗？"司令问。

"在灞河边上。离你家的村子不过五里。"马夫说，"我自小在灞河里耍水。"

又有一个卫兵站出来。

司令不再问了。

三个人脱光衣裤，走进水里，当河水没过臀部以后，先后扑趴下去，伸胳膊蹬腿向前游去。三个人几乎是一种姿势，狗刨，这是河边上的乡村孩子无师自通的泳姿。司令看着三个人渐渐隐没了，手臂和腿脚击打水波的声音也渐渐消失了。他和他的随员屏声静气地等待着这面有幸保存下来的军旗。

河滩上似乎时有微风掠过，那风不是天生而是涌流的河水掀动起来的。缓缓涌动的黄河在这儿没有涛声，偶尔才有一声水波相击的微弱的闷响，却使人感受到了一种潜伏着的深厚雄浑的力量。

猛乍听到三个人接连发出的惊叫声，啊呀！妈呀！天爷爷呀！司令身旁的随员们几乎是本能地同时发出尖声问询，咋回事？出什么事了？千万小心千万……司令紧紧地盯着河面，什么也看不到，随之什么都听不到了。

就在司令和随员们揪着心等待的漫长的时间里，终于听到水波被人击打的声音，越来越响。随员们有人高声呼叫问话，那三个人都不回应，许是击打水浪的声音遮掩了一切。终于可以看到渐渐靠近的若隐若现的人影，终于能清晰地看到三个人前拽后推着两具尸体靠近岸边。随员们一拥而上，把三个人推到岸边的尸体拽到沙滩上来，全都惊呼起来。

司令自己也惊呆了——

军旗旗杆的钢质尖头,从一个日本鬼子的胸膛刺进去,从背脊处穿出;那个日本鬼子紧紧抱住中国旗手的后腰。中国旗手的双手死扣着日本鬼子的脖子;两个国籍的士兵面对着面,中国旗手把一个日本鬼子用旗杆的尖头捅穿胸膛,直压到黄河水底;旗杆上的中国西北军的军旗已经撕裂,暮色里看不出颜色。

随员们纷纷发出啊……啊……啊的惊叹,谁都说不出一句完整的话来。司令自己也在那一瞬发出一声"啊"的惊叫声,当即又陷入噤声默语。司令发觉自己的心里顿然变化了,就在他发出惊叫的那一瞬,听到八百个娃娃投河噩耗时弥漫笼罩在心头的黑雾扯开了,他从愤怒、悲怆还有自愧的混乱心境里重新挺立起来。

他默默地解开腰里扎着的皮带,再一个一个解开纽扣,脱下军装上衣,蹲下身去,捏着衣襟擦拭旗手的脸膛。一个随员刺啦一声撕破衣服,点燃一绺布条,给司令照亮。旗手的脸膛上漫浸着水痕,眼洼和鼻孔里积存着黄河的泥沙,圆睁着的眼睛和鼓出的眼球,显示着他用旗杆钢尖捅穿鬼子胸膛时,憋着多深的一股仇气鼓着多大的劲儿啊!

有位随员想替代司令给旗手擦脸,伸手抓住了司令手里的军衣。司令没有说话,用一个轻微却又坚定的动作掀开那位随员的胳膊。司令小心翼翼地捏着衣襟,轻盈地擦拭着,从前额擦过去,饱满圆润的额头在布条燃烧的闪亮里重现生机;司令擦过眼洼里的泥痕和眼睫毛里的泥沙,再三捋揉眼皮,那圆睁的眼睛终不肯闭合;司令擦拭那个尚未完全发育尚未完全挺直的鼻梁,透出一缕羞涩的秀气;两个脸颊在净化之后显出来圆润,司令用左手掌轻轻地抚摸了一下左脸,又抚摸了右边的脸;上唇有黄色的茸毛,尚算不得胡须;咧开的嘴角和咬紧的牙关,肯定是直到把这个被刺穿胸脯的鬼子推下崖去压到黄河水底也没有松口……司令从腮帮擦到下巴的交界处时,突然停下手发出一声惊叫:"三娃!是你呀!"随员们也都惊诧地嘘叹起来。

司令紧紧盯着旗手左腮和下巴楞儿交会处优柔的轮廓,那儿有大拇指盖大的一块暗红色的痣斑。又一次呼叫,声音却骤然降低到颤抖的低唤了:"是你啊!我的三娃……"

给新兵团做完讲演之后,司令走下讲台,绕过讲桌,直接朝列队的士兵走过去。按原定的仪式安排,讲完之后由副团长带领新兵喊呼应式的口号,表示新兵团抗日杀敌的决心,然后再由团长陪同他离开现场回到团部。司令突然走向新兵团的兵阵队列,确是一时冲动的举动,这是那些尚未完全褪尽乡村孩子神色的一张张脸膛让他情不自禁。他想面对面和他们说话,甚至想用拇指和食指捏一捏那些或胖或瘦或方或圆的脸蛋儿。从讲台到新兵站立的队列也就几步远,他一跷腿就站在他们面前了。他随意对着一个脸孔瘦削而眼睛却机灵的小孩,问:"哪个县的?"

"岐山。"

"在家里干什么?"

"跟我爸种庄稼。"

"应该说务庄稼。"司令纠正了一字。

"噢——是务庄稼。"士兵随口改正。

"你会犁地不会?"

"刚学会,犁沟还犁不端。"

"还会做啥农活儿?"

"溜种、锄地、割麦、打揸棉花、扬场、喂牛啥都会弄,啥都不精。"

"除了务庄稼还干什么?"

"耍哩!"

"耍啥哩?"

"逮蚂蚱撵野兔……我猛乍(偶尔)还胡日鬼哩!"

队列里有人忍不住失声偷偷笑了。

"都'胡日鬼'些啥事？"司令像煞有介事地问，又故作调侃地答，"耍水上树逮老鼠吗？"

突然爆起一片哄笑，那个士兵不好意思地歪了歪头，斜睨司令一眼，低下头去了。司令用关中西府岐山扶风一带的口音说"傻（耍）深（水）上世（树）逮老失（鼠）"，自己也在众口哄笑声中悠悠地笑了，拍了拍士兵的肩膀，表示友好。

司令又盯住一个浓眉大眼方脸的士兵，尚未开口，那士兵抖抖身子挺挺肩膀，举手行一个军礼，铿锵有劲地开口自报家门：

"报告孙司令，我是蒲城人。"

司令稍一愣怔，眨了眨眼："你是杨军长的老乡。"随之扬起头，面对士兵，提高嗓门说："蒲城出忠臣哪！咱们西北军的杨军长，我不用介绍大家都知道了，现在不光咱陕西人，全中国都知道杨虎城将军的忠肝义胆。蒲城还出过一个忠臣叫王鼎，在清廷大堂上扯住皇帝的龙袍，不许退堂不准离朝，非要皇上答应不签割地赔银的卖国条约……悬梁自尽了。王鼎尸谏皇上，死忠；杨将军兵谏，大忠。"

会场顿时一片肃然。

"你们知道不知道蒲城为啥出忠臣？"司令问，顿了顿，便自解奥秘，"人说蒲城包括整个渭北水硬土硬，长出来的麦子，秆儿硬麦芒也硬，麦子磨出来的面粉也是性硬，这样的麦子养起来的男人女人能不硬气吗？"

一片惊乍神秘的嘘叹。

司令转过头，再把眼睛盯住了蒲城籍士兵，诚恳地问："你是自愿来的，还是他们硬拉来的？"

"自愿来的。"士兵答，回落成软软的口气。

"老实说，甭害怕。"

"自愿真是自愿。"士兵说，眼色就露出羞怯来，"俺爸收了招兵人给的三块银圆。俺爸不要，招兵的人硬塞……拿了银圆还算不算自愿?"

"算!"司令说,"那是我定的招兵规矩,你爸收下了就对了。你爸要是不收那三个银圆,你还当不上我的兵哩!"

会上响起动情的啊啊啊的声音,继之爆起一片掌声。司令更踏实自信自己的招兵规定。负责征召这个新兵团的堂兄告诉司令,因为军费不足,他把自家三十亩好地卖掉了,用卖地款送给应征兵员的家庭。

司令仍然对着蒲城籍士兵问:"你刚才一开口称孙司令,你怎么知道我姓孙?"

士兵不在意地笑着说:"大家都知道你姓孙。我在村里就知道你姓孙。满蒲城人都知道俺杨军长把兵交给你带了……"

"你知道我的名字吗?"

"知道。"

"叫啥?"

士兵低下头,不吭声,一脸难色。

"说,我的名字叫个啥?"

士兵仍然低着头,脸憋红了。

"叫!大声叫!让全团都能听见。"

士兵突然直起脖子,牛一样大吼:"孙——蔚——如——"

司令拍了拍蒲城士兵的肩膀:"你知道我为啥要叫你叫响我名字?记住,叫响我的名字你在心里也就立誓,将来准备接手我这个军长我这个司令。敢不敢?"

"不敢。"

"要敢。"司令转过脸,对着新兵团,"你们都要敢立此誓,都要记住。"

司令又瞅住了一位红扑扑脸膛的士兵。这个士兵效仿蒲城籍士兵行礼之后自报家门:"长安人。"

"长安哪一方?"

"灞桥。"

"灞桥?"司令一瞬惊喜,"哪个村?"

"图书村。"

"你知道孔从洲吗?"

"孔从洲是桥梓口村的,现在是你的独立旅旅长,西安逮……时——"士兵不敢说出"蒋"字,迟疑一下就跳过去了,"孔从洲是西安城防司令。你是豁口村人,离俺图书村不过十里。灞桥人都知道你和孔旅长……"

司令笑笑:"你还真知道不少事。家里都有啥人?"

"俺妈俺爸,俺婆俺爷,俩哥一个妹子。"

"你妈能舍得你当兵?"

"俺妈哭哩!俺爸把俺妈训(斥)住了。"

"你爷呢?"

"俺爷听俺爸的主意。"

"这不是颠倒了礼教吗?"

"俺爷说俺爸主意正。"

"你婆呢?婆跟孙子比儿子还亲嘛!"

"俺婆心宽,走时还叫我念她教的口曲儿呢!"

"啥口曲?念一念,让我和大伙听听。"

士兵清清嗓子,大声诵念起来:

  啥高?

  山高,

  没有娃的心高。

  啥远?

  海远,

  没有娃的脚远。

啥宽?

地宽,

没有娃的眼宽。

啥大?

天大,

没有娃的胆大。

司令听得情绪激昂,高扬手臂拍起手来,士兵们更热烈地鼓掌。司令说:"咱们关中及至整个陕西人,自己都说自己是'冷娃',什么'关中冷娃''陕西冷娃'。关中娃陕西娃,何止一个'冷'字哇!听见这个灞桥小老乡唱的他婆教给他的口曲了吗?心——高,脚——远,眼——宽,胆——大。这才是关中娃陕西娃的本色。"司令亲昵地抚着小乡党的后脖颈,"你婆会编这么好听的口曲儿,不简单!"

"俺爷还会唱戏哩,整本整本地唱,逢年过节搭台子唱。"士兵更得意了。

"你爸会唱吗?"

"会。跟我爷同台唱。"

"教给你了没?"

"我能唱几段,没有我爷唱得好。"

"那你就唱几句。"

士兵也不忸怩,肯定跟爷和爸上台凑过场子,清清嗓子就拉开了架势,吼唱起来——

两狼山哎——战胡儿啊——天摇地动——好男儿哎——为国家啊——何惧吔——死啊——生……

司令已经热泪盈眶。士兵望见就惊吓得哑了口。司令颤着声问:"你叫啥名字?"

"三娃。"

"哪个三字?"

"一二三的三。"

"改成'山'吧。"

"好。"

"像山。就像咱们长安的秦岭山一样,压到小倭寇小鬼子的头上。"

"山娃记下了。"

司令抚摸了这个小乡党下巴楞上的那块暗红色的痣斑:"我把你也记住了。你爷教你的戏词你婆教你的口曲儿,我听一遍就都记下了……"

六年之后,一九四五年九月十八日。湖北省武汉市中山公园。日本投降仪式在此举行。

陆军上将、第六战区司令孙蔚如一身戎装,高大威武地坐在受降主官的位置上,他的两侧和身后,端坐着包括中共代表董必武等三人在内的八十八人组成的受降团。一片肃穆和肃静。正义对邪恶人道对兽道天道对鬼道的终结性审判,将在这里完成。

日本第六方面军司令官冈部直三郎大将和他的高级军官,举着白旗走过来,两边是监押的全副武装的中国士兵。这个挥舞着战刀给中国人造成长达十四年国难的刽子手的双手,现在举着标志投降也标志耻辱的白旗。他们终于走进也许是作为一个国家一个民族一个军队最不堪的被审判的这个地方来了。

孙蔚如司令坐在受降官席位上,一派凛然,显然不单是因为他近一米九的魁梧的身躯,更是因为他对曾经不可一世的疯狂野兽沉重一击的一身正气。在立马中条山的三年时间里,这个以杂牌军为主的第六战区,死守着陕西和西北的东大门潼关,使日军不仅过不了这个关口,而且死伤惨重,成为中国各大战区里日军死亡数字超过中国军队死亡数字的唯一战区。也许有整个世界反法西斯战争胜利的背景,也许有美国扔到广岛和长崎的两颗原子弹的威力,然而,孙蔚如巍峨生威的躯体里所展现的是自信和自尊:在中条山在我军队的面前,你早已是死伤惨重的败将。

冈部直三郎跪倒在受降官孙蔚如的面前了。他双膝跪地,双手举过低垂的脑袋,托着那把制造杀戮制造罪恶的指挥刀。孙蔚如走过去,从匍匐在脚下的冈部直三郎的手里收取了这把战刀。那一刻,他的眼前浮现出三娃或被他改为山娃的那一杆捅穿日军士兵胸膛的军旗的尖矛,耳边响起三娃他婆教给三娃唱的口曲儿。他想对跪倒着的战败之将说,你知道我带的兵娃们的心有多高胆有多大吗?挨挫了你都不知道。

孙蔚如向他们宣布了第一号命令。冈部直三郎签了字,那握笔签字的手在抖。他此前一直握着战刀的手大约都没有抖过。耻辱对于野兽似的罪恶制造者来说,也难以承受。

孙蔚如想到了母亲。大约一个月前,当日本天皇宣布投降后,消息传到西安城东豁口村孙家祖居的屋院时,母亲闻讯喜极而泣而终了。孙将军悲喜交加,决定立即回灞桥老家奔丧,要看母亲遗容一面……

六年前,在即将东出潼关进军中条山之前两日,他驰马回家向母亲和妻儿告别,仍然在距离豁口村前一里路的地方下马,步行回家。这是母亲的叮嘱,无论官做到多高事干到多大,无论坐车或者骑马回家,务必在村外下车下马步行进村。他跪倒在母亲膝下,说他不能尽孝了。母亲似乎早知道了儿子出征的事,只说了一句:"当兵就要打仗。国家遭人欺侮哩。这是尽大孝哩,你要打赢回来。"

现在他赢了,母亲却在闻得胜利的兴奋里辞世了。他向蒋委员长呈上回乡奔丧的请示报告,却收到蒋委员长任命他为第六战区主受降官的委任状。他接受了,按照母亲的道德规范,为国为民是尽大孝……

孙蔚如瞅着那双在投降书上签字时颤抖着的手,骄傲地自吟,这样伟大的母亲训导成长起来的儿子,你无法构成等量的对手,尽管你手里拥有更残暴的武器。

那张投降书上,印着一九四五年九月十八日。这个时间是孙蔚如选定的。在他接受中国第六战区主受降官的委任令后,部属征询他关于受降仪式时日的意见,他几乎不假思索地指令:九一八。这是不需要思索的。十四年前的九月十八日响起的罪恶的枪声,十四年来日夜都刺痛着作为军人的孙蔚如的心。孙蔚如对请示他的部属斩钉截铁地说:"就放在九月十八日。"

一九三一年九月十八日,日本发动侵略中国的战争。一九四五年九月十八日,日本侵略军第六方面军司令冈部直三郎在投降书上签下自己的名字。既是天道,亦是人道,最终把惩罚和耻辱,定格在他们伸出罪恶之手的那一天。

2005年3月9日 二府庄

一个人的生命体验

——三秦人物摹写之二

柳青终于决定：自己消灭自己。

他已经确定了周密的消灭自己的计划和具体的实施方案。最关键的一点是消灭自己的方式——他决定采取电击。这也许是他唯一能够找到的办法，唯一能够做出的选择。

他尚未被最终判决，却已经生活在和囚犯无异的环境里。这是一排只有顶棚和墙壁的平房，很长很长的一排，没有隔墙。据说这是文化行政管理机关停放自行车的车棚，原先只有三面墙壁，空着的那一面自然十分宽敞，是为着庞大机关里的干部上班来存放车子下班回家时取走车子避免拥挤磕碰的精心设计。现在把敞着的那一面垒起墙来了，安上了一扇门，自行车棚就变成一幢完整的平房了。柳青就被囚禁在这幢屋子里，还有许多他认识或不认识的文艺界被揪出来通称为"牛鬼蛇神"的人。这个被堵上第四面墙壁的房子，不再叫作车棚，很快就有了一个"牛棚"的名字。选择这个房子是经过反复比较和论证才确定下来的。至关重要的一点，就好在没有隔墙，把一群戴着"牛鬼蛇神"帽子的人装进去，通铺大床，一人占一块床板，谁躺下谁坐起谁翻身谁皱眉谁傻笑谁和谁互使眼色都在众目睽睽的监督之中，也减少了看管人员的人数和劳累强度。上厕所有人跟着，被单独叫去训话更有监视者。弄一撮毒性剧烈的老鼠药或杀灭害虫的农药是不可能的,亲属都被隔离接触了,无法获得;上吊也是无法实施的,既没有绳子,也没有拴绳上吊的悬梁或可以承载一个人体重的壁钩;刎颈或割断手腕或腿上的主动脉,没有刀子,再说万一一刀割不死再被抢救过来,会有"自绝于人民"的又一桩被认为叛变行为的罪名;唯一能够消灭自己的手段,便是电击——房子里有电,这是必备的也不引人注意的照明设备,更关键的是,一触即宣告生命结束,短暂的一瞬就把较长时间酝酿确定的消灭自己的方案实施完成了。

在决定这个晚上就付诸实施的时候,他甚至庆幸自己掌握有最基本的用电常识。这是他久居乡村的意外收获。乡村滞后于城市的生活条件迫使他学会的用电知识。他住在被他用诗一样的语言描写过的终南山下的蛤蟆滩的南沿,那是不太高也不甚陡的一道原坡。那儿有一幢在解放后破除迷信运动中搬掉了泥胎神像的庙院,一番整修以后,他就携妻引子住了进去。站在门口可以远眺终南山壁立突起的群峰,或高或低的峰峦之间绝无雷同的过渡性谷地。终南山几乎终年都被薄雾和烟岚缭绕着笼罩着,只有雨后或强劲的西风扫荡之后,才可以看到清晰的山峰和山谷的面目。眼皮下的蛤蟆滩,不是四季都在变换色彩,而是每天都在神奇地呈现着浓淡深浅的诱人的色彩。乃至清晨午间傍晚都显示着变化。他踏遍了河川的大路小径,麦子扬花和稻子扬花的香味各具魅力,刚刚犁翻的新鲜泥土的清新气味是难以恰当描述的……他在庙院里常常发生的困难却是断电。停电是不可抗拒的,也是心安理得的,他知道国家对农村定时供电是电力尚不充足,他备有蜡烛。有电而因为家里线路故障再停电就让他很不甘心,就难以忍受淌着油的蜡烛的昏暗光亮,就想找电工来检修。电工热情而又耐心,多出于对兼着县委副书记的作家的尊重,毫无弹嫌指责之处。问题是他得亲自去找,或让妻子马葳去找。有一段不近的路程且不论,往往找不见人,电工是大忙人也是大活物,不会待在家里等候用户去找;还有下雨下雪不便出门的时候,还有黑天半夜的不便……随后他学会了接电,知道了开闸关闸,也懂得了火线和地线,尤其明确火线和地线一旦交叉接通,就会发出光明,也会击打死最强壮的生命。现在,乡村生活迫使他学会的最简单的电路技能,可以用来实施消灭自己的目的了。

电灯在这幢被床铺占满的房子里亮着。这些床铺的住户或坐在床沿上阅读毛泽东著作,或坐在小马扎上以床为依托写着读书笔记或交代罪恶的材料,从早晨到下午再到晚上。这是最基本的内容,斗争会揭发会单个训诫,毕竟不是每天每晌都会发生的事。柳青坐在床沿,那双十万个人里也难得挑出的明亮犀利的眼睛,平静地注视着眼前的读本:这样透亮饱满的光泽却看不见一个汉字,这些汉字已经与即将消灭的自己没有任何关系了。他已经把遗嘱写好。他把死亡的姿势和摆放遗嘱的身体位置都想好了。他把电击的方式也论证确定,用他所具备的最简单的也是最初级的电工技能,一只手攥住火线,把一只脚伸到床下踩住地线,他的身体就在那一瞬间宣告生命的毁灭。这间房子里的电线的线路就裸露在砖墙上,仍然是此前作为自行车棚的原有电线设备,许是来不及装修得稍微隐蔽一点,许是这幢"牛棚"的主宰者疏忽了,结果给企图消灭自己的柳青提供了条件。

他已经躺到床上了。所有人都躺到床上的被窝里了。不管能否预知明天,不管能否进入睡眠,大家都按时钻进被筒里,电灯也按主宰者规定的时间熄灭了。柳青睁着眼睛躺着,左手把那份遗书按在胸脯上。遗书有三句话:

　　我不反党不反人民不反社会主义
　　我的历史是清白的
　　这是我反抗迫害的最后手段

他静静地躺着等待着。等待这屋子里的痛苦着的灵魂暂且忘却痛苦响起鼾声,他就可以伸出右手抓那根早已看好的电线,再伸出左脚踩踏另一根被农村电工称作地线的电线了。他的聚着整个生命活力的眼睛瞅着顶棚,顶棚穿透了,抑或是揭掉了,湛蓝的天幕明晰地波动着银河……

轮到柳青上批斗台了。

他倾情歌颂抒写的终南山下的蛤蟆滩和这村那寨的男女已经陌生了,以庙院安置的家院和书桌也陌生了,最熟悉的场合倒是各种批判斗争的台子,或固有的或临时搭建的,或人多的或人少的,走上台再弯下腰接受各种语言的谩骂和栽赃和丑化和打倒踩翻等等,都给耳朵刺出血滴磨出茧子麻木不辨了。无论斗争场面的大小,无论批斗台的高低,柳青唯一不变的是他走上批斗台时的脚步和姿势,他穿着蛤蟆滩中老年男人穿的对门襟布纽扣黑颜色的棉袄,差别在于布的质料——农民多是自家织布机生产的土布,柳青是用国家配给的布票买来的机器纺织的洋布;头戴一顶被乡村人俗称为瓜皮的无檐帽,执行斗争他的造反派主持人勒令他摘下帽子时,他就从头上一把抓下来塞到棉袄的明口袋里,圆溜溜的光头和阔大的前额就呈现给参加斗争会的所有人。圆脸通鼻,鼻头下的上唇有一排黑森森的短胡须,成为他显著的风景和奇特的标志。那个时代的中国人一般都不蓄胡须,但最具风景异质的是那一双眼睛,走向批斗台的时候,从拥挤着人群的呐喊声的通道走过去,柳青只瞅着脚前的路,两边的人都能在瞬息里敏感那双眼睛泻出的纯净犀利透彻的光亮,混浊的铺天盖地的口号声是无法奈何那一束光亮的。他很单薄,身高不过一米六,体重大约只有七十斤,这样的穿戴这样的体型和体重,很难有雄壮和威武,然而柳青缓慢的步履能产生一种威势……走在他前边的"牛们"已经走上台了。柳青唯一感到不同的是变换了花样的侮辱方式。是的,每次批斗会上,都有新的侮辱被斗对象的花样创造出来。今天,不再是主持斗争会的造反派向参加批斗会的革命群众一一介绍被斗争者的姓名,姓名前肯定要加上诸如"三反分子""黑帮"等定语。主宰他们命运的人,给每一个被斗争者确定了一个定性的用语,让他们挨个向造反派和革命群众自报家门自我辱践,给柳青规定了"我是反党反人民反社会主义的黑作家柳青"的定论,不许少说一字说错一字。

排在柳青前头走上批斗台的被斗争的对象,一个一个都按规定给他们的定性自报姓名了。每个人报完,就会有领呼口号的人在台前挥拳领头呼口号,诸如"打倒×××分子×××",台下举拳呼应,绝不厚此薄彼。小小的差别也不是没有,某人自我介绍时或有结巴或声音太小,就会被严厉斥责再来一遍。柳青走上批斗台了,被主持者揉搡着呵斥着走到台前指定给他的地点,站定,服从的肢体行为里隐隐透出绝非顺从的意味,也透出无奈里的沉静,倒显示出呵斥着揉搡着他的主持者的狂乱和虚妄。柳青开口了,口齿清晰一字一板嗓门腔调颇为洪亮:正在接受审查的共产党员柳青,向革命群众报到……

斗争会的主持者顿时愣住了。策划和组织这场斗争会的大小头目们,也都在主次分明的斗争台上的各个位置上愣怔住了。台下拥挤的黑压压的人群也在柳青的话音尚未落定时愣怔住了,台上和台下同时呈现出冷寂这是完全出乎所有人意料所造成的心理反应不及时的情状。所有人尤其是台上的那些主宰者,愣怔的同时明白无误地意识到挑战和反抗。出于各种心理需要和生活目的的需要狂欢着"文化革命"的得意者,早已形成接受被批被斗者顺从和讨好的心理状态。完全出乎意料之外的挑战和反抗,把他们惯于接受顺从乞求的心理状态打乱了颠覆了,也把与会者普遍形成的社会性心理扰乱了,于是便出现了潜伏着巨大危险的冷场。

潜伏的危险以铺天盖地的愤怒爆发出来。一记耳光扇到挑战的反抗的作家柳青脸上。扇打这第一巴掌的人,无疑是第一个从愣怔状态里清醒过来的人,肯定是具有敏锐反应的神经功能的人。随之就有人伸出腿脚踢到柳青身上了。同时就有几乎挣破嗓门的口号呼喊出来。在台下呼应的口号声浪里,柳青重新站端立定了,依然平视着的眼睛愈加清澈透亮,有一股逼人的冷光,嘴角有血流下来。

开始了一段对话:

"重报——反党反人民反社会主义的'三反'分子柳青。"主持者命令。

"正在接受审查的共产党员柳青。"柳青说。

又一番拳头和脚踢。

"重报——"

"正在接受审查的……"

柳青被打倒了。

这是力量严重失衡的对抗。一个年过五十岁体重仅有七十斤的作家柳青,面对一帮身强体壮的中年和青年汉子,况且是在狂飙正猛的"文革"风暴之中。然而,无论这些挟裹着"文革"风暴的身强体壮的汉子们如何吼叫,乃至轮番拳脚相向,那个身矮瘦弱的作家柳青说出的话语,他以洪亮的嗓音一字一板口齿清晰地说话时的沉静和自信,也形成悬殊的无法构成抗衡的对比。

又一番语言较量展开,"文革"通用的名词叫作"拼刺刀":

"你是对抗'文化大革命',反对伟大领袖……"

"我是实事求是。"

"你必须交代你的罪行。"

"从入党那天起到现在,我不敢保证不做错事不说错话不无缺点,但我敢保证做到实事求是不说假话。"

"你刚才一直在说假话!"

"我一生都没说过假话。"

"你还在狡辩!重报——'三反'分子柳青!"

"实事求是不是狡辩。我要是说假话,就是自己打断自己的脊梁。"

再一番拳脚,柳青就不说话了。

……

柳青听到第一声打鼾,是从这屋子最东头的墙根下响起来的。从不时响起的出气声的轻重,柳青能判断出来哪种呼吸声是进入睡梦者发出的,哪种呼吸声是正在痛苦不堪的清醒者佯装睡着了的声息。他还得等待。等待里的心境是死样的平静,却浮出马葳的眼睛——这双熟悉的眼睛,瞅着他陪着他从京华首都回到西安,再相跟到蛤蟆滩南沿的庙院里,那是世界上最可依赖的美丽的眼睛,虽然也有不高兴的神光流泻的时候,却不影响依赖和美丽。就在他在台上为"自报"自己是什么的对抗中,在他第一次挨打之后重新站定的时候,看见站在台下的马葳的眼睛,那种惊愕那种痛切的神光,像是一种凝固的冰雕,这是相伴相依几十年来从未见过的眼神。柳青第二次第三次挨打之后再去搜寻那冰雕似的眼神,却只看见亲爱的马葳低垂着的黑发,她没有力量看他了。那一刻,他心里泛起一缕庆幸的欣慰,低头不看是最好的选择,可以减轻折磨。现在,柳青眼前就浮出那双惊愕不堪痛切不堪而凝固为冰雕似的眼睛。

他在心里沉吟,亲爱的马葳啊!你肯定不知道你惊愕恐惧和恨起来的眼睛是怎样感动老夫的心啊!

"我放不了'卫星'。别人用水笔写字写得快,能放;我写字跟刻字工一样慢,放不了。我给你实事求是汇报,刻字比不得写字快嘛。"

柳青对找他说话的领导说。

柳青坐在领导对面。这是西安南郊的一个别墅式的高级宾馆。二十世纪四十年代由驻扎西安的国军军长胡宗南修建,接待党政要员的场合,解放后变为开会和休养的招待所了。这里刚刚召开过一个前所未有的热气腾腾的大会,是文艺界知名的写家演家唱家弹奏家耍(魔术)家放"卫星"的大会。中国在一九五八年掀起的"大跃进"高潮里又兴起放"卫星",最大的"卫星"是亩产小麦五十万斤,报纸上还配发着一个站立在麦穗上的男孩的照片,随之便潮涌着各行各业争相放出的吓死人的大"卫星"。文艺界不甘落后,各路名家名手聚着气铆着劲到这个招待所放"卫星"来了。柳青不仅不放"卫星",甚至一言不发。在这样热烈的气氛里,坐着这样一位冰冷着脸色的人,弱智的人都会产生对于"大跃进"的态度问题的敏感,更不要说这些文学艺术界的人精了。会后,领导就找柳青来谈话。柳青坐下后就解释自己放不了"卫星"的原因。

"可是……你想没想到你不发言的负面影响?"

"实事求是。我只能实事求是。我放不了重量大的'卫星'。我不能对党说假话说我能放。"

谈话停止了。气氛虽有点滞闷,却不紧张。这位领导和柳青既是同志战友,也是朋友,早在延安革命战争年代就熟悉了,他们当时都是年轻人。他现在是省上的重要领导,柳青是中国当代重要作家,友谊却不因年岁递增工作性质的差别而改变。或者说,领导叫他来坐坐来谈话,本质用意是替他担着一份心,须知对于刚刚兴起的"大跃进"运动的态度,往往决定一切职业者的命运,越知名越能干的人越是这样。这几乎已成为稍有政治意识的人的生存常识。柳青能感知领导和朋友的好心用意,又重复一遍:"我是作家,又是党员,我必须对党实事求是地发言。"

"你按你的实际情况,能放多大个'卫星'就放多大个。你总得表示一下态度嘛!"

柳青浅浅地笑笑。那笑首先给人感到真诚,也掩饰不住(或不作掩饰)内蕴的讥讽:"我到这种场合里整个被吓瓜了,脑子停止转动了。热火朝天……雄心壮志……一个比一个重一个比一个大的……'卫星',把我……吓得快要透不过气来。我正写的那个东西……相比之下……显得小得拿……拿不出手。我表个啥态嘛……没法子表……"

柳青所说的"显得小得拿不出手"的"那个东西",就是长篇小说《创业史》,正在做最后一遍的修改和润色。

谈话始终断断续续。这会儿又断了。领导的心里是有点复杂,也有点难言之隐。他不仅情感上喜欢柳青,更敬重柳青,敬重他已有的创作成就,更敬重他的人品人格。隐而难言正在这里,在铺天盖地的"大跃进"的响锣密鼓声中,瞪着两只黑亮透壁的眼睛死盯着别人高声大调表决心放"卫星",紧闭着有一绺黑胡须的嘴唇一言不发的柳青,他首先担心"政治态度"的负面影响和伤害。他和柳青交谈,就是出于战友和朋友的关爱,身居政坛要职的他,习惯性敏感"表态"的特殊意味。他希望柳青避免不必要的负面损害,明天还要继续放"卫星",还来得及弥补。他已经把话说到这样清楚无误的程度,柳青却仍然在解释他的主意。领导吸起烟来,瞅了柳青一眼,又避开了,漫无目的地眯着眼,沉浸在飘绕的烟雾中。

领导再瞅着柳青的时候,突然睁大眼睛,紧紧盯着柳青的手,提高了声调,惊讶里蕴含着兄长般的关爱:"你的手指头咋成这样子?"

"破了。"柳青轻淡地回答。

"破了?削铅笔割了?"领导很急切。

"都不是……"

"皮肤病吗?"

"也不是。"

领导已经抓住柳青的左手,拉到自己的眼前,左手食指和中指的指甲盖周围,全是一片红肉,没有皮儿了,渗血仍然没有完全凝结,看来令人心头发瘆。领导逼住柳青的眼睛问:"那到底是咋弄的?"

"抠的。"柳青抽回手,平淡地说。

"你自己抠的?"

"别人谁能抠我的手嘛!"

"什么时候抠的?"

"今日个。"

"为什么抠?"

"……"

抠指甲是柳青一种习惯性的下意识动作。在听大报告或参加小讨论会的时候,听到那些令他感动和启迪的话语,抠指头的动作不会发生,因为他的手指捏着钢笔忙于记笔记;只有在听着套话废话狂话假话尤其是胡说的昏话时,他就瞪着黑眼珠抿嘴不语,搭在膝头或夹在两膝之间的手就抠起来了。别人很难发现,膝盖总是在桌子底下,他自己也是不知不觉地习惯性地抠着。不过,抠着也就抠着,并无多大肢体损伤,从来没有发生过把两个指头的皮儿抠光剥掉了这种惨相,他竟然浑然无觉。

这是今天下午发生的事。上午是领导们一个一个报告或讲话,或代表单位表红心。他那时已经开始抠了,不过没有抠破皮。下午是各位诗人作家唱家演家弹奏家耍(魔术)家竞放"卫星",有诗人说他在多短时间里要写出多少万行诗,有演家说观众喜欢他在舞台上翻跟头,他要把现在的十个跟头翻到八十个跟头……热烈地放"卫星"的大会暂告结束,柳青绷紧到麻木的神经一时还松弛不下来,站起身,离开座位时,才发现右手把左手的食指和中指抠得不见皮了,竟然没感觉到疼,竟然没有感觉到渗出的血滴把膝盖内侧的黑裤子浸湿了……

领导俯下身轻轻地问:"你是下午开会时抠的?"

柳青平静地说:"这是我的坏习惯,不知不觉就抠成这样子了。老也改不了。"

"噢……噢……噢……"领导转过身,独自微微点着晃着脑袋,走到窗前背对着柳青站住,只见冒烟,不闻话语,再不启发柳青表态了……

一年之后,饥饿便笼罩了蛤蟆滩。在忆苦思甜活动中被作为象征旧中国贫穷的稀糁子野菜树皮等食物,现在摆上了蛤蟆滩家家户户的饭桌。有人嚼着野菜树皮仍不改活泼的天性,哎呀!甭说亩产五十万斤粮,就按一亩地打一万斤,咱们该当干面锅盔操心吃得撑死呀!那么多的麦子跑到哪儿去咧?没有人敢在公开的或正经的场合追问高产的粮食到哪儿去了,更没有人敢追问亩产五十万斤的"卫星"放到天宇里去了,还是把家家户户的粮缸砸粉碎了!那些放过高产"卫星"的农民和决心把跟头从十个翻到八十个的名演家,现在全都不管他们放出的"卫星"跌到什么地方去了,早把心思集中到挖野菜和计算购粮票证上去了,然后依然热情不减地对新兴的口号表态去了。柳青却把心思集中到牛马身上了。无论碗里糁子多么稀,野菜树皮如何难以下咽,蛤蟆滩尚未发现完全属于饥饿而致死亡的人。牛马却大面积死亡,一个村子都难以幸免。在蛤蟆滩只有水车改成电动机械解放了牛马,成为机械化电气化的唯一标志,其余耕地拉车拉磨等重量级的农活儿仍依赖畜力。牛马死完了怎么办?道理不言自明,人都没有正经吃食了,牲畜早在人之前就省去了精料只有麦草了。柳青现在没有抠指头的下意识动作了,整天走村串寨,踏访那些有饲养抚弄牛马经验和绝招的老农民,开始推敲字句编写饲养牲畜的"三字经",既要通俗——饲养员文化普遍偏低,又要朗朗上口易读易记——有些饲养员缺乏对文字的耐心。柳青把正在写作的《创业史》第二部放下来,牛马占据了他的思维中心……现在来不及追问谁怎么把粮缸砸破了,拯救人和牲畜的性命不能有一丝一毫的迟疑。

通铺长屋里已经此起彼伏着男人们的鼾声,连续的间断的和偶尔骤暴骤落的,深厚的清亮的和黏糊滞稠的,都交混在一起,给最清醒的柳青听着。这些和他一样被呵斥被推搡被栽赃被谩骂被凌辱的大家人精们,现在进入一天二十四小时里最幸福的时段,痛苦和焦灼都解脱了。柳青确定最后的时刻已经来到,竟然自嘲地想着,现在早已用不着抠指头了。"文革"初期他还抠着,后来就被口头的炮轰和拳脚代替了。相对于年轻壮汉的拳脚,抠指甲这种小动作已经中止了,因为整个七十斤重的躯体都要消灭了。他的眼前浮出的是那双惊愕不堪痛苦不堪的美丽的冰雕似的眼睛,就要结束自家的折磨和终生依偎他的人儿的折磨了。柳青伸出右手,抓住了一根电线,几乎同时把右腿伸出被窝,一脚就准确无误地踏住接电板的另一根电线……

写到这里,长篇小说《创业史》里的一段话浮现出来:人生的道路虽然漫长,紧要处往往只有几步或者一步……我在初中毕业那年春天,每月按时到邮局去购买一本连载着原名《稻地风波》小说的《延河》杂志,两毛钱是从父亲给我买杂拌咸菜就馍吃的副食费里俭省下来的。梁生宝在饭馆里花两分钱买一碗面汤泡着自家带的风干馍大吃大嚼的时候,我想到父亲每逢赶集进城也是这个消费水平这等消费做派;梁三老汉的好恶和审美的言语和行为,活脱就是我家门族里的八爷;梁生宝母亲在稻棚屋里顺意开心和愁肠百结时的神情,常常与我的母亲重叠……还有前引的这句话,我在那时就一遍成记,至今依然能浮现出来。我后来结识过南方北方的同代作家,每谈都会说到柳青和他的《创业史》,一般都是朋友先提起,而且常说到这句话,有的说曾经当作座右铭置于案头,或抄录在日记本首页上。我现在想到,以一句人生哲理式的警句影响过不知多少读者的柳青,在他把一根电线攥在右手,又决绝地用右脚踩踏另一根电线的时候,怎样阐释这"紧要处的几步或一步"……

大约是二十世纪七十年代初,"林彪事件"之后一年多,"文革"的气候似乎暂时缓和了一阵儿,出版界在西安召开第一次集会,我有幸作为业余作者参加了。得知这天下午柳青要来做报告,竟然兴奋得等不到开会。需要交代一句,柳青没有把自己消灭得成,活下来了。不知是接线板有什么问题,还是他从蛤蟆滩电工那里学到的用电技术不完备,抑或是上天怜惜天才和正派人,他把右脚踏到地线时,"嘭"的一声把他的脚打得缩了回去,直到三次踩踏三次都被打得退回,柳青作罢了。竟然没有一个人发现他自杀的蛛丝马迹,直到一周后,一个同在"牛棚"的编过他《创业史》的编辑,一把抓住他从早到晚都紧攥着的右手,当即掰开,手掌心是一片焦煳的疮疤。他向这位暗中操心着他的编辑说了原委,那人顿时把眼睛睁翻到眼眶上去了,又苦不堪言地闭上了……柳青活下来了,他的那位留给他冰雕般神光的亲爱的妻子马葳,从城里逃回蛤蟆滩,却在一口深井里终结了自己……柳青终于被"解放"了,回到韦曲县城,由长大的女儿用自行车驮着到卫生院看病和注射,他慢性病缠身。

柳青从会场的通道走向讲台,步履悠缓,端直走着,不歪向左边也不偏向右边,走上讲台时,我和与会者才正面看清一张青色的圆脸,最令人惊讶的是那双圆圆的黑白分明力可穿壁的眼睛的神光。开头所写的十万人里也未必能找到这样犀利的一双眼睛的印象,就是我第一眼看见柳青时有感而出的。柳青还留着黑色整齐的短髭,和善而又严谨……他在不过一个小时的讲话过程中,有三次从黑色对襟棉袄里掏出一个带着尖头的圆形橡皮喷雾器,张大嘴巴,把尖头伸进嘴里对准喉眼,用手一捏一放那个橡皮圆球,发出刺啦刺啦的响声。整个会场里鸦雀无声,一声咳嗽都没有,空寂的会场里就响着刺啦刺啦的喷气声。百余双眼睛,紧紧盯着这心中偶像的右手一捏一放的动作。他大约已经不足七十斤体重了。我记得我只看了他第一次往喉咙喷喷雾剂，到第二次第三次，他从口袋里掏出那个圆形尖头的器具时，我就低下头去了……那刺啦刺啦的声音无法躲避，一直到现在还清晰在耳。

再见到柳青是两三年后，还是文艺界的一次会议，那时候不称会议称"学习班"。又有新的政治口号指示下来，"文革"又掀起一个新的浪潮，叫作"反潮流"，反"复旧复辟"的潮流，据猜测是针对复出不久的邓小平的。柳青被请到场讲话，还是青布褂子，对门襟，不过是单衣，还是整齐的短髭，还是锐可透壁的眼光。借着时兴的"反潮流"的话题，柳青有几句话震响：在我看来，"反潮流"有两层意义，首先要有辨认正确潮流和错误潮流的能力，其次是反与不反的问题。认识不到错误潮流不反，是认识水平的问题；认识到错误潮流不反或不敢反，是一个人的品质问题……

语惊四座。会场里又是鸦雀无息的静寂。所有眼睛都紧紧盯着更频繁地从口袋里掏取喷雾剂的那只手，所有耳朵都接受着那刺啦刺啦的响声的折磨……

直到现在我才肯定，这惊人的论述绝对不会来自中外古今的哲学经典，也不会来自古代人和现代人的修身修养的规范，当是从抠指头和上批斗台的纯个性体验中获得，跨越过生活体验，进入更深一层的生命体验。

2005年5月21日 二府庄雍村

散文·随笔

两个蒲城人

——关中辩证之七

许多年以来,我都被两个蒲城人感动着。一个是晚清军机大臣王鼎,一个是西北军首领杨虎城。鸦片战争时,王鼎对道光帝以死相谏;抗日战争时,杨虎城对蒋介石发动兵谏。在近百年里两次民族危亡的紧要关头,两个关中蒲城县人分别以死谏和兵谏的方式力挽狂澜,对于今天纷纷扬扬讨论着的关于关中人的话题,我来提供一个参照。

嘉庆帝时,王鼎历任工、吏、户、礼、刑各部侍郎,所谓"迭居五部"的重臣。到道光帝时,担任军机大臣整整十七年,直到自杀。他的政绩他的方略他的品格,短文不足叙,仅举他生前一二年内的几件大事和细节。王鼎力荐林则徐赴广东禁烟。林则徐被革职流放新疆,王鼎也被道光帝支使到开封封堵决口的黄河,他提出林则徐为治水助手,企图使林躲避流放苦役。年过古稀的王鼎拒绝豪华"宾馆",把指挥大帐扎在施工现场,直到完工,裤裆里早已溃烂化脓。道光圣旨下来,林则徐继续发配伊犁。王鼎跺脚捶拳,仰天长叹,挥泪为林送别。

王鼎知道鬼捣在哪里。回到朝廷,与琦善、穆彰阿之流就形成白热化交锋。"每相见,辄厉声诟骂","斥为秦桧、严嵩"。诟骂大约类近臭骂。王鼎是否用了关中最普遍最解恨的那句"陕骂",不得而知。无论这个老蒲城怎样斥责怎样羞辱怎样臭骂，穆彰阿却"笑而避之"。道光帝以"卿醉矣"来和一摊超级稀泥。王鼎之所以失控之所以猴急之所以开口动粗，在于道光帝早已视他为妥协政策的障碍和赘物了。王鼎几乎气疯了，当朝大叫"皇上不杀琦善无以对天下。老臣知而不言，无以对先皇帝"，竟而扯住道光龙袍不表态不许退朝……随之便以一条白练把自己吊到屋梁上，留下三条谏言："林不可废。琦、穆不可用。条约不可签。"

当着一群得宠的蛇鼠弄臣围着昏聩的皇帝出卖国家和民族的丑剧演到热闹处，一个把整个国家存亡和民族荣辱扛在肩上的关中蒲城人，我们怎么好意思叨叨喋喋他"生冷蹭倔"也否？是吃黏面还是吃大米更先进也否？

杨虎城离我们时空较近，较之王鼎，"知名度"更高得多。正是这个蒲城人和东北军首领张学良联手，捶拳一呼，"把天戳个大窟窿"，捉了蒋介石，一举扭转了中国的格局。应该说，中国后来的历史进程和结局，就是从那一刻发生转机的。杨虎城兵谏比王鼎的死谏要有力得多，结局和效果也相差甚大，然而杨虎城的个人结局却更为惨，是他杀，而且同时被杀的还有妻和子，没有示弱没有变节。

王、杨二人是蒲城人，在其思想、精神、抱负和人格上有诸多共通的东西，无疑也和我们这个民族垂之青史的志士仁人共通着。我可以骄傲并引以为做人楷模的当是他们。这样说，并非蒲城并非关中就没有巧舌如簧骨软缺钙专事龌龊的卑琐之徒，这是任何一个地域的人群里都不可或缺的人渣，也如同任何一个地域都会有担负民族和国家兴亡荣辱的铁肩一样挺立于世。我只想说，我们在讨论一个地域性群体的共性时，无论这个共性中的优点或缺点，不要忘记不要绕开这个地域最杰出的人物，应该作为讨论的参照之一。

我再想说，我们讨论陕西关中人的视野应该更宽泛一点，视角应该更具穿透力，不要只局限在民间市井浮泛调侃的层面上，那样会弄得陕西人笑也不自在哭也不自在,吃面不自信吃米也不自信地无所适从了。

我以为,决定一方地域人的素质高下的关键是受教育的程度和知识结构。对于文盲而言,喝米汤和喝咖啡都产生不了新思维,无论他是关中人或是广州人,或是欧美人。

2004年1月6日 二府庄

舒悦里的亲情和友谊

过年在我的整个意识里,就是亲情和友谊。不寻常之处,是在一种特有的欢乐祥和的气氛里,享受亲人和朋友之间的情谊。

匆匆忙忙从年头奔到年尾,最想做的事最想观的景以及不可或缺的应酬,紧紧张张着,做成一件事高兴了,未做好的事遗憾了。乃至被生活里的垃圾事龌龊着心了,到年尾就意味着一概过去了。过去了就抖搂掉了,都成为"过去"而不含任何意义了,自然是身心俱为轻松舒缓的状态。此时,一种幽幽的情绪浮上心头,便是亲情和友谊的亏缺。

虽然生活在同一座古城里,交通也应快捷,然而常常是一月两月见不了儿子一面。他扛摄像机赶着追着社会镜头,偶尔回家来,我却出门了。如此等等。乡下的亲戚也都为耕庄稼和挣钱的生计各忙各的,无事就舍不得时间进城,进城来家或打电话来,肯定有事需要帮办,或孩子上学就业,乃至生病住院受到冷遇,也不管我能办不能办,反正就指望你这个"名声很大"的亲戚来了。而真正能在没有压力没有闲事的纯粹亲情和友谊的心境对面促膝,说说家道,谈谈儿女和孙辈,聊聊熟人,喝一杯酒,笑三五声,便觉得与过去的生活和曾经交过手的亲戚朋友又浑然一体了。至于儿女,那反而倒简单了,看一眼胖了瘦了黑了白了,接受一声最真实的问候,就看着他们在屋子里走来走去,姊弟间互相说话逗趣,孙子出出进进瞎忙着玩,就足以让心境涨满温馨。这时候吸一支烟,喝一口茶,甚至不说什么话,都是最踏实最平静最美好的心情。

尽管从理智上不想进入回忆,然而情绪总是无法闸断。逝去的父亲和母亲总是在心头徘徊,更多地带着那个时月的艰难,动我心怀的却是慈祥与温情。那种在今天想来不堪承受的艰难里的慈爱与温情,常常在烟雾缭绕和举杯啜饮之间令我心颤。父亲刚刚贴在街门上墨汁未干的对联,门外刚刚点燃的迎接列祖列宗神灵的纸火,扔到半空爆炸的雷子炮,母亲刚刚揭开锅盖的白面包子……尽管距今天的生活已经遥远,那气氛那欢乐那祥和那些难以言说的美好,却一脉相传到现在,以新的方式弥漫在我的这套城市里的小居室里。

难得一年之终结一年之复始之间的这几天轻松和舒缓。生命里不能缺失的温暖的亲情和友谊,滋养我有一个健康健全的心理,继续自己想做的事,面对人生,也面对良知。

2004年1月15日 二府庄

永远的骡马市

头一回听到骡马市,竟然很惊讶。原因很直白,城里怎么会有以骡马命名的地方呢?问父亲,父亲说不清,只说人家就都那么叫着。问村里大人,进过骡马市或没去过骡马市的人也都说不清渊源,更说不明白,也如父亲一样回答,自古就这么叫着,甚至责怪我多问了不该问的事。

我便记住了骡马市。这肯定是我在尚未进入西安之前,记住了的第一条街道的名字。作为古城西安的象征性标志性建筑钟楼和鼓楼,我听大人们神秘地描述过多少次,依然是无法实现具体想象的事,还有许多街巷的名字,听过多遍也不见记住,唯独这个骡马市,听一回就记住了。如果谁要考问我幼年关于西安的知识,除了钟鼓楼,就是骡马市了。这个道理很简单,生在西安郊区的我,只看见各种树木和野草,各种庄稼的禾苗也辨认无误,还有一座挨着一座的破旧厦屋一院连一院的土打围墙,怎么想象钟楼和鼓楼的雄伟奇观呢?晴天铺满黄土,雨天满路泥泞,如何想象西安大街小巷的繁华以及那些稀奇古怪乃至拗口聱牙的名字呢?只有骡子和马,让我不需费力不需想象就能有一个十分具体的活物。我在惊讶城市怎么会有以骡马命名的街区的同时,首先感到的是这座神秘城市与我的生存形态的亲近感,骡子和马,便一遍成记。我第一次走进西安也走进了骡马市,那是二十世纪五十年代中期,我进城念初中的事。骡马市离钟楼不远,父亲领我观看了令人目眩的钟楼之后就走进了骡马市。一街两边都是小铺小店小饭馆,卖什么杂货都已无记忆,也不大在意。只记得在乡下人口边说得最多的戏园子"三意社"那个门楼。父亲是个戏迷,在那儿徘徊良久,还看了看午场演出的戏牌,终于舍不得掏二毛钱的站票钱,引我坐在旁边一家卖大碗茶的地摊前,花四分钱买了两大碗沙果叶茶水,吃了自家带的馍,走时还继续给我兴致勃勃地说着大名角苏育民,怎样脱光上衣在倒钉着钉子的木板上翻身打滚,吓得我毛骨悚然。

还有关于骡马市的一次记忆,说来有点惊心动魄。史称"三年困难时期"之后的一九六三年冬天,我已是乡村小学教师,期末考完毕,工会犒赏教师,到西安做一天一夜旅行。头天后晌坐公交车进城,在骡马市"三意社"看一场秦腔,仍然是最便宜的站票。夜住骡马市口西安最豪华的民用西北旅社,洗一次澡。第二天参观两个景点,吃一碗羊肉泡馍,大家就充分感受了作为人民教师的光荣和享受了。唯一令我不愉快乃至惊心动魄的记忆发生在次日早晨。走出西北旅社走到骡马市口,有一个人推着人力车载着用棉布包裹保温的大号铁锅,叫卖甑糕。数九天的清早,街上只有零星来往的人走动。我已经闻到那铁锅弥漫到空气里的甑糕的香气儿,那是被激活了的久违的极其美好的味觉记忆。我的腿就停住了,几乎同时就下定决心,吃甑糕,哪怕日后挨一顿饿也在所不惜。我交了钱也交了粮票。主人用一个精巧灿亮的小切刀——切甑糕的专用刀——很熟练地动作起来,小切刀在他手里像是舞蹈动作,一刀从锅边切下一片,一刀从锅心削下一片,一刀切下来糯米,又一刀刮来紫色的枣泥,全都叠加堆积在一张花斑的苇叶上。一手交给我的同时,另一只手送上来筷子。我刚刚把包着甑糕的苇叶接到手中,尚未动筷子,满嘴里都渗出口水来。正当此时,啪的一声,我尚弄不清发生了什么,苇叶上的甑糕一扫而光,眼见一个半大孩子双手掬着甑糕窜逃而去。我吓得腿都软了,才想到刚才那一瞬间所发生的迅捷动作,一只手从苇叶刮过去,另一只手就接住了刮下来的甑糕。动作之熟练之准确之干净利索,非久练不能做到。我把刚接到手的筷子还给主人,把那张苇叶也交给他回收,谢拒了卖主要我再买一份的好意,离开了。卖主毫不惊奇,大约早已司空见惯。关于"三年困难时期"的诸多至今依然不泯的生活记忆事项里,吃甑糕的这一幕尤为鲜活。在骡马市街口。

朋友李建宁把一册装潢精美的《骡马市商业步行街图像》给我打开,看着主街次街内街外街回廊街漂亮的景观,一座座具有中国传统建筑风韵的现代商业建筑,我耳目一新,心旷神怡,心向往之。勾起对骡马市的点滴记忆属人之常情,也自然免不了世事变迁生活演进文明进步等阅历性的感动和感慨了。

西安在变。其速度和规模虽然比不得沿海经济大市,然而西安确实在变化,愈变愈美。一条大街一街小巷,老城区与新开发区,老建筑物的修复和新建筑群的崛起,一行花树一块草皮一种新颖的街灯,都使这座和这个民族古老文明血脉相承的城市逐渐呈现出独有的风姿。作为这个城市终生的市民,我难得排除地域性的亲近感和对它变化的欣然。骡马市几乎是脱胎换骨的变化,是古老西安从汉唐承继下来的无数街区坊巷变化的一个缩影,自然无须赘述。我最感动的是这个名字,从明朝形成延续到清代,都在红火繁荣着以骡马交易的特殊街坊,把农业文明时代的城市和乡村的脐带式关系,以一个骡马市融会贯通了。什么叫封建文明封建经济形态?古长安城有个骡马市。

无论西安日后会亮丽到何种状态,无论这个骡马市亮丽到何种形态,只要保存这个名字,就保存了一种历史的意蕴,一种历史演进过程中独有的风情和韵味,而没有谁会较真,真要牵出一头骡子或一匹马来。

哦!骡马市。永远的骡马市。

2004 年 5 月 30 日 雍村

皮鞋·鳝丝·花点衬衫

第一次到上海,是一九八四年,大概是五月。上海文艺出版社举办"《小说界》第一届文学奖"颁奖活动,我的第一部中篇小说《康家小院》荣幸获奖,便得到走进这座大都市的机缘,心里踊跃着兴奋着。整整二十年过去,尽管后来又几次到上海,想来竟然还是第一次留下的琐细的记忆最为经久,最耐咀嚼,面对后来上海魔术般的变化,常常有一种感动,更多一缕感慨。

第一次到上海,在我有两件人生的第一次生活命题被突破。

我买的第一双皮鞋就是那次在上海的城隍庙购买的。说到皮鞋,我有过两次经历,都不大美好,曾经暗生过今生再不穿皮鞋的想法。大约是西安解放前夕,城里纷传解放军要攻城,自然免不了有关战争的恐慌。我的一位表姐领着两个孩子躲到乡下我家,姐夫安排好他们母子就匆匆赶回城里去了。据说姐夫有一个皮货铺子,自然放心不下。表姐给我们兄姊三人各带来一双皮鞋。父亲和母亲让我试穿一下。我在屋子里走了几步就脱下来,夹脚夹得生疼,皮子又很硬,磨蹭脚后跟,走路都跷不开脚了。大约就试穿了这一次,便永远收藏在母亲那个装衣服的大板柜的底层。直到二十世纪七十年代初,我已经在家乡的公社(乡)里工作,仍然穿着农民夫人手工做的布鞋。

我家乡的这个公社(乡)辖区,一半是灞河南岸的川道,另一半即是地理上的白鹿原的北坡。干部下乡或责任分管,年龄大的干部多被分到川道里的村子,我当时属年轻干部,十有八九都奔跑在原坡上某个坪某个沟某个湾的村子里,费劲吃苦倒不在乎,关键是骑不成自行车,全凭腿脚功夫,自然就费脚上的布鞋了。一双扎得密密实实的布鞋底子,不过一月就磨透了,后来就咬牙花四毛钱钉一页用废弃轮胎做的后掌,鞋面破了妻子可以再补。在这种穿鞋比穿衣还麻烦的情境下,妻弟把工厂发的一双劳保皮鞋送给我了。那是一双翻毛皮鞋。我冬夏春秋四季都穿在脚上,上坡下川,翻沟踔滩,都穿着它。既不用擦油,也不必打光,乡村人那时候完全顾不得对别人的衣饰审美,男女老少的最大兴奋点都敏感在粮食上,尤其是春天的救济粮发放份额的多少。这双翻毛皮鞋穿了好几年,鞋后掌换过一回或两回,鞋面开裂修补过不知多少回,仍舍不得丢掉,几年里不知省下多少做布鞋的鞋面布和锥鞋底的麻绳儿和鞋底布,做鞋花费的工夫且不论了。到我和家庭经济可以不再斤斤计较一双布鞋的原料价值的时候,我却下决心再不穿皮鞋尤其是翻毛皮鞋了。体验刻骨铭心,双脚的脚掌和十个脚趾,多次被磨出血泡,血泡干了变成厚茧,最糟糕的还有鸡眼。

这回到上海买皮鞋,原是动身之前就与妻子议定了的重大家事。首先当然是家庭经济改善了,有了额外的稿酬收入,也有额内工资的提升;再是亲戚朋友的善言好心,说我总算熬出来,成为有点名气的作家了,走南闯北去开会,再穿着家做的灯芯绒布鞋就有失面子了。我因为对两次穿皮鞋的切肤记忆体会深切,倒想着面子确实也得顾及,不过还是不用皮鞋而选择其他式样的鞋,穿着舒服,不能光彩了面子而让双脚暗里受折磨。这样,我就多年也未动过买皮鞋的念头。"买双皮鞋。"临行前妻子说,"好皮鞋不磨脚。上海货好。"于是就决定买皮鞋了。"上海货好。"上海什么货都好,包括皮鞋。这是北方人的总体印象,连我的农民妻子都形成并且固定着这个印象。那天是一位青年作家领我逛城隍庙的。在他的热情而又内行的指导下，我买了一双当时比较价高的皮鞋，宽大而显得气派，圆形的鞋头，明光锃亮的皮子细腻柔软，断定不会让脚趾受罪，就买下来了。买下这双皮鞋的那一刻，心里就有一种感觉，我进入穿皮鞋的阶层了，类似进了城的陈奂生的感受。

回到西安东郊的乡村，妻子也很满意，感叹着以后出门再不会为穿什么鞋子发愁犯难了。这双皮鞋，只有我到西安或别的城市开会办事才穿，回到乡下就换上平时习惯穿的布鞋。这样，这双皮鞋似乎是为了给城里的体面人看而穿的，自然也为了我的面子。另外，乡村里黄土飞扬，穿这皮鞋需得天天擦油打磨，太费事了；在整个乡村还都顾不上讲究穿戴的农民中间，穿一双油光闪亮的皮鞋东走西逛，未免太扎眼……这双皮鞋就穿得很省，有七八年寿命，直到二十世纪九十年代初才换了一双新式样。此时，我居住的乡村的男女青年的脚上，各色皮鞋开始普及。

我第一次吃鳝鱼，也是那次上海之行时突破的。关中人尤其是乡下人，基本不吃鱼，成为外省人尤其是南方人惊诧乃至讥笑的蠢事。这是事实。这样的事实居然传到胡耀邦耳朵里，他到陕西视察时在一次会议上讲过："听说陕西人不吃鱼？"其实秦岭南边的陕南人是有吃鱼传统的，确凿不吃鱼的只是关中人和陕北人。我家门前的灞河里有几种野生鱼，有两条长须不长鳞甲的鲇鱼，还有鲫鱼，稻田里的黄鳝不被当地人看作鱼类，而视为蛇的变种。灞河发洪水的时候，我看到过成堆成堆的鱼被冲上河岸，晒死在苞谷地里，发臭变腐，没有谁捡拾回去尝鲜。直到二十世纪五十年代中期国家第一个五年计划实施时，西安拥来了许多东北和上海老工业区的技术人员和熟练工人，这些人因为买不到鱼而生怨气，就自制钓竿到西安周围的河里去钓鱼。我和伙伴们常常围着那些操着陌生口音的钓鱼者看稀罕。当地乡民却讥讽这些吃鱼的外省人：南蛮子是脏熊，连腥气烘烘的鱼都吃！我后来尽管也吃鱼了，却几乎没有想过要吃黄鳝。在稻田里我曾像躲避毒蛇一样躲避黄鳝，那黑黢黢的皮色，不敢想象入口会是一种什么感觉。

那天在上海郊区参观之后，晚饭就在当地一家餐馆吃。点菜时，《小说界》编辑、现任副主编的魏心宏突然兴奋地叫起来："啊呀，这儿有红烧鳝丝！来一盘，来一盘鳝丝。"还歪过头问我，你吃不吃鳝丝，就是鳝鱼丝。我只说我没吃过。当一盘红烧鳝丝端上餐桌时，我看见一堆紫黑色的肉丝，就浮出在稻田里踩着滑溜的黄鳝时的那种恐惧。魏心宏动了筷子，连连赞叹味道真好做得真好。随之就煽动我，忠实你尝一下嘛，可好吃啦，在上海市内也很少能吃到这么好的鳝丝。我就用筷子夹了一撮鳝丝，放入口里，倒也没有多少冒险的惊恐，无非是耿耿于黄鳝丑陋形态的印象罢了。吃了一口，味道挺好，接着又吃了，都在加深着从未品尝过的截然不同于猪、牛、羊、鸡肉的新鲜感觉。盛着鳝丝的盘子几乎是一扫而光，是餐桌上第一盘被吃光掠净的菜。似乎魏心宏的筷子出手最频繁。多年以后，西安稍有规格的餐馆也都有鳝丝、鳝段供食客选择了，我常常偏重点一盘鳝丝。每当此时，朋友往往会侧头看我一眼，那眼神里的诧异和好奇是不言而喻的。

还有两把小勺子，也是此行在上海城隍庙买的，不锈钢做的，把儿是扁的。从造型到拿在手里的感觉，都特别之好，不知在什么时候弄丢了一把，现在仅剩一把，依然光亮如初，更不要说锈痕了。有时出远门图得自便，我就带着这把勺子，至今竟然整整二十年了。

还有一个细节，颇有点刻铭的意味。

还是那位年轻作家陪我逛街。我们随意走着，我已记不得那是条什么街什么弄了，只记得街道两边多是小店铺。陪我的青年作家随意介绍着传统风情和市井传闻，我也很难一遍成记，尽管听得颇有趣味。突然看见一个十分拥挤的场面，便停住脚步。一家小店仅一间窄小的门面,塞满了顾客,往里硬挤的人在门外拥聚成偌大的一堆;从里头往外挤的人,几乎是从对着脸拥挤的人的肩膀上爬出来;绝大多数为男性青年,亦有少数女性夹在其中,肌肤之紧密接触也不忌讳了;往外挤着的人,手里高扬着一种白底碎花的衬衫。不用解释,正是抢购这种白底上点缀着蓝的红的黄的橙的小花点的衬衫。

一九八四年春末夏初,上海青年男女最时髦、最新潮的审美兴奋点,是白底花点的衬衫。

十余年后,我接连两三次到上海。朋友们领我先登东方明珠电视塔,再逛浦东新区,令我眼花缭乱,目不暇接,新的景观和创造新景观的奇迹般的故事,从眼睛和耳朵里都溢出来了。我在宝钢的轧钢车间走了一个全过程,入口处看见的橙红色的钢板大约有两块砖头那么厚,到出口处的钢材已经自动卷成等量的整捆,厚薄类近厚一点的白纸,最常见的用途是做易拉罐。车间里几乎看不见一个工人,我也初识了什么叫全自动化操作。技术性的术语我都忘记了,只记住了讲解员所讲的一个事实:这个钢厂结束了中国钢铁业不能生产精钢的历史,改变了精钢完全依赖进口的局面。尽管是外行,这样的事实我不仅能听懂,而且很敏感,似乎属于本能性地特别留意,在于百年以来留下的心理亏虚太多了。

从小学生时代直到进入老龄的现在,我都在完成着这种从祖先遗传下来的先天性心理亏空的填垫和补偿过程。我们的第一台名为"解放牌"的汽车出厂了;我们有了自己生产的"红旗牌"轿车;我们的第一颗原子弹爆炸成功;我们的卫星上天了飞船也进入太空了;我们有了国产的彩色电视和国产空调和国产电脑和国产什么什么产品。这样的消息,每有一次都是对那个心理亏虚的填垫和补偿,增加一份骄傲和自信,包括制造易拉罐的这种钢材对进口依赖的打破,也属同感。我便想到,什么时候让欧美人发出一条他们也能"国产"中国的某种独门技术的产品的消息的时候,我的不断完成着填垫补偿心理亏空的过程,才能得到一个根本性的转折。

告别布鞋换皮鞋的过程发生在上海。吃第一口黄鳝的食品革命也始发于上海。这些让我的孩子听来可笑到怀疑虚实的小事,却是我这一代人体验"换了人间"这个词儿的难以轻易抹去的记忆。还有历历在目的上海青年抢购白底花点衬衫的场景,与我上述的皮鞋和黄鳝的故事差不了多少。在南方和北方、东部和西部都被灰色黑色和蓝色的中山服红卫兵服覆盖着的国家里,一双皮鞋一餐鳝鱼丝和一件白底花点衬衫,留给人的镂刻般的记忆,记忆里的可笑和庆幸,肯定不止属于我一个人。

2004 年 7 月 5 日　二府庄

从大理到泸沽湖

头上的风花雪月

不足一小时,飞机从昆明飞到大理,降落在一座被削平的山头机场上。视野开阔,无遮无碍,远处的山和眼皮下的大理城尽收眼底。一个风格独具的高山小型机场,小到只有刚刚落地的这一架飞机,没有拥挤,更不会熙攘,颇有凛冽寒气的风,把旅客刚刚出口的话儿和热气一律扫荡,抛撒。

沿着苍山绵延起伏的山系,远远望去,可以辨别新城和老城截然不同的风貌。从苍山到平川坝子漫缓下来的坡地上,房屋呈现出自然错落高低的壮观景象。即使是大片大片的平房或低层楼房,前边的建筑绝不遮挡后边的房屋,从平川一直立体展现到半山上。无论姿势别致的新建筑物或传统的老式房子,几乎一律把外墙都涂成白色,或者纯白的瓷片。苍山是深灰到黑青的颜色,一眼望不到边际的宽幅襟怀里,是大片白亮亮的建筑群,如此强烈的反衬,又如此和谐,从视觉到心理都感觉轻俏和透亮。与苍山并列的是黄色的秃山,断崖裸露无遗,沟壑也赤裸无遗,颇类西北黄土高原地区的地貌。两条平行并列的山系之间,是一片灰蓝色的水,高原人习惯把这种高原湖泊称作海,这个海的形状活像人的耳朵,便有洱海之称。洱海平静清丽,把两列风貌和气象截然迥异的山系襟连衔接,一种天然和谐的过渡。

满城都飘动着白衣白裤。白族喜欢白色。白色的选择和白族的族史一样悠久。令人眼花缭乱的新潮时装,起码现在还无法动摇白族少女对白衣白裤坚定到崇拜的审美选择。一年四季无论季节如何变换,少女的一袭白色服饰却始终不变。最神秘也最招惹人的是少女的包头,用漂亮精湛这些词汇似乎都不及意。包头有四种颜色,分别代表风花雪月。大理在两条山系夹峙之间,形成一条风道,常年有风,不同的时节刮不同的风;大理气候温润,四季有花,山野的花从年头开到年终;苍山顶上却是终年冰雪封盖,融雪的好水注入洱海,滋润着高原;没有烟气污染也不见尘埃迷漫的天空,月亮就愈显得清净和柔媚。风花雪月都是大理特定地理环境下大自然的恩赐。白族少女将其具象为符号戴到头顶,一种对大自然虔诚的膜拜。我很感动,一个自古以来就把风花雪月顶在头上的民族,当会是怎样一种胸怀和心地?

最神秘的是包头的左耳侧那一绺白色线穗,垂过肩膀,暗示为未婚的女子,剪短到耳际的,标示为已婚。无论这白色线穗或长或短,是不允许任何人触摸的,尤其男性。如若谁敢违禁犯忌冒险动手,便要遭到惩罚,打是最轻的了。唯有求爱的小伙子可触摸少女过肩的长线穗。触摸表示求爱。小伙子必须有十分被接受的把握才敢伸出手去,姑娘接受了这种求爱皆大欢喜皆大完美;如若遭到拒绝,小伙子就得到女子家里义务做工,时限为三年,以观其行状,由姑娘最后表态做出抉择,留下来或走人。

蝴 蝶 泉

汽车在苍山宽幅襟怀里弯来绕去。下车前行,寻觅到杂树密林遮掩下的一个水池边。水是地下涌泉,真是太清了,清到纤尘不染,至清至净,透彻如无,可以逼真地透见水底一丝一缕的水草。这是声名远扬的蝴蝶泉。

原以为只有浪漫派诗人才会给此泉以蝴蝶命名。了知原委后,方才明白这样动人的泉名纯系写实主义的杰作。泉边有合欢树,蝴蝶在枝条上停落,一只扒着一只,垂吊下来,五颜六色的彩蝶,一串一串从树枝上倒挂垂吊在泉水上空,蔚为壮观,亦堪称奇到不可思议的奇景。据说是合欢树分泌散发着某种气味,蝴蝶难以抗拒这种气味的诱惑,遂成此景。我不敢全信,合欢树并非仅此一棵,而蝴蝶独恋此树却是绝无仅有,那么只有一种解释,只有这儿的合欢树才有分泌出蝴蝶喜欢的那种气味的特异功能。

苍山怀抱里的这一汪好水,涌流了不知多少年,彩蝶垂吊合欢枝条的奇景也不知延续了多少年,可谓"吊在深山人未识"。二十世纪六十年代,才被电影《五朵金花》剧组选外景时发现,这泉和这泉水上的蝴蝶串儿,就和《五朵金花》里美丽的"金花"一起出名了,蝴蝶泉成为天下名泉。我猜想这个美丽的泉名应该是剧组人员的集体创作。这个蝴蝶泉的浪漫奇观,连郭沫若老先生都难以拒绝诱惑,不远千里攀上山来,到此一游,不仅乘兴挥毫,为此泉题写了"蝴蝶泉"三字,而且赋得七律一首。郭老题名的蝴蝶泉镌刻在泉水涌流的出口处,论书法是精湛称绝的。那首七律已制碑,按郭老的亲笔书法刻制,亦为大家气象,弥足珍贵;只是那七律的遣词采句,在印象里的大师的诗词著作中,仅算得一般,不属上乘。

蝴蝶泉下不远处还有一条清泉,水量更大,泻出时在小小的跌差处形成碎银般明亮的小瀑布。此泉没有命名,却有传说惹人,撩一把水,升官;撩两把,发财;撩三把,得艳遇。游人和陪客便嘻嘻哈哈争抢撩拨水花,谁也未必当真,图得快活有趣。我便调侃,撩过四把五把,官财色如果俱得,内乱外患也就交至。

凤凰山·鹤翼村

一大早乘车出大理城,沿着两条山系之间平坦宽阔的坝子西行,黄突突的秃山在右,苍劲挺拔戴着银白雪帽的苍山在左。清凉的晨风让人忍不住敞开车窗。窗外田野里一抹翠绿。一色的蚕豆秧,如绿波涌过来,闪过去,一眼望不到边际,看多了就觉得缺少色彩的变化和调节。据说蚕豆近年间销路通畅,既可以做小食品,更可以做饲料,用途不衰,销路便红火。农民以此作为作物种植的选择,是本能的,田野就成为蚕豆的一统江山了。

翻过苍山,进入另一条川道,面前横着又一条山系。这是凤凰山。我一时根本无法把突兀横戳进眼里来的这个山与凤凰发生丝毫联系。任你如何多情如何富于想象,如何理想主义的浪漫,都不可能用凤凰给这样的山命名。这是怎样的一座山哦!黑森森的一座座高高低低的山头,黑森森的歪歪斜斜的山梁,山头和山梁赤裸着横的竖的粗硬的条纹。我在睃视的过程中,脑子里不仅飞不出凤凰,倒是堆满了铁渣。这是一座铁渣堆积的山。这样的铁渣已经堆积了亿万年,愈加冷寂了。这山戳进人的眼里,满是蹭硬和干涩,根本不想触摸也不敢触碰。只在一处山头和山梁交叉的低洼处,有几株不知名的树的绿色,弥足珍贵。这个凤凰的名字因何缘起?不外乎神话传说。神话传说往往都传递着先古生民的期待和向往,愈是残酷愈是不堪的生存环境,愈是容易飞扬激越热烈的关于美的期待。

同样不可想象的是,这个干涩到几乎见不到一撮泥土的铁渣山山根,到处都涌流着泉水,在山下的川道里聚成望不到边际的湿地。丛生的隔年的芦苇已经干枯,在早春的风中摇曳,新生的芦苇大约刚刚拱破地皮。一群群野鸭在芦苇丛中悠然浮游,时隐时现。另有多种辨不出种类的水鸟,在水面上忽起忽落,毫不戒备。据说这儿的村民即使穷极,也不会猎杀水鸟。野鸭和水鸟自由无忌。

凤凰山根下,散落着几个自然村,归属行政上的新华村辖制。我们走进的这个自然村是最大的一个村寨,叫鹤翼村,也叫石寨。前者属浪漫主义,后者是现实主义。白鹤的翅膀。凤凰山下,白鹤一翼,浪漫和吉祥都汇聚到这个古老的白族聚居的石寨了。街道上走过来一帮步履匆急的中年女人,有的人背着竹篾背篓,一色的黑底蓝边布衣,头上的包头也是青布做的。包头的颜色,成为区别白族支系的标志。颇有异趣的是,中年女人包头上还复加着一顶仿制的黄色军帽。石寨的白族男子喜欢戴这种仿制的陆军士兵帽,缘自"文革"时期"全国人民学习解放军"的"最高指示"的巨大而又深入的影响,形成习俗,至今不衰。这种仿军帽就成为男子汉的象征。妇女能顶半边天和男女平等,同样是"最高指示"的思想和倡导,于是白族妇女在传统的象征着女性的包头上垒加一顶仿军用品的黄色帽子,以标志在社会在家庭在人格在地位上与男人平等了。

鹤翼村的历史已经湮灭,尽管没有羊皮书一类神秘典籍存留下来以证明其古远,而聚居在这个寨子的白族人制作银器银饰的手艺,却已相传千年了,足够悠远古老了。村里的绝大多数人家世代从事各种银器铜器生活用品和首饰的制作和镂刻,千余年来盛名不衰美誉远播。孩子学会用手抓摸东西就抓摸到了银器铜器银饰铜饰,以及凿刻钻镂那些精美饰物的器具。几乎家家都有作坊。几乎家家都出过一位或几位天才的巧手名匠,单是能被现在的人记住名字的就可以顺口摆出一长串。从鹤翼村走出去的银匠兼铜匠,遍及整个西南各省的大城市小街镇,尤其是西藏、广西、四川、贵州、内蒙古等少数民族聚集的地区,云南各州自不必说了。不管哪个民族戴着什么样的银货首饰,十有八九都是鹤翼村的能人巧手做的活儿。我不敢全信也不敢不信。确凿的事实是,鹤翼村现有四位佼佼者,被联合国教科文组织授给"中国民间艺术大师"的称号。这四位大师在村里享有盛望,几无异议亦无窃语,不似文坛常常发生关于大师的脸红脖子粗的争议。他们早已在鹤翼村乃至同行业里独具威望,联合国教科文组织的授名只是锦上添花。

我走进其中一位大师老寸的家院。

寸大师不在。寸大师的夫人热情地领着一行人参观家庭银器作坊。一个名副其实的家庭作坊,不仅在家里的廊檐下做工,匠工全部是寸家的儿女和亲属。大女婿正在镂刻一把白银酒壶。这把酒壶专配八只白银酒盅。这把酒壶里所装的白酒正好斟满八只酒盅,不多一滴也不亏一滴。据说这酒壶酒盅容量的数学公式运算十分复杂。寸大师如何完成这项发明创造的秘诀至今秘而不漏,没有拜请数学家的公式运算却是确凿的。这项绝门技艺早已获得创造发明专利,至今尚未被谁破解。这把纯银酒壶的外观造型和浮雕式的镂刻的精美,令人叹为观止,直觉得更适宜作为新居摆设或收藏供人欣赏,用它装酒倒酒似乎把某种美的感觉俗化了低贬了,也使饮酒者平添一分珍惜的沉重。这种神秘的银质酒壶的生产过程却是公开的,起码在镂刻浮雕这一环节上任人观摩。大女婿在廊檐下坐一把小凳,十分专注,目不斜视,手里的小角刀一划一削,一拉一挑,一种熟练的自信和自如溢于眉眼和神色里。尚未婚娶的二女婿也坐在廊檐下的高台阶上,刻着一种银器,丈母娘向客人介绍到他的时候,抬起头腼腆一笑,羞涩浮在清秀的脸庞上,又低头做活儿了。大女儿跑前颠后,动作行为和语言质地都显示出当家或主持的角色。二女儿一副轻松姿态,颇多天真,她说她在大理城里开着一家银器店,经营着自家作坊的产品。我稍微留意一下,寸夫人和她的两个女儿都没有戴白族的包头,更没有再垒加一顶仿军品黄帽。男女平等在这个家庭里,肯定不必用一顶男人喜欢的帽子来暗示了。

寸大师家的房子我也不忍忽略。

一个典型的白族院落。两层楼房,一色的木头,木柱木梁自不必说,外墙和内墙全用木板,每一扇门板和窗扇,都是花鸟异兽的雕刻。高耸轻俏的挑檐,一眼望去就使人感到某种舒畅,避去了寻常建筑物的闭塞和郁闷。这幢建筑耗资八十万元。请不要忽略这是在僻远的鹤翼村。在鹤翼村的街道上行走,两边大多是两层木楼,从成色上判断,都应属于近年间的新建筑。有几处又低又矮破旧不堪的老房子,可以见证以往村庄的概貌。还有两家正在兴建的楼房,施工的工匠和辅助的工人忙碌在屋架上和院子里……制作银器铜器和首饰,已经使鹤翼村的白族人过上了好日子,甚至使我都不想再听关于过去如何怀着绝技讨饭吃的往事了,这种令人痛心的教训岂止一个鹤翼村或者石寨,整个中国南方北方的每一个村寨,都在演示和见证着同一个教训。我更愿意观赏寸大师寸夫人和他们的儿女,以及鹤翼村老的少的银匠们今日的生活状态,对我关于过去乡村的记忆和体验,当是一种抚慰。

泸沽湖畔

差不多有六个小时的行程,几乎都在大凉山里盘旋。上一架山下一座山。再上一座山再下这座山。就这样上上下下在大凉山的山丛中整整盘旋六个小时,人得有巨大的耐心,因为沿途的奇峰和美景早已看得眼满神疲了。只有一架山留下了至今想起依然心悸的记忆。那是一座最陡的又无法绕过去的山。从山顶斜瞭一眼,窄窄的公路在这架山的同一壁面上,绕过七八道弯才到山顶,像天女舞罢随意丢弃在山壁上的一条黑绸。这是我后来想到的比喻。当时被汽车载着盘旋其间的时候难得想象,一满是目眩和心悸。

就为着看一眼神秘的泸沽湖,就为着亲眼看看比湖泊更神秘的摩梭人。

傍晚时分,汽车翻上又一座山头,突然瞥见远处一片灰蓝色的水雾,凭感觉就知道是泸沽湖了。视线又被眼前的山峰遮住了。只一瞥,精神顿然亢奋起来了。那一片蒙蒙的水雾又在两座山头之间出现了,稍为宽限的时间,可以看到灰色水雾下蓝色的湖水。第一眼和第二眼的最新鲜的直感,就是沉静,一种悠远的沉静。

站到泸沽湖边上,我的心也顿然沉静了。不想欢呼,连赞叹的词汇也不想出口,只有哦哦哟哟的呻吟。似乎眼前的湖面是熟悉的,可能就在昨天或去年的某个梦境里,似乎又确凿是陌生的,因为即使梦里也根本不会浮出这样好的水和仙境般的湖。近前已经是澄明清澈的湖面,幽深的蓝变成青色。水雾在远处浮漫着,愈远愈浓,隐隐能看出水气在湖面上丝丝缕缕时现时隐。远处的水雾蒙蒙成帐,遮住湖边的山的根部,山就浮在湖上了。人说对面的山形恰如卧佛,佛就在这四季弥漫的水雾里滋润着修养着。近处的湖面上浮着一种通体黑色的水鸟,悠悠然漂浮。金黄色的野鸭集成堆,成片。白色的鸥鸟是显眼的,也是最活跃的,时而在水上浮游,随即就飘飞起来,在空中恣意了两圈儿,又落到水面上来了。无论好静无论喜动的各色鸟儿,在这儿都能随心所欲,绝无偶然突然发生的伤害,一种原始的安全。岸边停靠着许多猪槽船,可以乘坐十人。这是作为商业经营的仿造品。我在图片上见到过类近最原始的猪槽船,是把一根粗壮的木头凿空了的恰似给猪喂食的食槽的船,坐两个人是合理的负载。这种猪槽船源自摩梭人源头形成时的神话故事,又吻合着教科书上人类进化到母系氏族社会时的特征,就给今天的现代人一种悠远想象的符号,倒是不必细究传说的可靠性了。湖面上频频往返着一条条这种十人乘坐的猪槽船,到湖心的小岛上观光。一个黝黑的小伙子在船头划桨,船尾是一个同样年轻的摩梭女性也在摆着木桨,经问得知,是一对走婚的摩梭人夫妻,他们已不忌讳。

泸沽湖四面被山围定。落水村依傍在湖的南岸。远远望去,湖的北岸西岸和东岸的山脚下,都有散落的房屋的屋脊隐现。汽车从山里盘旋过来的唯一出口,就是落水村。这是山根到湖边难得的一块颇为开阔的平地,成为落水村摩梭人千古繁衍生息的福地。崇山峻岭层层叠叠形成的严密不泄的封闭,为今天的人们无意保存下来人类进化过程中的一块活化石,母系时段的家庭形态。落水村被外部世界撩开神秘面纱,在人类学家民俗学家和普通人的惊喜惊诧和好奇的熙熙攘攘声浪里,大小商贾的心思和行为却最单纯最简捷最务实,不过十来年时间,把落水村装扮成一个具有现阶段发展水平和流行特色的消费娱乐商城了。

沿着湖边业已形成的一公里长的商品走廊,一家紧挨一家的大铺店小门面,各逞风姿的装饰扮相,基本与当地古朴的建筑风貌毫无牵涉,都是用二十一世纪初中国都市里流行的审美情趣构建的图像。店铺里的商品多是内地输入的吃、喝、穿、戴、用、玩的东西,偶有少量仿造摩梭人原始生活用品纯粹作为象征的物什。开店坐店的大小老板和雇员,十有八九都是从外部进来淘金的青年男女,据说有远自广州的女商家。和这排甚为讲究的建筑物一路之隔的对面,紧靠着泸沽湖岸的沙滩,是用各色彩条塑料篷布搭建的小吃店,在泥土地上支着一个个炸锅烤箱或蒸笼,小女子小男孩尚未脱尽稚气也未脱尽原有职业的举止特征,只顾一个不漏地招徕走过面前的每一个行人。这种临时设置和摊主普遍不甚踏实的神色,让人想到顾客一串烤肉尚未嚼咽完成,摊主就会拔篷挟锅逃走。沿着山根的公路,有规模壮观的大酒店、饭店和过夜生活的唱歌洗浴按摩等级参差不齐的场合。所有这些骤然冒出的建筑和设施,都是为进入神秘的泸沽湖的游客准备的。

落水村已经是一片式样大致相同的楼房。大多为两层,用水泥也用木头。院落很宽敞。主人食宿住卧只占少量房间,更多的房间是作为家庭旅社接待游客的,而且有宽敞明亮的餐厅,销售各类风味的饭菜,晚上的篝火晚会在一座宽大的院庭里举行,已经不是传统那种随意自如的自娱自乐的方式,而是经过艺术家指导、编排的规范化表演了,为赚取游人钞票的纯商业化演出,男女村民演员的服装也很精美而讲究。据说,当晚演出结束,游人带着异样风情的回味离去,所有参与演出的人员现场分酬,绝不过夜也不拖欠,完全公开化,也就避免了矛盾和意见。据我乘坐的那条猪槽船的女船主介绍,村民分为A、B两组,划船和演出隔一周轮换一次,游人的多少决定着收入的丰薄,天气和季节是最主要的制约因素,全凭运气了。为来自世界各地和国内游客服务的旅游商业,成为落水村人致富的始料不及的机遇。作为怀着猎奇探访心理的我,看到群山环抱的湛蓝湛蓝的高原之湖,看到黝黑强健的摩梭男女,自然是一种预期的心理满足。然而也不无欠缺和隐忧。山脚下和湖岸边的商业区和娱乐区,包围着落水村,豪华酒店简陋歌厅里的流行歌曲和陪女的嬉笑声连同洗脚水倾泻出来,原始的纯粹的母系家庭能否坚守久远。我又矛盾得很,落水村的摩梭人有无必要坚守那种古有的习俗。摩梭人独有的歌舞成为纯商品化的致富途径,我也在赞赏与遗憾的矛盾中难以抉择。唯一可以做出判断的一件事,湖边已形成很宽的浑浊的污染带,再不能往湖心地带扩展了;把一个纯洁不染纤尘的高原湖泊弄成一湖脏水,那是无须点示后果的最愚蠢的作孽。

火塘·花楼

终于走进一间摩梭人日常起居的屋子。这是我昨夜歇住的家庭旅社的主人家的住屋。房主人叫达巴,丰满的身材,很镇静,镇静到与她后来自报的还属于年轻人范畴的年龄不太相称。果然,她已经在深圳这样中国最现代的城市里生活工作过两年了,见过大世面也见过比较洋的世面了。她上身穿着有花纹图案的毛衣,坐在火塘边向我和同行的作家朋友介绍摩梭人的风俗和家庭结构,很镇静。

火塘是房子的核心。家庭成员商协家政家务的活动就在火塘周围。家庭成员依长幼辈分在火塘边有一个相对固定的位置。火塘靠近木质背墙。背墙根下火塘两边,摆置着有软垫的木板,从火塘最近到最远端的位置次序,是舅舅们按年龄长幼依次排定的。火塘旁边还散摆着不少圆形墩子,是家庭其余成员随意坐的。包括孩子的父亲,他到这里来表达对孩子的关爱之情,可以坐在火塘边,却不能坐到舅舅坐的上首木板上。火塘左边的圆木叠垒起来的木头墙上,嵌着一张床,那是这个家庭主持家政的家长的卧铺,神秘而又神圣,偌大的屋子里,只有这一铺住处。家长通常是这个家庭里年龄最长的女性,在火塘边主持一年之初的计划预算和年终总结,家庭随时要安排处理的一切内政和外交,由舅舅们和女儿各抒意见,最后由家长做出决断,走婚的父亲是不能参与的,也就没有说长论短的资格。

有资格坐在火塘左右两边属于上首位置的木板上的成年男性,承担田地里的主要劳作,无私地供养着姊妹们生育的孩子,作为舅舅的身份,承担着父亲的责任。孩子的亲生父亲,在他们的家庭里同样抚养他们的姊妹生育的孩子。人们习惯说这是单亲家庭,兄弟姊妹终身生活在同一个火塘周围。姊妹们到成年后,每人有一间花楼,夜里等待亲爱的夫君来走婚;成年男子在这个家庭里只有坐火塘的尊贵位置,而没有资格安铺下榻,晚上必须走出屋院到相亲相爱的女子的花楼里共度良宵。女性的花楼是除了走婚的男子之外的任何人不得涉足的。我们之中有人向达巴打问她的花楼,笑而不语。达巴转移话题说,她曾到深圳的民族村做过摩梭人的歌舞表演,有两年多时间,还是觉得泸沽湖边的家乡更适宜自己,况且落水村因为近年间的旅游热而增添了收益的渠道,决意回来了。达巴坦率地告诉我们,她已完成走婚,有一个正在哺乳的女儿,"孩子的爸爸很帅,他二十五岁"。达巴特意注重地解释,外面的人传说摩梭人走婚很随便,误传了。青年男女经过暗恋到热恋,一旦确定走婚关系,就会固定下来;

一旦有孩子出生,虽不能尽父亲抚养孩子的责任,却可以随时走到女方的火塘边,表达对孩子的爱怜和关心,也可以和家人聊天和交流。这种关系也是村人几乎共知的,一旦发生变异,会受到众人的不齿和轻视,很难再去找到新的走婚对象。我就很清醒地感觉到,这是一种依凛然的道德维系的婚姻纽带。

我也不难想象,从泸沽湖从田地里从山野里摆渡耕作放牧归来的男人和女人,漱洗完毕吃罢夜饭,女子进入花楼等待夫君时该是怎样一种甜蜜的急切;那些匆匆走过幽暗的村巷进入花楼偏门的男子该是怎样一种坦然的幸福。那些甚至需要骑马或摩托赶到另一个村寨的小伙子们,以怎样动人的痴情在两个村寨之间的山路上的每一个夜晚走向自己心中的花楼……这是怎样充溢着激情的生动的泸沽湖。

2004 年 7 月 18 日　雍村

在好山好水里领受沉重

到云南,就为着看那里的好山好水。

对于一直生活在中国北方又偏于西部的我,看彩云之南的好山好水,几乎是为求得某种心理补偿。近年间,竟有机缘先后四次去了云南,确实可以说是饱尝了好山好水,也得到好山好水对人心理的滋润。然而,那好山好水的色彩终久架不住时间的消磨,渐渐远逝而淡隐,却是腾冲县里倚山而建的"国殇墓园",久久撑立在心头,愈久愈清晰,不仅难以淡忘,反而必须以我的文字来致一个深躬礼了。

这是四年前我第一次去云南,一到腾冲,就踏进了"国殇墓园"的大门,就感受到一种凛凛然森森然的沉重和威压。这是滇西一座草木葱茏四季常绿的山。在这座山的山坡的襟怀里,长眠着八九千名中国士兵的魂灵。从山根到山顶,从右坡到左坡,按照原来的军事编制,一个班一个排一个连直到师一级,阵亡了的士兵和阵亡了的军官依序排列。每块小小的石碑下都埋葬着一个士兵或军官的尸体,石碑上刻着他们的名字和生前的军职。整个这座青山,就是一个用尸体铸建的军阵。他们战死了,依然保持着原有的完整和威势。

这场战事发生在一九四四年。为了收复被日本侵略者占领了两年的腾冲,中国士兵战死了八九千人。中国士兵是这场战争的胜利者。他们不是赶走而是全歼了日本占领军。所谓全歼,就是一个不剩,干净彻底予以消灭;就是除了少数日寇士兵被活捉当俘虏,其余所有践踏过滇西这块美丽山城的鬼子,一个也没能活着逃出去。人数为六千,包括侵略和占领腾冲的日军最高司令长官藏重康美大佐。这应该是占领大半个中国八年之久的日寇最彻底的一场败仗,彻底到一败涂地一个不剩。

我踏着石阶从山脚往山顶走,两边是望不透的土冢和墓碑。我辨认着那些被风雨侵蚀过几十年的一块块碑石上的士兵或军官的名字,抚一抚墓堆上枯了又生的野草,最切近地感受到一个人的尊严和一个民族的尊严,最切近地感受到为着自己也为着民族的尊严而捐躯的这一片中国士兵的呼吸。我在小学课本上就知道了平型关大捷。平型关从此成为我永远都感到扬眉吐气的一个关。我后来读过几本抗日题材的小说,看过更多同类题材的电影,地道战地雷战游击队长李向阳小兵张嘎,让我反复享受民族英雄杀灭野兽的痛快淋漓。还有令我久久难以释怀的惨烈悲壮的台儿庄。我的案头现在正摊开着一部《立马中条》的长篇纪实书稿。这是由杨虎城将军创建的17路军改编的31军团,由杨的爱将孙蔚如将军率领,走出潼关浴血山西中条山抗击日寇的英雄诗章。这是一支由号称"冷娃"的关中青年为主组成的军团,我深深地陷入浓厚的乡土情结缠绕着的民族大义之中,每一座山头的争夺令我揪心,每一个关中子弟的阵亡令我闭气……我走在倚山为墓青山作碑的墓园中间的山道上,许久都不想说话,也不去想象那场战争的过程,心头只响亮着歼灭这个汉语词汇。这肯定是八年抗战无以数计的大小战役里,唯一可以使用歼灭这个词汇来概括结果的一场大战。我当然也感受到这个词汇对于侵略者和被侵略的人民永远都无法含糊的情感记忆。

墓园门口的右墙根下,有一个石块垒成的圆筒状的冢堆,下边埋葬着三个日本兵的死尸,其中一个是侵占腾冲的日军最高司令长官藏重康美大佐。石块上标刻着两个字:倭冢。在我们被外强侵略欺凌的史记上,日本侵略军先是被卑称为倭寇,即个子矮小的匪贼;抗日战争改称为鬼子，比倭寇更为鄙视更为不屑也更通俗化。倭冢沿用了古典称谓的习惯，如若按抗日战争的通常称谓，应该是鬼子冢或鬼子坟鬼子墓了。这个冢堆里的大鬼子藏重康美大佐和两个不知名姓的小鬼子，作为践踏蹂躏腾冲的六千个被消灭的大小鬼子的代表，是向青山上长眠的中国将士跪伏认罪的一个象征。我很自然联想到岳飞墓前跪地的秦桧，千百年来不知承接了几百吨游人的唾沫儿。然而，我和同来拜谒的十余位作家朋友，谁也没有兴趣向倭冢吐出口水。整个人类正义的"唾沫儿"，早在"二战"结束时铺天盖地地倾覆到所有鬼子的脸上了。

我也记住了一位名叫张问德的老人。日寇从缅甸一路打过来占领了腾冲，当任的一位钟姓县长携着家眷逃之夭夭，不知踪影。张问德老人是卸任赋闲的前任县长，时年六十二岁，于危难之中拍案而起，重新披挂上任，被百姓称呼为名副其实的抗战县长，领导腾冲民众，周旋在群山之中，游击办公兼游击指挥，整整两年，直到全歼日寇收复腾冲。张问德可谓文武全才，曾经是朱德和叶剑英两位大元帅青年时代的老师，亦可谓名师出高徒。面对日寇占领军的劝降，张问德有一纸《致岛田书》传世，展示在墓园陈列馆的台阶上。且不说文采，单是那义正辞严的凛然与决绝，如山岳巍峨，似江河咆哮，竖起处于危难之中一个不屈民族不可摧折的脊梁。我在诵读这篇写于五十九年前的文采激越的文字时，依然发生血液涌流的加速和心脏的猛跳。在滇西一隅的腾冲县正任和卸任的两个县长身上，截然分明着什么叫软骨头什么是硬骨头。

我对同行的朋友说，人的骨头的软硬，看来不是以年龄所能论定的。

2004 年 8 月 5 日 雍村

第三粒失球致使的摧毁

——老陈看奥运之一

下半场德国队攻进的第三粒入球,才是对中国女足的摧毁性的一击。

下半场开场到第三粒失球前的一段时间,中国队打得有板有眼,传接球到位,成功率高,进攻节奏加快,造成一种令我颇为振奋的也是期待的那种气势。赢球往往决定于这种气势。强者的自信才可能创造出这种气势,当然不可或缺的是较为扎实的基本功和训练有素的技战术套路。正是在这一时段里,我看到了被中国队的气势和连续几次极具威胁的进攻抑制住了的德国队,即使人高马大也颇见狼狈。我产生了起码打平的希望。然而,德国队一次成功的反击和准确的远射,攻进第三个球之后,局面顿然改变,中国队传接球失误频频,几乎没有与对方争抢和身体对抗的任何能力,场上连续出现失误,守门员几乎被打晕头了。即使到现在,我也觉得8∶0的比分并不符合双方的实际水平。

这里便可看出最为致命的心理素养。对于一个球队来说,即使失掉三球,应该如何面对?还能不能保持乃至激发扳平的强烈欲望和自信,这是一种心理素养,不是一个人而是整个球队共同的心理质地。事实上,世界足坛各种赛场发生过许多次类似的战例。我清楚地看到了心理自信挫失后的不堪续看的场面。不服输是足球的基本精神。输到任何程度都应该保持不虚不软的心理气势。再退一步说，即使败局难以挽回，那么少输一球挽回一点面子和尊严的自信心决不能丧失。

看来，现在的中国女足不单是锋线上缺乏孙雯那样攻城拔寨的杀手，更缺失群体性以自强自信为心理质地的不服输精神。

这种精神，又岂止于女足，又岂止于体育竞赛种种项目？对从事任何职业的人，都是至关重要的。

2004 年 8 月 12 日　西安

妩媚的回眸

——老陈看奥运之二

直到最后一粒子弹在靶心落定,女子10米气步枪冠军产生了,这是中国山东的一位小姑娘,名字叫杜丽。

那一刻杜丽回过头来,我看见一张尚未完全松弛下来的笑脸。笑得自然,笑得含蓄。那是高度集中的神经刚刚松绽时的本能的笑,一种生命真实的笑。那回眸一笑里,弥漫着动人的妩媚。

这是本届奥运会的第一块金牌。中国人历来讲究"开门红",中国运动员如愿以偿实现了夺取第一块金牌的开战大吉。其实何止中国人,参赛的各国团队也都盯着这个"开门红"会"红"到哪一家门楣上。从开第一枪,我的心就攥紧了。每一枪击完,心也如螺丝拧紧一圈,电视直播的解说员张珊说她已经承受不了了。我很佩服小姑娘杜丽,越打越沉静,发挥自然愈出色,直到最后一枪创造出她年轻生命的辉煌。

等到开打第一枪,我的思路还完全集中在赵颖慧的手指上,既往优异的成绩使更多的观众注目于她。今天的某张报纸上有一位记者断言百分之八十的可靠性在赵颖慧的手指上。杜丽却脱"颖"而出了。我想到了杜丽发挥出色的非技术因素,即较少社会关注,较少领导寄望,反而少去了压力和包袱,反而甩开了,反而把最被舆论看好的强手打败了。这可能作为一条非专业技术性的经验,值得借鉴。

几年前,我跟朋友到陕西射击队参观,见到曾取得亚洲和全国 3×20 米步枪冠军芮青,她已经作为教练默默地培养着新手。她让我题词,我写下"凝眸"两字。意思再清楚不过,射击最能体现凝结一切智慧、技术和精神于一双明眸。芮青带着她的得意女弟子武柳溪到雅典去了,我企盼着她和武柳溪呈现给我如杜丽一样妩媚的回眸。久久的凝眸到回眸一笑的妩媚,正是所有实现创造理想的英雄们的共性。

2004 年 8 月 14 日 雍村

一把铁勺走天下

蓝田县张彦文副县长告诉我一件喜事,蓝田被中国烹饪协会命名为"中国厨师之乡"了,不久将在人民大会堂举行授牌仪式。

许是年龄日渐趋高引发的心理异变,我对家乡近年间发生的一动一静尤为敏感。我和朋友玩笑说我算半个蓝田人,原也不无因由。我的出生地蒋村,北边东边东南边都与蓝田县辖的大小村庄为邻,我的小学高年级就是在灞河北岸蓝田县油坊镇的小学就读的,路程也就二三里地。那个油坊镇是一个古老小镇,农历每到单日逢集,总是人山人海,包揽了南原(白鹿原)北岭(骊山南麓)和灞河川道的庄稼人,到这里来完成农林牧副产品的交易。这是我十二岁以前所能看见的最繁华的景象。在那个年龄区段属为深刻的记忆,是油坊镇的几样好吃食,至今想来仍禁不住口水渗溢。

首当麻罗油糕。瘦瘦的一位中年汉子,眼睛很灵活,手指摆弄着烫面团的灵动如同魔术,脸上有几颗淡淡的麻子,麻罗就得名了。那个油糕紫红油亮,鼓而不扁,竟然可以咬出酥脆的响声来,黑糖白糖和青红丝的内馅,清香可口。还有荞面饸饹,也是紫红的诱人的色泽,卖主按照你出手的钱数,一把就准确地抓起一团来,在抹过清油的枣木案板上反复弹拉,竟然一条不断,筋柔适度,然后调入细盐白醋蒜泥红辣椒,送到买客手里。我总是在饸饹客(卖主)做着一连串的令人眼花缭乱的动作时,早已咽着口水了。我后来进入社会,虽然到处都能吃到油糕和饸饹,然而总是找不到最美好也最原始的味觉感受和记忆。我后来在乡居的几年里,曾经多次去油坊镇,有油糕炸锅却没有麻罗的油糕,看来是失传了。饸饹还保存着,在蓝田县城的大饭店和小摊担上,隐隐可以重新享受那种独特的美味。我常常在公差和私行路经蓝田县城时,得着机会就坐在饸饹摊子前,重新享受一次儿时美好的味觉记忆。

同样是在少不更事时,就听到过蓝田做厨师的人很多,通称勺勺客。关中人对那些从事某种特殊职业的人,常在职业名称之后缀一个客字,意即做这种活儿的人。比如卖蒸馍的叫馍客,杀牛卖肉的叫牛客,把卖豆腐的叫豆腐客,把抢劫杀人的土匪叫刀客。如依此惯例,导弹专家就是弹客,作家该是写客或者墨客了。在二十世纪六十年代蓝田猿人发现之前,蓝田勺勺客早已闻名于世。我读过书的小学和中学的教工灶和学生大食堂里,我后来几经变更的工作单位的灶房里,至少都会有一位蓝田籍的厨师。就我的印象,蓝田厨师工作勤谨,做事踏实认真而脾气少,待人谦和,不强装笑脸也绝不倚一勺之权横眉食客,这恰是这个行当里的师傅最常见的职业病灶。单位喜欢用蓝田厨师,除专能技术外,善与人处更显出蓝田厨师的优长。

蓝田属于人类进化发源地之一,也是中华民族农业文明开发最早的地区之一,人口自然密集,越往后就越显出生存的拥挤和环境的局促。土地均配到人的比例越来越少,气候变化造成的干旱的肆虐,生存困境必然驱使人们寻求新的生存之路和谋生之道,这大约是蓝田多出厨师的最基本的因由。

成功者示范性的巨大影响力,鼓舞着也诱惑着更多的后生踏上此途,更坚定了这条谋生之路的可行性和可靠性。明末崇祯皇帝的御厨就是蓝田人,名叫王承恩,烹饪技艺超绝,又难得沉稳忠信的品行,被崇祯帝破格提拔为司礼监秉笔太监,名倾一时。可以想象其人在蓝田地域乡民之中的影响之深之广了。慈禧太后在八国联军攻陷北京仓皇西逃到西安,一路颠沛流离,难免饥不择食,昔日对食物千般挑剔的矫情劣性自然省略了。慈禧落脚西安惊魂初定,自然急需补偿身体,地方臣僚就推上名厨,蓝田人李芹溪是也。以"金边白菜"领头的十余道菜肴,味道之鲜美,深得慈禧赏识,不仅在陕只吃李芹溪的菜,还要把"绸子李"带进行宫,三顿侍候。因李芹溪晋见时着一身绸衣,慈禧灵感一来就赐名为"绸子李",并亲书"富贵平安"中堂赐赠。慈禧在为自己祝寿时,又是另一位蓝田厨师侯治荣的超绝手艺,使慈禧在百官面前骄傲了一回。"五月捧寿""八仙过海""八仙庆寿""孔雀开屏""嫦娥奔月""八宝稀饭"这些吉祥美好的菜名和奇异的香味,都深得慈禧赞赏。尤其是拿手绝活"泡油糕",权倾中国的慈禧居然眼未见过口未尝过,一下子就赞美有加了。我便有小小得意,虽然穷到积攒许久才可以买两个油糕的幼年的我,早在麻罗的油锅前享受其甘美了,而拥有国库的慈禧到垂暮之年才得一尝(一笑)。侯治荣也得到慈禧一串朝珠一件马褂的赐赏。王承恩、李芹溪和侯治荣的高超厨艺所获得的成功,影响到各级府衙争相聘用蓝田厨师,年轻人便竞相学厨。到清末民初,蓝田厨师已形成职业规模,在西北在全国各种大小厨房操铲执勺的厨师已过万人。乡谚曰:凡是冒烟(厨房)地方,都有蓝田乡党。

现在,人口为六十三万的蓝田县,厨师厨工已有三万余人,这确实是一个令人惊讶也令人振奋的数字。在"三农"问题成为社会普遍关注的大事的今天,蓝田人找到了一条生存和致富的途径,自然,蓝田的领导人发展思路有关键作用,促进蓝田传统厨业上的独特优越之势,在竞争激烈的当代社会里得以扩展和壮大。实实在在为民造福,令我钦敬。

蓝田厨师正步入辉煌期。中国驻美国、俄罗斯、印尼、日本和欧洲诸国等几十个国家的大使馆里,都有蓝田厨师为那些经年不得归乡的负有重大使命的外交官做着可口的中国饭菜;朝鲜已逝首相金日成,法国卸任总统密特朗,西班牙首相冈萨雷斯等多国首脑和无计其数的政要都品尝过蓝田厨师研究开创的"仿唐菜";一批又一批蓝田厨师到巴黎、莫斯科、纽约、伦敦、东京这些世界性大都会,传授中国菜的烹饪技艺,不亚于中国功夫的传播;还有一些厨师已经升华羽化,进入理论研究和著书立说的境界,也有一批智者成为星级宾馆的管理人才。我可以重复一句古谚也是古训:"行行出状元。"蓝田在厨师职业行当里的状元,可谓人才辈出,鼎盛一时,声名远播。

我更感佩这样一个最基础层面上的意义,在一个拥有三万之众的厨师大军的蓝田县,三万余人从事着铲勺技艺的最切实的劳动,且不论服务于社会的意义,且不说对中国传统餐饮文化继承发展的作用,单是这三万余人和他们的家人所获得的诚实劳动者的自尊和自信,就具有精神和心理上深层的意蕴了。这也许是最可珍贵珍重珍视的东西。

2004 年 8 月 17 日 雍村

失败　仍令我敬重

——老陈看奥运之三

中国女篮输给了西班牙女篮。我自然期盼胜利。当败局已定，我发觉没有接受失败的痛苦，甚至连遗憾都没有，倒是涨起一种敬重之情，一种令人敬重的失败。

上半场结束，中国女篮落后二十几分。到哨响战罢，中国女篮以八分落败，就意味着中国姑娘在下半场赢回来近二十分。上半场比分曾拉大到二十八分的时候，我对挽回败局已失去信心，甚至担心身体和体能都不及欧洲人的中国姑娘还会拉大比分差。然而战局正好朝着我习惯性思维的逆向发展，下半场开局后，场面开始悄悄地却也明显地发生变化，比分不再拉大而是缩小。直到第四节开始，中国姑娘有如神助，竟然威风八面，巧传和神投的灵光，不断闪现，把人高马大的西班牙姑娘搅得眼花缭乱，失误频频，虽不好说威风扫地狼狈不堪，至少可以用当下流行话说，找不见北寻不着感觉了。第四节伊始，中国姑娘竟打了对手一个8：0。真使人有转败为胜的兴奋期待。如果再有三五分钟延长期，或者这种扭转战局的神力早来三五分钟，胜败还真是说不定属于谁家。

我很自然想到了中德女足那场糟糕的比赛。我曾在观战短文里说到一个非技战术性的问题，即如何面对较大比分的落后局面。我看到了对这个问题最精彩也最具鉴示意义的阐释，这就是中西女篮之战。

　　我看到中国女足在三球落后时的心理自信的溃崩,由此带来蒙羞意味的0∶8的结局。我又看到中国女篮以二十八分的大比分落后局面下的另一种表现,不急不躁,尤其是不气馁不服输,而是通过半场较量,摸清对方套路,找到掐死对方战术套路的穴位,自己的优越就凸显了;抑制了对方的威风,自己就威风抖擞了;自己的灵光闪烁了,对方的灵光就大失颜色了。这叫此消彼长。长自己的威风灭对方的锐气,兵家和球场的通理。

　　失败是正常的。和胜利一样正常。在体育种类繁多的竞赛项目里,冠军只有一个,失败者总是大多数。有一种大家都敬奉的精神,叫作重在参与。就是参与一种人类进取的精神。技有优劣长短,气却不可轻易撒泄。这种精神实际上是人类进步、人类文明长途上共有的精神。正义对邪恶,光明对黑暗,或如一切发明创造技术革新,都是这种精神不断探求奋斗的结果。

　　我因此而敬重中国女篮姑娘。失败了,仍然令我敬重,或者说令我敬重的失败。

2004 年 8 月 17 日　雍村

为女曲喝彩

——老陈看奥运之四

中国男篮以大比分败给西班牙男篮,一塌糊涂的输局惹得大将军姚明大发脾气。中国女篮接着又输给西班牙女篮,尽管我曾为中国姑娘的顽强拼劲所感动所敬重,毕竟还是败局。紧接着中国女子曲棍球队又遭遇西班牙,这回以3:0的结局赢了。单纯从中、西两个国家荣誉的视角,不说女曲队员为我们挽回面子之类的俗话,起码让我感到某种心理平衡。

分组赛迷雾散尽尘埃落定,中国女曲三战三胜,以打入三家对手球门八个进球不失一球的骄人战绩,可以称得上完胜,可以称得上干净利落,毫无拖泥带水之嫌。这样令人痛快淋漓的胜利,却听不到掌声和喝彩声;报纸只在一角旮旯里,发给赢得胜利的姑娘们小孩巴掌大一则消息,更吝啬版面难见她们飒爽英姿的画面了;记者和评家只忙着朝女足吐唾沫,忙着为被人看好也寄予厚望的女排惋惜(输于古巴),却把中国女曲姑娘这样漂亮的战绩冷漠了,轻淡了。我来为她们喝一声彩。

古诗词有"红了樱桃,绿了芭蕉"的绝妙佳句,描写两道各呈风姿的自然景观,原意并无高下轻重之别,不幸却被后人引申到喻示不平等待遇的歧义里。我以为对女子曲棍球的冷漠与此歧义不相干,尽管冷漠的现象已经发生了,却不是主观故意。曲棍球这个竞赛项目,即使在世界体坛,也只是在巴基斯坦几个少数国家被奉为第一运动,中国开展此项运动则更晚,不为人所关注也是客观的。其实,曲棍球虽小到可以归入乒乓羽毛球一类小球,而比赛的场面却类似足球,参赛人数也与足球同为十一人,比赛的激烈几乎不亚于篮、排、足球。对相对来说刚刚开展不长时间的中国女曲,近两年取得不俗战绩,进入世界女曲强队的显眼位置,在举世瞩目的奥运会上,以一球不失的全胜战绩打进半决赛,真是值得大声喝彩。

中国女曲请来一位难得的好教练,韩国人金昶伯。我在电视画面上所见到的那张瘦长条脸和两只与中国人无异的黑眼睛,给我一个固定的印象,只专注场上风云而再没有任何东西,没有进球的狂喜,也不见逆境时的怒形于色,从头至尾都是略呈焦急揪心的紧张和专注,几乎看不到我们在这种场合里见惯了的各种所谓风度。然而这个人成功了。他把中国女曲调教成一支世界强队,早已成功;现在又进入奥运女曲四强,又是成功;能在下来的比赛里夺得冠军或亚军,更是了不起的成功;即使拿个三名或四名,还是成功。

一个真有两下子而又不摆花架子的教练,决定着女曲的技术和作风风貌。我为韩国金昶伯先生鼓掌,尽管你永远都是低调。

一个训练有素迅速崛起的女曲球队,为中国人在希腊已经争得不俗的成绩,我为女曲姑娘喝彩,再喝彩。

2004 年 8 月 19 日 雍村

话 说 梦 游

——老陈看奥运之五

美国男子篮球队被波多黎各队打败,不管美国人怎样难以接受这个始料不及的痛苦,媒体舆论却多是幸灾乐祸。尽管体育竞赛最能显示国家和民族的荣誉,基本与国家之间的政治和外交关系无涉。美国与波多黎各既无世仇,亦无近恶,即使布什打伊拉克各国政府有不同态度,但与这场球赛毫不沾边。那么幸灾乐祸因何而来?我唯一能想到的一点,美国篮球太强大了,美国国内的NBA联赛的影响自不必说,国家男篮许多年来几乎谁也难以撼动霸主地位。你太强大了。你赢得太多也风光得太多了。美国以外的观众就想看一回你的失败,满足某种并无恶意的看常胜将军败走麦城的狼狈样子的心理需要。人往往有这种说来颇觉不可思议却普遍发生的心理情绪。

在所有调侃撇腔的风凉话里,把美国男篮"梦之队"戏谑为"梦游队"最富于想象也最调皮。梦原本是一种理想,梦游却是一种病魇。我看过那场比赛,美国那些篮坛超级明星在场上的表现,真有点梦游症患者的征象。不过我以为他们可能是小瞧了对手波多黎各而铸成的大错。直到昨晚看他们和澳大利亚男篮的比赛,才发觉我的判断只在皮毛表象,根本不是轻敌,更不是技战术出了偏差,确凿是美国队员患上了类似梦游症病人的病灶。无须复述他们在场上种种表现的别扭,仅一个细节就足以看出他们怎么梦游了,这些在篮坛声名赫赫的老将和新秀,连续四次都把球投不进篮筐,而且全都在罚球圈周围,而且是属于同一次进攻的四次连续不中。我便信了澳大利亚队员赛前的调皮话:"让美国人再继续一次全场梦游。"比分曾经拉大到十三分,澳大利亚一路领先,气势不减。

美国队队员从第三节渐渐从梦游症里走出来。到第四节就打疯了,或者说疯打起来了。在守方和攻方队员拥挤的人堆中,居然能连续带球连续过人上篮把球投中;仅仅两人一次传接,就准确完成了空中接力,扣篮的动作优雅如同杂技;沿着底线歪七趔八绕过两名防守到篮下勾手一扣命中,绝对不可能是教练导师传授的技艺,而是只有打疯了的状态下才能发生的超常现象。美国人赢了。澳大利亚队赛前的预言落空,美国队员顶多梦游了不足三十分钟,醒来后只需十分钟就赢了整场比赛。

我已经不关心孰胜孰败。我对赛场上常说的"不在状态"倒是突生兴趣。梦游就是"不在状态"的形象化描述。看来造成不在状态的通常所说的原因,诸如轻敌、过度疲劳等原是不大准确的诊断。我想可能出于生命本身某种神秘的东西,只是尚未揭示而已。乡谚早已有传:人一日有三昏六迷七十二糊涂。就是归结的这种至今说不清摸不准治不好的梦游征象。其实在社会的很多领域,也发生此类现象:你怎么弄都弄不好你想弄的事,你越想弄好越弄不好。这状况甚至延续三年五年,也是常有的事。

如何找到自己调节状态摆脱梦游的办法,达到生机勃勃的运动状态,对于从事任何具有创造意义的事业的人来说,都不可忽视和盲目,更不要信鬼。

2004 年 8 月 20 日 雍村

胜者的平静与败者的微笑

——老陈看奥运之六

我喜欢观赏体育竞技比赛,似乎没有受什么人的影响和诱导,而是从年轻时候就发生的兴趣偏向。谁都知道人的兴趣各异,跟性格难以逆转一样。麻将响遍中国城乡多年,我至今认不得那精致的方块上的圈圈点点等符号,但我尊重有麻将瘾的人,跟别人尊重我的足球兴趣一样。

在体育竞技项目中,尽管我首选足球,却不局限此球,篮球排球乒乓球再加曲棍球,还有跳水游泳和体操等,我都喜欢观看。也有不喜欢的体育项目,比如柔道,横看竖看都看不出兴趣来,连那专业服装也觉得别扭;拳击也不喜欢,感觉太野蛮太残忍;还有举重,看去太单调,缺乏变化,尤其是大重量级的项目,人都肥得失了形,很难感受人体运动时的那种美的旋律和韵致。

昨天晚上看唐功红举重,我的兴趣大大被激发起来,而且感动得难以自已。

这是本届奥运会中国夺得的第十八枚金牌,为国争光完成预计任务之类的光荣和骄傲自不必说,我感动的是人在某种特定的竞争环境和氛围里,所爆发的超乎想象的奇异到不可理解的功能。唐功红之前的韩国选手张美兰最后一举的成功,从她极度兴奋所爆发的吼叫挥拳的举动可以看出,冠军已经攥到手心了。我也觉得非她莫属了。唐功红要想夺冠,必须举起182.5公斤,比前一把整整增加十公斤。在所有同台竞争者已经偃旗息鼓只剩两人对抗的最后关头,一次加码十公斤的重量,在举坛历史上如果不是绝无仅有,肯定也是难得一见的事。然而唐功红成功了。无论怎样惊诧不可思议,奇迹在那一瞬成为事实。

我很难信服常说的为了什么又为了什么而获得力量的话;也难以信服什么优势加什么优势完成此举;甚至把唐功红和她的父母至今还睡乡村土炕的事都搜罗出来,作为一个由头。睡土炕或睡席梦思都与昨夜非凡的一举无关。我倒注意起唐功红四年前在悉尼落败给张美兰后回去说的一句话:"我不服气。"输是输了,却不服气。不服气,就理智地总结失败原因,寻找新的突破的出路,自然不可或缺苦练,果然就把四年前胜过她的同台竞争者战胜了。这是体育竞赛的基本精神和长盛不衰的永久性魅力。如果唐功红服气了甘拜下风了,就没有今晚惊天撼地魅力四射的一挺一举,也没有举重新纪录的产生。看来,体育竞争比其他行业的竞争要规矩得多干净得多,官场商场和其他种种场上的竞争,充斥着阴谋谎言欺诈贿赂收买和陷害,还有鸡肠小肚的猜疑言不由衷的奉承迷离晦暗的诋毁,其实都是缺乏如唐功红再度实现突破的自信的并发症状。真正确信自己具备完成新目标的突破的信心和实力的人,反而很平静,她明白该从何处着手何方着眼何地着力。达到了这个新目标的唐功红依旧很平静。

我恰恰从韩国姑娘张美兰在颁奖台上迷人的笑容里,充分感受到上述这种最可珍贵的自信。张美兰站在亚军的领奖台阶上,从头至尾,即从跨上台阶到走下那个台阶,一直保持着轻松自然的微笑,甚至在走下颁奖台让记者拍照时,对唐功红还有一个亲昵的倾身的动作。我被那微笑和倾身的动作深深地感染了触动了。那是怎样美好的一个微笑!既体现着一种高尚的修养,也展示出一种高贵的风采;既是对同台竞争对手所创造的成就的尊重,也是对钟爱着同一事业的自己的尊重。当然,这微笑里也许蕴藉着更强烈的"不服气"。把"不服气"用平静而高贵的微笑表现出来,就预示着实现新的目标完成更大突破的自信。我期待张美兰在未来的某个世界性举重赛事中,传来好消息。

2004 年 8 月 22 日 雍村

在河之洲

汽车驶出古城西安东门,不久就进入麦深似海的关中平原的腹地。时令刚交上五月,吐穗扬花的小麦一望无际,眼前是嫩滴滴的密密匝匝的麦叶麦穗,稍远就呈现为青色了。放开眼远眺,就是令人心灵震颤的恢宏深沉的气象了。东过渭河,田堰层叠的渭北高原,在灰云和浓雾里隐隐呈现出独特的风貌,无论立陡的险垴,无论舒缓的慢坡,都被青葱葱的麦子覆盖着,如此博大深沉,又如此舒展柔曼,无法想象仅仅在两个月之前的残破与苍凉,顿然发生对黄土高原深蕴不露的神奇伟力的感动。

我的心绪早已舒展欢愉起来,却不完全因为满川满原的绿色的浸染和撩拨,更有潜藏心底的一个极富诱惑的企盼,即将踏访两千多年前那位"窈窕淑女"曾经生活和恋爱的"在河之洲"了。确切地说,早在几天之前朋友相约的时候,我的心里就踊跃着期待着,去看那块神秘莫测的"在河之洲"。

我是少年时期在初中语文课本上,初读那首被称作中国第一首爱情诗歌的。无须语文老师督促,一诵我便成记了,也就终生难忘了。"关关雎鸠,在河之洲;窈窕淑女,君子好逑。"许是少年时期特有的敏感,对那位好逑的君子不大感兴趣,甚至有莫名的逆反式的嫉妒,一个什么样儿的君子,竟然能够赢得那位窈窕淑女的爱?在河之洲,在哪条河边的哪一块芳草地上,曾经出现过一位窈窕淑女,而且演绎出千古诵唱不衰的美丽的爱情诗篇？神秘而又圣洁的"在河之洲"，就在我的心底潜存下来。后来听说这首爱情绝唱就产生在渭北高原，却不敢全信，以为不过是传说罢了，而渭河平原的历史传说太多太多了。直到朋友约我的时候，确凿而又具体地告诉我，在河之洲，就是渭北高原合阳县的洽川，这是大学问家朱熹老先生论证勘定的。朱熹著《诗集传》里的《关雎》篇，以及《大雅·大明》的注释，有"在洽之阳，在渭之涘"可佐证，更有"洽，水名，本在今同州合阳夏阳县"，指示出不容置疑的具体方位。合阳即今日的合阳县，二十世纪五十年代还沿用古体郃字作为县名，后来为图得简便，把右边的耳朵削减省略了，合阳县就成今天通用的合阳县了。洽水在合阳县投入黄河，这一片黄河道里的滩地古称洽川，就是千百年来让初恋男女梦幻情迷的"在河之洲"。我现在就奔着那方神秘而又圣洁的芳草地来了。

　　远远便瞅见了黄河。黄河紧紧贴着绵延起伏的群山似的断崖的崖根，静静地悄无声息地涌流着。黄河冲出禹门，又冲出晋陕大峡谷，到这里才放松了，温柔了，也需要抒情低吟了，抖落下沉重的泥沙，孕育出渭北高原这方丰饶秀美的河洲。这是令人一瞅就感到心灵震颤的一方绿洲，顿然便自惭想象的狭窄和局限。这里坦坦荡荡铺展开的绿莹莹的芦苇，左望不见边际，右眺也不见边际，沿着黄河也装饰着黄河，竟有三万多亩，那一派芦苇的青葱的绿色所蕴聚的气象，在人初见的一瞬便感到巨大的摇撼和震颤。我站在坡坎上，久久说不出一句话来，那方自少年时代就潜存心底的"在河之洲"，完全不及现实的洽川之壮美。

　　芦苇正长到和我一般高，齐刷刷，绿莹莹，宽宽的叶子上锈积着一层茸茸白毛，纯净到纤尘不染。我漫步在芦苇荡里青草铺垫的小道上，似可感到正值青春期的芦苇的呼吸。我自然想到那位身姿窈窕的淑女，也许在麦田里锄草，在桑树上采摘桑叶，在芦苇丛里聆听鸟鸣,高原的地脉和洽川芦荡的气韵,孕育出窈窕壮健的身姿和洒脱清爽的质地,才会让那个万众景仰的周文王一见钟情,倾心求爱。我便暗自好笑少年时期自己的无知与轻狂,好逑的君子可是西周的周文王啊,哪里还有比他更能称得起君子的君子呢!一个君王向一个锄地割麦采桑养蚕的民间女子求爱,就在这莽莽苍苍郁郁葱葱的芦苇荡里,留下《诗经》开篇的爱情诗篇,萦绕在这个民族每一个子孙的情感之湖里,滋润了两千余年,依然在诵着吟着品着咂着,成了一种永恒。

  雨下起来了。芦苇荡里白茫茫一片铺天盖地的雨雾,腾起排山倒海般雨打苇叶的啸声,一波一波撞击人的胸膛。走到芦苇荡里一处开阔地时,看到一幅奇景,好大的一个水塘里,竟然有几十个人在戏水,男人女人,年轻人居多,也有头发稀落皮肉松弛的上了年岁的人。这个时月里的渭北高原,又下着大雨,气温不过十度,那些人只穿泳衣在水塘里戏闹着,似乎不可思议。这是一个温泉,名处女泉,大约从文王向民间淑女求爱之前就涌流到今天了。温泉蒸腾着白色的水汽,像一只沸滚的大锅,一团一团温热湿润的水汽向四周的芦苇丛里弥漫,幻如仙境。洽川人得了这一塘好水,冬夏都可以尽情洗浴了,自古形成一个风俗,女子出嫁前夜,必定到处女泉净身,真是如诗如画。洽川这种温泉在古籍上有一个怪异的专用汉字——瀵。自地下冒涌出来,冲起沙粒,对浴者的皮肤冲击搓磨,比现代浴室超豪华设施美妙得远了。在洽川,这样的瀵泉有多处,细如蚁穴,大如车轮。《水经注》等多种典籍都有生动具体的描绘。现在成了各地旅客观赏或享受沙浪浴的好去处了。

  这肯定是我见过的最绝妙的温泉了,也肯定是我观赏到的最壮观最气魄的芦苇荡了,造化给缺雨干旱的渭北高原赐予这样迷人的一方绿地一塘好水,弥足珍贵。我在孙犁的小说散文里领略过荷花淀和芦苇荡的诗意美,前不久从媒体上看到有干涸的危机,不免扼腕；从京剧《沙家浜》里知道江南有一处可藏匿新四军的芦苇荡，不知还有芦苇否？芦苇丛生的湿地沙滩，被誉为地球的肺。无须特意强调，谁都知道其对于人类生存不可或缺的功能。

我便庆幸，在黄河滩的洽川，芦苇在蓬勃着，温泉在涌着冒着，现代淑女和现代君子，在这一方芳草地上，演绎着风流。

2004 年 9 月 21 日 雍村

柴达木掠影

　　出敦煌城,满眼都是变幻着色彩的沙子。无边无际的沙丘沙梁和沙地,金黄金黄的,灰白灰白的,淡青淡青的,铺天盖地的沙漠没有期望里的变化,仅仅是沙子的颜色淡了浓了在变幻着。进入祁连山,沟底和山坡上有绿草生长,尽管可以看出干旱施虐下存活的艰难,毕竟是绿色生命,毕竟带给人一种鲜活。远处的祁连山是凛凛的赤裸的峰峦和沟壑,有几处可以看到峰顶上闪闪发亮的积雪。翻过祁连山,又是砾石堆积的戈壁,零星的骆驼草顽强地在这里宣示着生命。偶尔可以发现一只小小的蓝底白翅的小鸟,从这蓬骆驼草飞到另一丛,使这无边沉寂的漠地有了一点灵动。

　　进入柴达木腹地,便进入生命的绝地。一株草一只蠓虫都绝迹了。地表是如同刚刚得到细雨润湿的黑油油的土壤,踏上去竟然坚硬如铁,这是经过盐渍造成的奇异景象。薄薄的土层下,是青石一般坚硬的盐层,深不知底。柴达木意译是盐渍。性能精良的越野车,在沙漠戈壁行进了整整九个小时,陪伴左右的祁连山隐去了,阿尔金山扑入眼来了,白雪皑皑的昆仑让人生出走到天尽头的错觉。我已经知晓,一九五四年早春,在西安组建的第一支石油勘探队从敦煌开始行程,用脚步并借助骆驼横穿过沙漠和戈壁,历时半月,到达我们即将抵达的尕斯库勒湖畔。他们吃自己背着的干粮。他们走到哪儿就在哪儿的沙地上挖坑(地窝子)夜宿。在关中已经是柳絮榆荚飘飞的春景,柴达木依然是严寒的冬天,夜晚沙坑里彻骨的冰冷是可以想见的。最严酷的是根本找不到淡水。我从当年那些首闯绝地的勘探者所写的回忆短文里,首先感动的是朴实无华坦诚平静的叙述,对于任谁都可以想象的绝地里的困难,绝无渲染辞藻。这样的叙述反倒令人感受到创业者的豪迈和威势,读来令人产生对某种远逝的纯情的怀念。

我已经看多了造型各异令人眼花缭乱的高楼大厦,看多了越来越精致的城市绿地和花卉,越变越华丽越雅致的地毯和壁饰。我现在置身于寸草不生蠓虫不飞严酷到连一口淡水也找不到的柴达木。把赤裸的祁连山赤裸的阿尔金山冰雪闪亮的昆仑山揽入视野纳入心胸,对我的心境和心态是一种无可替代的良好的调节,起码不至于仅仅把眼光流连在人工制造的草地花丛地毯壁饰的色彩和图案上,人的情趣需要带着严酷意味的荒漠群山的调节。

远远便瞅见昆仑山脚下尕斯库勒湖蓝莹莹的好水。人在干枯单调的荒漠里整整走过九个小时,对眼前突然出现的这一湖好水的亲近是强烈的,况且是融雪汇聚成湖的纯净的水,绿色就环绕着湖水而蓬勃着生气了。我们来到一座高耸的碑塔前,这是柴达木打出第一口油井的井址,站在这个碑塔下,感知那种令人肃然起敬的创业者的神圣和尊严。

花土沟是发现油砂石的地方,在连绵不断的如同被大火燎烧过的群峰之中。汽车在山间盘旋而上,残破的山梁残破的沟坡残破的山峰,在见惯了黄土高坡的我的感觉里,仍然是不堪。就在这样的沟壑间山梁上,这里那里都竖立着正在掘进的井架,悠悠然有节奏运转着的抽油机,黑色的输油管或凌空飞架或顺地铺设,我可以想象技术人员和工人完成每一道工序的艰难,更感佩把石油采出的意志力。

花土沟山顶上立着一块石碑,铭记着这里是首先发现油砂石的地方。一九四七年,一支仅剩下三人的石油勘探队,几乎是在绝望中听到一个什么人说这儿有一种可以点燃起火的石头,欣喜若狂,立马赶到这里,发现了山峰和山沟里裸露着的油砂石,这是潜藏石油最可靠的资料了。石碑上镌刻着那三个发现者的名字。这块石碑,完整记录了柴达木石油勘探开采的历史,一种令人感佩的科学态度。我接受了油田一位朋友随手捡拾的一块油砂石,尽管早已干涸,仍然可以闻到一股油腥气味,颜色是被石油浸渍过的紫黑色。我在看着摸着嗅着这块来自地心的不寻常的石头时是平静的,不过有一点好奇,却可以理解那三位勘探者抓到它时的狂欢,那对他们来说是发现,是求证的证据,是理想的实现。也可以理解一九五四年的勘探队在此打出第一口油井的狂欢,应该是献给刚刚建立不久的新中国的一份厚礼。从那时开始,到我以参观者的身份到这里来的时候,整整经过了五十年,新的井架还在搭建,油井还在出油,新的年生产指标还在提升。一茬接一茬的石油人在这里付出了汗水心血和青春,又一茬年轻人继续活跃在平川里和沟壑间,依然是一丝不苟的全身心投入,依然是面对戈壁所有艰辛的顽强和乐观。

还有开创者的诗性情怀。他们为柴达木取下一批极富诗意的地名,这是这些处女地自形成以来的第一次命名。花土沟是依山峰和沟坡的颜色命名的。冷湖这个名字取得多么别致,怕是大学问家也未必能推敲得到。还有一个南八仙,就不仅仅是文字上的光彩了,而是一种虔诚的缅怀。一个由八位女子组成的勘探队,走出营地后消失了,无影无踪地消失在柴达木荒漠上,一缕布条一页纸片都没有残留。战友们在搜寻绝望之时给她们失踪的地方命名为南八仙。愿这些报效国家的巾帼英雄,化为天仙。

在柴达木一路走来,超出想象的大自然的严酷,对我发生着连续的冲撞;传说的和墨写的开发柴达木的英雄业绩,对我也发生着令人由衷感动感叹的冲撞:眼见的正在掘进的钻机和悠然运动的抽油机,穿着溅有油痕制服的技术人员和工人,一张张自信而又鲜活的脸孔,有一种更富活力的冲撞。尽管我不可能加入这种环境下的这一群劳动者的行列,却乐意接受这种冲撞,增强精神和心理的钙质,更踏实更从容地面对生活。

2004 年 9 月 30 日雨晨　雍村

借助巨人的肩膀

——翻译小说阅读记忆

平生阅读的第一部翻译长篇小说,是《静静的顿河》。尽管时过四十多年,我仍然确信这个记忆不会有差错,人对自己生命历程中那些第一次的经历,记忆总是深刻。

从学校图书馆借这部小说时,我还不知道它是一部名著,更不了解它在苏联和世界文坛的巨大影响。那是我对文学刚刚发生兴趣的初中二年级,"反右"正在进行。我的语文老师是一位初出茅庐的中文系大学生,常常在语文课堂上逸出课本内容,讲某位作家某位诗人被打成"右派"的事,尤其是被称为"神童"的刘绍棠被定为"右派",印象最深刻了。好奇心也在同时发生,天才、神童,远远比那个我尚不能完全理解其政治内涵的"右派"帽子更多了神秘色彩,十分迫急地想看看这个"神童"在与我差不多接近的年龄所写的小说。课后我就到学校图书馆查阅图书目录,居然借到了《山楂村的歌声》短篇小说集,大约是学校图书馆尚未来得及清查禁绝"右派"作家的作品。大约是在这部小说集的"后记"里,刘绍棠说到他对肖洛霍夫的崇拜和对《静静的顿河》的喜欢。"神童"既然如此崇拜如此喜欢,我也就想见识这部长篇小说了。看到在图书馆书架上摆成雄壮一排的四大本《静静的顿河》,我还是抑制了自己的欲望,直等到暑假放学,我便把这四部大著背回乡村的家中。

我知道了地球上有一条虽然不大却很美丽的河流叫顿河。这个顿河总是具象为我家门前那条冬日清冽夏日暴涨的灞河。辽阔的顿河草原上的山冈，舒缓柔曼的起伏转承的线条，也与我面对着的骊山南麓的坡岭和白鹿原北坡的气韵发生叠印和重合。还有生动的哥萨克小伙子葛利高里，风情万种的阿克西尼亚。我那时候忙于自己的生计，每逢白鹿原上集镇的集日，先一天下午从生产队的菜园里菆取西红柿、黄瓜、大葱、茄子、韭菜等，大约五十斤，天微明时挑到距家约十华里的原上去，一趟买卖可赚一二元钱，整个暑假坚持不懈，开学时就可以揣着自己赚来的学费报到了。集日的间隔期里，我每天早晨和后响背着竹条大笼提着草镰去割草，或下灞河河滩，或者爬上村庄背后白鹿原北坡的一条沟道，都会找到鲜嫩的青草。虽然因为年幼尚无为农业合作社出工的资格，而割草获得的工分比出工还要多。我在割草和卖菜的间歇里，阅读顿河哥萨克的故事，似乎浪漫到不可思议。我难以理解故事里的人物和内蕴，本属正常。所有这些也许并不重要，有幸的是感受到我的生活范围以外的另一个民族的生活形态，视野抵达一个几乎找不到准确方位的遥远的顿河草原，生活在那里的人们的快乐和悲伤竟然牵动着我的情感，而我不过是卖菜割草的一个尚未成年的乡村孩子。我后来才意识到，我喜欢阅读欧美小说的偏向，就是从这一次发生逆转的，从"说时迟，那时快"的语言模式里跳了出来。

另一次难忘的阅读记忆发生在"文革"期间。我已经几年都不读小说了。"文革"一开始，以"三家村"为标志的作家们的灾难，使我这个刚刚在地方报纸副刊上发过几篇散文的业余作者，终于得出一个最现实的结论，写作是绝对不能再做的事了。我把多年来积累的日记和生活纪事，悄悄从学校背回乡下家中，在后院的茅房里烧毁了，也就把因为一句不恰当的话而招致灾难的担心解除了。我后来被借调到公社（乡）帮忙，遇见了初中的地理科任老师。他已经升为我们公社地区唯一一所中学的校长,"文革"中惨遭批斗,新成立的"革委会"拒不"结合"他。公社要恢复"文革"中瘫痪多年的基层党支部,他也被借调来公社帮助工作,我和他就重新相聚了。我听他说来此之前在学校闲着,分配他为图书管理员。这一瞬我竟然心里一动,久违了的好陌生的图书馆呀。他说学校的图书早已被学生拿光了,意在他这个管理员是有名无实。我却不甘心,总还有一些书吧?他不屑地说,偷过剩下的书在墙角堆着。我终于说服了他,晚上偷偷潜入校园,打开图书馆的铁锁,不敢拉亮电灯,用事先备好的手电筒照亮,在那一堆大多被撕去了书皮的书堆里翻拣。真是令人喜出望外,我竟然获得了《悲惨世界》《血与沙》《无名的裘德》等世界名著。我把这些书装入装过尿素的塑料袋,绑捆到自行车后架上,骑车出了学校大门,路边是农民的菜地,如做贼得手似的畅快。我的老师再三叮嘱我,绝对不能让任何人看见这些书,我便发誓,即使不慎被谁发现再被揭露,绝不会暴露书的真实来处,打死我都不会给老师惹麻烦。

于是就开始了富于冒险意味的阅读。这大约是二十世纪七十年代的事。处于"文革"中期的整个社会氛围是难以确切描述的,我只确信一点,未曾亲自经历过的人是不可能有那种亲历者的直接感受的。大约也就在这个时候,八个样板戏里的头几个样板被推出来。整个社会都挥舞着一把革命的铁帚,扫荡"封资修"——那些古今中外的优秀文化和文学遗产。我在一天工作之后洗了脚,插死门扣,才敢从锁着的抽屉里拿出那本被套上"毛选"外皮的翻译小说来,进入一种最恬静也最冒险的阅读,院子里传进来干部们玩扑克为一张犯规的出牌而引发的争吵。最佳的阅读气氛是在下乡住到农民家里的时候。那时候没有电视,房东一家吃罢晚饭就上炕睡觉了,在前屋后窗此起彼伏的鼾声里,我与百余年前法国的一位市长冉阿让相识相交,竟然被他的传奇故事牵肠揪心难以成眠;抑或是陌生到无法想象的西班牙斗士，在斗牛沙场和社会沙场上演绎的悲剧人生；还有那个"多余人"裘德，倒是更能切近我的生活，尽管有种族习俗和社会形态的巨大差异，然而作为社会底层的被社会遗忘的"多余人"的挣扎和痛苦，却是穿透任何差异的共通的心灵情感，甚至可以作为我理解自己身边那些乡村农民的一个参照。许多年以后，我才从开禁的有关资料中得知，《无名的裘德》是欧洲文坛曾经颇有影响的写社会底层"多余人"文学潮流的代表作之一，包括高尔基也写过这类人物和很具影响的一部长篇小说，名字记不得了。

这应该是我文学生涯里真正可以称作纯粹欣赏意义上的阅读。此前和后来的阅读，至少有"借鉴"的职业性目的。此时此境下的阅读纯粹是欣赏，甚至是消遣，一种长期形成的读书习惯所导致的心理欲望和渴求。因为"文革"开始我就不再做作家梦了，四五年过来，确凿不再写过任何属于文学色彩的文章。读着这些世界名著的时候，也没有诱发写作欲望或重新再做作家的梦想，然而我依然喜欢阅读。阅读这些一概被斥为"封资修黑货"的小说，耳朵里灌进的是以毛主席语录谱写的歌曲，还有样板戏的唱段，乡村树杈上的高音喇叭从早到晚都在向田野和村庄倾泻着，在我的心里，正好是无产阶级文艺和资产阶级文艺全面对抗尖锐冲突"你死我活"的双方交战的场面。我那时尚不能做出判断，以"样板戏"为代表的中国无产阶级文艺如何发展前景怎样，然而却确实发生最基本的属于常识层面上的怀疑，欧洲的无产阶级和穷人喜欢如《悲惨世界》《血与沙》《无名的裘德》等这一类作品，我不可能有任何片纸只言的资料，所在只能依常情常理来推测。依据仍然是这些文本，它们都是为劳动者呐喊的呀。我至今也无法估量发生在"文革"中间的这种最纯粹的阅读，对我后来创作的发展有何启示或意义，但有一点却是不可置疑的，欧洲作家创造的这些不朽作品，和我的情感发生过完全的融汇，也清楚了一点，除过八个样板戏，还有如上述的世界名作在中国以外的世界上传诵不衰。

还有一次发生在"文革"后期的阅读是难忘的。大约是一九七五年春天,我到西安电影制片厂去改编电影剧本,意料不到地读到了苏联作家柯切托夫的几部长篇小说。需稍作交代,此前两年,被砸烂了的省作家协会按照上级指示开始恢复,在农村或农场经过劳动改造且被审定没有"敌我矛盾"的编辑和作家,重新回到西安,着手编辑文学刊物。为了与原先的"文艺黑线"划清界限,作家协会更名为创作研究室,《延河》杂志也改为《陕西文艺》。老作家们虽被"解放",仍然不被信任,仍然心有余悸,"工农兵"业余作者一下子吃香了。我也正是在这时候写下了平生的第一个短篇小说,且被刚刚恢复业务的西影厂看中,拟改为电影。我到西影厂以后,结识了几位和我一样热心创作的业余作者。记不清谁给我透露,西影厂图书资料室有几本"内部参考"小说,是供较高级领导干部阅读参考的,据说这几本小说揭露了"苏联修正本义"的内幕。我经过申请,得到有关领导批准,作为写剧本的业务参考,破例破格阅读"高干"的参考书。

第一本是《州委书记》。作者是柯切托夫。这部小说写了两个苏共的州委书记,拿我们的习惯用语说,一个实事求是做着一个州的发展和建设工作,另一个则是欺上瞒下虚夸成绩搞浮夸风。前者不断受挫,后者屡屡得手于表彰升迁等。结局是水落石出,后者受到惩治,前者得到伸张。依着今天我们的眼界来说,这部小说的主旨和人物几乎没有什么新颖之处。然而在一九七五年的时空下,我的震撼和兴奋几乎是难以抑止的。一九七五年再度加压的政治气氛,却无法堵住中国人私下的议论,包括直白的诅咒和漫骂,这应该是施虐近十年的极左路线穷途末路的一个先兆。我可以和几位朋友在私下里谈《州委书记》。我甚至以为把作品人物名字换成中国人的名字,把集体农庄换成公社或生产队,读者的感觉就会毫无差异。就当时而言,柯切托夫揭示的苏联社会问题,在中国的实际生活里更普遍也更尖锐,然而中国却集中到几乎是莫须有的"路线斗争"。更令我惊讶的是,我们作为揭露苏共修正主义的标本,在苏联却照常销售普遍阅读,如若中国有一位写出类似作品的作家,且不说能否出版,肯定性命都难保全。

兴趣随之由作品转移到作家本身,柯切托夫创作历程中的几次转折似乎更富于参照意义。我连续在西影图书馆借到了柯切托夫的两本长篇小说,都是"文革"前已经翻译出版的《茹尔宾一家》和《叶尔绍夫兄弟》,以城市家族的角度,写产业工人在社会主义劳动中的英雄主义精神,都公开出版发行的。这个以写和平建设时期的英雄而在苏联和中国都很有名气的作家,到二十世纪六十年代,把笔锋调转到另一个透视的角度,揭示苏共政权机关里的投机者,以至他的《州委书记》等长篇成为中国"高干"了解"苏修"社会黑幕政权质变的参照标本。柯切托夫为什么会发生这样的转折?显然不是艺术形式追求变化层面上的事,而是作家的思想。作家思想发生了怎样的变化?是什么东西促成了柯切托夫的这种变化和视点的转移,当时找不到任何可资参考的资料。我唯一能做出判断的是,这既需要强大的思想穿透力,也需要具备思考者的勇气。

到二十世纪八十年代初,柯切托夫的作品重新出现在新华书店的售书架上,包括曾经作"高干"内参的《州委书记》。我在从书架上抽出这本小说交款购买的简短过程里,竟然有一种无名的感叹,不过六七年时间,似乎有隔世的陌生而又亲切的矛盾心理。不久又见到《你到底要什么》,柯切托夫直面现实的思考和发问,尖锐而又严峻,令人震撼。这个书名很快在中国普及,且被广泛使用。随后又购买到了《落角》,柯切托夫的变化再一次令我惊讶,无论从思想到艺术形式,几乎让我感觉不到柯切托夫的风格了,有点隐晦,有点象征,更多着迷雾,几乎与之前的作品割断了传承和联系。转折如此之大,同样引起我的兴趣,柯切托夫自己"到底要什么"?尽管我难以作出判断,却清楚地看到一个作家思想、情感以及艺术形态的发展轨迹,早期歌颂英雄的鲜明立场和饱满的情感,转折到对生活里虚伪和丑恶的严厉批判揭露,再到对整个社会和人群发出严峻的质问,"你到底要什么",一时成为整个社会都无法回避的问题,最后发展到晦涩的《落角》,我都不大读得懂了。自然是作家主体的思想和情感发生了变化,然而是什么东西促成了这种变化,我却无法判断。隐蔽在晦涩文字下的情绪,直接感到那个曾经洋溢着热情闪烁着敏锐思想光芒的柯切托夫可能太累了,且不断定其失望与否。这样一个曾经给我们提供过"参考"样本的作家,死亡时,苏共党魁勃列日涅夫亲自参加了他的追悼会,似乎并不计较他对苏联社会的揭露、批判、诘问和某种晦涩的失望。

到二十世纪八十年代初,在省作协院子里,出现过一阵苏联文学热。中苏关系解冻,苏联文学作品有如开闸之水,倾泻过来,北京两所外语高校编辑出版了两本专门翻译介绍苏联作家和作品的杂志《苏联文学》和《俄苏文学》,这是空前绝后的事,可见对苏联文学之热不单在我的周围发生,而是一个范围更大的普遍现象。我把这两本杂志连续订阅多年,直到苏联解体杂志停刊,可见对苏联文学的关爱之情。我通过这两本杂志和购买书籍,结识了许多苏联作家。我那时候住在乡下老家,到作家协会开会或办事,常常在《延河》编辑兼作家王观胜的宿办合一的屋子里歇脚,路遥也是这个单身住宅里的常客,话题总是集中到苏联作家和作品的阅读感受上。艾特玛托夫、舒克申、瓦西里耶夫,还有颇为神秘的索尔仁尼琴,等等,各自阅读体验的交流,完成了互补和互相启示,没有做作,不见客套,其本质的获益肯定比正经八百的研讨会要实在得多。在大家谈到兴奋时,观胜会打开带木扇的立柜,取出珍藏的雀巢咖啡,这在当时称得最稀罕最昂贵也最时髦的饮料,犒赏每人一杯,小屋子里弥漫着烟气,咖啡浓郁的香气也浮泛开来。

我感到了面对苏联的历史和现实，不同的作家以不同的思想视角和艺术形态，展示出独立的思维和独立的体验，呈现出独有的艺术风景，柯切托夫属于其中的一景。我开始意识到要尽快逃离同一地域同代作家可能出现的某些共性，要寻求自己独自的生活体验和艺术体验，才可能发出富于艺术个性的独自的声音。真正蓄意明确的一种阅读，发生在此前几年。一九七八年春天，作为家乡灞河河堤水利会战工程的主管副总指挥，我住在距水不过五十米的河岸边的工房里，在麦秸作垫的集体床铺上，我读到了《人民文学》发表的刘心武的《班主任》。我的最直接的心理反应，用一句话来概括，创作可以当作一项事业来干的时代到来了！我在六月基本搞完这个八华里河堤工程之后，留给家乡一份纪念物，就调动到文化馆去了。我到文化馆上班实际已拖到十月，在一个无人居住的残破的屋子里安顿下来，顶棚塌下来，墙上还留着墨汁写的"文革"口号，"打倒""砸烂"之类。我用废报纸把整个四面墙壁糊贴了起来，满屋子都是油墨气味，真是书香四溢了。我到文化馆图书馆借书，查封了十余年的图书馆刚刚开禁。我不自觉地抽取出来一本本"文革"前翻译出版的小说。我在泛读的过程中，很自然地把兴趣集中到莫泊桑和契诃夫身上。想来也很自然，我正在练习写作短篇小说，不说长篇，连中篇写作的欲望都尚未萌生。在读过所能借到的这两位短篇大师的书籍之后，我又集中到莫泊桑身上。依我的阅读感觉来看，契诃夫以人物结构小说，莫泊桑以故事结构小说塑造人物：前者难度较大，后者可能更适宜我的写作实际。这样，我就在莫泊桑浩瀚的短篇小说里，选出十余篇不同结构形式的小说，反复琢磨，拆卸组装，探求其中结构的奥秘。我这次阅读历时三个月，大约是我一生中最专注最集中的一次阅读。这次阅读早在我尚未离开水利工地时就确定下来，是我所能寻找到的自我把握的切合实际的举措。我从《班主任》的潮声里，清楚地感知到文学创作复归艺术自身规律的趋势。我以为"文革"

期间极左政治和极左的文艺政策,因为太离谱,早已天怒人怨,连普通读者和观众都背弃不信;倒是"文革"前十七年里越来越趋"左"的指导创作的教条,需得一番认真的清理。我那时比较冷静地确认这样一个事实,自从喜欢文学的少年时期到能发表习作的文学青年,整个都浸泡在这十七年的影响之中,关于文学关于创作的理解,也应该完成一个如政治思想界"拨乱反正"的过程。我能想到的措施就是阅读,明确地偏向翻译文本,与大师和名著直接见面,感受真正的艺术,才可能排解剔除意识里潜存的非文学因素。我曾经在十年前的一篇短文里简约叙述过这个过程,应该是我回归创作规律至关重要的一步,应该感谢契诃夫,还有莫泊桑,在他们天赋的智慧创造的佳作里,我才能较快地完成对极左的创作理论清理剔除的过程。到一九七九年春节过后,我的心理情绪和精神世界充实丰沛,洋溢着强烈的创作欲望,连续写下十个短篇小说,成为我业余创作历程中难以忘却的一年。

阅读《百年孤独》也是读书记忆里的一次重要经历。我应该是较早接触这部大著的读者之一。在书籍正式出版之前,朋友郑万隆把刊载着《百年孤独》的《十月·长篇专刊》赐寄给我。我在一九八三年早春参加中国作协在河北涿州召开的"农村题材创作研讨会"期间,看到万隆正在校对《百年孤独》的文稿,就期盼着先睹这部刚刚获得诺贝尔文学奖的新世界文学名著。一当目触奥雷连诺那块神秘的"冰块",我就在全新的惊奇里吟诵起来。我在尚不完全适应的叙述形式叙述节奏里,却十分专注地沉入一个陌生而神秘的生活世界和陌生而又迷人的语言世界。恕我不述这部在中国早已普及的名著初读后的诸多感受,这里只用一个情节来概括。一九八五年夏天,省作协在延安和榆林两地连续召开"长篇小说创作促进会",我有几分钟的最简短的发言,直言阅读《百》著的感受,大意是,如果把《百》比作一幅意蕴深厚的油画,我截止到目前的所有作品顶多只算是不大高明的连环画。我的话没有形成话题,甚至没有任何反应,甚至产生错觉,以为我有矫情式的过分自贬。我也不再继续阐释,却相信这种纯粹属于自我感觉所得出的自我把握。这次阅读还有一个不期而至的效果,就是使我把眼睛和兴趣从苏联文学上转移了。

我关注有关拉美魔幻现实主义的作家和作品,尤其是介绍或阐释魔幻现实主义的资料。我随后在《世界文学》上,看到魔幻现实主义的开山大师卡彭铁尔篇幅不大的长篇小说《人间王国》,据介绍说这是魔幻现实主义的首创之作。同期配发了介绍卡彭铁尔创作道路的文章,我才对魔幻现实主义的创立和发展有了一个较为清晰的脉络。据说《人间王国》之前拉丁美洲尚无真正创造意义的文学,没有在世界上引起关注的作品和作家。《人间王国》第一次影响到欧洲文学界,是以其陌生的内容更以其陌生的形式引起惊呼,无法用以往的所有流派和定义来归纳《人间王国》,有人首创出"神奇现实主义"一词概括,且被广泛接受。《人间王国》引发了拉丁美洲文学新潮,面对一批又一批新作品新作家的潮涌,欧美评论界经过几年的推敲,弄出一个"魔幻现实主义"的词汇,似乎比"神奇"更能准确把脉这一地域独具禀赋的作品特质。

对我更富启示意义的是卡彭铁尔艺术探索的传奇性历程。他喜欢创作之初,就把目光紧盯着欧洲文坛,尤其是现代派。他为此专程到法国,学习领受现代派文学并开始自己的写作,几年之后,虽然创作了一些现代派作品,却几乎无声无响,没有引起任何人的注意。他在失望至极时决定回国,离去时有一句名言:在现代派的旗帜下容不得我。他回到古巴不久,就专程到海地"体验生活"去了。据说他选择海地的根本理由,这是拉丁美洲唯一一个保持着纯粹黑人移民的国家。他在那里调查研究黑人移民的历史,当然还有现实生存形态。他在海地待了几年时间我已无记,随后他就写出了拉丁美洲第一本令欧美文坛惊讶的小说《人间王国》。我只说这个人对我启示最深的一点，是关于我对乡村生活的自信被击碎了。我的生活史和工作历程都在乡村，直到读卡彭铁尔的作品，还是在祖居的老屋里忍受着断电点着蜡烛完成的。我突然意识到，我连未见过面的爷爷以及爷爷的兄弟们的名字都搞不准确，更不要说再往上推这个家庭的历史了，更不要说爷爷们曾经在我现在居住的这个屋院里的生活秩序了，我在家乡农村教书和在公社（乡）工作整整二十年，恰好在改革开放之前和之后，我一直自信对解放以后乡村经历的欢乐和灾难的全过程的了解和感受，包括我的父亲从自家槽头解下缰绳，把黄牛牵到初级农业合作社里用一孔废弃的窑洞改装成的饲养大槽上。这时，才意识到对于企图从农村角度述写中国人生活历程的我来说，对这块土地的了解太浮泛了。也是在这一刻，我突然很懊悔，在"文革"之初破"四旧"烧毁族谱时，至少应该将一代又一代祖宗的名记抄写下来，至少应该在父亲谢世之前，把他记忆里的祖辈们的生活故事（哪怕传闻）掏挖出来。我随之寻找村子里几位年龄最高的老者，都说不清来龙去脉，只有本门族里一位一字不识的老者，还记得他儿时看见过的我的爷爷的印象，高个子，后脑上留着刷刷（从板刷得到的比喻，剪辫子的残余）头发，谁跟外村人犯了纠葛，都请他出面说事；走路腰挺得很硬，从街道上走过去，在门口敞怀给娃喂奶的女人，都吓得转身回屋去了。这是他关于我爷爷的全部记忆里的印象，也是我至今所能得到的唯一一个细节。这个细节从听到的那一刻，就异常活跃地冲撞我的情感和思维，后来就成为我的长篇小说《白鹿原》主要人物白嘉轩的一个体形表征，尽管那时候还没有这部小说的构想。

几乎与此同时，中国文坛呈现出"寻根文学"的鲜活生机。我不敢判断这股文学新潮是否受到拉美文学爆炸的启示或影响，我却很有兴趣地阅读"寻根文学"作品，尽管我没有写过一篇这个新流派的小说。我后来很快发现，"寻根文学"的走向是越"寻"越远，"寻"到深山老林荒蛮野人那里去了，民族文化之根肯定不在那里。我曾在相关的座谈会上表述过我的遗憾,应该到钟楼下人群最稠密的地方去"寻"民族的根。我很兴奋地处在二十世纪八十年代中期的文坛里,多种流派交相辉映,有"各领风骚一半年"的妙语概括其态势。其中有一种"文化心理结构"的创作理论,使我茅塞顿开。人是有心理结构的巨大差异的。文化决定着人的心理结构的形态。不同种族的生理体形的差异是外在的,本质的差异在不同文化影响之中形成的心理结构的差别上:同种同族同样存在着心理结构的截然差异,也是文化因素的制约。这样,我较为自然地从性格解析转入人物心理结构的探寻,对象就是我生活的渭河流域,这块农业文明最早呈现的土地上人的心理结构,有什么文化奥秘隐藏其中,我的兴趣和兴奋有如探幽。卡彭铁尔进入海地,"寻根文学"和"文化心理结构"创作理论,这三条因素差不多同时影响到我,我把这三个东西综合到一起,发现有共通的东西,促成我的一个决然行动,去西安周边的三个县查阅县志和地方党史文史资料,还有不经意间获得的大量的民间逸事和传闻。那个长篇小说的胚胎渐渐生成,渐渐发育丰满起来,我感到真正寻找到"属于自己的句子"了。

我并不以卡彭铁尔从欧洲现代派旗帜下撤退的行动,作为拒绝了解现代派艺术的证据。现代派艺术肯定不适宜所有作家。适宜某种艺术流派的作家,会在那个流派里发挥创造智慧;不适宜某种艺术流派的作家,就会在他清醒地意识到不适宜时逃离出去,重新寻找更适宜自己性气的艺术途径。这是作家创作发展较为普遍的现象。海明威把他的艺术追求归纳为一句话,说他一生都在"寻找属于自己的句子"。这个"句子"自然不能等同于叙述文字里的句子。既然是"一生",就会有许多次,我们习惯用一次新的成功的探索或突破来表述这个过程和结果。卡彭铁尔到海地"寻找"到了真正"属于自己的句子",开创了拉美文学新的天地,以至发生爆炸,以至影响到世界文坛。今天坦白说来,《人间王国》我读得朦朦胧胧,未能解得全部深奥，也许是生活距离太大，也许"神奇"的意象颇难解读，也许翻译的文字比较晦涩。我的最重要的启示在于卡彭铁尔扎到海地去的行动，即他"寻找属于自己的句子"时富于开创意义的勇气，才是我的最有教益的收获。未必也弄出"人变甲虫"的蠢事来。

在昆德拉热遍中国文坛的时候，我也读了昆德拉被翻成中文的全部作品。我钦佩昆德拉结构小说举重若轻的智慧。我喜欢他的简洁明快里的深刻。这是"寻找到属于自己的句子"的又一位成功作家。我不自觉地把《玩笑》和《生命中不能承受之轻》对照起来。这两部杰作在题旨和意向所指上有类近的质地，然而作为小说写作却呈现出决然不同的艺术气象，我习惯从写作的角度去理解其中的奥秘，以为前者属于生活体验，后者已经进入生命体验的层面了。我在这两本小说的阅读对照中，感知到从生活体验进入到生命体验，对作家来说，有如由蚕到蛾羽化后的心灵和思想的自由。

2004 年 11 月 24 日　二府庄

完成一次心灵洗礼

——感动长征之一

大约是在小学或初中读书时,听老师讲过朱毛井冈山会师和长征的故事。随着年岁增长和阅读面的拓宽,包括两位美国作家斯诺和索尔兹伯里影响深远的《西行漫记》《长征——前所未闻的故事》两部著作的阅读,井冈山早已成为我心里最高的山,最神圣的山。几十年过去,适逢长征胜利七十周年之际,终得观瞻井冈山的机缘,兴奋和踊跃之情就是很自然的了。再,延安是长征胜利的终结地,我和作家朋友以及家人,已经多次参观过,总想着到长征的起始点去感受一番,这个震惊世界的二万五千里长征,才会在我的心里有一个完整的感受。作为一个自我感觉关注着国家和民族现实发展和未来命运的当代作家,仅从书本和资料上获取发生在井冈山的历史事件是不够的,必须领受最直接的心理冲击和体验,才能使在井冈山发生的血与铁的历史铸入情感也铸入理性。

我在南昌走进了那幢打响起义第一枪的楼房。我在井冈山下坐在朱德和毛泽东第一次会面的龙江书院的方桌旁的长凳上。我抚摸了一炮轰得"敌军宵遁"的黄洋界上那门迫击炮的炮筒。我在瑞金观瞻了中华苏维埃召开第一次和第二次代表大会的祠堂和会场。我在云石山看到毛泽东被排斥出中央决策领导层时所住过的孤寺。我在于都河边八个长征渡口走了四个。我在遵义会议召开的木楼上看着依照原样摆置的桌椅,几乎无意识地屏声静息,却忍不住心跳加剧……

从八一南昌起义和秋收起义到井冈山革命根据地的建立,再到瑞金中华苏维埃政权的诞生,是中国共产党领导劳苦大众,寻找探索到符合中国实际的一条革命道路,刚刚跨出了第一步,毛泽东用生动鲜活的理论阐明并概括为可以燎原的"星星之火"。这是从四一二政变的惨痛教训里获得的富于开创意义的理论,开始了红色革命割据和农村包围城市的伟大实践。我兴奋的是,我们这个民族在二十世纪初,涌现出一批以改变国家和民族命运为己任的先驱,从中国的南方和北方会聚到井冈山,他们接受了马克思主义思想,怀着共产主义的革命理想,成为自觉承担国家和民族命运的青年革命家。对于已进入二十一世纪的任何一个年龄阶段的人,在思考自己的生命意义、人生目的和人生定位,个人事业的追求和国家民族未来的责任时,当是一种最富教益、最具鉴示意义的垂范。我们今天真正解决如何保持共产党员的先进性的重大命题,就更具有现实的最贴切的意义了。任何一个共产党员,站在那些曾经发生激战流血的山沟的土地上,面对那些青年革命家住过的简陋的房屋,粗糙的桌凳和油渍积垢的菜油灯盏,都不会无动于衷,当会反省立身立志和生命意义这个人生的重大命题的。

我站在于都河边,因为暴雨造成的浑浊的河水涌动着漩涡。红军从八个渡口渡河的那几天,应该是最危急的时刻,说是面临毁灭也不为夸张。危机来自两个主要方面,蒋介石一次又一次成倍增加的"围剿"的兵力,必置之死地不可,两方军力的悬殊;更关键的是红军高层领导的指导思想和军事方略的错误,可谓内外交困,导致惨重失败也导致毁灭的绝境。当我踏进遵义会议的木楼时,真切地体味到红军完成了置之死地而后生的至关重要的转折过程。从于都河开始长征到遵义会议,我才理解了指导思想最鲜活最生动最具说服力的含义,才感受到指导思想的质感的力量,才能使崇高理想和伟大抱负落到踏实可行的途径的过程。

在这个置于死地而后生的过程中,红军在巨大的牺牲和曲折艰难的历程中,验证着指导思想,也在寻找统领革命的领袖。指导思想对于那场革命才是最具决定意义的。红军的发展实践验证了毛泽东的指导思想的正确,历史无可辩争地选择了毛泽东。几十年后,当中国陷入"文革"的灾难,国家和民族又一次面临未来出路的迷茫,历史在关键时期选择了邓小平,拯救了中国革命,也拯救了国家和民族,二十多年来中国令世界震惊的快速发展,已经证明了邓小平理论的科学性。对于想在这个世界上成就一番事业的人,尤其是以揭示社会生活运动为目标的作家,思想同样具有非同寻常的意义,思想的科学性和深刻性,既决定着观察社会生活的敏锐性,也决定着理解生活反映生活的深度和典型性,更决定着对生活纷繁迷乱事项的取舍倾向。这里丝毫没有轻淡艺术的意思,那是另一个议题。

在瑞金革命纪念馆,一条革命标语、一把长矛、一册变黄的书都令我感动,有一组数字都令我不敢轻易议论:在于都河长征出发时有八万多名红军战士,到达陕北时只有一万多人;仅兴国县牺牲在长征路上的红军士兵,大约一里路就有一个,而能在后来修建的纪念碑上刻上名字的人数,不过十之一二,绝大多数烈士至今连个姓名也没留下。

在旷世未闻的艰苦卓绝的长征过程中,毛泽东、朱德、周恩来等共产主义革命的先驱和红军战士,坚守信仰绝不动摇退避的钢铁意志,义无反顾的牺牲精神,当是我们面对现实生活发展和生活矛盾的教科书,审视自己的意志和品质的参照,检测自身对于困难乃至灾难的承受力的标志,我们当以此完成一次精神境地和心理世界的历练和洗礼。即使从单纯的个人立身的角度上说,都会蓄积起不屑于种种腐败事象的正气和傲骨。

长征的精神是中国共产党人在那个时代展示给整个世界的一种非凡的精神,也是我们民族立于世界的精神,不可淡化不可忘记;我自信也不会忘记或淡化,这是这个民族的历史业已证明了的事实和继续证明着的现实。

2005 年 6 月 27 日夜　雍村

白鹿回到白鹿原

经过两年多时间的筹备,我们终于迎来了今天这个喜庆的日子,坐落于白鹿原上的白鹿书院成立了。今天有这么多的作家、艺术家、专家、学者和朋友,以及关心热爱文化发展的各级领导来参加我们白鹿书院的成立庆典,特别是从维熙、张贤亮、熊召政、张日凯等几位远道而来的朋友来参加这个庆典仪式,我感到非常高兴,我在这里向各位表示诚挚的谢意!

我在长篇小说《白鹿原》里曾写到一个书院,这个书院就叫白鹿书院。小说是虚构的艺术。《白鹿原》中的人物大都是虚构的,唯有白鹿书院的山长朱先生是有生活原型的,就是清末举人、著述甚丰的学人、影响很大的蓝田人牛兆濂。白鹿书院也有真实生活依托,就是牛兆濂先生当时主持的蓝田县的芸阁学舍。如果要追溯芸阁学舍的文化脉络,渊源可以追溯到宋代,芸阁学舍是在为宋代"关学"代表人物吕大忠、吕大防、吕大均、吕大临所修"四献祠"的基础上,拓修为传道授业解惑的书院,鼎盛一时,曾有韩国留学生在此学习。二〇〇二年,我和几位学者讨论一些问题时,有学者建议,可以在白鹿原上创建一个白鹿书院,承继中华文化的脉络,弘扬其优秀品格。创建白鹿书院的构想得到了社会各方人士的热心赞赏,西安思源学院周延波院长更是大力赞同积极支持,白鹿书院从而由构想变成了现实,白鹿终于回到了白鹿原上。

在我们传统文化乃至民族心理意识里,白鹿是吉祥、和谐、纯洁、美好和超凡的一种象征性图腾,上至王宫下至庙堂乃至民居宅院都有鹿的各种生动壁画和雕刻。以白鹿来命名书院,就是想创造一种和谐纯净的学术探讨和文化研究氛围,这种和谐与探究的精神与我们所要创造和谐社会的精神是一致的。

书院是教育和学术研究机构,同时它又是一种文化和精神的象征。我们办白鹿书院,第一,承继中国传统文化精华和风神秀骨,以白鹿书院为平台,广泛团结、联系国内外的学者、评论家和作家开展游学、讲学、讨论等交流活动,让传统文化在现代化进程中焕发生机。白鹿书院诞生在古长安这块具有深厚文化底蕴的土地上,我们将会开掘源远流长的关中文脉、关学精神,探索促进传统文化向现代转型的新途径。第二,我们现有的这些人差不多都是从事文学和艺术创作和研究的人,文学和艺术只是大文化范畴里的一系,文学、艺术与社会、历史和人的生存形态,有非常紧密的关联,但只是一条途径,因此,书院的研究课题将对现实问题和人类普遍面临的问题,既从文学和艺术的角度,也从思想理论的角度,以及学术的角度进行研究和探讨,争取对我们的生活发展做出富于建设性的建树。第三,白鹿书院还会以文学和艺术为其特色,藏书、编书、教书,研讨、交流,从而对陕西、对西部乃至全国的文学事业发生影响,为促进和繁荣文学事业起到促进作用。

我们逐步开办白鹿书院网站,与陕西以及西北的文科大学联手,整合研究资源,确定研究议题,共同进行学术研究,争取与国内外文学界、学术界进行高层对话,让白鹿书院办成思想、文化交流的一条途径。

西安思源学院是中国十大万人著名民办高校,很有影响。白鹿书院依托思源而建,对双方都很有利。湖南有个岳麓书院,宋代理学家朱熹曾在那里讲过学,目前这所书院已是湖南大学的一部分,因而使湖南大学成了千年学府,提高了知名度。同样,办好了白鹿书院,将与思源学院互相促进,相得益彰。

我希望,白鹿书院能办成一个萃集各界贤达优秀思想的地方,一个能传承优秀的中国文化和传播时代新声的地方。

2005 年 6 月 28 日 曲江

太白山记

刚到太白山下,先听到雷鸣似的吼声连续轰响,宏大而又沉闷。昨晚下了大半夜雨。汤峪河涨水了。第一眼看见夹在群山峡谷中的这条溪流,是在乱石上疾流飞溅起来又骤落下去的明里透黄的水柱和水花,紧接着那如雷的轰鸣声就铺天盖地倾灌进人的耳孔,心胸里顿时就波涌浪翻了。这是太白山,秦岭的最高峰,高三千六七百米,山顶终年积雪,而汤峪里却有天赐的地热温水,三伏溽暑登山踏雪赏景,归来泡一回地壳里涌出的热汤,真是神仙过的日子了,古往今来人们都乐游不疲,都憧憬着至少有一回太白山的悦目赏心。

杂树恣意,野花凄迷。峡谷窄处仅容得脚旁湍急的流水和这一条贴着悬崖的车路。绕过横堵在眼前的直立的山峰,又豁然一片蓬勃着绿草野树的谷地,千姿百态,气象各异,人便为城市里精心打造的花卉园林惋惜其雕琢的小气和别扭了。在我多次穿越秦岭的印象里,其实你随便走进任何一道峪或一条沟,都是浏览不尽美不胜收的天然景致。

说话间进入四面堵实了的一方峡谷之中,迎面是座坡势稍缓却很宽幅的山林,一直往后倾过去也升高起来,直抵视力迷茫的灰云笼罩之中。右边是两座携手并立的山峰,几乎是直起直立,陡峭如墙,峰体的石头多有裸露,怪异在于北边那山的石头一条一条竖向摆列,南边一座的石条卧倒排比,真无法想象造化如何把如此亲近的两座山峰弄出截然不同的结构来。转过身看北边的那座山,才显得最为奇绝,整个一架山就是一块石头,几乎看不到断裂的缝隙,除了山顶和山脚被矮树杂草戴帽穿靴,其余的山体光滑无遮,灰白色和灰黑色相叠印,突兀横摆在人的眼前,真乃铜墙铁壁堵死将军的绝地了。

又一处景观却以李白演绎出传说来。这山体也差不多是偌大一块完整的石头,无裂缝无以存垢土,草木便无法寄生,树种草籽也难以藏匿,太光滑太陡峭了。几乎通体裸露的石头呈黑色,似有墨汁泼洒下来,一片片像是直泼的墨汁,一条条一绺绺像是墨汁流淌的痕迹。便有了神话般的传说,李白被大自然神刀鬼斧的创造陶醉了,也被美酒饮得真醉了,张狂起来时,扬手把墨汁泼洒出去,仍不能抑兴止狂,又把酒具抛掷出去,泼墨山的对面就有酷似酒壶酒盅的两座山。更绝在溪流里,有一块百余平方米的石头,灰白色里缀着暗红的石粒,恰如一张卧床。又是天赐给这位天才诗人的醉卧之榻了。这样宽大的一张石床,四面山风,白云高悬,清水拂过肢体,可以想见有怎样的舒畅,这是民间人士奖赏给李白的享受了。我到这儿才知晓,秦岭的这个最高峰取名太白山,却与大诗仙李白无关,早在唐以前就得名了。我却也生发一点欣慰。后人在太白山里为李白编织出这么浪漫的传说,让舞文弄墨的文人们可以找到一份自信;却也难得骄纵,毕竟诗没有写到李白那样的境地,也缺了这位诗仙独具的性情。

愈往峪沟里头走,凉风竟然变为刺激肌肤的寒气了,雨也星星点点落下来,山外正是热得人恨不得扒一层皮的溽伏,这儿却让人冻得时不时抖颤。经不住奇峰妙谷的诱惑,继续沿着汤峪河谷走着,山脚下飞出一道单檐角亭来,背倚青石崖壁,两根立柱,撑起单面瓦顶。三面无墙。下有一尊丈余的卧佛,浑身饰过金粉,黄灿灿的十分耀眼。卧佛造型优美,怡然神情,据说清代雕成,是一块完整的石头,近年间才被涂饰了金粉。一九三三年暑月,于右任进山散心赏景,驻足观瞻大佛,当即赋诗,现在依照于体笔迹镂刻在睡佛侧卧背后的崖壁上,诗曰:"睡佛好,睡佛好,一睡百事了。我也想来睡,谁来把国保。"于右任国学渊深,写得一手好字,也写下诸多堪为绝妙的古体诗章,而如上述既类"打油"又像民谣的诗,当是稀罕一例。此时已是九一八事变之后二年。先生上太白山避暑消夏,心里还沉悬着被倭寇掠占的东北山河,无论如何是难以如佛般安卧青山碧溪的。这首"打油"韵味的短诗,亮示给我一种情怀,既是军人的,亦是诗家词人的,我愈加不敢轻泛称佛说道了。

2005 年 7 月 23 日 雍村

关山小记

汽车刚钻进山，车里的朋友就兴奋起来，争相发出连续不断的赞美的话，夹裹着由衷的惊诧的叫声。近似鼓噪，不过从口吻声调判断，还属真实。想想这些常年出入高楼游走在水泥沥青马路上的人，眼里看的是瓷片玻璃鼻孔吸入的是种种废气，时下又正当溽热难耐的三伏，突然钻进这不见人烟的群山之中，仅生理心理的本能性舒悦就足以开怀了，况且全都是挟有绝技绝招的文墨人，更敏感也更习惯表述。

这山也真是美。在仅容得汽车穿过的窄道里，两边或陡直挺立或悬空扑突的青色岩石，轻易就可以把钢铁制品挤弯压扁。溪水就在车轮下飞迸着水花，喧闹出弥天铺地的浪声。车在群山里盘绕，一会上了一会下了，眼前的空间一会宽了一会窄了，瞬息变换着的景致，却再也激发不起朋友们的大呼小叹了。也许是目不暇接了，也许是喊得累了。车子再翻过一道缓坡横梁，眼前展开一片宽阔漫长的谷地，峭壁陡峰早已不见了踪影，溪水隐没到草丛里去了，满眼都是阅览不尽的绿草，在西斜的阳光下迭变着色彩，人被狭谷窄道挤压过的心胸顿然舒展开来。又是一片惊诧的咏叹。

这是关山。我这回是专意瞅着关山来的。

我对关山的向往，是两年前电视播放的一则风光片诱发的。记得是在一场顶级足球比赛的场间休息时随意转换频道，不经意间看到一片奇异的高山草地,一下子就被吸引被诱惑住了。起初竟然以为是异国风光,而且与在图片和荧屏上见过的阿尔卑斯山的风景叠印在一起;后来听着优美抒情的播音员的解说词儿,才知道这是中国的关山草原,更令我意料不及的,这关山就隐藏在秦岭山地里边,属于陕西陇县辖地,离西安不过三个多小时的车程。我在那一刻就有了"养在深闺人未识"的惊喜,向往也在那一刻注定了。终于逮着机会,直奔关山来了。

　　一眼望不透的高矮起伏着的群山。这里的山已经不见秦岭的陡峭挺拔威严凛峻,却是一派舒缓柔曼的气象,从山根到山顶,坡势拉得悠长,一种自在自如的娴静和浅淡。由近处望到远处,山头都被绿树笼罩着,近在眼前的是一派惹眼的葱绿,越往远处颜色渐渐加深到墨绿,再到目力所及处和雾气灰云混融了,完全看不出绿色了。这里的树林颇为怪异:从每一座山头覆盖下来,到半山腰便齐崭崭收住,形成一道密不透风的绿色壁垒。看上去颇为壮观,往往使初见者误猜为人工有意所为,其实是自自然然形成的地理地貌性奇观。山腰往下直到河谷,漫坡漫川都是绿毡铺着一样的野草,草里点缀着黄的红的紫的白的小花。这山里的世界就显得十分简洁。绿的树和绿的草,树占山腰以上,草铺山腰以下。这种简洁的美是一种大气象的美。是舍弃了繁复舍弃了芜杂也舍弃了匠心的美,非阅览过千番景致,也见惯了各种色彩的大手笔不可造得。这当然是大自然的神笔造出的神韵,却也启示舞笔弄墨泼彩的文人画家,不可把一种自营的色彩色调说绝了。

　　从河谷里随意走过去,走过一个山间谷地再到一个山间谷地,每一道沟每一面坡都各有风姿,绝不重复类近。然而稍微留心,或浅短或长远,或伸直或斜延,那一面面坡一道道梁,其走势其形态都显示舒缓优雅自在自如气韵酣畅神闲气静,一弯一转一扭一回旋,都丝毫不显急促,更不见猥琐,如一张张锦帛一条条绿绸随着轻微的山风随意飘落。我不止一回提问自己,这是秦岭吗?以陡险雄峻闻名的秦岭,到这里却呈现出一派舒缓柔曼的姿态和情调,当可看作伟岸凛峻的大丈夫的躯体里,原本怀有诗意绵绵也情意绵绵的软心柔肠。

关山和秦岭一样悠久,却是山系里的壮年汉子,多少万年以来,这天赐的美景只是默默地自我欣赏。从二十世纪后半段的几十年里,这里是繁殖培育骑兵所用战马的军事禁地,旁人不得进入。再说那时候的中国人,无论城乡,都是数着粮票掐斤扣两过着日子,不仅没有游山逛景的资本,作为一种意识都不为当时极左的时风所容忍。现在时风开化了,一部分人可以在衣暖饭饱之后派生游逛的"余事"了。骑兵已经从中国军队的兵种里悄然消退了,关山军马场相继歇业关闭了,然军马却在山沟野洼乡民的屋院里繁衍。现在,这里最能引发游人新奇的项目是骑马,近处和远处的男女山民牵着自养的良种军马,争先恐后地把马鞭往来此散心的城里人的手里塞,甚至拽着游客的胳膊往马背上掀,竞争到了空前激烈的状态。马们是无所谓的,驮着这些城市来的先生女士老汉老太小伙姑娘,听着他们在自己耳后发出的惊惊吓吓嘻嘻哈哈的声音,祖传的血液里的冲锋陷阵蹄踏敌阵的血性和激情荡然无存,只是懒洋洋地溜达。我的朋友们都上了马。我无端地谢绝真诚的乃至不可理喻的邀约,只有一个托词,我属马,自己不好压迫自己。

我便独自一人在夕阳即逝的草地上随意走着。我迎面碰到草地小路上一位骑自行车的小伙。小伙眉眼很俊,黑眼睛灵活而聪慧。我和他有一段短捷的交谈,得知散落在一道一道沟谷里的山里人家,除了种苞谷土豆自供吃食,主要是饲养放牧羊和马,羊供游人们烧烤,现场宰杀,架火烤全羊或羊肉串儿,从维吾尔族蒙古族那里学来的烧烤技术。马除了供游人骑玩,更多的是卖给客户,听来有点残酷。小伙告诉我,上海年年来人收购,有多少要多少。听说买回去抽血直到抽干。抽马血做啥用咱就不知道了……听得我毛骨悚然,身上起鸡皮疙瘩,顿然意识到属马不骑马的自我约律没有一丝意思了。

小伙子跨上自行车远去了。暮色里可以看见前边山口有一堆瓦顶房子。不过五六户人家。我往驻地走过去。绵软的草地已经有湿气潮起来。包括我在内的城里人到这里来散心,来赏景,来换一口清新干净的空气,体验一回骑马的新奇感觉。明日回去又陷入城市的文明和喧嚣之中。山民们大约对这里的树这里的草这里的空气,早已习以为常,只有尽快把长成的羊和马卖出去,欢悦和窃喜才会产生。美丽得类近阿尔卑斯山风貌的关山的景致,对他们只有谋得生存的真实含义。

夜色完全落幕。阴沉的天空尽管没有星月,还是能够看到天和地的分界,那是群山顶上的树梢,在天空划出的起伏着的优美曲线,凝然不动。我回到驻地场院。听到聚在灯光下的一堆游客在议论,咱们有这样好的山地和草原,外地人却把陕西一概印象为风沙弥漫的黄土高坡,全是那首破歌惹的祸……"大风"把陕西全刮光了。

我想这肯定是个乡土自尊比我还强的陕西人。

2005 年 8 月 7 日 雍村

也说中国人的情感

一

近日看到一位在中国作品翻译很多知名度也很高的日本作家写的一篇短文，评说日本首相小泉纯一郎参拜靖国神社，对当年日军侵略罪行暧昧而又顽劣的态度，说小泉不能从受害国人民的情感上考虑，于是就把日韩、日中、日朝等关系弄糟糕了。

我想还有更深层也更致命的一点，在于小泉纯一郎对六十年前日本在亚洲诸国所犯的侵略罪孽的认识。认识决定情感。没有对侵华侵朝等罪恶的深刻认识，就不会有对罪恶历史的自觉反省，又如何能体察受害国人民的情感？于是才会把给亚洲诸受害国造成灾难的东条英机等十恶不赦的厉鬼，作为神而年年祭拜。我在电视上看到过德国总理到被纳粹屠杀的犹太人墓前下跪的画面。那个庄重虔诚地跪祭的举动，谁都能看出是强烈的情感支配，却又不仅是对被无辜屠杀的受害者的情感体察和理解，而是对希特勒法西斯这个狞厉的魔鬼在欧洲所犯罪孽的深刻反省和坦诚的忏悔。我在看到这个电视画面时曾经揣测，欧洲诸受害国和犹太人看到这个画面时，对德国总理应该产生基本的信赖。我又反过来揣测，如若德国总理如小泉拜祭靖国神社一样去跪拜希特勒，或者羞羞答答偷偷摸摸地"修改历史教科书",我真不敢猜断欧洲各受害国和犹太人会闹出什么事来。

很显然,小泉对亚洲各受害国人民的情感,只有在割断对靖国神社里一伙战争厉鬼的情感纠缠之后,才可能发生转移。我近日在电视上还看到一组严酷的画面,东条英机等六名被国际法庭审判为死刑的战争罪犯,一个一个被押上绞架,套上绞绳,"咚"的一声抽掉脚下的踏板,悬空吊死。这是整个世界的正义力量对邪恶的审判和惩罚。几乎同一时期,在南京制造过三十万人大屠杀的谷寿夫等七名日本战犯,被中国军事法庭审判为死刑。这七人之中有两个叫作向井敏明和野田毅的鬼子,在南京城做过一场杀人比赛,看谁先杀死一百人谁就为赢家。单是这两个狰狞的厉鬼,就以杀人比赛的娱乐方式,杀死了三百余名手无寸铁的南京市民。这些被中国法庭和国际法庭推上断头台的罪大恶极的厉鬼,六十年后还被小泉首相当作神去参拜,作为受害国中国公民的我,会是一种什么情感?坦率地说,我不以为这种以鬼为神而参拜的举动滑稽可笑,因为作为一个经济大国的首相不可能在这种铁定的历史事实面前表演滑稽。我的情感里就只有鄙夷,除了鄙夷还是鄙夷。

二

在我的整个心理情感世界里,充溢着对我们民族和国家的尊严的敬重。正是六十年前的抗日战争,让我真切地理解了什么叫民族尊严和民族脊梁。

六十年前取得的抗日战争的胜利,是自 1840 年鸦片战争以来,中国人民反抗各种列强侵略战争的第一场完全彻底的胜利。在我粗浅的历史常识的印象里,总是凸显着各种名目的割地赔银的条约,百年近代史教本几乎都可以用屈辱来概括,我曾在中学学习这段史实时产生过逆反情感。八年抗日战争的胜利,确如国歌所唱的,是用整个民族的血肉筑成的新的长城。这是在血与火中铸造的民族和国家的脊梁。

我在少年时期就记住了赵一曼,刻骨铭心地记着杨靖宇牺牲后从肚子里刨出来的草根树叶,还有令幼年的我感到解气的平型关大捷和百团大战。后来历史知识渐多,尤其是遇逢抗日战争胜利六十周年的今天,陕西和各省的各种媒体,都向我提供了前所未闻的抗战英雄和战例史实。毛泽东和朱德领导指挥的八路军新四军和抗日根据地的游击队,给予日寇沉重的打击早已彪炳史册。蒋介石统领的国民党军队里,有一批殊死抗击侵略的将军和士兵,至今读来听来仍然令我心潮波涌热泪难抑。去年年初,我读到徐剑铭等作家所写的纪实文学《立马中条》书稿,得知曾经为我的灞桥籍前辈乡党孙蔚如所统领的包括赵寿山、李兴中、孔从洲等陕西籍将士,当年硬是堵在潼关外的中条山,使不可一世的日本鬼子难以前进一步,而且损失惨重。我在阅读时,几次被英雄的壮举和拼死的精神感动得掀不开下一页。前不久应陕西民革的邀请,参加纪念抗战胜利的座谈会,我听到张居礼讲述他的父亲张灵甫将军的抗战事迹,真是气壮山河、撼天动地、泣鬼神般的壮勇豪烈。我不敢想象作为团长的张灵甫组织并带领敢死队和鬼子拼刺刀时的那一股豪勇;他曾经十一处负伤直到被打断腿骨还不离开战场;武汉会战中,张灵甫在德安万家山取得大捷,被叶挺将军称为"与台儿庄、平型关鼎足而三,盛名永垂不朽"的重大胜利;国歌词作者、戏剧家田汉,亲临战地采访张灵甫,创作并演出了话剧《德安大捷》。在开赴缅甸的十万远征军里,有一万多名踊跃参战的陕西热血青年,总指挥是陕西籍将军杜聿明。在正面战场使日军第一次遭遇重创的台儿庄战役,那位挥舞大刀的敢死队队长仵德厚是陕西泾阳人,正是他的大刀杀得鬼子难以前进,为中国援兵赢得了制胜的时间。我无法把那场长达八年的抗战中的英雄一一罗列出来,只是随手择出几位陕西籍的抗战英雄,他们每人都可以写成一部半拃厚的英雄纪实文本。他们是在战场上战死和在家门口被杀害的三千多万同胞的杰出人物。

中国的国歌《义勇军进行曲》,是在抗日战争中诞生的。

中国人的脊梁,正是在持续八年的抗击日寇侵略的血与火的战争中挺立起来的。这是制造罪恶的"加害者"始料不及的。

三

我们不播种仇恨。

不种植仇恨,却应该记取和吸取历史教训。让今天过着和平安宁日子同时享受着国家尊严的每个公民,了解曾经发生过的积弱挨打的屈辱历史,感知并铭记那些于危难中构筑和撑挺起民族脊梁的先辈,明白自己对国家肩承的道义和责任,进而设计并实践一条健全健康的人生道路。我甚至妄断猜想,那些落马的贪污腐败官员,如若能在伸出贪婪掠取的巴掌之前,读一读这些抗日英雄的事迹,也许会把伸出的手收回来,不致成为国家和人民的罪人,也许还能悟到手中的权力真正神圣的使命。

我又有感于一些西方右翼势力的言论了。

大约是今年以来,不断看到美国有人提出并奢谈"中国威胁"的言论观点,日本也有起哄式的响应言论。我开始读到时有点纳闷,像我这样年纪的人都清晰地记得,在"左"的政策造成的普遍贫穷乃至三年大饥荒的时期,西方有一拨政客的幸灾乐祸式的鼓噪集中到一点,共产党政权把中国弄糟了。改革开放纠正了"左"的路线和政策,探索出一条适合中国发展的新途径,取得了举世瞩目的成就。然而与世界上最强大最富裕的国家比起来,中国还排在贫穷国家之列。我纳闷不解的问题是,中国穷时他说你不行,中国刚刚发展起来又说你"威胁",那么,中国如何是好?如何才能使现在这一拨右翼政客闭上鸟嘴？譬如在我这辈人心中尚有印象的一个日本人中曾根康弘，走出首相府多年了仍然闲不下心来，由他负责的一个日本智囊机构近日发表一份警告报告，说"中国的民族主义意在主宰全世界"，"由中国来充当霸主的世界秩序"，如此等等。我又联想到日本那位作家批评小泉首相不能体察理解受害国人民情感的话，前首相中曾根康弘所体察理解的受害国之一的中国人的情感，却是说中国要充当"主宰全世界"的"霸主"。这种耸人听闻的鼓噪，被西方那些正直客观的政治评论家概括为"妖魔化中国"。这就够了，世界上有制造谎言鬼话的人，也不会缺失揭穿鬼话谎言的人。在某个意义上，还真应了中国民间一句俗话，以老鬼子的小人之心，猜度刚刚繁荣起来的受害国中国之怀。

暂且搁置历史的和现实的因素，也剥离开政治和经济的利益因素，我想到人类丰富而又复杂的情感里，普遍存在的一种最坏的东西——妒忌。一个国家或者一个人，贫穷积弱时被瞧不起被欺侮乃至被侵略被踩躏，翻过身来挺起脊梁强盛起来，又被诽谤以至被"妖魔化"，这恐怕与一些人最坏的那个妒忌心理不无关系。

退一步想，被妒忌与受屈辱不可同日而语。

记住惨痛的历史，自立自强，走自己的路，让喜欢瞎说的政客去说吧。

2005 年 8 月 14 日　雍村

黄洋界一炮

——感动长征之二

到黄洋界时,雨住了。云也薄了淡了,天空和地上便有了亮光。刚刚从井冈山主峰下来,心存一缕遗憾,一大早乘车攀上井冈山最高处,想观瞻类似握紧拳头的五指峰,不料刚走出东门,便是倾泻狂泼的大雨,黑云压在头顶,浓雾把远近的山峰沟谷全都遮蔽起来。我站在被朱德称为"天下第一山"的井冈山上,对着雨雾里的拳头主峰,听群山翻卷着的如排山倒海般的雨的啸声。

站在黄洋界上,我已经排解了那一缕遗憾而兴奋起来了。"黄洋界上炮声隆,报道敌军宵遁。"

几十年前记住的毛泽东的《西江月·井冈山》词,那隆隆作响的炮声,就一直神秘地潜存在记忆深处。我现在就看见这门迫击炮了,静静地支在黄洋界窄窄巴巴的坪头上。尽管被告知说这已经不是原来的那门迫击炮,是代用品,游人仍然兴致不减,倚在炮身或炮筒前留影拍照。我也瞅着空隙,抚摸迫击炮冰凉的炮管,留一张存念照。那一瞬,即在我的手抚摸着炮管的时候,心头掠过一阵悸颤,当年操纵这门迫击炮发出致命制胜一炮的红军战士,他们是谁?有谁还活着?

那场战事发生在一九二八年八月三十日。毛泽东和朱德在这一年的五月举行了会师后的誓师仪式。红军在井冈山刚刚扎住脚,跟踪而至的"会剿"就连续发生。八月中旬，毛泽东率31团3营去湘南迎接红军大队，只留下第1营守卫井冈山。湘赣敌军调集七个团的兵力乘虚而来。七个团对一个营有怎样悬殊的差距，且不说武器装备的优劣，而黄洋界成为井冈山五个哨口中敌军"会剿"的重点突破的哨口。红军1营战士守卫的措施有五道，竹钉、篱笆、滚木礌石、壕沟，最后一道是有真枪实弹的射击掩体。这是红军当年所能采取的防御手段，用埋在草丛里的竹钉和树林间的篱笆和险隘口的壕沟，制造障碍；夹道两边的滚木礌石，是可以砸死敌手的攻击型武器；只在最后关口，备有射击的杀伤武器。凭着这些最原始的防卫措施，居然在八月三十日上午阻击打退了敌人的多次进攻，今天想来真有点不可思议。

更富于戏剧性的一幕发生在下午。在敌军发动新的一轮进攻之先，红军战士把一门在茨坪刚刚修理好的迫击炮搬上黄洋界瞭望哨来了，有了一种更具威力的重武器，可惜只有三发炮弹。把握着敌人进攻的最紧要关头，才把炮弹发射出去。谁也料想不到，炮弹因为受潮而没有打响，第二发还是一颗因受潮而未响的臭弹，令人焦急乃至丧气。最后一颗终于打响了，不偏不倚打到敌指挥部里，炸得那些指挥官人仰马翻。借着这颗炮弹爆炸的威风威势，两边山崖上埋伏的赤卫队员暴动队员一起开了火，呐喊声震荡山谷；更有在煤油桶里燃放的鞭炮，制造出机枪连发的音响效果，攻山的敌军以为红军主力回归，连夜收兵撤离了。

这真是神奇的一炮。只有一炮。在红军发展壮大到人民解放军的战史上，由一门迫击炮发展到大炮列陈，炮弹排山倒海轰响，应该说只有黄洋界的这一炮最负盛名了。这一炮发生的神威，毛泽东是第二天从湘南回归井冈山的半途中听到的，抑制不住胜利的喜悦，便"哼"出这首词来。我原先初读这首词时，以为有许多门大炮，不然怎么会有隆隆轰响的效果，直到站在这门迫击炮跟前，才把几十年的错觉纠正过来,不仅是一门炮而且只打响了一发炮弹。毛泽东把这一发炮弹填进了诗词。

更让我意料不到的是,黄洋界守卫战的两位最高指挥员之一的何挺颖,是我的陕西乡党。他是31团党代表,团长叫朱云卿,他们两人负责指挥这个团第1营的红军战士,守住了黄洋界,也守住了井冈山根据地。我查找有关何挺颖的资料,想了解这位红军早期领导人的情况,所得十分简单,却也有了一个大致清楚的轮廓。何挺颖是汉中地区南郑县人,那是一块富庶的盆地,二十岁时考入上海大学数学系,同年加入中国共产党,随后参加北伐战争,随后参加毛泽东发起的秋收起义,以及三湾改编。直到一九二八年春天,党的前委改编为师的编制,毛泽东任师长,何挺颖任师委书记。在黄洋界保卫战之后不到半年,何挺颖在进军赣南闽西的大余战斗中牺牲,年仅二十四岁。

我早都熟知在陕西关中和陕北闹红的刘志丹、魏野畴、李子洲等先烈的名字,却几乎没有听说过何挺颖。在从秋收起义到井冈山革命根据地的初创时期,何挺颖竟然在唯一的一个红军师里,和毛泽东结成搭档成为最高首长,如若活到共和国成立,该是怎样举足轻重的一位领导人物。我又从另一个角度设想,何挺颖能从闭塞的南郑县考入上海大学,非得具备两个基本条件,既要有一颗天资聪慧的脑袋,还要有一个能供给得起学费的较为富足的家庭。何挺颖在贫穷和文盲一统二十世纪初的中国,能进入大学学习,无论如何是不愁找不到一份可心如意的工作的。这个人却选择了革命,投身革命,从秋收起义到初创井冈山根据地,其艰苦卓绝危机四伏之险恶,与一个堂堂的上海大学学生的生活形态是不可同日而语的。我便相信基本的一点,信仰的神圣和志士的抱负。他信仰了共产主义,就神圣在整个人生价值取向上,就自觉承担起改变中国命运的责任,不惜以二十四岁的年轻生命作为新中国的祭礼。

当人们轻淡随意地嘲笑信仰和精神的时候,显示了什么呢?比何挺颖们聪明了还是混球了?重了还是轻了……

我有一点小小的狭隘的地域性私念,就是想让更多的人知道,黄洋界保卫战里那神奇的一炮,是一位年仅二十三岁的陕西南郑籍的红军指挥员何挺颖和朱云卿(省籍不详)的杰作。这仅仅是我附着在敬仰钦佩情感里的一缕私念,与何挺颖包括牺牲在内的整个生命意义无涉。

2005年11月22日 二府庄

再到凤凰山

小小的凤凰城远近闻名,着意在山水韵味。凤凰城山水名扬天下,得益于作家沈从文。凡读过沈从文作品的人,不仅难以忘记湘西的山水韵味和民俗风情,而且同时种下有朝一日走一回湘西的欲念。凤凰城是湘西风景风情的代表性杰作,自然为首选之地。

大约十年前到凤凰城。看了山,看了水,看了沈从文先生的书屋和墓地,感触多多,却不著一字,说来很简单,沈先生早在几十年前把湘西的山光水色和民生的风情灵气展示得淋漓尽致,至今都很难再读到那样耐得咀嚼的文字,我便不敢贸然动笔了。这回又去湘西,再上凤凰山,不仅有沈先生文章里的景致为参照,而且还有第一次来凤凰城的印象做对比,我发觉变化真是太快了,也太大了。我记得十年前进凤凰城时,要过一座桥,从桥上看下去,河水里浮游着几头水牛。水牛在河里懒洋洋地游着,露出硕大的头和头上的弯角,还有浅灰色的脊背。水色不清,浑而近浊,漂浮着有藤蔓的野草,据说是刚刚下过雨涨了水的缘故。这幕水牛戏水的景象就留在我这个北方人的记忆里。这回一看见凤凰城,一看见那条河,自然不再陌生,却看不见水牛的姿容了。水变清了,大约没有落雨也就没有涨水,更看不见浮草;原先沙子泥土铺就的河岸,用水泥砌得整整齐齐,类似城市公园人工湖的堤岸了。我似乎隐隐生出某种缺失的惆怅。我又不敢说这种整修有什么不合适,却想着那泛着青草的泥岸伸展着的自然状态的曲线。再也不复重现了。

其实，更想看的是沈从文先生的旧居，十年前看了一回，这次来仍然想再看一回。我从东正街拐进中营巷。就感到拥挤和熙攘，拥挤着的男男女女，都是因观瞻一位作家的宅第的好奇心所驱使。而这位作家生前却是落寞的，尽管住在繁华的北京，活着时几乎是蛰伏隐居，即使在胡同里迎面撞怀，乃至不经意间头与头碰撞得起了疙瘩，却谁也认不出个沈从文来。现在，先生早已弃居的老宅旧屋，却"下自成蹊"。据说一年四季都是络绎不绝的参观者，旅游旺季就这么拥挤着。

大门口是进出的交汇之地，我得侧了身才能挤进去，院子里和前屋后厅都挤满了人，观看的照相的购书的琢磨着风水八卦的人，似乎都津津有味自得其趣。我也在拥挤的缝隙里看沈家的这座四合院，进得门来算门房，正在经营着沈先生作品的各种版本，需排队才能交上钱拿到书。中间是左右对称的厢房，显得低矮而又窄小，我是以北方四合院的厢房作参照的。最重要的建筑是厅房。以石条起垒。是一种淡淡的橙红色石条，平生一缕暖色。石条上砌砖。青色的砖只垒到窗下，不过半人高，之上就全部是木格大窗子，再不见一块砖石墙壁。木窗和木门之间以木板嵌镶作墙，古香古色，自成一种优雅。我在北方乡村和城镇，几乎没有看到过窗台以上不用砖或土坯砌墙的房子，甚为稀罕新奇。

厅房内一明两暗，明间当为长者议事、说话、训子的比较庄严的场合，也是接待客人的会客厅。左卧室背后，有一方小小的火塘，上边吊着一只水壶，四周摆着几只小板凳。使我自然地发生最生动的联想，无论家人或朋友，围坐在火塘边，听燃烧的劈柴噼啪响着，看火苗呼啦啦往上蹿起，水壶里的水咝咝咝响着，沏一碗热茶，或叙友情，或议家事，或逗笑取乐，该是怎样一番惬意和快活。

沈先生的墓地在半山上，山不高，却很幽静，曲径盘绕，杂树蔽阴。突兀看到一块碑石,刻着神采飞扬的手书字体:"一个士兵要不战死沙场,便是回到故乡。"初看吓了一跳,碑题内容似乎太硬,一下子竟反应不及。细看副题为"悼念从文表叔"。立碑题字者为大名鼎鼎的黄永玉。便把太硬和突兀的感觉隐压下来,慢慢嚼磨,反复体味个中内涵。

沈先生的墓,是以一块巨大的石头为标志,据说重达五吨。上边刻着沈先生自己的话:"照我思索,能理解人;照我思索,可认识人。"这应该是先生一生的哲思概括,也是一种复杂曲折的人生历程之后的生命体验,只可领悟,不敢评说。我很赞赏这块石头,不是名山采来的名贵石料,而是当地山上到处可见的一种沉积岩石块,大大小小的各色砾石,和沙粒堆积凝结在一起,呈现出一种自自然然的原本的颜色,亦未做任何雕琢,似乎这石头一直就蹲踞在这里,与山与树融为一体。据说这石头是黄永玉先生亲自为其表叔选择采掘来的。我便钦佩这位画坛大师超凡脱俗的审美取向,真是一块再恰切不过的石头。有清泉自石缝涌出。贴着山根的石凹流下去。一年四季日日夜夜,在沈先生耳边流过,不时泛出叮叮的响声。想先生平生不声不响,似乎也不爱热闹,悄悄走出凤凰,死后又悄然归于凤凰,不料热闹发生在死后,拥挤了旧宅老屋,又川流不息吵吵嚷嚷在坟头墓前,如果真有先生不死的幽灵,怎么承受得住⋯⋯

我依着同行的朋友去河上乘一种专供游乐的小艇,河水清洌,暑气闷热暂得缓解。看河边的小幢民居建筑,真是稀罕奇观,倚山而造,栉比鳞次,一幢幢小屋小楼借着山势和立足的地坨大小,结构着种种样式。最下边的一排,居然是凌空立柱铺出一方地基,搭建成别致的房子,河水便在床铺下日夜流淌,有水声催眠入梦,当是怎样一种如仙的境界。河边有人在洗衣淘米。女人洗着淘着。淘着洗着的还有男人。洗菜的男女似乎平平常常,洗衣的男女居然还用着棒槌。棒槌在石头上捶击衣服的响声听来悦耳,那是我自小在家门口的涝池边和灞河里听惯了的脆响乐声,但家乡的乐声早已在多年前消失了。

上岸后沿河边的小路走,不时有人拉着小车擦身而过。车上绷一顶遮阳的花布,车内置一张躺椅。花了几块钱的人坐在躺椅上。挣了几块钱的人拉着车子在小巷和河边跑着,供花了几块钱的人观光赏景。这是最简单最直白的一种关系,容不得多愁善感者说三道四。我看着觉得有点扎眼的,是一位坐在躺椅上的人的姿势,手里夹一支正燃着的纸烟,两条腿以"八"字形撇开,搭在车子的两边,旁观者入目颇觉不雅。

沈先生如果活着,今日的凤凰和湘西在他的笔下,会是怎样一番景致。

2005 年 11 月 29 日 二府庄

魅 力 亨 利

记不清哪年哪月在电视绿茵场上发现了亨利。而第一眼看见那张英俊清秀的脸便不能忘记,却是确凿无疑的事。完全出于一个偶然的非足球因素,亨利的模样让我想起四十年前教过的一个乡村中学生,五官和脸型如同一个模子里铸出来的,差异仅仅是亨利皮肤的颜色稍重了点,脑袋的后把子长了点儿,确实像极了。

亨利一入得人眼,便感到耳目一新。亨利跑起来真可谓疾步如飞,总能在与一个或几个人相持的竞跑时抢先一步,让对手眼睁睁看着他把球抢去带走,完成最要命的一击。更富魅力的是,他在轻捷如鹿的跑动过程中,连续完成传球接球控球直到射门,如行云流水般轻盈顺溜。足球在亨利脚下,展示的是另一种概念,更轻松也更富观赏魅力的艺术。我由此而纠正了自己积久的一个偏见,足球更依赖体格和力量,中国球员处于人种的先天性弱势,亨利当是亚洲尤其是中国球员提高自信心的一个范例,把心劲鼓到脚下基本功夫的练习和瞬间判断的眼力上,完全可以避开人高马大却也笨拙的力量型人种球员。

亨利的魅力还在他的性情。这个小伙儿永远都是不卑不亢。不事张扬,球队赢了他也高兴,却是一种自然的含蓄的快乐。他进球了,尤其是定胜败的某个进球,抑或是不可思议有如神助的一脚绝杀,他也会张开双臂跑跳起来庆祝一番,却绝少有狂喜失态失形的行为。多数进球之后都是以舒心的微笑接受队友的拥抱。我很自然想到一个人底蕴的自信,不是装得出来的。

我也记不清看过亨利多少场比赛了,由亨利而喜欢上阿森纳球队了。凡有阿森纳的比赛,我想方设法争取观看的机会,主要是想看亨利会有怎样的表演。回想几年来看过亨利的比赛,享受过无数次赏心悦目的盘带、疾进的姿势,一脚瞬间发生的十分隐蔽的致命的妙传,一脚看似绝无可能的远射造成的绝杀,真是享足了足球的快乐。然而,我几乎一次也没有看过亨利恶意的犯规。他似乎从未与对手争吵过、脸红过,更不必说踢脚挥拳吐口水等报复性失态失礼的行为了。足球毕竟是体育竞技。不是战争。亨利更深地理解足球,充分展示的是足球的才华和技艺,而不是非足球因素,当是最令人敬重的一种自信。

即如最新看过的二月四日晚和伯明翰队的比赛,阿森纳2∶0完胜。两个进球都是亨利的杰作。第一个进球发生在上半时,亨利已跑到禁区线上,左路队友恰当其时,一脚准确的妙传把球送到亨利脚前,亨利轻轻一脚拨传,球到了右侧队友脚下,带过两步一脚劲射,致命的一击顷刻间发生了。关键的瞬间发生在亨利的分球动作上,是凌空颠拨传球还是落地连拨传球,快到令人眼花缭乱,却又干净利落,而且准确无误传到刚刚赶到的队友脚前,这恰是一个致命空当,仅面对守门员一人,而守门员此前已做出防范亨利居中射门的动作。亨利在那一瞬,已看到右路扑上来的战友,同时判断出那是一个比自己更有利射门的位置,于是那快捷到一瞬间的传球就完成了。如若看不到或判断不出右边拍马赶到的队友,如若脚下稍有黏滞,致命的机会就稍纵即逝,而被两三名对手围堵着的亨利,射门的难度和进球的可能都很难把握,神来之一脚不仅表现在亨利自己射门的一瞬,还体现在为队友创造出绝杀的机会这一点上。

第二粒进球是亨利本人完成的。亨利在前场得到队友的一个绝好的传球,其时对方的防守重心在中场,但亨利身边仍有两个防守队员,而己方的进攻队员也远在中场附近,亨利只有独自带球单刀赴会了。那一瞬的亨利,疾如脱兔,三闪两拐就把两个防守队员甩开,面对着守门员一人了。亨利在守门员扑倒的同时起脚射门,皮球从守门员的指梢前划过,从远角打入网内,让守门员鞭长莫及,用关中民间话说,干瞪眼没办法。

这是亨利经常表演的绝技,也是亨利最有把握进球的路线和角度,自然也是我近年间看到最多的亨利的绝招,可谓痛快淋漓,美不胜收,回味无穷。美到几乎令我都不大关心阿森纳输了还是赢了。

2006年2月8日 二府庄

陷入与沉浸

——《延河》创刊五十年感怀

我至今依旧清楚无误地记着,《延河》是我平生最早闻名的第一种文学杂志。这是五十年前的事了。五十年前的一个大雪初霁的早晨,我和同学正在操场上扫雪,语文老师站在身后叫我,让我到语文教研室去。我开始有点忐忑,此前曾因为他对我的一篇作文的评语闹过别扭,所以心存戒备。走出扫雪的人窝,老师把一只胳膊搭到我的肩膀上,这个超常超级亲昵的动作,顿然化释了我的小心眼里的芥蒂,却也被骤然潮起的受宠惊慌得不知所措。

到了一楼的语文教研室。刚进门,我的语文老师车老师以玩笑的口吻宣布:"二两壶来了"。教研室里五六位男女教师哄笑起来。我有点手足无措。"二两壶"是我在作文本上写的一篇小说里的一个人物的绰号。我的语文老师车老师把我领到他的办公桌前,颇动情地告诉我,西安市教育系统搞中学生作文比赛,每个学校推荐两篇作文,我的这篇小说被选中了。末了,他很诚恳地说,除了参评,他还要把这篇小说投稿给《延河》。他告诉我两点,如果能发表,会有稿费的,他显然知道我因家庭经济不支而休学的事。他说投稿由他来抄写,"你的字写得不行"。我由此知道了《延河》。这是初中二年级第一学期的一个大雪的早晨。

《延河》又是我掏钱购买的第一种文学杂志。这也是近五十年前的事了。一九五九年春天,我得知柳青的《创业史》将在《延河》连载,竟然有一种按捺不住的兴奋和期待,自然属于对一位著名作家的膜拜,更多的因素是出于某种揭秘式的好奇心理。我已经听说柳青在终南山下的长安农村深入生活的事。我常常站在学校大门外刚刚返青的麦地边上,眺望白云凝然的终南山峰,柳青无疑是世界上离我最近的一位作家,不过几十华里的距离吧。他的笔下将会使关中乡村呈现怎样一种风貌?这无疑是我所能读到的第一部描写我脚下这块土地的小说,新鲜新奇的神秘感几乎是无法抑制的。

我读书到初中三年级,转学到了离家较近的西安东郊刚刚兴起的纺织工业基地,通称纺织城,学校设在大片住宅楼东边一片开阔的高地上,校门口便是庄稼地。我仍然继续着背馍上学的生活,硬是把家里给的买咸菜的零钱省下来攒起来,到纺织城邮局去买一本当月出版的《延河》。记得《创业史》在《延河》连载的第一期,书名为《稻地风波》,有通栏长幅插图作为衬底,是诗情画意的稻田畦埂和灌渠上一排排迎风摆动的白杨树,远处的背景是淡墨涂描的终南群峰。看到这幅题头画儿,我印证的却是我家门前灞河川道的自然景致,从未见过有什么画儿让我感到如此逼近的真实和亲切。同样,我读着作为《稻地风波》(即《创业史》)引子的《题记》时的完全沉迷,也是此前读任何小说都未曾发生过的逼近的真实和真切,且不说艺术成就的评价,我一个初三学生也难得估价这部作品的分量,而真实和真切的阅读感受却是比任何世界名著都强烈。

这样,我每月头上最操心也最兴奋的事,就是捏着积攒下来的两毛钱走进邮局,买一本新出的《延河》,无异一个最开心的节日。我在《延河》上认识了诸多当时中国最活跃的作家和诗人,直到许多年后,才在一些文学集会上得以和他们握手言欢,其实早已心仪着崇敬着乃至羡慕着了。

像茹志鹃的《百合花》,吴强的《红日》选章,王汶石的许多短篇,不仅在文学史上占有举足轻重的位置,更在普通读者中享有盛誉。尤其是茹志鹃和吴强的两篇(部)佳作,据说辗转过好几家编辑部都被退稿,均不是作品的水平问题,而是作品情调或写法有什么问题。《延河》敢于拍板发表,不单是胆子大小的事,恰是对文学创作艺术本体的尊重和坚守,以及由此而拥有的自信和神圣。

《延河》已成为大家名作云集的一方艺术天地。我在喜欢它的同时,也产生了畏怯心理,可望而不可即的文学高地。此后十余年的业余创作时日里,我一次也没有往《延河》编辑部里投过稿。我的自我把握是尚不够格,《延河》在我心里业已形成的那个高格。尽管我已经在西安的报纸上发表了七八篇散文。直到一九七二年的冬天,徐剑铭把我的一篇散文推荐给编辑路萌、董得理,我才走进了《延河》的门槛。

这年接到徐剑铭一封信,告诉我一个重要消息,"文革"中被砸烂的陕西作家协会(当时称中国作家协会西安分会)恢复工作,为避"四旧复辟"之嫌,改为陕西省文艺创作研究室。出于同样的顾虑,即将复刊的《延河》也改名为《陕西文艺》。徐剑铭还告诉我,他刚刚参加过由《陕西文艺》召集的一次西安地区业余作者座谈会,希望大家给刊物写稿,并推荐工人农民解放军(工农兵)新作者。那时候,许多著名作家被打倒,有的未被"解放",有的虽被"解放"了,仍心存余悸,无法进入创作,刊物主要靠业余的工农兵作者写稿。徐剑铭在"文革"前已是西安地区卓有影响的工人身份的诗人。他说他向董得理、路萌等编辑推荐了我,两人均表示毫不知晓。他说他同时推荐了我刊登在《郊区文艺》上的一篇散文《水库情深》,而且由他剪贴下来送到编辑部。我很感动。这种热心和无私给我以永远动人的记忆。

大约是一九七一年"林彪叛逃事件"之后,极左到无以复加的"文革"有所收敛,政策也有所调整,体现在文艺界,开始恢复文艺机构和文艺创作。我所在的西安郊区,由文化馆召集本区内的业余文学作者开会,创办了《郊区文艺》自编自印的文学刊物。我和郊区一帮喜欢创作的朋友兴奋不已,写作热情不必说了,而且到印刷厂里亲自做校对。我的散文《水库情深》就刊登在《郊区文艺》创刊号上。我尚不知身居城区的剑铭竟然看到了这本内部交流刊物,而且力荐给即将创刊的《陕西文艺》(即《延河》)。

时隔不久,接到《陕西文艺》编辑部的一封信,内装我的散文《水库情深》,是发在《郊区文艺》上的剪贴样稿,在边角上用红笔修改勾画得一片红色。我当时刚刚从村子里下乡回到公社机关,看了附信,得知此稿将在《陕西文艺》创刊号发表,下乡一天的劳累烟飞云散了,饥肠辘辘的感觉也消失了,兴奋得令人慌乱的情绪,竟使我无法坐下来阅读修改的文字。直到晚饭后,我才能静下心来把这篇习作再读一遍,尤其是那些用红笔修改的字句,细细嚼磨,反复推敲,求得启示。

之后两三天,我借着到郊区开会进城之机,顺便送去了修改稿。陕西省文艺创作研究室和《陕西文艺》编辑部,在东木头市那条巷子里。怀着诚惶诚恐却也兴奋的心情走进院子,问到一间屋子,便看见了董得理和路萌,说过几句很诚恳的见面话之后,董得理离开了,由路萌和我谈稿子。我这时才得知,用红笔勾画修改过习作的人,就是和我当面坐着的这个名叫路萌的编辑。他很客气。他很和悦。他很谦逊。他长得细皮嫩脸,文质彬彬又热情洋溢。他最像个文人……我进了早就仰慕着的《延河》的大门了。

一九七三年春天,我到位于纺织城的西安郊区党校参加为期一月的"学习班"。我在公社机关工作已经五年,对关中乡村生活和农民世界开始有初步了解。我的工作,除了参加会议,多是跑在或住在生产队里,很少有相对安定和清闲的日子,这次长达一个月的有规律的作息时间的日子,对我来说简直称得上享受了。就是在这期间,我利用早起的时间,或是晚上看电影的机会,躲开大厅通铺的人,写成了我平生的第一个短篇小说《接班以后》,中学作文本上的小说除外。这篇小说从字数上来说具有突破的意义,接近两万字,是我结构故事完成人物的一次自我突破。我记不清是用信寄到《陕西文艺》编辑部,抑或是亲自送去的,只记得时隔不久,便收到董得理用很富功力的毛笔字写下的长信,对这篇小说完全肯定,多有赞美的评语,而且似乎说到编辑们传阅过程中的热烈反应,信末约我到编辑部交换一些细节处理的意见。我同样利用到城里开会的机会,第二次走进东木头市《陕西文艺》编辑部的大门。这回是董得理和我谈稿,我似乎能觉察到他在刊物编辑部负有重要责任。他很兴奋,完全是对他喜欢的一篇小说由衷的兴致。他也很严谨,对小说的细部包括不恰当的字词都谈到了。他又很坦率,谈到真正的文学和当时流行的"假大空"文艺的区别,我更感动他的胆识和真诚,第一次谈话就敢说对"假大空"类文艺的不恭之词。

这篇小说在《陕西文艺》第三期上发出来了。我看到题头上配着一幅神采飞扬的人物肖像画儿,是现在的西安国画院院长王西京的作品。王西京当年供职《西安日报》美术编辑,已经崭露出画画儿的头角。小说发表后产生了广泛影响。编辑部把这期杂志送给柳青。关于柳青对《接》的反应,我却是从《西安日报》文艺编辑张月赓那里得到的。老张告诉我,和他同在一个部门的编辑张长仓,是柳青的追慕者,也是很得柳青信赖的年轻人。张长仓看到了柳青对《接》修改的手迹,并拿回家让张月赓看。我在张月赓家看到了柳青对《接》文第一节的修改本,多是对不大准确的字词的修改,也划掉删去了一些多余的赘词废话,差不多每一行文字里都有修改圈画的笔迹墨痕。我和老张逐个斟酌掂量那些被修改的字句,接受和感悟到的是一位卓越作家的精神气象,还有他的独有的文字表述的气韵,追求生动、准确、形象的文字的"死不休"的精神令我震惊。这应该是老师对学生的一次作文辅导,铸成我永久的记忆。今天想来颇感遗憾的事,那时候没有复印设备,这本经柳青修改的刊物,在我看过之后就被张长仓收回了,据为珍藏。

新创刊的《陕西文艺》,很快聚拢起一批青年作家。不过,那时候没有谁敢自称作家,也没有他称作家,他称和自称都是作者,常常还要在作者名字之前标明社会身份,如工人作者农民作者解放军作者等,自然是为区别于"文艺黑线",表明"工农兵"占据了文艺阵地。邹志安、京夫、路遥、贾平凹、李凤杰、韩起、徐岳、王晓新、王蓬、谷溪、李天芳、晓雷、闻频、申晓等,先后都在《陕西文艺》上初露头角,进行了最初的文学操练,到"四人帮"垮台,这些人呼啸着呐喊着跃出,一个个都成为荒寂十年后的文坛上耀眼的新星,形成中国文坛令人瞩目的陕西青年作家群。一九八一年,中国作协选定湖南和陕西,作为新时期中国南北两个形成作家群体的省份交流经验,陕西乡党阎纲受《文艺报》委托回陕调研,我参加了座谈会。湖南青年作家到陕访问,陕西青年作家却未能按时回访,原因是我等家住农村,夏收需回家割麦碾场。我仍然觉得,改为《陕西文艺》的《延河》不过三四年,上有极左的政治和文艺政策铺天盖地,包括我等业余青年作者受到束缚局限的同时,也受到"三突出"的不同程度的影响,然而有一批深谙艺术规律的编辑,如董得理、王丕祥、路萌、贺抒玉本身又是作家,他们实践着教导着也暗示给这些作者的是文学创作的本真。在《陕西文艺》存在的三四年里,我写作发表过三篇短篇小说,也是我写作生涯里的前三篇小说,一九七三年发《接班以后》,一九七四年发《高家兄弟》,一九七五年发《公社书记》,一年一篇。这些作品的主题和思想,都在阐释阶级斗争这个当时社会的"纲",我在新时期之初就开始反省,不仅在认识和理解社会发展的思想理论上进行反思,也对文学写作本身不断加深理解和反思。然而,最初的写作实践让我锻炼了语言文字,锻炼了直接从生活掘取素材的能力,也演练了结构和驾驭较大篇幅小说的基本功,这三篇小说都在两万字上下,单是结构对我来说都是一种突破。

还有一点至今值得总结,就是我对作家这种劳动的理解。我后来把我对文学的偏爱和对创作的坚持,归结为一根对文字敏感的神经,以此作为对神秘的天分说的物质化解释。是这根与生俱来的对文字敏感的神经,决定着一个人从少小年纪就对文字发生偏爱,发生兴奋性的敏感,与书香门第以及奶奶的动人的歌谣无关,或者说这些书香家庭或会唱歌谣的奶奶,只对具备那根神经的人才发生影响,才起促进促成的作用。在二十世纪七十年代我写作上述那几篇作品的时候,实际是我对文学创作最失望的时候,自然是"文革"对前辈作家的残害造成的。我当时已谋得最基层的一个干部岗位,几乎不再想以写作为生的事,更不再做作家梦了。写作当不了饭吃,尽管发了几篇颇有反响的小说,董得理奖励给我的是一摞又一摞稿纸。我回到公社几乎只字不提写作的事,发了我小说的刊物压在桌斗里,从来不让公社机关任何人看见,怕给领导和同志造成不务正业不操心"学大寨"本职工作的恶劣印象。事实上,这三篇小说都不是在公社大院里写成的。《接》在党校学习期间抽空写成。《高》又是在南泥湾五七干校劳动锻炼的半年时间里写成,为此我自己买了一盏玻璃罩煤油灯,待同一窑洞的另三位干部躺下睡着,干校统一关灯之后,我才点燃自备的油灯读书和写作。读的是《创业史》,翻来覆去读;写成了《高》文。《公》则是被文化馆抽调出去工作时间的副产品。那个时候不仅没有稿酬,还有一根极左的棒子悬在天灵盖上,朋友、家人问我我也自问,为啥还要写作?我就自身的心理感觉回答:过瘾。这个"过瘾论"是我的最真实感受,也是最直白的表述。有如烟瘾,一年写一篇小说,有幸发表了,再得到编辑几句夸奖和读者的呼应,那个"瘾"就过得很舒适。许多年后,创作有了发展,对创作这种劳动的理解也有了新的层面的体验,也才明白那个"瘾"原是敏感文字的那根神经致成的。当年把写作当作"过瘾"的时候,只是体验和享受一种生命能量释放过程里的快乐和自信,后来发生的名和利的薄了厚了多了寡了是根本料想不到的。

新时期伊始,《延河》又恢复了。这自然不单是一个名字的改写,而是中国社会发展过程中一个重要的历史性转折,包括文学艺术,属于文学自身的精神和规律,重新得以接续、传承和发展。新时期恢复的《延河》,我发表的第一篇小说是短篇《南北寨》,此后每年都要发表一篇或两篇小说,统共发过多少篇已经记不清了,是我发表小说最多的一种文学杂志,却是确定无疑的。

到二十世纪八十年代初,我调进陕西作协专业创作组,以我自己的审视和把握,索性回到祖居的老家,其中最主要的原因是集中思想的注意力,充分利用中年后的后半生读书和写作。每隔十天半月,我就会来作协,开会或买煤买粮,只安着一张桌子一张床的两室的房子,我往往懒得开锁进门。开会办事的间隙,我都滞留转悠在编辑部的小院里,和老编辑聊天,更和年轻的或同龄的朋友天上地下乱扯胡诌,往往获得一些新鲜的信息和文坛动态,得到启迪。印象最深的是王观胜的兼着卧床的办公室,常是畅所欲言十分放纵的场所,路遥似乎是常客。聊到开心时,王观胜会打开立柜的木扇,取出某位作者进贡的高级咖啡,赐赏每人一杯,满屋子飘荡着令人陶醉的香气儿,路遥们的谈锋就会更幽默睿智。直到我告辞出门准备回乡下时,观胜送出门时才撂出一句:"给咱得空再弄一篇(小说)。"文学的氛围,朋友的坦诚无忌,和咖啡清茶的香味弥漫在记忆里。还有李星那半间凌乱不整的办公室,常是我聆听文学新潮的气象站。

人生苦短,生命有限。创办《延河》的陕西第一代作家和编辑,有的年事已高,有的已经谢世。接替的一茬一茬主编和编辑,也一茬接一茬卸任。无论开创《延河》的先辈,无论接任又卸任的同辈,他们崇高的文学理想实践在《延河》里,他们各自独立的创造精神体现在《延河》上,他们为一代一代作家的成长和发展默默地躬耕在《延河》这块土地里。我以自己一个作家的真诚,向胡采们董得理们致敬。我向卸任的白描们、徐岳们和徐子心们致以真诚的问候,你们为《延河》的发展付出的智慧和心血,作为一个受益的同代作家的我,也铭记着。我更满怀信心寄望于新任主编常智奇们,《延河》将成为陕西新一代作家发展壮大的沃土和福地。

2006年3月7日 二府庄

关于一条河的记忆和想象

在我写过的或长或短的小说、散文中，记不清有多少回写到过这条河，就是从我家门前自东向西倒流着的灞河。或着意重笔描绘，或者不经意间随笔捎带提及，虽然不无我的情感渗透，着力点还是把握在作品人物彼时彼境的心理情绪状态之中，尤其是小说。散文里提到这条河，自然就是个人情感的直接投注和舒展了，多是河川里四时景致的转换和变化，还有系结在沙滩上杨柳下的记忆，无疑都是最易于触发颤动的最敏感的神经。然而，直到今年三月一日，即农历二月二的"龙抬头"日，我站在几万乡民祭祀华胥氏始祖的祭坛上的那一刻，心里瞬间凸显出灞河这条河来，也从我已往的关于这条河的点滴描述的文字里摆脱出来；我才发现这条河远远不止我的浮光掠影的文字景象，更不止我短暂生命里的沙金碎花类的记忆。是的，我站在孟家崖村的华胥氏始祖的祭台上，心里浮出来的却是距此不过三里路的灞河。

锣鼓喧天。几家锣鼓班子是周边几个规模较大的村子摆下的阵势，这是秦地关中传统的表示重大庆祝活动的标志性声响，也鼓着呈现高低的锣鼓擂台的暗劲儿。岭上和河川的乡民，大约四万余众，会集到华胥镇上来了。西安城里的人也闻讯赶来凑热闹了，他们比较讲究的乃至时髦的服饰和耀眼的口红，在普遍尚顾不得装潢自己的乡村民众的旋涡里浮沉。前日刚刚下过一场大雪。北边的岭和南边的原坡,都覆盖着白茫茫的雪,河川果园和麦田里的雪已经消融得坨坨斑斑。乡村土路整个都是泥泞。祭坛前的麦田被踩踏得翻了浆。巨大的不可抑制的兴奋感洋溢在男男女女老老少少的脸上,昨天以前的生活里的艰难和忧愁和烦恼全部都抛开了,把兴奋稀奇和欢悦呈现给擦肩挤脖而过的陌生的同类。他们肯定搞不清史学家们从浩瀚的故纸堆里翻检出来的这位华夏始祖老奶奶的身世,却怀着坚定不移的兴致来到这个祭坛下的土壕前投注一回虔诚的注目礼。

华胥镇。以华胥氏命名的镇。距现存的华胥壕遗址所在地孟家崖村不过一华里,这个古老的小镇自然最有资格以华胥氏命名了。这个镇原名油坊镇,亦称油坊街,推想当是因为一家颇具规模的榨油作坊而得名。然而,在我的印象里,连那家榨油作坊的遗迹都未见过。这个镇紧挨着灞河北岸,我祖居的村子也紧系在灞河南岸,隔河可以听见鸡鸣狗叫打架骂仗的高腔锐响。我上学以前就跟着父亲到镇上去逛集,那应是我记忆里最初的关于繁华的印象。短短一条街道,固定的商店有杂货铺、文具店、铁匠铺、理发店,多是两三个人的规模,逢到集日,川原岭坡的乡民挑着推着粮食、木柴和时令水果,牵着拉着牛羊猪鸡来交易,市声嗡响,生动而热闹。我是一九五三年到一九五五年在这个镇的高级小学里完成了小学高年级教育,至今依然保存着最鲜活的记忆。我在这里第一次摸了也打了篮球。我曾经因耍小性子伤了非常喜欢我的一位算术老师的心。因为灞河一年三季常常涨水,虽然离校不过二里地,我只好搭灶住宿,睡在教室里的木楼上,夜半尿憋醒来跑下木楼楼梯,在教室房檐下流过的小水渠尿尿,早晨起来又蹲在小水渠边撩水洗脸,住宿的同学撩着水也嘻嘻哈哈着。这条水渠从后围墙下引进来,绕流过半边校园,从大门底下石砌的暗道流到街道里去了。我们班上有孟家崖村子的同学,似乎没有说过华胥氏祖奶奶的传说,却说过不远处的小小的娲氏庄,就是女娲"抟土造人"的神话发生的地方。我和同学在晚饭后跑到娲氏庄,寻找女娲抟泥和炼石的遗痕,颇觉失望,不过是别无差异的一道道土崖和一堆堆黄土而已。五十多年后的二〇〇六年的农历二月二,我站在少年时期曾经追寻过的女娲神话发生的地方,与几万乡民一起祭奠女娲的母亲华胥氏,真实地感知到一个民族悠远、神秘而又浪漫的神话和我如此贴近。我自小生活在诞生这个神话的灞河岸边,却从来没有在意过,更没有当过真。年过六旬的我面对祭坛插上一炷紫香弯腰三鞠躬的这一瞬,我当真了,当真信下这个神话了,也认下八千年前的这位民族始祖华胥氏老奶奶了。

在蓄久成潮的文化寻根热里,几位学者不辞辛苦劳顿溯源寻根,寻到我的家乡灞河岸边的孟家崖和娲氏庄,找到了民族始祖奶奶华胥氏陵。

历史是以文字和口头传说保存其记忆的。相对而言,后人总是以文字确定记忆里的史实,而不在乎民间口头的传闻;民间传说似乎向来也不在意史家完全蔑视的口吻和眼神,依然故我津津有味地延续着自己的传说。这里发生了一件有趣的事,史家的文字记载和民间的口头记忆达成默契,互相认可也互相尊重,就是发生在灞河岸边创立过华胥国的华胥氏的神话。

这点小小的却令我颇为兴奋的发现,得之于学者们从文史典籍里钩沉出来的文字资料鉴证的事实。华胥氏生活的时代称为史前文化。有文化却没有文字。没有文字,反而给神话传说的创造提供了空前绝后的繁荣空间。等到这个民族创造出方块汉字来,距华胥氏已经过去了大约五千年,大大小小的史圣司马迁们,只能把传说当作史实写进他们的著作。面对学者们从浩瀚的史料典籍里翻检钩沉的史料,我无意也无能力考证结论,只想梳理出一个粗略的脉系轮廓,搞明白我的灞河川道八千年前曾经是怎样一个让号称作家的我羞死的想象里的神话世界。

据《山海经·海内东经》说:"华胥履大人迹,于雷泽而生伏羲。"

据《春秋世谱》说:"华胥氏生男名伏羲,生女为女娲。"在《竹书纪年·前篇》里的记载不仅详细,而且有魔幻小说类的情节,"太昊之母,居于华胥之渚,履巨人之迹,意有所动,虹且绕之,因而始娠"。华胥氏在灞河边上,无意间踩踏了一位巨人留下的脚印,似乎生命和意识里感受到某种撞击,那一美妙时刻,天空有彩虹缭绕,便受孕了,便生出伏羲和女娲两兄妹来。

据史圣司马迁《史记·五帝本纪》说,华胥氏生伏羲女娲,伏羲女娲生少典,少典生炎帝和黄帝。这样,司马迁就把这个民族最早的家庭谱系摆列得清晰而又确切。按照这个族系家谱,炎帝和黄帝当属华胥氏的嫡传曾孙,该叫华胥氏为曾祖奶奶了。被尊为"人文初祖"的轩辕黄帝,埋葬于渭北高原的桥山,望不尽的森森柏树迷弥着悠远和庄严,历朝历代的官家和民间年年都在祭拜,近年间祭祀的规模更趋隆重更趋热烈,洋溢着盛世祥和的气象。炎帝在湖南和陕西宝鸡两地均有祭奠活动,虽是近年间的事,比不得黄帝祭祀的悠久和规模,却也一年盖过一年地隆重而庄严。作为黄帝炎帝的曾祖母的华胥氏,直到今年才有了当地政府(蓝田县)和民间文化团体联手举办的祭祀活动,首先让我这个生长在华胥古国的后人感到安慰和自豪了,认下这位始祖奶奶了。

我很自然追问,华胥氏无意间踩踏巨人的脚印而受孕,才有伏羲女娲以至炎黄二帝。那么华胥氏从何而来?古人显然不会把这种简单的漏洞留给后人。《拾遗记》里说得很确凿,华胥是"九河神女"。而且列出了九条河流的名称。这九条河流的名称已无现实对应,具体方位更无从考据和确定。既是"九河神女",自然就属于不必认真也无须考究的神话而已。然而,《列子·黄帝》篇里记述了黄帝梦游华胥国的生动图景:"其国无帅长,自然而已,其民无嗜欲,自然而已。不知乐生,不知恶死,故无夭殇。不知亲己,不知疏物,故无所爱憎。不知背逆,不知向顺,故无利害。都无所爱惜,都无所畏忌。入水不溺,入火不热,斫挞无伤痛,指摘无痛痒。乘空如履实,寝虚若处林。云雾不碍其视,雷霆不乱其听,美恶不滑其心,山谷不踬其前,神行而已。"这是一种怎样美好的社会形态啊! 其美好的程度远远超出了几千年后的现代人的想象。黄帝梦游过的华胥国的美好形态,甚至超过了世界上的穷人想象里的共产主义的美妙图景。华胥氏创造的华胥国里的生活景象和生活形态,不是人间仙境,而是仙境里的人间。这样的人间,截止到现在,在世界的或大或小的一方,哪怕一个小小的角落,都还没有出现过。黄帝的这个梦,无疑是他理想中要构建的社会图像。然而要认真考究这个梦的真实性,就茫然了。我想没有谁会与几千年前的一个传说里的神话较真,自然都会以一种轻松的欣赏心情看取这个梦里的仙境人间。我却无端地联想到半坡遗址。

黄帝梦游过的华胥氏创建的令人神往的华胥国,即今日举行华胥氏祭祀盛会的灞河岸边的华胥镇这一带地域。由此沿灞河顺流而下往西不过十公里,就是中国第一座史前遗址博物馆——西安半坡遗址。这是黄河流域一个典型而又完整的母系氏族公社时期的生活图景。有聚居的村落。有用泥块和木椽搭建的房子。房子里有火道和火炕。这种火炕至今还在我的家乡的乡民的屋子里继续使用着。我落生到这个世界的头一个冬天就享受着火炕的温热,直到二十世纪八十年代初用电热褥取代了火炕。半坡人制作的鱼钩和鱼叉,相当精细,竟然有防止上钩和被叉住的鱼逃脱的倒钩。他们已经会编席,也会织布,这应该是中国最早的编织品,编和织的技术是他们最先创造发明出来的。他们毫无疑义又是中国制陶业的开山鼻祖,那些红色、灰色和黑色的钵、盆、碗、壶、瓮、罐和瓶的内里和陶盖上单色或彩绘着的张着大嘴的鱼,跳跃着的鹿,令我叹为观止。任你撒开想象的缰绳张开想象的翅膀,想象六千多年前聚集在白鹿原西坡根下浐河岸边的这一群男女劳动生产和艺术创造的生活图景。他们肯定有一位睿智而又无私的伟大的女性作为首领,在这方水草丛林茂盛、飞禽走兽鱼蚌稠密的丰腴之地,进行着人类最初的文明创造。这位伟大的女性可是华胥氏？半坡村可是华胥国？或者说华胥氏是许多个华胥国半坡村里无以数计的女性首领之中最杰出的一位？或者说是在这个那个诸多的半坡村伟大女性首领基础上神话创造的一个典型？

这是一个充满迷幻魔幻和神话的时期。半坡遗址发掘出土的一只红色陶盆内侧,彩绘着一幅人面鱼纹图案,大约是魔幻现实主义的创始之作,把人脸和鱼纹组合在一幅图画上,比拉美魔幻小说里人和甲虫互变的想象早过六千多年,现在还有谁再把人变成狗的细节写出来或画出来,就只能令当代读者和看客徒叹现代人的艺术想象力萎缩枯竭得不成样子了。我倒是从那幅人面鱼纹彩绘图画里,联想到伏羲和女娲。华胥氏无意踩踏巨人脚印受孕所生的这一子一女,史书典籍上用"蛇身人首"来描述。"蛇身人首"和"人面鱼纹"有无联系？前者是神话创造,后者却是半坡人的艺术创作。我在赞叹具备"人面鱼纹"这样非凡想象活力的半坡人的同时,类推到距半坡不过十公里的华胥国的伏羲女娲的"蛇身人首"的神话,就觉得十分自然也十分合情理了。浐河是灞河的一条较大的支流,灞河从秦岭山里涌出,自东向西沿着北岭和南原(白鹿原)之间的川道进入关中投入渭河,不过百余公里,浐河自秦岭发源由南向北,在古人折柳送别的灞桥西边投入灞河。我便大胆设想,在灞河和浐河流经的这一方地域,有多少个先民聚集着的半坡村,无非是没有完整保存下来或未被发现而已,半坡遗址也是在二十世纪五十年代初兴建纺织厂挖掘地基时偶然发现的。华胥国其实就是又一个半坡村,就在我家门前灞河对岸二里远的地盘上,也许这华胥国把我的祖宗生活的白鹿原北坡下的这方宝地也包括在内。据史家推算,华胥氏的华胥国距今八千多年,半坡村遗址距今六千多年,均属人类发展漫长历程中的同一时期。神话和魔幻弥漫着整个这个漫长的时期,以至五千年前的我们的始祖轩辕黄帝,也梦牵魂绕出那样一方仙境里的人间——曾祖母华胥氏创造的华胥国。

告别华胥氏陵祭坛,在依然热烈依然震天撼地的锣鼓声响里,我陡增起对祭坛前这条河的依恋,便沿着灞河北岸平整的国道溯流而上。大雪昨日骤降骤晴。灿烂的丙戌年二月二龙抬头日的阳光如此鼓荡人的情怀。天空一碧如洗。河南岸横列着的白鹿原的北坡上的大大小小的沟壑,蒙着一层厚厚的柔情的雪。坡上的洼地和平台上,隐现着新修房屋的白色或棕色的瓷片,还有老式建筑灰色瓦片的房脊。公路两边的果园和麦地,积雪已融化出残破的景象,麦苗从融雪的地坨里露出令人心颤的嫩绿。柳树最敏感春的气息,垂吊的丝条已经绣结着米黄的叶芽了。我竟然追到蓝田猿人的发现地——公王岭——来了。

这是一阶既不雄阔也不高迈的岭地,紧依着挺拔雄浑的秦岭脚下,一个一个岭包曲线柔缓。灞河从公王岭的坡根下流过,河面很窄,冬季里水量很小,看上去不过像条小溪。就是这个依贴着秦岭绕流着灞水的名不见经传的公王岭,一日之间,叫响了整个中国,乃至世界,进入中学历史课本,把公王岭发现的蓝田猿人铸入一代又一代人的常识性记忆。这是在中国迄今发现最早的人类化石遗存,刚刚从猿蜕变进化到可以称作人的蓝田猿人,距今大约一百一十五万年。

这个蓝田猿人化石的发现,带有很大的偶然性,或者正应了"踏破铁鞋无觅处,得来全不费功夫"的老话。一九六三年春天,中科院古脊椎动物与人类研究所的一行专家,到蓝田县辖的灞河流域作考古普查。这是一个冷门学科里最冷的一门,别说普通乡民摇头茫然,即使有一定文化知识的当地教师干部,也是浑然不知茫然摇头。他们用当地人熟知的龙骨取代了化石,一下子就揭去了这个高深冷僻的冷门里神秘的面纱,不仅大小中药铺的药匣子里都有储备,掌柜的都精通作为药物的龙骨出自何地,蓝田北岭和原坡地带随处都有;被他们问到的当地识字或不识字的农民,胳膊一抡一指,烂龙骨嘛,满岭满坡踢一脚就踢出一堆。话说得兴许有点夸张。然而灞河北岸的岭地和南岸的白鹿原的北坡,农民挖地破山碰见龙骨屡见不鲜,积攒得多了就送到中药铺换几个零钱,虽说有益肾补钙功效,却算不得珍贵药材,很便宜的。农家几乎家家都有储备,有止血奇效。我小时割草弄破手指,大人割麦砍伤脚腕,取出龙骨来刮下白色粉末敷到伤口上,血立马止住不流,似乎还息痛。我便忍不住惋惜,说不定把多少让考古科学家觅寻不得的有价值的化石,在中药锅里熬成渣了,刮成粉末止了血了。

这一行考古专家在灞河北边的山岭上踏访寻觅,终于在一个名叫陈家窝的村子的岭坡上,发现了一颗猿人的牙齿化石,还有同期的古生物化石,可以想象他们的兴奋和得意,太不容易又太意外地容易了。由此也可以想到这里蕴积的丰厚,真如农民说的一脚能踢出一堆来。这一行专家又打听到灞河上游的古老镇子厚镇周围的岭地上龙骨更多,便奔来了。走过蓝田县城再往东北走到三十多里处,骤然而降的暴雨,把这一行衣履不整灰尘满身的北京人淋得避进了路边的农舍,震惊考古史界的事就要发生了。

他们避雨躲进农舍,还不忘打听关于龙骨的事。农民指着灞河对岸的岭坡说,那上头多得很。他们也饿了,这里既没有小饭馆就餐,连买饼干小吃食的小商店也没有,史称"三年困难"的恶威尚未过去。他们按"组织纪律"到农民家吃派饭,就选择到对面岭上的农家。吃饭有了劲儿,就在村外的山坡上刨挖起来,果然挖出了一堆堆古生物化石,又挖出一颗猿人牙齿。他们把挖出的大量沉积物打包运回北京,一丝一缕进行剥离,终于剥离出一块完整的猿人头盖骨化石,震惊考古学界的发现发生了。这个小岭包叫公王岭。我站在公王岭的坡头上,看岭下公路上川流着的各种型号的汽车,看背后蒙着积雪的一级一级台田。想着那场逼使考古专家改变行程的暴雨。如果他们按既定目标奔厚镇去了，所得在难以估计之中，这个沉积在公王岭砾石里的猿人头盖骨化石，可能在随后的移山造田的"学大寨"运动中被填到更深的沟壑里，或者被农民捡拾，进了药铺下了药锅熬成药渣，或者如我一样刮成粉末撒到伤口永远消失。这场鬼使神差的暴雨，多么好的雨。

　　我在公王岭陈列室里，看到蓝田猿人头盖骨复原仿制品，外行看不出什么绝妙，倒是对那些同期的古生物化石惊讶不已。原始野生的牛角竟有七十多厘米长，人是无论如何招不住那犄角一触的。作为更新世动物代表的猛犸象，一颗獠牙长到二十多厘米，直径粗到十余厘米，真是巨齿了，看一眼都令人毛骨悚然。还有剑齿虎，披毛犀，单是牙齿和犄角，就可以猜想其庞然大物的凶猛了。我便联想到二十世纪七十年代初，我下乡驻队在白鹿原北坡一个叫龙湾的村子里。那是一个寒冷异常的冬天，在北方习惯称作冬闲季节，此时倒比往常更忙了，以平整土地为主项的"学大寨"运动正在热潮中。忽一日有人向我通报，说挖高垫低平整土地的社员挖出比碾杠还粗的龙骨。随之，打电话报告了西安有关考古的单位，当即派专家来，指导农民挖掘，竟然挖出一头完整的犀牛的化石，弥足珍贵。龙湾村距公王岭不过四十公里，当属灞河的中偏下游了。可以想见，一百万年前的灞河川道，是怎样一番生机盎然生动蓬勃的景象。这儿无疑属于热带的水乡泽国，雨量充沛，热带的林木草类覆盖着山岭原坡和河川。灞河肯定不止现在旱季里那一绺细流，也不会那么浑，在南原和北岭之间的川道里随心所欲地南弯北绕涌流下去。诸如剑齿虎、猛犸象、原始野牛和披毛犀牛等兽类里的庞然大物，傲然游荡在南原北岭和河川里。已经进化为人的猿人的族群，想来当属这些巨兽横行地域里的弱势群体，然而他们的智慧和灵巧，成为生存的无可比拟的优势。他们继续着进化的漫漫行程。

从公王岭顺灞河而下到五十公里处,即是灞河的较大支流浐河边上的半坡氏族村落遗址。从公王岭的蓝田猿人进化到半坡人,整整走过了一百多万年。用一百多万年的时间,才去掉了那个"猿"字,成为真正意义上的人,真是太漫长太艰难了。我更为感慨乃至惊诧的是,不过百余公里的灞河川道,竟然给现代人提供了一个完整的从猿进化到人的实证;一百多万年的进化史,在地图上无法标识的一条小河上完成了。还有华胥氏和她的儿女伏羲女娲的美妙浪漫的神话,在这条小河边创造出来,传播开去,写进史书典籍,传播在一个有五千年文明史的民族的口头上。这是怎样的一条河啊!

这是我家门前流过的一条小河。

小河名字叫灞河。

2006 年 4 月 12 日 二府庄

也说"抬杠"

前不久在《夜光杯》版面上读到说"抬杠"的一篇短文,颇为兴奋。一在"抬杠"这词汇,我以为只是陕西的方言,从字面上很难揣摩其本意所指,所以在已往的写作中很少采用,艰涩的方言不仅于文字叙述难增色彩,反倒会给读者造成阅读障碍,如同吃饭碰到硌牙的沙粒,这是我选择方言的标准。读到这篇说"抬杠"的有趣文章,起码让我知道陕西之外的某个地域的人,也说"抬杠"这个话。再,由这篇文章的阅读,引发起我的有关"抬杠"的趣事趣人的记忆,也想说一说凑点趣谈。

在我生活的关中乡村,在我工作过的机关,几乎每个村子每个单位都会遇到一个爱跟人"抬杠"的角色。所谓"抬杠",主要指说话,你说东好,他偏会抬出西好的例证,似乎总与人作对,闹别扭。乡间把这种人称为"杠头"。

民间流传着不少关于"抬杠"的经典话语。孙子问爷爷:"树上的柿子咋那么红呀?"爷爷说:"日头晒的。桃呀杏呀沙果呀都是日头晒红的。"孙子反诘:"红萝卜长在土里,压根儿没见过日头,为啥也是红的?"爷爷被问得哑口无言。孙子又问:"爷爷你脸上咋有那么多渠渠儿(皱纹)?"爷爷说:"爷爷老了。老了的人都是这个样子。你长到爷爷这把年纪,也是满脸的深渠儿浅渠儿。"孙子又反诘道:"咱家的猪娃刚生下来,为啥也是一脸渠渠儿? 比你脸上的渠渠儿还多还深?"……

类似这种"抬杠"的民间笑话,常常把取笑的对象对着私塾先生,让他们在学生的"抬杠"话语的反诘中出丑。我粗略想来,"抬杠"的人多出自天性,性格使然。他们好像从小小年纪就显示出不归行列而旁逸斜出的个性,用今天的话说属于"另类"。他们的思维往往是反向的,而且很敏捷,随时随地都会对大路的主流思维做出反向的辩驳。就我接触和见识过的"杠头"人物,有的性格偏拗,行为举止和脸色眼神,都让人一看就是个不入辙的家伙,出口就会顶得你跌个跟头,反不上话来;有的性情却十分随和,蔫不拉唧不动声色,脸孔和眼角总浮泛着捉弄人的神气,轻声慢语里亮出来的却是意料不及的"杠话"。他们看似处处与人作对,却获得周围人的喜欢,在于他们的"杠话"给人们带来意外的惊喜,得一时之开心,并不计较那"杠话"违背了普遍的生活哲理。有时候,他们的"杠话"却被生活实践所证明,因为生活运动里往往有"少数人掌握真理"的事象存在。他们的"杠"就"抬"对了,"抬"出水平了。

如果剔除开"抬杠"中那些片面的故意偏执的意趣,"杠头"们的某些不随大流的独立精神倒是于人有益的。尤其是当一种"流行"覆盖了整个社会、你不"流行"便难以存活的世相发生的时候,有一点"杠头"们反叛的"杠劲儿",可能会找到更适宜自己生存和创造的道路和途径。二十世纪八十年代,先锋派文学在中国文坛潮起的时候,现实主义的创作方法几乎被视为过时的中山装,谁不说先锋创作和先锋理论谁就难得有一口饭吃。记得路遥在这样的"流行"时风里说过一句话:"我不信全世界都成了'澳大利亚羊'。"这是一个颇富个性的比喻式"抬杠"。当时,陕西引进了优质优种的澳大利亚细毛羊,在省内尤其在有养羊传统的陕北,向牧民和农民推广。为了农牧民致富,应当是好心好意;为了排除农牧民习惯意识里对本地羊的依恋,免不了把澳大利亚羊说得天花乱坠一好百好,同样免不了把当地羊种说得一钱不值一无是处。路遥是陕北人,对羊尤其熟悉也尤其敏感,于是就有了类比先锋文学潮起时那种现象的妙语。他便以"杠劲儿"挑战,不是语言辩论,而是闷住头在现实主义的道路上探索实践,默默六年过去,完成现实主义的百万字长篇小说《平凡的世界》,赢得了读者的广泛呼应。十余年后,我在《文艺报》所做的一次读者调查报告中看到,《平凡的世界》在被调查的大学生读者中,阅读量排列首位。近年又从杂志上看到,当年许多先锋派作家纷纷回归到现实主义创作,颇富启示。

我倒以为,现实主义是一条创作方法,先锋派也是一种艺术流派,况且还有诸如魔幻现实主义、荒诞派、象征派等种种创作方法,都出现过经典的或杰出的文本,也成就过大家大师。问题仅仅在于,既不要把文坛弄成现实主义独尊的一统天下,也不要时兴什么流派就全搞成什么流派的一色样式,不要搞成"全世界都只能养澳大利亚羊"。艺术创造尤其重要的是个性化的创造活动。作家个人的气质和个性,作家独有的生活体验和生命体验,需要找到一种最适宜最恰当的表述形式,才能得到最完美的表述。一种创作方法或流派,既不可能适宜个性迥然的所有作家,甚至同一作家也不可能用一种写作方法去表现各种体验,这是常识。

"抬杠"者往往执一端而蔑视普遍,只当趣事罢了。"抬杠"者说不定执的那一端,却是被普遍现象掩饰住的真谛,倒令人钦佩。尤其在当今一潮卷过一潮一风掀起一风的迷彩世相里,有一点清醒的辨识和选择,再加上"杠头"们的某些"杠劲儿",对于想在这个世界上成一点事的人来说,可能还是有益有用的。

2006 年 4 月 17 日 二府庄

陪一个人上原

电话里响着一个陌生的声音,开门见山:"我是北京人艺林兆华。"我在意料不及的瞬间本能地噢了一声,随口回应:"你是大导演呀,我知道。"接着再没有寒暄和客套,他就说起要把《白鹿原》改编成话剧的设想。我只是确定了小说《白鹿原》被大导演林兆华相中改为话剧的事,自然是一种新鲜而又欣然的愉悦,都不太用心听他说有关改编的纯粹的具体事务了;倒是欣赏起他说话的声音,温厚绵软而又简洁,没有盛气,更没有夸夸,自始至终没有一句新名词。我之所以敏感他的说话方式,似乎是某种先入为主的印象,我虽然是几年也难得看到一场话剧演出的与戏剧隔得老远的门外汉,却早已闻知林兆华的大名,尤其知晓他是一位艺术观念颇为新潮的导演。我依积久的经验自然地作为参照和推想,不料却令我诧异,竟不见一句新潮词汇,而且声音如此温厚如此平实,可以信赖的踏实感就在短短的第一次通话里形成了。

随后就有了第一次见面。那是几年前的早春时节,我把几件事挪攒到一起赶到北京。西安已经是柳絮绽黄迎春花开的气象,北京还裹在丝毫不见松懈的寒冷里。我找到北京人艺门口,看见一个小小的"北京人民艺术剧院"的牌子,注目许久,顿生慨叹,真正的名牌依然保持着原有的标徽,当是一种自信。我第一眼瞅见林兆华导演同时握住手的时候,电话里的印象迅即延伸为一个更令人意料不及的具象,一个号称"中国话剧第一导"的又以现代派闻名的人,不见披肩长发,没有垂胸的胡须或别致的短髭,却是灰塌塌的不经任何修饰的本色寸发,还有不显线条也不见棱角的对襟纽扣的布褂。我在那一刻暗自发笑,文艺界的朋友调侃我的脸是关中老汉的典型代表,我也在记者关于电影《白鹿原》采访的提问里自我调侃,我最适宜演老年的长工鹿三。我突然发现握着手的林兆华,如果走进关中乡村的任何一个村子,那里的农民会以为是一位老亲友来了。他的对襟布褂和看不见裤缝的裤子,更触发得我一时眼热,我自小一直穿这种家母织布、家母染色、家母缝制的褂子和裤子,穿到高中毕业都换不出一件新式样,照毕业相片时借同学的一件制服上装改换了一回装束。我虽向来不打领带极少着西装,却也再没有穿这种老式对襟衫褂的兴趣,包括花样翻新的"唐装"。我在握着这位新结识的大导演的手时,又生出一层慨叹,一个以探索现代新潮话剧导演风格闻名的人,却用过时的中国乡村最传统的民间服饰打扮包装自己,割裂了矛盾了,还是某种天然的融汇和统一?抑或纯粹属于生活习性?然而确凿无疑的一点,以服装的式样和须发的长短来判断一个艺术家精神气象的明暗,看来难免会出意外的。

　　我已经记不清他来过西安几趟了。印象深的有两次。他要上白鹿原上去观察感受那里的天象地脉气韵,我完全能理解。我做向导,从灞桥区辖的原的西坡上去,直到蓝田县辖的原的东头下了北坡,沿着灞河川道途经我的隔河相望的家门再回到西安城里。我按他的意趣指向,进一个村子又找到另一个村子,寻找二十世纪五十年代以前的民居住宅,还有家族的祠堂,还有接近类似小说主人公白嘉轩经济实力的宅基房屋的规模和样式。令他也令我遗憾的是,二十世纪五十年代到六十年代成片成堆的土坯墙小灰瓦的大房和厦屋已经很少了,几乎是一色的装饰着瓷片的水泥平房或二层小楼房。祠堂连一座也没有找到,所答几乎众口一词,早都拆了。林兆华仍不死心,我更是觉得过意不去。无论如何,我还是为这个原上的乡亲庆幸,他们终于有了一砖到顶机瓦或楼板覆盖的结实而又美观的新房子,基本实现了独门独户,几乎见不到三家五家乃至八家拥挤一院的穷酸相了,无论种田植果树抑或出苦力打工,尽管比不上城里人生活水平提升幅度大,总是比改革开放前几十年好得远了。至于旧房老屋之无存,让林导难以感受贫穷乡村的氛围,自是不成遗憾的遗憾。我们终于找到一家古旧的房屋,可以看出曾经是颇有点经济实力也就比较讲究的建筑,迎面的门板是宽幅的木扇,门板上有简单的格子雕刻。经打问得知,建造这房子的业主,是一位手艺超群的刻字匠,曾给民国时代的几多要员刻过墓碑铭记,收入自然优于乡民,房子就讲究了。林兆华当即就拍板:"这个门和窗子我要了。"房主人说了这个旧房马上就要拆掉,林导嘱咐把门窗妥为保管。进得屋里,有木板镶成的木楼,早已被烟熏成黑色。一架宽板木梯搭在后墙边,两根梯柱原为一根粗大的木头,用锯居中锯为两半,镶着一块一块宽约尺余的踏板,比那些木条梯子豪华气派多了。我家曾经有一架木板梯子,与这架梯子几乎出于同一个木匠之手。林兆华又是一句:"这梯子我也要了,给我保护好。"出门到了乡村街道里,他便告诉我这些东西将做何用场,在于展示旧时乡村的一种逼真的景象。我却想到,这个人现在脑子里整个转着一部戏,随即都有最敏锐的招儿在触景中冒出来。不能忘记的是下到原上的一条沟底的兴奋场景。这个沟里原有的民居几乎都是窑洞,整个村庄搬迁到原上的平地里去了,无法搬动的土窑洞留下一片败落和荒凄,倒塌的窑院围墙,杂草野树丛生的院落,一孔孔或大或小的被烟熏黑的窑洞。林兆华一看见就惊叫起来:"这就是小娥和黑娃住的窑洞呀!"他一个接一个察看卸掉门窗的空洞的窑,始终兴奋不已。我便提示他,这就是关中一些坡崖沟坎地区的窑洞,比较高,比较宽大,更显得深。我作为比较的对象是陕北的窑洞,一般比较低矮比较窄小也比较浅,却比较精致。我开玩笑说,千万不要把小娥和黑娃的窑洞,在布景上搞成毛泽东在陕北住过的那种窑洞的样式。

去年夏天,正是西安酷热难熬的伏季,林兆华领着剧组二十多号男女演员来到西安。我把他们安排在原坡下浐河边的半坡饭店,图得演员上原到乡村体验生活方便。灞桥区文化局给予精细周到安排。观众喜爱的濮存昕等演员上到原上,几乎每个人在到达原上时都发出同一声感叹,噢!这就是原。原是西北特有的一种地理地貌,不过就是一个小平原而已。阅读小说所发生的对"原"的神秘和不可理喻,瞬间就成为一种真实的感觉和体验,如同我初见南方的小桥流水和水上人家的感觉。这些北京来的演员大多在电视电影里出现过,被偏远的原上的乡民指点出来,受到最诚朴的欢迎。他们走村串户,看当地的男人走路的姿势,说话的口吻和身体动作语言,看女人如何烧火做饭,管教儿女,看得津津有味。我陪他们看了两家颇气魄的老宅旧院,一家仍有人住,一家已荒废,都是青砖包墙方砖铺地的四合大院,尽管陈旧破败,依然可见当年的品格。这两家的主人都是乡村中医,我自小就听说过他们的名字,川原上下不幸生病的人都上门求救。他们的子孙大多已在西安或外省安家立业,留在乡村的人也已另择新居地。林兆华在这两个院子里踏勘。我猜想,他大约在琢磨让白嘉轩还是鹿子霖主掌这样的庭院?濮存昕也始终笑眯眯地,看那过道里生动的砖雕,是否还是他——白嘉轩当年刻意的镶嵌?他将如何进入这个庭院并演绎他的人生?

相聚过来的男女乡民,在街道上或立或蹲。濮存昕也学着村民站一会儿又蹲一会儿,东拉西扯着闲话。我陪着林导和濮存昕,在树荫下在房檐下和南枝村的老少闲聊。这个村分白姓和魏姓两大宗族,有人悄悄向我探问,你书里写的白家是不是俺村的白姓,鹿家是不是俺村的魏姓。我说不是。他反而不信,又问,为啥你写的白家和鹿家的事跟俺村××和××的事情那么相像?我说我是瞎编的,偶合了。我随后和林导、濮存昕到一户农家吃午饭,煎饼卷黄瓜丝和洋芋丝,是地道的农家灶锅烹饪的食品,林、濮都吃得很新鲜,似乎还说这样可口的饭菜拿到北京去卖,生意会很火。

林导提出要看纯粹的民间演出的秦腔。不费多少力气就召唤来一批男女唱家。这些人农忙时务庄稼,农闲时组合在一起,到乡间的庙会集市去演唱,也为新婚庆典和丧事葬礼演唱,有报酬,却不高。其中一些男女唱家已唱出影响,在方圆几十里乡村甚为闻名。我担心这些业余唱家达不到林导要求,还联系来西安几位年轻的专业演员。演唱一毕,林导就拍板了,就是这个就是那个还有某某……全是业余唱家。我大略领会他的意图,在话剧几个主要情节转折处,插唱一段或三五句秦腔唱段,要乡野里这种原生形态的唱法和腔调,太完美的专业演员的唱腔不适宜话剧的乡土气氛。同时请来了华阴县的"老腔"演唱班子,也是纯一色的农民,他们保存着流传在华山脚下一种几乎失传的古老唱腔,乐器也区别于秦腔,更为苍凉悲壮。我看着林导目不转睛的神情,想到他已经入迷了。果然他兴奋地拍了板。这个老腔早已在张艺谋的电影里作为衬底的旋律,正恰切不过地流动着关中这块土地沉重苍凉浑厚的底蕴。林兆华敏锐地感知到了,这从他的专注沉迷的神色里显示出来。

我后来到北京人艺,参加了《白》剧的新闻发布会。我看到了林兆华的自信。他的自信溢于言语和神色。这应该是我参加这次活动的最富实际意义的收获。还有宋丹丹的发言,她说林导告知她出演田小娥一角的第二天,就去健身房减肥健身了。她婉谢了电视剧邀约。我也深受感动,艺术创造的意义和价值,不是经济实惠所可完全改变一切艺术家的。

我在把话剧改编应诺给林兆华导演的时候,基于纯粹的我对写作的一种理解,我写小说的一个基本目的,就是要争取与最广泛的读者完成交流和呼应。我从短篇写到中篇再写到长篇,这个交流和呼应的层面逐渐扩大，尤其到《白》书的出版和发表，读者的热情和热烈的呼应，远远超出了我写作完成之时的期待。我以为这是对我的最好回报，最高奖励。即：在于作家通过作品所表述的关于历史或现实的体验和思索，得到读者的认可，才可能引发那种呼应，这就奠定了一部作品存活的价值，也就肯定了作家的思考和劳动的意义。话剧将是完成《白》书与观众交流的另一种形式。小说阅读是一种交流形式，话剧舞台的立体式的活生生的表演是迥然不同的交流形式，有文字阅读无法替代的鲜活性，以及直接的情感冲击。这与我创作的初衷完全一致，我自己甚至也觉得新奇而又新鲜：看到活跃于舞台上的白嘉轩们当是怎样一种感觉？濮存昕创造的白嘉轩和宋丹丹创造的田小娥当会和观众完成怎样的交流和呼应？

我几乎没有提出任何条件性的要求。我唯一关注的是能体现我创作小说的基本精神就行了。我知道话剧很难在有限的时间里演绎所有情节，取舍是很难的事。我相信林导和编剧，让他们作艺术处理吧。我在初见林兆华的交谈里，领受到他对《白》书的深层理解，已经产生最踏实的信赖，连"体现原作精神"的话都省略不说了。

我记下与林兆华导演几次接触中的印象，在于体察和理解一位艺术大家，如何完成他艺术世界里的一次新的创造理想。我在写完《白》书最后一行句子就宣布过，我已经下了那个原了。林兆华导演却上了原。我期待看到他创造的白鹿原上的新景观。

2006 年 5 月 14 日　雍村

走过武汉,匆草一笔

从秦岭北边飞过来,正遇上江汉平原景致最好看气候最舒适的季节。我却陷入一种南方和北方截然鲜明的差异性感受。仅仅在两个小时之前,我乘车疾驰在渭河到咸阳的关中腹地里,满眼涌进来正在拔节抽穗的麦子。那刚刚抽出来的麦穗和麦芒,是一种嫩白和嫩黄,覆盖了原野,直到一眼望不尽的地天相接的远处,我领受着关中大地恢宏的丰盈和沉雄里的生机。现在,我的眼前铺展开江汉平原纷繁复杂的色彩,大片大片业已变成青色的麦田,那是籽实穗熟前的颜色;一绺一绺金黄色的大麦间插在麦田或油菜之中,等待开镰;大片的油菜田里,看不到叶子,灰白色的荚角密密匝匝绣满了枝丫;还有不时闪过的水塘和河汊,清水映着天光。同样雄浑同样丰盛的江汉平原,得了纵横的河汊和星罗棋布的水塘的浸润,清秀灵气浮现在人眼所到的每一条垄亩之上。我为我的北方的关中遗憾着这一汪一汊里的水了。

我又一次走进武汉。

我漫步在长江边上。脚下踩着一方一方别出心裁的图案铺就的地砖,瞅着悠然翻涌着波浪的江水,在不仅雄伟且呈现着精美的堤坎下涌流,我还是感觉到了"人定胜天"的科学性。鉴于"大跃进"的盲目冒进所造成的破坏,"人定胜天"这个词汇遂成为一个特定含义的嘲讽。其实人类自智人时期始,就进行着与自然灾害这个"天"的抗争,从我的家乡的半坡先民对火的发现到今天人类登上月球,历史浓墨重彩记载着各个民族在各个领域的发现和创造。每一项或大或小的发现和创造,都是"人定胜天"的成功实践。泛滥成灾的长江在堪称雄伟而又精美的堤岸下驯顺地流走,当是为江边有记载以来的灾难画上句号,再不复现军民背扛沙包堵塞决口的吓人场景了。人胜了天了。现在,一群一伙男人女人在江边漫步,在各种健身设施上用功,我脑海里竟浮出几年前电视上那些抢险堵漏的军人和民众的身影。

我走进一家现代化企业,自动化流水作业,产品如同流水一样涌流出来。工人只是监控,轻松到让我这个旁观者都感到单调了。这并不特别令我惊奇,这样高产出而又文明的工厂我见过不少了,倒是每一次都不由得慨叹和庆幸,那些穿戴整洁一丝不苟地操控着仪器的工人,进入一种文明的生产,也进入文明的生活形态了。我的记忆里装着太多的昨天的陈年旧事,小镇铁匠铺里一手拉着风箱一手攥着煤铲往火炉里添炭的老叔,光膀子上的汗水把尘灰冲出一道道污黑的印痕;已烧红的铁锭从火炉里夹到铁砧上,同样光膀赤臂的壮汉抡锤砸敲出壮怀激烈的叮当,一支镢头一把斧头一把锄头在汗水溅着的烟火里诞生了。这种作坊里的景象,从我记事一直延续到我所工作过的公社的农具厂,其实早在我的记忆之前已经存在了不下两千年。现在,我走过几乎纤尘不染的机械流水线和花园一样静谧的厂区,感知着社会进步带给人的劳动的自信。

近年来,每走进南方北方任何一个城市,无须介绍无须解释,搭眼就能看到已经发生的变化和正在完成着的改造,最直观地呈展着从昨天到今天的脱胎和剥离,让人直接感知到生活极具活力的运动着的脉象。我在武汉又一次接受着这种活力的冲击。在汉江汇入长江的三角地带,观赏千古以来就呈现着的江河汇聚处独有的气魄,却再也看不到历史沧浪里残存的荒凉和残缺,坚固的堤防和凌空跨江的桥梁,一派崭新的装饰大江大河的景致,令人浩叹。我在汉口的大街小巷穿行,新铺的地砖新植的花木和新置的栏杆,把旧时的陋巷改扮得清爽亮丽。我又一次登上黄鹤楼,眼下是横摆着的长江和投奔过来的汉江。长江汉江的这岸和那岸,是丛林一样耸立的楼群,龟山和蛇山愈见低矮了。被两江隔开的武汉三镇,又被雄伟的大桥沟通连接为一体,这样壮观的阵势无与伦比,也是武汉自形成城市以来前所未有的。我自然又浮出崔颢李白和诸家各路诗人的名句,无论怎样浩荡雄壮,无论怎样神奇的神风仙姿,更不必说悠伤哀怨不尽离愁的,似乎都无法与眼下的景观相吻合,都避免不了苍白和陈旧。我也亲历了晴川阁,吟诵着"晴川历历汉阳树,芳草萋萋鹦鹉洲"。然而无论如何都找不到"日暮乡关何处是,烟波江上使人愁"的感觉了。这样千古传诵的好诗怕是再也难以出现了,倒不是绝了如崔颢一般的才子,黄鹤楼下的景致变了,才子们的心境和意趣也变得远了。

  我在武汉走过两天,走马观花而已,却也直接感知到这个城市进入到二十一世纪初的风貌,感知到一种急骤的蜕变,自然是直观的表层的,也足以令人感奋了。昔日的武汉正从旧壳里剥离蜕变出来,呈现给世界一个现代化都市的新武汉。这是武汉人促进和完成这个蜕变过程的,或者说武汉人在不断完成自己心理和精神的剥离和蜕变的过程中,实现了一个全新的武汉的创造。写到这里,我便想到张之洞。

  我很早就知道"汉阳造",却不知道张之洞。像我这样年龄的中国人,恐怕没有不知道"汉阳造"的。即使如我这样一生只摸过一两回枪的人,也早都知道"汉阳造"。"汉阳造"是中国人制造出来的第一种现代枪械,而且持续使用了半个多世纪。民族复兴史多少委屈了促成这第一支枪诞生的张之洞,毛泽东却还记着他提起他的名字。我来到"汉阳造"的发生地汉阳,在高低错落的楼群里,在纵横交错的路道上,在绿树和花草铺成的缤纷的图案里,找不到任何当年"亚洲第一世界第二"的汉阳铁厂的遗痕了。我能看到的只是图片。令人依然抑制不住心潮的壮观的照片。张之洞便以其凛然的气性活生生地站立在我的眼前。

张之洞是在一八八四年抗法战争取得大捷的战役之后萌生了开办铁厂的创意。他最痛切地领受到法兰西第二帝国派来殖民中国的士兵手里操持的枪炮的杀伤力。他在给清廷呈送申请报告的同时,就向德国英国订购冶铁炼钢制造枪炮的设备。直到十年后的1893年,其规模居亚洲第一世界第二的汉阳铁厂建成并点火开炉,告别作坊式的炼铁铺里的小炉灶,以当时世界上最先进的技术和最大的规模炼出了中国的第一炉钢,随之又用自己冶炼的钢铁制造出中国的第一批铁轨、中国的第一管快枪。都被民间命名为"汉阳造"。

这里有一则小小的逸事很令我哑摸。时任两广总督的张之洞把铁厂的厂址选在广州,部分购置的设备已运抵羊城,光绪皇帝又调张之洞到湖北主持修建芦汉铁路。继任两广总督的李翰章"懒事张扬",托词广州无铁矿亦无煤矿,不宜设铁厂,迫使雄心勃勃的张之洞又启运他已购得的炼钢设备,挪移到湖北,新选汉阳作为厂址。我尤其欣赏"懒事张扬"这个词。如此准确如此妙俏地刻画出一个"多一事不如少一事"的只领饷银而不放骆驼的平庸官僚。"对比"写人的手法看来不是作家艺术家首创的,生活里到处都呈现着这种参照对比,站在张之洞身旁的这个同级别同饷银的主儿,丝毫也不掩饰他的平庸和不作为,更不害羞。我很自然地崇敬这个炼出中国第一炉钢铁的张之洞。法军从越南方向侵入中国边境时,时任山西巡抚的张之洞居然一日三奏朝廷要"速下迎敌之决心"。山西离云、桂、粤诸省够远了,他却比领兵的人还火烧火燎坐卧不宁,一个铁血气性的张之洞就跃然于我的眼前了。他的钢铁企业从创立到分崩离析,真是令人徒叹奈何。那些在封建帝制末期最早觉醒的中国人,几乎无一不留下悲怆的痛苦。无论如何,在这个民族从封建桎梏下剥离蜕变的极其漫长也极其复杂痛苦的历程中,张之洞既经历着个人思想和心灵的蜕变过程,也促进了这个民族和国家的蜕变。在汉阳已经消失的第一座钢铁企业和已经弃置不用的"汉阳造"枪炮,不应该也不会从这个民族的子孙的记忆里消失。我便建议,把这个简要的过程镌刻出来,竖立在汉阳曾经炼出中国第一炉钢铁的旧址上,让如我一类游览武汉的人,在欣赏今日三镇的壮观景象的同时,凝眸这一块方碑,最直接感受这个民族近代的觉醒和复兴的历史过程。应该把张之洞的名字重刀刻记。

2006年5月25日 二府庄

半坡猜想

在陕西远至黄帝陵,近到最后一家乡试考场的无以数计的历史遗存景观中,母系氏族公社时期的一个完整的村落——半坡遗址,有意与无意间却是我观赏留恋最多的一处。这纯粹出于一种故乡情结。我的生生之地在白鹿原北坡下的灞河岸边。半坡村落遗址在白鹿原西坡下浐河岸边的二级台地上。两个村庄之间的距离不过十公里。绕着白鹿原北坡和西坡的灞河和浐河,在古人迎客的欢声笑语和折柳送别的情殇层层叠叠发生的灞河桥下汇合,投入广阔深沉的渭水。任何时候路过半坡,瞥见那个圆顶无柱的标志性建筑,眼前就浮现出六千年前那个村落里的清晰的格局,圆形或方形的泥墙草顶房屋,屋里的火塘和土炕,那造型精美的陶罐、陶瓶、陶盆、陶壶和陶钵等,还有那野生务育而成的粟,那开创人类乐声的埙,那至今令人百思不得其确切意指的人面鱼纹图画……几十年来,半坡遗址在我心中都是一种梦幻般的景象。

我第一次踏进半坡先民生活过的遗址,是一九五五年秋天。我刚刚十三岁,到西安上中学,周六回家背馍路过半坡,我和同学到正在发掘的遗址,年老的和年轻的考古工作者蹲在大土坑里,用小铲和小毛刷在小心翼翼地剔除土屑。我连粗通的历史知识都没有,只有新鲜和稀奇,几乎再没有什么价值意义的理解,以及遥远到不可思议的梦幻般的迷茫。

这种梦幻般的迷茫一直延续到现在。尽管我对人类进化的历史普及到一些常识,尽管我记不清多少次听专家讲述半坡人的生存形态和创造性劳动,这种梦幻般的迷茫不仅没有透彻清晰出来,反倒陷入愈来愈富于想象空间的梦幻般的迷茫和诗性的迷离了。水流清澈而丰沛的浐河两岸,丛林修竹野草茂盛,虎、狼、豹子、山猪、狐狸、獐子、野兔和鹿自由其间,天空是各类鸟的领空,河里是鱼蟹的领地,半坡先民生活在这样的自由王国里,那位统领着他们的伟大女性当是怎样的姿容。下河捕鱼上原狩猎,每有重要捕获,该是怎样一种狂欢和喜悦。他们围着火塘烧烤新鲜兽肉的香气儿肯定弥漫到整个村庄,男女老少会是怎样一种欢乐融融。

我总是想着永远也不得谜解的谜,是哪个男性或女性在野草丛中发现了可以作为吃食的野生谷物,又如何把它引种成功,又是如何发现了将粟煮为熟食的秘窍?神农氏就诞生在这样的村落里,这个氏族的子孙至今依然顶礼膜拜。是哪一位伟大的天才创造出第一件陶器,使人类的生存状态进入一个空前文明的阶段。那个不知名的绘出"人面鱼纹"图画的人,当是人类最早涌现的天才美术大师,其构图里展示的丰富的想象,令今天的现代派艺术家们也叹为观止,亦令今天的现代人仅仅只能做出猜想式的种种判断,诸如氏族图腾生殖崇拜等,比哥德巴赫猜想还要费解。那只埙或曰陶哨,无疑是人类创造的第一件乐器,捏成这乐器的那位先民,当是人类第一位音乐天才演奏大师,人类从此有了愉悦自己的音乐和乐器。六千年后的当今,中国演奏家用这种陶哨吹出的曲子,不仅令中国人倾倒,连听惯了洋乐洋曲乃至疯狂摇滚的美国人也发出了欢呼。可以想到,从半坡人手里创造的陶哨和由半坡人心灵世界流淌出的音符和六千年后的中国人和美国人完成了交融和沟通,几乎没有时空的阻隔和民族习性的障碍,我更感动音乐的无形的伟力,更感佩制造陶哨和吹出第一声乐器的半坡村诞生的那位音乐天才。他肯定不会想到捏成的陶哨会产生如今人评说的价值和意义。他大概只是对音响尤为敏感的一个普通村民和大酋,照样打猎、照样种谷或者制陶,他独有的一根敏感音符的神经促使他创作陶哨。在他原有的意识里,也许只是一种兴趣,一种试验,一种新奇促使着的好玩的行为。然而,却成就了人类第一件乐器的诞生。

　　面对那个装殓幼童的瓮棺盖上的圆孔,每一次我都抑制不住心的悸颤。这个装着幼童的瓮棺没有进入成年人的墓葬区,而是埋在住宅区的房屋旁边。据考证说是幼童需要得到母亲的继续守护,或者说纯粹是母亲割舍不开对幼童小生命的骨肉情感,显然是现代人依着常情常理的一种推想。唯有那棺盖上专意留下的小圆孔,令人更多了推测和猜想,据说是给幼童的灵魂留下的出入的途径。我愿意相信这种判断,这个圆孔打开了阳世与阴界的隔障,给一个幼稚的灵魂自由出入自由飞翔的途径,可见半坡人的温情。人类后来文明愈发展,反倒是对人鬼两界禁锢愈厉害,无论皇帝的豪华墓冢里的石棺,抑或平民的木板棺材,都是唯恐禁闭不严而通风透气的。

　　浐河边上的半坡人,距离灞河边上的蓝田猿人不过五十多公里的路程,却走了整整一百一十五万年,我简直不敢想象人类进化史这个漫长的时间概念。在半坡遗址的村落上漫步,我就感觉到很近很近了。在我的家屋不到二里远的华胥镇上,今年农历二月二日举行过华胥氏的祭祀仪式。华胥氏踩踏巨人足印而受孕,生伏羲和女娲。女娲抟土造人,炼石补天。华胥氏和她的女儿女娲,是我们的始祖。这在史籍记载里,也仍然是神话传说。华胥氏冢所在的华胥镇,距半坡遗址不过十公里。华胥氏和她的女儿女娲,当是在无以数计的类似半坡村落里的女性首领的基础上,后人创造的神话。

　　那是一个最适宜用神话表述的时期。我的家乡有活生生的半坡人遗存,又张扬着一个民族诞生的神话,这是浐河、灞河。

2006年5月31日　北京

五月,临近盛事的期待

——二〇〇六足球世界杯观感之一

进入五月以来,我发觉我的生活氛围悄悄发生着明显的变化,文学和文化圈里的熟人朋友,见面说写作谈文化的话少了,说足球的话多了。而且一说到即将开赛的足球世界杯,腔儿亮了爽了,调儿高了响了,兴奋和欢悦溢满眉眼。我在西安每遇如此,到青岛参加小说学会颁奖盛会,也是如此。与会的全国各地的作家评论家中有一批球迷,比我迷得更深更痴,握手间先问足球怎么看,先估计鲁尼能否出场,骨伤愈合恢复的最新消息。获得此届重奖的湖北作家刘醒龙不说获奖的欣慰和风光,先问我看后半夜的比赛能否坚持,竟关心到如此细致入微的程度。腼腆少言的黑龙江迟子建,谈到世界杯,其专业水平不亚于足球赛事的现场解说。

这氛围这情景,让我很自然联想到每年岁尾进入农历腊月的感觉。传统的新年佳节在中国人心理情感上的分量,任何节日都难以替代。腊月伊始,熟人朋友以及亲戚,见面或打电话,先问年怎样过,在家团聚出外旅游抑或回归故乡,年货办得如何;孩子和亲戚能否团聚,等等。年的气氛日渐浓厚,人的脚步也日渐匆急,气色更日见欢悦。世界杯开赛前的五月,类似农历腊月,也类似西方人圣诞节前的气氛。可以借用一句歪改了的毛泽东的话概括,环球同此心热。

然而,又不完全与过年相同,或者说相同点仅仅只限定在盛大的节日到来之前一月的殷殷期待。一旦辞旧迎新的爆竹烟花碎屑落定,春节就以无虞的祥和天伦的欣悦悠然缓行,作揖握手间话说年成,儿孙绕膝泛出的一满是慈颜悦色。然而,世界杯开幕式的礼炮一旦响起,霎时间便是绿茵场上你死我活的较劲,万千球迷震天撼地地呐喊呼号,狂欢的声浪席卷德国;电视信号把现场的战况传递到世界的各个角落,狂欢也传递到世界各地的不眠之夜;整个世界都在为着一只彩色的足球所凝眸,各种肤色的人操着乱七八糟的语言说着足球这一个词汇。这种令世界失去秩序的狂欢,要持续整整一个多月,而且愈到后来愈加升温,没有厌倦没有疲惫,反而更加揪心更加来劲,更加疯狂,世界上有什么好事或坏事能让这么多人保持一个月的兴趣和劲头?没有的。

可以设想那些参赛国的国民,将陷入一种期待胜利和担心失败的揪心的焦灼,明明白白知道王冠最后只能戴到一个人的头上,却仍然坚信那个人肯定只属于自己的国家。于是,悲伤的泪水将浇湿三十一个国家的国土,只有一个国家的笑脸会被激情狂喜的热泪浇洒得灿烂。明知足球不过是玩玩而已,却那么认真,那么痴心地与一个国家的荣誉紧紧连在一起。大国强国需要这荣誉,似乎与其国家才相称;小国穷国也需要它来增强一个民族的自信和豪气。平民和总统,穷人和富豪,在面对一次绝妙的进球的刹那,情感世界上达到一种共同的平等的享受。

我是被排除在揪心关涉自己国家输赢情绪之外的纯粹欣赏者。我想看那些驰骋球场的超级明星的演出,也更期待一脚震荡国际绿茵场的天才小子。借助整个世界都注目凝神的世界杯盛事的赛场,正是那些新星展示他们天赋的足球才华的绝好机缘,绝艺绝技和他们的身姿,将嵌进亿万球迷的眼睛。有他们跃出,就有足球更精彩的明天和后天,也就有如我一类球迷不尽的欢乐和畅快。

2006年6月3日 北京

正确的坚定和无知的固执

——二〇〇六足球世界杯观感之二

昨夜德国与哥斯达黎加的揭幕之战，是我自二十世纪八十年代初看足球世界杯赛以来，最精彩最好看的一个揭幕亮相。出于运动员普遍的紧张心理造成的压力，出于教练员普遍的谨慎而选择的试探姿态，我看过的历届世界杯揭幕战多是观众热火朝天，而场上比赛却精彩不足，乃至黏滞沉闷，进球少，平局多，远不及后来渐趋白热化的比赛好看。昨夜哨声一响，德国人就摆出一副势在必得大举进攻的架势，创造了世界杯近几十年来进球最多也进球很快的精彩场面，一扫历来的紧张和谨慎心理造成的沉闷和乏味，重新张扬起足球以攻城拔寨为主旨的进攻精神。德国主帅克林斯曼看上去是位斯斯文文颇有点博导风度的先生，从一开场直到终场哨响，都在场边大声呼喊他的球员，向前！向前！拉姆在开赛五分钟进球后，克林斯曼仍然大呼向前；德国队丢失第一个球，克林斯曼更起劲地喊叫向前。向前是克林斯曼的足球意识和精神，也是人类从事各种事业的普遍精神，即进取的精神。

这是一场强弱分明的比赛。本来就是强势的德国队，又张扬着"向前"的主导意识，创造了四个进球纪录，其中三个却都是下底传中完成最后有效的一击。拉姆的第一个进球堪称技艺超群。他接队友传球后轻松回撤几步，把防他下底的哥方队员闪在身后，抬头瞅了守门员一眼,就确定了射门的角度;眼到脚到,皮球躲过守门员指掌,直挂远处死角,撞门柱内侧弹入网内。第二第三个进球,都是下底传中恰到空当好处,由克洛泽门前挡射头槌完成致命一击。差别仅仅是一次从右路下底,一次在左路。我似乎十分眼熟这种战法,历来是中国队惯常使用的,多是出于脚底功夫粗糙传接球和控球技术弱,很难实现中路正面突破,而选择的所谓两翼齐飞下底传中的套路。想不到德国队也用这种老套式,竟然如此实用而奏效,当是给中国队的一次示范。弗林斯在终场前的一脚远射,可以说成是撼天动地精彩绝伦。这是前场任意球,只经一次传递就完成了射门进球,展示出德国队绝非只会下底传中这一招。

哥斯达黎加不可小瞧,他们在上届世界杯曾打入第二阶段的淘汰赛,在最后的座次排在第十三位。然而在与主导"向前"的强大的"德国战车"的拼搏中,却是明显的弱势和劣势,九十分钟的赛场里,哥队控球时间大约三分之一,三分之二的时间里,皮球都在德国队队员脚下传接掌控。我特别感兴趣的是哥队的战法,他们是弱势却不选择下底传中,中路进攻屡屡失败,多次的进攻回合里,未传接到大禁区外就被对手抢截夺走,却仍然不走边路下底更不传中,依然坚持中路正面突破,似乎不可理喻。

后来我就看明白了,这是教练坚定不移的聪明选择。在德国队强势进攻面前,哥队没有能力打对攻,无法达到压过对方进攻的进攻,只有选择出其不意的偷袭和奇袭策略。我所看到的球场的实际格局是,哥队大多数队员和大部分时间,都在对方半场防堵,只把身高接近六尺的大汉万乔普隐蔽在前场捕捉机会,坚决打反越位战术。加之德国队一味"向前"而后门不紧,恰好给哥队实现自己的方略留下了可乘空隙。上半场十一分钟,万乔普得到一个出其不意的禁区边沿传球,反越位成功,单刀面对守门员,一脚并不着大力的捕射,球从德国队守门员右腋下穿过,从空无一人的门前进入网窝。哥队下半场的第二粒入球如法炮制，又是在禁区沿传给万乔普，又是反越位成功，又是单刀赴会，在守门员做出扑救动作之前一秒，又从他的左肩上挑过去入网。这一幕发生的时候，电视镜头转向看台上的德国第一门将卡恩，他这回做了替补，多是年龄因素。镜头明白显示一句潜台词，如果是卡恩把门，将不至于失球。我以为这是习惯思维的典型事例，世界万事万象容不得"如果"，球场更不容这种思路。

检验教练员战略战术的标准是比赛胜输这个铁样的结果，却未必是唯一。克林斯曼大获全胜，验证了其方略正确自不必说。哥斯达黎加虽然落败，其教练的战略战术的坚定选择更显出高人品相。他的战法有点游击战的味道，取得了虽败犹荣的赛场效果和心理效应。在控球时间、射门次数、角球和任意球的各个关键指标中，德国队都占绝对优势，甚至是成倍的比例，唯有一项指标哥队居优，即射门次数和进球的比例：射门三次，斩获两粒入球。其高效比率不仅远远超过德国队，在世界杯足球赛史上，也是一大奇迹。于此才可能区分教练员的天才和平庸，也才可能分辨正确的坚定和无知的固执。德国队和哥队教练无疑都显示出前者的风采和风度。

2006年6月10日 雍村

最后才学会射门及其他

——二〇〇六足球世界杯观感之三

澳大利亚队和日本队昨夜的比赛,是我看过的本届足球世界杯开赛以来的几场赛事里,最好看也最难看的一场。

澳大利亚除守门员之外的十名队员,身着黄衫。有人类比为澳洲袋鼠,我却感觉更像十辆轻型和重型混合组成的坦克阵,一开场便是大刀阔斧,横冲直撞,前追后堵,斜里劈刺,威风凛凛,所向披靡,绿茵场上卷过来转过去的尽是黄色旋风。抢能抢得下,堵能堵得住,过(人)能过得去,正面远射,斜传冲吊,下底传中,三面都是攻击途径,如入无人之境。可怜东邻日本国队员,向来作风硬朗兼脚法细腻娴巧,有"东方巴西"足球风格。然而面对人高马壮的澳大利亚坦克,不过是自行车,充其量算得摩托车,任你技术玩得怎样调皮,却无法构成对抗。我看到的简直是令人惨不忍睹的场面,澳队黄马甲所到之处,尽是日本队员人仰马翻。一碰一撞等足球法则允许的合理冲撞,被又粗又壮的澳大利亚人充分占得了便宜。日本队在人仰马翻的阵势里,几乎溃不成军,难以发挥技术优势,细腻的脚法盘带的技巧和传接的套路,都被蛮横无忌的坦克冲击得七零八落。这情景又使我联想到葫芦蜂(人头蜂)对小蜜蜂的肆无忌惮和蛮横无理。

澳大利亚人把足球的激情体现到极致。这种猛打猛冲长传冲吊的战法,其核心是简捷,一脚能过去的球路,绝不多费事再倒一次脚;

不要小脚传递更不讲究细腻盘带。这是英国人在足坛上呈现的一种典型风格，被世界称为英式足球，和巴西的技术配合型足球构成两大流派。近年间英国人注重细部细活儿，鲁尼等几位球星的细腻灵巧的脚法不亚于巴西人。上届世界杯时，我惊讶地发现他们的变化，曾写过《细腻了的英国人》的短评。英国人已经摒弃了至少是改变了的战法，澳大利亚人却保存着。事实上，在整个欧洲和南美洲足球强国里，基本看不到这种别名力量型的粗硬打法了。澳大利亚人不愧是英裔移民，得了澳洲地大物博和好山好水好气候，似乎比英国本土子民发育生长得更雄壮更孔武，更适宜力量展示，也更富于激情展示，真让我观赏和感受到人的一种野性的近乎疯狂的激情。

让我产生难看的感觉，也正出在这有点滥施的激情上。上半场伊始，澳大利亚人就照着球门狂轰滥炸，能射不能射宜射不宜射，抬脚铆劲儿就射。尤其是在日本队得了一个"便宜"进球之后，澳大利亚人射得更凶更欢了，虽有少数几次射到门框以内的球，唯其太正，均被神奇的日本门将川口能活没收。其余的绝大多数射门，不是偏左偏右偏得离谱，就是放了高射炮。这样的激情没有效果，就变成事物的另一面，单调、粗糙而少了欣赏的情趣。我那时就忍不住遗憾，澳大利亚人捡拾了英国足球的简捷和勇猛，却丢失了或者至少没学到人家精准的射门功夫，所谓皮像而神不像。又毕竟是军备里淘汰了的老式坦克。尤其到下半场的中前半场，也许是累过头了，也许是久攻不下情绪烦乱了心理失衡了，控球和射门更离谱了，反倒让日本人的技术逗一时的优势，几次反击打得坦克兵团竟现出顾不住后门的狼狈，只可惜日本人也发挥欠佳，错失几次进球良机。

直到终场前六分钟，澳大利亚人才攻进了第一粒入球，连带补时在内的不足十分钟时间里，竟然连进三球，我便忍不住向左右的球迷朋友喊出我的发现：到最后六分钟，澳大利亚人才学会了射门。

关键在第一粒入球。关键的一半在川口能活的出击扑救太远，不能及时返回门前,给混战中的卡希尔留下了一个无遮挡的空门,得逞了。这一刻,双方的心理瞬间发生了变化,轮到日本人失衡了。澳大利亚人又张狂起来了,信心倍涨了。卡希尔真正显示出一个射手功夫的第二粒进球,把日本人彻底击垮了。心态和技术发挥的关系,如同咒语和魔杖,咒词乱了,魔杖就失效了。

关键还在教练。澳队教练希丁克竟然换上三个前锋,几乎不要后场了,孤注一掷了,一掷成功,功德完满,神奇教练愈加神奇了。日本队教练济科也是足坛名宿,在终场前十分钟换下一个前锋,增加了一个中场队员,用心很明显,加强中场堵截的强势防守,把一球优势拖到终场。这是常见的思路,这回就显得判断失措了。

尽管有几次颇具威胁的反击,日本队昨晚的比赛,是我看过的日本队踢得最差的一场,乏善可陈。几位在欧洲足坛闯荡且表现不俗的亚洲明星,看不见锐性和灵性的锋芒,且屡失良机。我曾经以日本足球的长足进步而鉴照中国队的徘徊不前,更把亚洲足球的希望寄在日本、韩国和伊朗人身上。在前一日伊朗打了半场好球后,我虽是难以排解深深的惋惜,反倒以空前的兴趣等待日本人的佳音,结果却比伊朗人失败得更惨,踢得更难看。看来学巴西人的技艺还远不到家,只是在亚洲的筷子里稍长了一截。我宁愿把这一场无光的比赛看成是日本队的反常失态的偶然,寄一缕希望到下一场。

看完球赛回家的路上,李国平打电话,情绪颇忧伤,说他为亚洲足球忧虑。我顿然想到,在亚洲我们为中国足球曾伤情锥心多少回;在足球世界杯盛会上,又为亚洲足球伤感。真是咸吃萝卜淡操心,费的哪门子心伤的哪门子感嘛!

2006年6月13日 二府庄

黑马尚未出现

——二〇〇六足球世界杯观感之四

沙特和突尼斯作为小组第一轮比赛的收尾一仗,出人意料的精彩,煞是好看,当是第一轮赛程中最富足球魅力也最具观赏性的少数几场赛事之一。

在昨天的三场赛事中,我的兴趣集中在西班牙和乌克兰的对决。西班牙不仅斗牛出名,足球也是世界上几个热点之一,近两年把贝克汉姆、齐达内和大小罗纳尔多这些超一流明星重金收揽,使皇家马德里和巴塞罗那俱乐部成为世界超豪华阵容,西甲联赛的水平和热火劲儿,似乎盖过英超德甲和意甲,我自然想看西班牙本国球员的实力。乌克兰是新崛起的一支球队,预赛中第一个以小组第一名出线,使俄罗斯队黯然失色,被看作黑马。这两家相遇,我断定必有好戏。然而一开场,乌队就现出技术粗糙和配合的生硬,更显得西班牙人刚柔相济的弹性功夫,踢得有板有眼不急不躁游刃有余,让我欣赏到最精准的传接配合的足球艺术。尤其是第四粒入球,经过令人不可思议眼花缭乱的四次传切,且都是蜻蜓点水般轻巧的一脚传递,第五脚就把球送进球门了,堪为经典。即使常看欧洲各大俱乐部赛事的我,也难得一遇这样精彩的配合。令我丧气的是,下半场伊始,乌克兰被直接红牌罚下一人,本来就显弱势的一方就基本失去了威胁力,本来在上半场后半程已显出默契迹象并对西班牙构成对抗的势头,一下子就釜底抽薪般瓦解了。乌克兰疲于奔命。西班牙放心放胆一家独舞,虽尽显脚功技法,却毕竟让人感到不平等(少1人)的对垒里的乏味。我最讨厌红牌。少了一个人的比赛就不是真实力量的较量,看起来就减了兴致。

倒是不大操心的沙—突之战,精彩纷呈。突尼斯打得中规中矩套路清晰,队员功力不俗不虚简练实用,一度占得些微优势。沙特队更显技术娴熟脚法柔韧,快速灵活如黄鼠出没,搅得突尼斯难以完成有效进攻,正弥补了个矮身轻的短处;第一个进球是在大约三秒内完成的,传到恰好门前位置,不过一米六个头的前锋虽然腿短,速度却不慢,仅超两个守将半步把球推进网窝,真如脱兔般轻捷。这场比赛打得一波三折波澜起伏峰回路转,又扑朔迷离胜负难料,突尼斯人刚笑完就轮到沙特人笑了,而且比突尼斯人笑得更持久,然而却还是没笑到最后,突尼斯人又释怀了。这两家亚非兄弟之旅,旗鼓相当,谁比谁高不了一筹,谁比谁差不过半指头,可谓势均力敌,终于难以分清雌雄或伯仲,倒是成为并列的好汉。正是在这一点上,足球的观赏性愉悦,超过了西—乌那种悬殊对抗的乏味。

第一轮小组赛过后,三十二队精英尽皆亮相,捉对厮杀,有的笑了,有的哭了,笑的自然要争取笑到最后,哭的正运气蓄力铆劲以求重笑,绝不会有一家甘愿停留在赢了一回或输得一蹶不振的情绪里。倒是可以设想第二轮的交手将更加激烈也更加好看。我在如同赶集撵场子的兴致里,把各路诸侯观览过一番,只顾兴味十足地看足球滚来滚去,好看的和难看的都如云烟散去。昨夜突然醒悟,不禁反问,至今怎么仍未看见黑马跃出?

已经烟消尘绝的第一轮比赛,该赢的都赢了;预料中该赢而未赢的,却不是黑马造成的意外结局;该输的都没赢,所以亮不出一张黑马的脸相来。这是就一个队整体而言。如果再聚焦到个人,有大牌明星依然灼亮闪光,也有业已在俱乐部崭露头角的新星表现突出,却不见一个名不见经传的黑驹让世界为之一震。黑马国队和黑驹队员,在历届世界杯都是亮点,这届至今尚未惊现,令我感到某些缺失。我喜欢看那些业已成为明星或曰大腕的宿将有超常的表演,更期待黑马黑驹跃出,既给人一种惊喜,也会使日后的足坛赛事更趋热闹。如果上届这届和下届赛场都是我已看惯的那几张胡须越来越黑的脸蹦来蹦去,独缺了更光亮更青春的娃娃脸,难免会使人兴味索然,且不从事业的高度去评说。这道理既是足坛的,也是世间万事各坛共通的,有后继的天才才有新的兴旺和新的发展。

其实不过才战罢一轮。黑马黑驹可能还被某些障眼的烟云笼罩着而没露出脸来。我期望并相信,会有黑马和黑驹惊世跃出;即使无团队黑马,黑驹是断然不会缺席的。

2006 年 6 月 15 日 二府庄

帅气和率性的转移之谜

——二〇〇六足球世界杯观感之五

加纳赢了捷克。赢得不黏不滞也不算野,倒是干净利落痛快淋漓。

昨晚的三场比赛,我偏重这一场,原因完全是小小的一点自身的因素。捷克首战痛宰美国队,三个进球一个比一个精彩,令足坛后起的新秀美国队几无还手之力。这场竞技中,捷克整体状态绝佳,甚至给人以走到最后雌雄一决者的可能性印象;再则捷克人在场上的运动姿态,给我留下轻捷骁勇干散利气的帅气率性的印象。可惜那晚因琐事干扰不能专心用意看球,留下些许遗憾,便想着一定要看捷克小伙第二轮的表演。足球场上不稀罕威猛的身影,也常见那些轻捷如攀援的猿猴的身姿,都有着令人着迷的生命旋律。然如捷克人整体都显出那种帅气和率性者实不多见,用关中民间语言即是干散利气,煞是好看。昨晚在支应一天十分疲累的状态里,我还是兴味不减地要看捷克小伙表演。

怎么也料想不到,捷克人遭遇了滑铁卢,直到终场哨响,我才不得不相信这个大出意料的结局。从一开场,我就陷入一种既成的心理偏见,只期待捷克人更加帅气率性的令人赏心悦目的足球技艺。赢加纳是不足虑的事,只是入球多少和进球漂亮与否。加纳人打进第一个球,哨响不过一分钟略过几秒,我并不为捷克队担心,看成是借开场立足未稳搞了一次成功偷袭,凭捷克的实力,当不会成为致命的一球,况且时间是绝对的充裕。即使捷克队连连错失打门良机,即使捷克小伙在加纳小伙的冲击下难得再现帅气和率性,我依然怀着一缕重图江山力挽危情的希冀。直到最后半场加纳队获得点球,我那时似乎才意识到捷克人败走麦城的尴尬难以避免了;万幸点球击中门柱的一瞬,我为捷克人破灭的那一缕希望之火瞬间又复亮了。结果大出意料自不必说,更遗憾的是不仅没有得到期待里的欣赏的享受,倒是看到捷克人的某些气急败坏,某些狼狈相。气急败坏和狼狈相里的捷克人,不可能复现帅气和率性的。

　　我在本文开头把本来描绘捷克人的词儿"干散利气"给了加纳人。加纳队是第一次闯进世界杯盛事圣坛,在非洲足球普遍崛起的潮流里,算不得出头鸟,也没有多大响动,我记得的是南非和尼日利亚等国家的不俗战绩。加纳人整场打得令人刮目相看,配合的娴熟和进攻套路之舒畅,令捷克人顿然缺光失色;其自由自如穿过捷克人的层层障碍,起码比捷克人通过加纳人的防区要轻松顺畅得多。再说个人,一个个黑脸上如涂油彩而熠熠闪亮的小伙儿,身手不凡,脚功灵巧细腻而又刚劲简洁,毫不拖泥带水,既不见疲软,也基本不见粗野。他们的速度他们的敏捷他们的灵动,都比对得捷克人相形见粗见绌了。他们在捷克队门口制造的几乎致命的危情,远远超过捷克人给他们的。捷克得了一个救危扑火的功勋守门员,加纳人失之临门一脚角度的算计和把握,才不至于落得比2∶0更大的悬殊比分的难堪,而就加纳队创造的多次势在必得的进门良机而言,这完全是可能的。

　　想在捷克人身上看到的干散利气的帅气率性,却在加纳人身上看到了。我倒是再一次重复体验一种生活常理,人和事都在变化,尤其是这种每一次出脚都在对抗的竞争,成败既决定于自己一方,也决定于对手一方。你强了,你就自由自如了,也就把帅气和率性展示出来了;你遇到技艺和心态都强过你的对手,就是另外一番模样另外一种结局了。捷克人证明了这一点,加纳人也验证着这一点。无论如何,都不能跟人胡急耍赖,更不能把心眼用到非足球竞技因素之外的歪门上。唯一的途径,再行休整,再加操练,以达旗鼓重整之状态,再帅气起来率性起来,用关中话说,再干散利气起来。是为常道。

2006 年 6 月 18 日 雍村

绅士风度和心理赘肉

——二〇〇六足球世界杯观感之六

巴西和澳大利亚之战,有两点颇令人耳目一新。

鉴于澳大利亚和日本首战的深刻印象,多日来脑际里总轰轰隆隆着"黄衫坦克",以及日本轻量级苗条身材被撞击得人仰马翻的场面。澳大利亚这种典型的力量型打法,在技术型巴西人身上还能奏效吗?力量和技术的较量,会给我怎样一种观赏乐趣,以及关于足球运动新的理解呢?

巴西毕竟不是日本。日本人被誉为亚洲的巴西风格。现在拿巴西人在场上一招一式作参照看来,日本队确凿是"小巫见大巫"了。巴西人的身体部件的结构形式,肌肉筋骨的刚健和柔韧,不仅好过日本等东亚足球队员,似乎比身高体壮的欧洲人更胜一等,属人种的先天性优势。澳大利亚坦克面对巴西,冲击效果不再有刺眼的显著,或许是柔韧并刚健的巴西人经得住其冲撞,或许是巴西人个个都精通的运球功力化解了强大的力量冲击,或许是你冲你的我玩我的,关键在于你影响不了我控制和传递足球本身。于是我看到场上基本是一种平衡,各自拥有的力量和技术达到的一种精彩异常的攻防平衡。这似乎也是富于生活哲理启示意义的。

澳大利亚更使我感兴趣,在于他们与首次亮相判若两家那种痴狂的野性的横冲直撞不见了,倒是更显出传接配合的令人眼亮的精准和灵动,让我看到许多脚下闪光的细腻的好活儿。那个屡屡以个人速度和技艺创造门前机会的维杜卡,把他司职的左路变成巴西人最受威胁的一条茶马通道。不仅是我器重这个英俊大气的小伙子,电视特写也多次对准了他的每一次精彩表演,无疑是那场比赛里享受电视镜头最多的运动员之一。我一时竟忍不住调侃,怎么把黄马甲换成蓝布衫,顿然就由清道夫变成英裔绅士了!他们创造的进球机会并不比巴西人少,却终究没有破门,似乎没有对日本那场的运气好。上回进球集中在最后几分钟,我讪笑他们最后才学会射门;昨天面对巴西人,把刚学会的射门技术又丢了。我对澳大利亚这两场球赛所呈现的迥然不同的风貌,看到一个球队的不同侧面,似乎颇多启迪,不可用一次印象断定之后的所有事。

再一点是罗纳尔多。不仅在我,整个世界的球迷都在关心着这位巨星:"廉颇老矣,尚能饭否?"

罗纳尔多最显老道的一脚,是在禁区沿上接到罗纳尔迪尼奥神奇的直传球,左右倒了两下,晃不开对方近在眼前的两名防守队员,却一眼瞥见右沿的阿德里亚诺,精准的一脚就传到其脚下,阿德里亚诺一停一转身就把皮球射进去了。与这一脚精妙传球相映成趣的是,在禁区里,罗纳尔多在守防不紧的难得一遇的机会里,跷起腿来却居然没有踢上脚边的皮球。还有他明显笨拙了的动作,过人过不去的无奈表情,毕竟老了。电视解说员说如果罗纳尔多减掉三公斤赘肉,情况就会好得多。我却不敢完全苟同,身上的赘肉可以减少,肌肉筋骨和脉络的硬化却难以改变。况且,一个早已达到顶峰且风光了许多时候的大罗,和刚登上山头的小罗,以及正欲达到顶峰的被看作贝利接替者的罗比尼奥比起来,不仅是年龄差别,创造欲望和心理激情差别更大了,他比他俩不仅身上赘肉多,心理的"赘肉"更多;这种心理赘肉,也更难以除肥。谓予不信,大罗下场,罗比尼奥甫一登场,巴西前场顿时活跃起来,节奏更富于变化,一会儿快了一会儿慢了,打得变幻莫测。整场虽未进球却仍不失澳洲虎兼英裔绅士风度的澳大利亚队,此时发生风声鹤唳顾此失彼的慌乱。我便坦然面对,与其让大罗心有余而力不支地强撑硬受,何如让小罗和小小罗(小贝利)担纲主打。足坛如此,江山如此,社稷如此,家庭家族亦如此。

2006 年 6 月 19 日　二府庄

尽享盛宴

——二〇〇六足球世界杯观感之七

昨晚真可谓球迷的盛宴。球迷天天晚上熬到深更半夜不惜把生物钟弄得紊乱,在诸多看点中最想看到的,还是如何把皮球顶进或踢进门框的瞬间一幕。昨晚四场比赛,每场都有进球,不留一家空白,统共打进十二个,平均每场三个。真是让球迷从眼里到心里都饱享愉快。

德国对厄瓜多尔的三个进球,可以说个个都很精彩,没有一个黏糊球,令人感到痛快尽兴。克洛泽的远射,如冷箭又如重型炮弹,直挂远处死角,足见脚下功力非凡,亦可感胸腹间的豪壮大气。克洛泽不负众望梅开二度,又一次做二过一巧妙默契,急中用大腿把球挡过守门员扑来的指掌,轻松送进空门;最后一个进球是干净爽朗的三段传接,波多尔斯基抢到门前空当一脚捅进网窝。许是德国女总理坐在台上,个个队员都涨起表现的欲望,异常兴奋,发挥自然出色超常。厄瓜多尔以替补队员出阵,显然是教练从长计议。然而这些替补却获得难得的表演机会,并不见丝毫松懈,打得更卖劲,虽然未进球,却没有偷懒省力,正好给德国人一次演练的机会。

哥斯达黎加与波兰虽然都已出局,却打得难分难解,真正是为荣誉而战。荣誉尽管只在一只皮球上,却是世界上所有体育竞技项目中最被关注最被看重的一项赛事,历届和本届都有一些国家的元首和王侯临赛场观战,和普通球迷一样为自己国家的进球而振臂而狂呼,也为自己的失球而绷脸而攥出掌心的水来。可见这小小皮球确凿不单是球员和球队的荣誉,而是让一个国家添光增彩的事。连被"核试问题"搞得颇烦的伊朗总统,赛前也张罗着要去看球,似乎没能如愿,也不知谁在后面使拐,或是哪个环节不畅。不过他未去成也好,伊朗输得太令人丧气了。

特立尼达和多巴哥队又顶进一个乌龙球,令我这个远方的看客都替他们遗憾了。那个吊到门前的皮球,不在巴拉圭队员头上。正好在特立尼达和多巴哥两名队员头顶,俩人同时跃起争顶,竟然顶进自家大门,俩人顿时愣住。记得他们首战英格兰时,贝克汉姆发任意球至门前,就是特立尼达和多巴哥一个队员顶进自家球门的,英国队凭着这粒对手的赠品全取三分。特立尼达和多巴哥队在三场比赛中送给对手两粒乌龙球,独独打不进对手的球门,却得到了一个特殊的"送球"纪录,该当怎样愧悔莫及抱憾长久。看来,教练员得加练一门功夫,如何才能防止把球踢进自家大门。

最值当说的是英国和瑞典之战。一个巨大的得天时地利的"德国战车"横在眼前,一个巨大的阴影投在双方的心里,为了避开这个谁都看得见的障碍,便是打败对手,把对手以小组第二的排序推到"德国战车"轮前。结果却是又一场平局,英国遇瑞典只平不胜的纪录创了世界之最,却仍然如愿以偿找到自以为软柿子的厄瓜多尔,把瑞典人逼到德国人对面。我听到厄瓜多尔教练的豪言壮语,说他们什么对手都不惧不怕,要抵达的目标是最后一场的问鼎之战。这从他对德国的布阵可以看出,让五位主力养精蓄锐,都是为着下一场的淘汰赛,无论是对英国或瑞典,早已蓄谋加重兵以待了。这样看来,厄瓜多尔究竟是软柿子,还是又硬又涩的青色柿子,就看英国人的本领了。球迷有好球看了。

有一个花絮值得一记。鲁尼被换下场时,脸色不悦,还没坐到椅子上,就把一只鞋扒下来,重重地摔到地上;坐下之后又把另一只鞋扒下来,再摔了一次。猜测他抱怨换他太早下场,或者就不想被换;猜测教练是考虑他的脚伤,属于好心爱意。鲁尼显然没有尽兴表演,把不高兴摆在脸上又摔到地上。真是一个孩子。

2006 年 6 月 21 日　二府庄

老陈与陈老

爬山或上楼梯时,会有好心的年轻朋友搀扶我的胳膊。那手上的温暖和力量同时传导过来一种意思,你老了。我一般不太乐意接受这种好心美意的扶助,便婉言谢绝,尽管知道自己已跨入老年划界,心里却在拒绝。

老朋友或新结识的年轻朋友,见面时偶尔会冒出一句"陈老"的称呼,口吻和态度更见真诚。然而这美好的称谓传导给我的意蕴却也是,你老了。我第一次和第十次听到这个称呼,每一次都有某种惶惶然的惊悚。已经到了可以被称呼"某老"的那种状态了吗?在我的习惯性意识里,一般在姓氏后面加一个"老"字的人,往往都是功德卓著或学富八斗的老者,我自觉底虚内空,惶惶然不敢冒充也不敢领受;二般就纯粹指年龄和生理状况了,多是晚辈对那些老得颤颤抖抖的长者的尊称,而不计较文化水准的高低乃至有无的,乡村人也习惯把年迈的人称您老的。我的惊悚的感觉就发端于这一层,还是一种对老的拒绝。

我习惯于被称作老陈。我从三十几岁就被人称呼老陈,其实根本谈不上老,实际还是小伙子。我那时候被调到公社(乡政府)工作,乡村民间把政府机关的男女干部,不管年长年轻通称"老某"。机关院内也有称官衔的,却不普遍,多数人和多数时候互相称"老某"。我在区和乡工作二十年,乡村农民和机关干部差不多都习惯称我老陈。后来调到作家协会,和我年龄相仿的作家朋友都称呼名字,我也直呼他们的名字,连姓氏都省略了,感到自然和亲切。比我年轻一大截的小伙子称我老陈,倒也自然无奇,有趣的是,一些年龄大过我一轮两轮的老同志,也称呼我老陈,让我就觉得有点心理负荷了。但时日稍长,也就不在意了,在于我渐渐明白,这个作家协会的人际关系,单是称呼一项,就充分体现着群众团体的别致风俗,"老某"成为一种互相之间的代称。参加过"延安文艺座谈会"的文学评论大家胡风,年龄和革命资历以及行政级别都是这个院里的老夫,会议上和私下里都被人称作老胡。最早写出人民解放战争史诗《保卫延安》的杜鹏程和短篇小说神手的王汶石,也都是延安老区过来的离休干部,都是以老杜老王为通用称谓。长时间任作协党政领导的李若冰,年龄虽轻过上述几位几岁,在延安是红小鬼,进城后却是老革命了,又是影响广泛的散文大家,也是称为老李,因为人太随和太少架子,有时候还被年轻人直呼其名。在这样的环境气氛里,我被称老陈,比在基层行政机关叫着的老陈还更习惯。我几十年里早已习惯这个称呼了,自己往往也以"老陈"自报家门。

不经意间,老陈变成陈老,两个完全相同的作为我的称呼的汉字调换了排列位置,被谁一旦叫出声来,心里竟有惶惶然的惊悚,甚至如同发生一次内里的小震。

其实,我又何至固执到愚蠢得不承认衰老呢。我在即将六十岁的时候,曾看到朋友推荐的黑泽明的一组据说是经典的短片,名字已忘记了。其中之一演绎的是日本一个山村的老人过世了,村子里的男女盛装打扮,敲锣打鼓弹奏丝竹,唱着悠扬的歌曲跳着舒缓的舞步,从村庄进入田野,送其入土为安。我看到那场景颇为惊异,因为与我所经历过的丧葬的印象截然相反,无论乡村无论城市,都是白色孝衣孝布和白花,还有号啕的哭声和沉痛的悼词。我不知道黑泽明从哪个年代的日本的哪个小山村挖出这个题材,似乎在日本也没有多少普遍性。然而,我在黑泽明的短片里还是得到了关于生命的新的理解,尽管亲属和朋友难以割舍情感,难以摆脱永远的告别所意味着的感情黑洞的悲哀,而终老到死还是应该庆祝的。人不可能永远活在世界上,长生不老的药不仅秦始皇寻找不到,现代科学也研发不出来;如若真找到了或研发出来了,无法想象地球会是怎样一番热闹而又拥挤的情状了。这样从理性常识来说,以鲜艳的盛装让至爱的逝者告别这个世界时有一片热烈的色调,以鼓乐丝竹奏出一路祥和温馨的送别曲,以悠扬的轻歌曼舞颂扬其在世时的建树和美德,给逝者本已悲凉的灵魂添上欢乐的温暖……这个不知朝代的日本小山村的乡民,对待死亡的仪式,不仅更富于理性,也更富于人性的情感。我在那年看过黑泽明的那个短片,对于我以坦然的心态进入六十岁这个老年划界,确是一个理性的铺垫,而且有了颇为自然的接受心理。然而遇到好心的搀扶之手和美意的"陈老"的称呼,心理上却又在拒绝,看来我也是在理性和情感之间不断发生混淆的昏俗之人,四年前的六十岁生日感言里,我唯一的心愿,是希望上帝能给老年的我一个思维清晰的大脑。

其实上帝就是自己。要保持一个清醒的大脑,就需接触新的知识新的理念。我清楚老年人的固执,除了生理因素之外,多是在于对一生经验的依赖,以及对新的观念的排斥,容易形成心理和精神的死水,或曰赘肉。我是在看到罗纳尔多被一身赘肉累得施展不开素有的超凡球艺球技时,联想到人的心理赘肉的。人们以空前的热情关注着身体增肥的赘肉如何削减,也应该以同样的意识重视心理赘肉的形成和消解,尤其是如我一样跨入老年的人。

心理无赘肉,思维当会活跃,心里也会清爽,中国古人推崇的"淡泊""明朗"等境界,不仅会抵达,而且会超越。我不太把自己困禁在老年圈内,争取多参加青年人的集会,也是想接受一种新思维的活力、一种新鲜气象、一种强烈的创造欲望,借以冲刷荡涤自己心里可能形成的死水和赘肉。

2006 年 6 月 22 日　二府庄

又一次高潮式的盛宴

——二〇〇六足球世界杯观感之八

　　昨晚又是球迷的一场盛宴。在我感觉里,当是世界杯开赛以来的一个高潮。四场比赛打进十四粒入球,其精彩壮美暂且按下不说,单是这四场对垒的八支队伍,均属晋级或打道回府的生死大战。从三十二支参差不齐的参赛队中脱颖而入十六强,对于满口放出大话誓夺大力神杯的几家列强,是"万里长征走完第一步";对于众多的中不溜球队来说,打入十六强就标志着从芸芸众生中攀上一个档次,在世界足坛上亮出一张脸来。这情形可类比为技术职称从中级跃进次高级,即副高,八强和四强可看成正高,冠军当是毫无争议的"天下第一碗"。在这四场关涉晋级的八支球队里,除日本与他的师傅巴西队似无悬念外,其余六支队伍中的列阵对手,全是半斤八两难以判断彼此,赌球和猜奖者恐怕要多费一些算计了。

　　我首先把兴趣毫不迟疑地对住捷克和意大利之役。对意大利怀着一种久远的温情,从二十世纪八十年代到九十年代,我看意大利甲级联赛,罗西和巴乔的矫健身姿至今仍存记忆,尽管现在似乎缺失了这样的世界级球星,还是寄着一缕爱意。捷克人第一战中的骁勇洒脱,真可以用毛泽东为女民兵题照诗中的"飒爽英姿"来描绘。然而二战全成了另一番不堪的局面,我仍然寄望于最后一战,在于把它看成一次偶然失常,最后的生死战理应恢复到最佳状态。捷克人开场摆出的架势让我看到有好戏可看。致命不完全在意大利第一个进球,而是被一张红牌彻底崩溃了。又是我们忌讳的红牌,把一场对等的较量搅黄了。我从此时就把电视调到加纳和美国之战的屏幕上,直到电视解说员报告意大利又进球了,我才调回来看那个进球的慢镜头,竟看到一点凄凉。因扎吉反越位成功,和另一位前锋双锋直逼大门,且不说那个前锋处在打门更有利的位置,因扎吉仍不传球给他,而是绕过守门员轻推入网。因扎吉上届世界杯打入两球都被哨子吹黄了,这回终于打进一球,情可理解情有可原,凄凉在于因扎吉背后竟无一名捷克队员追赶,整个小半个球场上空空荡荡,两把尖刀正对着一个守门员和他背后的空门。这景象在这样盛大而又高格的赛场上实属少见。捷克输得令我不仅惋惜,以至凄凉了。据说他们实在跑不动了。

日本输给巴西是意料中事,唯输得和中国队一样难堪有点意外。上届巴西打进中国队四球,本届同样又灌进日本队四球。看来面对巴西这个足球标杆,中国和日本不过如乡间话说的席篾之差,稍强在日本打进巴西一球。克罗地亚和澳大利亚之战堪称恶战,体型体力和技术类型差别不大,又都是逼到悬崖边的背水一战,打得气粗眼红,搅起腥风血雨。以致粗话恶骂泼到裁判脸上,似乎是开赛以来少有的恶战,却令看客压抑憋闷,少了欣赏的愉悦。

无论从足球的竞争意识、战术意识和观赏性来看,加纳和美国之战更好看。美国队上届曾打进八强,当了一次黑马,这回却让第一次闯进世界杯的加纳人送回家去。加纳队终于露出黑马的迹象来。整场比赛中,我看到这些肤色黑到不能再黑的非洲兄弟,对足球的感觉似乎是一种天性的默契,充沛的精力和柔韧的肢体对足球的控制,有一种舞蹈的优美和和谐,令我叹为观止又意犹未尽。加纳队第一个进球源自一次禁区外巧妙的抢球,直逼禁区后优雅准确的推射,颇见大将风度。那个点球似可存疑。加纳人也不乏狡猾,假摔赢得点球得了便宜,却带来下半场的债务。裁判大约得知这个存疑的判罚,下半场明显地偏向美国人,而且一偏再偏,偏得不顾几万现场球迷锥子一样的眼睛。连我们的电视解说员都急了,撂出一句"裁判非要给美国进球呀"的话。我猜想裁判是一种还债心理,送给加纳一个便宜球,再送美国人一球,就把自己解脱了。可以证明这一点的是下半场加纳队员在禁区确实被绊倒,裁判却闭眼不盯不吹哨子,放过美国队一次点球惩罚。不该判的点球判了,该判的点球却不判。正是因为不该判的判了,所以该判的点球就不判了。加纳队没有损失,美国队也未吃亏蚀本,裁判也终于解脱心中负疚,三全其美,三角平衡,无矛亦无盾了。这是生活运动不成文的法则。

美国人回家,我看本也不亏,比之同组三家对手,确是技乏一筹,尤其对垒加纳,就更显得脚下粗疏了。让优美舞蹈的加纳队继续寻找新的更强的对手再来展示风采,似乎比美国人更有戏也更有看头。加纳这匹初显黑马相的新军,还能"黑"到哪一档,我的兴致大增。

2006年6月23日 二府庄

娲氏庄杏黄

蓝田朋友老曾打电话来,说岭上杏黄了,约我去摘杏吃杏。听这话时,心里已沁出酸水来,因为手头事情太稠,一时难以确定成行与否,只好把话说到活处。隔几日,老曾又打电话来,杏熟正到洪期,过三几日该清园了。我终于经不住记忆里的大银杏的诱惑,决定上岭去,又有酸水沁出来,完全是生理反应。

村子后背的崖坡上,东头有一株粗大的银杏树,西头也有一株。从杏儿在刚刚萎干的杏花里形成如小拇指大小,锈着一层茸茸细毛,我和伙伴就开始偷摘了,咬一口就酸得龇牙咧嘴睁不开眼睛,仍然还是要偷摘;在树的女主人尖锐的叫骂声中,迅即逃遁到坡沟里隐蔽起来,嘻嘻哈哈品尝那酸过醋精的小杏儿。到我成年后成为基层干部,有年夏天到盛产杏子的一个村子去帮助收麦子,生产队长曾领我到一棵最好的杏树下,几乎吃饱了肚子,实在忍不住这大银杏清香绵甜味道的引诱,中午饭都免吃了。三十多年过去,留在味觉记忆里的香味,再也没有重得享用的机会。

大清早起来,空气都是燥热的。城里燥热,家乡的田野里也燥热,毕竟是夏天的征候了。汽车在我最熟悉不过也亲近不过的灞河川道里疾驰,满眼扑来绿树和绿草,以及刚刚割过麦子在阳光下闪闪泛着亮光的麦茬地,怎么看都觉得舒服。这种舒悦是潜存在生命深层的每一根神经里。除了父母和屋院,我睁开眼睛看到世间的第一道风景,就是割过麦子后留在土地上的麦茬子,被夏天的太阳晒得闪闪发亮,还有河川灌渠上一排排优雅傲然的白杨树。几十年里年年都重新温习反复观赏这河川和岭坡上的景致,铸成一种永久的油画在心灵深处,只是近年间隔断了。今日又触及了,搞不清是眼前的景致融汇到心底,还是心底的那幅油画铺展到眼前的天和地之间,我却是陶醉了。发亮的无边际的麦茬和碧绿的白杨树,引发的是久违的生命本能的舒悦。乡情何止一杯酒所能比拟。

车子拐上岭坡通直的乡间公路。在遇到第一个村子时又拐向西。村子里一幢幢红砖红瓦的新房子,还有两层小楼,迎面的墙壁多用白色和橘红色瓷片装饰,在庄前屋后的椿树槐树桐树和杏树的绿荫里,看去煞是鲜艳煞是清爽。新房和小楼背后的黄土崖下,还遗存着一孔孔窑洞,那是不知多少辈人出出进进过的落生和终老的穴居式住宅。他们搬出窑洞住进新房小楼了,从昏暗的穴居迁入阳光敞亮的新居了。不过十多年的时间,河川和岭坡上的农民,完成了一次历史性的告别。

车子向西走到一个阔大的河谷的东岸,在沿山路往北,满眼都是绿树,可以闻到杏子成熟时散发的香味了。我觉得有点眼熟,这应该是红河谷,二十多年前我曾来过这里,就在车子向北折拐的坡嘴上。那是杏花三月,我从自家门前的场塄上看到对面岭坡上一片白色的花云,回家收拾了书桌,戴上草帽,蹚过灞河,在小镇上买了两瓶啤酒,找到一条上岭的小路走上去,已见热力的太阳正对着后背,浑身有热燥燥的感觉,走到这个坡嘴上,我被眼前阔大的沟壑迷住了。红河谷入口处不过是一条小小的窄巴巴的山沟,上游却豁然展开一片偌大的谷地,被四周的山岭环抱着,岭坡上到处都是粉白的杏花,如同云彩,隐隐可以看到隐藏在花云之中的村庄里的黑色屋瓦。我便坐在红色黏土地上,面对那层层叠叠的岭坡环抱的谷地,吸着弥漫在温热的空气里的杏花的清香,席地而坐,打开了啤酒瓶。那是我最温馨的一次春游。我那时就想到这漫坡满岭杏黄的时节,再来尝一回刚刚摘下的杏子,不料几十年过去,到今天才成行了。我走进了盛产大银杏的娲氏庄。

娲氏庄在红河谷延伸过来的谷地的南岸。娲氏庄以女娲名字得名的,现在无人能说得清是从哪朝哪代开始启用这个村名的。村子的西北是开阔的谷地,四面再大的暴风刮到这谷地时,都会减弱其暴力而温柔起来,确属一块天成的风水宝地,七八千年前的女娲选择这块地盘,哺养她繁衍的和用泥土抟造的儿女是有道理的。这方岭坡地带整个都弥漫着人类始祖的美丽神话。下了谷底,上了对岸的岭坡,一直向北走,不过三十里地就是闻名天下的骊山下的秦始皇陵墓了,我现在摘杏的娲氏庄,是骊山南麓的边缘,整个骊山浑然一体无所间断。北边的山顶上有"人祖庙",是秦汉以前始建的女娲祠,每年农历七月十五,四面八方的乡民都来朝拜,多为成年女性,依然向这位抟土繁衍了华夏民族的女神乞求一个大胖大壮的儿子。人们广泛知晓骊山下杨贵妃沐浴的香池,也知道周幽王烽火戏诸侯丢失江山的典故,更知晓杨虎城和张学良在这儿扣蒋发动西安事变的故事,却忽略了女娲氏在这方山地岭坡上抟土造人和炼石补天的神话。我到女娲的村庄里摘杏来了,我踩踏的村巷和坡地上的黄土小路,我走进的杏园里的松软的土地,肯定是这位老奶奶无数次奔走踩踏过了的。还有比这更幽远更神秘的岭坡吗?

得了山水地脉独有的优势,娲氏庄的大银杏是口味最好的杏子,左右的或对面岭上坡下的村庄,不过三五里或几十里,都是铺天盖地的杏林,为何娲氏庄的银杏远近传出了名声?据说还是土地和地下水的差异,还有光照的差别,再就是沾着女娲氏的神韵仙气了。娲氏庄银杏出名,不是商业宣传的效应,而是早已名声远播,起码在我小小年纪就听说了,早已有口皆碑了。眼目所到之处,尽是大大小小的杏树,岭坡被层层叠叠的杏树覆盖着;屋院内外都是杏树,金黄的杏子在绿叶里显露出来;墙外的杏树把枝条伸进院子,院里的杏树的枝条又逸出墙头来,枝条上都串结着半黄的和金黄了的杏子。

走出村子,下一道坡坎,沿一条铺满青草的小径走过,草木的清香和杏子的香味在微风里送过。小路上有男人和女人推着用大竹笼装满银杏的独轮车走过,汗涔涔的脸上堆满真诚的笑,大声爽气地礼让我和朋友吃杏。几经转弯,走到一棵大杏树下,树冠遮盖了至少一分多地的山坡,树干已有空洞,枝叶却依旧茂盛,壮气而又精神,不显一丝衰老气象。老人说这棵杏树已超过百年,记不清是哪代先人栽植的了。我相信他的话,两人合抱的树干就摆在这里。我惊讶的是这株杏树依然着的活力。杏子已经黄了,熟了。主人颇为遗憾地说,他刚刚摘掉树顶上的杏子,只剩下中下部树股树枝上尚未熟透的杏子。杏子是从树梢往下逐渐成熟的。我坐在杏树下,浓密的树叶遮挡着六月的阳光,一片让人可以享受树荫的凉爽。你可以在这个世界上接受诸多的现代享受,也可以获得前人想象不出的快意乐趣,却难得这种原始的树叶遮盖下的一方阴凉儿的享受。远处是不尽的群山岭坡,眼前是随着地势起伏着的杏园里的绿叶,坡坎上正竞相开放着的野萝卜野豆荚的白色和紫色的花,我坐在一棵百年大银杏树荫下,享受山野里大太阳下的一种清凉,似乎回到我青壮年以前的天地里的生活方式和歇息方式。我没有拒绝现代文明生活的矫情,却在重温以往的那种生活形态里除了苦涩,只留下简单的温馨和单纯。我已经很久没有在山野里的树荫下独坐和吸烟的那一份纯净到简单的心境了。

主人攀上一架梯子,从树上摘下几个杏子来。我接在手里,凭感觉就知道它熟透了,通体金黄,轻轻掰开,就是鲜黄近红的杏肉,略停片刻,凹心里便沁出一汪杏汁来,用舌尖舔一点,那种清香的甜味真是无可形容,无可比拟,因为它是独有的唯一的银杏的香味,何况又是久负盛名的娲氏庄大银杏。只觉得清凌凌的蜜一样的水汁,和着杏肉，入到口里，已渗入到心肝脾脏里去了。主人在骄傲地宣扬他的杏，干净无染，尽可以放心吃。我完全相信，杏树无病虫害，四季不洒任何化学成分的药物。况且这岭坡山洼，没有一家工厂，不见任何有害气体和煤烟，甚至连尘土也很难飞扬。我贪婪地连续吃着，大约把多年以来的亏欠一次性补偿了。

这位拥有百年大树的主人是一位智者，又是一位热心公众利益的富于威望的老者，他把村子里的农民联合起来，组织了一个果农协会，扩大宣传，统一包装，吸引来不少客商，不用推车挑担到城里沿街串巷去叫卖，城里的果品商人开着汽车到村里来收购。还有大批的城里人结伴来摘杏买杏，既体验了自摘鲜杏的情趣，也到山野里怡悦性情。一位年轻干部悄悄告诉我，经过挑选分类，再经过印刷精美的盒子包装，银杏的价值成倍提升，村民自然高兴了。华胥镇政府几年来在岭坡地带搞银杏基地建设，娲氏庄银杏已打出名声，农民见着实惠，仅留一点土地种植粮食作物作为自食，绝大多数土地都栽植大银杏树了。据说他们近年来一亩地杏树的收入，抵得上十亩麦子的价值。真应了乡村自古就流传着的谚语：一亩园，十亩田。娲氏庄和岭上的乡民，真没料想到指靠杏子可以过上舒坦的日子了。

朋友老曾约我明年再来。

我便玩笑说，我明年到岭上来种植杏园，你帮我物色一块好地。把写作重置于业余。

2006年6月30日 二府庄

太过的残酷和太过的轻松

——二〇〇六足球世界杯观感之九

真是不愿看到德国和阿根廷在八进四这一轮相遇。这是自世界杯开打以来竞技状态最好的三五支球队中的两家。在专家和球迷投票推举的最具冠军相的四支球队中,甚至跃居最显眼的头两位。让两支业已呈现王者灵光气象的球队硬碰死磕,真有点于心不忍,这种残酷的对决发生在下一轮四进二的时候,似乎还可以接受。这种过早的死磕,无异把一位具备登上皇位资质的王子早早废了。

真没有料到会踢得如此难看。德国难看得不像德国队,阿根廷也难看得不像阿根廷队。这两个队风格尽管有差异,却都是大打进攻足球的,且都打出了好战绩,也打出了威风。两队都不见凌厉的进攻势头,沉闷而又黏滞。人说是双方教练的谨慎方略,我不敢全信,倒觉得是强强对决中的互相消磨和抵消,还有互相畏怯的心理对脚下功夫发挥的制约。双方能力的悬殊,才可能造成一方的肆无忌惮和尽兴尽情的发挥;势均力敌,必是互相制约下的残酷的消耗消磨。点球不过是一种最愚蠢也无奈的决胜方式。

相对而言,意大利和乌克兰的比赛就显得太过轻松,轻松到不像是八进四的含义里所应有的艰辛。竟然出现3∶0的悬殊比分。乌克兰是走得最远的一支新军,第一次参加世界杯就踏上八强的台阶,该当是黑马了。据人说是因为头次参赛缺乏经验,还有说运气欠佳导致失败，似有道理，却不敢全信。两三次击中门楣和门柱，毕竟还是脚腿和头上的功夫和把握差了一点点，所谓差之毫厘，谬以千里，门柱内和门柱外的结果就大相径庭了。也许我的生活实践所决定，不大相信命运的毛鬼神秘，而更注重自我实践中的欠缺和弱项的弥补。命好命不好的说词，往往会给一时一事的受挫者一个逃避尴尬的巢穴，进而丧失修励图举的勇气。记得乌克兰有一次门前头球，顶得有力而又刁钻，意队守门员在猝不及防里已无能为力，那势在必进的皮球，却被站在球门线上的意队后卫挡出。这只能说意队不仅攻击力强，守域也有方略，单是抱怨命运不济是软弱的逃遁。

最可感人的是卡恩的脸和左手。卡恩在场间休息时，左手搂着年轻莱曼的肩膀，又一次一次用那只手抚摸莱曼的脑袋，那张粗糙的脸上尽是真诚的鼓励，蹲在莱曼身旁许久许久。卡恩是德国队多年来的首选钢铁门神，那张誓与球门共存亡的脸上的神态，不仅刻在德国人的记忆里，也为我这样的准球迷所熟识。这回世界杯上他坐了凉板凳，我曾为之神伤。他对接替德国队球门的莱曼，却是这样一副动人的热脸，贴上这位年轻的尚留稚气的莱曼的脸。鸡肠小肚与宽阔胸怀，个人得失与国家荣誉，岗位替换与精神传承，如此等等潜词默意，都在卡恩那只左手和前所少见的脸相里蕴含不尽。莱曼扑救两个点球的壮举，补偿了德国，也补偿了卡恩。卡恩尽可以放心地领儿子逛山游水了。

2006 年 7 月 1 日 雍村

经典的防守也精彩

——二〇〇六足球世界杯观感之十

看着八进四最后一场法国—巴西的对决,我终于明白过来,八进四这四场生死磕碰看什么?看精彩的防守。

法国对巴西之战赢在强大的防守机制上,也让我看到了当今足坛超一流强队是如何完成城门的确保不失,堪称防守的经典之役。从排阵上看,只把亨利一个人摆在前锋线上晃荡,伺机绝杀,且果然奏效。强悍如将军的齐达内统领他的中场和后卫,几乎是浑然一体地盘踞在巴西的门前和中线,不给任何巴西队员从容拿球传球的机会;对大小罗纳尔多锋线杀手,几乎连一次从容起脚的机会都没有,不给一丁点空当。已经身肥脚慢的大罗且不说了,把足球当作踢毽子一样轻巧自如的小罗,在封堵夹击的重围里,也只能徒叹奈何;几乎很难再现一次他擅长的有威胁的传送,更看不到他在巴塞罗那攻城拔寨时的潇洒风流。罗比尼奥的天才苗头也被扼杀了。法兰西人强悍而又严密到一丝不漏的防守功能,把最具攻击力的前锋骁将的进攻悉数瓦解,向当今足坛展示出精彩的防守。

我也才明白,德国和阿根廷为什么打得那么难看。高吼着"向前"的克林斯曼曾让我兴奋不已,面对阿根廷却摆出死守的架势。看来喊不喊"向前",却是视对手的软硬而定,如俗话说的"看客下面"。他把强于自己的阿根廷扼制住了,笑到了最后,尽管有点球的侥幸因素,能拖到点球就成功了大半。意大利也得益在铁箍般的防守体系上,这是他们家传的老本领了。乌克兰恰恰忽略在这一点上,自食苦果。英格兰的防守尽管有点被动,却是无奈里的坚决到死心塌地的唯一选择;在少一人的七十分钟里,硬是把葡萄牙人治得射不出一个好球。以多一人和七十分钟的充裕时间葡萄牙队却打不进一粒入球,让这样没出息的球队进入四强,真不如让英格兰人或阿根廷人留到下一轮。

除了意大利轻松过关且攻入三球,另三场比赛仅有三球进网,当是最低的进球比率了。我便确信我昨日的观察,强强对垒里的互相消磨和消耗,似乎谁也显不出超级来;也只有在这种高位高水平的较量里,才会发生此消彼长和彼消此长的难分难解的局面。于此我才明白,为什么八支球队的至少七个教练,不约而同采用了防守策略这个谜底。于球迷看起来难看,却对具体战例实用。

昨晚两场比赛的结局,颇使我感伤,这明摆着是无法逃脱的:我既想看大小罗们继续演出,亦不想让齐达内和亨利从视野消失,当然还有贝克汉姆和鲁尼。在这种最难割舍的情结里,最惋惜的是小罗和鲁尼。大罗早已挥洒欧洲足坛多年,风头出尽,谅也难再超越;贝克汉姆早享足了世界女球迷的青睐,再来不了也罢了。令人期待已久的鲁尼和罗纳尔迪尼奥这两颗新星,本应异彩纷呈,灵光神现,却都在昨晚铩羽落魄。这两个被世界注目的新秀,不过开过几朵小花(有几次漂亮传球),却竟然未结一果,简直令人不敢想象,在各自俱乐部的威风灵气,为什么直到昨晚都不复现?尽管有对方的重点防守和死缠烂搅,可巨星正是在这种藩篱中脱颖而出独秀一枝的嘛……我还愿意等待。

2006 年 7 月 2 日 雍村

谁都强,谁都强不起来

——二〇〇六足球世界杯观感之十一

一路八面威风地走来,业已显现出龙种光环的年轻的德国队,跌倒在最后角逐皇冠资格的台阶之下,让我一阵儿恓惶。草皮上躺倒着仰天掩面的球员,六万多观众的看台上是令人畏怯的静默,电视镜头定格住美丽少女凄楚动人的泪眼。我却想看看德国女总理默克尔,这位铁娘子在接受这个不堪的结局时,会是怎样的脸色和眼神。她已经几次出现在有德国队比赛的现场,此战开赛前的序幕里,她站在看台上和球员和观众一起唱着德国国歌,一派庄严里的激情,尽管她已年岁不轻。我在那一瞬曾为之感动,竟惦记起这位女总理了,可惜电视镜头不给我这个机会。

电视播音员对这场比赛有一句概括,说是一场只有守门员而没有前锋的比赛。这是一句显示着智慧的调侃。无论德国无论意大利,此前一系列征战里那些力拔山兮气盖世的远射,那些机敏灵巧的单刀捅射,那些令对方猝不及防的头槌,统统都没有了。尽管双方都有几次机会难得也功夫不俗的射门,却都一溃在毫厘之间,倒使两家的守门员出足了风头。克洛泽、拉姆和波多尔斯基,这些崭露头角的锋线杀手,都不会射门了。意大利的皮耶罗和托尼也一样,只是到最后四分钟,才没有浪费几乎是唯一的机会。什么样的解释都难以令人信服,为什么同一个球队上一场是那样,这一场却变成这样;同样一个球员前一场或几场为什么如有神助,这一场却偏偏怎么踢怎么别扭,连罗纳尔多这样的名牌在告别赛时也是如此。让两家教练和队员在咀嚼落败的苦楚中慢慢总结去吧。我却看到足球的神秘的魅力。

说白了,克林斯曼和里皮各自所订的策略,无非都为着一个目的,如何抑制对方不让其射进皮球,如何能发挥自己的优长多进一球,把对方绝对置于死地。我们看到的比赛过程,在一百一十六分钟里,他们的第一层意图都实现了,都整得对方无计可施,所以谁也实现不了第二层目的,用民间话说,干瞪眼没办法。从这个意义上说,两家教练都无可指责,两家队员也无可指责。他们都是强中之强,结果却是谁都强谁也强不过对手。试想他们任何一家如果面对中国队,个个都会如狼似虎都是天才射手了。日本队已有先例在。

德国队在最后四分钟出现了一次悔恨莫及的疏漏,竟然让突入禁区的格罗索周围形成一个太过豪华的空当,无人看守无人抢夺无人使拐,格罗索在右门柱侧从容起脚打入远角,脚上功夫和良好的心理铸就了最致命也最耀眼的一击。德国人在这一瞬间被打蒙了,几乎没有挽回的时间了。意队在终场哨响前的第二个进球,是德国队慌乱的直接恶果,皮耶罗没有多少可骄傲的资本。

有点侥幸的意大利足球,在这一瞬间——高水平较量的一个刹那间,倒是真的闪现出伟大的光芒来。

2006 年 7 月 5 日 雍村

再看亨利的魅力

——二〇〇六足球世界杯观感之十二

今年春节假期刚满,便接到《光明日报》一位尚未打过交道的编辑的电话,为今年的世界杯造势,他约请一些作家球迷,写自己喜欢的一位足球运动员。我没有推辞,却暗自惊讶,我的足球爱好和我黑脸上的深沟浅纹一样小有名气了。随后又意识到,这是今年接到的第一个约稿电话,竟然是写足球:关于世界杯的期待,就是从写作《魅力亨利》一文启动的。

我喜欢亨利,自然就关注他在本届世界杯上的一举一动,满心期盼他能有出色的表现,倒是与法国队没有什么倾向性的情感联系,纯粹是欣赏他超群的球技,他的朴实无华到简单自然的性情,他的从来不见粗野出脚更不招惹黄牌的君子风范,在当今整个世界足坛独亮一帜,我就无法拒绝这个说黑不黑说白不白也不属黄肤色的小伙子的魅力。单是最近两场八进四和四进二的关键性比赛,都是亨利一脚奠定法国队命运的。

在上一场对巴西队的对决中,全场唯一的进球是亨利创造的。这里用创造这个词儿,是我看见亨利击球入网的动作时就溢出脑子的。亨利当时抢到右门柱前侧旁,斜背球门,正对队友传给他的足球,来不及或者是无须转身,凌空用脚内侧似垫似射,待守门员跃起时,足球已越过他迟到的手掌跌入身后的网窝。守门员大约想着亨利的站位就不是射门的位置,或者说这样的位置不可能对球门构成威胁。我眼看着这一幕发生的全过程,便赋予亨利这一脚为富于创造性的射门。球迷朋友李国平有哲理式的阐述,什么是足球明星?就是在别人不可能射进的时间和空间里,他射球进门了,他就成明星大腕了。妥哉斯言。这一脚拯救了法国队,传言里说什么齐亨龃龉的话,在齐达内畅快的笑声里瓦解了。这一脚创造性的不可思议的进球,把大小罗等超级明星送回巴西了。然而在亨利自己,依然如在英超赛场进球后一样,没有太过张扬的庆祝举动。

　　昨晚对葡萄牙的比赛,表象上似乎法国队占一点优势,而更具要害的进攻却是葡萄牙人制造的。我也许太喜欢亨利,便在不觉中倾向到法国队一边,实质是想看最后决赛里的亨利。在法国队的射门数字中,最具威胁的射门大约有四次(不精确记忆),其中三次都是亨利完成的。上半场三十分钟刚过,亨利欲左故右,欲前故退,闪开对方缠身的队员,突入禁区,形成近距离的空当,守方队员在亨利虚实莫测的晃动下自己跌倒,无奈勾了亨利一脚,致成点球。齐达内射进了。法国队仅凭这个点球进入最高决斗的台面。此前不过几分钟,在同一位置,亨利已有过一次更灵巧的过人,在几乎和守门员伸手可触的地方挑射,已被封死了角度。下半场开始不久,亨利在禁区左侧得球,闪过三名防守队员,沉到禁区射门,球在穿过守门员扑倒的右臂时,被轻触一下,没有入网。亨利这三次攻击,都在他最得心应手的左路。

　　足球明星亨利,用他创造性的一个进球和他制造的一个点球,使法国队连闯两关,登上最高的决胜台,把一个球队的团队精神和共同愿望体现出来,受到敬重和爱戴就是自然的了。

2006 年 7 月 6 日 二府庄

绝妙的与吓人的

——二〇〇六足球世界杯观感之十三

尽管齐达内有一个把头当作铜锤锤击对方胸脯的非足球动作,昨晚的最后一道盛宴还是令人赏心悦目的。

这是一场不负世界杯决赛应有的高水平的较量。从任何一个角度看,法国和意大利球员的技战术水平和脚底功夫,都属上乘;比赛之激烈,转换之快捷,似乎不分伯仲,令人充分感受最后的也是最高水平角逐的魅力。我便抑制不住兴奋,大力神杯最后较量的场面就应该如此。我曾因阿根廷和巴西的出局而深深遗憾,单怕最后的盛宴缺光失色,法意开战不过一刻钟,我便完全沉入了。无须全面评说这场比赛,有几个镜头堪称经典,当会成为足球世界杯"史记"上不可淡忘的记忆,我也想把它留在自己的文本中。

齐达内在开场七分钟射入点球的脚法和动作,电视解说员称为"勺子脚法",真可谓最敏锐反应下最准确生动的命名。齐达内用右脚踢那只停在罚球点上的皮球时的动作,确如一个家庭主妇或高级厨师用勺子轻轻铲起刚刚煎熟的鸡蛋,准确无误地抛到食客伸手端着的碟子里,没有浪费体力的必要,只为显示那道弧线的脚头绝技。这样的点球,这样的脚法,为世界足坛无以数计的赛场所罕见,齐达内的这一脚"勺子"技法将永铸魅力。

还有我特别欣赏的亨利的一次带球过人,让我又一次体味足球的天赋灵性。那是下半时在禁区右首发生的一幕，亨利携球脚下，有三个意队队员堵在当面，亨利从其中一个人缝之间过去了，被绊了一个趔趄，皮球竟然还在双脚控制之下；调整失衡的身体时有一个转身，那皮球又跟他转过去了，而且绕过了第三个防守队员。那动作的轻巧和肢体的柔韧，那种心理自信，不是说说而已，更非白脸失道的吹牛所可奏效。尽管这个球没有打进球门，却让我欣赏了一种天赋的足球灵性。这样的绝技也不是想看就能随时看到的。

和齐达内的"勺子点球"一样不会轻易淡忘的一个动作，是他用铜锤一样的脑袋，锤击了意队一个队员的胸膛，被红牌罚下场去。他以这个令整个世界球迷都难以忘记的非常犯规动作，终结了自己的足球生涯，也断送了法国触手可摘的果实——大力神杯。加时赛的这一时段，正是法国队占着上风的可能进球的良机，一头撞得乾坤颠倒了。谁都记着齐达内作为统率打到最后的功勋，却在这一瞬间变成了"罪人"。我都愣住了，无法解释，从任何角度考虑，齐帅都不应发生这低级的乃至愚蠢透顶的一撞。

失控，我只能从人的心理和性格上去解读。人在某个瞬间，会爆发本能的劣性色彩，即使最理性的人，也有这神秘的失控的一瞬。问题的轻重在于爆发在什么场合，如果在对小组赛的一支弱旅时发生，无大障碍，唯其发生在昨晚，把整个法兰西人民的心伤透了，也把喜欢他的我吓住了。

2006 年 7 月 10 日 二府庄

父亲的树

又有两个多月没有回原下的老家了。离城不过五十华里的路程,不足一小时的行车时间,想回一趟家,往往要超过月里四十的时日,想来也为自己都记不清的烦乱事而丧气。终于有了回家的机会,也有了回家的轻松,更兼着昨夜一阵小雨,把燥热浮尘洗净,也把心头的腻洗去。

进门放下挎包,先蹲到院子拔草。这是我近年间每次回到原下老家必修的功课。或者说,每次回家事由里不可或缺的一条。春天夏天拔除院子里的杂草,给自栽的枣树柿树和花草浇水;秋末扫落叶,冬天铲除积雪,每一回都弄得满身汗水灰尘,手染满草的绿汁。温习少年时期割草以及后来从事农活儿的感受,常常获得一种单纯和坦然,甚至连肢体的困倦都是另一番滋味的舒悦。

前院的草已铺盖了砖地,无疑都是从砖缝里冒出来的。两月前回家已拔得干干净净。现在又罩满了,有叶子宽大的草,有秆子颇高的草,有顺地扯蔓的草,吓得孙子旦旦不敢下脚,只怕有蛇。他生在城里,至今尚未见过在乡村土地上爬行的蛇,只是在电视上看过。他已经吓得这个样子,却不断问我打过蛇没有,被蛇咬过没有。乡村里比他小的孩子,恐怕没有谁没见过蛇的,更不会有这样可笑的问题。我的哥哥进门来,也顺势蹲下拔草,和我间间断断说着家里无关紧要的话。我们兄弟向来就是这样,见面没有夸张的语言行为,也没有亲热的动作,平平淡淡里甚至会让生人产生其他猜想,其实大半生里连一句伤害的话都从来没有说过,更谈不到脸红脖子粗的事了。世间兄弟姊妹有种种相处的方式,我们却是于不自觉里形成这种习惯性的状态。说话间不觉拔完了草,堆起偌大一堆,我用竹笼纳了五笼,倒在门前的场墕下,之后便坐在雨篷下说闲话,懒得烧水,幸好还有几瓶啤酒,当着茶饮,想到什么人什么事,有一搭没一搭地聊着。还有一位村子里的兄弟,也在一起喝着扯着闲话。从雨篷下透过围墙上方往外望去,大门外场墕上的椿树直撑到天空。记不清谁先说到这棵树,是说这椿树当属村子里现存的少数几棵最大的树,却引发了我的记忆,当即脱口而出,这是咱伯栽的树。这话既是对哥说的,也是对那位弟说的。按当地习俗,兄弟多的家族,同一辈分的老大,被下辈的儿女称伯,老二被称爸,老三老四等被称大。有的同一门族的人丁超常兴旺,竟有大伯二伯三伯大爸二爸三爸和大二大三大到八大的排列。这里的乡俗很不一般,对长辈的称呼只有一个字,伯、爸、大、叔、妈、娘、姨、舅、爷等,绝对没有伯伯、爸爸、大大、妈妈、娘娘、姨姨、爷爷、舅舅等的重复啰唆……我至今也仍然按家乡习惯称父亲为伯。父亲在他那一辈本门三兄里为老大,我和同辈兄弟姐妹都叫一个字:伯。如此说来,这文章的标题该当是:伯的树。

我便说起这棵椿树的由来。大约是"三年困难"最困难的一九六〇年或是一九六一年,我正上高中,周日回到家,父亲在生产队出早工回来,肩上扛着镢头,手里攥着一株小树苗。我在门口看见,搭眼就认出是一株椿树苗子。坡地里这种野生的椿树苗子到处都有,那是椿树结的荚角随风飘落,在有水分的土壤里萌芽生根,一年就可以长到半人高的树秧子。这种树秧如长在梯田墕坎的草丛中,又有幸不被砍去当柴烧,就可能长成一棵大椿树;如若生长在坡地梯田里,肯定会被连根挖除晒干当作好柴火,怕其占地影响麦子生长。父亲手里攥着的这根椿树苗子是一个幸运者,它遇到父亲,不是被扔在门前的场地上晒干了当柴烧,而是要郑重地栽植,正经当作一棵望其成材的树了,进入郑重的保护禁区了:也自这一刻起,它虽是普通不过平凡不过的一种树,却已经有主儿了,就是父亲。父亲给我吩咐,你去担水。他说着就在我家门前的场塄边上挖坑。树只是个秧儿,无须大坑,三镢头两铁锨就已告成,我也就没有要替父亲动手,而是按他的指令去担水。那时候我们村里吃的是泉水,从村子背后的白鹿原北坡的东沟流下来,清凌凌的,干净无染。泉水在村子最东头,我家在村子顶西边,我挑一回水,最快也需半小时。待我挑水回来,父亲早已挖好坑儿,坐在场塄边儿上抽旱烟。他把树苗置入一个在我看来过大的土坑里。我用铁锨铲土填进坑里,他把虚土踩踏一遍,让我再填,他再踩踏。他教我在土坑外沿围一圈高出地面的土梁,再倒进水去。我遵嘱一一做好,看着土坑里的水一层一层低下去,渗入新填的新鲜土坑里,成活肯定是毫无一丝疑义。父亲又指示我,用酸枣刺棵子顺着那个小坑围成一圈栽起来,再用铁丝围拢固定,恰如篱笆,保护小椿树秧子,防止猪拱牛抵羊啃娃娃搯折。我从场边的柴堆上挑选出一根一根较高的业已晒干的酸枣棵子(这是父亲平时挖坡顺手捡回来的),做着这项防护措施。父亲坐在地上抽烟,看着我做。我却想到,现在属于父亲领地的,除了住房的庄基,就是这块附属于庄基地门前的这一小片场地了,充其量有二厘地。下了这个场塄,就是统归集体的土地了。父亲要在他可以自主掌控的二厘场地上,栽种一棵椿树。

我对父亲的一个尤为突出的记忆,就是他一生爱栽树。他是个农民,种玉米种麦子务弄棉花是他的本职主业,自不必说,而业余爱好就是栽树。我家在河川的几块水地,地头的水渠沿上都长着一排小叶杨树。水渠里大半年都流淌着从灞河里引来的自流水,杨树柳树得了沃土好水的滋养,迎着风如手提般长粗长高。随意从杨树或柳树上折一根枝条,插到渠沿的湿泥里,当年就长得冒过人头了,正如民间说的"三年一根椽,五年长成檩"的速度。二十世纪五十年代中期以前,我的父亲就指靠着他在地头渠沿培植的这些杨树,供给先后考上高小和初中的哥和我的学杂费用。那时的小学高年级,我都是住宿搭灶的学生。父亲把杨树齐根斫下来。卖了椽子,七八毛钱一根,再把树根刨出来,剁成小块。晒干,用两只大老笼装了,挑过灞河,到对岸的油坊镇上去卖,每百斤可卖一块至一块两毛钱。我至死都不会忘记五十年代中期的这两项货物——椽子和木柴的市场价格。无须解释原因,它关涉我能否在高小和初中的课堂上继续坐下去。父亲在斫了树干刨了树根的渠沿上,当即就会移栽或插下新的杨树秧或树枝,期待三年后斫下一根椽子卖钱。父亲卖椽卖柴供两个儿子念书的举动无意间传开,竟成为影响范围很宽的事。直到现在,我偶尔遇到一些同里乡党,见面还要感叹几句我父亲当年的这种劳动,甚至说"你伯总算没有白卖树卖柴"的话。不久,农村实行合作化以后,土地归集体,父亲也无树根可刨了。我就是在那一年休了学,初中刚念了一个学期。不过我那时并不以为休学有多么严重,不过晚一年毕业而已,比起班上有些结婚和得了儿女的同学,我是年龄最小的一个。这是解放后才获得念书机会的乡村学生的真实情况,结婚和生孩子做父母的初一学生每个班都有几个,不足为奇。

我在每个夏天的周日从学校回到家中,便要给父亲的那棵椿树秧子浇一桶水。这树秧长得很好,新发出的嫩枝竟然比原来的杆子还粗,肯定是水肥充足的缘由。某一个周六下午我回家走到门口,一眼望见椿树苗新冒出的嫩枝折断了头,不禁一惊,有一种心疼的惋惜,猜想是被谁撞折了,或被哪个孩子掐折了。晚上父亲收工回来吃晚饭时,说是一个七八岁的骚娃(调皮捣蛋的娃)用弹弓打断的。父亲说,娃嘛!就是个骚娃喀,用弹弓耍哩瞄准哩,也不好说他啥。后来就在断折处,从东西两边发出两枝新芽来,渐渐长起来。我曾建议父亲,小树不该过早分枝,应该去掉一枝,留下一枝才能长高长直。

父亲说,先不急,都让长着,万一哪个骚娃再折掉一枝,还有一枝。父亲给骚娃们留下了再破坏的余地,我就不仅仅是听从了,还有某点感动。再说这椿树秧子刚冒出来便遭拦头折断的打击,似乎憋了气,硬是非要长出一番模样来,从侧旁发出的两根新芽更见茁壮,眼见着拔高,竞相比赛一般生机勃勃。父亲怕那细杆负载不起茂盛的叶子,一旦刮风就可能折断,便给树干捆绑一根立杆,帮扶着它撑立不倒不折。这椿树便站立住了。无意间几年过去,我高考名落孙山回乡当了民办教师,为生活为前程多所波折,似乎也不太在意它了,这椿树已长得小碗粗了。小碗粗的椿树已经在天空展开枝杈和伞状的树冠,却仍然是两根分枝,父亲竟没有除掉任何一根,他说越长越不忍心砍那多余的一根分枝了,就任其自由生长。这椿树得了父亲的宽容和心软,双枝分杈的形态就保持下来,直到现在都合抱不拢的大树,依然是对称平衡的双枝撑立在天空,成为一道风景,甚至成为一种标志。有找我的人向村人问路,最明了的回答就是:门口场塄有一棵双杈椿树。

　　到二十世纪八十年代初始,生活已发生巨大转机,吃饱穿暖已不再成为一个问题的好光景到来时,我已筹备拆掉老朽不堪的旧房换盖新房了,不料父亲发生了绝症。他似乎在交代后事,对我说,场塄上那棵椿树,可以伐倒做门窗料。我知道椿树性硬却也质脆,不宜做檩当梁,做门窗或桌椅却是上好木材。父亲感慨说,我栽了一辈子树,一根椽子都没给自家房子用过,都卖给旁人盖房子了,把这椿树伐下来,给咱的新房用上一回。我听了竟说不出话,喉头发哽。缓解一阵后,我对父亲说,门窗料我会想办法购买(那时木材属统购物资),让椿树长着。我说不出口的一句话是,父亲留给我的活物,就只剩下这一棵椿树了。不久,父亲去世了,椿树依然蓬勃在门外的场塄上。八十年代初,我随之获得专业写作的机会,索性回到原下老家图得清净,读书写作,还住在遇到阴雨便摆满盆盆罐罐接漏的老屋里,还继续筹备盖房。某一天,有两三个生人到村子里来寻买合适的树,一眼便瞅中了我父亲的这棵椿树,向村人打听树的主人。村人告诉说,那主家自己准备盖房都舍不得伐它,你恐怕也难买到手。买家说可以多掏一些钱,随之找到我,说椿树做家具是好材料,盖房未必好,可以多给一些钱,让我去选购松木这些上好的盖房材料,并说明他们是做家具卖的生意人。我自然谢绝了。这是绝无商议余地的事。我即使再不济,也不能把父亲留给我的最后一棵树砍了。这椿树就一直长着,直到现在。每隔一段时日抽空回到老家,到门口第一眼看到的就是这棵椿树,父亲就站在我的眼前,树下或门口;我便没有任何孤独空虚,没有任何烦恼,没有任何腌臜的事能够把人腻死……

我和我哥坐在雨篷下聊着这棵椿树的由来。他那时候在青海工作,尚不清楚我帮父亲栽树的过程。他在"大跃进"的头一年应招到青海去了,高中只学了一年就等不得毕业了,想参加工作挣钱了。其实,还是父亲在这时候供给着两个中学生,可以想见其艰难。我是依靠着每月八元的助学金在读书,成为我一生铭记国家恩情的事。"大跃进"很快转变为灾难,青海兴建的厂矿和学校纷纷下马关门,哥和许多陕西青年一样无可选择又回到老家来,生产队新添一个社员。哥听了我的介绍,却纠正我说,这椿树还不是最老的树,父亲栽的最老的树要算上场里地角边的皂荚树。那是刚刚解放的二十世纪五十年代初,我们家诸事不顺,我身后的两三个弟妹早夭,有一个刚生下六天得一种"四六风症"死去,有一个妹妹和一个弟弟都长到三四岁了,先后都夭亡了。家养一头黄牛,也在一场畜类流行瘟疫里死了。父亲惶恐里请来一位阴阳先生,看看哪儿出了毛病。那阴阳先生果然神奇,说你家上场祖坟那块地的西北角太空了,空了就聚不住"气",邪气就乘虚而入了。父亲吓得不知如何是好,急问如何应对如何弥补。阴阳先生说,栽一棵皂荚树。并且解释,皂荚树的皂荚可以除污去垢,而且树身上长满一串串又粗又硬的尖刺,更可以当守护坟园的卫士。父亲满心诚服,到半坡的亲戚家挖来一株皂荚树秧子,栽到上场祖坟那块地的西北角上,成活了也长大了,每年都结着迎风撞响的皂角儿。这皂荚树其实弥补得了多少空缺是很难说的,因为后来家里也还出过几次病灾,任谁都不会再和阴阳先生去验证较真了。这儿却留下一棵皂荚树,父亲的树,至今还长着,仍然是一年一树繁密的皂角,却无人摘折了,农民已经不用皂角洗涤衣服,早已用上肥皂洗衣粉之类。哥说了父亲的这棵皂荚树,我隐约有印象,不如他清楚,我那时不太在心,也太小。现在,在祖居的宅院里,两个年过花甲的兄弟,坐在雨篷下,不说官场商场,不议谁肥谁瘦,也不涉水涨潮落,却于无意中很自然地说起父亲的两棵树。父亲去世已经整整二十五年,他经手盖的厦屋和他承继的祖宗的老房都因朽木蚀瓦而难以为继,被我拆掉换盖成水泥楼板结构的新房了,只留下他亲手栽的两棵树还生机勃勃,一棵满枝尖锐硬刺儿的皂荚树,守护着祖宗的坟墓陵园;一棵期望成材做门窗的椿树,成为一种心灵感应的象征,撑立在家院门口,也撑立在儿子们心里。

每到农历六月,麦收之后的暑天酷热,这椿树便放出一种令人停留贪吸的清香花味,满枝上都锈集着一团团比米粒稍大的白花儿,招得半天蜜蜂,从清早直到天黑都嗡嗡嘤嘤的一片蜂鸣,把一片祥和轻柔的吟唱撒向村庄,也把清香的花味弥漫到整个村庄的街道和屋院。每年都在有机缘回老家时闻到椿树花开的清香,陶醉一番,回味一回,温习一回父亲。今年却因这事那事把花期错过了,便想,明年一定要赶在椿树花开的时日回到原下,弥补今年的亏空和缺欠。那是父亲留给这个世界也留给我的椿树,以及花的清香。

2006年8月31日 二府庄

地铁口脚步爆响的声浪

——俄罗斯散记之一

我们下榻的宇宙宾馆,是二十世纪八十年代苏联为举办夏季奥运会专门修建的一座高层建筑。二十多年的时间虽然称不得古也说不上老,却仍然让我有一缕世事兴亡历史沧桑的思绪,苏联已经没有了。记得当年要在莫斯科举办这届奥运会,牵头世界一极的美国带头抵制,欧美不少国家跟着起哄,搞得那届奥运会有点索然。中国不是响应美国,而是累积五十年代末以来的意识形态分歧,也不参加"苏修"举办的奥运会。奥运会历史上,恐怕就数这一届闹得最别扭了。时光仅仅过去二十多年,作为当时世界另一极的苏联,早在十多年前解体了,只剩下美国一极横在当今世界上。这座有着特殊历史意味的建筑物依旧竖立在这里,每天都进进出出来了去了世界各国的游客,傍晚竟将宾馆的大厅拥塞得水泄不通,多样肤色的男女老少,到今天的俄罗斯观光旅游,人窝里夹杂着一眼就可以辨识出来的不少中国人,当年的敌意和分歧似乎连一缕游丝的痕迹也看不到了。

宇宙宾馆在莫斯科老城的外围,距离市中心的红场还有一段不近的路程。我们今天的行程是去红场,大家乐意乘坐地铁,也是想见识一下这个号称世界最深的地铁的规模。莫斯科的地铁启动于斯大林时代的一九三五年,大约二十世纪三十年代末开始运行,由时任莫斯科市委书记的赫鲁晓夫主持实施。据说当时有两个建设方案,其一是由一位铁路专家并兼着权威意义的人设计的,明开直挖,比较浅,自然省钱也便于施工;另一个是由一位名不见经传的年轻人设计的方案,深达八十米,施工难度工程进度和花钱都非同一般了,其理论基础是万一发生战事,可当作防空洞供市民避难。两个方案难以选定,最后直送到斯大林手上,当即拍定了年轻人的方案,世界上随后就有了一条深入地下八十米的铁路。不幸而被那位年轻人言中的事发生了,地铁刚运行不久,德国法西斯便攻打莫斯科,斯大林的指挥部就潜藏在深入地下八十米的地铁里。这是迄今为止世界上最深的一条地铁,建成近七十年了,一直运行到现在,还是属于莫斯科载客量最大也最便捷的公共交通设施。

我和朋友步行往地铁站走去。街道上川流不息着汽车,没有自行车,行人也不多。清晨碧透的天空,洒下明丽的阳光,城市显得明媚清爽。待转过一个街角,人骤然密集了,气氛也显得异样地紧张了。对面急匆匆走过来一眼望不尽的男人和女人,我的左侧和右首不断冲向前去一拨又一拨男人和女人,高跟鞋敲击地砖的脆响不绝于耳。愈往前走愈接近地铁站口,人愈密集,如同过江之鲫,鱼贯而过却不远去,从三面往地铁站正聚。或素雅或艳丽的夏日女装稍纵即逝,或周整的西装或随意的便服与女性的色彩互相折叠互相掩盖。无论男人女人老人少年,无论高个长腿无论矮子肥腰,几乎百分之百一致向前,快脚阔步,摆甩手臂,一往无前的快节奏;几乎百分之百的人都挺直着身子,目不斜视,端直平眺,看不到一个东张西望左顾右盼的眼睛,只有专注于目标的单纯和执着。娇俏如五月芦苇的女孩,跨步轻盈如同芭蕾点地,粗壮到两人合抱也难得围拢其肥腰的妇女,富于快节奏的步履更显示着一种自信。地铁站门口,已经是一片人流,人与人的空间很小很小,却没有拥挤和混乱,更没有碰撞或搅缠。令人惊异的是,这样密集的人流往前涌动,而所有人的脚步并未放慢，人流往前流动的节奏也不见趋缓；整个进站口里外是一片高跟鞋钉敲击地板的震耳的声响，唯独听不到一句说话的声音，更不要说吵闹、呼喊或喧哗了。我被眼前的景象和耳际的响声震惊了。我相信这是我所见过的最密集的人群所达到的最有秩序的运动行为。我多少也走过几个国家，这是我见过的节奏最快的人群的脚步。及至到地铁自动扶梯入口，踏上台板，便看到站得满满当当的乘客向深不见底的地下运动，依然是安静无声。令我尤为感动的是，本来并不宽畅的电动扶梯，川流不息着如此稠密又如此急迫的人群，却在下行的这一通道的右边，自觉留出一条空道，乘客全都靠着左边站着。那些事情急迫或心情也急的人，不满足于电梯运行的速度，从上往下如山羊蹦崖一样跨越着往下去了，有女孩也有胖妇，有脚步轻捷的小伙，也有脱光头发肢体已显着老态的老汉，不时从电梯台阶上往下蹿。据说因为这地铁太深，电梯运行的速度也是同类中最快的，单程不过两分多钟。那些踏级而下的急性子，兼着自动运行和自身运动的双重速度，估计一分钟就抵达洞底了，就可能提早赶上一列火车。这儿有这么多人在争分夺秒，赶着自己人生的行程。

我踏上一列到站的地铁，在不算十分拥挤的车厢里扶栏站定的时候，静悄悄的车厢里让人感觉到加剧了的心跳。我和同行的朋友没有急迫的事，也就没有必要用莫斯科人的脚步节奏赶路，更没有从电动扶梯小跑下去的举动，这心跳何以如此加骤？我才意识到地铁入口里外震天响着的鞋跟撞地的声浪。是这声浪拍打人的耳膜拍打人的神经，被触发被感染而于不觉间变得激越了。我站在车厢里，隆隆响着的车轮的回声灌进耳朵，却不紊乱，这是机械的律动。在这一时刻，我把一些有关俄罗斯人的传闻推翻了。人说俄罗斯人很懒。懒人怎么会有这样迫不及待的行进节奏和如同征程上的脚底的脆响！这是八月下旬最平常的一天的早晨，数以千万计的莫斯科男女以王军霞竞走的姿态和专一的神情赶赴地铁入口，可以推想莫斯科每一个地铁入口处,每天早晨都踏响起这样令人心跳加剧的声浪,世界上哪有这样的懒汉?我也听说莫斯科到处都是喝得醉醺醺的酒鬼,喝伏特加已成为一种灾难性的普遍习性。到俄罗斯一周,我确凿于一瞥间看到过一个在路边长椅上躺着扭着的胖男人,猜想大约是一个醉汉。我没有机会到大街小巷酒馆公园去踏访醉鬼的行径,不敢贸然否定这个传闻。然而看到地铁站前令人惊心动魄的景象,我想还操有多少醉鬼这份闲心又有什么意思。我们从莫斯科到彼得堡再回到莫斯科,共同惊讶这两个城市年轻女性的低胸开领和低腰乃至无腰裤的着装。尤其是在彼得堡,几乎看不见能掩住肚脐的年轻女性,这儿年轻女性的低腰已经不再成为时髦,而是普及到一律化了。我一瞬间想到鲁迅先生几十年前挖苦中国人论人说事要"离开脐下三寸"的话,然而在彼得堡你是离不开也躲不及那大面积裸露的小腹的。人家有勇气展示腹脐之美,我们倒无胆量去欣赏了。莫斯科的年轻女性露脐之风虽不如彼得堡普及到一律化,却也比比皆是,躲犹不及。我倒是想,那些胸领开得很低裤腰也落得很低的女性,清晨的阳光里奔向地铁的脚步一样冲冲而又匆匆,挺挑的身材一样端直而不失婀娜,高跟鞋踩出的叮叮咣咣的声响,洋溢着青春旋律和生命活力,还有一种奔赴明天的自信。我在地铁自动扶梯上,同时看到这样最时髦装束的女孩不能等待电梯运转的速度,颠着蹦着从台阶上加速度奔下去。无须猜测,她们是赶到自己的工作岗位上去,自然可以想到是莫斯科各个位置各个角落的某个工作位置。她们进入自己的位置,整个莫斯科就活起来了,就继续着生活继续着生产继续着创造,这个城市就充满了活力。

我们到站之后,再乘上行的电动扶梯,依然是几乎乘无虚阶的满负荷运转,又在电梯的右侧,自觉留下一条专供事由更紧迫性子也急的人往上跑的通道。往上跑比往下蹦要费劲吃力多了。然而,仍有人不安于电梯运行的速度,往上踏级急走,在争分夺秒。以这样的节奏以这样专注的神情进入生活岗位的人,可以猜想他们工作起来的姿态。我便感到这个民族内在的劳动激情和内在的创造力了,可以推想他们的明天和未来了。

2006 年 9 月 9 日　雍村

林中那块阳光明媚的草地

——俄罗斯散记之二

早晨醒来便听见哗哗哗的雨声。拉开窗帘就看到满天低沉的黑云,从黑云里倾泻而下的雨条闪着些微的亮光。到俄罗斯整整一周了,走到哪里都是蓝天白云下碧透的天空和鲜亮的阳光,今天遇到下雨了。有阳光又有雨,当是感受俄罗斯大地自然天象变幻的一个小小的又是难得的完满。

冒雨去图拉,拜谒托尔斯泰。车行四小时,大雨一路都在不歇气地下着。我总是忍不住拉开车窗,开阔的原野覆盖着望不透的森林,无边无沿的草场,都笼罩在迷迷蒙蒙的雨雾里。飞进车窗的雨滴打湿了我的头脸,这是托翁故乡的雨。临近图拉城的标志,是路边终于出现了人。一顶顶简便装置的帆布或塑料帐篷,零散地撑持在公路边上,摆列着一排货架,守候着一个一个女人,都在卖着以图拉命名的饼子。据说这种饼是闻名俄罗斯的土特产品,以黑麦制成,别有一番独特绵长的香味且不论,绝不加任何防腐剂却可以存贮半年以上,久享盛名。看着在雨篷下守候过路客捎带图拉饼的女人,我顿然联想到家乡关中类同的情景,每到五月初,通往我的白鹿原的原上和原下的两条公路边,便摆满一筐筐一笼笼刚刚摘下来的樱桃;通往临潼秦兵马俑的路旁,九月的石榴和九月末的火晶柿子招惹着世界各方的男女;还有去女皇武则天陵墓的路边,垒堆如小塔的锅盔,既可以整摞整个售购,也可以切成西瓜牙儿一般大小零卖,还有人索性就把大铁锅支在路边现烙现卖。乾县的锅盔虽不及图拉饼的盛名,却在遍地锅盔的关中独俏一枝,皮脆里绵,满口麦子纯正的香味,武则天在锅盔的香味里滋润了一千多年,该当改为女皇牌锅盔了。看着那些伫立在路边的图拉女人,我想大约和关中路边守候的农夫农妇一样,卖下钱不外乎盖新房,供孩子读书,以及为儿女娶媳妇办嫁妆。托翁故乡的农民和关中乡民谋求生活的方式和思路如出一辙。

　　车过图拉城时,雨缓解松懈下来。汽车穿过图拉城,从街面建筑和街道的景致看,都显示着一种久远的陈旧,与中国任何一个中小城市一夜之间的全新面目都显示着距离性差别。雨时下时停,出图拉城就看到远方天际一抹蓝天和阳光。拐过两个交叉弯道,就看到一排很长的林木遮蔽下的围墙和一个阔大的门,这就是托翁自己命名的"林中那块阳光明媚的草地"——庄园故居了。

　　站在宽大的门口,一眼看见两排整齐高大的白桦树的甬道,通向林木笼罩的深处。我跨进大门并走上白桦树下的甬道,踏着用三合土铺垫的大平小不平的路面,庆幸自己终于有缘走在遍布着托翁脚印的土地上了。托翁一生都走在这庄园里的大路小径、果园耕地和林荫草地上,我踏在已经消失沉寂了托翁脚步响声的印痕里,依然感知着一个伟大灵魂神圣的灵性。白桦树依然枝叶茂盛,白色鲜亮的树皮浮泛着诗意。头顶的枝叶不断洒下水滴。甬道土路的小坑浅洼里积着雨水。左边有一排涂成灰蓝色的木板房,是马厩,庄园里曾经耕田拉车以及溜达的好多匹马,就养在这里,现在依着原样原封不变地保存着,自然都已经圈干槽净了,我似乎还可以闻到马粪马尿和畜生混合的气味。甬道右边还有一排蓝灰色的木板房,是贮藏草料和马具的库房,可以看到门里散落的干草,还有犁具、围脖和套绳,似乎刚刚罢耕归来卸下,散发着马脖子的臊味儿。还保存着农耕生活记忆的我，顿然浮现出这里添草拌料和骡马踢踏喷鼻的生机勃勃的图景。现在是一片人畜不在的冷寂。

甬道尽头往右拐进去，是一座涂成黄色的两层小楼，这是托尔斯泰的居室和写作间。下层一个大约不超过十平方米的小屋子里，托翁写成了《战争与和平》。我站在这间屋子的一瞬间，弥漫在心头的神秘顿然散失净尽了。一张不大的木板桌子，不仅谈不到精致或讲究，大约当初只刷过一层清漆，可以清楚地看到被磨损的或粗或细或直或歪的木纹；可以猜想长胳膊长腿的托翁伏案写作时，肯定会摊占大半个桌面。房间里还有一只小茶几和一张单人床，这床也应是我见过的最窄的一张床了，当是写得腰酸臂困时伸懒腰的设施。房间不仅没有装饰装潢，更没有如中国文人惯常装备的字画铭题之类，连一个像样的书架都不置备。到二楼的一间几乎同样小的房间里，也是漆成淡黄色的一张木桌，椅子的四条腿截断了一节，低到如同我家里的马扎。据说是托翁视力不好，椅子低点就可以缩短眼睛和稿纸的距离，避免了低头躬腰。在这间小小的简便到简陋的书房里，托尔斯泰写成了《安娜·卡列尼娜》。我还想看看写作《复活》的房间，讲解员说这部写作长达十年的小说，托尔斯泰先后换过三个写作间，没有解释换房的原因。我走出这座二层小楼时，脑子里就凸显着两张淡黄色的木桌。我更加确信作家从事的写作这种劳动，最基本的条件不过就是一张桌子和一把椅子，可以铺开稿纸可以坐下写字，把澎湃在胸膛的激情和缠绕在脑际的体验倾泻到稿纸上就足够了，与房子的大小、屋内的装备和墙面上贴挂的饰物毫无关系。说句不算抬杠的话，如果脑子里是空乏的，胸腔里是稀薄的，即使有镶着宝石的黄金或白银的桌椅也无济于事。无论如何，我至今还想着那把太低太矮的椅子，坐上去就得把腿伸到很远，坐久了会很不自在的，何不加高桌子的四条腿，同样可以达到既不弯腰低头而缩短眼睛和稿纸的间距的目的，况且能够让双腿自由自如地屈伸……

在这座托尔斯泰写作和生活的黄色小楼前,有一块不大的空地,该当算作院子吧。在这方小院的三面,都是稠密到几乎不透阳光的树林,林间长满杂草,俨然一种森林的气息。楼前的这方小院,除了供人走的台阶下的土路,也都栽种着花草,却不是精细琢磨的管理,完全是自由生长的泼势。花草园子里有一棵合抱粗的树,不见一片绿叶,粗壮的枝股和细细的枝条,赤裸在空中,在四周一片浓密的绿叶的背景下,这棵树就令人感到一种死亡的凄凉。我初看到这棵枯死的树时,就贸然想到保存它与周围的景致太不协调,随之了解到这棵树非凡的存在,竟然有一种内心深处的震撼。枯枝上挂着一颗金黄色的铜钟,我初看时就想到小学校里上课下课敲出指令的铜钟。托尔斯泰属于贵族,却操心着贫苦农民的疾苦和委屈,以真诚之心帮助那些寻找救助的人,久而久之,那些四野八乡遭遇困境的乡民便寻到这个庄园来。托尔斯泰在楼前院子的这棵树上挂了这只铜钟,供寻访的穷人拉响,托尔斯泰就会放下钢笔推开稿纸,把敲钟的穷人请进楼里,听其诉叙困难和冤屈,然后给予帮扶救助。据说有时竟会在这棵树下发生排队,等候敲钟。然而没有哪怕是粗略的统计,曾经有多少穷人贫民踏进这座庄园走到这棵树下,憋着一肚子酸楚和一缕温暖的希望攥住那根绳子,敲响了这只铜钟,然后走进了小楼会客厅,然后对着胡须垂到胸膛的这位作家倾诉,然后得到托尔斯泰的救助脱离困境。

　　这棵曾经给穷人和贫民以生存希望的树已经死了,干枯的枝条呈着黑色,枝干上的树皮有一二处剥落,那只金黄色的铜钟静静地悬空吊着,虽依原样系着一条皮绳,却再也不会有谁扯拉了。救助穷人的托尔斯泰去世已近百年,这棵树大约也徒感寂寞,已经失去了承载穷人希望的自信和骄傲,随托翁去了。

　　托翁晚年竟然执意要亲手打造一双皮靴,而且果真打造出来了,而且很精美很结实也很实用。我自然惊讶这位伟大作家除了把钢笔的效能发挥到无可替及的天分之外,还有无师自通操作刀剪锥针制作皮靴的一双巧手;我自然也会想到这位既是贵族庄园主又是赫赫盛名的作家,绝不会吝啬一双靴子的小钱而停下笔来拎起牛皮;恰恰是他几乎彻底腻歪了已往的贵族生活,以亲自操刀捏锥表示向平民阶层的转向和倾斜。一种行动,一种决绝,一种背离。我在听着那位端庄的俄罗斯姑娘说这个逸事时,瞬间想到曾经在什么传媒上看到谁说谁已有了贵族的气象和派势,显然是一种时尚推崇。我似乎感到某些滑稽,昨天还用旧报纸(城里人)和土圪垯(乡下人)擦屁股,一夜睡醒来睁开眼睛宣布成了贵族了……托尔斯泰把他精心制作的这双皮靴送给一位评论家朋友。这位评论家惊讶不已,反复欣赏之后,郑重地把这双皮靴摆到书架上,紧挨着托尔斯泰之前送给他的十二卷文集排列着,然后说:这是你的第十三卷作品。这话显然不单是幽默,是以俄罗斯人素有的幽默语言方式,表述出对一位伟大作家最到位最深刻的理解。

  我真感觉到幸运,在林中的这块草地上领受到了明媚的阳光。雨在我专注于黄色小楼里的一张桌子一把椅子一张照片一页手稿的时候,完全结束了。头顶是一片蓝色的天空和自在悬浮着的又白又亮的云。林子顶梢墨绿的叶子也清亮柔媚起来。阳光从枝叶的空隙投到林子里的硬质土路上,洒在小小的聚蓄着雨水的坑洼里,更显一种明媚。走到一大片苹果园边,天空开阔了,阳光倾泻到苹果树上,给已经现出颓势老色的叶子也平添了柔和和明媚。树枝上挂着苹果,有的树结得繁,有的树稀稀拉拉挂着果子。苹果长足了时月停止再长,正在朝成熟过渡,青色里已淡化出一抹白色。从果树的姿势看,似乎疏于管理;从果型判断,当是百余年前的老品种了,在中国西北最偏远的苹果种植区,早在十几二十年前都淘汰了。这些苹果树和大面积的园子,自然完全不存在商业生产的意义,而是作为托翁的遗存保留给现在的人,现在依然崇拜和敬仰这位伟大灵魂的五洲四海的人。我看不到托翁了,却可以抚摸托翁栽植的苹果树,在他除草剪枝施肥和攀枝折果的果林间走一走,获得某种感应和感受,不仅是慰藉,而且是一种心理的强力支撑。

沿着一条横向的硬质土路走过去。湿漉漉的路面上有星星点点的阳光。路两边是高耸的树,从浓密的树叶的空隙可以看到碎布块似的蓝天和白云,平视过去则尽是层层叠叠的湿溜溜的树干。我尽可以想象雨后初霁的傍晚,阳光乍泄的林间树丛中,托翁拨开草叶采摘蘑菇的清爽。树林间有倒地的枯木,杆皮上生出绿苔和白茸茸的苔衣,都依其自由倒地的姿态保存着,更添了一种原始和原生形态的气息。这里已没有了剪枝疏果吆马耕田采蘑制靴的托尔斯泰的身影,没有了闻铃迎接穷人听其诉苦的托尔斯泰,也没有了在木纹桌前摊开稿纸把独自的体验展示给世界的托尔斯泰了。然而,一个伟大的灵魂却无所不在。恰在我到这儿来之前几天,《参考消息》转载一篇文章,说欧美一些作家又重新阅读陀思妥耶夫斯基和托尔斯泰了。我便想,小说的形式和流派如狗追兔子般没命地朝前抢着,跑到"后后后"的地段上,终于有人歇下来缓口气,又往来路上回眺了。看来似乎没有完全过时的形式,只有空虚肤浅的内容最容易被淡忘被淹没。

横着的路出现了三岔口,标示左边通托翁的墓地。路上的光线似乎暗下来,许是树木更密了,也许是太阳光照角度的差异,路面和小水坑里已经看不到亮闪闪的光斑了。在树林的深处,看到了托翁的墓地,完全是意料不及想象不出的一块墓地。在一块临近浅沟的边沿,有一片顶大不过十平方米人工培植的草坪,中间堆着一道土梁,长不过一米,高不过半米,是一种黑褐色的泥土堆培而成。上面没有遮掩,四周没有栅栏防护,小土梁就那样无遮无掩地堆立在小小的草坪上。我站在草坪前,竟有点不知所措。这样简单的墓地,这样低矮的土梁标志,比我家乡任何一个农民的墓堆都要小得多。没有任何碑石雕像,就是一坨草坪一撮褐黑的泥土,标志着一个伟大灵魂的安息之地。那个小土梁上,有一束鲜花。我在转身离去的一瞬,似乎意识到,托尔斯泰是无须庞大的墓地建筑来彰显自己的,也无须勒石刻字谋求不朽的,那小小的草坪和那一道低矮的土梁,仅仅只标示着一个业已不朽的灵魂安息在这里。

离开墓地和通往墓地的林间幽径,有一片开阔的草地,灿烂着红的白的紫的金黄色的野花。季节还算是夏天,雨后的太阳热烈灿烂,仍不失某种羞羞的明媚。我沉浸在野草野花和阳光里,心头萦绕着托翁为自己的庄园所作的命名,"林中那块阳光明媚的草地",真是恰切不过的诗意之地,又确凿是现实主义的具象。

2006 年 10 月 4 日　雍村

回家折枣

在巷子的水果摊上看到红枣摆上来。自然想到又到枣月了,也自然想到该回家折枣了。妻子肯定也知道了枣子开始上市,催促我说,抽空回家折枣。在关中乡村,一般不说摘字,凡用摘字的地方,大多数时候用折,譬如折豆夹、折桑叶、折棉花等,摘一切水果都说折。

"在我的后园,可以看见墙外有两株树,一株是枣树,还有一株也是枣树。"这是鲁迅《秋夜》开篇的绝句。我已记不得什么年纪读的,却记得是一遍成诵,自此便把一缕无尽的意味绵延到现在,也把一种文字的魅力绵延到现在。在我的前院中院和后院,栽了七八种树,有南方和北方的两种白玉兰,粉红色的紫薇,黄色的蜡梅,紫荆花树有红白两株,石榴树,火晶柿子树,还有三株枣树,都是我十余年间先后栽植的。几种花树依着各自的习性在不同季节开花,柿树和枣树也都挂果。每当花开或果熟时月,得空回到原下老屋小院,或尝花闻香,或攀枝折果,都是一种难以表达的清爽和愉悦。今天又要回家折枣了。虽然都是面对自家院子里的枣树,我已很难体验先生在"风雨如磐"的"秋夜"里的那种忧思的情境了。

正是秋高气爽的好季节。树依旧很绿。天空是少见的澄澈和透碧。可以看到远方影影绰绰起伏着的秦岭的轮廓。左首的北岭和右首的南原沉静地摆列在两边,清晰透彻,不时现出掩蔽在村树里的一角红瓦屋脊或一方净白的檐墙。路两边的樱桃园里显示着收获过的败落和冷寂。这条在我生活历程中走得最多也最熟悉的回家的土路，却从来都不曾发生熟悉里的厌倦，视力触摸到任何一个角落，都会在昨天的记忆里泛出新鲜的差异性意味来，夏收后泛着白光的麦茬地，采摘樱桃时不慎攀折断了的枝条，从路边野草丛中突然蹿飞的野鸡，都会把我在城市楼房里的所有思绪排解到一丝不剩，还有乡野的风对城市的污染空气的排除与置换。

　　进得我原下的村子，再踏进村子里我祖居的院子，先来到柿树下，缀满枝头的柿子，深绿渐变为浅绿，尚不到成熟的时月，似乎比往年结得稀。穿过前屋到了中院，扑面而来就是满树的枣子了。今年的枣子结得顶繁了，细软的枝条不堪重负，一条一条垂吊下来，像母亲过去挂在明柱上的蒜辫儿。且不说品尝吧，单是看见这缀满枝条的枣子，就令当初栽树的我有一种实现期待收获果实的无以名状的舒悦和幸福了。枣子已从绿色蜕变出鲜亮的乳白，果皮上有一坨一丝紫红色，尚未熟透到通体变成红色，完全可以折来品尝了。这种枣子比红透的枣子更脆更甜更有水津味儿。东墙根下一株，西墙根下两株，都把蒜瓣似的枣子展现在我的眼前，一派来自土地结晶而成的鲜活，一派无遮无喧亦无言的丰盛，真是让种植它的我感受体验到无与伦比的欢欣了。亲友已搬来梯子。我听到一声吃枣子的咔嚓的脆响，还有对枣子美味的欢叫声。

　　七八年前，我在早春的时候回家，路过一个业已城市化了的乡村，正逢着传统的庙会，顺便到会场去溜达，到处都摆着乡村人生产和生活的用品，庙会已无庙无神可敬，纯粹变成商品交易市场了。到处都摆着树苗，北方乡村适宜种植的柴树果树和花树秧子，成捆成捆堆放在路边，我总是忍不住在那些有树秧的摊儿前驻足停步：总是在抚摸那些树秧嫩秆的时候忍不住心动，绝不弱于面对稿纸拔开笔帽时的冲动和激情。也许是自小跟着喜欢栽树的父亲受到的影响，也许是应了一个乡村"半迷儿"卦人给我算就的木命，我确凿爱栽树。

和我一起溜达的妻子更喜欢那些民间编织的生活用品,装馍用的竹篮和装筷子的箸笼儿,还有装提水果的竹编长条笼。她不时拽我并提醒我,不要再买任何树苗了,屋前院内再找不到栽树的空地了。其实我心里也明白,能容得我栽树的地皮,只有老家庄前屋后和小院里那几分庄基地了,早被我栽得满满当当的了。不经意间,碰见一位老相识,他也曾弄过文学,却仍然在乡间种地,还在业余写着剧本。我看见他就有说不出口的话,城里有十余家专业剧团,或排场或别致的舞台整年都凉着,一年也敲响不了几回梆子锣钹,他把剧本写给鬼演呀!他的架子车厢里放着一捆打开的枣树秧子,是他培育的一种新品种,比普通枣子个儿大,味更脆更甜,名曰梨枣,却与梨不相干。他卖得很好,满满一车只剩下半捆了。他一边给我说他正在写作的剧本,一边往我手里塞枣树秧子。他知道我乡下有屋院。再三谢辞不掉,我便拿了三株梨枣回家,下决心把中院一株老品种的樱桃和一株太泼也太占地盘的花树挖掉,给这三株枣树腾出空位。令人惊诧的是,这枣树一年就长到齐墙头高了。直到这枣树秧委实出脱成茁壮的枣树,而且挂了果,赠我枣树的朋友打电话说,他的剧本早已写完,请几位高手名家看过,都在说写得不错的同时,也都说着遗憾。不是剧本能不能排,而是专业剧团根本就不排戏演戏。他问我能不能帮忙想点办法。我不仅没有办法可支,连安慰他的话都说不出口。

在新世纪到来时,我终于下决心回到乡下久别的老宅新屋住下了。枣树是我的院子里最晚发芽的树。当那嫩芽在日出日落的日子里蓬勃出鲜绿的叶子,我发现了短短的叶柄根下的花蕾,不过小米粒大小,锈成一堆。我在那个早晨的心情顿然变得出奇的好。每天早晨起来,我都忍不住到枣树下站一会儿,看那小米粒似的花蕾的动静。直到有一天早晨,我刚走到屋檐下,便闻到一缕奇异的香气儿,凭直觉就判断出枣花开了。小米粒似的花苞绽放开来的花儿自然不起眼,比小米的黄色浅些,接近于白色,香味却很浓郁,枝条上稀稀拉拉的枣花,却使整个小院都弥漫着清香。蜜蜂先我绕着枣树飞舞了。枣花蜜是蜂蜜中的上品。

眼看着那枯萎的枣花里挣出一只枣子来,恰如刚落生的婴儿,似乎可以听到那进入天地之间的啼哭。小米粒大的枣子,似乎一夜或两夜之间就长到扁豆粒大了,豌豆粒大了,花生粒大了,最后就定格在乒乓球那般大小了,个别枣子竟然有柴鸡蛋的个头。在桌子前在椅子上坐得久了,无论读着什么或写着什么,走出屋子走到枣树下,看着隐蔽在枝杈叶丛里的青枣,那正在你眼皮下丰满和长大的果实,一种蓬勃的生命的活力便向人洋溢着。枣子青绿的颜色,在我日复一日的注视下,渐渐淡了,泛出乳白色了,又浮出一丝一坨的紫红,它成熟了。我折下最先显出红色的一颗,咬了一口,便确信是我有生以来吃到的最好一颗枣子了。这枣子皮薄肉细,又脆,满口竟有一股蜂蜜味儿。我便不忍心再吃第二颗,给家人品尝,也给那些从城里跑到乡下来找我的朋友享一回口福,让他们知道还有这样好吃的枣子。我给他们宣布政策,每人只能品尝一颗。无论年轻朋友,无论德高望重的老教授,都是咬下一口便禁不住声地赞叹起来。我便相信我的口感不沾连栽种者的偏爱因素,也毫不动摇地拒绝要吃第二颗的申求——总共只结了六七十颗,该当让更多的远道来客添一份情趣……后来几年的枣子,结得多了繁了,味道却大不如头一年。今年是前所未有的丰年,味道更差了,有点干巴。我心知肚明,肯定是干旱造成的。没有办法,我住了两年又离开原下的院子,一年回不来几回,枣子在每年伏天的旱季能保存不落,已属幸事了。

我已经不太在意枣子的多少和品味的差别了。我只寻找折枣的过程。常常庆幸得意我尚有一坨可以栽植枣树的院子,以及折枣折柿子的机会。这心理往往是瞅见城里人悬在空中阳台上盆栽的花草而生发的。他们已无可以栽一株树或一窝花的土地,只能栽在盆里悬在楼房的阳台上。我在被晒得烫烧脚心的水泥路和被油气污染的空气里憋得透不过气时,得空逃回乡下的屋院,拔除院子疯长的草,为柴树花树和果树浇一桶水,在树荫里在屋檐下喝一瓶啤酒,与乡党说几句家长里短的话,尤其是回来折一回枣儿,心里顿然就净泊下来了。

今年回了家,折了一回枣。

明年还回家折枣。

2006 年 9 月 23 日夜 雍村

关中有螃蟹

读本月十六日《今晚报》雷抒雁《口味》一文,妙趣横生,颇多兴致。抒雁是陕西关中泾阳县人,和我算是乡党,文中涉及关中乡俗风情,让我回味品咂不尽,尤其是对饮食习惯的普遍性口味的描写,既可看到这位乡党离乡大半生乡思萦怀的依依之情,更可感知他人生沧桑之后的睿智和达观,一种清朗的生命境界。

《口味》也勾起我诸多的生活记忆。得从文中引用的宋人沈括《梦溪笔谈》里开关中人玩笑的一则笑话说起。沈括说他在陕西做官时,听到秦州人收到一只干死的螃蟹,对其形状很恐惧,以为是怪物,便把它挂在门首,作为驱鬼避邪降灾之物。之所以会闹出这等笑话,让沈括做随笔记入名作《梦溪笔谈》,在于起首一句的"关中无螃蟹"的概论。这是这则笑话得以传播的基础。然而这个基础在我的经验里却是值得辨正的。

我生在灞河边上,村庄离河岸不过二里地,未进学堂先在河滩学会割草拾柴,也在河水里耍水,逮鱼捉鳖是小孩子无师自通的耍活儿,未识字前就认识螃蟹黄鳝蚂蟥等水生物了。那时候灞河的常年水量比现在大,河边杨柳列岸,野草野花里藏匿着兔子野鸡,大片大片的芦苇地里,从早到晚都响着一种土灰色的鸟儿咭咭咭的鸣叫。沿着河岸,有大片的稻田,每到溽热三伏,男人女人挽着裤管在稻田里拔草,常常会在踩住一条黄鳝或被蚂蟥叮咬时发出一声尖叫,随之顺手从脚下抽出黄鳝甩到干滩上来,有时候就甩过来一只硬壳子螃蟹,小孩子们就用树棍儿挑着玩儿。灞河出山直到汇入渭河的百十余里流程中,两岸的湿地水田里滋养着的水生物不仅有螃蟹,无鳞的大嘴鲇鱼和长着两根硬如钢针的牙齿的刺鱼,还有鲫鱼鲤鱼,诸多叫不上名字的水生物,不知繁衍了多少万年,从未绝种,螃蟹算什么稀罕。

有一个生活印记在我心中至今不泯。那是我读高中时,正遇着"三年困难"物质极度贫乏时期,学生吃不饱,老师也毫不例外地忍饥挨饿。学生饿得受不住时,还可以相互之间悄悄说几句俏皮话;老师为人师表,饿着肚子就硬扛着,还要给学生做思想政治工作。我看到的第一个因饥饿而患上浮肿病的人,是我的班主任兼数学老师程老师。他刚刚从陕西师范大学毕业,一米八以上的大个头儿,家在关中西府的一个山区县,把粮票省下接济更艰难的家室儿女,自己便先浮肿了。我看见第二个浮肿起来的老师已忘记了姓名,那浮肿的脸上的灰黄色至今仍历历在目。他没有给我带课,他的办公兼宿舍的一间屋子和我教室的门斜对着,下课出门就能看见他和妻子孩子。那男孩子六七岁,常常蹲在窗台下的小火炉边,专心致志地焙烤着一只只小螃蟹。我就读的中学就在古人折柳送别的古灞桥桥头的河堤下,学校一面临着灞河,三面都是稻田和茭白地,自流水渠在宿舍后窗下和操场之间日夜流淌。这男孩的父母都是南方人,自小就承袭着南方人喜食水鲜的习性,自个到学校周围的稻田水渠里捉鱼抓蟹,自己洗涮开膛,在父母做饭的小火炉上烘烤焙熟,坐在小凳上吃那些变得黄灿灿的小鱼小蟹。我曾好奇地走到小男孩跟前,看他神情专注地剥着蟹壳蟹爪,津津有味地嚼着,颇为惊讶和好奇。这是我平生里见到的第一个吃螃蟹的人,一个在全民大饥饿年月里自我救助的南方男孩。他的父亲我的老师浮肿了,他却未见浮肿征象,许是得了小鱼小螃蟹的营养滋润。

其实,何止灞河流域有鱼蟹。自古有八水绕长安的美妙景致,灞河只是绕着长安的八条河流之一支,其余七条河流流经的关中平原,两岸的景致大同小异,笔直的白杨和婆娑的柳林,夏天的小麦和秋日的苞谷,更兼着沿河两岸的水稻,是延续了三千多年的丰美的农耕图画。紧临长安的户县曾经长期生产一种进贡朝廷的上好大米,无尽的荷塘莲藕也是名传四方,鱼类螃蟹自在其中。柳青在《创业史》里描写的如诗一般的终南山下的水乡画面,可惜忘记了给螃蟹一笔文字。渭河自甘肃天水过来进入陕西宝鸡,一路浩荡横穿关中,出潼关汇入黄河进入山西,这关中平原也别称渭河平原,又称八百里秦川,有大小十三个封建王朝在这儿立都,姑且不说。渭河自西向东贯通关中,沿河两岸多种稻米莲藕,杂鱼草虾黄鳝和鳖,还有螃蟹,都得水而生生不息。再推到五六千年前的仰韶文化时期的半坡遗址,也是在绕着长安的浐河的东岸,那儿出土的早期先民绘制的人面鱼纹陶画,成为人类始祖最早的艺术品的标志性杰作,浐河岸边断然也缺失不了螃蟹。

　　沈括的这则随笔所记述的笑话,是"闻秦州人家收一干蟹"而演绎出来的。是"闻"而不是沈括亲眼所看到。"闻"是听到,是听到的传说笑话。既是传闻传说的笑话,姑且甚至完全不必当真,只当它是笑话罢了。我又想起我生活的河边人给缺水的旱原上人编的笑话,说原上人为节省用水,每天早晨起来,夫妻面对面吐唾沫洗脸,晚辈的兄弟和姊妹皆仿效之。谁会相信它?如若沈括"闻"得,《梦溪笔谈》又多一则随笔了。然而,不能当作笑话则不究其真的是,沈括起首一句便断定"关中无螃蟹"。他还说"元丰中,予在陕西"。可见他在陕西做官时,大约很少下乡视察和访贫问苦,犯了点"官僚主义",竟闹出"关中无螃蟹"这样的笑话。想说关中人笑话的大学问家沈括,自己倒闹出孤陋寡闻的笑话,倒是颇有教益的一则笔谈。

2006 年 11 月 23 日　二府庄

一九八〇年夏天的一顿午餐

一

一顿午餐，留下两个人半生的记忆。

这两个人，一个是作家刘恒，一个是我。

十一月中旬在北京召开的中国作家协会第七次全国代表大会期间，在堪称豪华的北京饭店的过厅里，我和刘恒碰见了相遇了，几年不见，他胖了，头发却稀疏了。心想着按他的年纪，头发不该这么稀，眼见的却稀了。对视的一瞬，都伸出手来握到一起。没有热烈的问候，也没有搂肩捶胸的亲昵举动，他似乎和我一样不善此举。刚握住手，他便说起那顿午餐，在我家乡的灞桥古镇上吃的那一碗羊肉泡馍。正说间，围过来几位作家朋友，刘恒着意强调是站在街道边上吃的。我说是的，一间门面的小饭馆容纳不下汹涌而来的食客，就站在饭馆门外的街道上吃饭，站着还是蹲着我记不清了……

这是一九八〇年夏天的事。

这年的春节刚刚过罢，我所供职的西安郊区随区划变更为雁塔、未央和灞桥三个区。我的具体单位郊区文化馆也分为三个。我选择了离家较近的灞桥区文化馆，为着关照依赖生产队生活的老婆孩子比较方便，还有自留地须得我播种和收割。刚刚设立的灞桥区缺少办公房舍,把文化馆暂且安排到距离区政府机关近十里远的灞桥古镇上。这儿有一家电影院,用木材和红瓦建构的放映大棚,据说是一九五八年"大跃进"年代兴建的文化娱乐设施,地上铺的青砖已经被川流不息的脚步踩得坑坑洼洼了,既可见久远的历程,更可见当地乡民观赏电影的盛况。放映棚后边,有一排又低又矮的土坯垒墙的平房,是电影放映人员工作和住宿兼用的房子,现在腾出一半来,给我等文化馆干部入住,同时也就挂出一块灞桥区文化馆的白底黑字的招牌。我得到一间小屋,一张办公桌、两把椅子和一块床板,都是公家配备的公物,一只做饭烧水的小火炉是自购的私家财物,烧煤是按统购物资每月的定量,到三里外的柳巷煤店去购买。我那时已官晋一级,兼着区文化局副局长,舍弃了区政府给文化局分配的稍好的办公室,选择了和文化馆干部搅和在一起。我喜欢古人折柳送别的这个千年老镇。一缕温情来自桥南头的高中母校,三年读书留下的美好记忆全都浮泛出来了;另一缕情思或者说情调,来自职业爱好,多年来舞文弄墨尽管还没弄出多大的响声,尽管生活习性生活方式和当地农民差不了多少。而文人的那些酸不酸甜不甜的情调却顽固地潜在着,诸如早春到刚刚解冻的灞河长堤上漫步,看杨柳枝条上日渐萌生的黄色嫩芽,夏日傍晚把脚伸进水里看长河落日的灿烂归于模糊,深秋时节灞河滩里眼看着变得枯黄的杂草野花,每逢集日拥挤着推车挑担拉牛牵羊的男女乡民,大自然在这个古镇千百年来周而复始地演绎着绿了枯了暖了又冷了的景致。刚跨入二十世纪八十年代的古镇周边的乡民在这里聚集,呈现出从极左律令下刚刚获得喘息的农民脸上的轻松和脚下的急迫,我常常在牛马市场木材市场和小吃摊前沉迷……我觉得傍着灞河依着一堤柳绿的古镇灞桥,更切合我的生活习性和生存心理。

刘恒突然来了。是我在这个古镇落脚扎铺大约半年。一九八〇年正值酷暑三伏最难熬的季节,一个高过我半头的小伙子走进电影院后院的平房,找我,自我介绍是《北京文学》的编辑。我在让座和递茶的时候,心里已不单是感动,更有沉沉的负疚了。古镇灞桥通西安的13路公交汽车,那时候是一小时一趟,我每逢到西安赶会或办事,在车上前胸后背都被挤拥得长吸粗吁;汽车在坑坑洼洼的沙石路上左避右躲,常常抵不上小伙子骑自行车的速度。这是唯一的公共交通设施,别无选择,出租车的名称还没有进入中国人的生活。刘恒肯定是冒着燥热乘坐西安到城郊的这班公共汽车来的,而且是从北京来的。我的那间宿办合用的屋子,配备两把椅子,超过两个来客我便坐在床沿上,把椅子让给客人,沙发在那时也是一个奢侈的名词。刘恒便坐在另一把椅子上,喝我递给他的粗茶。他说他来约稿。他似乎说他刚进《北京文学》做编辑不久。他说是老傅让他来找我的。说到老傅,我顿然觉得和近在咫尺的这位小伙子拉得更近了,距离和陌生顿然大部分化释了。

二

老傅是傅用霖,年龄和我不相上下,还不上四十,大家都习惯称老傅而很少直呼其名,多是一种敬重和信赖,他的谦和诚恳对熟人和生人都发生着这样潜在的心理影响。我和他相识在一九七六年那个在中国历史不会淡漠的春天。已经复刊出版的《人民文学》杂志约了八名业余作者给刊物写稿,我和老傅就有缘相识了。他不住编辑部安排的旅馆,我和他也就只见过两回面,分手后也没有书信来往。一九七八年秋天我从公社(乡镇)调到西安郊区文化馆,专注于阅读,既在提升扩展艺术视野,更在反省和涮涤极左的思想和极左的艺术概念,有整整三个月的时间,完全是自我把握的行为。到一九七九年春天,我感到一种表述的欲望强烈起来,便开始写小说,自然是短篇。正在这时候,我收到老傅的约稿信。这是一封在我的创作历程中不会泯灭的约稿信,在于它是第一封。

此前在西安的一次文学聚会上,《陕西日报》长我一辈的老编辑吕震岳当面约稿,我给了他一篇《信任》。这篇六千字的小说随之被《人民文学》转载(那时没有选刊,该杂志辟有转载专栏),到一九八〇年年初被评上第二届全国短篇小说奖。老吕是口头约稿。我正儿八经接到本省和外埠的第一封约稿信件,是老傅写给我的,是在中国文学刚刚复兴的新时期的背景下,也是在我刚刚拧开钢笔铺开稿纸的时候。我得到鼓舞,也获得自信,不是我投稿待审,而是有人向我约稿了,而且是《北京文学》杂志的编辑。对于从中学就喜欢写作喜欢投稿的我来说,这封约稿信是一个标志性的转折。我便给老傅寄去了短篇小说《徐家园三老汉》,很快便刊登了。这是新时期开始我写作并发表的第三个短篇小说。直到刘恒受他之嘱到灞桥来的时候,我和他再没见过面,却是一种老朋友的感觉了,通信甚至深过交手。

三

我和刘恒说了什么话,刘恒对我说了什么话,确已无从记忆。印象里是他话不多,也不似我后来接触过的北京人的口才天性。到中午饭时,我就领他去吃牛羊肉泡馍。这肯定是作为主人的我提议并得到他响应的。在电影院我的住所的马路对面,有镇上的供销社开办的一家国营食堂,有几样炒菜,我尝过,委实不敢恭维。再就是八分钱的素面条和一毛五的肉面条。我想有特点的地方风味饭食,在西安当数羊肉泡馍了。经济政策刚刚松动,我在镇上发现了头一副卖豆腐脑的挑担,也过了久违的豆腐脑口瘾;紧跟着就是这家牛羊肉泡馍馆开张,弥补或者说填充了古镇饮食许久许久的空缺。这家仅只一间门面的泡馍馆开张的炮声刚落,在古镇以及周围乡村引起的议论旷日持久,波及一切阶层所有职业的男女,肯定与疑惑的争论互不妥协。这是一九八〇年特有的社会性话题,牵涉到两种制度和两条道路的议争。无论这种议争怎样持续,牛羊肉泡馍馆的生意却火爆异常,从早晨开门并拨旺昨夜封闭的火炉,直到天黑良久,食客不仅盈门,而且是排队编号。呼喊着号码让客人领饭的粗音大响,从早到晚响个不停。尤其是午饭时间,一间门面四五张桌子根本无法容纳涌涌而来的食客,门外的人行道和上一阶土台的马路边上,站着或蹲着的人,都抱着一只大号粗瓷白碗,吃着同一个师傅从同一只铁瓢里用羊肉汤烩煮出来的掰碎了的馍块。

我领着刘恒走出文化馆所在的电影院的敞门,向西一拐就走到熙熙攘攘吃着喊着的一堆人跟前。我早已看惯也习惯了这壮观的又是奇特的聚吃景象,刘恒肯定是头一回驾临并亲自目睹,似不可想象也无所适从吧。我早已多回在这里站着吃或蹲着吃过,便按着看似杂乱无序里的程序做起,先交钱,再拿七成熟的烧饼,并领取一个标明顺序数码的牌号,自然要申明"普通"或"优质",有几毛钱的差价,有两块肉的质量差别。我招待远道而来的贵宾刘恒,自然是肉多汤肥的"优质"。那时候中国人还没有肥胖的恐惧,还没有开始减肥抽脂刮油等,还过着拿着肉票想挑肥膘肉还得托熟人走后门的光景。我便和刘恒蹲在街道边的人行道上,开始掰馍,我告诉他操作要领,馍块尽量小点,汤汁才能浸得透,味道才好。对于外来的朋友,我都会告知这些基本的掰馍要领,然而这需得耐心,尤其是初操此法者,手指别扭,掐也罢掰也罢往往很不熟练。刘恒大约耐着性子掰完了馍,由我交给掌勺的师傅。

我和刘恒就站在街道边上等待。我估计他此前没经过这种吃饭的阵势,此后大概也难得再温习一回,因为这景象后来在古镇灞桥也很快消失了,不是吃午餐的人减少了,而是如雨后春笋般接连开张的私营饭馆分解了食客,单是泡馍馆就有四五家可供食客比对和选择;

反倒是那些刚刚扔下镰刀戴上小白帽的乡村少男少女,站在饭馆门口用七成秦腔三成京腔招徕笼络过往的食客。

四

几年之后,我有幸得到专业作家的资格,可以自主支配时间,也可以不再坐班上班,自我把握和斟酌一番,便决定撤出古镇灞桥,回归到灞河上游白鹿原下祖居的老屋,吃老婆擀的面条喝她熬烧的苞谷糁子,想吃一碗羊肉泡馍需得等到进城开会办事的机会。

住在乡下,应酬事少了,阅读的时间自然多了,在赠寄的一本杂志上,我发现了刘恒,有一种特别兴奋的感觉。随之又读到了《狗日的粮食》,我有一种抑压不住的心理冲动,一个成熟的禀赋独立的作家跃到中国文坛前沿了。每与本地文学朋友聊起文学动态,便说到《狗日的粮食》,也怀一份庆幸和得意,说到在灞桥街头站着或蹲着招待刘恒的那一碗泡馍,朋友听了不无惊诧和朗笑,玩笑说,你把一个大作家委屈了。我也隐隐感到,便盼着有一天能在西安最知名的百年名店"老孙家泡馍馆"招待一回,挽回小镇站吃的遗憾。这时候不仅公家有了列项的招待款,我个人的稿酬收入也水涨船高了,况且"老孙家"也得了刘华清题写的"天下第一碗"的真笔墨宝,店堂已是冬暖夏凉和细瓷雕花碗的现代化装备了,我在这儿招待过组团的兄弟省作家和单个来陕的作家朋友,却遗憾着刘恒。刘恒似乎不大走动,似乎除了一部一部引起不同凡响的作品之外,再没有其他逸事或作品之外的响动。我能获得的信息,都是他的作品所引发的话题。这样,刘恒在中国文坛的姿态,便在我心里形成了,让我无形中形成了敬重,不受年龄的限制。敬重不在年龄。

从一九八〇年夏天初识于我的灞桥,街道边的一顿午餐,成为我们二十多年深刻的记忆。这期间,我和刘恒大约有两三次相遇,每当见面握手,便说到街头的那顿午餐,一碗牛肉或羊肉泡馍。以我推想,随着经济快速发展,也随着作家腰包的不断填充,大餐小餐中餐西餐乃至豪华宴会,他和我都经历过了。在他,起码我没听见对某一顿大餐的感受;在我,即使吃过什么稀罕饭菜,稀罕过后也就不稀罕了。灞桥街头的这一顿牛羊肉泡馍,之所以让两个人经久不忘,我想在于这情景发生的年代——一九八〇年夏天,中国新的发展契机初露端倪时的一个标志性的年份,第一家私营饭馆在古镇灞桥张扬出来时的特有景观;另一因由在于这碗牛羊肉泡馍,标记着那个年月的我的消费水平,自参加工作十八年第一次涨薪,拿到四十五元月薪了,大约发表了十多篇小说,累计有一千多元的外快稿酬了,可以请本地和外埠的朋友吃一餐泡馍了;还有一点在于,蹲或站在街道上吃泡馍的这两个人,后来都成了有点名气的作家,一个在北京,一个还在关中。这似乎才是造成记忆不泯的关键,作家微妙的生活感受;此前此后我陪过老朋友新相识包括乡村亲邻等都吃过,过后统忘记了。唯有作家不会忘记,我记着,刘恒也记着。

这回在北京饭店和刘恒握手,他开口便说起这顿牛羊肉泡馍午餐。笑罢,我突然想到,这顿街边的午餐已成为一种情结,也成为一种警示,在我千万别弄出摆显"贵族"的嗲来,当下这种发"贵族"的嗲气小成气候。那样一来,刘恒可能再不说一九八〇年夏天古镇灞桥的午餐,也不屑于和我握手了。

2006 年 11 月 29 日 二府庄

言论·对话

什么使我钦敬

——读《走近李焕政》

认识李焕政是在一九八七年秋天。他和我作为中共十三大代表赴京开会,前后大约有十天相聚相随的时间。那时他是榆林地区专员,第二年就调进西安做中共陕西省纪律检查委员会书记,直到在这个岗位上退休。在这十四五年不短的时段里,我作为省委候补委员,参加省委各种主题的许多会议,都会看到他,或是在大厅里看着他坐在庄严的主席台上,或是听他做报告或发表讲话,或是在会场走道餐厅饭桌碰面,应该说是很熟悉了。然而,我和他的接触却也只停留在"面熟"这个层面上。我没有和他单独接触过一回,无论公事或私事,连一次个人交谈或聚餐的过程都没有,十几年竟然已经过去了。

从见第一面直到看到刘凤梅写的《走近李焕政》书稿之前,他留给我的印象就是那张类近关中农民的脸和一双笑起来眯成一道缝的眼睛。这样的脸和这样的眼睛,你在关中的乡村里或人头攒动的集市上都会碰到,无论他穿着中山装或者西装,都不能影响这种脸色和眼光里给人的善良诚实以及由此产生的踏实信赖的感觉。感觉也仅仅限定在这样的层面上。当我读完《走近李焕政》书稿,一个有棱有角的活生生的李焕政站在我的面前。确切地说,在我读到接近一半页码的时候,原有的浅层面的印象就打破了。恰如这本书的书名,我在走近李焕政。走近了,感受一个人的呼吸,感受一个人的内心世界的脉搏,感受一种饱满的情感的波动,感受一种思想的力度和厚度,感受一种性格的魅力,也感受一种令人钦敬的灵魂世界的纯粹和洁净。我甚至有点懊悔,这样优秀的一个人,认识十四五年了,却根本不了解。我清醒地知道这主要出于我性情里的弱点,把自己的事尽可能做好,不要干扰这些身负重任的"高官"的工作,也免得造成攀爬的负面影响。现在看来,起码错失了了解一个真正的共产党人的机会,好在《走近李焕政》弥补了这种缺憾。

我在阅读一个人的心灵史。这个人堪称一个真正的人。一个真正的共产党人。

读着这个人童年的生活环境,父亲在麦田和牛圈里的劳作,母亲在纺车和织布机上的身影,农家铁锅里舀出的饭食,简陋的私塾学堂里的格局,乃至在乡村集市上难得得到的一块糖,都令我眼热耳熟,甚至迷乱,以为在温习自己的童年生活。想来也不奇怪,我的故乡原也属长安县管辖,生产程序生活习俗尤其是生产发展水平,基本一致。李焕政最初受到父亲和母亲关于做人的基本规范的教育和影响,对于他后来形成诚朴无华忠诚正直乃至刚烈不屈的个性,当为基石。他少年时代的这种生活环境和影响,对于刚刚诞生的新中国的呼应几乎是自然的本能的事。十六岁,一个在今天看来属于撒娇任性阶段的少年,在李焕政却已经接受了革命的基本理论和训练,怀着改造世界的大志和热情,远离长安家乡,踏上北去榆林的征途。他的抱负他的襟怀和他在危难时期所显示的凛然正气,虽然远远不是他的父辈所可比照,然而依然可以感到那个最初形成的做人的基石的最结实的力量。

在普通民众和庞大的干部队列里,李焕政已经是职位很高的领导干部了;在李焕政这样很高职位上的干部,自解放以来到现在,统计起来也应该是一个不小的数字,在这个数字里,他又是普通的默默无闻的一位。我的感动正发生在这里。一个从最基层成长起来走到很高职位的领导干部,没有过关于个人突出的或一般的宣传(公务活动除外),似乎没有惊天动地的壮举,似乎默默无闻。然而打开了《走近李焕政》,就打开了一个人堪为惊心动魄的生命史。在这个人的生命页码上,记录的不是个人盈了亏了胖了瘦了哭了笑了,而是强烈地直接地映现着一个地区乃至整个国家的发展和挫折的大命运,展示出共产党在五十年以来执政历程中成功的辉煌,令人扼腕的错失,以及在新的形势下所潜存的障碍。如此具体,如此生动,如此感人。正是如李焕政这样一批既富于政治自觉又富于革命道德的干部,推进着党的事业,创造着国家和民族的未来。

我没有必要复述李焕政人生历程中那些感动人也启示人的太多的事,任谁打开这本书就很难放下停止阅读。我只能说最让我钦佩的两点。其一,就是这个人开创建设事业的魄力和决断力。在榆林发现令世界震惊的优质大煤田的时候,在资金困扰勘探和开发的关键时刻,李焕政断然拍板,那个缺口资金"我拿"。这个钱似乎不属于一个地方的投资范围。更令人惊诧的是,榆林有史以来的第一条铁路,竟然是按李焕政设计的走向定案直到修成,他说服了铁路专家和领导,把原有的方案放弃了,不单是出于榆林的地方利益,而是更科学更符合大局的利益。还有在水库指挥部蹲守的三天三夜,就为着保一库在榆林沙漠里珍贵的水,他甘愿冒着风险,经过准确判断而不是盲目蛮干……如此等等。我读到这些令人震撼甚至令人揪心的情节时,往往忍不住一次又一次慨叹,这个人竟然潜藏着如此巨大的创造活力,如此强烈的创造欲望和创造智慧。具有创造能力和创造智慧的人并不少见,关键是把这种宝贵的能力和智慧投向何处,才是人的生命价值生命意义的高与下、重与轻的鉴别。李焕政令人钦佩和获得当地民众热爱的最重要之点,他把包含着能力和智慧的能量,释放在边城榆林的土地和沙漠上,应该说是带有改变历史命运的一笔。

其二便是李焕政的人格品质。对于李焕政这样的政坛高位的人说人格品质，其核心在于政治品质。十年浩劫的"文革"，对于走上革命路途开始进入地方政权核心的李焕政，是一场生与死血与火的锻铸和考验。那时候他刚刚三十岁出头，在那场错综复杂变幻莫测又裹着堂皇理论的运动中，进行理论的判断是十分困难的，决定一个人行为走向的关键性因素里就凸显出个人品质，包括政治品质和道德范畴的品质。我以为，正是这个品质决定着李焕政在长达十年的劫难里，保持着一个共产党人的规范，灾难自然是不可躲避得了。他两次长达一年多时间的逃亡，不仅是躲避个人灾难和迫害，而且是以这种行动表示了对某种错误路线的拒绝，既然扭转不了乾坤，却也决不助纣为虐决不同流合污。有一个细节使我心颤，他在逃回长安农村半年之后，闻听革委会成立而以为秩序恢复，便返回榆林，妻子告诉他榆林武斗和对革命干部的迫害更残酷了，推他赶紧逃走。到家没坐十分钟又逃出门来，大雪地里辗转多日又躲回长安农村。还有一个细节耐得咀嚼，造反派以某种许诺诱他入伙时，他清醒而又坚决地拒绝了。虽然这种拒绝招来更深的报复性的灾难，却也拒绝了变节投降，拒绝了投机钻营，拒绝了龌龊和肮脏，保持了作为一个党的地方领导干部的政治品质，也保持了作为一个人的纯粹道德层面上的纯洁。恐怕再没有比"文革"这面更能检测人的精神、思想和品质的大镜更为严峻的镜子了，李焕政可以永远自信于那个全过程。

如果说"文革"是一种很难复发的畸形事件，那么，和平发展环境下的改革开放时期，作为执政党生死存亡的最重大命题，即反腐败，也是全党全社会最关注的命题，李焕政又恰恰置身于这样的岗位上。李焕政坚持党的纪律，毫不手软地惩治了一批贪官污吏。我更钦佩的是他为预防和堵塞经济犯罪所采取的富于创造思维的措施，健全了管理程序，显示出律治的科学性。这样防止干部堕落以至犯罪的指导思想，比之单纯的惩治要主动得多。这些也都属于他的神圣职责,不说也罢,我感动的是当有人公开阻碍甚至无视党所赋予他的这种神圣职责的时候,不是一般人的干扰与破坏,而是我们习惯上所说的潜藏着不尽意蕴的所谓"有来头"的人企图背离那个神圣意义的事情发生时,也就清楚地看见了了不起的李焕政。我在浩繁的可以赞誉溢美一个人的词汇中,选取了"了不起"这个词。我很自然地选用了这个词。我觉得李焕政确凿了不起。这样的来自"有来头"的压力的事件书里写到过两次。我能充分想象李焕政的艰难,因而更敬重他的以党纪国法为生命的那种崇高感和神圣感,也充分感受到了正义对于邪恶的一种凛然,甚至在一瞬间浮出"拗相公"的名字来。归结一句,李焕政以自己的行为彰示出一个共产党人的品质规范。

李焕政对人民群众的那份自始至终的诚爱,贯穿着他全部从政生涯,也贯穿在这本传记作品里。他在理发铺理发时,对那位生活困难的理发师的举动,令我眼热泪涌,又恰好对比着他对儿女和亲属的严厉,使我联想到毛泽东处理亲属的诸多感人事迹。人的心灵世界有许多层面,掀开李焕政的每一个层面,我看到的都是洁净与坦然,这是很难很难的事。

刘凤梅的这部著作,占有大量的生动鲜活的资料,下了功夫;她选择了不加修饰的最平实的文字风格,更贴近传主本人的气质特征,这应该是艺术创作的大境界,非深厚的功力而难为;对传主思想和精神世界的理解,包括对传主大批资料的选择,显示着作者的价值取向和审美取向,我依此而看到了刘凤梅同样令我敬重的精神品质,不单是写作才能。

2004 年 1 月 19 日 雍村

有剑铭为友

我无论如何都想不起来，是哪一年在什么场合和剑铭见第一面的。我想打电话问问剑铭，拿起话筒却又放下了，既不具备井冈山会师那样决定中国革命历史命运的意义，弄不弄清这个时间和地点也就无所谓了。倒是年轻时的几次接触，随着岁月的河流越流越远，反而愈加清晰，愈觉珍贵，也倍觉幸运，即：淡淡的漫长的两个人的生命历程中，能留下至今让我偶尔忆及依然动情的事，真是人生幸运。

大约是一九七二年秋天或冬天，我收到剑铭一封信，告诉我他刚刚参加过一个重要会议，陕西作家协会被下放到农村的作家和编辑又回来了，被砸烂的陕西作家协会要恢复工作了，只是不准再用"文革"前的旧称，改为"陕西省文艺创作研究室"。无论这个新的名字听来怎样别扭说来怎样拗口想来怎样不伦不类词不达意，已经无关紧要，起码标志着文学创作又被捡起来了。剑铭还告诉我，陕西的文学刊物《延河》也即将复刊，同样出于与旧的"文艺黑线"决断的思路，改名为《陕西文艺》。这个会议就是"省文艺创作研究室"和《陕西文艺》共同召开的，与会者是西安地区的一些工农兵业余作者。会议的主题之外，还有一个更具体的事，让与会者向新的编辑部推荐各自认识的业余作者，目的很明了，新的刊物需要作品，作品必得作者创作，声名赫赫的老作家有的虽然从流放地回来，改造思想的距离仍然遥远，能否重新发表作品似乎还难说。工农兵业余作者，一下子成了香饽饽受到器重了。剑铭在信中告诉我,他推荐了我,而且推荐了我刊登在西安郊区文化馆创办的内部刊物《郊区文艺》上的散文《水库情深》。

我首先感动的是剑铭这封信里的真挚。我也很为我心中崇尚着的一个文学刊物《延河》的复刊而鼓舞,尽管更替了一个新的刊名。我在"文革"前一年的一九六五年年初发表散文处女作,到"文革"开火时的一九六六年夏天,发表了六七篇散文特写,全部刊登在《西安晚报》文艺副刊上。除了初中二年级时语文老师把我的一篇作文亲自抄写投寄给《延河》之外,此后许多年的业余操练和投稿过程中,从来也没有敢给《延河》投寄一稿。在我的感觉里,说文雅点,《延河》是全国大作家们展示风采的舞台;说粗俗点,那门槛太高了。怀着这种敬畏的心理,我把习作的散文都送到报纸副刊了。尽管西安地区的业余作者朋友略知我一二,而《延河》和作家协会的全然陌生是合情合理的。正是剑铭这一次推荐,荐人和荐稿,使我跨进了作家协会和《延河》的高门槛。接到剑铭信后没过几天,就接到《陕西文艺》编辑部路萌的电话,谈了他对剑铭送给他的《水库情深》的意见。随后又收到路萌经过红笔修改的稿子。这篇经剑铭推荐的散文《水库情深》,发表在《陕西文艺》创刊号上。今天想来,感慨之际,真应了某点宿命。许多年前一位游迹村野的算卦先生硬揪住我相面,说了许多恭维之词,也免不了提醒的话,统忘记了,原因在于我向来不信这些神神道道虚虚幻幻装神弄鬼混馍吃的做派。倒是记得他有一句"紧当处有贵人相助"的话。单是在创作生涯里,再缩小到《延河》这条道上,相助的贵人有两个,一个是我刚刚对文学发生兴趣并在作文本上写小说的时候,语文老师车占鳌把我写的第二篇小说自己亲手抄写到稿纸上,投寄给《延河》。整整过了十五年,剑铭把《水库情深》又推荐给《陕西文艺》,而且发表了。我的车老师和我的文学兄弟剑铭,就是在创作道路上相助的贵人,恰如其分。

那时候，在西安，工人业余作者徐剑铭的名字是响亮的（那时候没人敢自称或他称作家这个大号），知名度是最高的。西安仅有的三四家省市两级报纸和文学刊物，上稿见报最频繁的莫过于他了。首先是他的诗歌，再就是当年十分流行的一种演出和阅读皆宜的称作"对口词"的韵体文学样式，还有散文和小说。打开报纸和刊物，就会看到徐剑铭的名字和他的新作。我至今依然记得在报纸上阅读散文诗《莲湖路》时酣畅淋漓的美感，激情澎湃，诗意泉涌，才华横着竖着漫溢。我所熟悉的业余作者朋友都觉得诧异，这样的诗和这样的文字，怎么会由一个缩脑耷肩貌似绺匠（小偷）的人倾泻出来？也难怪，剑铭行为举动涣散，在任何庄严的场合，都是习惯性缩着脑袋耸着肩膀不急不慌懒懒洋洋的样子；说话不急不躁，一口地道的西安市民的家常话，极少乃至不见一句文学修辞；在任何正经或闲谈的场合，都是一种低调姿态。然而就是这样一个人，那诗那散文里掀起的气象万千排山倒海似的涌潮，让我在阅读时心怀激荡不已。我串用一句古话，是真才子自风流，显然不指外装潢，而在内宇宙。

剑铭在西安一家名牌工厂当工人，我在西安东郊一个公社当干部（乡政府），距离不过三十余华里，然而常常难得一见。上班各自忙事且不说了，那时电话很不发达，经济更捉襟见肘，所以很难有一聚吃顿饭喝回茶的机会，倒是一年里遇着哪个文艺管理部门召集业余作者开会或辅导，便是文朋诗友的盛会。大约是一九七七年，剑铭骑着自行车到我供职的公社来了。我开开门，吓了一跳，仍然是那种不动声色更不张扬的样子，身后站着李佩芝。李佩芝也算熟人，也是业余作者，开会时见过，几乎很少说话，更谈不上交往。我把他和她迎进宿办合一的房子，坐下聊天。我那一年正陷入某种难言的尴尬状态。我在前一年为刚刚复刊的《人民文学》写过一篇小说，题旨迎合着当时的极左政治，到粉碎"四人帮"后就跌入尴尬的泥淖了。社会上传说纷纭，甚至把这篇小说的写作和"四人帮"的某个人联系在一起。尴尬虽然一时难以摆脱,我的心里倒也整端不乱,相信因一篇小说一句话治罪的荒诞时代肯定应该结束了,中国的大局大势是令人鼓舞的,小小的个人的尴尬终究会过去的。

我按我的职责抓着蔬菜生产和养猪,以及正在施工的一条灌渠工程。剑铭说他听到某些闲话,显然是传言,说他很不放心,又不摸虚实,便叫上李佩芝来看望我。我此时此刻的感动,远不是他给《陕西文艺》推荐稿子那种层面上的意蕴了。我感到了一种温暖。我充分感受到陷入尴尬之境时得到的温暖是何等珍贵的温暖。其实任何安慰或开脱的话都不必说,单是此时此地的这个行为就足以使我感到温暖了。我那一刻的感觉只有一点,在这个纷纷攘攘的世界上,有徐、李两位文学朋友还关心着我的兴亡,在感到温暖的同时,心里也涨起力量了。已经错过了机关吃饭时间,公社(乡)所在地连一家食堂也没有,只有一家供销合作社,我执意买下两斤点心,那一刻竟是打烂账的豪勇,决不能让两位送温暖的贵人饿肚子踩自行车运动几十里回城。今天的人也许以为矫情,需知那时候我月薪三十九元养着一家五口,平日里是捏着钢镚儿过日子的,身上不名一文是正常状态。大约是这年冬天或次年(一九七八)早春,剑铭又约了西安几位文学朋友到我原下的家里。我当时刚刚接手家乡灞河河堤工程的副总指挥,难得有一个休假的礼拜,家庭经济也仍然维持在三十九元月薪的水平,一下子来了这么多城里贵宾,就紧张就发窘了。倾其所有贮备,只能是一碟生萝卜丝做凉菜,一盘萝卜条和白菜烩熬的热菜,主食则是干面。朋友们都知道我的家境,来时就带着白酒,喝着谝着,倒也尽情尽性。那时候的社会主题和民间话语,都是笑骂"四人帮",很自然地以各自的观察和猜测设想未来中国的可能性变化,时有争议。这些朋友在西安城里的某个角落,都有一个社会角色,工人、公园杂工、街道办干部等,许多年来因为一个文学的共同兴趣联结在一起,此时最关注的当然是文艺政策放宽放松的尺码。放松放宽是共同的肯定的看法,而在尺码上却很难把握。这次聚会发生过一个细节,剑铭把一张稿酬汇款单据给我的农民夫人验示了,依此证明稿费要恢复了。无须解释的言下之意,稿酬一旦恢复,你的日子就会好过了,这个家庭的困窘和拮据就会改善了。我隐约记得那张稿酬单上的汇款额不过十几块钱,那时却是一个令人目眩到不敢相信的数字。我也在心里盘算着,相当于当时增加三级工资的这笔"外快",一旦注入家庭经济,我起码可以不让来访的朋友自带白酒了。

大约到二十世纪八十年代初,中国当代文学以摧枯拉朽之势冲决极左的文艺桎梏,真是让新老作家经历了一场历史性的大释放和大畅美!想到仅仅三四年前在原下老家聚会的时代,似乎跨越了从猿到人的漫长历程。我那时住在灞桥古镇上,反倒没有了吟哦灞桥如雪柳絮的怡情,更无法体验验证古人折柳相送的悲凄,我被扑面而来的大解放的生活潮流掀动着,把我的生活感受诉诸文字。我已经有一篇短篇小说获取全国奖。我的第一本小说集刚刚印刷出来。我感觉自己已经进入生命的最佳轨道,即自幼倾情文学虽经受种种挫折而仍不能改移的这个兴趣。忽一日,剑铭来到我的住所,自然相见甚欢。闲聊中,剑铭说,咱们那一帮文学哥们中,你老哥这几年成绩最显著了。借着这个话头儿,我也说出我对他的一点建议来,减少或者不参与某些厂矿的文化活动和属于好人好事的报告文学写作,以便集中精力去写属于文学意义上的作品。我的这个意见其实不是我一个人的看法,和原来那些如他称为哥们的文学朋友遇到一起时,哥们似乎都有点惋惜,按剑铭的才气和智慧,对于文学的敏锐和不俗的文学功底,对城市深刻的体验和个人经历的丰富,早就应该出大的创作成果了,早就应该是文学复兴最先跃上文坛的新星了。哥们常常带着遗憾议论,所能找到的原因便是我上述的那点事。出于对文学创作的理解,我渐渐形成一种个人戒律,不给别人开药方,不对无论生人或熟人的写作说"你应该怎样又不应该怎样"的话。我此前也与剑铭多次相遇,都不敢说,今天终于说出来,最基本的一点,也是想到按他的天分和现有的文学装备,理应出大成果,便有遗憾和损失的心理。剑铭笑笑说,这一点自己早意识到了,只是心肠太软,架不住朋友的热情邀请,也不忍心让那些过去的工人朋友失望。

后来听一位年轻的业余作者说:"如果不是为扶持我们,徐老师的名气肯定比现在大多了!"我这才忽然明白:从文学解冻之初,剑铭就开始主持一个工人文学刊物,后来又到《西安晚报》当副刊编辑。依他的热诚与执着,这种"为人做嫁衣"的事业肯定耽误了他许多耕作"自留地"的时间和精力。我在为他惋惜的同时也就多了一份肃然。

前年某日,接到剑铭电话,说报社给他在沪河边上购得一套住宅,想约几位老朋友在新居一聚,庆祝乔迁之喜。我竟然很感动,最直接的感动就是我们在地理上的距离变得如此之近。我那时重新回到原下祖居的村子,不过是为了逃离太过逼近的生活的龌龊。这个年龄了,经历了冷暖冰火几十年的生活了,唯一不可含糊的生活信条,人给社会建树美好的能力总是相对的,而不能制造龌龊却是绝对的。我便在原下的灞河边上重新阅读和写作。剑铭住到原西的沪河边上安居乐业了,应该是距我最近的一位作家了。

猴年伊始,我到原上去给老舅拜年,回来路经剑铭沪河边上的住宅,喝一杯清茶,仍是一种素有的平淡、素有的踏实。剑铭的住房还宽敞,修饰得也不错,书房里挂着几年前由我写的"无梦书屋"的毛笔字,我看了颇觉别扭,吹牛说毛笔字已有进步,我要重写一幅,心里却潮起"历尽劫波兄弟在"的诗句来。剑铭告诉我,他已经写过一千万字的作品了。我并不惊诧,他的敏锐的才思勤奋的习惯呈现为快手,我是早就知晓的。他说他要出三本选集,诗歌、小说、散文各出一本,应是较大规模的一次专著出版,我也不惊讶,甚至以为早应该有这样规模的出版了。他拿出来一本《黄罗斌传》的长篇人物传记,才是令我震惊不已的事。黄罗斌为陕西蒲城县人，陕甘红色政权的创造者之一，二十世纪六十年代遭遇冤案，一生充满传奇性的超平常人想象的纷繁事件。无论解放前和解放后黄罗斌的全部生活历程，都与剑铭的生活经验相去甚远，然而剑铭写成了，并付诸出版了，包括传主眷属在内的各方都评价甚高。更令我惊奇到不可思议的事实，这部三十余万字的作品，写作时间仅仅只有一个月。剑铭不动声色轻声慢语给我说："我一天写一万字。"我听说过用电脑一天可以码出万字的事，年轻时的我也曾经有过在兴头上一天用钢笔写出万把字的事。然而剑铭在整整一个月的时间里，每天用钢笔以一万字的速度写完一部三十余万字的长篇人物传记，而且一遍成稿，而且得到出版社编辑和传主眷属的高度评价，且不说我如何惊讶、感动和钦佩，起码日后不会因为谁的出手之快吃惊了。

我约略知道，多年以来，剑铭写了大量的各行各业杰出人物的短篇纪实文学，主编了某些系统优秀人物的报告文学集子，既亲自出马采访写作，又兼以帮助修改整本书的稿件，不厌其烦，不拿架势，深得各家主管领导和作者的尊敬与爱戴。我较为确凿地知道一件事，是他主编陕西国防工业系统的一部报告文学集。我曾为这本书作序。在国防工业系统有那么多鲜为人知的无名英雄，我在阅读中不止一次热泪难抑，那本书里就有剑铭写作的九篇激情洋溢的文章。我之所以特别提到这部英雄碑史式的报告文学集，只有一点想加以强调，即在剑铭以诗人的激情倾注那一个个无名英雄献身事业的文字时，他还被一桩冤案囚锁着。一个被冤案侮辱侵扰的作家，依然故我地对国防事业的英雄倾心纵情，展示的就不仅是一个人民作家的情怀，也应是对冤案制造者的一种凛然表白，一种无意的嘲讽。

剑铭告诉我，他手头还在写作一部长篇纪实文学，是三秦子弟立马中条（山）抗击日寇的气壮山河的群雕式作品。这样，在已经到来的猴年，剑铭将有两部长篇纪实作品和三部选集文本出版，当为盛事。一个作家,一年里有着如此丰硕的耕耘果实得以收获,还有什么事能比其更令人感到心灵与精神的慰藉和自信呢!剑铭属相为猴,今年满六十岁了,这是怎样令自己也令朋友欢欣鼓舞的一个年轮哦!

  我前年曾在一篇致剑铭的短信里写过这样一点感慨,相识相交几十年了,他在城里,我在城郊,多则一年里有几次碰面聚首的机缘,少则一年也许难得相遇,既不是热爱到扎堆结伙,也不是互相提携你捧我吹。几十年过来,剑铭大约有两篇写到我的逸事的千字短文;我也只有前述的那封对他的一篇纪实作品读后感式点评的书信。然而我心里有个剑铭,或者说剑铭实实在在存储在心里,遇着机会见面,握一把手就觉得很坦然了。剑铭小我两岁,今年也年过花甲。我写这篇文章的时候,心里始终萦绕着一个小小的核儿,就是温情,就是友谊。热闹的人生与社会交会的场面,过去了就如烟散了;生活演变中的浮沉起落,也终究要归于灰冷。作为朋友,能留下来永远在内心闪烁着温暖光焰的,除了真诚,什么都难以为继。

  我便倍觉荣幸,有剑铭为友。

2004 年 2 月 4 日　长安

你的发现,令我敬重

每见到凤杰,便获得快乐。甚至在与朋友的闲聊中提及凤杰,顿然都会在心里潮起愉悦。未必完全是结识的久远或友情的深浅,尽管有三十多年交往的时间了;未必完全是因为记忆里几乎搜寻不出稍微别扭的一件事,因为这种淡如清茶的友情也不止凤杰一人;我便归结为凤杰的性格,一个快乐的人,他带给我的是快乐,他留给我的全部记忆都泛着愉悦。

凤杰约我为谭旭东写他的儿童文学研究专著作序。我在阅读《当代儿童文学的重镇——李凤杰创作论》书稿的过程中,在那些令人眼睛发亮心里也随之波动的字行里,时不时浮出凤杰睿智清明的眼睛和快乐的脸色,泛起三十余年来没有剪辑梳理的原生形态的生活片段:在太白县城郊田坎上的漫天闲谈,记不清多少回听他讲述民间笑话笑倒一片的场面,宝鸡街头小餐馆享受羊肉泡馍的纯香,以浓重的西岐口语在各种主题的集会上做坦白率真的讲演,等等。然而,记忆里最深刻最清晰的还是第一次,在他的故乡岐山县文化馆我对他的夜访。

大约是二十世纪七十年代初,我随西安郊区卫生局组织的一个参观团体,到岐山县参观学习"改灶洁水"工作的先进经验,住在县政府招待所里。岐山是历史名地。周人入主关中前,在这里完成了重要过渡。诸葛亮在这里演绎了半个三国。凤鸣岐山让一代一代的子孙享受着诗性神话的美好向往。然而到二十世纪七十年代初,不说乡村如何凋敝农民如何贫穷,单是吃水也是靠天。乡民在自家庭院里挖出一个极像漏斗的地窖,把天上降到地下的雨水收集到窖中,再吊上来食用。我第一次在这里看到传说中的水窖时,才感觉到生在灞河边上的我的幸运。那天晚上,回到招待所,停着电,百无聊赖,我便贸然找到文化馆里去,拜访已经有点名气的李凤杰。因为天太黑,看不出文化馆的格局,却较为顺利地找到凤杰的房子。进门旁的窗户下安一张带抽屉的办公桌,另一边靠墙有一个简易脸盆架子,后墙下安一张木板床,床上铺着的床单是农家织布机织出来的产品,隐隐可以看见细密的花格儿。这种摆设毫无新奇或陌生,我在公社的办公室也是这种格局,北方地区的县和公社(乡镇)干部的房子,大都如此。那时候的干部,只有周六下午才放假回家,周日晚上必须回到机关,宿舍和办公室就兼容并蓄了。房子里点着灯,同样是电力严重不足,吊着灯泡却总是派不上用场,他点的是蜡烛还是煤油灯已经不记得,尽管昏暗却不妨碍两位做着文学梦的青年奢谈文学,也不妨碍我如此近距离地欣赏那张英俊的脸。

这确实是一张可以用英俊来概括的未来作家的脸。浓重的眉毛,恰到好处的双眼皮,大而发亮的眼睛,充溢着聪慧敏锐的光波;鼻子直而不钩,也是恰到好处配置和谐;整个脸形和器官组合,几乎看不到任何缺点,有棱有角,疏朗协调,凸显出英气却不见粗俗,洋溢着秀气却绝非生活或舞台小生的奶油味儿。我很难想象,一个既无泉水也打不出井水只能窖藏雨水的旱原乡村里,竟有如此英俊的青年从农家土炕柴门里走出来,而且正在敲击文学圣殿的大门。他那时候调到文化馆不久,那是因为他在"文革"前就已经发表作品,在一个县造成空前的影响的结果,与人情后门无任何干系。那个时候能在省级报刊发几篇文学作品的人,在一个县是了不得的惊动四方的荣耀事。我们谈着文学创作,他又介绍了另一位作者徐岳。徐岳后来成为《延河》主编和省作协专业作家。凤杰矢口不提他曾经经历的政治造成的灾难。我在多年以后才知道,因为发表过几篇习作,"文革"一开始就被打成"右派"。他到文化馆来是平反以后的事。在后来断断续续的交谈中,我才了解到他苦难的童年和政治运动中的几经挫折,更多的却是从他的作品里感知。一个能够连续承受生活灾难,尤其是能承受极左的政治灾难而站立不倒的人,精神是强大的,既不会轻易改换自己的事业追求,也很难在变换着色彩的生活流里随波逐流,更难改易自己的精神旗帜和道德旗帜。凤杰向我如镜般鉴示着这个人生坐标。现在,偶尔小聚,望着那张英俊的脸依然不失棱角,也依然透着俊气,然而,业已花白的头发毕竟显示着岁月的无情。从发轫之作《铁道小卫士》到《针眼里逃出的生命》,再到《还你一片蓝天》,这些标志着凤杰艺术探索历程中具有阶段性重大突破意义的作品,不仅刚一问世便在文学界产生广泛热烈的反响,而且在无以数计的少年乃至成人读者群里引发真诚的呼应和共鸣。客观的事实是,这些作品以独特的体验所展示的生命内涵和艺术风貌,卓尔不群地独立于儿童文学领域,作家李凤杰也成为儿童文学创作的大家。作为一个从古老周原干旱贫瘠的乡村走出来的作家,起码可以告慰在文化馆夜访时那颗高涨着创造欲望的心灵了。我曾经在感动王蓬的创作环境时说过,天才诞生在任何地方都是合理的,凤杰同样让我发生这样的感慨和认知,喝着蜂蜜水嚼着面包可能成就天才,喝着窖水熬煮着玉米糁子稀饭的乡村孩子李凤杰,同样可以进行天才的创造性劳动,而且十分出色十分卓越。

我很感动谭旭东在《李凤杰创作论》这部专著的《后记》里所述说的写作缘由,在于他泛读中对于李凤杰的发现,不是一般的发现,而是"惊奇地发现":

他(李凤杰)的儿童小说看似传统,其实充满着苦难意识、忧患意识、人文主义情怀和人道主义精神，不但是西北小说的佳作，而且是当代儿童小说中难得的好作品。

这段话里有三层意蕴十分明了，论家与写家非亲非故，本不相识，由阅读中的惊奇发现到产生要做专题研究，再到专论出版，是一种纯粹的关于创作和评论的文学活动，与人情评论乃至金钱交易式评论的非文学活动毫不相干，我就完全可以放心地来阅读这部专著。另一层意思使我更加确信，好的作品还是不会被冷漠被埋没的，尽管非文学式的评论把泡沫乱抛乱撒，而富于生命的"难得的好作品"，还是会被如谭旭东这样神圣着文学的学者"惊奇地发现"。我因此而为凤杰感到骄傲和自信。他在《后记》里直言不讳地点击了儿童文学创作和评论现状的病相，用"文化泡沫"一言蔽之。这种病相不单发生在儿童文学创作和评论领域，整个文坛都呈现着这种"泡沫"式的非文学因素。谭旭东在广泛的阅读中对李凤杰儿童文学作品的"惊奇"发现，直观地向我彰显着对于非文学因素的凛然姿态，应该是时下难得的文学的道德和良知，是促进当代文学发展最可信赖的声音。他看到了被"文化泡沫""遮蔽"着的李凤杰和他的儿童文学作品，专心致志写出关于李凤杰儿童文学创作的研究专论，我首先对这种文学圣徒的纯洁和坚定由衷地钦敬。道理很简单，以作品"进入"评论家的"视野"的这个最基本最正常最健康的文学运行规律，之所以令人珍视和感动，恰恰就在于非文学因素的"泡沫"造成了整个文学活动的病相。

谭旭东把李凤杰的儿童文学创作，纳入中国新文学史的大背景上来比照，来滤析，来定位，其中许多作品是儿童文学的经典，几位作家也是已有定论的儿童文学创作的大师，有的堪称新文学史上儿童文学的开创者奠基者。这样我就理解了谭旭东"惊奇地发现"李凤杰的深层意义。一个对儿童文学进行了独特的卓尔不群的创造劳动的作家李凤杰，终于被一位深刻地理解自己也深情地神圣着文学精神的评论家"惊奇地发现",并被定位于新文学史中儿童文学的大家行列,应该看成是真正的文学精神的坚实存在。

谭旭东对李凤杰作品里的苦难意识和忧患意识的解析和论述,是准确而又深刻的。由于历史的和现实的、社会的和自然(地理和气象)的原因,善意的失误和故意的作孽,造成了中国乡村持久的贫穷和接连不断的灾难,较之城市更甚更烈。苦难不是局部的,因而注定了经受苦难的人带有普遍性,也注定李凤杰是无法逃躲的。李凤杰一来到这个世界便经受苦难,同时也看到整个乡村社会如同他的父兄一样遭遇苦难的人群。可以说,苦难像础石一样奠基在他的灵魂世界和心理感受之中。然而这毕竟不是李凤杰独有的东西,任何一个乡村人都背负着这种苦难的沉重阴影。李凤杰的杰出之处在于不仅把这种苦难感受升华为一种意识,自然就不会沉浸其中仅仅展示苦难,而是再升华为忧患意识,进入人道和人性这种精神和心理情怀的高品位的境界了。李凤杰的创作谈里袒露过这些,作品里的底蕴和精神指向也体现着这种人道和人性情怀。谭旭东的论述给我的启示,在于一个经历着苦难的作家要跳出苦难,要完成精神和心理的升华和羽化,其创作就不会局限在狭窄的个人苦难的层面上,而是以人性和人道的光亮温暖更广泛的社会层面上的心灵。

这种包含着人道人性底蕴的忧患意识,不单体现在凤杰对于过去生活苦难的写作的作品里,也体现在对当下现实生活热切关注的作品之中。谭旭东对《还你一片蓝天》和《魔鬼的诱惑》的高度评价,显示着论者敏锐的思想和独具的文学眼光。我们通常把这叫作作家的"责任心",也无可非议。那么李凤杰的这种责任心发自何端?显然不是受谁指派受谁偶尔启发,更不是要找一个别人不大关注的冷门而爆彩,而是源自那个忧患意识。谭旭东充分肯定高度评价这两部书的创作成就,也在评价着作家李凤杰发端于忧患意识的那个责任心。在我理解,此责任心有别于通常所说的责任心一词。这个责任心更见着凤杰的自觉。几乎是一种心理和精神驱使下的本能的写作行为,作家对社会的道义和良知,成为驱使写作行为的最重要的选择指向。

忧患意识也在深层上影响作家内在诗意的表达方式。诗意从来不会在空壳一类文字上闪光。诗意来自文字出处的精神底蕴。谭旭东在李凤杰朴实、准确且流荡着关中方言韵味的文字里发现了诗意,又可以见出他审美眼光的老到。

写到这里,我突然想,关于谭旭东先生研究李凤杰儿童文学创作的专著,其实只要看重这个行为本身,就足以令我也有"发现的惊奇"了,无论从儿童文学在当代文学被关注的状况说,无论从儿童文学本身流行和发展的现状看,谭旭东潜心研究一位被他称为"被遮蔽"的作家的作品,应该是文学创作和文学评论复归文学精神的垂范。

2004 年 2 月 21 日　二府庄

我的关中

青年朋友天宝要我编一本《关中故事》的短篇小说集,并嘱要作自序。这自然不难,因为我大半生所写的长、中、短篇小说以及散文,几乎全部取材于我的家乡关中大地,而编这本以关中命名的短篇小说集,竟令我心中一动,我终于有机会把我的家园关中打在我的书的封面上了。

我最早的短篇小说写于二十世纪七十年代末,最新的一篇写于今年年初。我之所以强调写作时间,是新时期文艺复兴以来,亦即是标识为改革开放时代以来的二十五年间,单是从内容上看,我自己似乎也才猛然发现,这些短篇小说几乎是亦步亦趋留下了生活演变的履痕,大致可以揣摩二十余年来在冲破一层一层精神和心理樊篱的历程中,中国人尤其是农民心理秩序发生过怎样的变化。

我对自己的写作也更清楚地确信一点,二十余年来我一直正面面对现实,面对乡村里发生的剧烈的或微妙的人心悸颤。我说不清是为了什么或因为什么,也滤析不清是出于个人气性或思维方式,而作品摆列下来的既成事实,显示着二十余年来我始终没有从现实生活的层面移开眼睛。

即使在《白鹿原》创作的准备和实际写作的六年时间里,我仍然抑制不住生活急骤变化的冲撞,抽空寻隙写下了几个短篇小说,没有使这一段时间留下空缺,甚以为幸,也甚以为欣慰。新世纪伊始,我重新开始短篇小说的写作操练,像以往一样,且不论在艺术上做过何样谋算,而内容依然是把着现实生活运动的脉搏。这样,这些短篇小说就大致勾勒或者说记录着新时期二十余年来,我从中国乡村一隅(关中)所把握到的社会生活变幻起伏的脉象。

  我也因此有了一个重新把握自己的契机,运动着的现实生活对我最具诱惑力和冲击力。换一个角度说,我对现实生活的波动最容易发生呼应,最为敏感,无法移开眼睛,也无法改易。

  我曾经在不少的话题里言说过对关中这块土地的热爱和理解,用一句话或者一个词概括我的直接感受,这就是:沉重。既是背负的沉重,更是心灵的沉重。

2004 年 3 月 13 日　雍村

关于《开坛》

参加这个会我本来就犹豫不决，主要原因是对这件事确实连个合格的观众都不够格。我多年以来就把握一点，我能说的话，还稍微懂点的话题我说，基本上不懂的事我就不说。包括中央电视台、几家省市台都约过我做一些节目，我都谢绝了。他们说我架子大不来，其实不是，因为讨论的话题我不懂。今天电视台领导在这儿，我把这个话说透，不是架子大，是不懂的就不能说，这是实事求是。我常看到电视上有些不大懂的人在那儿说些外行话，我就提醒我，不要做这种尴尬的事。这是一个最基本的常识。电视我确实不懂，但因为是《开坛》做的节目，我跟《开坛》又发生过一些关系，先后做过两次还是三次节目，谈过一些话题，因为那些话题我还可以谈，所以我不能不来。更重要的一个心愿是想听听这些专家学者们关于电视的意见。我感觉今天下午起码达到这个目的了。听了前面四位专家学者谈的意见，我才深层地理解到做电视是多么难，尤其是专栏的节目，包括主持人的选择、修养等，越发加重了我不敢在这儿说话的心理负担。为啥？因为电视确是一门大学问，外行真是不能随便胡说。但有一点，我跟陕西电视台的领导，包括《开坛》具体工作人员传达一个信息，是我的义务。

近几年来，我到全国各地应邀参加一些文学活动比较多，东西南北都走了，所到之处人们见我的第一句话就是羊肉泡馍如何，这是开玩笑的,还有兵马俑如何,下来再谈得近一点就是路遥如何,平凹如何,赵季平如何,吴天明如何,最近两年人们在这些被读者和观众关注的名牌之后,又加上一个《开坛》如何。可见《开坛》已经和羊肉泡馍,和兵马俑,和赵季平、吴天明这些名牌一样,被全国人——不敢说全部中国人,起码在文化层面上的人所关注。据说《开坛》是叫好不叫座,就是收视少一点。收视少这个要看怎么看,因为你不可能做到一个专栏拥有全部观众,就是收视面再宽也不可能占有全部,电视台设的各个专栏就是为了适应不同层面的人,这个道理也很简单。比如我那个小孙子,他闹的时候,突然电视上出现一个"燕子",我说你看"燕子"出来了,赵薇,小孙子马上不闹了,看"燕子"去了。我们不能把《开坛》弄到这种地步,不同专栏各有各的意旨意趣,各有各的取向。十三亿人组成太复杂,各种各样的人,单是文化人这个层面,按城市的白领阶层来算,为数已经相当不少,相当于欧洲中等国家一个国家的人数,能适应这些人的层面,如果搁到欧洲某一个国家就是全面覆盖了,多伟大呀。

再一个好像说经济效益,拉广告困难一点,我对这事也是外行,跟王渭林台长乱建议,如果广告差一点,他们再做努力,《华山论剑》我估计广告效益会好一点,不可能都做成《华山论剑》,如果在广告收益差一点的时候,把效益好的挪一点过来,把这个专栏支援一下,不要叫《开坛》这么高品位的节目,让他们奖金最少,这个不行,于心不忍。

另一点,对这个栏目的发展,看远一点,视野放宽一点,现在有的观众需要投其所好,比如有的爱热闹,爱看那些带有娱乐性质的东西。但电视台以及报纸等媒体,也应该引导,逐渐提升观众的欣赏品位,应该引向于文化,引向一些包括地理、天文、军事、文学、艺术的常识性东西,逐渐提升观众的素质。不然,咱们孩子现在说话都说的港腔。说话是那种腔,这个好像无伤大雅,港腔也是中国一方地域的方言腔调。但是心灵里和精神里,是否把兴趣弄得比较窄,也不说低级吧,起码把这个民族的兴奋点弄低了,兴奋点太低,欣赏的水平就不可能提高。这个趋势如果时间长了,多少年之后,就可能形成包括心理结构和精神结构上的挫伤。我觉得在这样的状况下,保持一些人文品位比较高的栏目,对我们的未来,对我们一些年轻人的成长可能更见功利,当然这个一下子很难看出来。

总之我很鼓舞,很骄傲,就是我们陕西终于有了一个除羊肉泡馍和兵马俑之外,能被当代人认可,有一个现代传媒的电视专栏叫《开坛》,谢谢大家。

2004 年 4 月 13 日

天性与灵性

结识李成海是近年间的事。他的字写得好,影响颇大,声名远扬,不光书法界已成公论,连我这种与书坛稍远的人都闻知在心了。及至有幸相遇相识,才知成海不仅字写得好,人也好,率性而坦诚,不像人们想象的某些古典书家或文质彬彬目不斜视,或据一技之长桀骜不驯视其余如粪土。他的衣着与常人亦无奇异,很难从头饰衣着上看出书法家的风度来;他的行为举止尽管有他的习性区别于旁人,却仍然归属普通人的大路行为,无特别讲究无特殊动作更无怪僻举止;他甚至更像一个社会公众型职业的普通人。这是我初见时的印象,再见和三见以及多回聚首之后,不仅没有改变初见的印象,而是加深着这种印象。我为什么要反复说这个印象?因为我和普通人一样心存一种经验,画画的写字的作文章的名声弄大了的和正在弄大的人,都有不同凡人的风度,很富于个性,让人一眼就可以抢到而且过目不忘。依这种经验看李成海,颇觉失望,竟是一个外表举止上毫无抢眼特点的人。我却又反过来想了,外表举止看去没有特殊抢眼之处的书法家,恰好就是书法家李成海的特点,这叫作难得普通。一个在汉字书法达到很高境界取得令人钦佩成就的人,在生活中完全是一种平民的普通姿态,在今天这个美好又显着某些杂碎的世相里,确属难得。

李成海是一位来自平民阶层的书法家。门第里没有书香,没有祖业,甚至在这个宽大无边的社会阶层里,李成海也是更为不幸的一个。他七岁丧父,人在这个年龄区段里理应享有的天真烂漫无忧无虑的倚赖之柱倾塌了。面对生活,他无可选择,只有承受和承担。过早承受生活的艰难过早承担生活重担,很容易在终年三百六十五天的柴米油盐的局促里消磨了进取的锐气和恒心,况且谁都知道他所处的"阶级斗争"年代的非常时月里的人为灾难。我惊讶和钦佩的一点就在于此,生活不仅没有把他压垮,没有把他消磨到平庸,反而是让他出脱为一个精神和心理都很健康的书法家,真是一个奇迹。

我感兴趣的是,既没有书香熏染引诱,又遭逢到柱倾屋塌般的家庭灾难,李成海怎么对用毛笔写字发生兴趣,以至到痴迷不改的程度呢?他的少年和青年时期,中国的小学和中学里基本废弃了传统的毛笔和砚台,而是使用方便耐用也更实用的铅笔和钢笔了。况且,那时候的社会生活里,单靠写毛笔字是既找不到工作也讨不到生活的,写字挣钱即今日所美言的润笔费,如同上古神话。那么李成海为什么拿起毛笔就歇不下来呢?我就只有一个解释,兴趣驱使。

人后来所从事的社会职业,除了无可奈何或鬼使神差的种种因素外,主要是兴趣决定着对万千种事项的选择。画家画画作家著作建筑学家设计建筑收藏家搜寻古董,以及斗蛐蛐放鸽子,都是天性使然,难得改易。所谓天性,就是与生俱来的潜存于生理生命机体里的某种兴趣倾向。再进一步从物质层面上说,就是各人都有一根对某种事项尤为敏感的神经,这根先天生成的神经,决定着一个人后天兴趣选择的倾向;这根神经不萎缩不枯死,它就对某种事项永远敏感,就驱使这个人对某个事项的兴趣不衰不烦。这样我就可以解释前述设置的种种现象,这样也就可以解释李成海在没有任何家庭的和社会的诱导因素的环境里,为什么从少小年纪选择了毛笔和砚台,而且终生都乐在其中,而且把毛笔字写到可以独立于书法之林的不凡气象了。应该感谢父母(即天)给予他对砚台和毛笔构成的墨香尤为敏感的天性。

他在社会底层做着沉重的体力劳动,挣取他和家人生存必需的物质;他承受着骤晴骤阴难估难卜的多事之秋年月里的社会压力,却能把自己的眼睛和神经专注于一块块碑石、一页页古帖、沉寂幽冷的大家先贤的汉字,把全部用心倾注到手里的毛笔和一张张仿纸上,日复一日夜复一夜年复一年,练着指掌间的基本功夫,体悟着历代诸家的玄妙和内韵,终于出脱为书界一家了,修行成"佛"了。须知他把一切工余时间痴迷在笔墨纸砚之中的颇为漫长的生命历程时段,正是中国书法最为暗淡无光的时期,不仅无名无利可言,而且随时都有可能以种种借口横遭批判的灾祸发生。李成海依然坚持不辍,可见醉心于书法的兴致,具有某种凛然的藐视的力量。我在这里得到的又一个启示,即作为艺术创造的书法,基本功的不可超越,不可轻易绕开跳过,不可能有轻松的捷径通向独立创造的境地。成海在基本功夫上的扎实程度,是有口皆碑的,也是他终成大家的成功秘诀。后天的诚实到痴迷的基本功的修炼,才使先天的那根神经那份天性得到健康的发展,得到充分的发挥,得到最大乃至超常的创造能量的释放,创造出令人惊奇的艺术风景。在这一点上常常能见到相反的现象,耐不得寂寞下不了功夫急于出名图利,终究也成不了气候,反倒把先天的那份天性浪费了。这与文学以及其他艺术创造相同,都循着一个基本的规律。

成海最重要的一点,没有停留在临摹效仿前人的笔画结构之中,而是从扎实的基础上完成了一次又一次的突破,终于形成属于自己的书法。我以为这才是最重要最关键也是最致命之点。说最致命,在于有如蚕的羽化,有如水到汽的飞升。吃着桑叶的蚕和涌动的水,还是在常态下运动,只有羽化成蛾蒸腾为汽,才会进入创造的自由状态,才能随心所欲地进行艺术创造,才能创造出既不同于先贤大家也不类似同辈人的独立风姿的艺术景观。李成海已经达到这种自由创造的境界。

　　抵达自由创造境界，至为关键的一点在灵性。人们常说悟性。如果再进一步追问，靠什么完成悟的过程？或者说凭什么才能有所悟？靠灵性。灵性可以有两方面的内涵，一是本文前述的那种天性，即对墨汁笔砚敏感的神经，长期演练、揣摩、吸纳，不断强化不断得到壮大，愈来愈敏锐。再就是后天积累的学养，不单是书法知识，政治的、哲学的、历史的诸多人文知识的装备；还有个人的生活经历和生活体验，形成对社会对人生对历史对现实的基本态度和姿态；以及个性气质，综合为一个人的气质和素质，都决定着那个灵性的大与小轻与重的质量，也决定着所谓悟性的质量和结果，自然就决定着艺术创造的境界了。李成海无疑完成了对先天性智慧的珍惜，也完成了后天诸项学养和修养的充分装备，才使他的灵性得到充分的超常的发挥，才造就了他在书法艺术上的羽化和飞升，才创造出令人欣羡的书法作品。

　　正炉火纯青。正自由自如。可待有惊世之笔墨飞扬。

2004 年 4 月 22 日　雍村

心灵的狂欢和舞蹈

初次见到李珖,即生诧异,言谈举止间,颇有某些中国传统礼仪的气韵。我稍作留意观察,李珖穿着当代人的服装,不见流行的硬领对襟布纽扣的伪唐装,也不见蓄留长发美髯,这些画家书家导家时兴的头上装备,倒是令人看到神清气爽的寸头,从上到下一袭青色衣裤,干练简捷而又彬彬有礼的古典风范。后来几经往来,包括到他的案头观摩,这种初得的印象愈加浓厚,让我体味到久远却也久违了的熟识而陌生的古典韵致。

李珖以草书著称。我在他一幅美幻无穷的大草面前,直觉得一种飞瀑倾覆或锣鼓声乐远荡的酣畅淋漓之感。无须赘问,这样的功夫非三年五载所能练得。也无须赘论,书法以及绘画乃至文艺创作,基本功夫是必不可缺的,却不是唯一的通向成功的通道,还得有一点天性,有大一点的与生俱来的天性,再有锲而不舍唯以此道为尊的久练的功夫,才可能形成自己的气象,成就自己的创造。

天性从幼童孩提时代就显现出一个人的兴趣倾向。或者说一个人最初对音乐、色彩、文字、数字以及小机械等的偏好兴趣,源自与生俱来的一根对人类生活某种事物敏感的神经。面对李珖自幼就偏爱书写而终于成为书法家的个例,我为又一次验证着我的观点而感到得意。李珖似乎没有受谁驱使,也没有或近或远的书香祖宗的熏染,况且在他入学念书的时候,毛笔已经从社会也从学校的书写工具里早都废弃了,小学生写平生的第一个汉字统统用铅笔、油笔或钢笔。李珙何以会对用毛笔写字发生兴趣?而且不是一般的兴趣是痴迷,就是那根对墨汁的香气尤为敏感的先天性神经驱使的必然,不可逆改。

　　痴迷不仅不畏困难和艰辛,而是乐在其中,陶醉其中,尤其在战胜困难抵御艰辛过程中得到进展和些许的成就,那种快乐就是生命意义里最大的欢庆了。李珙从西郊的电工城步行到城里,为的是省下三两毛钱的车费,积攒下来买毛笔、纸张和墨汁;初学时没有高手指导,对着一本书帖反复临摹,既练习指掌间的基本功力,也揣摩方块字笔画里无穷的韵味。几年过去了,也敢于把字拿出来让人看让人指点了,也顿然发出寻找名家大师指点的强烈欲念。他毫无委顿一门心思便从西安一步跷到上海,要做心仪已久的一位书坛名师的跪拜弟子。可以想象在上海大街和里弄里奔走探问的繁复,可以想象无名小卒跨进名师门槛之前的虔诚和惴惴。李珙终于站到名师的面前,鼓着勇气做一番自我介绍和心愿的表述,也拿出自己最好的作品让名师审阅。名师拄着拐杖逐张看过李珙的字,投以赞赏的目光,却以婉转的口吻拒绝了拜师的请求:"我从来不收弟子,也不会破例。你的字写得不错,很有天分,好好努力写吧。"情急之下李珙双膝跪倒在老人面前,表白自己的虔诚和求学的强烈愿望。名师虽不为所动,却指点他要不懈地读帖临帖,师法古人名帖,定能写出自己的字来。

　　坚持不懈地读帖,体会领悟书坛诸家笔下汉字的万千气象和独有的气韵;坚持不懈地临帖,腕上指间的功夫逐渐进入可以随心所欲表述自己心灵情感,兴趣和天性便开始升华,便开始脱颖而出,便进入书法艺术的既是必由之道,也带有独立体悟的新鲜途径。这其中的痴迷也已形成一种习惯性的自然状态,按时到工厂上班,业余保证每天有几个小时的临池挥毫,春夏秋冬季节转换而不止歇,终于有了崭露头角的一天,获得了全国书法大奖赛二等奖,时年二十四岁,一个小伙子的标志性年龄。

汉字书法作为一种艺术,历久而不衰,在世界各个民族创造的文字中是独有的。今天仍有中国少年业余练习毛笔字,首要的功能已不是交流和表述,而是纯粹作为书法艺术摊着时间苦练,且乐此不疲。李珖在临过读过百家名帖的过程中,功夫老到了,视野开阔了,重要的是心理结构也在诸家墨涵中形成健全自信的质地了。书法作为一门艺术,也和其他艺术循着基本相同的规律,即创造性。创造的核心是独自的富于开创意义的发现和新的境界的实现,心理质地决定着达到这一创造境地的关键。尤其是草书,是人的心理和精神世界的狂欢和舞蹈,墨汁的重轻急缓笔痕的显隐提落,更多的显示着心的律动和情怀的直抒,精神的飞扬尽在其中了,一般的技巧和功夫已不是进入这种境界的关键了。说得直白一点,一个龌龊心胸无论基本功如何扎实技巧如何娴熟,要进入这种创造性的境界是困难的,只会在匠气的包围里重复。我看李珖的狂草作品,首先敏感的是笔痕笔画间那种灵魂恣意张扬的气象,便可以感到一种心理质地的品格。他给我的启示就在这里,心理素质人格建构应该和临帖练笔同步发展。

我会写毛笔字,即用毛笔写出来的汉字,向来不敢称书法。在书法艺术界,我完全是门外汉。我之所以敢对草书大家李珖说三道四,其情形类近于看戏和演戏。我不会唱秦腔,却爱看爱听秦腔,看多了听多了也就能感知品尝各路流派名家独有的绝妙的韵味,而自己仍然是一句也唱不出来的。

相信李珖在业已进入的境界里恣意汪洋,还会创造新的境界。

2004 年 7 月 28 日 二府庄

关中娃,岂止一个冷字

——读《立马中条》

近在我身边东侧的黄河三门峡,有两则远古神话流传下来。一是说三门峡的形成:水神在与火神打斗到崤山时陷入颓败之势,情急时便不择手段,调动天下之水将崤山方圆千里倾入汪洋,人真的"或为鱼鳖"或攀树求生。灭顶之灾中出来一位英雄,三板斧劈开三道豁口让洪水泄流,这就是人门、神门、鬼门的三门峡。这位英雄据说是共工,曾经头触不周山,又斧劈三门峡。那座至今依然挺立于急流中的被称为中流砥柱的石峰,作为神话英雄也作为现实英雄的象征,既令人遐思绵绵,也令人肃然起敬。另一则是英雄降伏妖孽的神话故事:齐景公行车到此,一匹拉偏套的马被黄河里突然跃出的一只巨鼋拖入水中,随行保镖古冶子当即跳下河去,斜行五里逆行三里追杀巨鼋,血染黄河。古冶子被尊称为古王,留下古王渡口和古王村传承至今。

我在尽可能简约地复述这两则很适宜给小学生讲述的神话故事时,是再三斟酌过必要性才不厌其烦地依此开篇。就在英雄与邪恶、英雄与妖孽进行过殊死搏斗的这个地方,二十世纪三十年代末四十年代初,中国军人与日本侵略军也进行过一场长达两年多的战争。他们把不可一世妄言"三个月占领中国"的日本鬼子拒阻于潼关以外,使其进入关中掠占西北的梦想死于胎中。日本鬼子不仅未能踏进潼关一步,而且付出了惨重的代价,仅"六·六"会战一役,日军排长以上军官的尸骨层层叠叠堆了一千七百多具。这是八年抗战中取得重大战果的战区之一。

这个战区在山西境内的中条山。

横刀立马中条山的中国军队的军团长,是杨虎城的爱将孙蔚如将军,西安东郊灞河北岸豁口村人;是让我引以为骄傲、敬重和亲近的前辈乡党。

孙蔚如将军麾下官兵,几乎是清一色的号称"冷娃"的关中子弟。

由徐剑铭等三位陕西本土作家创作的长篇纪实文学《立马中条》,叙写的就是六十多年前,孙蔚如将军率领关中子弟与日本侵略军血战中条山的一部英雄史诗。

我很早就阅读过几部抗日题材的小说,也看过不少同类题材的电影,地道战、地雷战、野火春风斗古城、小兵张嘎、游击队员李向阳、挥舞铡刀片子的史更新。这些在民族危亡时带有传奇色彩的英雄,一直储存在我的情感记忆里毫不减色,毫不受时世异变审美异变对这些作品评价的变化的影响。尽管如此,我还是坦率地说出我的阅读感受:在有关抗日战争题材的艺术品的阅览历程中,《立马中条》给我的冲击是最强烈的。我至今仍然无法找到几个准确的词汇来概括那种感受。我不排除与上至将军下到士兵近距离的乡谊乡情因素,战死了的和仍然健在的英雄,就在我曾去过多回或耳熟能详的大村小寨里。然而,我更确信一种千古不灭、人神共敬的精神——民族大义。这些关中将士无论性格性情具备什么样儿的地域性特质,在民族存亡的血战中,体现出来的凛然不可侵侮的大义,正是中华民族辉煌千古存立不灭的主体精神。

一条山沟一个村庄一个小镇反复争夺的殊死拼杀,使我的神经绷紧到几乎闭气;一位军官一位士兵的死亡,常使我闭上眼睛心情起伏不忍续读下去；一场大捷一场小胜和一次挫折，使我的情绪骤然飙升起来，又跌入扼腕痛惜的深渊；每一个创造战场奇迹的英雄和每个壮烈倒下的英雄掠过眼前，我总是忍不住猜想这是哪个县哪个村子的孩子？当我清晰地意识到民族危亡里的大义，正是承担在我的周边乡党的肩头的时候，我的地域性的亲情和崇敬就是最敏感最自然的了。

就是在这种情感里，我阅读着《立马中条》，完全沉浸在一种悲壮的情怀里难以自拔。我自始至终都在心底里沉吟着两个字：英雄。每一个士兵都可以用英雄来称谓，几万士兵又铸成一个英雄群雕，使日本鬼子难越潼关一步。他们之中的任何一个士兵，昨天还在拉牛耕地或挥镰割麦，拴上牛绳放下镰刀走出柴门，走进军营换上军装开出潼关，就成为日本鬼子绝难前进一步的壁垒。他们之中的大多数可能只上过一两年私塾初识文字，有的可能是连自己的名字也不会认写的文盲，然而他们有一个关中的地域性禀赋：民族大义。这是农业文明开发最早的这块浸淫着儒家思想的土地，给他们精神和心理的赠予；纯粹文盲的父亲和母亲，在教给他们各种农活技能的同时，绝不忽视对国家和民族的忠诚和信义；在火炕上的粗布棉被里牙牙学语的时候，墙头和窗子飞进来的秦腔，就用大忠大奸大善大恶的强烈感情，对那小小的嫩嫩的心灵反复熏陶。一个"冷"字，怎能完全概括这块神奇的土地上一茬接一茬"娃"的丰饶而深厚的内心世界和情感之湖哩！

只复述《立马中条》里的一个细节。

这是前文提到的"六·六"会战里的一个细节。177师有一千多名士兵被两倍于己的鬼子包围，经过拼杀后死亡二百人，余下的八百人被逼到黄河岸边的悬崖上，三面都是绝壁。这八百士兵在短暂的一瞬里从悬崖上跳了下去。下面是被称作母亲的黄河。黄河以母亲的慈爱襟怀包裹了这八百个殊死搏斗后不齿投降的关中"冷娃"。

他们都是十六岁至十八岁的孩子。他们从关中（也有少数山西河南）乡村投到孙蔚如麾下来,不是为了吃粮饱肚,而是为着打日本鬼子走进中条山的。他们没有一个人活下来。他们八百人集体投河的那一幕,被山里的村民看见了。活着的这个村民尤其清晰地记得最后一名士兵跳河的情景:悬崖上只剩下最后一个关中籍中国士兵,这是一位旗手。他的双手紧紧攥着他的部队的军旗。那是他和他的父亲和村民们崇拜着的杨虎城创建孙蔚如统率着的西北军的军旗。军旗已经被枪弹撕裂被硝烟熏染,他仍然双手高擎着。他在跳河前吼唱了几句秦腔。那位活着的当地村民还记得其中两句戏词,是《金沙滩》杨继业的两句——

  两狼山——战胡儿啊……天摇地动——
  好男儿——为国家——何惧——死——生啊……

  孙蔚如将军率官兵在八百壮士跳河的河滩上举行公祭。黑纱缠臂。纸钱飘飘。香蜡被河风吹得明明灭灭。有人突然发现黄河水浪里有一杆军旗,诧异其为何不被河水冲走。士兵下河打捞这杆军旗时,拖出两具尸首来。旗杆从一个人的后背戳进去,穿透前胸,这是被称作鬼子的日本士兵的尸体;压在鬼子尸体上边还紧紧攥着旗杆的人,是中国士兵,就是那个吼着秦腔最后跳入黄河的旗手。

  我在阅读《立马中条》书稿前,曾经听到过本书作者之一的张君祥先生讲述的这个细节。我久久无法化释那两具叠加在一起跃入黄河的中国士兵和被旗杆刺穿背胸的鬼子的具象。我在阅读《立马中条》重温这个过程时,突然联想到西汉大将军霍去病墓前"马踏匈奴"的石雕。后世的人们多是以艺术的眼光和角度,以惊叹的口吻欣赏两千年前的艺术家完成了精美绝伦的构图与雕刻,包括刀法的简洁都呈现着一个时代一个民族的大气和壮气。两千年后一个中国关中籍的士兵,吼着秦腔,用手中仅有的一把旗杆刺穿日本侵略军一个士兵的胸膛,再把他压到黄河水底,作为祭旗的一个基座,让代表一个民族尊严的旗帜飘扬在黄河母亲的浪涛之中,其内涵和外延的最简单的意蕴,昭示着天地日月河岳之正气,正合着那座"马踏匈奴"石雕的现代版注释。

我十分自然地归结到关于英雄的命题上来。我在文章开头复述两则有关三门峡的神话故事,都是英雄主义的质地;我再复述八百壮士跳投黄河的一幕,却更像是惊天地泣鬼神的英雄主义的神话故事。从三门峡开天辟地的神话到二十世纪四十年代真实的神话,崇拜英雄,贯穿着整个民族心理的精神历程。我也自然想到,世界上几乎所有民族,都以最虔诚的感情,世世代代传递着、吟诵着他们的英雄。英雄总是在危难发生时挺身而出,直面不外乎自然的变异和邪恶势力制造的种种灾难。英雄是正义和善良的化身,驱除邪恶挽救生灵重开新境,使人类得以存在得以延续得以发展。这是一种永恒的精神,也是各个能够延续发展的民族共通共敬的精神。我可以以爷爷的姿态给已经上学的孙子讲三门峡的神话传说,也可以以"马踏匈奴"的雕像向朋友炫耀汉家气象,却绝难以相同的心绪和口吻去讲述那八百个跳入黄河的中国士兵的史实,还有那位旗手。他们都是从三秦大地这家那户的柴门或窑洞走出去进入抗日战场的娃,单是一个"冷"字,岂能概括得了!

我也只有在这本书稿的阅读中,鼻息可感地感知了孙蔚如将军。这位在我刚刚能解知人话的幼年时期就记住了的将军。我就读的西安市三十四中学,就是孙蔚如将军于一九三五年倡议并捐资兴建的,是西安东郊第一座中学。我的父亲和村子里的村民,我后来的中学同学以及再后来的不少同事,都在传说着孙蔚如将军的故事。他们有的以见过孙蔚如为骄傲,有的以见过孙蔚如的嫡亲乃至旁亲都自豪得很,还有更权威的是孙蔚如将军的同村或同族或近门的人,就荣耀得令我羡慕了。我无缘一睹将军风采,却确确实实感受到一种纯粹民间的敬重和崇拜。这才是最真诚最原本的也是最可靠的社会心理情绪。没有任何功利目的,因而不会因为某些卑污的企图用心而改变,或动摇。一个为民族和国家于危亡时候横刀立马的将军,获得如此敬重和崇拜,不仅是合理的,更是这个民族——具体到关中这方地域的后世子孙的天地良心,不会改变。有这一点,孙蔚如将军就足以告慰九泉了。

我很感动三位作者以如此激扬的文字,书写了这一段史实;我很感动他们背着行李,自费进入中条山,踏访那场战事的知情者时所付出的艰难和忠诚。他们终于把这一场几乎被淡忘被淹没的史实钩沉出来,注入这个民族的血液,也注入这个民族的现实的记忆;作为杨虎城将军、孙蔚如将军和西北军将士的后人,也是一次精神的洗礼和灵魂的慰藉。

2004年9月4日 雍村

令人惊喜的阅读

无论在业余文学创作阶段，抑或后来以创作为专业，甚至可以肯定从喜欢上文学的少年时期开始，直到现在的大半生时间里，阅读成为几十年生命历程中永远都未发生厌倦情绪的生活内容。不说认识价值吧，不说对自己艺术视野的扩展和艺术手段的启示作用吧，还有一种最基本的业已形成习惯性的心理需要，任何一天如果没有阅读，似乎就有心理亏空，并由此而发生心虚乃至焦虑的生理反应。反过来说，期盼中的又是意料不到的令人惊喜的阅读，说感动震撼说启迪教诲说获益匪浅似乎都不完全到位，还有一种最基本的最普遍的功能，就是对人的心理调节和心境的扩展，对社会的某些丑恶对个人生活遭遇的龌龊，在那种美好的阅读感受里获得了不屑的自信。这大约才是阅读超越专业局限的最关键性功能，才是各个种族自古不衰的一种共同的生活内容。

二〇〇四年的国庆长假里，我有一次值得记忆也值得抒写的阅读，就是陕西省残疾人联合会和省作家协会联合举办的残疾人散文诗歌大赛获奖作品。这些作品远远超出了我的阅读期待，让我不仅惊喜而且惊诧，在残疾人这个特殊的群体里，有这样天性和资质优秀的诗人作家，创作出这样出色的诗歌和散文，令我欣喜令我深为感动的同时，也产生某种负疚，对残疾人这个特殊群体里的文学创作的关注，几乎是一种无意识的忽略。

我先是被"我能走路了"的一声呼喊感动得闭上眼睛。这是散文《行走的树》开篇写到的一个细节。一个腿脚有疾的孩子,直到五岁时才可以架着拐杖练习走步,她的母亲用一条红纱巾揽着她的腰予以帮扶。当她在楼道上走过较长一段路程而止步时,才发现母亲早已悄悄抽去红纱巾在楼道的那一头对她笑着,她在感到恐惧的同时也爆发出狂欢:"我能走路了!"我被这个五岁孩子的狂欢深深地震撼了。我有儿女也有孙子,我牵着他们的手学会走路。他们在甩开我的手独立行走的时候,我的愉悦是自然的,然而从未感受到这个五岁孩子第一次独立行走时发出的狂欢对我心灵的震撼。我的儿女和孙子与别的孩子一样,一岁左右学会走路是生理肌体发育的规律。而这个患有脚腿疾病的五岁孩子,第一次独立行走就有了战胜灾难人志胜天傲步天下的非同寻常的意义。而这种威震人心的鲜活的生命体验,也许只有这位生而不幸的五岁孩子才能感受得到,才能以恐惧伴着狂欢向这个世界呼喊出来。我便寄以最虔诚的祝福,这是一个有血性的孩子,五岁就显示出不甘匍匐在地的志气和血性,现在该当以更骄傲的自信向妈妈汇报:"我是一个用文字向社会发言的作家了!"

赵林祥的《亮亮·木车·小鸟》,更像一篇精彩的小说。这篇作品在开篇叙述中的一个"晃荡"的词汇就把我的心揪住了。亮亮是一个因为延误医治而落下双下肢残疾的不幸的孩子,从此便以一根布带绑在父亲或母亲的脊背上,开始了漫长而不堪期待的人生之路:"亮亮整天俯在爹精瘦的脊背上……看晃荡的天、晃荡的云彩、晃荡的日头,在风吹日晒的颠颠簸簸中睡睡醒醒。"一个绑背在大人脊背上的孩子,连独立行走拔草栽花和泥捏马跳绳弹球儿的自由也没有,而是随着大人脚步的快疾缓慢被动地活动着颠簸着,他看到的日头、云彩、土地、山原、河流、树木和大人小孩,都是晃荡的。好生动的一个"晃荡"!我在忍不住赞赏这个绝妙的词汇的同时,心里隐隐波动着对这个在晃荡里看世界的不幸孩子的凄婉之情。

　　这篇散文或者说短篇小说,最震撼我灵魂的一笔在小说的末尾。这个孩子后来渐大,在父母出山劳作的一天又一天一月又一月时日里,被搁置于一辆小木车车厢里,寂寞无奈里开始与头顶大树上的鸟儿对话,学会了各种山鸟美妙的叫声。鸟儿也与他为友,在他的小车上乃至他的头上肩上手上毫无顾忌地落脚。孩子和鸟儿一齐鸣唱,一幅人与自然超乎想象的和谐天趣。商人来了,与父亲交易成功,由这个孩子凭借绝技捉鸟卖钱……最后导致一个令人惊心动魄的场面,鸟儿在树枝间疯狂冲撞,撞死跌落在孩子的小木车上和周边的土地上,被孩子刚刚诱捕入竹笼的鸟儿同样疯狂冲撞,企图出笼,也企图撞死笼中……我读到此,几乎闭气。这样惨烈的情景对我的震撼不亚于地崩天裂洪水猛兽。

　　这篇作品提供给我们思量的内蕴丰富宏大而又十分单纯,人类关于良知的坚守和背叛。且不论父亲和儿子在这场惨烈的悲剧中各自角色的演变,单是这个逼近灵魂的命题就足以让人扪心自问了:在官场商场名利场上,是否曾经乃至依旧诱捕过诚信和良知之鸟儿?这篇作品写得含蓄、自然,故事类近寓言,却使人领受到真实,语言的简洁干净尤值得称许。

　　获奖的散文和诗歌,涉及社会生活诸多领域,面对土地,面对树木和绿叶,面对过去和现时,面对自己和社会,面对城市和乡村,面对红日和黑夜,作者们都以各自独特的视角和独有的感受,发出吟诵和抒写。让我确切感知到这些或因先天或因后祸致成残疾的弱势人群,在视野上是开阔的,在精神上是强大的,在情感上是敏锐细腻的,在关于生活的思考上是严肃的,有的已达到哲理的境界。他们与我们一样进行着思考进行着建设进行着创造,然而他们比我们要克服更多的障碍,要付出更多的汗水,要具备更大的毅力。我向他们致礼。

这些作品里有一大部分都写到亲情,父母的爱,兄嫂的爱,同学亲友的关爱等。由于生理上的病残,需得方方面面的关照和扶助,比一般人感受亲情和关爱自然要切贴得多深刻得多,抒写这种感受已经成为一种情感和心理的需要。作家贺绪林得助于一位嫂嫂的几十年如一日的护理,早在乡里和文坛传为佳话。嫂嫂去世,那份心痛和情殇是不可不诉的。《遥寄天国的家书》,如泣如诉,感人至深,使人不仅看到一位贤惠的嫂嫂,更感到一位伟大女性博大深厚仁慈的襟怀。《岁月深处的孤灯》写一个残疾孩子对母亲的动人记忆。这篇作品没有局限在母爱和母子情感关系上,而是展开了更广阔的社会背景和幽深的历史文化背景,生动而深刻地解剖开一个封建宗法迷弥着的关中农村家庭关系的血肉脉络,显见其复杂和陈腐,行动的封锁和心灵的封闭。物质的匮乏和心理的压抑,后者比前者更不可忍受,这位母亲反抗了,宁可舍弃物质而要寻求心灵的自由,从残余宗法意识浓厚的父亲统治下的大瓦房反叛出来,甘愿进入一孔残破不堪的窑洞。大量的生活细节堪称精妙,让我相信作者杨晖敏感而又富于力度的观察生活的眼力。正是这些由作者直接观察直接掘获的生活细节,把一个浓厚宗法色彩的家庭里的君君臣臣父子婆媳间复杂关系,揭示得鲜活淋漓,一读便知这是从生活深层获得的真货,而不混同常见的那些伪造的生活细节或民风民俗之类。这位母亲读书的爱好和读书的情景包括读书时翻揭书页的动作,让我看到一个不甘平庸不甘无为而强烈追求精神自由的新乡村女性。中国女性追求自由争取平等的历程至少已有百年,这位母亲仍然在关中乡村的破窑里苦斗着。这样,我从这位母亲身上所感受到的,已不局限于她对残疾儿子的关爱和亲情,而是颇为丰富颇为厚重颇为深刻的社会生活内容。这当然是作者从一个残疾孩子的视角提供给读者的,把一个极富个性的关中女人的鲜活形象树立起来,显示出作者敏锐的眼力,强有力的筛选本领和描写叙述的扎实功力。

真是一次令我惊喜而又振奋的阅读,在残疾人这个弱势群体里,有一批已经显示出极富天赋才华的作者。愿他们持之以恒,不断完成艺术探索之路上的突破,多出佳作,走进当代文学的队列,实现自己的人生理想。

2004 年 10 月 7 日　雍村

灿烂在创造里

——感动葛玮

爱看爱听秦腔,几乎是无可选择的事。肯定在尚不解知人事的混沌年纪,秦腔的音乐旋律和慷慨激越的吼唱,就成为心理接受的第一支乐曲,可能是村里某家过红事或白事请来的戏班子,也可能是扛犁牵牛走出村口的某个农民随口吼唱出来的。后来就跟着父亲到那些有实力也有人才能排得起戏的大村里去看戏。上中学时因为偏爱贪看任哲中的《周仁回府》被老师罚站在校门口示众。后来曾经有过来回步行一百华里从东郊到西安城看秦腔的壮举。然而,真正让我过足了秦腔戏瘾的一次,是二〇〇二年的春节期间。

正月初九晚上,陕西电视台最受观众欢迎的栏目之一《秦之声》,搞了整整一年的《戏迷大叫板》开始决赛,我被邀请为评委。此前接受这个头衔时颇多忐忑,虽然爱听爱看秦腔,却终究还是外行,没有专业知识就让我缺乏自信,害怕打分不准而亏了乃至坑了真正的优秀选手。而我又明知这十二位月冠军选手是从每月的四个周冠军中脱颖而出的,均是怀有绝技绝唱的佼佼者,仅选出一位有高额奖金的年度冠军,就有某种压力,因为还有无以数计的与评委同步观赏品评的秦腔迷们。葛玮给我鼓励,葛玮为我壮胆。我终于决定下来去担当这个评委的角色。当然,还有隐藏的一缕私心,就是想借此机会享受秦腔的韵味。十二位决赛者,有东路腔也有西路腔,有男有女,还有一位唱了一辈子戏而依旧保持着铁嗓子的七十余岁的业余老唱家。他们肯定都会拿出最得意最绝门的唱段一展风采,这样集中地欣赏多路流派唱腔的机会是不多的。这样,从正月初九到正月十五,每天晚上我都沉浸在秦腔的旋律和唱腔之中,真正进入不知福祸不觉宠辱不管得失的忘情境地了。

就是这一回,我记住了葛玮,感动于葛玮,也钦佩这个小我许多岁的年轻人葛玮。

《秦之声》栏目创办多年,以各种灵活新鲜的形式呈现在观众面前,早已形成一个拥有相对稳定却也相当庞大的收视人群,影响早已扩展到西北五省,成为一个名牌栏目。葛玮到这个业已声名赫赫的栏目来,就更多地承受名牌的压力。他以热情和专注面对,搞出一个《戏迷大叫板》的赛事。叫板,在秦腔专业用语里,是演员起唱前叫响给乐队自己唱段的板路,在民间,叫板被衍生出带有挑战意味的流行语。每周有几位戏迷,实则属业余秦腔演员,同台竞争,评选出一位冠军;四位周冠军在月末再同台竞争演唱,评出月冠军;说定年末年初由十二位月冠军再同台决赛出一个年度冠军来。每一周每一月的竞争演唱,不仅把竞争者搞得心里早聚着一股劲,而且把观众从年头到年末都激发得热火朝天。在正月浓厚的春节气氛里,城市和乡村竟然形成了议论关心《戏迷大叫板》的热门话题,几乎不亚于球迷对中国足球队世界杯出线的关注。直到正月十五过小年的晚上,达到高潮,成为西安城街谈巷议的热门话题。我因为当了评委,所到之处都被问及,深感秦腔仍然是西安人陕西人心里浓厚得无法淡化的情结,远远超出了对一部电影、一部小说的普遍性兴趣。应该说,这是《秦之声》名牌栏目的又一个高潮。这是葛玮和同人策划运作的成功实践。

大约从一九九四年起始直到这次《戏迷大叫板》,葛玮已经成功地策划导演过许多场大型文艺晚会的电视节目了。一九九四年,他给宝鸡电视台策划制作的春节晚会节目,被好几家省级电视台转播,出手便崭露头角,那时他还是个小伙子。随后他给省台搞过几年的国庆文艺晚会和春节文艺晚会,以独特的思路和新颖的文化视觉,以及精粹的节目,赢得了普遍的赞誉,也为陕西电视台赢得声誉。我们在祥和的春节里期待着春节电视大餐,享受着别具一格的晚会节目带给我们和家人的快乐的时候,葛玮就是为城乡千家万户制造快乐的人。

这个为我们的生活制造快乐的葛玮,在拍摄一九九八年春节晚会节目的时候,母亲患癌症住院治疗,他难以在病榻前服侍尽孝,只能由家人代替了,直到病危的最后时限,他才挤出半天时间陪同母亲走过人生的最后驿站。我了知这件事时是十分感动的。我前述说到对葛玮的钦佩和敬重也是由此而生的。他以超人的意志抑制着母亲离去时寸断肝肠的痛苦,却全身心投入到为观众酝酿新春快乐的劳动中。我的敬重之情是对一种崇高精神的心理折服。

葛玮对电视艺术的痴迷是圈内人所共知的。葛玮在任何艰苦环境下,为完成拍摄任务所体现的拼命三郎的劲头,以及一丝不苟的精神,感动过许多与他联手合作的人。我觉得之所以如此,说到底还是关涉生命意义和人生价值的理解和取向来决定的。葛玮无疑属于创造型的价值取向,把自己的智慧和能量发挥到极尽处,努力争得对社会有所建树,有所创造,个人生命的价值就灿烂其中了。在这样强烈的精神心理支配下的生命形态,就体现为孜孜不倦地吸收接纳新的知识,凡承诺的事项绝不凑合,而是深谋远虑,如琢如磨,找到自己独到的绝招,就有了独立创造的另一番景观了。这是我所理解的葛玮。在今天,时世呈现着急功近利乃至投机获利的喧嚣声浪,我看到如葛玮这样踏实创造着建树着的青年,是颇以为鼓舞颇以为自豪的。社会的进步和文明的提升,正是依赖着这些以建设为生命意义的中坚力量而获得实现的。葛玮赢得人们普遍的尊重是合乎情理的,这是古往今来任何一个时段里的社会正义。

　　这本可看作葛玮热情洋溢又披肝沥胆般的工作手记的书,当属今日以前的鉴证。相信葛玮追求的艺术事业会不断扩展新的天地,抵达新的艺术境界。这是不必置疑的,我满怀信心地期待着。

2004 年 10 月 21 日　雍村

红烛泪　杜鹃血

为一位素昧平生只在照片上领略其风采的女作家作文说话的时候,我的心情颇不平静。昨天下午,我和她年过八旬的丈夫、剧作家王烈先生晤面,就在她和王烈曾经度过晚年时光的文艺家大厦的住宅里。我听着尽管有点耳背精神却依然健旺的王烈先生说她的往事,心情就波动起来了;尽管王烈叙说的口吻很平和,即使说到某些令人痛心令人发瘆的事情时,也基本保持着一种善良诚朴的平静,我反而在这种平静的叙述里感受到一种冲击。我就有点遗憾,有点懊悔,竟然没有机会和她结识:我和她都生活在西安,几十年了,却未能见上一面,以至在她谢世五年后,才得以从王烈的叙说里认识她了解她,才来写这篇追念她的文字。

她叫王纾。

王纾是一位作家,却很少有人知道这个名字,我在陕西文学界大约有近三十年,一直都未听到过这个名字;然而,她的知名度却远非小小文坛几个名家所可比照。稍有点年岁的当代人大约都看过由巴金的短篇小说《团圆》改编的电影《英雄儿女》。这部电影在中国的城市和乡村播放过几十年,可以说家喻户晓人人都耳熟能详。凡看过这部电影的人,也肯定不会忘记那个在硝烟弥漫血肉飞迸的抗美援朝战场唱着京韵大鼓的漂亮的女文工团员王芳。这个飒爽英姿的女战士的原生活模特就是女文工团员王纾;尽管我不可能从巴金老先生那里取得考证，却也绝非臆测。巴金到朝鲜慰问和深入战地生活的大部分时间里，就和文工团员们吃住在一起。文工团中的团员各怀演艺绝技，能唱京韵大鼓的却只有王纡一个。王纡不单擅长演唱技艺，而且会编创唱词唱段，她把朝鲜战场上我军战士的英雄事迹随时编写成京韵大鼓唱词，到连队、到病房、到弹雨炮火纷飞的战壕里去演唱，直接鼓舞着那些志愿军战士。王纡原籍北京，一口纯正的京腔，十足传神的京韵鼓调，成为志愿军指战员心中一只美丽的百灵鸟。想想看，有哪位名家能拥有《英雄儿女》电影里那位叫作王芳的女志愿军战士数以亿计的观众呢。作为艺术形象的王芳存储在起码两三代人的记忆里，而生活原型的王纡却在天才乍现之后被打成"右派"，跌入灾难的深渊。

王纡从朝鲜光荣归来，进入西安建国路作家协会的大院，即我现在生活和工作的这个院子。这是建成于二十世纪三十年代初的一个深宅大院，连续四进或五进砖木结构的四合院，青砖从前门一直铺到后门，院里有蜡梅白玉兰紫槿等当时颇为稀罕的名贵花木，主人是国军高级将领高桂滋，人称高公馆，南隔一条金家巷与规模更宏大建筑更讲究的张学良公馆相毗邻。一九三六年西安事变发生时，蒋介石曾在前院议事厅的东耳房套间里，度过了也许是他人生最难熬的三个夜晚，签订了"双十二协定"。解放后，起义有功的高桂滋将军成为新生的人民政府的领导干部，毫不犹豫地将自家的公馆捐献给人民政府了。刚刚成立的西北文联和稍后成立的中国作家协会西安分会机关，被安排到这个舒适幽雅的大院，正应和着作家艺术家的性气和情调。这个院子一下子拥进来一批由延安和各解放区汇聚而来的大作家大诗人，开口闭口都是"主题、结构、人物"，少不了"革命现实主义革命浪漫主义"的争论，把昔日卫兵把门、警卫森严的军政要员出入的神秘大院，酝酿出一派神圣而又呈另一种神秘的气氛：由延安到西安的早已蜚声国内文坛的诗人柯仲平，跟着刘伯承、邓小平二野转战的诗人胡征,刚刚以《保卫延安》震撼新中国文坛的青年作家杜鹏程,已经出版两部长篇小说《种谷记》《铜墙铁壁》的同样声名赫赫的作家柳青,诗人魏钢焰,文艺理论家胡采,以及崭露头角的青年作家王汶石、余念、李若冰,理论家王愚,等等。王纾在朝鲜停战后回到她的十九军驻地西安,一九五五年退役后安排到刚刚成立一年的中国作协西安分会工作,进入了大家云集的这个大院。我猜想,曾经先后两次获得朝鲜最高人民会议常务委员会授予的军功章,在朝鲜战地和在国内慰问演出中多次获奖的王纾,之所以高兴到这个只适宜作家生存、创造、发展的大院来,恐怕也是那根对文字尤为敏感尤为钟情的神经。她到来时,这个以大行政区——西北局设立的作家协会,刚刚成立一年,凭她在朝鲜战场编创的尽管数量很大尽管深受欢迎尽管获奖立功的各种演唱曲艺作品,还是不能成为专业作家的资本,她是作为为作家服务的行政工作人员,以她勤勤恳恳认认真真却也雷厉风行的军人作风做着事无巨细的工作。

她却一刻也没有忘记创作。她把业余时间投入到读书和写作里。她知道她写过的那些演唱作品类属于曲艺,不属纯粹的文学;纯粹的文学作品单指诗歌小说和散文。她已经开始写小说。她的小说习作在西安仅有的两家大报——省报和市报的文艺副刊版上发表,然而在这个大院里几乎没有任何反应。这个大院里人们欣赏的兴奋点聚焦在《保卫延安》、《铜墙铁壁》、《大进军》(胡征)、《草鞋进行曲》(魏钢焰)等作品的高水准上,报纸副刊上几千字的短篇小说很难满足这个大院里的品尝胃口的,甚至进入不了他们的眼角。然而,这些最初创作的作品对王纾却是重要的,标志着她已经从曲艺创作思维转换到小说的艺术方式上来了,紧接着便以短篇小说《大尉》在这个大院里引发了响动。作品刚刚在《延河》杂志发表,首先使热情洋溢激情豪壮的杜鹏程欢呼起来。曾经在《延河》当编辑的词论家王愚,四十多年后依然记得那动人的一幕,他写道:"已经名闻遐迩的著名作家杜鹏程同志,到《延河》编辑部来说,刊物发了一篇好小说《大尉》,可见作协大院人才济济。他当时连用'难得难得'加以赞赏。"实际上,《大尉》在编辑部审阅过程中早已引起普遍兴奋,赞赏有加。王纾自然被大家刮目相看,这是一九五七年夏天的事。这篇令大作家杜鹏程等大加赞赏的作品,稍后就被骤然掀起的"反右"的震天声浪淹没了。王纾被打成"右派",不在一九五七年之列,而是在"反右"运动业已结束一年转入"大跃进"的一九五八年补划的,据说是以牺牲她补足划定"右派"的比例。王纾为什么会被打成"右派",乃至整个"反右"运动,人们现在已经懒得再说什么,这是人们对荒谬的一种最蔑视的不屑。

我是最近才读到《大尉》这篇小说的,距其问世的一九五七年差不多半个世纪了。小说涉及战争与人,即人的命运,爱和人性的命题。我惊讶的是在烽火连天的战壕里,自编自演着英雄主义唱段的王纾,坐在高公馆的大院里已经进入战争与人的命题的思考,在二十世纪五十年代的文坛,应该是一颗独到思维的脑袋。我便自然设想,如果没有"反右"而致使这颗智慧的脑袋中止思考,王纾会有怎样振奋人心的创造都是可以期待的。然而,似春光乍泄,似昙花一现,便就地封喉。

这一年王纾二十七岁。她经历了整个朝鲜战争。她以自己天赋的智慧和歌喉唱遍了整个西线战区。她以独到的视角和独立的思维刚刚发表了第一篇小说。她戴着一顶"右派"的帽子走向监狱。她已经爬上火车。青年剧作家王烈抱着刚满一岁的儿子在站台上送行。夫妻母子泪眼对着泪眼告别。年过八旬的王烈给我说到这个生离死别的情景时,一瞬间,失掉了平静,声音颤抖。王纾到秦岭深入一个偏僻的山村接受改造。这方山区以麻风病流行而闻名,人们把不幸染病的人撵出村子逐入山野,让其自生自灭,避免传染。王纾发觉晾晒的衣服被人偷走了,就跟踪追去。且不说能否再购买得起新衣,布票在当时是最大的限制。她穷追不舍一直追到杳无人迹的深山,偷衣人钻进一个浅陋的崖洞,她才发现这是个麻风病人,几乎赤裸如野人。她声明不要衣服了,还把身上几个口袋全部翻开,把所有钱币送给那位偷衣服的山民……王纾经历了怎样的肉体和心灵的磨炼,我已不想赘述,因为"反右"和"文革"遭遇灾难的人所倾诉的让人不堪听读的事实,早已"屡见不鲜"了。我的这种心理感受,是前年阅读从维熙老兄《走向混沌》之后发生的生理反应。我在乡下祖居的老屋读这部书的时候,正值关中热死狗的夏天。我读着读着却总是下意识地倒抽冷气,不时闭上眼睛,喉咙噎得咽不下唾液。我本能地钦佩从兄忍受折磨的生理机能,其次才想到关于活下去的精神支撑力的强弱因素。我之后就决定再不看这类书了。我相信自己不会软弱到不敢面对昨天,实在是对心灵刺激太过残忍,单是生理性的心理感觉也承受不住。我在面对与从维熙同样遭遇的同代人王纾的灾难历程时,两年前阅读《走向混沌》的感觉又如黑雾一样弥漫于心。

比起从维熙长达二十年的囚狱折磨,王纾还算是幸运的一个。三年之后的一九六一年,她被摘去了"右派"帽子,从秦巴山地回到西安。她没有再进那个高公馆大院,那是伤心之地;她到西安市曲艺剧团去了。这不仅是工作单位的变化,而是她重新完成了一次艺术道路的选择。她不再写小说了,《大尉》留给自己也留给文坛一个绝唱。她重新回到曲艺创作的轨道上去了。我作为一个喜欢小说创作的作家,本能地发生深深的遗憾和惋惜,一个已经呈现出天才征象的小说家逃离了。她重新操起京韵大鼓,又是自己创作自己登台演出;她已不单擅长那一只鼓,很快操练熟悉了山东快书、山东琴书、梅花大鼓、河南坠子、陕西快板、陕西快书,如此等等。她一个人创作完成了配合宣传中心的几个专场的多种曲艺节目,诸如《焦裕禄》《欧阳海》《雷锋》《刑场上的婚礼》等。她在这一时期的曲艺创作呈巅峰状态。我看到她的创作天赋、演出天赋的同时,自然想到她的创作和演出的激情。且不说单篇零星创作,即如这四个专场的人物,都是二十世纪六十年代全国人民学习的榜样,王纾在很短的时间里配合党的宣传中心及时拿出一个又一个专场,我便想到她对英雄她对革命的激情来自精神和心灵深处,绝不会是在闭塞的山村的惩罚性劳动改造所能发生的,我便想到戴在她曾经戴过军帽的头上的"右派"帽子,当为一种讽刺。

我与王纾的丈夫王烈是二十多年前认识的。我们应邀结伴到甘肃庆阳地区的长庆油田驻地去。我早已知道他在戏剧创作上的实力,其话剧和秦腔剧本的魅力,从二十世纪五十年代到现在依然不衰。我在与他相处的一周时间里,看见的总是不慌不急的脚步,永不消失的笑眯眯的眼睛,曾经暗自猜想,这是一个少年得志卓有成就生活也就优裕的城市人,无论如何也没有想到他有这样的家庭灾难。直到二十多年后的昨天,他说在王纾被劳改的三年时间里,他是"又当爹又当娘"抚养一岁的儿子,我突然想到,他的沉稳和笑脸,如果除去先天因素,当是经过太多折磨之后的平静和不惊。

我没有太多问及他们夫妻间的生活过程。我已经感知到这是一对堪称模范的夫妻,是由王纾诗文集里领略的:一对夫妻,两个作家,联手创作剧本,互相赠诗酬答,真可谓珠联璧合。尤其是在王纾身拘山地不得自由的年月,他们通信中以诗词相敬赠,鼓舞激励,传达着爱心与温暖,成为渡过劫难的精神支柱。我看到王纾的诗词里习惯性地称王烈为"烈兄",可见情感里的一般和非同一般。

王烈已到八旬高龄。在王纾谢世后,已经编辑整理出版了《王烈王纾剧作选》《腊月桃——王纾诗文集》,现在即将出版《王纾小说选》,约我为王纾的小说创作说话。我在听他介绍了王纾之后就坦言,我想更多地说说王纾这个作家本人。我在那一瞬,突然记起王蒙一句话,他说每一个中国人的经历就是一部当代史(大意)。我很折服这句话。王纾的人生经历,光荣和侮辱,天才和无为,幸福和痛苦,有幸和不幸,阳光和冰窟,等等,正是一部生活发展的真实历史。我把她的生命历程简单记叙下来,不单是对她的祭奠,也不单是对王烈老先生的敬重,更是为自己竖起一块警示牌,不可荒废了当下的光阴。

(注:文题来自王纾七绝。)

2004年11月5日 雍村

难以化解的灼痛

——读陈行之新作《危险的移动》

习惯上被称作"中国的文艺复兴"的二十世纪七十年代末到八十年代初,陕西涌现出一批颇引人注目的青年作家。那时候属于中国社会(也包括文学在内)的破禁解冻时期,文坛和整个社会一样呈现着新思维的巨大活力,这些高涨着诗性激情的青年作家初出茅庐,创造欲望表现欲望求索欲望都十分强烈。每有集会,这些来自黄土高原、关中平原、秦岭山区和汉中盆地的作家聚到一起,用陕西三大地理板块差异很大的语气和发音,竞相对刚刚出现的新文学流派坦率发言,或者向大家介绍自己刚刚读过的某部翻译小说的新鲜感觉。无论那些地域方言的发音如何大相径庭,有一个字的发音却是一致的,就是把"我"字发出类似"俄"的声音。北至长城毛乌素大沙漠,南到秦岭巴山的汉水坝子,以及被称作帝王之都的渭河平原,竟然以"我"字完全相同的发音标志出一条共有的基本特征。

在这一群用"俄——俄——"的发音慷慨激昂或沉稳睿智或俏皮尖刻地表述各自见解的青年作家中间,出现一个操最标准京腔的人,反而让众人感到陌生,感到有点儿不大协调。这个用京腔说话的人就是陈行之。

尽管陕西籍青年作家走出潼关,走到南方北方东部西部,常常会因"俄——俄"的奇怪发音引起好奇者的模仿和善意的嘲弄,然而,在陕西境内的聚会里,陈行之纯熟顺溜的京腔却成为不合时宜不合地宜的弱势音响。有玩笑说,一窝土蚂蚱把一只洋蚂蚱箍住了。

其实,这只洋蚂蚱和这窝土蚂蚱早已融会贯通为一体,他甚至已经与其中的一些人成为莫逆之交。

陈行之在这一茬刚刚冒出的青年作家群里,属于更年轻的一位。他获得大家的尊重,首先是因为他的创作实力,确切点儿说,是出手不凡的创作实力。他的中篇小说处女作《小路》在颇有文学资历的《延河》发表,曾经引起这个青年作家群体的热烈反响,后来,《小说选刊》又隆重推荐给了全国的读者。素来只发表短篇小说的《延河》破例分两期发表《小路》,也获得了作家们的敬重,被赞誉为既有文学眼光识得好货又有博大胸襟不惜破格推出新人佳作的伯乐。

陈行之这一时期的创作属于青春激情诗性的喷发期,单是中篇小说就接连发表了十一部,还发表了不少短篇小说,他是那种才思敏捷并且高产的青年作家。这批作品从题材上大体可以划分为三类:

前两类为知青题材和陕北题材,这两类题材有明显的差异,也有无法剥别的筋脉拉连。陈行之从北京到陕北插队时,尚属从少年到青年过渡的那个稚嫩而微妙的生命区段,突然从首都北京踏进荒原秃山连绵不尽的黄土高原,从窗明几净的北京学堂进入用麻纸糊着窗格的昏暗的土窑,嚼咽土豆和苞谷小米,从事砍柴放羊抡镢挥锹的纯体力劳动,生活带给他的那种复杂感受,肯定要比落生在土窑火炕上的当地作家更强烈更敏锐,会获得更独到的生活视角。他写与他一同走进陕北的洋蚂蚱们在艰难困苦的生活环境里心灵和精神所经受的炼狱般的洗礼,也写他们看到感受到的男女土蚂蚱们的生存形态,写他们对明天的期待,对理想的追求,对爱的渴望……陈行之是外来人,是洋蚂蚱,他虽不及当地作家对生活习俗的熟悉,却也避免了因为司空见惯而导致的麻木和不敏感,以及囿于一隅的视野狭窄和思维局限,多了一种新鲜和敏锐,多了一种较为开阔的眼光和更富活力的思维,这就使得他的作品呈现出明显区别于同样以黄土地为题材的当地作家作品的气象,别具一格,独成一景,令人耳目一新。

陈行之的眼光和思维没有完全专注于黄土高原,他同时还投注于急遽变化的社会生活,这就有了他写作的第三类:关注社会与人生题材的作品。中篇小说《生者与死者》在《当代》一经发表,就引发了较大反响,我也受到了震撼与启迪。就这部写作于二十世纪八十年代初的作品而言,应该说,他是较早提出不正常的社会生活对人产生异化这个尖锐命题的作家。

上述三类题材的作品尽管生活层面上的距离较远差异很大,然而有一个共同的灵魂徘徊其中,这就是:陈行之对社会和人如何求得健全发展的生存形态的思考。这既显现着作家的襟怀,也蕴含着作家超前的思想。这是一个作家艺术个性的最重要最具价值的标志——独立体验所获得的独特发现。陈行之在喷涌般写作的同时,还在陕西人民出版社编辑大型文学双月刊《文学家》。《文学家》是至今仍令我这一茬年龄的陕西作家以温情兼着遗憾缅怀着的杂志。陈行之在《文学家》主事的时候,有一件事影响颇大:给陕西作家开辟专辑,有作品,有言论,有评价,有作家写真,一位作家一个专辑,占去一期刊物四十万字的大部分版面,让读者全面了解一位作家的作品和他的成长道路。此举对刚刚形成影响的陕西青年作家群的发展,产生了重要的推动作用,贾平凹、路遥等都上过这个专辑,我也是幸运者之一。

土蚂蚱们敬重亲近这只洋蚂蚱,在于这只洋蚂蚱的文学之心文学之情是博大的也是纯真的,他自己在努力写作着,同时也在努力把他的同代朋友推荐出去,扩大他们的影响和知名度。这是一个人的人品、修养和精神境界的表现。

到二十世纪九十年代初,陈行之工作调动到北京,我和朋友们以一种颇为矛盾的心情为他送行,既乐见于他到更广阔的世界去发展作为——北京毕竟天高地阔,并且是他的故土——也怀有走失一位好编辑好作家兼好朋友的缺憾。

十年以后,陈行之把这部名为《危险的移动》的长篇小说书稿寄我,读罢有诸多的感动和慨叹,最强烈的竟然是一种难以抑止的灼痛。其实,在整个阅读过程中,通过书中几个主要人物生活轨迹所呈现的波动起伏的心理脉象,就已经常常使作为读者的我忍不住呼出一口气来,惊叹这脉象正暗合着生活深层无形无序却得意地运行着的潜流的征候,触目惊心却无法捕捉,感知到灼痛却只能哑口。我很钦佩陈行之的这一双眼睛,这是一双既敏感又富于穿透力的眼睛。

关注生活的发展变异,把握生活运动的脉象,是现实主义作家的天然属性和自然要求。陈行之面对纷繁的生活世相,显示出独特敏锐的眼光,又聚焦于一个独特的视角,营造出了一个接近于生活原生态的世界。《危险的移动》避开时下依然持续热着的"官场小说"的写法,选取处于纯官场边缘的一个"单位"下笔,深入到人物的心灵深处,从"脚趾"上把握和触摸到了心脏搏动的脉象。

作家切入生活的视角,决定于作家感知生活的社会位置和角度以及艺术表现的种种需要与斟酌。陈行之在《危险的移动》里几乎没有涉及赤裸裸的权钱交易,也没有肮脏的权色交易,他描述和展现的只是权力网里人与人极其微妙的所谓"关系",处在这张网各个位置上的角色,在承上在启下在平行的关系里纵横捭阖的技巧,或者说一种别具特色的生存智慧。

在这张关系网里,有人把生存智慧和生存技巧演练到超绝如魔术戏法般天衣无缝,而表演过程也如魔术大师一样从容不迫矜持自如,然而却与魔术师仅仅只是取悦观众的小小目的大相径庭——发展自己扭曲对方,笑眯眯地置对方于死地而绝不心跳。被扭曲被置于死地者眼瞪得老大却找不到看不出哪儿出了毛病,接受扭曲接受龌龊的结局却说不出话来。

作为读者的我跳出被扭曲被龌龊者的具体局限,从最浅显一层说,人把天赋的智慧用到事业上的比例极小,而把智慧里最精彩的部分发挥到扭曲别人的功能上去了,这是一种浪费;稍微往深里想,这类富于生存技巧的人,已经形成生活深层里的一股潜流,得意地舞蹈于神圣的法典庄严的党纪政纪之下,而又不露声色,构成亵渎和蔑视社会公正和社会道德的极其危险的破坏力,即所谓潜规则。《危险的移动》演绎着解析着的正是这种潜规则运动的全过程。

陈行之以敏锐的眼力,把隐蔽在这一过程里的曲里拐弯的运行轨迹展示得惟妙惟肖;他以非凡的思想穿透力,把隐藏在其中的心灵污秽人格龌龊,解析得如丝如缕。我真切地感知到这种东西在当代现实生活里无声无响的渗透力,真切地感知到它对民族心理结构必然导致的异变和溃散。只是在这时,我才领悟到那个"移动"的"危险"的意蕴。这种危险较之于百万千万的权力金钱交易的危险,可能更具破坏力,它游走在各种法典条律和公共道德评价之外,以至于使整个社会健康健全的运行机制空转。尽管本书没有大起大落的大事件大情节,却使我心灵深处感受到惊心动魄,后脊发凉,含混着难以化解的灼痛。

《危险的移动》无疑是把握住了生活发展到今天的脉象的作品。陈行之呈现给我们的令人灼痛的"危险",自然在于引起社会的审视;处在这种"危险"中而不自觉或者麻木,又是更深一层的"危险"。这里,我又感知到作家陈行之面对生活面对民族未来的强烈的责任心,由此而理解作家保持思维的敏锐性和思想穿透力的原动力。这是作家应当获得社会和读者尊重的根本原因之一。

《危险的移动》的骨架是现实主义的,有一个大致依时序发展的故事,其中几个主要人物性格的刻画,有一种鞭辟入里的透彻和鲜明,成为诱惑和引发我阅读兴趣的关键。我在翻译作品和本土作品的阅读选择中,最易引发兴趣的是对过去或正在进行的生活发出透辟有力的独白声音,人物形象心灵历程让我发出呼应以至称绝的作品。那一刻,我会感到自己被点亮了,从混沌里一下子走了出来,被提升到一个新的境界,我会充分感受到小说阅读的意义和美的享受。《危险的移动》的阅读即如此。

时下的有些小说似乎陷入了某种误区,成堆成垛地堆积铺排某些陈腐的生活习俗,某些怪异的甚至不堪的细节,还要罩上一缕魔幻的时髦色彩,以为这就是文化。我感觉到了这类作品里思想力量的软弱,自然很难唤起阅读的兴趣。《危险的移动》卓尔不群,就在于作者所揭示的人物心灵各个层面的逼真和鲜活,这是陈行之的独自发现,也是我对现实主义创作获得自信的一个文本。

《危险的移动》的语言魅力,是不断激发我阅读的重要诱因。通畅准确的叙述语言,富于弹性和质感,通体呈现着睿智与沉静的叙述姿态,可以看到隐藏在文字背后的作者的情怀。人物对话的精彩,取决于对各个角色心理脉象的准确把握。准确才有生动,才有个性的突显,才有艺术的质感,才会对读者产生可信和阅读兴趣的诱发。我在感知陈行之透视人物心灵隐秘的敏锐的同时,也很钦佩其语言表述的老到自如。它绝不是那种时下常见的为显示语言风格而故意强做出来的矫情语态。语言是小说的载体也是作家手中的工具,是作家完成创造的最直观最外化的形态。作家在酝酿某种新的创作时的诸多图谋和设想中,大到鸿篇巨制,小到千字短章,都有一个语言选择的过程,即要选择寻找到最适宜表述新的人物新的体验新的情绪的语言结构和语言姿态。这是写作者的常识,也是写作者的基本功夫。鲁迅不可能用写阿Q的文字去写祥林嫂,也难以用《秋夜》的语言去写《社戏》。陈行之在《危险的移动》中选择了负载半官半文知识分子生活形态心理情绪的最恰当的小说语言,透见出作者对他们的态度和情绪,如同我们从鲁迅截然不同的文字形态里感知他对阿Q和祥林嫂决然不同的情绪一样。从过去读陈行之的中短篇小说得到的印象，到这次再读《危险的移动》，单就语言而言，他的确完成了一次成功的飞跃。语言风格的选择或者形成，从纯粹写作的角度来说，当是作家走向成熟并彰显成熟个性魅力的重要标志。

在我的印象里，陈行之从小说创作发轫之初，就是一位呈现着直面社会直面人生姿态的作家。《危险的移动》最终证明他的眼睛一直关注着社会现实。他的笔触一直没有离开当代社会的潮涌和病相。

我想到杰克·伦敦。人们评价他是一位"终生都把手指紧紧按住生活脉搏"的伟大作家。我喜欢这样的作家和他们对生活有独到开掘的作品，自然与我写作的兴奋点趋同有关，绝无排斥和轻视那类虫鸟花草趣味的作品的意思，读者欣赏趣味的需要是多向的，触发作家创作的兴奋点也是大相径庭的。然而，读者群中确有较大一个群体喜欢阅读离自己生活的时代较近的作品，尤其是对既富于前进活力又呈现着某些纷繁浑浊的时下生活发出深刻的独自声音的作品。

《危险的移动》当属这类杰作，相信它会引起读者的共鸣。

2004年12月9日 二府庄

一种气质,鲜嫩和灿烂

——罗贯生山水画印象

早晨正要出门,作家徐岳电话约我到他家小停。我住二楼,他在同一门洞的一楼,扣下电话说到就到了。敲开门就看见徐岳那张让我看了三十年的谦和诚厚的笑脸,身旁稍后站着一位壮实的中年人,浓眉乌发,鼻挺唇厚,尽管诚恳地笑着,依然可以看出眼里专注沉稳的底色。徐岳介绍说,这是他的故乡岐山的乡党,在蔡家坡文化馆任馆长,是一位画家,让我欣赏他的画作,末了才说他叫罗贯生。

画儿便打开,铺展在徐岳的床上。徐岳的屋子里没有可以铺开一张画作的稍大的书案,为了看得更好,取得一个对面平视的较佳欣赏效果,徐与罗就把画儿从两边拎起来,在墙壁前展开,一张一张五彩斑斓的山水画面,在我眼前迭出渭北高原热烈壮美的景观。我在最初触及这些色彩的直接感受是震惊,随之便沉醉在渭北山水美的韵致和惹眼动心的色彩之中了。

我说最初看见罗贯生的画面时有震惊的感觉,丝毫也不是夸饰,而是真实的心理感受。人在始料未及的超出习惯性欣赏期待的艺术景观出现的时候,尤其是一种大美突兀展示在眼前的时候,由惊诧而引发的震惊就是一种很自然的情绪波动了。我不会画画儿,完全是外行,多年来有意无意间还是看过不少国画,包括古典和当代名家的名画。国画里的山水画,在我多年无意形成的印象里,或险峰奇树,或小桥流水，或一角古刹翘檐半壁角亭，或老僧侧影丽妇远像牧童牛背横笛，笔墨有重有轻有显有淡，更有密不透风把墨汁泼洒得黑天昏地，各有各的绝妙笔法，各有各的意趣。然而像罗贯生这样鲜红嫩绿天蓝橙黄雪白的色彩交融，在我确属罕见；尤其是画面多取之于我情感记忆里极易触动极其敏感的渭北山水，惊诧到震撼就很自然地发生了，而且勾起诗意绵绵的记忆。舒缓漫远地起伏着的原坡的线条，冬天满眼的银装素裹，清明时节染遍平川和原坡的葱绿，一夜之间突暴出来，耀眼的无边无际的金色麦浪，沟坡土崖上从春到秋不断变幻色彩的野花，黄的红的紫的粉的白的花儿此谢彼绽，热烈地宣示着生命的灿烂和美丽。我似乎见过关涉渭北生活的山水画儿，多是强调着残破和凄悲，自然无可厚非。我在罗贯生的画作里，却感受到渭北高原来自黄土深层的生命的律动，生命的色彩，生命的大壮和大美。大自然赐予渭北高原独具的雄浑和优雅，舒展的襟怀，庄重而不失灵动丰富的气韵，准确地把脉到笔头，生动地勾勒渲染得淋漓尽致。让我如饮美酒，如听秦腔，在交融里沉吟沉醉。

《渭北春早》里坡地上看似随意描抹的一片片一绺绺嫩黄，《春》里从地表到树梢涂染的嫩黄和嫩绿的水乳交融，到《春谷天籁》已过渡到晚春的葱绿，无意间完成了渭北大地从苏醒到生机勃发的春天的旋律，可以感知画家罗贯生关于绿色生命的激情和诗性。再看《秋韵》和《一夜西风染霜林》，一丛丛一道道红透的丛林，尽情渲染着大地孕育的生命成熟季节的华美，丰盛饱满的襟怀，正可以当作画家罗贯生的生命追求生命哲学来解读。前人和今人画过多少名山的红叶，却很难产生渭北大地如此炽烈如此诚挚的火焰般的生命激情。且不说西风凋零枯树寒鸦断崖残豁的凄楚和恓惶。

欣赏罗贯生的渭北山水画，我很自然联想到作家的创作。经历着基本相同的时代背景，甚至同时段同地域的乡村或城市生活，不同的作家创作出来的作品却截然差异着题旨和意趣，人们可以对比出造成这种差异的种种因素,诸如艺术流派生活角度文字风格等等。我觉得还有尤为重要的一条,即作家独禀的气质,决定着作品从题旨到文字的基本风貌和总体成色品相。画家作画似乎类同作家写作,气质是决定色彩的浓淡和线条转折的关键,决定着画面的构图和气氛的冷与暖。技巧可以传继和借鉴,师承可以不断变换,而作家和画家的气质禀赋,却是无法借鉴承传,更难以改易的,它只属于这一个画家或作家个人,自然也有逐步发展逐渐成熟成型的过程。画家独禀的气质,决定着他眼睛观察事物的敏锐性和兴奋点,决定着他取此舍彼的选择标志,决定着他用画笔和色彩张扬什么彰显什么突现什么,兴趣和倾向都构成气质的重要内涵。这样,我就破译出隐蔽在罗贯生渭北山水画中春也生机盎然秋也生机勃勃的密码,即几近本能地热爱生命敬重生命,必然发生抒写生命张扬生命的不可抑止和改易的创作欲望。这不单是情感因素。同样热爱着渭北大地的人,却完全可能以残沟衰草的画面发出悲凄的咏叹,这同样发自于情感。决定情感倾向更深层的更内在的东西,是画家(抑或作家)的气质。

　　许多知名画家和鉴赏家对罗贯生山水画的评点,颇为集中的一点,是对山水画艺术的创新。我便庆幸我这个外行和名家们的欣赏感受"所见略同"了,开头所述的包括震惊的感觉,就发自那一派全新的艺术景观。创新被看作各种艺术创造活动的生命,罗贯生完全跳出因袭传统的窠臼,既获得了创造的活力,也获得了山水画创作的生命力,新的境界的开拓是艺术存活的关键。我对罗贯生的艺术独创精神深为钦敬。

　　从个人习性上说,我更喜欢在住宅里挂一张如罗贯生渭北大地生机勃勃的图画,任何时候瞥上一眼,就会有鲜活的嫩绿浸润心灵,就会有灿烂的红叶为人注入一股壮气,就会时感受大地的气脉,当是一种心理和精神的滋养。于是我便忍不住破了戒,向罗贯生讨要一幅画。我深知画家的画比不得书刊可以随意印刷,原作仅就一张,尤其是得意之作，怎么能随意讨要呢，且不说市场价值。这样，我至今只向一位画家开了一次口，确是忍不住喜爱之情。罗贯生慨然赐予。这幅浸漫着盎然生机的绿色画儿，便给新居室里终年渲染着春天渭北大地的气韵。

2005 年 4 月 10 日　雍村

思辨决定形式

——从一部小说说起

读《容颜在昨夜老去》这个作品,我还真的引了震动,这不是虚假的话。作品读到一半,越往后,人物命运的发展趋向和归宿过程中,当看到那些心灵越来越扭曲的时候,就让我很揪心了。开始读这部小说时,能感觉到一个个都很纯洁可爱的灵魂,在四年大学即将结束的时候,都扭曲得不像个人样子了,每一人物都有令人惊讶的扭曲轨迹。他们企图扭曲别人,最后也扭曲了自己,各种形态,读来令人揪心令人痛苦。应该说在去年以来的有限阅读中,有两部作品对我产生过这样强烈的心理冲击,其中一部就是雷电的这个《容颜在昨夜老去》。阅读期待各人都不一样,有个性、兴趣、审美的差异。我的阅读期待,起码在《容颜在昨夜老去》这一部小说里得到了很大满足。你对生活和社会有同样的感觉而欲说不能或者说不大清的时候,有一种理论或一部文学作品,它给你提供了认识这一段生活的点示或生动的参照,在心里真实地感受到了,自然就会发生这种心灵共鸣,这种期待在雷电这部小说的阅读中是完成了。

这个作品尽管说晚发表了近二十年,或者说跟我们今天的生活有二十年的距离了,但它揭示出的新的生活矛盾,对人的心灵的扭曲,到今天并没有消除,而是演变为更复杂更隐蔽的方式了。今天生活运动里潜伏的丑恶,远远超出了八十年代,这些丑恶的东西在生活的各个层面上扭曲着人。八十年代王守信贪污三十多万元就枪毙了,《人妖之间》震撼了整个中国,现在非法贪占三十多万元恐怕很难引起谁的关注了。对腐败现象的见怪不惊,是我们的心理承受力增加了,还是我们麻木了冷漠了,抑或也被扭曲了!我觉得这个作品提出的生活问题是严峻的,用文学作品对生活发问,引起社会的警示,也是文学的一种力量。《容颜在昨夜老去》就显示着这种力量,如我这样的读者才感受到心灵的巨大冲击,表明作家是严肃的。不管文字形式如何,属于非常严肃的一部作品。

我没上过大学,对大学的感觉至今都是很神秘、神圣的,某种心理遗憾一直到现在都存在着。有些大学请我去讲创作,上人家讲台总有些不自信,既充满神圣感,也夹裹着慌恐。我想一个民族、一个国家的发展,应该说更多地依赖于大学为社会培养各方面的精英人才。谁再骄傲自大,恐怕都不敢藐视大学教育。所以这部小说对上世纪八十年代大学教育状态的揭示,在一定程度上使我对大学那种神秘感受到了冲击,几个人物的心灵异变和扭曲尤其令我关注,原因正基于此。或者说是解构但不是完全的解构。不管东门还是西门这两个很生动的人物,在我感觉也只是两个艺术形象。作为艺术形象去分析的时候,雷电就为我们创造了"这一个",一个富于八十年代时代特质的心理层面的人物形象。学校本来是培养最纯洁的人,最有知识的人,有理想的人,有人格尊严的人。学生肯定在知识层面都获得了各自的满足吧,而面临毕业分配,却发生着对人的自尊的污渎,对心灵的扭曲,不仅是局限在对那两个教授个人的品性上,它敏锐地反映了生活发展到上个世纪八十年代,我们的体制改革转变,或者说更新蜕变时期所发生的复杂问题。我不单把它看作是校园里孤单发生的异事奇闻,而是整个社会生活的缩影。从这个意义上说,我觉得这个作品内在的精神蕴含是沉重的。所以我说这是严肃文学,作者对生活有认真的思考和独到的见解,而且有富于艺术个性的表述。

　　首先我感到很新鲜的是一种叙述方式,不光在陕西文学圈里这种叙述方式很新鲜,就在我有限见识的更大范围的文本里头也是别具一格的。我有幸接触不少的文学杂志,可以见识各种风姿的叙述文本。在我理解,叙述形式不完全是个语言形态问题,更多地显示着作家的思维方式和精神状态,甚至包含着作家的个性气质。作家独禀的个性气质,才是作家叙述形式、语言形态的一个决定性因素。作家的个性气质决定着他不断变化的新的语言形态的追求,自然包括作家的叙述形式和语言审美。看看鲁迅和沈从文即可得到最好的印证和启示。

　　对雷电的语言形态和叙述方式,我不感觉奇怪,也不陌生。我跟雷电的接触中,他跟人说话,就是这一种语言特点,充满了辩证的激情,往往是正手一耳光,接着是更精彩的反手那一耳光。这种语言形式显示着他的思维特征,也显示出一个作家的鲜明个性气质。这么一种语言形式作为一本书的叙述形态显示出来,应该是一种独立的个性化的风格吧。作家在语言形态上,充分体现着自己的气质个性,得到读者的承认和欣赏,最重要地是能把他的思想负载起来,这个语言就成功了。

　　如果说感觉到还有什么不足的话,还是在语言形态上,当然这也可能涉及到作家的判断。亵渎往昔生活里的神圣,包括上帝,恰当与否,这取决于判断。判断准确,抓住了虚伪的神圣,会达到反讽的艺术效果和思想效果;如果不当,就会变成闹剧。比如作品中那个辅导员和他的女朋友亲热完了后想起来一件不能原谅的事在呵斥女朋友"滚蛋"时,作者写了这样一笔,她转身出门时的姿势让他想起了江姐赴刑场那个姿势。这是人物自然发生的心理和行为细节呢,还是作者给人物强加的叙述呢? 这也涉及到创作最基本的问题。再,反讽,或者说调侃的尺度是什么? 反讽是一种批判方式,准确是关键,准确才有力量,否则就造成没有是非标志的"没正经"。当然,这是一个细节,尽管不影响对整部书的总体感觉,但让人读来别扭,所以说出来,供雷电参考。

  这部小说写了这么多人物,非常复杂的情节,用传统现实主义方法,估计得写四五十万字。这部小说的语言,是一种叙述而不是描写,是俯瞰式叙述,没有描写语言那种铺排,这种叙述简捷而概括,读来更贴近现代人的心理节奏和生活节奏。我不仅可以接受,倒是偏爱叙述体语言。精湛而生动的叙述体语言,尤其富于魅力,既要智慧也需功力,相信雷电会更趋精湛和精美。

2005 年 4 月

思辨的这一声

——读朱鸿散文之感受

阅读朱鸿的散文作品,时时都有盯瞅着活泼泼的作家朱鸿本人的生动感受。

生活形态里的朱鸿,彬彬有礼、喜眉善眼,见人说事先笑后开口,中规中矩,起坐谦谦,既显传统礼仪又呈现代文明的行为举止,无论生人陌客,都会感觉一种礼敬的亲和。我不记得和他相识相交多少年了,从未见过他矜持作态拿腔捏调的姿态,更没有纵横张扬故显不羁的浪漫行为。如果以此而判断他是循规蹈矩顺和顺溜的人,就大错特错了,而我在最初结识他的几年里,就停留在这种表象的印象中。后来听到朱鸿的一则逸闻,说他在北京出差时邂逅一位吉林姑娘,单凭一面之交就陷入神不守舍万念俱不成念的痴迷状态,乘火车搭汽车兼着步行,一路风餐露宿打问到长白山里的一个散落的村寨,终于再会了一面再看了几眼。我向他证实这件传闻,他坦然备细地叙述了一路的艰辛和一路的坚定:"我就想再看那娃一眼。太美了。过去从未见过这么美的女娃,后来也再没碰到过。"

长白山里的那个女娃,无疑是朱鸿审美视角里的女神。他不顾囊中羞涩,不管行政机关管理的条律,更不在乎道德规范市井议论种种,径直追寻理想中的女神去了。那种勇气和坚定,后来就使我不仅更深地理解了他内在的个性气质,也使我联想到他的创作姿态,以及独禀的文字气象,如同追寻长白山女娃一样,以特立独行不管不顾的专注和自信,追寻精神和心灵世界的文学之神。我的最强烈最突出的阅读感受,是朱鸿的思辨,确凿感受到思考和思辨的力量,常常受到撞击,乃至震撼。在朱鸿的缜密而又尖锐的思辨文字里,我的直观感受总是受到一种理性激情的催发;催发人走向陌生而又新鲜的认识境地,扩展精神视野,又达到一种前所未有的心理沉静。《司马迁之残与苏格拉底之死》和《在马嵬透视玄宗贵妃之关系》,以及他诸多论说历史人物历史事件的篇章,显示着他不同凡响的思辨的这一声。在前人和当代作家反复写过的这些历史事件和人物身上,写作者无可回避的难事,必须翻出哪怕一点一滴属于自己的独特的发现,不然就很难避免被湮没进成堆成捆的同类题材的字纸里。想想杨贵妃,我曾在马嵬坡的土冢前徘徊;想想司马迁,我也攀爬过陡如天梯的石阶叩拜过。但终于没有写出一个字来,就在于翻不出浩如烟海的既有文字的包围。我对朱鸿思辨力度的钦佩,即由此而发生。他没有在既成的观念上停留,没有重复别人的吟诵;他的思维不是顺着通常的流向流下来,而是呈现着逆向和侧偏的反诘;他把同时代的东方的封建中国和西方的希腊横向陈列,又把两千多年前的社会法则与当代生活纵向竖剖,纵横捭阖,参照解析,直抵各个位置上的人物内心世界的脉象和律动,显示出思考的新鲜和思辨的力度,震撼和撞击读者心灵的效果就自然地发生了。朱鸿思辨的声音,跳出了通常所见的几乎千篇一律的思古之呻吟,那种甚为得意的平庸,自恋自赏乃至自吹里的苍白和肤浅,无一不是在自我欣赏的幻光里瞬即枯萎。朱鸿引发读者广泛的心理呼应,当是对他思考思辨的最美好最合理的回报,也是对思想者朱鸿继续思考思辨历史和现实的激励。我因此而获得自信,不要以为现时的生活只时兴热销软绵绵肉嘟嘟的东西,有硬质有力度的思想肯定引发生活深层的强大呼应。

即使写个人生活体验的散文,依然可以感到思辨的色彩。朱鸿出生并生活在农村,他没有沉溺于苦难的诉叙,而依然是对现实的考问和思辨。即如《一臂之力》这篇颇类似鲁迅先生《一件小事》的生活小事,稍微粗疏就成过眼烟云了。鲁迅从车夫身上发现了伟大,也照出来自己的"小"。朱鸿在人生至关紧要的几步的困境里,却清楚不过地洞察出一个人狭促阴暗的心理世界。他的不凡之处在于,不仅没有仇恨,不计旧怨,反而把他作为自己人生的一面带有警示意义的镜子,把心灵向世界敞开,把热心和温情送给需要一臂之力扶助的人。这种富于人生哲理的辩证,显示着作家本人的个性气质和襟怀,令人过目难忘。

朱鸿也有偏重抒情的散文,也是独自体验的别一种情绪和情调。《白原》即是具有个性色调的代表作。就我的印象,讴歌黄土地、回忆黄土地、批判黄土地的各类散文,几乎把黄土地翻掘得兜底朝天了。朱鸿笔下的黄土地具象为一个特殊的景观——白色的原野。这个白色,不是冬天的雪白,却是麦子收割之后残留在原野里的麦茬子的颜色。这种精细的观察,敏锐的色彩感觉,所引发的心灵感受,是朱鸿独有的,几近深化到生命层面的体验,却不是谁都能轻易获得的。我由此而看到了差异,尽管任谁都可以面对熟悉或略知的黄土地抒发一番文字,成色却大显区别。再如《辋川尚静》其情景之交融,真可谓独具慧眼,进入朱鸿笔下的景致,是一种独具审美兴趣的选择和取舍。我便想到前人关于散文写作的经典性论述:"既随物以婉转,亦与心而徘徊。"描景状物,一在文字功力,二在描什么景不描什么景,状何样物舍何样物,就显示出作家的审美兴趣和情感倾向了,作家的个性就跃然于物而婉转成绝唱了。于心徘徊更是作家胸怀、精神、灵魂的展示,"先天下之忧而忧,后天下之乐而乐"是一种心的徘徊。朱鸿在各种特定景物里的婉转和心的徘徊,更兼着思辨的理性色彩,在家乡的白原上如此,在大诗人王维的辋川也如此,其独立的徘徊的心韵,只有在阅读里充分感知。

思辨着的朱鸿,似乎也有偏执的时候。《关于女人》一文对于"男女平等"的异议性辩证,我一时尚接受不了。男女平等是针对封建礼教下的男尊女卑而言的,从人权和人性的意义上说,男人和女人理应是平等的。限于各自的生理特点,选择社会职业应充分照顾到女性是健全社会务必应尽的责任。但绝不可一概而论,如是,则会扼杀天才的居里夫人和许多富于创造智慧的女性的头脑……限于篇幅,我会把不同的看法和朱鸿在闲聊时对话,我也要向他学一点思辨的能力和勇气。

2005年5月6日夜 雍村

敬 重 宝 成

令我们十分敬重的作家王宝成谢世了。

王宝成在少年时期就显示出写作的灵光天赋,青年时代就把文学创作基本确立为自己的人生追求。在这个时期,他广泛阅读古今中外文学名著,默默钻研丰厚的中国古典诗词赋章,为后来的创作打下坚实的基础,达到令人羡慕的传统文学的功底和修养,这就使他的文学创作一起步就站在一个较高的基点上,就有一个高远开阔的艺术视野,就初步体现出高雅纯美的基调和品相,就呈现出独自不俗的艺术个性。经过从少年到青年的扎实的练笔,一部《喜鹊泪》的发表,得到无以数计的南方北方读者的强烈呼应,也使他踏进已经复兴的新时期文学的殿堂,成为刚刚形成的陕西青年作家群里的一位引人注目的作家。直到他年届花甲,创作出了大量的短篇小说、中篇小说、散文、古体诗词,尤其是三卷本百万字的长篇巨著《梦幻与现实》的创作出版,成为中国当代文学的重要成就。宝成同时涉猎电影、电视剧创作,《喜鹊泪》《庄稼汉》《神禾原》,拥有数以亿计的观众,成为陕西作家群里为数不多的拥有双栖型艺术才华的作家。

宝成的小说、电影、电视剧乃至散文的创作,首先都给读者一种深沉深厚的掘自生活深层的大美,其撼动读者心灵的最主要的力量是生活的真实,这是艺术典型化的唯一不可缺失的基础,只有这种从生活升华到艺术的真实,才能走进读者的视野,才能达到作品人物和读者情感的交流和心灵的交融。宝成无论短篇、中篇、长篇,或电影、电视剧,无论城市乡村里的男人、女人、老年、青年等各种人物角色,都是以其真实的情感世界走进读者和观众的心里的。让我们看到了从二十世纪五十年代到新的世纪中国社会尤其是乡村的变迁史,是半个世纪中国乡村的真实记录,是鲜活生动的带有生活变迁特质的心理蜕变的史诗。他把成年以来的全部热情,都倾注给渭北故乡的土地和父老乡亲,他把精神和心里的全部思维,都集中在他热爱着的乡村生活的变化之焦点上。这样,他对生活发生的或大或小的变异,对人的心理情感的体验和感应,始终都保持着难得的敏锐敏感状态,这是他获得创作灵感创作激情,把握生活深层主流脉象的关键之所在,也就获得了生活的真实。

我们从宝成作品的阅读和观赏里,感受到的各个时代人的心灵情感是可靠的。正是在这个基本点上,我们敬重作家王宝成。

宝成生活在城市,终生却系结在黄土地上,他关注农民世界农民命运的情感,几乎是天然的本能的,也是无法改变的;他不是把乡村和农民仅仅作为采集生活素材的对象,而是关注着他们的欢乐和痛苦,有幸和不幸,乃至锅里的稀稠和身上衣服的薄厚。这与他出生并成长在乡村有关,更重要的是由作为一个作家的人生定位思想境界情感倾向所决定的。这样,他获得读者和观众的喜爱和敬重就很自然了,也获得了我们的敬重。宝成高尚的人格修养,质朴无华的品性,纯净无染的心灵,独具一格的个性,几十年来以难得的道德操守,独立在既呈繁荣活跃又现驳杂纷乱的文坛上,坚守着一个作家对国家民族永志不渝的责任,保持着对生养他的土地和人民的热情和真爱,恪守着作为灵魂工程师的作家的道德良心和品行,这才是他获得我们敬重的更难得的因由。

宝成一生真实真诚地面对生活和人民,真诚真实地面对文学,是以强大的精神和心理自信为支点的,他获得生活和文学回报给他的尊重是必然的、合理的;自然也得到文学界朋友普遍的敬重,所谓天道人心。

这样,您的卓越的文学创作和您的风范,将成为永生。

安息吧!我们永远怀念您,宝成。

2005 年 6 月 29 日晨 雍村

天使或是蜻蜓,翅翼沉重

——读《午夜天使》及其来由

去年十二月中旬,西安已进入滴水成冰哈气凝雾的严冬季节。我冒着清晨凛冽的寒风出门,赶赴汉中参加一个文学聚会,钻进冰冷的车厢,缩肩袖手,却仍然忍不住打开刚刚拿到的当日报纸,看到一位名叫珍真的女孩子在市中心钟楼广场叫卖小说书稿的新闻,颇觉新鲜。大半生从事写作,身在文坛,不仅自己经历过发表和出版作品的曲折艰难,更多地看到未成名者乃至颇具声名的作家出版作品之难处,包括贴本儿赔钱自费出版其含辛茹苦之创作,早已多见不鲜。然而敢于在闹市广场公开叫卖自己小说书稿的举动,外省有没有发生过我不知晓,在陕西省肯定是首例,自然引发媒体关注,西安几家报纸在同一天都以大字标题大幅照片做了报道,我也甚为惊诧,竟有以这样的方式和途径谋求小说出版的人。

依我的直接感受看来,作者太年轻,大约尚未接触文坛,还不了解图书出版发行的渠道和规则;我又猜断,作者可能与出版社接触过,或因不具名气不被重视,或因书稿尚不成熟不被欣赏而遭遇困境,才出此令人惊诧的举措;再而,免不了自我炒作的嫌疑。我以自己的常识理解判断,小说稿比不得其他商品,购买者可以一目了然,可以看可以摸可以试穿试调乃至品尝,而厚厚的一部长篇小说稿很难当场读完,匆匆翻看几页或几章是难以对整体做出肯定性评价的,谁会在尚不知底的情况下就贸然出资二十万元买下书稿？傻瓜才会。我对这个叫卖的结局几乎不寄什么希望，转眼也就不当一回事了，只是隐隐希冀能有人提示作者，把书稿抱进出版社寻找编辑阅审，这是大家至今一直都循蹈着的出书的途径。

从汉中回到西安，某日清晨又在报纸上看到关于在钟楼广场叫卖书稿的珍真的连续报道，令我深为惊讶，不仅在我，任谁也难以料知这位叫卖书稿的女作者珍真，竟然在十一岁时被查出系统性红斑狼疮。且不说这个令人一听便毛骨悚然的疾病的名字，更令人寒心伤悲的是这个病属于世界医学尚未攻克的难题。我在这一瞬间的感觉是触目惊心。我首先感到一个年轻生命的悲剧和不幸。我在这一瞬里就把最初看到此事的报道时的几点看法全部掀开抖落了，原来如此！原来有如此令人伤惨的隐情！原来引发叫卖书稿的非常规举动，出于生命危机引起的紧迫感，是在受病痛折磨、抗争命运的非常境况下完成的生命之歌！

因为自然的或环境的不可抗拒，因为政策的某些不完备或执行政策者的掉以轻心或不作为，因为人群里的邪恶分子的作恶作孽，因为纯粹的个人生理疾病和不幸发生，作为一个公民，我只能以自己有限的能力予以关照，尽管在多数属于怜悯的祝愿里感到苍白无助，却还不失真诚。当得知年仅十九岁的作者珍真已经与命运抗争了八年的事实时，我竟坐不下来读书或写字了。十一岁，应该是读小学五六年级的年龄，珍真因患红斑狼疮，勉强上到初中毕业，通过自学和阅读，写了大量的短诗和长诗，已在十六岁时自费出版过一本书，现在又完成了一部新长篇小说《午夜天使》。我自然会想到人的文学天赋，古今中外少年成器的天才不少，不足惊奇，关键在于这个女孩承受着重症的有如塌天的压力，进行着文学创作最基本功能的学习和操练，这需要怎样坚强的勇气，怎样强大的心理承受和精神支撑的力量？

我们的生活近年间发生着令世界瞩目的变化，最贫穷的乡村也早已解决了温饱这个生存底线问题，城市里形成一个数目可观的中产阶层，且不说大款和巨富。人们开始懂得爱惜自己，人们开始讲究形体美，报纸电视上猴急似的居然动用了"抽脂"这样残酷拙劣的词汇来做减肥广告。肥了瘦了蚊子叮了虼蚤咬了都成为重大话题交响在握手问候之间。十一岁就承受着生命绝望的珍真，是怎样走到十九岁的？在她在钟楼广场叫卖自己创作的书稿的举动里，我现在才感受到一个惊世骇俗的高昂的生命乐章，令多少也沾染了点矫情娇气的我意识到惭愧。

在这样的情绪里，恰好《三秦都市报》社记者打来电话，问我看到有关珍真事件的连续报道没有。我说看到了。他告诉我，珍真曾向记者说到她喜欢读我的作品，并有想见面的意愿。我说我也想当面了解她的处境。随即便约定了见面的时间。其时我正参加省文联换届会议，第二天我们便在丈八沟宾馆我住的会议楼的会客厅里相聚了。和珍真一起来的有她的母亲和亲友、《三秦都市报》社记者等十多个人。经介绍之后，珍真在我坐的长沙发椅上坐下来，我看见一张有点苍白的脸，握手时我竟然说不出话来，喉头如有石头一般哽噎，就是这个看上去相当柔弱的女孩，以非凡的意志力和强大的心理承受力挑战命运，倾情专注着文学创作。人的真正强大，不只表现在彪悍的外形和肢体动作语言，而在于内在的精神。这种精神才是真正令人感动和钦佩的、折服的，尤其是呈现在一个女孩身上。我现在不得不借助《三秦都市报》社记者李永利杜晓瑛的纪实报道，我对珍真和她的亲友说了一些话，有这样几句："这是一个生命的悲剧。我们要立足于对生命的珍爱，而不完全把她当作一个作者……我被你的勇气感动。"

我是真实被感动了。我在报纸上看到那个令人恐惧病症字眼时很感动，在珍真坐到我旁边时就发生抑制不住的泪眼模糊。这种情况近年间不止一次发生,几位我尊重的前辈和同代作家去世,面对他们垂死的眼神和随后的哀乐,我都哽咽难语。我怀疑自己进入了一个脆弱的年龄心理生理区段。我刚刚读过季振帮先生的一篇散文,专意谈他近年间出现的这种脆弱情感,举例皆是生活细节里的真爱和大关,看来这是人类共同的一种普遍性心理情感。似可当作自我心灵情感敏锐或麻木的检测。随后在《三秦都市报》社召开的座谈会上,社会各界那么多人拥来了,为着一个身染重病的青年作者珍真。其中有一位犯过法的年轻人,流着泪说他愿为珍真捐赠器官。我又一次受到震撼和感动,相信在繁荣也发生着迷乱的世界里,生活深层涌动的依然是真诚和善良,是对美的敬重和呼应,是对一种人类永恒精神的膜拜。人们完全有理由也有自信,蔑视浮泛在生活表层的虚假和喧嚣,生活深层的脉动是雄壮的健康的,足以让人感到踏实和可靠。

珍真的《午夜天使》即将出版,由太白文艺出版社推出。总编陈华昌先生也是被珍真的精神所感动的一位学者,也在得悉这部不同寻常的书稿和作者珍真的经历之后,毫无犹疑地接受了,当即安排阅稿审稿。周瑄璞是颇具影响的青年女作家,承担起一个编辑的责任和爱心,和珍真对话交流,提出修改意见。她和记者小杜几次电话向我通报书的修改和审稿进程。在多方切实真诚的关注里,《午夜天使》即将面世,既是珍真生命理想的成功,也当是社会各界关爱生命关爱文学的一种精神的彰显和张扬。

我昨天刚刚读完《午夜天使》的校对稿。

《午夜天使》是年轻珍真眼里的世界。这只是广义世界里的一个角落,既不是广阔的乡村,也不是活跃着政治色彩权力竞争商场银号大企业小作坊的最富活力和竞争计谋的城市层面,而是谁也不大在意的潜伏在城市夜色里的歌厅舞场。这种场合不被人关注是合理的,它不涉及人类生存的重大命题,也不是当代生活发展的主流动向和焦点,社会发展的进程和脉象,都不标示在这个场所和角落。这是有财力的人群休闲娱乐的地方,谈情说爱交友结谊的秘密角落,抖落负载放纵情感图得轻松惬适的领地。《午夜天使》展示的就是发生在这个小角落大场合里的一帮青春男女的生存形态。

开篇阅读时,对刚刚出场的几个青春男女的那种令人陌生的职业和生活方式,我曾产生过一个印象性比喻,犹如傍晚斜阳里飘掠在城市低空里的蜻蜓,或夜幕初罩下闪亮的流萤。随着作品的推进和展开,这几个青年男女情感纠葛的异变,太令人难以把握难以推想了,疾骤逆转的行为演示着这个小圈子里人与人之间远近亲疏的裂变和组合,展示出复杂的情感和鲜明的个性。我在一次又一次的惊叹里,感受着这些陌生面孔的颇为多变也颇为沉重的情感历程,用通常所说的酸甜苦辣一词来概括,就显得很不到位也很浮泛了。

具有音乐天赋弹得一手好琴的雅风,被伤害致残了手指,单是一本《圣经》,如何拯救得了未来漫长的生命行程里的心灵苦涩;身怀钢管独舞绝技的忧子,也属天才型的人才,一场又一场堪为精美绝伦的表演,给各色看客带来的是欢乐快活和愉悦,而自己内心却经受着连续的挫伤和折磨,几度都在阴阳交界线上反复裂变,令人扼腕;在杯盏交碰的酒液和烟的浊雾里谋生的赛林,想要保持一份真诚和善良,却遭遇到一次又一次的精神摧残,以至被毁容。美和丑,善与邪的争斗不容许任何浪漫,不相信好心和眼泪……我起码了解了这样一个常识,这些快乐地舞蹈着倾情地弹奏着狂热地歌唱着的青春男女,卸了舞妆扣下琴盖关了话筒之后,谁都面临着生活里的清与浊的冲击,谁都难以回避人生道路上千古以来永恒着的选择的严峻,无论天使或蜻蜓,翅翼却沉重。

这是一个自生自灭的群体。社会各级团体的影响和关爱似乎抵达不到这个角落,家庭和亲友的温情和点拨似乎也很难产生影响;他们是一个没有约律的松散组合,他们任凭自己尚未定型的个性自由生长自由发展;他们的艺术表演所能获得的,仅仅是那些在昏暗的灯光里心不在焉的消闲男女的掌声和呼哨,没有嘉奖没有职称更不会奢望社会评价;他们的路子走直了走歪了乃至栽跌了,都是自己一瞬间的判断和选择;他们总是以欢乐为表征的职业里,同样隐含着人生的痛苦包括凶险,这样的痛苦已经不是无食无衣的饥饿寒冷,也不是极左政策的歧视和陷害,而是心灵和精神层面上的新的困惑和欲望促使下的正与斜的人生途径的选择。我由此而想到,社会各级团体对活跃在城市夜幕下的这方角落里的这帮青春男女,可能疏忽了缺失了关注和疼爱。

能把这个不被人在意的小角落里的几个人物,写到令我可以感受到生活底层运动的脉动,也感知到人生重大命题的颇为深刻的内容,真是出我意料的艺术效果。更难得的是,作品的背景是歌舞厅这种场合,却写得干净、清爽,没有污脏龌龊,更没有一笔一墨的色情和性描写,这是最能显示作者文学功力也显示作者思想和艺术意趣的见证。谁都知道,歌厅舞厅在普通人心里的普遍性印象。谁也都知道,近年间文坛有"上半身"和"下半身"写作。在这样的社会背景和文学创作背景里,年轻的珍真在《午夜天使》里呈示的题旨所指和艺术气象,都是难得的可贵的。

祝贺《午夜天使》面世。珍真无疑已经跨进她神圣着的文学殿堂。

2005 年 7 月 12 日　二府庄

吟诵关中

刚一接触强文祥写乡情的文字,我便嗅出一个地地道道的关中人的气息。

其实,早在多年前结识他的时候,我就知道他是关中腹地乾县人。这本不足为奇,在我的新朋老友中,从事多种职业的关中人不在少数。我所敏感的首先是他的文字,文字里弥漫着的本色而又醇厚的关中乡村的气息和气象,就令我发生阅读欣赏的兴致和欣喜,以至惊诧,文祥不仅是一个用关中话说话的人,而且是一位会用关中话作文字表述的作家,这是很难得的,也是极其不易的事。

演艺界常有用各地方言演出的剧目和歌曲,包括陕西关中的方言。在我的有限观赏印象里,有深厚造诣者表演出来的是地域性语言独具的魅力,蹩脚的角色却只是一味地强调夸张方言里最浮泛最浅陋也最乏味的某些话语和腔调,想招人笑声却惹得人生厌。类似现象也多见于喜欢用地域性方言写作的小说和散文中,流于不得要领觅不到真谛的种种病相,在文字里专挑那些生涩怪僻的让关中人自己都莫辨难解的字眼儿,以为是地方语言特色;在生活细节的选择上,也是对某些怪异的丑陋的乃至肮脏不堪的行为表示出特别的欣赏兴趣,甚至杜撰瞎编一些怪诞的行为动作加到关中人头上,以为能够突显一方地域的生活特色,结果连被描写的那方地域的读者都感到莫名其妙,诧异其何曾如此何至于如此。被称作伪民俗写作现象。

正是较多地见识过这样的文学文字现象，我才敏感强文祥作品里对生活的描写和描写的文字，能让我真切真实地感受到关中这块古老土地独特的令人迷醉的气象和气息，而且勾引诱发出我的生活记忆和生活体验。依我的阅读直感和经验真正写出生活本相和内在律动的作品，无论小说或散文，都会给读者这样的欣赏享受，也是引发读者阅读兴趣的最基本的东西；读者对作家作品的靠近和排斥，多以此为分野，难能勉强。我便是在这样的阅读兴致里，对强文祥的散文发生惊诧的欣赏和喜悦之情的，甚至陡生感叹，这人要是不从政，从年轻时就专注于文学创作的探索，很难估计他会有怎样惊世骇俗的著作早已创造出来。

无论作家有怎样的创作主张和艺术表现的形式，包括语言形态的选择，都难以从根本上掩饰或改变对生活的体验和理解的深与浅的层次。我在强文祥关中乡情散文阅读时发生的惊诧，出于对不是专业作家而纯属业余兴趣创作的他，对生活的体验和理解所达到的深刻性。文祥笔下的关中生活事相、生活秩序和生活情趣，往往触及一种悠远历史的传承和延续，让我生发出对这块最早呈现农业文明的古老土地的思古幽情，又能感知在今天依然沉稳而又沉重地跳动着的脉搏。他写了许多人的人生片段或人生经历，有他的生身父母，他的近亲远邻至交好友，还有与他不大相干却令他动心伤情的男人女人，不是搜索他们怪异的生活习性或猎奇式地出他们的洋相，而是从直接或间接的体验里，直面他们的生命历程，有大起大落里的欢欣和挫伤，也有平静乃至平庸里的卑微的追求，专注于他们的生活形态个性气质和心理秩序的变化，尤其是艰难困苦之中顽强的道德坚守，还有无奈的妥协，让我看到人性的光亮也看到人性里的软弱，我从强文祥散文里获得的感动和启示，首先具备着真实和真诚的品质，自然就有踏实可靠的信赖，这是最可珍贵的。

在《父亲如山》里，开篇写到父亲死亡前夜的那种超然的又是朴实无华的平静,令我悸颤。这位父亲竟然平静地对儿女安排起自己的丧事来,"他一个一个计算他死后有多少人为他送葬,要招待多少来客。这些客人谁和谁应该坐在一席。他按照这些客人计算应该买多少肉、多少斤豆腐,买多少木耳、粉条和花菜"。"他突然感觉不好,看着身边的家人大声说'我走呀!'就再没有言语,永远地静静地去了。"一个已经跨上阴阳两界的人,没有叙述平生的成就和挫败,没有对生的留恋和对死的丝毫畏怯,也没有遗训遗嘱训诫后人,却平静而又周密地按照关中乡村的习俗给自己的丧事做着安排,精细到座席的次序排位。直到生命的最后一瞬,大声对家人说了一句"我走呀",便戛然而终止住了他的人生行程。我读到这里时被震慑得闭上眼睛。这是一种超越了人鬼两界的坦然心态,一种对生命和生存价值达到哲理式感悟的超凡境界。这种心态和境界,不是财产的多寡权力地位的高低乃至知识水平的深浅所能达到的,核心的决定因素在于生存信仰和道德修养。这个大半生都在冷与暖、饥与饱的困境里挣扎的农民,以最本真的生活信仰和最纯朴的做人规范,面对一次又一次生存困境里的善与恶、正与邪的选择,而坚守着作为一个人的尊严,正直和刚强就成为肉体脊梁和精神支柱里的主宰。一个既阅尽人间春色也历尽风霜雨雪的人,一个踏过泥泞和坎坷的人,就达到游遍千山自成仙的理性而又达观的境界。想想那些被权欲财欲名欲物欲纠缠到死也不能轻松下来的各路角色,哪个能如这位农民父亲如此爽快地喊出"我走呀"的告别词。我在这声音里,最直接地感受到无愧的意义。是的,只有在道德层面终生都无愧于世界无愧于生命无愧于近亲远邻的人,才可能在他生命终结的一瞬,有如此轻松如此豪壮如此坦然的这一声告别世界的话。

文祥以人为叙述主体的几篇散文,把复杂的人生经历写得简约而生动,读来十分抓人感人。他深得叙述文体的写作奥妙,又极具表述的基本功夫,力避铺张繁冗,总是能筛选出十分鲜活而又极富个性的细节,包括渗透着人物心理特性和个性气质的行为细节和语言细节,让我看到一个个陌生而又真实的人物。他写到父亲、母亲、大舅和祖父这些亲人是如此,写到他的老师和朋友也是这样的艺术效果。他和这些人的相处相交里,崇尚着他们精神层面最珍贵也最具个性魅力的品格,常常达到对生活的某种哲理的审视。我在阅读时不止一次感叹,这些纪实性散文对生活的审视深度,人物个性气质的独立性和鲜活性,语言的准确和生动,远远强过那些扭怩、做作、矫情如空壳的小说。

文祥有不少写自己生活情态情趣的散文和随笔,同样写得不同凡响。这主要不指文字色调,而是作者的思维、观念、理想、追求以及兴趣。有这些充沛的东西张扬在文字篇幅里,每一篇都可以感知到丰富充实而又是独立思想的内涵,才有不同凡响。《和平是福》写到作者目睹美军轰炸伊拉克的画面,爆炸的火光和烟雾里,是被毁的残骸和尸体,惊恐的眼神和无助的哭泣。作者问道:"中国人讲做人的尊严,西方人讲做人的权利,你真的能用飞机和导弹炸出欢迎你的笑脸和掌声吗?"这是美国发动伊战第十三天写下的文字,事过两年半的现在,几乎每天都在发生着袭击和自杀式爆炸所造成的伊人和美军的死亡。面对伊拉克的这种形势和局面,我就钦佩文祥当初这种判断,伊战两年多以来的演变,验证着这个判断,不仅是情感的,排除了种种利害关系的哲理性判断,才是深刻的。

再如纯粹抒发个人情怀情趣的《筑屋于野》,在故乡"盖几间瓦房,圈一座小院……屋后一道岭,属渭北梁山一脉……左邻右舍,周围是望不到头的果树和庄稼。每到周末节假……偕妻领孙,回到乡间小屋。坐在院子里树荫下的石凳上,脱去那一身'周正',袒胸露背,挽裤赤脚,端一碗妻擀的浆水细面条,那感觉简直是神仙了……"这是一种情怀,一种人生境界所决定的情怀,不可单纯看成故乡情结或乡村生活习性。君不见多少昔日受冻饿肚的乡村穷娃,熬得升官了或财大气粗了,什么衣料贵就穿什么,什么饭最奢华就品尝什么,笙歌燕舞,卡拉OK,也算是一种兴趣和情怀。我在读到这些篇章时有一种沉醉,文祥在乡居时不无自得自乐的感觉,清澈如星月的心境,完全和我一辙。我进入他文字里那个乡间小院,感觉和意识完全融入我在原下新盖了房子的老宅了,我在小院抽烟、喝茶或饮酒,夜风从原坡上吹下来,挟裹着蚂蚱的歌唱。就在这一刻里,我理解了文祥,在物欲膨胀和时尚流行的迷乱里,保持着也陶醉着一种纯净高洁的襟怀。

文祥又是一个兴趣广泛的人,涉猎地方剧种如秦腔、老腔、弦板腔等古老文化遗产,也考究关中民风民俗以及四时八节的乡情礼尚,还有对关中地域风貌特质的探察,等等。他的整体观点是准确客观的描述,情趣横生,渊源和现状脉络清晰,不似有些同类散文,故意夸张乃至制造某些丑陋的枝节。作为一个关中人,我在阅读文祥的这类散文时,总有扩展眼界弥补欠缺的欣喜,也不断加深对关中乡民心理气性的感知和理解,对文祥敬重乡土文化的虔诚态度油然而生敬重。

文祥的文字是别具一格的。本文开头即由文字阅读的感受说起,就在于他把关中话作为文字表述时的那种自然,不留别扭的硬痕,这是很不容易达到的一种语言境界,非语言操练和追求的功夫不可。把关中话不仅作为对话语言而是作为叙述语言,不是小说情节的叙述而是散文式叙述,就更见难度,作为作家,我是深有体会的。比如这样的叙述:"北方缺水,关中的灾便是旱。旱也不过百日,旱死玉米谷子,旱不死火里生的小麦。"且不说这句子的凝练简约,单是把民谚"旱不死火里生的小麦"用得如此熨帖如此自然,成为难得的令人眼睛发亮的妙句。写到多年一遇的雨灾,"下雨最多的是秋季,阴阴纤纤,下下停停,所谓'秋淋',只是并无大灾害。日子好一点的人家啥也不折损,只是男人睡够了觉,女人忙完了针线活。穷家也不过屋漏墙斜。关中人不着急,用根木头支在倾斜的墙上,屋里接上盆盆罐罐,等待天晴"。这样的叙述里,几乎很难挑拣出一个多余的字来,用民间语言达到的不留痕迹的句式,如同水泥里掺和的沙子和石头。不仅生动形象,更有硬度和弹性的文字效果。这种叙述的文字口吻,一读便知是关中人的直接表述,而且是深领关中语言关中民风神韵的人才能做到。

在我粗浅的印象里,文祥和我大约有相同的生活经历,出自关中乡村,家境都不富裕,相对而言,我似乎比他还稍强一点,起码可以温饱,尽管多为粗布杂粮。他似乎连这些也无保障。然而他比我念书念得好,智商高得一筹,我落榜他却完成了高等教育。后来进入社会,他长期在乡镇和县里工作,我也如此同途,差异又在于他比我的工作也干得好,官阶比我高出不止一阶了。他从乡镇一直干到省上,从基层到高层,主要精力和智慧都投入到谋利一方造福百姓的事业中去了,却仍然在几十年的历程中,于胸怀里保存着一块文学的绿地,创造出如此丰盈的美文。我在文学欣赏的愉悦之外,更多地感动着这位同代人的精神、品格和情怀,一种充实一种高尚和一种纯净。艰难困苦近乎绝境里,对想有作为心怀抱负的人的意志品质是严峻的考验和磨砺,而面对繁华世界里弥漫着的种种欲望膨胀的陷阱,人生课题的严峻性似乎更不轻松,一念之差一不留神而跌入陷阱愧悔终生者已屡见不鲜。我在文祥散文随笔里感受到的如上述的内涵,既具社会意义,亦富于人生价值的哲理或启示。我对同代人文祥的钦敬就是由衷而自然的了。

2005年9月8日 二府庄

唏嘘暗泣里的情感之潮

我确实喜欢关中地方戏曲，秦腔不用说了，也喜欢眉户，还有民间艺人演出的合阳线胡儿和华阴老腔等。能够诱发我再三再四观赏的，则多是那些历久不衰堪称经典的传统古装戏。而以当代现实生活为题材创作的眉户剧《迟开的玫瑰》，却让我看过三回后还不满足，又找来剧本从从容容品读一番，可见其独具超凡的魅力。

我至今依然记得《迟》剧演出时剧场里那种感人的氛围，不时爆响的掌声且不说了，而潜伏在每一次掌声落下之后的屏息静气里的唏嘘暗泣的声音，形成一波又一波涌动着的情感之潮，与舞台上的人物交融呼应。尽管我看了三回，然而每一次都能很自然地沉浸其中，而且每一次都抑制不住热泪涌流，根本无法保持观赏者的理性状态。在我看来，《迟开的玫瑰》完全不属于戏剧分类概念里的悲剧。没有奸邪势力制造的冤狱命案，也没有妻离子散这些作为悲剧的惯常内容，却如何酿造出这样令观众泪飞如雨的感情场面？是一种崇高的人格，一种以善良为内核的道义。这种崇高的人格是真实的，善良是朴实无华的。从生活升华的艺术真实，就有了浸润以至震撼观众心灵里最富于共性的那根弦儿的力量。在乔雪梅这个大善至美的灵魂面前，我和同场数以千计的从事社会各类职业的观众，都在不知不觉中完成了一次灵魂的自我检测。值得庆幸的是，我们尚能保持那根道德神经的敏感和软弱，尚未被某些时髦话语鼓噪耸动而膨胀起来的极端欲望所麻木或硬化。

这个闪耀着崇高和纯美的道德之光的乔雪梅,她的生活环境和生存形态,和当下乡村或城市的无以数计的普通中国人毫无二致,她的理想追求、人生愿望和同时代的这一茬青年男女也完全相通;她的家庭遭遇的车祸和病灾,也称不上任何离奇,任何一个家庭都可能发生这种类似的灾难,或者因为自然环境以及非本人因素导致的家庭困境。正是在这种具有普遍性意义的人生路途上,乔雪梅面对困境时逐渐显示出来的人性之大美,所显示的广泛的感召力就很自然地发生了,观众抑制不住的暗泣和唏嘘,是感同身受般的情感交流和心灵的呼应。她在家庭困境里的人生选择,是放弃已经铺展到脚下的红地毯,承担起照顾瘫痪父亲和幼年弟妹的生活重担,支撑起一个面临破碎的家庭,真让我联想到甘愿自己下地狱,而放兄弟姊妹到灿烂光明世界去的那个有着壮美襟怀的英雄。然而,乔雪梅面对的不是重大历史事变里的义无反顾的人格和道义的坚守,也不是官场、商场里的正义和投机的较量,她面对的是父亲的轮椅,是需要扶携的弟妹们的温饱和求知渴望,是每天米面油盐青菜的掐算,和同代人诱人的光圈和庸俗不堪的时髦时尚的刺激灼伤。就在这样的境况下,她不仅让绝望的父亲享受到生的温馨和欢乐,更重要的是引导弟妹们一个个走出困境,抵达各自人生成功的第一个驿站,为社会奉献自己的聪明才智。这样看来,她与那些肩扛灾难之门成就众生的英雄,在精神人格上是相通的。而正因为她是一个不起眼的普通市民,除了获得人们像对英雄的那种尊敬之外,更多了无隔的亲近和亲和。

《迟开的玫瑰》里的乔雪梅之所以引发剧场里那种罕见的效果,大约与目下的时风不无关系。思想开放和经济繁荣的现实生活里,"人不为己,天诛地灭"的腐朽观念,以各种迷人的色彩或新潮的话语重新包装后,被堂而皇之地津津乐道,不择手段的丑事丑闻常常令人惊骇不迭。乔雪梅在这样的时风里走向我们,对人们普遍的关于正直、善良、崇高的渴求欲望,是一种心理填补和满足,是一种健全健康的人格示范,是关于人生价值估量过程的鉴示。

乔雪梅的精神取向和道德内涵,是我们民族传统的美德,自有文字以来就推崇着这种美德,然而,它又不局限于传统,更不仅仅局限于我们这个民族。就从有限的阅读感受来看,乔雪梅的精神人格和道德规范,是所有民族都推崇着神圣着的,差异仅仅在于教育方式和生活习俗的不同,任谁恐怕都难列举出一个崇尚邪恶的民族来。乔雪梅的人格和品德,是许多民族共通的一种不需语言沟通的东西。人类各个种族正是在这一共同遵奉共同神圣的一点上找到契合之处的,它超越宗教超越社会制度也超越人种差异习俗差异。如果总是局限在中国的传统和现代的习惯上讨论乔雪梅,无可避免会陷入落后和趋时的浅白。

我看过陈彦创作的三部戏,有眉户,也有秦腔,都是以当代生活为题材,多以城市里的普通人为解剖对象,却都有直抵观众灵魂的冲击力量。他不回避生活中的矛盾,反而在司空见惯的市井生活里,常常有惊人的发现和深刻的开掘,既显示出一个剧作家思想的勇气和力度,又显现出其在舞台艺术方面的个性鲜明的才华。无论剧坛或者文坛,不少见某些标新立异乃至荒诞的形式,作为新的探索,这不仅无可厚非,还应鼓励,问题在于除了带有模仿痕迹的形式之外,恰恰缺失了对生活的独立发现,甚至不惜瞎编臆造怪诞丑陋的情节细节,以掩饰思想的浅陋和苍白。陈彦的创作指向和追求,令我钦敬,尤其是这样年轻的一位艺术家。

2005年9月20日 二府庄

仰天俯地　无愧生者与亡灵

——感动孔从洲将军

至今依旧清晰地记着,头一回听到孔从洲将军的名字,而且还是我的灞桥乡党时的那种惊讶和神秘的情状。

那是我刚刚进入高中学习,从结识不久尚未完全消除生疏的同班同学那里得知的。"孔从洲是我村人。我村出了一位将军。炮兵司令。"等等。他说话的表情和声调是骄傲,亦不无炫耀。然而,他只是再三强调孔从洲将军是他们上桥梓口村人,他父亲曾经和将军在同一所私塾念过书一块在村巷田野疯玩,却再也提供不出化释我的神秘感的内容,诸如将军如何踏上革命道路,经历过怎样艰难曲折的过程,有哪些超凡事迹或英雄壮举,这都是我乍听之后特别感兴趣的话题,他却不甚了了,只顾沉浸在本村出了将军的荣耀和骄傲的情绪里。我的高中母校就在古人折柳送别的灞桥桥南,学校的围墙就扎在灞河河堤根下,过桥朝西北方向走不过几华里,就是孔从洲将军的老家上桥梓口村。我和同学帮助农民秋收时,往返于上桥梓口村开阔的田野,眺望沿着灞河长堤伸向渭河平原深处的柳树林带,走在上桥梓口村雨后深陷的马车辙痕的土路上,看不出这个上桥梓口村和邻近村庄有什么不同的气场脉象,然而一位共和国的将军就出在这里。我的崇拜和敬重是很自然地发生的,二十世纪五十年代是一个崇拜英雄的时代,为共和国的建立流血牺牲的烈士和功勋卓著的英雄,获得整个社会的尊敬和爱戴是由衷的真诚的;从少年时代到步入青年,我充分感受浸润着这种崇拜英雄的社会气氛,也因为我的个性和刚刚萌生的想有作为的心理,对前辈英雄不仅崇拜,而且形成一种心理情结;孔从洲将军是离我最近的一位前辈乡党,我的崇敬我的骄傲和我的神秘感,由那时贮入心底,竟然有四十多年了。

直到去年年初,我读到作家徐剑铭等人写作的长篇纪实《立马中条》书稿,看到孙蔚如司令麾下战将孔从洲浴血打击日本侵略者撼天动地泣鬼神的战绩,我几次被感动得心潮难抑,对将军第一次感知到最切实的了解。再到今年读到孔从洲将军的外孙张焱写作的《也无风雨也无晴》书稿,我对从家乡灞桥走出去的孔从洲将军,才有了较为完整的了解,一位从未见过面的将军生动地浮现在我的眼前。我读这部书稿,不是通常意义的文学作品欣赏,尽管年轻的张焱思想深刻笔锋犀利。我的整个阅读感觉是走进一座大山,伟岸凛峻,却也高襟柔肠,那是对自己追求的事业的忠诚,对国家和人民承载的责任的义无反顾,对一个高尚的人的精神情操的历练,对一个纯粹的人的人格品质的坚守和修养,使我感到一个人用整个生命历程铸成的巍峨大山的形象。这座大山,不仅经得住同代人的审视,更经得起后人的阅读和叩问。这座山的独有的品格,独具的魅力,立于群山之中,不摧不老。

有一个至关重要的细节,我一遍成记。孔从洲在刚刚兴起的新式学校读了两年初中,因家里一场土地官司打得倾家荡产而辍学,回到村子别无选择地学做农活儿,而且很快成为赶马车的把式。依我乡村生活的印象,马车把式在关中农村是受人敬重更令人羡慕的"高职"人才。无论给自家驾车吆马或受雇于旁人执鞭,都是"高人一等"的技术性人才。然而孔从洲既无心纠缠于家庭土地纠纷的恩怨(乡村里无论贫富无论长幼都易陷入的仇恨情结)之中,亦不留恋沉迷小康之家和车把式的优越,扔下马鞭走出虽也凋敝却仍可以养人的天府关中,投奔远在陕北之北的杨虎城去了,行程几近一千公里,"经过数月奔走,衣衫褴褛满身疥疮,沿路乞讨"抵达目的地安边,走进一个显示着强烈反叛旧制度的杨虎城部队的军营,开始了他戎马倥偬的人生征程。这一年孔从洲年仅十六七岁。关中乡村走失了一个驾马抡鞭的车把式,成就了一位肩负国家民族命运的将军。依我所能得到的文字资料,说孔从洲在西安读书时听到过杨虎城和他的部队的侠义精神,是促使他投"鞭"从戎的唯一导向。我相信这种导向对青年孔从洲的影响力,但得注意孔从洲个人的接受基础。即孔从洲刚刚萌芽的人生抱负,不甘于普遍的乡村生活的平静和平庸,肯定是与生俱来的个性气质里的叛逆因子起着关键作用,使他自觉脱离开无以数计的关中乡村青年习惯接受的生活模式和生命运行轨道,他的生命没有消磨在麦垄马厩,而是张扬在民族救亡国家解放的烽火之中。我便确信,一茬一茬的茫茫人群里,少年时期就显出鸿鹄之志的杰出人物,是自古以来就屡见不鲜的事实。

　　孔从洲参加了消灭军阀的北伐战争。尤其在西安城被军阀刘镇华围困的八个月时间里,孔从洲和守城的军民成功坚守到胜利,他已经初显军事指挥才智,荣任炮兵排长,时年二十岁,被杨虎城爱称为"娃娃排长"。也就是从这时起,孔从洲与炮结下了不解之缘,直到他创建中国人民解放军南京炮兵学院并荣任院长,再到中央军委炮兵副司令员。

　　在标志中国革命形势重大转折的西安事变发生时,孔从洲已经成为这场震惊世界的事变成败的举足轻重的人物之一。他任杨虎城17路军警备二旅少将旅长兼西安城防司令。按照张学良杨虎城的部署,两三个小时内,城防司令孔从洲指挥部属一举解除蒋介石布置在西安的军、警、宪兵和特务组织,一个不漏地抓捕了包括陈诚、卫立煌、蒋鼎文等军政要员。作为东北军和西北军联手起事捉蒋的一九三六年十二月十二日凌晨那两颗信号弹,是孔从洲指令士兵发射的。

这两颗信号弹射向夜幕沉沉的古城西安的高空,扭转的却是整个中国的时局,是中国从黑暗走向光明的一个历史性转折。孔从洲在他后来的民族战争和革命战争历程中,不知发射过多少颗进攻的信号弹,都比不得上述这两颗。作为一个军人,一生中能有这样重大的历史性机遇,是骄傲自豪,也是幸运,足可以告慰平生。

在随后的中条山抗日前线,在战区司令孙蔚如麾下,孔从洲率独立46旅,先后参加过十余次大的战斗,血战永济成为重创日军鼓舞士气的重大胜利。他的民族血性在打击日本侵略者的战争中,成为这个民族后代子孙永远珍重和膜拜的精神楷模。

抗日战争胜利,孔从洲即率部起义。正式回到人民解放军的队列,从华北一直打到西南,成为共和国的开国将军。

我从《也无风雨也无晴》书里,简要列举出孔从洲革命历程中这几件史实,在于勾出一个清晰简明的线条,可以看出一个完全可能成为庄稼能手马车把式的关中乡村青年,怎样走过堪称光辉的人生历程,留给后人多少精神启示和激励;这些重要史实的意义,绝不仅仅属于孔从洲个人,而是让我看到自辛亥革命以来,这个民族和国家在寻求生路、出路和解放的艰难曲折复杂漫长的历程的一个缩影,孔从洲是一个坚定的实践者,一个在革命烽火里舞蹈的凤凰。我列举孔从洲生命历程的重大事件,也在我的心里铸刻下革命历史的几根该当铭记的线条。

毛泽东曾经连声称赞孔从洲"是个老实人"。毛泽东这个评价的依据和注解是"别人都相信你"。这不仅是毛泽东的赞语,而是几十年的风雨历程里,他的上级他的左右臂膀和他的部属对他的共同印象和评价。在我理解,这个"老实人"的所指,当有更为丰富更为深厚更为高尚的内涵:对认定的主义追求的坚定不移,在艰苦卓绝乃至生命绝境里的殊死坚守,对肩负的每一个使命的忠诚,对同志同道的赤诚和坦然,业已形成独禀的个性气质和性格魅力,远远不是人们习惯上所说的"老实人"概念所能包容得了的。有一件事令我感动,当张学良和杨虎城两人做出"捉蒋"决定,并且拟定了这场惊世事变中东北军和西北军的分工部署,杨虎城把这个决定说给的第一个人,就是孔从洲,就是被他昵称为"娃娃排长"而今西安城防司令的孔从洲。可靠和信赖不需说了,成就国家和民族命运的壮举是他们共同的抱负,才会产生彼此间不言而喻的生死与共。

关于孔从洲的党龄,也是令我十分感动的一个细节。一九二七年"四一二"反革命政变之后,蒋介石在各个部队剿杀共产党人,杨虎城拒不"清党",把西北军里的共产党人或送走或隐蔽,就在这种白色恐怖乌云笼罩之局势里,孔从洲向共产党在陕西的创始人魏野畴提出入党要求。魏野畴觉得他暂时不要加入共产党,以他在西北军里的中级军官身份,更有利于为党工作。孔从洲听从了党的安排。一九三〇年孔从洲向南汉宸再次提出了入党要求,南以同样的考虑让他暂时不要入党。在中条山抗日战场上,孔从洲任旅长的独立旅,几乎是共产党人领导的一支部队,从旅部到士兵,谁都搞不清有多少共产党员,然而谁都明白这是一支皮白瓢红的战旅,连蒋介石都清楚,三番五次指令38军军长孙蔚如"清党",孙蔚如和杨虎城一样保护了共产党人,孔从洲实际上是按党的指示在执行。直到抗日战争结束,孔从洲按中央指示率部起义回到延安,经由毛泽东做介绍人加入中共。他的党龄就只能从一九四六年起算。从一九二七年到一九四六年,几近二十年的党龄,对于一位高级将领,不仅仅是荣誉和待遇层面的含义,更重要的是心理层面的感受。他不应是"党外的布尔什维克",而是从魏野畴那里开始,就自觉按照共产党的方略和思想规范着自己行动的老党员了。可贵的令人钦佩的在于他的态度,他提说过此事,因为种种原因没有解决,也就坦然接受了既成的事实,毫不动摇甚至毫不在意地专注于他的炮校和炮院培养炮兵骨干的工作,这也是"老实人"处理个人事情的一个范例,一种襟怀,一种境界。

这位"老实人"将军，可以不计较个人的得失，却绝不含糊重要的历史真实。他为杨虎城的继任者孙蔚如，以及孙蔚如统领的38军浴血抗战的史实，因为极左思想影响而受到的不公正待遇，甚至许多烈士和活着的官兵蒙受不白之冤和委屈，表现出某些"拗相公"的铁面和执着。他联合当年的知情者和亲历者申述真实事相，发表文章，为他们一个个平反或正名为烈士。他为自己统领的陆军整编35师抗日阵亡将士，自掏腰包修建陵墓。直到他疾病缠身行动不便的暮年，仍然为一座烈士纪念碑坚持不懈地努力，直到这纪念碑竖立在黄河岸边。"在我有生之年见到这座纪念碑修复，了却了我的最大心愿，作为这个师的师长，我可以告慰长眠在九泉之下的烈士了。"我被这样的话深深地震撼着。我便想到，一个人让共事的同志感到信赖，让死亡的战友的灵魂得到安慰。真是实践了中国古代先贤所说的仰无愧于天、俯无愧于地的博大胸怀了，在孔从洲这个"老实人"将军身上，还有既无愧于生者，又无愧于死者的道义和道德。

孔从洲将军的功勋，令我一直崇敬；孔从洲将军的品德，令我永远敬仰为做人楷模。我为我们灞河岸边走出的这位杰出的将军由衷地自豪。

2005年9月29日 二府庄

诗性的婉转与徘徊

和谷要出版文集，嘱我作序，虽心里惴惴却不敢推辞。

在我的意识里，深知文集这种出书规模对于一个作家非同寻常的意义，既是艺术创造的里程碑式的检阅和归结，更展示着一个作家创造生命的绚烂和庄严。和谷几十年痴心文学创作，大半生的心力和智慧都倾注在稿纸上，竟有五百多万字的散文、小说、诗歌、报告文学、随笔、文论和剧本，年过五十得以拢集梳理，编成六大卷，是挑选而不是全部。作为同操文笔的我，首先感觉的是对和谷创造成就和创造精神的敬重，自然不敢推辞，把能否读懂能否作好这篇序文的惴惴就隐压到心底。

乡情是一杯酒。一杯潜存在情感之湖深层里浓郁馨香到化释不开的陈年老窖。

我看到也感知到，被乡情的酒液浸润着的作家和谷，那根情感世界的主神经十分敏感，十分脆弱，又十分鲜活。一丛萱草，一撮茵陈，一根皂角，一棵老树，一种鲜花，一圈窑院，一架纺车，一页氏族谱纸，一位老人和一个同辈，等等，一入得眼一谋得面一握上手一开了口，那根情感的主神经便发出颤音，记忆里的爷爷奶奶父亲母亲的亲情和村巷里父老同辈的友情，弥漫在野花野草窑院火炕里的苦难和温馨，这些纯粹农业文明时代里的生活形态的记忆，苦涩也温暖，朴拙却纯净，简单更有真诚，因为在小小年纪无染的心灵镌刻下记忆，不仅难以风化，反是隔离愈久，或年事愈长，愈加鲜明，每有触及，便潮涌般泛溢起来，便是这一篇篇弥漫着浓浓思恋深沉忧伤的文字。

我猜测和谷写着这些文字的笔在颤抖，因为作为读者的我，在掀动着这些冲荡着情感文字的书页时，手指都发颤了；我也猜想和谷的稿纸上滴溅着泪痕，证据也是我自己触及这些文字时，泪湿老眼。

幼年的和谷是不曾穿过一件洋布衣服的，"总穿着一身母亲织的土布"。我长过和谷几岁，解放前不必说了，直到二十世纪五十年代读书到中学，也依旧是母亲手织的土布。和谷笔下母亲的那架纺车和织布机，母亲右手摇着转把左手扯着棉线的姿态和眼神，双脚轮换踩踏底板的呱哒声响，那自然地左右扭动着的臂膀和腰肢儿，是叩击心灵的永恒的生命交响和舞蹈。我在阅读的绵绵不尽的情思的咀嚼里，那纺车和布机上和谷的母亲，不知不觉中已经幻化出我的恩德如海的母亲了。我掀动书页的手指颤抖起来，泪水模糊了眼睛。

那纺车和织布机上的母亲，不是和谷一人的母亲，是乡土中国人的母亲，每个从乡村长大的一茬又一茬中国人，都是在嗡嗡的纺车和呱哒的织布机的乐曲声中，睁开眼睛学步走路进入各自的人生旅程的。无论这个人后来有怎样的造化，有多大的出息和成就，官居几品财富几斗（金），抑或是掐数着硬币过日子的平民，有这样的生命之乐贮藏心底，当是对人的精神和心灵的永久性滋养。和谷催我垂泪的一页页乡情诗篇，让我看到被这生命之乐滋养着的人性和人道的底色的鲜活和纯净。这无疑是透视作家心灵世界的窗户，也是萦绕在爱心柔肠间的音符的直抒。反过来看，如若这生命之乐被抹掉了，人性和人道的那根神经也就麻木了僵硬了，即使硬要发出回瞻的声音，难免弄出矫情的虚空的腔调，这类东西早已屡见不鲜了，令人生腻了。

我为和谷所感动，更愿这哺育灵魂的生命交响，鸣奏在往后的每一个黎明。

和谷不是单纯地忆旧,也没有沉浸在少年苦涩和温馨的记忆之中,记忆里的昨天的印痕,与现时正在踏着的村路田野相叠相衬,落在心头的巨大而又强烈的反差,体验到的是焦灼和无奈,容不得童年的诗性记忆泛浮。作家和谷面对的是被无序的市场折腾着的果园和菜圃,鲜美的苹果不仅激发不出诗人惯常的赞美,反而是愤怒,愤怒的果园农夫用机械来铲除来颠覆。小叔父的牛也缺失了风光,早已不是少年和谷山坡草地上摇甩尾巴的黄牛了。"它哞地叫了一声,没有同类的回应。明年收麦子的时候,还会听到牛的叫声吗?"牛与农民的关系,由过去的几近至亲的相依为生,正在变成养而为肉的纯商品关系,农民在这个冷酷的转换过程里的不可承受之痛。和谷为着明年能否再听到烙在心底里的黄牛悠长的"哞"叫声,也只能徒叹"孤独和无援"。

有几篇写人的散文,读来令人忧伤百结。那位尚未成年的堂妹,在绝望无助里的平静,读来让我惊心动魄,让我如此逼真地看到一个冰清玉洁般的精灵,却透着凄美,萦绕在心间。《风中的小辫》里的"小辫",是作家自己在乡村订婚六年的未婚妻,那种浓郁的乡风习俗笼罩下的少男少女的神秘,闭塞心态里的娇羞,初萌的爱情里的纯净,把刚刚过去的那个时代里最神秘的初恋形态逼真地展示出来,由此可以领略一个时代文明的征象,解读一个时代的人的心理结构的标志性密码,感知那个时代社会生活的基本形态和脉象。我顿生感慨,这样写人的散文,就体验到的深刻和真切,就艺术的生动和逼真,给我阅读的可靠和可信的踏实,以及由此产生的强烈的冲击,远远超出了以各色艺术标志掩饰着空泛体验的小说。

这效果得益于作家的思想。我由衷感觉到和谷思想的力度和深沉。他对生活体验的质量,对生活景象穿透达到的层面,绝然峭拔于常见的某些衣锦还乡者矫情娇气的吟诵,更迥然区别于那些猎奇者故作惊讶的妄议。思想还决定着作家感受生活体验生活的敏锐性,昔日窑院的落寞,得不到回应着的哞叫着的牛的孤情,被颠覆的果园主人无言的愤怒,风中那根小辫在黄尘里的无助……和谷神经的敏锐敏感和体验体察入微之准确,令我感动又钦佩。思想也影响作家的情感倾向和投向,和谷尤为明显,他对接触的父老乡亲和同辈男女,已经不是表层的同情,而是一种感同身受的交融,而且自然到几乎不见一丝隔膜。我看到一个思想家的和谷。

更见出和谷独特的体验里思想力度的作品,当数他写现代都市生活的一批散文和随笔。《远行人独语》是一颗咀嚼不尽的橄榄。很少能读到如此深刻而又真实的内心冲突的文章。这是由生活体验进入生命体验的精神剖白。整篇文章都激荡着一种复杂情感,一种独有的感受和独自的体验。这情感之波气象万千,左冲右突,我却很难体会酣畅淋漓,在于那一波一波翻涌的笔浪里,挟裹着"悲烈和壮观"以及"艰窘苍凉"。这是很难产生很难自我把握更难得脱俗的叙述。多少人闯荡南方乃至欧美的现代都市,有成功者也不乏落魄者,其中不少人写下了各自的感受和体验,形形色色,或长篇巨制或点滴笔记,而和谷的这篇三两千字的短文,却是无可企及无可掩遮的上乘佳作。我想到杜甫的一首诗。安禄山制造的长安之乱,诗家文人写下多少感时伤世的诗文,只有杜甫的"国破山河在,城春草木深。感时花溅泪,恨别鸟惊心"写到至深至痛处。显然不单是艺术形式写作方法乃至采词遣字的因素,更关键更致命的是思想影响下的独到而深刻的体验。

这里就显示出差别来。一种深刻深厚的思想,决定着和谷由表象的生活体验,进入更为自由的生命体验的写作状态,与那些耍着尿泥而且自鸣得意的小调皮小情调小把戏类的东西,就划开截然不同的品相了,就显出某种大家气象来。我以为不单纯依赖天才,而是思想力量把天赋之才张扬到令我惊羡的艺术创造。

我同时感受到诗性的和谷。

好的散文本身就无异于诗。在和谷的还乡见闻散文里,在他抒写急骤蜕变着的当代都市生活的随笔杂感里,我都感受到一种诗性,诗的情怀,诗的情思,诗的张扬和诗的含蓄,差异仅仅在文字叙写的色调里。表述对当代城市复杂感受的诗性,呈现为激烈喷吐的情状;面对昔日记忆的乡村,却是忧惋不尽的拙朴无饰,然而其内核里弥漫着的还是诗性。一种区别于任何诗人作家的和谷的诗性,即独禀的诗性气质和诗家道德。仅以其记游类散文看,这种诗的襟怀似乎更为率性。无论是写惊涛骇浪里的黄河的木船,无论是明媚清丽的长安秋色,抑或是在历史上落下一个大大的惊叹号的鸿门,其精彩的描述,逼真的映景,精确的点染,还有随心着意的情绪性渲染,就自自然然形成独有的诗性了。常见的此类散文,最难脱俗的是笔墨缠绕于来去的过程,或是黏滞于过程中的小零碎。和谷的每一篇开笔都是一种气象,直接入景,一笔一景,气象万千。《黄河古渡》起手便是"莽原上艳阳朗照,幽谷里秋风萧瑟。山壑沟崩之势,渐渐趋于叶脉的形状。临近叶柄处,显得峻峭起来,有一种古铜的色调……"这种文字里蕴含的气势和气象,真有"抚四海于一瞬"的博大豁朗,又有细微生动为叶脉的精妙。未见黄河古渡里的木船,读者的我已经沉浸到群山拥挤的壮观气韵中了。

诗性大约不是学而得之的,不然为何在某些诗歌里竟然感觉不到诗人的诗性,更何况散文等类。诗性应该是一种气质一种境界一种追求所熏陶出来的心理气象,看去无形无状不可捉摸,却于一词一句间无处不见。

和谷散文阅读里的语言感觉是巨大而又截然的差异。这种语言色彩语言质感和语言结构形态的差异之大,甚至使我不敢相信是同一只手握着的钢笔所书写。譬如:"你已开始投入类似吃蛇般的崭新的生命体验。""你在拯救自己心灵的行动中咬响夏日生鲜的麦粒。""你感到正午炽热的阳光如同老家人说的白雨倾泻在尖顶帽与花伞上,大雷雨则把天空变成海洋一样酣畅淋漓而回肠荡气以至磅礴浩然。""你得经历失落惶惑和被疏远的时节……然后再换一种压力和快活的方式采撷果实。"这是作为远行人和谷在繁华而又喧嚣的都市里的叙述方式,且不说我对其内蕴的复杂感受。再譬如:"它易燃,又耐火,洁净顺溜不扎手。""谁知大雨滂沱,一连下了三天,泥土下不了铧。""她望着我,我不认识她,我端直走过去。不对!我的心怦然碎了!她不就是我曾经的小辫吗?"这是作为老大还乡的作家和谷触景生情时的叙述方式,同样且不论其中一种复杂苦涩的感受。我之所以摘抄这些句子,就是想探讨一个纯属写作的问题,即制约或决定作家语言形态的关键是什么东西?

刘勰在《文心雕龙》里有一句精辟精到的论述:"既随物以婉转,亦于心而徘徊。"这两句话十二个字,把用一切文体写作的作家的创作本相都说清道白了。暂且避开这句概论的主旨,仅就语言而言,也是精微难违的。作家的语言以怎样的形态"婉转"起来,得"随物"而选择到最恰当最贴切最应手的表述方式;还有"心之徘徊",可否理解为作家的思想、精神、气质对"物"所产生的体验和感受,决定一种特殊到别无替代的最适宜展示"徘徊"内质的语言方式?这样看来,不管面对什么样的"物",只用一种语言形态语言结构来写作,而且自鸣扬扬为语言"风格",是不可思议的。即如鲁迅,"既随"祥林嫂和阿Q和孔乙己等不同对象的"物","婉转"和"徘徊"出来多大反差的语言形态,已属阅读常识,且不说面对不同对象所使用的两极式冷暖语言的杂文。

这样,我就看到和谷语言炉火纯青般的成熟季节,既有汪洋一样恣肆林涛一样呼啸长河一样奔涌的抒发,又有简朴纯净到几乎不见长句几乎不用一个修饰形容词汇的素描。让我看到"随物"的对象差异所"婉转"出来的语言姿态和色彩,更看到这一颗独有的"心"所"徘徊"出来的灵魂世界的这一面和那一面的颤音。语言当是一个作家最显明最具标志性的个性表征。

我限于精力,更拘于能力,仅只说到和谷的散文阅读感受。和谷是一位多种体裁写作的作家,而且都有不俗的建树。他写诗歌写小说写影视剧本,也写过曾获全国大奖的长篇报告文学及电视连续剧《铁市长》,曾经产生过广泛的轰动性影响,远远超出了文学圈子,也超出了纯粹的文学鉴赏和评价的范围,在普通读者心里产生了深远的影响。提到这篇报告文学和以此改编的电视剧,在陕西虽不敢说是无人不晓,拥有广泛的读者和观众却是客观的事实。然而作者和编剧和谷,却在文学圈外少有人知。这里就应了一句俗话,爱哭的娃多吃奶。当今文坛,谁都看见会炒作的人易出名,他炒自炒伙炒用钱买炒,都在一时一地炒出热名来,已经屡见不鲜。和谷依然故我,从二十世纪七十年代写作到今天,从西安写到海南再回归西安,除了做必做的公务和家务,就是写作,悄悄默默地写作着,几乎不见张扬和张罗,与任何形式的炒作不沾。我在西安这地方几十年,虽然与和谷过从不密,甚至可以称作稀少往来,然而关于他在文坛的姿态,还是清楚的,自信如上的"悄悄默默"的用语,基本准确。

这首先是一种修养、品行和道德的自我恪守;这又是对自己所钟爱的文学创作的理解,相信作家以作品存活这样古今中外难改的法则,因而对自己从事的创造性劳动的神圣和尊重;这更是一种自信,对世界万象通达理解下的自信,对自我创造活力的自信,才能几十年保持这种沉静的姿态。

2005 年 10 月 5 日 雍村

业已铸就无限

——悼念巴金

巴金谢世了。即如巴老这样罕见的长寿百岁的作家谢世,我还是惋叹生命之短促。

巴金是中国新文学的开山者和奠基人之一。巴金天赋的文学智慧峭拔于整个新文学潮流之中。巴金的作品业已成为中国新文学库存的压山经典,是我们民族可资骄傲的精神财富。以《家》为代表的长篇小说,敏锐、准确而又深刻地揭示出从封建桎梏下走向新生的中国人的心理历程,封建政治封建思想封建道德网织下的中国人的心理结构和心理形态之种种,觉醒者冲破这桎梏这网织之痛苦之勇毅,尽管只是一个家族一个家庭,却铸就了一个时代中国人的典型。大的社会变革有历史教科书可循,而人的精神和心理更新复壮的历史性过程,我在巴金的小说里如亲历般地领略感受到了,那座封建老厦倾塌过程里中国男人和女人、老人和青年的呼吸和脉象。在我理解,这就是时代精神,一个特定的至关重要的中国历史大转折时代的精神。参与过这个时代历史性变革的人数以千万计,经历过这个历史性过程的作家也不少,而真正能以小说记录下这个不会重复的历史性变迁的作家巴金,便铸就了不朽。他的作品已经成为这个民族精神复兴复壮的历史过程的最准确最生动也最宏大的声响和映象,无可取代。

阅读巴金的小说,远远超越了纯粹的文学欣赏的意义,更不是那个时代有闲阶级把酒品茶所可赏心悦目的兴趣性阅读,而是对封建专制封建道德的挑战和呐喊,挟裹着新生世界强大的冲激荡涤的力量,震撼警醒着"铁屋"里一个个麻木的灵魂。我的印象里,那个时代无以数计的青年,就是在读过《家》等小说后,断然与旧世界旧秩序宣告决裂和背叛,寻找新的生活道路,追求人生的新的理想,走上革命道路的。巴金的作品影响了一代又一代的中国青年,就是从思想和精神启蒙的意义上达到其不朽的意义的。即使到二十世纪六十年代初,我读《家》《春》《秋》《雾》《雨》《电》等小说时,依然感受到深刻的启示。

　　巴金的道德、良知和人格,堪为楷模,高山仰止。他在经历过十年"文革"灾难之后的反省精神,不仅是一个作家自我道德和人格的完善,更是为着一个民族和国家未来发展的刻不容缓的责任心。他的《真话集》《随想录》,又一次使谎言鬼话肆虐许久的中国人受到警示。巴老直言不讳地阐明文学创作的意义,"是为着扫除人们心灵里的垃圾"。这对目下的我们所置身的文坛,更具切实的意义,作家不仅不能给生活制造垃圾,而是要荡涤人们心灵里的污秽;作家要扫除别人心灵里的垃圾,首先得涤除自己灵魂世界里的不干净的东西。

　　人的生命是有限的。作家巴金生命的意义,依他不朽的著作,业已铸就了无限的活力。

2005年10月21日　二府庄

陈孝英，让我感到灿烂

是在我的创作和陕西文学界开始发生关系时，就认识了陈孝英，还有"笔耕组"的一茬评论家。在他们极大的关注和关爱下，我的创作得以发展。从二十世纪八十年代到九十年代一直到现在，陈孝英一直关心着陕西文学，多年来陕西一些重要作品、重要作家的研讨会，陈孝英都参加过，他很关注陕西文学创作。

大概从二十世纪八十年代下半期，陈孝英开始把主要精力转移到喜剧美学研究上来。据我所知，陕西评论家中，涉及喜剧美学研究的不仅陈孝英一人，但他是专注于这方面研究而且很有建树的一位。在文艺评论这个大的领域里，喜剧美学是一个分支。陈孝英在这个领域里闯出一番自己的天地，卓有建树。他研究的主要对象是中国最富于创造活力的一位作家——王蒙。我看过孝英的很多评论文章，十分佩服。一个人一生能在一个领域内做成一件具有开创意义的大事，我觉得生命的价值就可以完全体现了。我希望他有更大的建树，取得更大的成就。他在喜剧美学这个领域中的建树，应该说至少在陕西是独树一帜，这就很了不起。到了我们现在这个年龄，常常容易对生活触发一些感慨，每个人由年龄的变化引起的生理、心理上的变化多有不同。陈孝英和我属于同龄人，对我们这茬人来说，过去的生活经历中都有灾难，更多的是极左的政治造成的灾难。我曾经当过农村基层干部、农村中小学教师，灾难也依然难以躲避。在那个时代背景下,在那种极左的政治气氛里,很难从灾难里头逃脱出来,要么装个庸人,啥都不说,或者要他怎么做就怎么做,一切顺从;要么就跟着极左的势力去制造灾难。在这样的时代背景之下,不要说保持一个知识分子的独立人格,就是保持一个正常人的良心,你都会很难生存,所以造成大量知识分子的灾难,比如老舍的自杀,柳青也自杀过,只是"未遂"而已。这个灾难不是一个人的,而是一个民族的灾难。连农民也受祸害,吃不饱、逃荒、饿死人。令我十分欣慰和庆幸的是,在这个极左造成的政治黑洞里,我们终于完成了一次社会变革。包括能召开今天这样的讨论会,大家能这样说话,陈孝英能出自传,这样的事只有在改革开放的今天才可能发生。过去谁敢写自传哪?只有个别伟人才有这种权力,普通人怎么能写自传?那是不可思议的事。

我以为,陈孝英自传出版的意义就在于,他以个人的生活体验、生命历程、事业追求、人生追求,比较深刻地展示了这段中国社会的大变革,展示了一个人在这个社会中所占据的位置、生存形态、感受、经历等等,很有教育意义。不仅他本人可以拿这个来做自己的人生总结,他的儿女可以拿这个来感受父辈经历了什么,社会上很多人看过一个知识分子陈孝英的人生经历,他们也会对社会、人生产生心理上的影响和启发。这部自传出版的重要意义就在于此。孝英刚才发言讲到有些东西不能写,对此我也有同感。二十世纪九十年代初到现在,有多家出版社安排人给我写传记,还有一些出版社要我自己写自传,或让我选择某个作家或记者来给我写,我都谢绝了。原因就是刚才孝英说的:"很难完全写出生活的真实来。"且不说今天的理论审视对你的那个"真实"能容忍到什么程度,仅仅是孝英刚才所讲的,和你同代活着的人跟你有很多纠葛就不好处理。包括青年时代经历的这事那事,发生过纠葛的人现在还活着,不要说你讲那个人有多么不好,不要说谁长了谁短了。就是一个词儿分寸不恰当,都会引发一场官司。所以我从来都不想写自传或者让别人来写陈忠实传记。与其不能真实地、全面地写出生存状态、精神经历、生活经历,那我就把它封存着,我本人抱的是这样一个态度。

而陈孝英能够把社会和生活容忍的那一部分东西表述出来,是了不起的一种途径的选择。这里还有一个民族心理习惯在起作用。从艺术真实的层面上讲,本来没有一个绝对标准,把细节生动地描写出来是真实,点到为止也是一定程度的真实。现在的舆论标准能容忍你到什么程度?心里没数就不敢写。比如,你写了几个隐而不宣的事,哪天他哥们儿来揍你一顿,问你:"咱俩的事你怎么给全社会宣传?"所以这里还有一个民族心理承受习惯的问题。正因为如此,我觉得,关于真实,陈孝英能写到这个程度就很好了,真实是没有绝对标准的,这也是一种真实。社会在发展,民族心理在健康的意义上再向前发展一点,孝英还可以继续把真实向深处延伸。

关于陈孝英这个人,多年接触下来,我感到他是一个很好的人,很平和地研究喜剧美学。在我接触的评论家和作家中,孝英是一个让人感到灿烂的评论家、作家,思维活跃、知识面广,对于文化活动、文化策划点子很多,而且获得了很多成功。那一年我到北京去,孝英告诉我一个关于"幽默城"的文化活动,带我去北戴河转悠了一番,给人家做了一回广告。孝英和朋友相处很平和、很善良,生活接触面很宽,使用面很广,创作空间也很大,别人想学也学不来。寄望孝英把这个优长充分发挥,多创造一些美好的东西。

2005年4月2日写
11月13日改

气象万千的艺术峡谷

——高峡印象

多年前结识高峡,颇多惊异,竟有这样面相英俊穿戴周正利落的书画家。在我的印象里,书法、画画、摄影、导演等艺术家,都在努力追求着创造着极富个性的艺术境界,慢慢地自觉不自觉地也使自己的个人形象个性化了,或卷发披肩或长须垂胸,一摆一甩里都展示着独行不群的浪漫风度;服装也是千姿百态,该窄的地方宽到可装半石小麦,该宽的地方却绷紧到能显示最细微的肌肤线条。以这样的印象看高峡,笔挺的西服,无褶的衬衣,严谨的领带,其色彩的搭配恰到好处,横看竖看正视侧视都让我觉得得体而舒服。尽管我从来不着西装,却不反感西装,而高峡确凿是我见到的最能体现西装之美的魅力的中国人之一。还有高峡的头发,由额前往后拢梳,整整齐齐,一丝不乱,多年前如此英俊,如此清爽,多年后看去依然英俊,依然清爽。几十年下来,高峡英俊清爽的形象,在书苑画坛反倒独成一景了。我从高峡多年来留给我的这种印象里,感知到某种独禀的气性里的自信,一个艺术家对自己坚守的人生信条的自信,对自己不断探索的艺术境界和艺术创造理想的自信。

高峡的书法和绘画艺术,也造就出独立一景,独具艺术个性的一景。

与高峡整齐规范的衣着装束恰恰相反,他的书法艺术却是不拘一格千姿百态气象万千令我眼花缭乱应接不暇惊讶不已，看去变化无穷，赏来意趣无穷。我真不敢相信，这些仪态万方的汉字会是这个让人看去十分周正的高峡所作，也不敢相信，那些规整到一笔不苟的楷书，和自修一体的行草，和独辟蹊径拙朴而又俏丽的草隶，更有独成一家如诗如画意蕴无穷的意象书法，会出自这周正规范的人的同一根毛笔。很自然引发我的猜想，这个外表看去中规中矩的人，蕴藏着一个无限丰盈的内心世界，一个自由活泼的灵魂，一双凌空飞舞的羽翅，一种迷幻想象的艺术创造活力。看来，真应了古人说的"是真才子自风流"这句话，真正的风流着意于艺术家自己创造的艺术景象和艺术世界，与头发胡须的卷直长短和服饰色彩基本无关。

我便想到变化。变有变的道理，也有变的理论。不变也有不变的道理和理论。似乎没有错与对的划界，仅仅在于不变的固守里达到怎样的艺术造诣和境界，或在不断变化的追求过程中创造出怎样的艺苑奇观。我见过几位大书法家的作品，无论发表报刊无论街头题匾，晾一眼便知为某老的作品，他们一生就只用一种字体写字，成为某体，赢得观赏也赢得书法界的敬重。再有更多的人是在不断变化里追求新的书法之美，高峡即属于最不安分最活跃最富于变化的一位书法家。他的草书，尤其是草隶，更有不可思议的意象书法，让我看到对中国古老书法艺术新境界的开拓，一种创造欲望的张扬和实现，一种探索和创造的勇气，这种永无止境的追求所呈现的变化，实乃珍贵，其精神启示何止于书法，文学创作亦然。

高峡的国画多为山水和花卉两类。山水画里的山，尽管是不同视觉里的极具个性的造型，却总能看到山的伟岸、山的雄浑和山的挺拔，让人强烈地感受到一种刚毅肃穆的精神气质。几乎所有以山为主题的构图，绝少繁复，更不见凌乱，多为疏朗明快的气象，间以白云薄雾，观之顿觉心胸舒展开阔。在以青黑为主调的山的这一皱褶或那一方断崖上，总有红的黄的或绿的花草点染，峻峭冷峻里泛出一抹活泼和柔媚。我便可以透视画家高峡内心里的那一份刚劲和柔肠。

高峡的花卉多取材于梅、荷、菊、竹、兰、玉兰和水仙等,这些花草在我们民族自古传承的内涵,是傲霜是骨气是纯净是清爽是纯洁。高峡以独立的体验和独特的领悟,把这些花草所象征所寄托的中国人最崇尚的品德和气质,展示得充分而又生动,说淋漓尽致也不为过誉,扑面而来就让人感到一种高尚纯洁的气韵。我同样可以自然地感知高峡的心灵趣味和审美倾向了。中国的国画,从来都是传达画家的心声的。后人从那浓淡粗密的墨痕里,读到的是画家的内心世界对客观世界的宣言。

行话叫写意。国画里的山水花卉,我之所以更偏爱写意一类,就在于那一峰一壑一枝一朵里意蕴无穷。写意自然也有高境界和低俗层次的差异,不单在笔墨功力,更在于体验层次的深浅,也在于画家个性修养品格内涵的关键性因素。这也类同相通于文学创作。高峡给我展示的山水里的抒怀寄情,花卉里的风骨和清爽,都是其胸襟里的气象所展示的卓尔不群的"意"。

高峡自幼迷恋书法绘画,天性驱使,难得改辙。他孜孜不倦,沉迷其中,苦修其中,也得趣享乐其中,匮乏的物质生活丝毫不能动摇他的追求,即如十年"文革"扼杀一切文化艺术的险恶环境,他也没有中止学习和探索。高峡师承的书法绘画的大家大师人数之众,令我甚为惊诧,曾被石鲁赞为"最好的学生"。我从高峡师承和自立的求索历程中,颇得启示和教益,即吸收继承与独立创造的关系,这也与作家的阅读借鉴到独立创作完全类同。高峡可以说是博取百家之长的一位具有惊人的吸收借鉴能力的人。他在较为漫长的基本功力的操练过程里,将各路各派艺术大师的优长和"绝招"融注到自己的墨痕里,使自己的功夫日渐扎实,这是其一。更重要的是诸多大家大师的艺术思路艺术见解和艺术家的襟怀,给予青年高峡潜移默化的影响、启示和陶冶,对于书法绘画艺术的理解和领悟,对于艺术创造思维和视野的扩展，乃至对自身精神情操的滋补和修养，已经远远超越了笔法用墨等技艺层面的仿效。这样，高峡便避免了蜗居遮蔽于大师阴影之下的不幸。和文学创作某些不幸现象极类似，有人亦步亦趋模仿某种文学流派，甚至模仿自己喜欢的某位作家的语言，结果只是形似而神不见。书法绘画也有只是临摹某大家的笔法技巧墨色浓淡，而不得大家的思维和精神，终究走不出大家大师的阴影，无法形成独立艺术个性的自己这一家。高峡既得益于前辈大师众多的技艺技法，更领略其内在精髓，便把自己充实起来，进入自由的创造境界，达到随心所欲海阔天空浪漫风流的艺术创作的最佳状态，于是便呈现出如前述的那些令人惊诧令人迷醉令人击掌的书法绘画的佳作。

高峡沉潜在一座举世闻名的碑石宝藏之地西安碑林。那里保存着这个民族自有文字记载的历史以来的诸多碑刻的稀世珍宝，是海内外书法家无不仰慕膜拜的至尊之地。高峡多年沉潜其中，真可谓得天独厚，灵气神韵任其反复揣摩反复浸淫反复感受，注入灵魂，成为照耀艺术创造世界里的灵光神火。高峡又不局限于个人学养的得益，更倾心竭力于这些瑰宝的保护和研究，不仅是对民族独有的艺术光辉的弘扬，更是对当代书法艺术发展的促进。据我这个行外人所知，书坛业界无不对高峡的这些作为赞誉有加。

高峡是一位学养丰厚的学者型书画家，古典的传统文化知识可谓渊博，却又不沾拈须晃脑的老古董的迂腐；他又兼有当代世界最新知识的最新思维，显示着一种论说见解的新鲜活力。这应该是艺术创造的原动力，我据此而期待他新的创造。

2005 年 11 月 16 日 二府庄

真实又真诚的叙写

——毛安秦散文读记

在陕西文化艺术界这个不小的人群圈子里,毛安秦称得上是一位颇有人缘也颇有名气的人物。她的职业是电视记者,既做新闻采访,也做人物专题,尤其是后者,向观众介绍和宣传的对象,多是在学术研究、文学创作各类艺术创造领域,卓有建树的学者、作家、画家、雕塑家、书法家、舞蹈家、作曲家和歌唱家,还有少为人知的某些冷门如秸秆研究的专家、探索人脑奥秘的人。她的人物专题做得热情洋溢,又严谨自然,不见某些华而不实的吹嘘卖弄等时下常有的通病,而是在一个个特定的人物对象那里,挖掘出独禀的精神气质,给人以启示。观众看时也就自然产生一种基本的信赖,对被介绍的人物留下踏实可靠的感觉。

作家路遥,是她从事电视职业不久做的一个很有品位也很有影响的人物专题,是较早向读者揭开陕西这位杰出作家神秘面纱的一部好片子。我之所以赞赏,是这部专题片播放之后,吹到我耳朵里的良好反响所形成的印象。大约是二十世纪八十年代末,电视传播的技术尚不发达,我所居住的东郊原下的村庄,收不到电视讯号,无法看到这部专题片,颇多遗憾。文学界的作家朋友以及文化界熟识的艺术家,好多人都向我说到这部专题片的观感,赞赏有加。路遥生前对这部解读他的创作追求和生活历程的片子,也是颇为称道颇为珍重的。直到许多年后的今天,我才看到毛安秦写的这部专题片《路遥,一个普通劳动者》的解说词。这是一篇精到的文章,对路遥这位艺术个性独特的作家的理解是相当深刻的,对路遥艺术创造的生活历程和时代氛围的剖析是准确的,对路遥深刻的思想和宏大的艺术追求的探索是到位的。于是,毛安秦的这部初出茅庐的电视专题片,不仅向观众介绍了一位具独立个性的作家路遥,也显露出采访者毛安秦脱俗的眼光和艺术才华。依稀记得毛安秦这个名字,还是路遥对我的说话里提到的。不过路遥称她小毛,那时她很年轻。

我和毛安秦的接触却是十多年后的事了。二十世纪最后一年的冬天,借助一位热心朋友的安排,我躲在礼泉县读书。毛安秦电话相约采访。我那时处于一种渴望清冷乃至寡淡生活的心态,此前业已谢绝了几家媒体的好心邀约,理由是关于写作似乎没有新鲜的话题。我仍然是推辞。突然想起刚刚得悉青年雕塑家李小超完成了《白鹿原》群雕的事,约定我去观赏,于是就把这个消息告诉毛安秦,可以以此为话题,着重介绍李小超的雕塑创作。这样,毛安秦如约前往礼泉,于寒冷的清晨赶往李小超乡村老家的宅院。我也同时看到简陋环境里艰苦而又富于创造性的一组组群塑,令人惊讶不已。这个在西安美院学过雕塑的年轻人,蜗居礼泉乡村老家,埋头苦干了两年,把小说《白鹿原》里的一些情节和人物,用泥捏出三十多组群雕,展现出故事发生的氛围和人物个性,说惟妙惟肖也不为过誉。我发现毛安秦被现场展示的景观感染了激发了,完全投入到让人始料不及的艺术景观里去了。恰是在礼泉乡村农家小院观瞻李小超雕塑创作的现场,毛安秦完成了和我的对话和采访。对我来说也是一次难忘的经见,脑子里至今都刻记着小院里那三间简陋的厦屋,厦屋里堆放着三四千个陶制的雕塑像,还有后院里自建的烘烧陶品的小窑,颇有点诸葛出山之前茅庐的味道。得助于握有先进传媒手段的毛安秦的相顾,把一个名不见经传的李小超和他的雕塑艺术推到广大观众视觉里,也推到陕西艺术界,现在李小超已成为很有名气也很富于创作活力的青年雕塑家。许多默默地进行着专题研究和创作的学者和艺术家,得助于毛安秦热诚而理性的推介走向广泛的人群,被社会关注和关爱。

匆匆五年过去,又到一年的冬天,毛安秦把一摞厚厚的书稿摆到我的面前,是她多年来创作发表的散文、随笔和采访笔记,我读后真有一种始料不及的惊讶,更多刮目相看的惊喜。平时偶尔在报纸上也看到过她的短文,没有太留意,现在却确信这是一位独具慧心颇富才气的作家了。她把热情倾注给各路名家宣传对象,却把自己的创作隐蔽起来,也把自己的作家面目深藏不露。

我读毛安秦的散文,最强烈的感觉是真实,既是描述的生活事象的真实,更是处于事象演变过程里"我"和相关角色心理的真实。这种阅读感受,主要得之于她写自己和自家亲属的一组散文。我也借助这次阅读,大略了解到毛安秦成长的社会背景和家庭环境。在改革开放前普遍贫穷的乡村生活背景,毛安秦又在一个支离破碎的情感环境里生长,犹如雪上加霜,至痛处令人扼腕。毛安秦叙述里呈现的经济困境和情感绝望的母亲形象,我在阅读过程里,竟然不止一次有揪心的紧张。这是不少小说的阅读里都难以获得的情绪性感染。《追忆父亲》是一篇难得的散文佳作。父亲在文章里也在作者的成长史中的几次出现,标志着这个人几个阶段的生存形态和精神形态,其生动典型的举止行为和语言细节,活脱刻画出一个悲剧人物痛苦、辛酸、慰藉等丰富的情感内蕴。我由此而能透视到当时社会和家庭双重的挤压,如何摧折着一个父亲的心灵和脊梁。这篇散文深刻的社会内容和"这一个"的典型性,正是许多同类题材的小说所企望获得而未能达到的艺术效果。

这种感人以至逼人的真实感,渗透在作者一系列叙述个人生活片段的篇章里,崩析的家庭里的阴影,对少年时代心灵世界的遮蔽,艰难的求学历程中所经受的磨砺,真诚的友谊和善意的救助,不仅让我看到一个顽强地追求着生命理想的心灵的灵光,更感知到默默地潜存在人群里惜才的老师至诚的士兵等洋溢着爱心灵光的人。这种坚实质朴的真实,是毛安秦散文的灵魂。不争的事实是,矫情娇气或游戏卖弄的文字,在当今散文创作里随处可见。既看不到真实的生活感受,更无思考思想的一丝敏锐的火花,落叶似的语言里没有生命活力。这样,我就尤其珍重毛安秦散文里那种真实的生活体验,以及她对那种刻骨的鲜活的体验的准确描述。这样的散文,就获得了存活于世的基本资质,不会被时间改易,也不会因时世的演变而褪色。

毛安秦散文的语言,质地淳厚,颇富力度,形象和准确自不必说了。这种语言更让我联想到优秀小说的语言。我在阅读中往往设想,毛安秦从散文写作很容易也很自然地能过渡到小说创作,还在于她对散文布局架构的把握十分得体,繁简得当,起伏迭出,把生活里真实发生过的极富戏剧性的情节叙述得恰到好处,给读者以一波强似一波的情感冲击。这也是小说作家不断追求的艺术效果,毛安秦的叙事性散文却达到了。这就显示出作者驾驭题材的本领,和艺术表现的智慧。

阅读了毛安秦的散文,我才意识到以往对她的了解太浮泛了。这是一个极富个性的人。这种个性不是怪僻类的,而是不甘平庸不甘屈服的自强不息的内驱力,小小年纪就显示出来。正是这种内驱的力量,才跨越过不单是穷困的障碍,完成了艰难的求学之路,获取了强大自己的知识,从终南山下的乡村走向自己热衷的专业。毛安秦也是一个极富道德良知的人。她对真诚地帮助过自己的老师念念不忘,《师恩重如山》一文读来令人击节扼腕,既感动一位良师,也感动作者对于知遇恩情的敬重和珍惜。这应该是作为一个人的基本的操守,是人与人之间既可说崇高也可说是底线的东西。我在阅读里不仅了知毛安秦的身世和成就之路,更重要的是看到一个有志气有追求有道德的人。散文是作家最直白最坦诚的表述。了解作家最直截的途径是阅读其散文,作家关于世界的理解,作家关于生活事变的态度,作家关于生活的独特体验,作家面对世界的信仰,都通过散文毫无遮掩地袒露出来。毛安秦深得散文立足之命脉,让我达到一种理解。

我把作家这种从业者的因由,从生理上解释为一根对文字敏感的神经。这根神经决定着这个人从少小年纪就会对文字尤其是诗样的文学语言发生敏感,再到喜欢以至不倦地追求,往往是与物质的优裕或匮乏无关。我从毛安秦身上也验证了我的观点,她也是小小年纪就热衷文学作品的阅读,尽管那时候受束缚于"文革"极左的环境,依然阻挡不住那根敏感文字的神经,终于在进大学时就发表诗歌了。那是一首很耐得吟诵的诗。毛安秦已成为一个优秀的散文作家,营造出独立的散文风格和艺术景致。

这个多年热衷于宣传各色专家的人,对自己的创作一直低调处理,不事张扬,更不沾文坛上某些自我标榜自我吹嘘的时风。她专注于自己的电视职业,把对生活和工作里的感受和体验诉诸文字,造就一篇篇颇有独立见解的文章。这种踏实的心地里所蕴含的自重和自信,尤为难能。

2005 年 12 月 20 日 二府庄

别一种情怀

　　我诚惶诚恐,说老实话,快十年了,写了不超过二十首诗和词。我到现在把平仄都搞不清,也没有时间硬记,仅仅只是能把握住对仗。开始学写古体诗的时候,还敢标上七律七绝,后来就一律去掉了,仅作为诗,这样就可以逃脱古典诗词审判者严厉的标尺。但我确实喜爱古典诗词,得空常读一些篇章,也看到现代人写古典诗词的非常多,报纸、刊物,以及中国作家协会办的《诗刊》上也能看到一些。最近,看了我们的老领导张勃兴同志出的两厚本诗词集,有诸多感慨,我只谈一点,从《荏苒录》中,可以充分感受到一个新生活建设者的情怀,这点非常突出。

　　我们常说"文如其人,诗如其人",这是一个难得悖反的规律。张勃兴同志长期担任陕西省的主要领导,就我和他有限接触的印象来看,他应该是陕西新时期改革开放的奠基者。他从二十世纪八十年代初,开始担任省政府和省委的主要领导。我们陕西跨开较大较快的改革开放的脚步,正是从八十年代中期开始的,那时有很多理论问题在辩论,思想解放的阻力很大,新的思想理论体系还没有建立起来。陕西大的改革开放步伐大约在八十年代中期到后期终于启动了。这个时期勃兴同志担任陕西省的主要领导。记得,我连续多年参加省委会议,令人振奋的"米"字形高速公路建设规划就是那时提出来的,到九十年代"米"字形高速公路已成为现实。去年,我看到新的发展思路,已经把"米"字形高速公路建设提升到一个新的阶段,叫作"三纵四横",从"米"字形已发展到一种网状交通。从报纸公布的交通示意图上看,未来高速公路基本上把陕西网起来了。仅公路交通而言,这二十年期间陕西发展很快,而且越来越快,因为现在的物质基础和财力要比八十年代中期强大得多。我们显然能感知到勃兴同志是陕西发展新图景的奠基者、开创者。

这样一个人,在担负着繁重的社会责任和千头万绪工作的同时,还写了这么多诗。承担着这样重大的社会发展使命的人写起诗来,心境肯定不会像陶渊明那样"悠然见南山"了。张勃兴同志作为新生活的建设者,即使见到"南山",情怀也不会是"悠然"的。所以我们研究诗、品诗,要与作者、诗人的情怀联系起来,这是解读诗歌最致命、最直接的密码。陶渊明在退居到南山之时和中举之前的心情显然不一样。人的心理变化和情绪的变化决定着诗词的变化。我在这两本诗集里充分感受到一个新生活、新社会的建设者的一种情怀。这种情怀我们不能代替,只有张勃兴同志才有,他对社会发展过程中的变化,不仅看得最准确,关键在于他是直接促进发展、进步、变化的领导者、组织者,这样他就有了对三秦大地在改革开放过程中最直接的生活体验,旁观者就很难感受到这种生活体验;他所在的位置与其他参与者的体验是截然不同的。我们看到的既是一个建设者,更是一个负有更大使命的领导者直接体验的情怀。在我们中国古典诗词里,就充分体现着那些有道德、有良知和社会责任感的伟大诗人传统的品质。在古代,专职的诗人很少,很多大诗人、大文豪都担任着或高或低的职务,有的在朝廷中央,有的在地方,包括苏轼都是这样的。他们在领导一方地域的时候,由民情、国情和政治抱负引发的情怀,都是以他们直接的生活体验抒发出来的。"大江东去,浪淘尽,千古风流人物",文字里涌动的不仅是长江的大浪,更是苏轼自己豪情万丈的精神情怀、内心波浪,旁观者不进入、不参与当时朝廷忠与奸、政见与分歧的矛盾中,没有直接体验,是很难产生这样博大的气魄的。所以,我看到勃兴同志的诗词,联想到传统的诗家词人,他们不是单纯的忧国忧民,而是直接解决国之忧、民之忧的人。杜甫没有做成官,他的"朱门酒肉臭,路有冻死骨",只能徒叹奈何,给后世留下那个腐败王朝下的百姓生活的凄惨景象。有一些诗家如王安石,他直接参与政治改革、经济改革,有失败者,有成功者,他们的诗词所表现的直接体验,与旁观者感受到的体验差别很大。从这个角度来看,勃兴同志几十年来是我们陕西改革开放的领导者、组织者、发动者。他把这种情怀注入诗词之中,我作为读者在书中到处都可以感受到。

勃兴同志从领导岗位上退下来以后,这种心情仍难以完全改变。尽管不在主要领导岗位上,但他长期修炼成的这种心理和责任感,这种对人民、对事业的情怀,是很难改变的。在他的诗篇中,即使吟诵山水风物,也能感受到这种情怀。

这样,我们就能以非常崇敬的心情来理解过去的书记、现在的诗人,感受他作为诗人的一种大爱者的情怀。至于诗词的采词造句、意境风采,我就不一一说了,让专家学者来品评。

祝贺张勃兴同志两部诗词著作出版,祝愿他在身体健康的同时,诗词创作更上一层楼。

2006年3月25日草
4月13日修订 二府庄

心斋,一个海阔的文学空间

王愚同志从事文学评论活动很早,而且那时他还很年轻,他在文学评论上的主要成就,却是在新时期取得的。王愚是一位富于才华、富于智慧、富于正义感,尤其是富于独立思考、独立见解的艺术家。可想而知这样的一个艺术家在我们过去不正常的社会生活和文学生活当中,首当其冲地遭到了打击,就是必然的事了,从"右派"升级为"反革命",从"劳教"到"监狱",惩罚也在"升级"。几十年后的今天,我们再回过头来反思这一段历史的时候,我觉得年轻的王愚当"右派"是合理的,今天看来几乎是难能可贵的伟大。王愚青年时期走上文坛,他的文学理想和艺术的思维一经付诸报端,就以强烈的锐气和独立的见解引人注目。而我们在二十世纪五十年代中期一直到"文革",越来越不能容忍任何艺术个性和艺术见解,这早已成为不争的事实。王愚刚刚发出自己的声音,就被封喉,一个天才、一个富于独立艺术个性的天才,就只能放下纸笔去"背砖"。这当然不是一个人的悲剧,而是我们国家和民族的悲剧。我之所以说王愚的主要文学活动是从新时期开始的,因为只有挨到生活"柳暗花明又一村"的新时期,他的创造智慧和创造活力才获得释放的历史性契机,以喷涌之势壮观于文坛。我十分惊讶一个被封喉了二十余年的人,不仅未被摧折未沉没麻木,反而依然保持着敏锐和热情。王愚的主要著作都是新时期以后所创作的。新时期以来的陕西文学、中国当代文学记载着一个不能泯灭的名字——王愚。

新时期文艺复兴一开始,王愚重新说起了现实主义神话的话题。这是他几十年前刚刚跃上文坛时说的一个话题,并由此而遭难的一个话题。几十年后又说这个话题就显得意味深长,也是一种历史性的讽刺。一个背了几十年的砖、受了几十年的劳改,一出监狱,一走进文坛,仍然说几十年前因为说了现实主义话题而落难的话的这样一个人,重新能说这个话题本身就给人一个非常大的启示,我们现在选择的政治路线所打开的新局面,由此而出现的前所未有的文学繁荣,是关于社会主义的认识达到一个新的深度和高度,自然是从正反两面的经验和挫折里完成这个理论的升华过程的。在这个艰难的过程中,我看到了一个人的精神,就是王愚这种"还得说"的精神。王愚对新时期文学评论,表现出了巨大的热情,发出了独到的见解,也表现了一个艺术家的良心。他跟新时期的中国当代文学的发展是同步的,尤其在我们陕西文学的发展过程中是一个很重要的声音。

新时期以来,王愚对我们国家出现的一些重要作家的代表性作品几乎都有所论及。从一九七八年到一九九八年的二十年,即改革开放后的二十年中,王愚对这二十年间我国文学发展中几个潮流所形成的阶段,都在他的论文里有所涉及,表现了对中国当代文学发展的一种巨大的热情。我们不能忘记,王愚对于陕西新时期文学的发展,做出了重要的贡献。新时期伊始,王愚、畅广元、刘建军、蒙万夫、李星、肖云儒等陕西一批重要的评论家,以民间的形式组成"笔耕文学评论组",一直关注全国的文学发展态势,尤其是对陕西新时期以来出现的这个作家群的关注和研究。陕西新时期涌现的主要作家,都在王愚和笔耕组的评论视野之内,尤其是那些发生过重要影响的作品:像路遥的《人生》、贾平凹的《腊月·正月》等这些作品都受到过巨大的关注,有过深入的研究讨论,产生了一批评论文章,对作家创作的进一步发展产生了重大的影响,对作家群体也发生了重要启示。每当他们感觉到有必要对陕西文学创作的发展状态做一次阶段性分析时,笔耕文学评论组就开会。这一段过程我是经历过的,因为我也是被他们关注和评说的对象,我是记忆犹新难以忘怀的。应该说他们的评说是无私的,也应该说是"无情"的。

当然这个"无情"不是指情感,而是说没有个人私情的情。他们面对的就是文学,除了对一些重要作品的研究,更关注一个又一个作家创作发展的状态,达到了什么高度得了什么艺术成果,更偏重分析制约某个作家大步提升的关键性因素,促进其尽快提升作品的品相。这是无私的爱,是大爱。对陕西新时期以来的这个中青年作家群体创作的发展,王愚和他的笔耕组确实起到了一种不可替代的作用,也体现了一种兄长和朋友的真诚。王愚和这一批评论家的年龄要比这一批作家年龄稍微长一点,哪怕批评都叫我感觉到是一种真诚的批评,希望你尽快跃上一个台阶的那一种真诚。我想跟我年龄差不多的这一茬作家都有这样的感觉。王愚不仅关注著名的作家,还以最大的热情和真诚关注陕西一大批青年作家的成长和发展。王愚对于新时期以来的中国文学和陕西文学巨大的热情和重要建树,体现了一个真正的文学评论家的一种生命形态、心理形态和生命价值。

王愚年龄还不大,不幸连着两次发生中风,身体和情绪都受到一定的影响。而当病情一旦有所缓解,王愚就又开始了他的"心斋"里头的叙谈活动,令我尤其感慨,一个人的生命追求,一个人的终生用心,一个人对文学创造的迷恋和永不衰退的创造活力。柳青说作家的创作六十年为一个单元。王愚按年龄说现在过了六十年了,但文学活动还不够六十年,活到八十七岁这个六十年的一个单元就完成了。

祝愿王老身体和心理保持年轻,雄雄壮壮地活到八十七岁,完成他文学的六十年这个单元。

2006 年 4 月 18 日

中国乡村形态的智慧表达

——我读《山匪》

《山匪》是我阅读过的同类题材小说中非常优秀的一部,写出了真实而深刻的生活形态,达到了一定的深度和高度!《山匪》具备了沟通更大空间读者的品格,是一部显示着耀眼的语言魅力的小说,也是那个历史过程中乡村生活的百科全书。

我昨天晚上一点钟才读完这部小说。不读作品我是说不了话的。直到现在还陷在《山匪》阅读的兴奋和愉悦之中。这部小说在媒体连载时我看了几个章节,首先感到非常漂亮的叙述语言,是难得的让人一旦触及便感到兴奋的一种文学语言。直到今天看完了,仍觉得这部作品可以让人言说的话题很多,从任何一个角度上去看这部作品,都能引发人论说的兴奋点。

关于《山匪》这部小说的内容,如果要用一句话概括,就是:一个历史过程中的中国乡村形态。作为一个读者阅读任何作品业已形成的习惯,我是通过阅读作品来看取作家的创作意图的,而不是根据作家的创作意图来看作品。我之所以说《山匪》展现了一个历史过程中的中国乡村的社会生活形态,在于这部作品所取的那个历史时段,是封建社会解体、新的社会架构没有建立起来之前,确切说就是二十世纪前半期这一段中国乡村的社会生活形态。我不认为这仅仅只是商洛一个村一个镇的生活形态,而是中国乡村社会生活形态的一幅浓缩了的影像。无非是作家孙见喜把他的描写对象搁在他最熟悉也最敏感情愫的家乡商洛罢了。就跟斯坦贝克把他作品描绘的对象,一生都放在他的家乡那个地球上像邮票大的一块地方,而它辐射出来的社会意义和人生形态却是人类共通的东西。我读《山匪》的感觉也是这样的。在《山匪》里,孙见喜展示出来中国乡村在那个大动荡大混乱大裂变的社会背景里的政治形态、经济形态、文化形态、教育形态、生产形态、道德形态、民俗形态、社会结构和生活运动的形态,我如同领略业已湮灭的那个时代、那个历史过程中乡村生活的百科全书,阅读时可以充分感受和体味到上一代人昨天的心理秩序的脉象。清朝灭亡以后,有军阀混战王旗迭变的时段,军阀刘镇华围困西安城就是这种政局在陕西的一个典型事件,它不仅影响了关中,也影响了商洛和周边地区。这是一个大的政治历史事件,不仅是经济损失,不仅是生灵涂炭,而是更深层地影响到社会结构和民众的心理秩序。《山匪》以几个家庭和各个社会位置上的人物的大起大落为脉象,生动地展现出那些不容置疑的生活景象。我很感兴趣的是,传奇、神话、诡异的传说等,这些在作品里都做了详尽的描写。有一个情节写到孙家老大承礼,一出门就被割掉了头,最后他的头在她媳妇尿尿的那个地方的裤裆里发现了。类似这种神奇、离奇的情节很多,整个作品弥漫着一种浓厚的诡异气氛,展示了社会发展到那个程度时人的思维方式、人的精神形态和心理形态,而不仅仅是展示某些缺失内涵的怪异事情。这些我们从拉美魔幻现实主义作品中常能领略得到,但《山匪》不是拉美的魔幻现实主义,跟那截然不同,因为拉美魔幻现实主义可以把人突然变成甲虫。《山匪》里写那个人物的头不见了,是因为他媳妇在太岁神头上尿了一泡,这完全是中国民间神秘的思维方式。作品最后揭示出来的不是尿错了地方,而是有人为的因素,作者的思想是用诡异的形式来展示的。我们知道,缺乏科学的愚昧和落后的社会,是神鬼怪异滋生的土壤,人们以鬼怪来解释许多无法理解的自然现象和复杂的社会现象,这往往给各种图谋散布下迷彩。见喜就真实地揭示了这个本相,而不是我们见惯了的、某些作品故意宣示的那种怪异。还有生产形态,那个时代的农民怎么种地,写得太逼真了。譬如书中对种植罂粟的精细描写,对罂粟熬制大烟再到销售渠道的准确叙述,真是令我大开眼界,我惊讶作家对生活了解的深度。读到这儿我都有自愧弗如的感觉。作为一个作家,阅读别人的作品,受感动的地方,总能联系到自己的写作。我写作《白鹿原》的时候,也涉及种植大烟、熬制大烟,我仅仅只能写到那么粗略的程度,因为我在乡村找到八十岁的老人,他们只能说到这种程度。孙见喜比我的了解深刻得多、精细得多。作品提供的那个时代人与人之间的生活形态,包括礼尚往来、婚丧娶嫁、人际交往、喝酒饮茶吃饭等民风民俗,这些东西描写得非常精到,展示了中国封建制度解体以后到新的政权建立的这几十年间,中国乡村的社会结构形态和生活运动的形态,是怎么运动过来的;我们的上两代人经历了怎样的生活,经历了怎样的精神剥离和心理结构的重建,才到了一九四九年共和国成立。阅读并感受这个过程,应该说这部小说是我读过的同类题材的小说中,非常优秀的一部。我不想用史诗这种话来说,但它确实是非常优秀的。涉及上述这些社会形态,感受过去了的那个历史时段,《山匪》让人能体味到丰富而不尽的内涵,达到了一定的深度和高度。

有几点我特别感受深刻:从封建帝制到新的社会诞生过程中的痛苦,不是商洛人独有的,而是我们整个民族共同的;这个历史过程中的时代风貌,我在阅读中既能感觉到一种原生态的陌生,又能感觉到一种原生态的熟悉,既有一种艺术形态的陌生,又有一种艺术形态的熟悉。这种感受好像很矛盾,原生形态的历史的这种陌生,主要是它和我们今天的生活距离拉得太久远。之所以让我又感受到一种原生形态的熟悉,是因为作家所描绘的生活事项和社会状况,是建立在生活真实的基础之上,这就最容易触发读者记忆里最敏感最软弱的那根神经。要让读者对一种陌生的、原生形态的生活发生这种熟悉的似曾经见的阅读效应,最基本的一个条件是真实。我敢肯定孙见喜为获取那种久远而陌生的生活形态下了很多功夫,完成了深入生活调查研究的过程,没有这个过程绝对不可能展示出如此真切如此生动的生活图像,我强烈的阅读感受,完全出自自身写作的切实体验,生活的真实和编造的虚假是难得混同的。我也常在某些作品中能看到作家在生活描写上的捉襟见肘,硬是把那一点点自以为有趣的细节无节制地显夸,这恰恰显露出作者生活体验的肤浅乃至生活的匮乏。孙见喜对这些生活形态拥有的丰富、内蕴体味的稔熟,令我确实感到惊讶。关于艺术形态的陌生,这一时段的生活形态,不少作品已经涉猎过,但触及这样深的程度、真实的程度,呈现出一派陌生的艺术景致,艺术对生活提升的巨大效果,是别开洞天令人惊讶的新奇,前所未见的陌生,是艺术新景观的前提。可以肯定孙见喜在这一点上有重大突破!之所以说又是一种艺术形态的熟悉,这种艺术熟悉感,具备了优秀长篇小说的基本规范。我们读世界名著,它靠什么跟中国读者沟通?美国人的生活形态跟我们差异太大了,拉美的人差异更大,我们阅读那些作品为什么没有隔阂?在于他们对那些生活形态的描写,沟通的是人类心灵里共同的情感。见喜笔下艺术形态的这种熟悉感,使《山匪》这部小说远远地挣脱了一些表现地域性生活形态的作品常常令人遗憾的局限,具备了沟通更大空间读者的品格。我对《山匪》里的人物,像十八娃、孙老者、陈八卦,这些人物自身性格的发展,是从他们的命运机遇里的情感变化过程中完成沟通的。我感觉不到"隔",反过来说,如果让一个中国作家感到"隔",异族外国的读者就很难读了。小说达到艺术熟悉的境界,是难得的大突破。

我特别喜欢《山匪》的语言,一接触文本我便产生了耳目一新的真实感觉,用一句话概括:这是一部显示着耀眼的语言魅力的小说。孙见喜把生活语言变成作家主体的叙述语言,我作为一个作家,从写作实践来体会,是很见语言功力的,是很难掌握的一种叙述方式和叙事本领。小说的语言有描写语言和叙述语言。叙述语言也有各种叙述形态,单从叙述形态就能明显感觉到一个作家成熟的成色。孙见喜在这部小说写作中,不是我们常见的某些作品如生硬地塞进一些生僻少见的土语方言,这不仅产生不了美感,反而觉得别扭,而孙见喜对大量的生动鲜活的民间生活语言不仅完成了提炼,更难得的是他驾轻就熟地进入直接的叙事,这种语言是形象化的叙述,这当是语言的至高境界。打一个比方,既有钢的硬度又有麻绳的韧性的一种极富弹性的语言。我从写作中感受到,这是作家孙见喜完成了语言上质的飞跃,而且对话语言达到令人叫绝的准确、生动和个性化,其精彩纷呈,常常叫人忍俊不禁而拍案击掌,读者感受的是一种纯粹的语言的魅力。我是从写作的角度去理解,不是从评论家的角度上理解的。在这种形象化叙述的文本里,我处处感知一种语言智慧,他不猎奇性地挑拣那些比较古怪的民间生活语言,更不是完全地照搬。他把民间创造的富于智慧的语言淘采出来,也显示出作家自己的语言智慧,这是不类同于任何文本的鲜活一支。再是见喜这种叙述语言的密度相当大。阅读中间能感觉到他在浓缩,然而又不仅是浓缩,是严格把握着每一个句子的内涵和质量,既是形象的,又是鲜活的,更含蕴着丰富的意指,几乎感觉不到任何语言的虚意卖弄,对人物和具体场景的描述恰到好处。能把这样密度的语言保持始终,几十万字不泄气不松动地持续到最后一行,真是不易。

　　作家在生活的拥有量上非常丰富,我在阅读时感觉有些东西还可以再展开,就内容来说,恐怕远远不是现在这个字数的小说,弄到五十万字,仍然不会感觉到累赘,可见作家在斟词酌句上确实下了很多功夫。

作为一个同代作家,读完《山匪》颇有一种感慨和感动,已经成为历史的二十世纪前半叶的生活,已经冷寂到令后半叶出生的人如闻神话,然而却是这个民族艰难踯躅的真实过程。《山匪》不仅把那一过程重现给今天和未来的读者,而且达到一个生活和艺术的真实,这是一个作家的成功,也是一个作家的责任和道义,让他同代的和后代的读者,可以信赖无虞地去品咂自己先祖的生活形态和心灵历程。

2006年3月23日草

5月6日修订 雍村

筛 选 自 己

我向来不热心给自己要出版的书作序。出头一本书《乡村》，收揽了新时期文艺复兴头三年创作的短篇小说，那种不可抑制的兴奋是不可名状的。责编再三鼓励我作一个序，也是出于一本书对一个习作者的庄严感。二十世纪八十年代初，文学创作和青年作家这些名词不仅笼罩着五彩光环，还有一种庄严和神圣的气象。我理解责编的文学之心，然而还是没有自序，只写了千把字的后记，留下对平生出版的第一本著作的感动之情。后来这二十余年里，我出版过三十余种选本，写过几次序文，都是专题系列书籍规定的统一条例，我不敢破例，免得造成别扭执拗不合套的坏印象，于是就写了。我是出于这样一个基本理念：作家把自己的作品拢集出版，其生活体验、生命体验和艺术用心，都展示在一页一页一行一行的文字里，读者会一目了然的，作者就无须再啰唆什么了。自序在我看来就是多余的啰唆，包括后记之类。退一步说，如果作品文字里呈现不出作者原本的创意，企图以自序和后记来弥补，恐怕是于事无补的。当然，那些纯属介绍该书创作和出版机关事项的自序和后记，有利于读者了解相关背景，意不在阐释乃至自我标榜，另当别论，是为有用。

这回编选这本《自选集》，要求编入短篇小说、中篇小说和长篇小说选章，还要编散文、随笔和对话，几乎把我试验过的文体都包容进去了，而且规模很大，容纳七十余万字，是至今我出版过的集子中最厚的一本了。这样,我就重新把今年以前的几乎所有作品筛选了一遍,倒有了一些纯属自家的启示。

散文和短篇小说,是我不自觉地坚持始终写作的两种文体。我发表的处女作是散文《夜过流沙沟》,这是四十多年前的事了;四十多年来一直没有中断过散文写作,差别不过是某几年写得少些某几年又多写了几篇,最近几年竟以散文随笔写作为主了。我大约在发表过十数篇散文之后,才有了第一个短篇小说的写作和发表,算来也有三十余年了。我早期的散文多是乡村记事,有些就是生活特写,意料不到的好处,不仅练习文字基本功,也在不断锤炼观察生活捕捉生活的眼力,歪打正着倒是成为进入小说创作最实用的途径。从后往前看过去,长篇小说只写了一部《白鹿原》,中篇小说写过九部,都是二十世纪八十年代的作品,只有短篇小说的写作断断续续延伸到现在还在写着。尽管是六十多岁的老作者了,每有一个短篇小说出手,不管评论家如何看怎么品评,自己往往颇为得意,愉悦之情丝毫不弱于当年处女作发表的情景。由此,我便明白,散文和短篇小说,有意无意间已成为我最喜欢也得心应手的写作样式;我同时也明白,我的神经系统最敏感的兴奋点,还是写作,即使一个短篇小说或一篇散文完成,都兴奋得不亦乐乎。无论大小长短,都是对社会、人生的感受和理解,所谓一得,又一鸣也。有得能鸣,才得我的人生至乐。

这次筛选过程,使我清楚而又清醒地看到当初的幼稚和肤浅,自然也能看出循序渐进的提升,从最初出手时的紧张和局促,到逐渐演变的舒展和自如,还有看取人生和世事的视觉和转换。我便能够清醒地面对自己,属于学而知之演练而进的一类,绝非天才。以此来把握自己,更确信适宜本身继续探索前行的途径。

这本《自选集》,在编选时偏重中后期的作品,也挑选了新时期文学复兴初期少量篇章,在于让人看到社会生活近三十年来演变的声响,除长篇《白鹿原》之外的几乎各类体裁的作品,我都是感应着生活脚步写作的,多少可以看见生活经历者的心理流程;也可以让读者审视我写作探索和逐渐演进的笔痕,求得批评和指向;更在于使自己保持一种基本的清醒。

2006 年 8 月 10 日 二府庄

少年已知情滋味

——禹治夏诗文印象

近几年来,有意无意中接触过一些中学生写作者的作品,有的是报纸和刊物举办的写作征文征选的佳作,有的则是熟人朋友的已经迷恋文学写作的孩子的诗文。前者是要我做阅读后的评判意见,后者则是要我给予指点,看看孩子的创作如何发展。然而,我每一次阅读,都有不同程度的惊讶和抑制不住的欣喜,今天的中学生里偏爱文学的学生的文字表述,看取社会人生的独特感受,由此自然联想到新的一代人的新鲜视觉和独特个性,便强烈地对照着生活演变社会进步在不同年代人的心里和眼里的巨大差异。我读禹治夏的诗歌和散文,还有小说,同样敏感到这种冲击。

禹治夏的散文和小说,多取之于他正在进行着也体验着的学校生活,又不局限在校园和课桌之间,已经旁及家庭,尤其是社会生活。在这个少年眼里触及的社会生活,某些现象和不可或缺的矛盾,心里的感受和理想,生动而逼真,显然区别于成年人的视角和感受,让我看到未成年人开始进入社会和尚未进入社会这个时空里的心灵世界,已经呈现出个人独特的体验和理解,已经向社会和生活发出自己的鸣叫。如同小鸟的第一声歌唱或公鸡第一声啼鸣的叫声,小鸟类和人类都会以欣然惊喜做出欢呼,而且坚信不疑会嘹亮起来婉转起来昂扬起来。

我在禹治夏的文字里意料不及地感到某些惊讶,他在少小年纪开始理解人与社会和人与人相处过程中的基本关系,这是许多成年人半生乃至到老都意识不到更做不到的境界。作者写道:"我会试着体谅他人,因为我也需要他人的体谅。我们相互体谅对方,再大的误解也会解开。""我想,能多为人着想,自己也会受益无穷吧!"这是一个十多岁的中学生对人对世界的基本姿态。话语看似平常,没有华丽的辞藻,却说出了人性里至美的一个内涵,可以看出一个少年健康健全的心理建构和个性里的品相。尤其在当今纷繁的生活世相里,种种利己害人危及生活的赤裸裸的言论和丑行,应该在这个少年的语言里感到害羞,以至矫正。我们的社会生活能有这样众多的健康健全的心灵作为基本构成,当会和谐发展,于一个民族的未来希望,也是最基本的构成和营造。

人生历程中初踏上路的人共同具有的现象,就是情感世界的敏感和萌动。禹治夏许是因受了文学阅读的熏陶,似乎尤为敏感。我自然不会缺乏常识地去猜测,这些散文小说里的人和事和作者的真实关系。即使从纯粹的文学创作虚构的本意上来看,禹治夏写少男少女朦朦胧胧的情感流动的作品的数量,也就可以看出人生这个年龄区段萌动爱情是人类共性。《当海风吹来时》里的贝儿和虾儿,两个家庭社会地位物质财富的巨大差别,尚不能影响两个少男少女纯如水晶洁如花苞的友情,论不上物质价值的贝类赠品,亦是对成人世界使爱情扭曲的权力和物质的蔑视。就作品而言,禹治夏的这篇小说,只是写了贝儿和虾儿的友谊,尚不属爱情,至多是由友谊友情刚刚超出的依恋性情愫,在两个少男少女的心里只感觉着依恋的美好和分离的浅痛,尚不自觉爱的萌动。这一份朦朦胧胧的清纯,真是令人心颤的美好。它只能发生在这个年龄区段。谁在这个年龄区段发生了这种萌芽情愫,无论时月或长或短,无论后来能否再聚首握手,都会是情感世界里最值得珍藏也难以抹去的财富。《那年冬天,我们擦肩而过》,一种罩着较为强烈和明显的情爱色彩的友谊,来得自然,去得也倏忽,少年初尝到的忧伤、焦躁和恨意,也是这个年龄区段特有的心路历程和独特感受。作者写得很准确,也就很真实,心理感受和外在情绪的真实。到《秋天的事》,类似的初萌的情感更明朗了。不经意间得到的同桌位置,投合了一种爱恋的心理期盼;同样不经意间发生的位置调换,所引发的失落和无以表述的忌妒,应该说写得恰到好处。作者着墨如惜金所刻画的郁,如埋伏一样最后才亮出剔透如玉的美好心灵来。这篇小说已经有了一定错综的人物关系,以及三个少年之间也颇为复杂的情感交错,而且可以说跨入爱情的绿地了,由朦胧的萌动而爆出鲜活的花朵了。秋的坦率和奔放,性格化的人物呈现了。郁的含蓄和真诚,也呈现出别有一番动人感人的质地。能把并行的两个女孩写出不同形象和各异的内里气性,可以看出作者的功力也在大步长进。

然而,这毕竟是少年作家的作品,几篇写自己成长时期心理情绪的散文,也是活灵活现地写出了少年时段人的某些说不清的瞬间情绪。在母亲早晨敲门叫醒上学的时候,心理却是逆反的情绪,是"永远都是老调子",是"唠叨",是"烦得要死"。上学时间是铁定的不能耽误的,不仅母亲明白这一点,被叫醒的"我"更是清楚不过了,然而还是"烦得要死",还要逆反为"唠叨"和"永远的老调子"。这就是少年的特有情绪,任性和理性此起彼伏的心理特征,从家走到校门口的短暂时间转换里,心绪也很快就转换了。所以大人们千万不能在孩子赖睡的时候发火。

禹治夏在生活地叙说着少年心理的同时,也表述着他对生活和人生前路的探索,他已经发现了世界上的生活形态,一种像粘在蜘蛛网上的蝴蝶,失去了美丽翅膀的功能。另一种是网死了蝴蝶的蜘蛛,其实终生也只能是在那张小小的网上,离开了也就做不成事了。这应该是富于生活哲理意味的发现。

小禹同志还写了不少的古体诗词,意境和情感都让人能呷出古人的韵味来,颇为不俗。尤其是采字遣词,很可以看出古典文学的功底,我想他肯定读过传统文学里的诸多篇章,有一定的中国古典文学的储备和修养了,这很难得,也无疑终身受益无穷。

禹治夏正处于学习阶段,吸取人类知识以强大自己底蕴的美好时期,相信会有属于他实现艺术创造的人生光辉期的到来。

2006 年 8 月 12 日 雍村

我看话剧《白鹿原》

二〇〇六年五月最后一天的傍晚,夕阳里的北京竟然还是燥热难耐。我从西安来到北京时,正是西安今年的第一波热浪,创出全国的最高气温。印象里的北京似乎比西安节令稍晚,不料如同伏天的高温,让我诧异季节可能紊乱了。我走进北京人民艺术剧院的大门,竟然难以抑止明显加骤的心跳,嚷嚷了三年的话剧《白鹿原》今晚首演,就在我刚刚踏进的这个院子里的"首都剧场"公演。剧场大门口已经开始检票,穿着各式各色夏装的男女走进剧场去,院子里围着一堆堆的人在交流着议论着。我此刻竟然感到某种紧张,某些压迫,还有某些胆怯。

这是我走进北京人艺大院里的真实心态。我相信走进剧场和站在院子里的所有观众,都不会和我此刻的心情雷同。我是小说《白鹿原》的原作者。尽管小说出版发行十余年来获得普遍认可,但毕竟是小说,是以文字叙述和文字阅读作为交流的形式,读者可以通过文字阅读欣赏作家文字描写和叙述里的精彩之笔,也能够以自己的生活经验个性情感和独特的艺术想象力,继续丰富和拓宽作家文字局限的空间,甚至弥补其不足或缺失;读者在接受作家创造的人物形象的同时,还在以自己的思想解析批判着人物,甚至继续创造着作品里一个个人物,这是我尊重读者的基本因由。现在,那些仅供阅读的文字就要以活人的口说响在舞台上,要灌进不同年龄不同兴趣不同专业的男女观众的耳朵,而且是用古道关中的方言。人物对话里的地域性较强的生活语言,阅读时从字面上可以从容地揣摩其意蕴,也许还有语言的某些地域性情趣和韵味,而让大活人的演员一句接一句说出来,观众能在不容思索的连续不断的过程中接受吗?

在我的肤浅印象里,话剧是最无遮蔽也最显艺术硬功的一种表演形式。不必说影视可以借助生动的造景和切换手段,即使传统的以唱腔为主的各路戏曲,即使剧情欠佳人物失真,而演员有一副过硬的嗓子和一二段精彩唱腔,也可以满足观众纯粹听戏的部分兴致。譬如我听秦腔,自然最想看到剧情、思想和表演俱佳的剧目,如果达不到全面满足,只要能听到自己喜欢的名角几段唱腔也就过瘾了。话剧就依赖演员一张嘴从台前说到台后,从拉开大幕说到拉上大幕,内容、思想、个性全都靠一张嘴说出来。纯粹靠说的话的内容把观众固定在座椅上两个半小时,这"话"得有多大的引力和魅力!而这些"话"的始作俑者是我,现在就要把那些"话"说响在众目炯炯的舞台上,能"响"在观众的情感里吗?导演林兆华是当代最受敬重最被注目的人,孟冰是写过多部获得好评剧本的青年编剧,濮存昕、宋丹丹和郭达,不仅在我,而是在全国拥有数以亿计观众拥戴的演员,他们的艺术思维创造能力和个人魅力是毋庸置疑的。这样,我便胆怯我的小说本身了。不是他们能否把小说表现出来,而是他们以话剧表现出来的小说能不能活起来,或者说立起来。常识我尚知道,小说不等于戏剧。况且,这是在成就过许多大导演和大剧作家以及名演员的首都剧场,能容得《白》成活吗?

我在大幕拉开的那一瞬,即被震撼了,也自然进入其中了。一片黄土原上的慢坡和土坎,残断的木轮车辐辘和远处的一棵孤零零的树,尤其是舞台右角那道断裂的黄土崖壁,以及崖壁上那孔残缺的窑洞,顿然让我进入我的地理上的白鹿原了。尽管明知是舞台艺术家的设计和造型,其不容原生民的我置疑的真实和典型,传递出黄土高原独有的风貌,弥漫着这块土地独特的浑厚和苍凉的气象。白嘉轩在他的宗族领地里出现了;鹿子霖在他不断滋生膨胀着欲望的原上走来了;着意从心理和精神上改造原上生民的儒学教父朱先生也稳居原上;黑娃牵着小娥走进已不能容忍他们的这道古原……一个时代里的两个家族的两代人的人生戏剧展开了。除了某些可以预想的形式上的小小陌生,我很快便进入了心中的那个原,十分自然十分熟识,几乎没有任何隔膜的感觉。

当田小娥回答族长白嘉轩的盘问并纠正说她是"嫦娥的娥"那一刻,我还能认出和听出是饰演者宋丹丹;到被阿公鹿三用削标利刃从背后捅倒的时候,那个痛楚万状趔趔趄趄倒下去的女人,纯粹就是田小娥了,早已没有宋丹丹了。我在那一刻泪眼模糊。我在《白鹿原》小说写到这里时就是泪眼模糊手笔发抖而停下来抽烟,随之用钢笔在一张硬纸上写下"生的痛苦活的痛苦死的痛苦"摆在桌前,才继续把小说写下去。舞台上呈现的是一个以生命本能反抗封建政治和封建道德的乡村女性田小娥,只能以悲剧结局的伟大女性田小娥。中国的民主革命妇女解放的呐喊,就是从她们的伤口上呼吁出来的。的确如此——我被舞台上的田小娥打动了,独独忘记了宋丹丹。表演艺术家的天才就在于此,把性格各异的一个个人物的灵魂活生生展示给观众。让原本的自己消失得越彻底越干净越好。她不再是她,而是一个艺术形象了。

我自然更关注濮存昕饰演的白嘉轩。无论小说无论话剧,他都是主角。从林兆华确定要改编这台话剧之初,就首先确立了白嘉轩的扮演者是濮存昕。据传是濮存昕自告奋勇要塑造这个角色。我第一次到北京人艺见到濮存昕,他谦和地笑着说,我演白嘉轩。我说,好,你能演好。

我不是贸然恭维,而是出于我对表演艺术的常识性理解,即形似与神似的关系。形神兼得自然更好不过,关键在神似。白嘉轩是小说人物，不是真实的历史或现实生活的人物，所以甚至不存在似与不似的障碍，而是由濮存昕自己依托小说内容任由驰骋去创造的一个艺术形象。也基于我对濮存昕很有艺术修养和道德修养的印象，便确信他具备创造各种个性人物的艺术空间，是常说戏路子宽的一类。尤其是我印象里他的含蓄和内敛，他的正直和善良，他的内在气质和外在气象，当是创造好白嘉轩这个具体人物的基础。我以自己的理解给不少关心该剧的朋友坦率表白过。现在，濮存昕饰演的白嘉轩向我走来。开场不久，我还关注他的关中话哪儿轻了重了尚不到位，及至到换地的小计谋得以实施，我便面对白嘉轩而忘记了濮存昕了。当那根鞭子——封建乡约织成的法绳——从一个乡民传给另一个乡民的手中，抽得违规越轨的儿子孝文从台中滚向台左的当儿，一个心头能插得住刀子的白嘉轩却佝偻着腰不动声色，震撼我的不单是那根噼啪甩响的皮鞭，更是发出指令的岿然不动的族长。他举酒坛向杀倭寇的鹿兆海祭灵的庄严凛然，他与附着鹿三躯体的小娥不屈的鬼魂的坚硬不折的顽固，他为被冤的黑娃求情而跪倒在儿子孝文足前的真诚，直到他向钩斗了大半生的对手鹿子霖的忏悔（换地）……白嘉轩塑造成功了。这个人物性格里的坚强和冷酷、凛峻和诚恳等侧面，可以说展示得恰到好处，感觉不到过于的夸张或不及。我便印证了我最初的判断，甚至超过了那个判断里的期待，濮存昕确是一位善于理解也善于创造的表演艺术家。

我的乡党郭达饰演鹿子霖，当是一种得心应手之作。他本色的关中方言有一种表述的自由，长期的小品演出的灵性更适宜鹿子霖的气性。这个人物生活历程中的大起大跌，得意时的肆无忌惮和张狂，跌落时乃至绝望时的独特心理变化，郭达也把握得十分准确。我也很快从小品里的郭达进入到鹿子霖了。郭达完全可以自信地向人宣示，我不只演小品，更擅长演大型话剧，更善于创造富于个性性格的话剧人物。我也真诚地祝愿，乡党郭达能再进入某剧的人物创造。

我在看完首演的第二天,先后回答过不下十家媒体的采访。大家的兴趣有一个共同点,你作为原著作者感觉如何? 我便坦言,甚好。超出我期待之好。因由如下,首先是把一部五十万字的小说在两个半小时的舞台上表演出来,即如我这样的戏剧门外汉也能感到其难,况且熟知拙作里有诸多并不连贯的事件,以及众多的人物。我惊讶编剧和导演竟然连原作中的次要人物都推到舞台上来了,如镇嵩军士兵和赖子狗蛋都得着上台的机会了。没有删除人物,也没有截掉任何一个大的情节,把整个原上发生的事变完整地保存并演绎下来,仅仅只是把一些事件作背景幕后处理。我到走出剧场时才感到孟冰编剧和林兆华导演的大手笔。这是最难的也是最佳的选择途径。

所有主要角色和次要人物所酿制的气象和氛围,是二十世纪前半叶白鹿原上特有的时代标志,这归功于所有演出者。我切实感到,不似某些穿着特定时代服装却演着当代市井情绪的剧目,而是创造出一个时代真实的社会气氛和脉象;是严肃认真的艺术追求和创造,而且实现了目的达到了效果。我自己也受到触类旁通的启示,即,林兆华用最前卫的导演艺术,演绎了已经成为历史的原始封闭形态下的白鹿原上的乡村生活,而且能被最具现代意识的首都北京观众所接受所理解,这对我的小说写作也是富于启迪意义的。我后来才听说,林兆华始终要求演员——贯满全场的主角和出场一二次的配角——按生活行为去表演,力戒戏剧动作和戏剧腔调。我进一步理解了濮、郭、宋们的演出。最前卫的表演思想和最原始的生活形态,这两种看似无法调和的东西,竟然完美地统一在一幅布景下的舞台上,严丝合缝,不留痕迹,自然渠成,恰如林兆华导演个人的风格风度。

这台话剧还有几处细节上看去扎眼夺口的地方。鹿子霖乘人之危达到窃色的意图,与田小娥在舞台右角的性动作,看起来我觉得扎眼；狗蛋也是抓住田小娥与鹿子霖偷情的把柄，要挟并达到占有的邪念，直白赤裸说出"日一回"的话，也颇夯口锥耳。其实这些行为和语言都是原作中我写下的，那是供不出声的阅读，而不宜响出声来；即使生活实地中有这种行为发生，也是当事人互相之间的语言行为，容不得旁观者看和听的。我曾向林导建议修改，已经有改变。其实不难，让狗蛋换一句"让我睡一回"听来就稍觉顺耳了，让鹿子霖和田小娥滚倒在土坎下也就可以意传其内容了。还有一些枝梢细节，再经过斟酌加工，修饰打磨，我想会不断完善，以臻完美。

我看到小说《白鹿原》以话剧的形式出现在首都剧场的舞台上。用一种鲜活的直接的形式与观众完成了交流，我感到欣慰，并有一种创作者的幸福感。无论如何，这部话剧能在见多识广的北京连续演出三十场，首先让我这个偏于西北一隅的作者感到踏实了。我由衷感动，感谢林兆华导演和编剧孟冰、濮、郭、宋等演员以及美工们，他们共同合力成功地完成了一次艺术创造工程，让我跟上沾光了。

2006 年 9 月 6 日 二府庄

在现实的尘埃中思索与漫游

——序远村诗集《浮土与苍生》

　　远村又有新结集的诗歌出版,这是诗人远村的第四部诗集,名为《浮土与苍生》。远村约我作序,不仅不敢推辞,倒有某种评诗论文之外的因素,即一缕明晰却又朦胧的印象、一种无意间形成的颇令我敬重的情感。认识远村时,我还住在乡下老屋写作,每次回到作家协会,在古朴却也残败的四合院里,往往就能撞见一个年轻编辑,名叫远村,是来自陕北黄土高原的青年诗人。我心里很自然地泛出一句"陕北真是一方哺育诗人的沃土"。陕北出了两位举世闻名的小说家柳青和路遥,也出了一批诗人,活跃在当今陕西和全国诗歌界,远村是令诗界关注的一个。然而我回城办事总是来去匆匆,未得与远村有一次深谈的机会。我记得最初印象,是他上唇有一溜整齐的短髭,站在小小的编辑室门外的院子里抽烟,静静地站着。我撞见时,笑着打一声招呼,就没有话了。似乎没见过他到人多聚谈的屋子里闲聊,也几乎看不见他走门串户。几年之后他离开《延河》编辑部到另一个单位,我和他见面的机会就更少了。二十世纪九十年代以来的陕西文坛,各种文学活动频繁,作家、诗人、评论家聚首的机会很多,我却发现很少能撞见远村。谁都看见现在的文坛正应着古人说的"功夫在诗外"的话,却不是这千古名言的本意,"诗外"已不属诗,而是"关系网",靠各种关系张扬诗和小说本身并不存在的意义和价值。远村是远离并冷眼相对着这种状态的。他在做自己承担的工作,也在写着他的诗。这样,反倒留给我一个令人敬重的印象。我想把这印象留在我的文本里,不仅是对远村诗性神圣的敬重,也是对自己尚以为神圣的文学的敬重。自然,还有那一溜整齐的短髭。

大概是二十世纪九十年代初,在《延河》做诗歌编辑的远村一年内出版了三本诗集,赠送给我这个不会写诗的人了。不会写诗,却还喜欢读诗,尤其是那些能触及情感的诗。远村的诗就是这种一经阅读便撩拨起无尽思绪波涌的诗,带给我的归属感,远胜于欧美诗歌中一些篇章。他的第一本诗集《独守边地》,诗象自然而语速轻慢,泥土的芬芳与草根的清香弥漫在一页一页一行一行诗句里,激起我对家园和大地难以化解的记忆。比如"春天,面对一堆黄土/父亲感恩的双肩挂满鸟鸣/背靠太阳,让种子在一条河边/长出撩人的民歌"(《春天》),再如"父亲是跟庄稼一样古老/一样穿越四季/成为永恒的天空/他忠实的爱人我的母亲/像一根谷子,在高高的山坡上/站成一派秋收的景象"(《父亲》)。可以看出从小在陕北农村长大的远村,对生活在黄土高原的亲人以及赖以生存的庄稼,所深埋于心底的那种感恩情怀。这个父亲已经不单是远村的父亲,而是我们共同的父辈影像。在他的诗中,很难看到常见的那种对中国乡村贫穷、愚昧、悲凉及至鄙弃的恣意渲染,反倒是句里行间洋溢着一派温情、祥和、浑厚的气象。他曾说物质的匮乏并非一味的苦难,农业社会里虽然存在饥饿,但人类拥有大地的激情,内心是敞亮的、幸福的。这是现代都市人很难想象得出体味得到的,更是那些钢筋水泥地板上长大的新新人类无法领受的精神高地。我在远村"独守"的"边地"里发生了本能的共鸣,跟我记忆里乡村的阳光、风雨、墒情和行走在土路上的乡亲,交融在一起。远村在黄土地上经历了贫穷和封闭,感受并吟诵出来的却是潜蕴在物质匮乏之下生活的伟力、生命的光华和生命的诗性品质。谁如果只在黄土地上收获贫穷和落后,并发出轻率的鄙夷,结果往往轻贱了自己。我曾在一部关于西部的专题片里领略过一句著名的解释词:啊!这真是一片上帝的弃地。这句诗性的感叹是编者在直升机上俯视黄土高原时发出的。我读到这样的感叹句子时,顿即生出本能的反应,谁有牛皮代表上帝来宣布这是一块无可救药只能放弃的土地!即使上帝真的放弃这块土地了,不再拯救这块土地上的生灵了,生活在坡坡峁峁沟沟旮旯里的男人和女人,依然以自己的激情和希望,面对黄土挥舞着镢头和镰刀,压根也许想不到在他们头顶上代替上帝发出抛弃话语的那个声音。正是在这块黄土地上,开创并延续着这个民族历史的灿烂和辉煌,恕我不必一一列举赘论。我还是那句话,谁轻贱这块土地,结果肯定是把自己轻贱了。我在这里与远村发生了共鸣和交融,并不因年龄和生活时代的距离而隔膜。我在阅读里领会到的远村对那块土地的体验和感知、独特的视角和独立的思考,以及几乎完美的语言表述,不仅共鸣与交融,而且受到启迪,以至更加自信了。

在远村的第二本诗集《回望之鸟》里,我看到诗人对乡村往事和古都陈迹的反窥之态,如此痴迷地讴歌农业文明而又在历史的废墟中轻松漫游,远村便以独立独特的姿态和气质在诗坛独成一景了。远村告别乡村以后,进入已开始躁动着现代化的古都西安。一个敏感的诗人,对十三朝古都透射出的厚重与漫长不会无动于衷,他被某种来自时间的力量拉动,诗思穿过尘封已久的时光隧道,触碰秦砖汉瓦的气息和精魂,便有了《回望之鸟》中"让泥土在智慧之芒上高起/或者河游在掌中自动改向/一个完整的房子,被无数柔肠/虚无为一滴泪/几许槐香"(《阿房宫》)。这样的诗句,只有远村才写得出来。诗人没有在大量的人文遗存前滞留,而是一路走去,以其敏锐的触角找到人类文明在时间的长河中坚硬发亮的部分,并期望以自己的坚定和执着使其精神复活。

远村的第三部诗集《方位》是一本心灵史的诗歌集子,不再看得到诗人在乡村泥泞的小路和古都的窄巷里行走的影子,而是向内心诗意的世界掘进,并展现出更为自由自在的歌唱方式,直达自己精神的乌托邦。这些诗作中呈现出另一种别开生面的精彩的句子,例如:"我看见森林之妖在谁的指尖上舞蹈/看见一匹鹿在雾气中显露音乐之灵/看见一滴水最后回到树的内心"(《静树》);"雨中的八月,手中的忧伤放在门后/我们走在积水之上/谁将一句话掉在地上,一句还在嘴里"(《八月》)。这些精美的诗句营构的意境颇为虚幻,却又真切感人。至此,我可以发现远村的诗歌写作几乎就是诗人的精神史和生存史的真实写照。每一部诗集,集中体现了诗人某个阶段的现实体验和美学追求,使我在诗歌的阅读和欣赏过程中,完成了与诗人心灵世界的交流和感知。

我之所以要说对远村的前三部诗集的阅读印象,是参照即将出版的第四部诗集《浮土与苍生》,令人振奋地看到一种跨越式的诗意的提炼和意境的升华。在这些诗作中,我几乎再看不到诗人原先的身影。呈现在现在时的远村,其诗作中理性把握和对语言的驾驭十分老到,无论是词的运用句的锤炼,还是诗的结构、色彩、节奏和意蕴,都耐得反复品尝咀嚼,不忍罢手。"什么声音将我们与尘世隔开/我看见谣曲之王,他轻微地呼吸/惊动昼夜之间的距离"(《民歌》),又如"十年前的意外投奔,使我认清了路的面目/不在大师的书中,也不在琴者的火焰中/而是藏匿在时间腋下的杂草中"(《我一直以为自己在路上》)。读这样的诗句,诗人的美学追求已趋于哲学、建筑、雕刻,甚至可以达到大音大象之境。较之先前,这些诗的速度慢了,阅读的韵味却更为强烈,从诗所表达的主题看,诗人更关注生命的意义和生存的价值,一个冷静的思考者开始了对人类命运的关怀和现实真相的批判。读完远村的诗歌作品,我可以明晰地看到一个诗人不倦的追求之路,远村的创作经历了三个阶段,诗人的角色也发生了三个根本性转换,即家园的守望者——城市的旁观者——

现实的思考者。

　　远村是一个内敛和自省的人,专注于艺术的探索,坚持不断追寻新的意境,不断超越自我。这是作为一个痴心于艺术创造的人最为珍贵的精神,愿现实的思考者,还不是诗人最后的状态,期待远村能抵御浮世各种诱惑,坚守自己心灵世界的一方绿地,创造完美的诗的诗境。

2006 年 9 月 12 日　二府庄

再读《活动变人形》

"中国当代作家王蒙的《活动变人形》、张炜的《古船》,哥伦比亚的马尔克斯的《百年孤独》和《霍乱时期的爱情》,意大利的莫拉维亚的《罗马女人》以及美国的谢尔顿的几部长篇……比如说上述两位中国当代作家的两部作品,一本写旧北京,一本写农村,都对我当时正在思考着的关于这个民族的昨天有过启迪。"

这段文字是我一九九五年早春和《小说评论》主编李星对话时写的。时间过去十年多了,《南方文坛》主编张燕玲竟然还记着,约我为她新辟的《重读经典》专栏《活动变人形》专集写篇短文,正为我回味一次难忘的阅读提供了机缘。想来整整二十年过去了。我在筹谋《白鹿原》写作伊始,一直关注我写作的西北大学教授蒙万夫老师不止一次提醒我:长篇小说是一个结构的艺术。他把结构得不好的小说类比为剔除了骨头的肉,提起来是一串子放下去是一摊子——撑立不起来。这使头一回写作长篇的我对于结构产生了慌恐,于是就选择了上述一批经典和名著来阅读。且不赘述这次阅读对我关于长篇小说结构的启示,只说我对两位中国作家作品阅读前后的变化。《活动变人形》和《古船》,既是朋友推荐给我读的,也是我意识里拟定的目标。这两部小说发表伊始,就引起巨大反响,成为文学朋友聚会或见面议论的一个兴奋点,普遍认为是截止到当时二十世纪八十年代末最具标志性的两部长篇。我开始也是把它们当作当代中国文学的名著去读的,结果读完之后我产生了另一种想法:它们同时也应该是世界名著。这种意识产生的原因,在于我把它们和那几部在中国享有盛名和高评的世界名著集中在一起阅读,很自然地就有了参照和对比。不比不知道一比吓一跳——让我对中国当代作家的创作成就引发起甚为踏实的自豪感。

单说《活动变人形》。我是侧重于从"结构"方面来阅读的。这是一部结构得最随意最自如的长篇小说。它的叙事流程呈开放型,既有现在时倪藻的欧洲足迹,又有倪吾诚等半个多世纪的生命折腾。我几乎看不出作家刻意结构的痕迹。这种随意自如的叙事,说它驾轻就熟、挥洒自如,似乎还不得写作操作意义上的要领。细细体察,主要在于作家把他笔下的人物以及人物生存的生活背景已嚼烂如泥烂熟于心,从生活体验进入一种生命体验的层面;已经不是通常写作的"随物婉转",而是达到"于心徘徊"的自由状态了。常识告诉我,任何一种写作流派写作方法包括长篇小说的结构方式,都可以由作家的艺术兴趣做出选择,进而借鉴,进而创新,然而,最致命的"于心徘徊"的生命体验的层面和状态,上帝也帮不上忙,非得自己完成和抵达。有了这样的体会,我踏实下来,专注于自己已经酝酿着的白嘉轩们的心理结构。只有把这些人物的心理世界体验深入一层,才可能找到负载他们生命历程的一个合理结构。

王蒙笔下的倪吾诚,变幻着各种脸谱。用我们惯常的性格说解读不透。我看到一种心理结构被颠覆心理秩序被打乱的典型人物形态。这个人接受新的政治理念以及洋的生活理念,把原有的旧的理念所结构的平衡和稳定颠覆了,却无法实现和达到新的结构的平衡和稳定。这既有自身因素,也有家庭和社会的封堵和抵抗。他相对平衡和稳定的心理秩序都是短暂的,而失衡和紊乱乃至七零八落的结构却是绝对的伴其终生的。王蒙把握着这个人物和他周围有关系的人的心理脉象,而且总是切中短暂的平衡和遭遇颠覆时的脉象迭变，呈给读者的就是一个反复经历着心理折腾的痛苦的灵魂。这个倪吾诚和他身边的人物生活的大背景，和我正在酝酿的那一群原上的人物经历的生活时空和背景是同一历史时段的。一个是旧北京，一个是偏于一隅的关中乡村，在剪掉了脑袋后边那根猪尾巴之后所伤及的心理秩序的紊乱，都类同于鲁迅先生《风波》里被剪了辫子的那个惶惶不可终日的七斤的症状。

为了张燕玲女士的邀约，我又读了一遍《活动变人形》。我读得津津有味。我发觉这是一本可以随意打开阅读的小说。随便翻开到任何一页，就可以读下去，随之就可以进入人物，就可以感知到人物逼近眼前的生动和真切。前后情节的连贯不成为阅读障碍。在我的阅读经验里，这是很少有的作品所能达到的阅读效果。我觉得倒不在于作家不倚重故事和情节，而是在于小说紧切着人物心理脉象所发生的独特的细节的新鲜和真实，一种无可置疑的真实。倪吾诚和他身边的几个人物连续不断地冲突时，每个人物截然不同的反应，一个动作一种语气一片脸色一句对白，不看人物名字就能辨出这是谁来，个性化也典型化了。阅读中丝毫感觉不到某个细节的游离或多余，这是我在现在的阅读中常常遇见的事。我觉得根本区别在于，作家是在写他的人物，还是在写他自己。

再一次阅读《活动变人形》，那本在中国一版再版的《生命中不能承受之轻》不觉间浮出。倪吾诚们生命中承受的，无论从重的或轻的意义而言，在我的感受里，远远超出也超越了那个捷克人。

2006年9月29日 二府庄

长庆,鲜活的记忆与激情的书写

国庆和中秋双重喜庆祥和的假日期间,在迎客送友叙旧说今的间隙里,断断续续读完了由陕西一批知名作家和油田作家赴长庆油田采风所写的报告文学作品,着实令我激动不已,甚至冲击着、改变着节假日里常有的轻松慵懒的情绪,不断陷入油田建设者那种发自地球深处的伟力和激情之中,涨潮般掀起一波又一波的亢奋与感动。有关石油的有限却也珍贵的记忆又鲜活地呈现出来。

刚刚交上二十世纪八十年代,我还在古人折柳送别的灞河桥头的文化馆时,有幸受邀到长庆油田去,从西安到庆阳整整走了一天,小面包车在坑坑洼洼的路上颠簸到上灯时分才到达油田总部。我第一次看见了在玉米丛中,在原坡半崖上,如磕头虫般机械运动着的采油机。我至今依然清晰地记得一组石雕般的画面,在一条河川左首陡直的原坡上,劈出一方平台,一架掘井机械竖立到高空,马达发出震天撼地的轰鸣,两个小伙子手握钢钳,专心致志地操纵控制着哗哗哗转动的钻杆,飞溅的黄泥浆把他们的工作服涂成泥糊服了。几步远的电机旁,一个戴着安全帽穿着粗糙质地工装的年轻姑娘,满身都沾着黑色的机油油污,俊俏的脸蛋上也抹着黑色的油彩,和我说话时,有一份腼腆的羞涩,更透着一种劳动的自信。一位青年女工正挑着两只竹笼从原坡下走上来,把午饭给他们送上钻井台。没有清水洗手洗脸。他们快活香甜地吃起来。这个荒野原坡上的图景长久地留在我的记忆里,甚至影响到我对后来叠影般变化着的生活世相的判断和趋避的选择。到九十年代中期,我又一次应邀赶赴甘肃庆阳的长庆油田,想再一次吸纳活跃在荒原野川里的石油人的豪壮之气,以充实自己的底气;我想再看看长庆油田新的发展规模和新的气象,感受生活激流的流向和潮涌的力度,以荡涤积郁于脑际胸间的麻木和废气,保持对生活现象感应的敏锐和辨识的眼力;我也想重登那方半坡上的钻井平台,再访那两个溅满黄泥的小伙子和那位满身油污的姑娘,却因不知姓名无从查找,不知转移到哪一方钻井平台上去了。这回去庆阳油田的作家都是在文坛耀眼的人物。评论家雷达,作家张贤亮,诗人雷抒雁,等等。他们在油田的几天里,一个个都显得亢奋异常。我便验证了我的感动是正常人的感动,由此推想到任何从事尊严劳动的人,在这样的环境和这样无私奉献的石油工人之中,都会发生心灵感应和精神交流的。

到二十一世纪初,我仍然抵不住石油的诱惑,又随中国作家采风团到柴达木油田去了。比之陇东的荒原野川,柴达木属一块生命绝地。去柴达木的路上,我看到连一只蠓虫蚊蝇都难以生存的千里赤裸的绝杀的荒凉,辨认着新中国第一支石油勘探队曾经挖坑过夜的沙漠,自然早被风沙掩埋得不见一丝痕迹。他们徒步踩过的沙丘,现在铺展着一条通向天际的高等级公路。我在柴达木第一口新中国打出的油井纪念碑前,和正在施工着的年轻的继任者留一张影,任着想象展开当年打成这口具有奠基意义的第一口油井时工人们狂欢的景象,他们确凿是一群尚来不及换下军装的解放军战士。五十多年过去了,这里的石油不仅没有采干掘尽,反而提升着年开采量;几乎寸草不生的赤褐色的山峁沟梁里,一架架抽油机昼夜不停地默默地运转着。就在这块纪念碑前,一个年轻的油田工人拿来一张白纸,让我为他们自办的一份文学刊物题写刊名。文学的激情和梦幻与石油创业者的激情和理想,在荒无人烟的生命绝地一样澎湃着蓬勃着。

我在阅读《共和国的脊梁》这部大型报告文学集的过程中,不仅勾起对油田的粗略却又鲜活的记忆,竟然还有一种始料不及甚至令人惊诧的发现,作家中那些我自以为熟识的年长或年轻的朋友,全都变出一副陌生的面孔,陌生的声音,陌生的色调了。自然,这是指他们的文字,他们留给我阅读印记里作为风格标志的文字,其色彩其声调其面孔,全都呈现出新鲜的陌生。

王观胜虽是关中腹地人,却有一种刻骨铭心的天山、草原、戈壁滩的生活体验。我作为他近在咫尺的读者,他的影响颇大的小说集《放马天山》,以及由此发轫后的一系列小说创作,早已给我一种相对稳定也相当突显的叙述风格,简约,凝练。曾经活跃在天山、戈壁和草原的西部硬汉,其小说的人物对话,是那种能蹭破耳膜的个性化语言,作家主体叙述也是掺和着钢筋碎石富于弹性和硬度的混凝式语言,给人一种刀削斧砍般冷凛的语言线条。然而,在本次叙写石油人刘仲敕的人生轨迹时,却是纵情的畅朗,几乎可以感觉到被激情催发而喷涌出来的文字,似乎还冒着被书写者专注的眼神和热汗的气息,在稿纸上闪亮,跳弹。于是我看到了宁夏最贫困地区的一位乡村少年,刻苦学习掌握技术,广泛阅读开阔眼界,确立起自己的人生坐标,进入油田便开始了富于创造精神的劳动,勤奋敬业是基础性规则,连续不断的开拓性建树,把一个人的能量发挥到超常出色的层面,成为石油战线成长起来的新一代的中坚和脊梁。鹤坪是以《大窑门》跃上文坛的。这部长篇小说和他后来写老西安的中短篇小说,把古城西安大街小巷阔宅贫窑里沉积的陈年旧事,逸事趣闻,兴衰迭变,写得淋漓尽致,我曾留下深刻印象,姑且不论。单是语言,写足写尽了古城方言深蕴的韵味,而且不露做作和卖弄痕迹,既卓立于偏重方言写作的诸多文本之上,也使他写古长安生活的小说独呈一色,独秀一枝。这个极尽老长安古调独弹的鹤坪,在沙漠的油田里奔走的时候,也变出一腔热情洋溢的文字来,老辣而又自由的坊间小说语言的色调已了无痕迹。"我的眼前立即出现了一个新嫁娘站在高高井架下的情景。这是人类最为壮美的一幅画,这幅画的名字应该叫《崇高》。"如果不看文章署名,我无论如何也不会想到这是鹤坪的文字。鹤坪以这种饱满的诗性语言,写了一组五个油田人物速写,把这些最可敬重的人的闪光精神揭示出来,令人感动。刘谦本来就是一位思维敏捷文字也畅达的作家,在接触到油田人的时候,那素有的激情就更趋高涨了。我曾经在他写青藏铁路的长篇报告文学里,领略过他激昂的情怀,这回在他的《为祖国找石油的年轻人》里,更充分感受到一个向来敢于面对生活关注现实发展的作家,一个严峻而又敏锐的思想者,对生活的建设者那种出自内心的由衷的钦敬和倾慕,这也许是一个年轻作家最可珍贵的情怀。还有以写报告文学成名的女作家、鲁迅文学奖获得者冷梦,还有谦于言而热于心、卓有建树的小说家京夫,女作家刘风梅、张艳茜,报告文学高手钟平、冯天海、霍竹山,知名记者方越、马师雄等,他们在踏进沙漠荒野,在面对一个个活生生的油田人的时候,都不约而同地以最鲜活最富诗性的语言,抒发他们的理性认知和感性激情。

我便想到,作家的语言方式和叙述形态,不单是单纯的个性执意的追求;即使执意于某种方式的追求,如果不顾及时空环境,不考虑书写对象的气质和心性,就会形成那种不可思议的乖戾文字。我从这些早已以个性化文字突显文坛的作家写石油人的文章里,确切感知到作家描写或叙述文字的色调,首先当以描写对象和时空环境为基准,做出最适宜的变化和最恰当的选择,寻找到一种最贴切的叙述方式,不仅适宜表述对象,也适宜把自己一腔感动性体验倾泻出来,就完成一次新的语言探索和创新了。这样,我便看到,这些早已个性化语言的作家,在面对那些石油人的时候,即使都呈现出来共同的激情,诗性的语言,却依然显示着各自的独立性差异。

在这里,我还要提到《共和国的脊梁》中"来自长庆油田作家的报告"一卷里的文章。这一卷大约有二十多位作家的作品。

以第广龙为首的这些油田青年作家,个个生龙活虎,热情饱满。他们不仅活跃于长庆油田公司,无疑也是整个石油文学战线不可忽视的生力军和轻骑兵。他们中的一些作者,如第广龙同志,早在二十世纪九十年代初,已经是活跃于全国诗坛的青年诗人了。他有多部诗集出版,并多次获得石油文学大奖,产生了广泛影响。他同时还是多面手,写诗、写散文、写纪实性作品和短平快的通讯报道,在紧张的本职工作之余,多年坚持勤奋写作,笔耕不辍。

还有一些更年轻的名字:彭旭峰、李伟、胡玉珍、刘宁、李亚玲、郝朋朋等,恕我不能一一列举。他们在长庆油田公司的工作、岗位、角色,各自不同,但相同的是,他们的命运都与"长庆油田"的发展壮大息息相关,"油田"的昨天和今天,是他们生命和生活中的主要内容。所以写"油田"他们最有资格,最有发言权,不需要像专业作家那样去"深入"生活,他们就置身于火热的油田生活之中。你读他们的作品,或长或短,或深重或灵动,但篇篇都充满石油人的真诚和豪情。

听说,长庆油田公司王道富总经理非常看重他们的作家,非常重视公司的企业文化。在这本文集中,收入长庆油田作家的作品,还是他亲自建议的。与被采访单位作者的合作,这对我们也是第一次,具有创新意义。希望以后专业与业余、文学与企业有更多的合作与交流。

我至今记得一个历史性的细节。二十世纪六十年代初,我刚刚在一个两人执教的乡村小学当教师,还处于"三年经济困难"的阴影之中。有一天,被通知到区上听大报告,半公开地宣布了一个振奋人心的消息,大庆油田成功了。"打破了'帝修反'的封锁。""把贫油国的帽子扔到大西洋里了。"这是我至今都记得的当年的报告语言。我那时就记住了一个英雄的名字"王铁人"。我对石油的理解就是从那时和国家及民族的自尊连到一起的。我那时还无法把石油和个人生活牵扯起来。现在，做饭和取暖都依赖这些作家朋友倾情歌颂的长庆油田无名英雄的劳动成果了。

这是一部述写生活建设者和财富创造者的书。书中的人物或许名不见经传，却默默地劳动着创造着，以他们的智慧和他们的赤诚，当之无愧地成为当代中国的脊梁。

2006 年 10 月 15 日 雍村

印在生命脚印里的诗

——冯在才诗集《曲江吟》阅读印象

大约二十年前认识冯在才的时候,就有一种敬重之情;二十年后的今天,他把自己创作的厚厚一摞诗稿送给我看的当儿,我是敬重之中又添意外的惊讶了。认识冯在才的同时,就知道他在省委核心机关工作,是笔杆子,我的敬重之情就油然而生了。在我看来,他手里攥着的那杆子钢笔的分量,非我等写诗作文的这支笔所可相比。他那杆子钢笔写就的文字,习惯上不叫文章而称为文件,以党政领导机关的权威文件下达各级学习领会贯彻执行落到实处。毫不夸张地说,三秦大地改革开放以来日新月异天翻地覆的变化,就是他和一帮笔杆子的墨汁铺展造就的。换一种通俗说法,他手里的那支笔,决定着一个省的发展方略,也决定着城乡百姓兜里的肥缺和碗里的稀稠,远远非我等一篇文艺作品得了失了好了差了所可类比。我说的敬重之情,概出于此。

这位写了大半辈子政治经济等发展方略重要文件的人,突然把一厚摞诗稿交到我的手里,真是出乎意料,由不得瞪起眼睛十分惊讶了。此前,我从未听说过他喜欢写诗,想来无非是接触太少所知也浅;还有他自身的个性因素,喜欢写就不停地写着,只是默默地遣词调韵自我陶醉,绝无张扬。我从这部诗集里每首诗作标明的写作时间掐算,最早的一首七绝已是三十多年前的事了,那时他还不满三十岁,正当诗兴诗情激扬的青春年华。我以切身体验来理解冯在才的诗歌创作追求,深知其不易深解其痴迷的同时,自然颇多感动和感慨,从二十世纪七十年代初写诗一直写到现在,三十多年没有间断更没有中止,这需得怎样的意志和痴情。再,三十多年里,他在一页一页一行一句一字斟酌着那些不容丝毫含糊的思想指向、政策划界的律令性文件的漫长岁月里,仍然始终保持着一种诗性的襟怀诗性的激情,对这个民族的历史和现实不断发出吟哦诵唱。我便看到一个有趣的画面,体现在文件的文字上是一张思逐风云不无凛峻的脸色眼神,与一行行诗句里洋溢着壮怀激情的鲜活生动的另一幅脸色眼神,正好映像着一个人精神和灵魂的两根支柱,实在是一种难能的踏实而又丰富的生命姿态。

我读这部诗集,切实感觉到是循着一个人的足迹和墨痕,探寻着这个可以算作我的同代人的冯在才的人生轨迹和心路历程。他笔下的名山大川古墓老碑,由衷地倾泻着对脚下这块土地的深情,也发出抚古鉴今的历史性兴叹。他写春韵冬雪农时季节春播秋收,我便感到他对季节变化里的乡村农桑事项的敏感和兴味。他看春雨的视角,首先想到的是麦子返青,"好雨知时乃发生,飘飘洒洒绿田荣。云迟雾懒轻轻下,雨缓苗肥嘀嘀声"。不似玉楼香车里的人赞赏春雨"这下呼吸湿润了"的感受,而是直接发出和亿万农民同一腔调的欢呼,麦子可望有好收成了。他写春雨冬雪夏果秋实的诗句,自然流露出一个根在乡村、至今仍然心系乡民的人本能的思维倾向和情感投向,颇令人感动。作为一个诗人,冯在才在面对大自然界美好的和极其普通常见的事物时,那根敏感于文辞的神经,都会触碰出诗的华章,都会发出轻吟朗诵来。夏荷秋菊红梅青竹,富丽的牡丹热烈的月季和高贵典雅的兰花,这些被古今诗家千万回吟诵赞颂过的美好物体,冯在才依然发出自己独特的感悟,寄托着自身的性情崇尚和审美标志,一种高洁纯粹的心灵趣味。在他眼里和意识里的竹和梅,"枝坚叶绿溢清芳","生来就是钢脾气,不畏风霜雪雨摧"。诗在写竹和梅,着意在一种精神,即做人的最可珍贵的精神品质,诗人做人的志趣修养就托喻清楚了。还有名闻天下的黄山松和名不见经传的家乡村头那棵相思柳,还有传说中系着北半个中国人祖魂的山西大槐树,如泛溢而出的诗章里,鸣响着一个子孙的情思和自觉承系的责任。

尤其值得称道的是,冯在才写了大量政治抒情的诗篇。其实,即使在如前述的名山大川古墓老碑风花雪月的诗章里,也潜隐着喻示着社会和人生的哲理,对美和崇高的礼赞和对奸佞腐丑的贬斥,小处说是道德操守的指向,实质也是人生的大课题大政治。这里要特别评说的,是作者三十年来所亲历的我们国家的重大事变,诸如粉碎"四人帮"这样带有重大历史意义的事件,还有开创中国新长征的华章彩页的改革进程,党的具有历史意义的会议——十一届三中全会。他的诗篇不仅载负着历史重要关头的内涵和征象,也表述着冯在才自己在生活发生重大转折时的心理情感。几十年后,当这些重大事件已成为历史,冯在才于花甲之年自赏这些及时即兴所作的诗篇的时候,不仅是一种浩叹,更应是一种骄傲与自信,即在自己最富生命活力的年龄区段上,直接参与了我们民族和国家复兴复壮的伟大到无与伦比的工程——改革开放,而且以诗的方式留下了记录。他对遵义和延安这样作为中国革命标志的城市,歌颂是真诚的热烈的,也是一种信仰的自觉。在这种崇高而又神圣的人生信仰的驱使下,他对足下的土地发生的巨大变化取得的重要成就,乃至一条路一片果园,都发出由衷的吟唱。我无须再赘摘其中的佳句。随处都可以感受到诗人投身变革参与变革以及变革实践过程中所凝结的诗句里的心跳和音符。我突然想到,年过花甲的冯在才现在拢集这本诗稿时,肯定有一种回眸自己生命历程人生脚印的感觉,这诗句脚印里注满他人生一步一步的情感,既是一种豪壮和自信,也是一种欣慰。

我至今自知国学浅薄。对我们丰厚如宝山的古典文学缺失研习，不敢轻妄论说，难以推辞在才的虽简约却真诚的邀约，就冒胆说一点阅读和欣赏的感受。最后要说的是冯在才古体诗的艺术质地，坦诚自如，简洁明朗如晴空云朵；真情实感，时而倾泻如疾雨狂雪，时而亦如细雨薄雪，皆自然畅达，不见当代人写古体诗普遍发生韵凑字捆句的别扭。我很感慨在才的古体诗的畅朗通达，这是极不易的境界。我自然寄望他的诗作开创新的艺境和意境。

2006 年 11 月 5 日　雍村

人生笔记的笔记

天卿电话约我编一本"人生笔记"的集子,乍一听到,心里竟然不轻不重地有一点响动。按说已经出版过三十余种书了,二十多年前头一次出版作品集时的新鲜感兴奋劲儿以及某些难以隐蔽的得意,早都不再潮起了。那么,这回在我心里引发的这种响动,无疑是这本书的题旨"人生"撞击出来的。

人生,在我的意识里是一个太大的话题,更是一个令我敏感到几近恐惧的话题。

我至今没有以文字来系统地面对自己的人生,截至目前也没有写作自传之类的打算。我谢辞过好多家出版社朋友至诚的邀约,我都没有应承,心里隐隐着对于这种自传写作的实际意义的怀疑。我近年间多以散文写作为兴趣,有意无意间涉及人生历程中的点点滴滴的往事,也仅仅是点点滴滴而已。我的散文写作和我的小说写作一样没有预设性规划,都是随感而出,即在生活世相里耳濡目染,触发到心灵里的某一根神经,或兴奋或灼痛到释之不去,便会把那一点感受和体验诉诸文字,便有了一篇篇或长或短的小说和散文。过去以小说创作为主是依着兴趣,近十年来以散文写作为主也还是依着兴趣。除了少数命题作文的篇章,绝大多数都是由兴趣激发的感受和体验,随有随写。原始森林如海涛涌动的绿浪令我的心潮也跟着起伏,荒凉高原上孤立的一株柳树更令我感到了自己的软弱和轻家乡灞河重新归来的鹭鸶让我久久不忍离去,和我的白鸽告别却留下永久的伤情。我和父亲一样喜欢栽树,却不再是为了卖钱添补家需,纯粹是一种心理习性。我在意大利国家博物馆看到用钢铁打制的禁缚女人性事的贞节带时,当即联想到中国女人的小脚和"守志"法则,人类从野蛮走向文明的过程大同小异,无非是一方地域觉醒得快完成得早,某一方地域完成得慢些迟些。我在美国街头看到坦克驮载着口红的雕塑时,顿然涨起对任何杀人武器的蔑视,包括挥舞它的总统。我在茶几下发现了三岁的孙子遗丢的小鞋,竟然抑止不住心跳;我在祖居老屋一人独处时,半夜里似乎听到沉重而又舒缓的呻吟,只是无法辨别是从哪一代祖宗的深喉里泄出的声音。我对那些为我的稿件一字一句阅审、连一个错误的标点符号也不放过的编辑,以文字雕刻下他们的形象,存储到我的作品集里,也雕记在我的记忆深处。还有那些为民族和国家复兴复壮而义无反顾地走出顶天立地魄势的人,我虽无缘一面却要表述一缕崇敬之情……我在遵照天卿"人生笔记"的题旨挑选以往的散文随笔的时候,既重新阅览了这些人生体验的篇章,更在完成一次自我的人生检验和人生阅审。

这次编选中的温习式阅读,我发现有好几处写到动情落泪的文字。过去零零散散写下这些涉及个人情感的文字时,只是随着性情即兴写来,只想记下真实的感受;今天笼统一览下来,落泪和暗伤的细节似乎太多了,倒使我顿然惊觉自己是不是太脆弱了。有一个细节清晰地呈现在眼前,我在离开祖居老屋八年后重新回归的第一夜,天微明中被鸟叫声惊醒,睁开眼睛透过窗玻璃看到后屋房脊上一对咕咕咕叫着的斑鸠,竟然忍不住动心落泪。这样的情感能被读者理解和接受吗?然而我却真实地发生了。我的散文写作的基本守则,首当真实,既不容许妄说,更不添附虚伪之词。时过几年的今天,我对自己也有了一层认识,可能在遭遇丑恶和虚伪时扭转头去,却承受不住一丝一缕美和善的浸润,我的粗糙且已老化的躯壳里,还存活着对大美至善尤为敏感尤为脆弱的一根神经。

这是我赖以活得踏实自信的一根神经。

我依赖这根神经发出自己的声音,是无声的文字的声音。

这些无声的文字里记述的人生感受生命体验的点点滴滴,构成这本"人生笔记",期待我的读者的交流和批评。这肯定有益于验证和校正我日后的生活观察和情感体验,为着这种"人生笔记"继续下去,且能获得更高境界的进步。

2006 年 12 月 9 日　雍村

难得一种真实

在我尚属青年业余作者走进陕西作协深宅大院的时候,韦昕已经是这个院里资深的工作人员了,做着行政管理工作,也做过杂志的文字编辑,后来又做党政领导。我调来作协的二十多年里,和韦昕进进出出同一个大门居同一幢住宅楼,抬头见脸低头见脚,当属熟悉不过的人了。无论他做行政做编辑及至做领导,几十年里都在工作之余勤奋地写着小说和散文,说他是作家协会这样的专业文学团体里的业余作家,不是幽默而是恰切。直到他工作到年龄额限从领导岗位退到二线,创作很自然地调换到主业位置,一篇篇小说连续不断创作、发表、出版,尤以唐代历史题材的小说引起了广泛好评,其老到的艺术功力赢得作家和评论家的钦佩和敬重。有朋友甚至和我表示惋惜,如果韦昕从早年间就有以创作作为主业的条件,真不可估量现在会有怎样卓越的文学建树。尽管人的生活历程生命轨迹容不得"如果",然而韦昕仍然能保持今天甚为旺盛的创作状态,足以告慰神圣着的文学情怀了。

我读《绳套难解也得解》,首先感到一种毫不置疑的真实。既是艺术的真实,更是生活的真实。我之所以强调后者珍视后者,是有感于某些作品在艺术的名义下对生活所采取的随心所欲的姿态,把对生活的虚拟和虚假,振振有词地湮没或张扬在所谓艺术的天花乱坠里。我对《绳》的真实性的敏感,完全是文本阅读过程中不断引发的感动和感慨,这样兼备着艺术真实和生活真实的朴实文字,似乎好久都寻觅不到了。

《绳》写的是韦昕"文革"中下放陕南山区农村的生活体验。这部作品的生活背景，直面的是"文革"过程里最惨烈的"清理阶级队伍"和"一打三反"运动进行的时候。除了最后一章没有具体情节故事算作尾声，前四章写了发生在风雪公社何家梁大队的四个案件，赵臭臭辱骂领袖案件，柱子偷公粮案件，顺顺子的偷情杀人案，贾进洲政治诬陷案。韦昕写了这四个案件发生和破案的复杂而又曲折的过程，准确地再现了处于"文革"非常时期的乡村社会的特殊氛围特殊秩序，无序的社会结构里的秩序。赵臭臭被人揭发辱骂过一句领袖画像，被当作最严重的反革命事件；贾进洲为泄私仇，潜入会计家里用针刺扎领袖画像的眼睛后再去报案，企图以当时最严厉惩治打击的反革命罪置会计于死地。这两桩案件，只会发生在"文革"时期。或者反过来说，这两桩令今天的人们觉得荒唐、滑稽到不可思议的事件的发生，正是非正常的"文革"时期特殊的社会现象。这两桩被看作最严重的政治事件，在政权机关的判断自不必说，在更广泛的群众思想意识里的普遍性判断，恰切地透视出整个社会的生活氛围，即使在穷乡僻壤的农民，心理结构心理秩序也错乱了，正是无序的社会秩序的典型体现。即使柱子偷公粮和顺顺子偷情杀人，这些本属于刑事性质的案件，在发生和处理的过程中，也弥漫着"文革"时期特有的社会气氛。韦昕选择的这四个故事，展示出最偏僻最贫穷的山区乡村"文革"时期的生活图景，给我以不容置疑的真实。

这四个案件的破案过程，没有公检法参与，全部是公社（即现在的乡镇）和大队（即现今的村委会）的干部完成的，嘲笑那时的法制的合理性已无实际意义，我们当时的社会现象就是那样，况且业已揭过这一页了。我甚为感佩的是，韦昕既是典型地又是生活化地写出了那种社会形态下基层干部处事的方式，生动里的真实，真实里的生动。生活细节的真实，有各个人物举止行为的个性特点，也有语言行为的独特性,这里往往可以鉴别从生活体验而得,还是随心所欲以概念和印象编出种种莫名其妙的举止行为和话语,一部作品的基础和底蕴也就截然分明了。然而,还有更紧要的一点,即不同时代的人的思维方式思维特点,更是从内质里决定着一个特定时代的人物的真实性。尤其在我们改革开放前和之后截然不同的思维理念所形成的社会生活景象,仅仅不足三十年,却让人有恍若隔世之感。石主任、雷社长和"我",他们都呈现着二十世纪七十年代初的思维理念,遵循当时的政治思想和判断是非的标准。他们没有一个能跳出荒谬而独逞高明,而是遵循时代共有的理念进行着自己的思维和判断,真实准确地展示着那个时代的生活运动的形态。

尤其令我感动的是,在这几位基层干部身上,都隐隐体现着一种人性的温情。无论主事的石主任,无论旁落的雷社长,还有改造锻炼的下乡干部"我",在调查这几宗案件时,没有动辄棍棒相加,而是想方设法破开谜团,及至处理犯案人时,显示出在那个非正常年代的一种人性之善和美。对偷了一袋苞谷的二队队长柱子,石、雷决定不向上级报案,是被柱子偷盗的因由所感动,为了讨媳妇。这两个公社负责干部尚未在极左路线极左政策里一味迎合而泯灭良知,作品表述得恰到好处。如果说一袋苞谷只算刑事案件,不予声张地化解了,保护了一个贫穷到娶不起媳妇的乡民,还好办些;而对于一个以污蔑栽赃企图置人于死地的人,这个人既狠毒也很愚蠢,他用针刺扎了有私怨者家中的领袖像的眼睛。这在"文革"时代是十恶不赦的头等重罪。这种利令智昏的行为,终究真相大白,落得性命难保。即使在这种严峻的情况下,"石主任和雷社长鉴于贾进洲终归是个农民,很想宽大处理……"我是经历过这段难忘的生活过程的人,"文革"大运动中不断掀起严厉打击某个社会目标的"专题"运动,诸如"清理阶级队伍""一打三反"等,无论城市或乡村,都被愈绷愈紧的所谓"阶级斗争这根弦"陷入持久的灾难,即使一个大字不识的农夫农妇,也都知道什么话不敢说,说了就有掉脑袋的危险。而包庇这类重点打击的头等要犯的人也脱不得身,何况作为一个公社的领导者石主任、雷社长这些干部。他们在这种莫须有的"阶级斗争论"酿成的恐怖气氛里,能为被害者减一分刑责,哪怕有一句同情的话,都是要冒政治风险的,也更是弥足珍贵的,也显示着在人为的恐怖下的人性还存活着。韦昕创造的这两位基层干部形象的不同凡响的意义,在于一种特定历史过程——"文革"中乡村的真实形态。

这种真实还体现在乡村生活场景的写作中,公社和大队干部的办公设施和摆设,各种乡民家庭的农家气象,都有独到的却也准确的观察和文字描绘,不着意夸大更不渲染,平实里逼真的艺术效果就出来了。各种性格的乡村男女,也不故意夸张其行为举止上怪僻的习性,而是颇为敏锐地抓住其某时某地对某件事的微妙表现,一个眼神一种脸色,一句直截的表述或含糊其词或环顾左右而言他,都呈现着各种位置各种利害里的角色的分寸和色彩,你可以看到那些虽然贫穷的乡民的语言智慧和极富心计的思维,较之那些随意把农民写得如自己一样傻的作品可靠可信得远了。

无论写人无论状物无论做事,韦昕都用一种平实的语言。说平实容易产生缺乏色彩的误解。恰恰相反,韦昕语言里的睿智和透亮随处可见,都是在平静的叙述和描写中蕴含着,不做故意强调,有大智若愚和大象无形的气象。我所特别欣赏的作品的真实感,除了前述的因素外,也得益于他的语言。一种纯净平实的语言,决定着作品整体叙述风格的完美,也是造成作品艺术真实的至关重要的策略。

韦昕已年过七十,虽然有点耳背,交谈需得提高嗓门,却依然健朗,尤其是艺术思维,似乎更趋活跃和敏锐,充满如此令人惊羡的创作活力,真是活到一种纯作家的人生境界了。

2006 年 12 月 13 日 二府庄

文学的力量

——与《陕西日报》记者张立的对话

记者：陈主席，关于这篇访谈，咱们去年冬天就碰头酝酿过，就是关于陕西省作协成立五十周年的内容。可是您一直很忙。今天总算能坐一起来畅谈陕西省作协走过的风风雨雨的五十年。我想，这也是我们《陕西日报》的一个责任。经过讨论和思考，我们确定这次访谈的主题是"文学还有多大的力量"。您觉得合适吗？

陈忠实：提出"文学还有多大的力量"这个话题以及反诘的语气，本身就是预先设定的怀疑意味。我不完全把它看成是设问者的挑战，更愿意理解为设问者对当代文学在社会生活里的尴尬扮相的不安和忧虑。既如此，就不是这个话题"合适"与否的事情，倒是很有讨论的必要。

说到文学的力量，我至今保持着最动心动情的记忆。奥斯特洛夫斯基（保尔·柯察金）是深受《牛虻》的影响，成为一个自觉的钢铁意志的共产主义战士的。他的《钢铁是怎样炼成的》一书，又影响了不止一代的苏联青年和中国青年，义无反顾地走向争取解放的道路。鲁迅的《狂人日记》，应该是腐朽的封建制度封建文化封建礼教的终结性的判词。还有巴金的《家》，影响和感召着无以数计的青年知识分子冲破封建笼子，走向新生。我自己也在年轻时被牛虻和保尔激发得热血难抑，稍微涉猎文学作品阅读的人都有这种难忘的记忆。

即如二十多年前的一个短篇小说《班主任》,在整个社会生活里发生的冲击和震荡,当是对极左思想路线的第一声棒喝,正呼应着二十世纪七十年代末中国人压抑已久承受不住的心灵呐喊。毛泽东曾经说过,革命文艺是打击敌人教育人民的武器,是符合当时的社会形势和情态的。

我们现在的文学很难发生如上述的影响力度了。现在还要求文学发挥如上述的影响力是否可能?是否符合新的社会生活的科学性?都值得探讨和研究。而眼下不争的事实是,即使是一些被评论家叫好的作品,也仅仅只是在文学圈子里反响一阵儿,很难走向普通的非文学职业的读者群里。这样,这些被好评的作品的影响力,也只是局限在文学圈子里被评说的阁档上,对社会生活各个阶层的读者完全陌生,更谈不上影响力量的大小和有无了。你提出来的无疑是一个大的命题,不是一般艺术流派写作方法的议争,而是触及文学创作最重要的东西,躲绕不过回避不得。

记者:在一切商品化的今天,许多艺术家沉湎在个人的小天地里,专事制作抽象的、低级的形式主义的玩意儿。一面是骗人的奢侈品,供小圈子内少数几个人玩赏;另一面,则以粗制滥造的东西迎合市场的低级趣味。而真正的大众关心关注的问题,却在文学中得不到表现。几乎到处都堆放着这些垃圾,到处飞舞着五光十色的纸屑,装模作样、沾沾自喜、趾高气扬、酷相十足。最终文学切断了同现实生活的联系。文学没有血脉的涌动、没有挣扎搏击的激情,没有疼痛和悲悯,没有爱,甚至没有讽刺。文学精神应该永远处于领先的主导地位。当下的文坛,有以腐朽为美,有以残酷为美,有以淫秽为美;有所谓的"身体写作""行走写作""零度写作""纯客观""冷叙述",这类的例子很多,您认为这是"百花齐放",还是亵渎文学?这是不是有一个文学倾向性的问题?

陈忠实:如你列举的这些创作现象,确实在近年的文坛浮泛过或长或短的一阵时日,有的热炒热闹一阵儿,迅速冰锅冷灶难以为炊;有的还强自浮泛,却也日渐稀少了炒者的兴趣。我要辨正的一点是,这不是文坛的全部,在这些浮泛于文坛表层的热闹现象的另一岸,依然沉静着追求崇高的文学理想和生命精神的作家,他们不是一个两个,也不在少数,而是一个数目庞大的作家群,远远超过了如上述现象的人数,这是我所了解的一个估计。三两个主张以暴露隐私而满足窥阴癖的作品,一夜之间造成的惊呼的声浪,似乎把整个文坛都要笼罩了,却也销匿得比预计的时间还要快。

这些一波偃息一波又起的写作现象的发生,甚至还能形成或短或长的浮泛,在我看来,还是出于写作者对创作的理解,理解上的巨大差异,就会形成艺术兴趣的巨大差异,作品的品相也就由此定形定格了。"性"和"爱"无疑是诸多浮泛现象里最热门的一种。中外当代的许多杰出作家,在这个精神和心理领域,做出了震撼读者心灵的探索,无须一一列举那些堪为经典的作品。现在浮泛在中国文坛的所谓"身体写作"乃至"下半身写作"的颇为畅销的小说,其兴趣集中在性的种种形态种种过程和种种感受的展示上。稍有教养稍有欣赏雅趣的人,就会有自己阅读的判断和选择。然而,也不能无视人的某种窥阴癖的潜意识习性。

造成这种现象的原因,主要是一个商业利益的驱使,出版方想以此谋利,写作者也以此获得厚酬。还有"名"的诱惑,不能正道出名就想绝招歪招。在钟鼓楼广场脱光衣服蹦跶,吸引的好奇者肯定比任何穿戴整齐的人要多得多。他们联手获得丰厚的利润和酬金,去买房去买东西去喝咖啡到欧洲美洲游逛去了,丢给文坛一个颇多争议的话题,让那些尊重着文学精神的老者和青壮年去讨论,包括你和我。这些现象很难构成主体倾向。我所熟知的许多作家都不在意这种东西,更不动摇自己的行程和方向,自然也是出于他们对文学创作的理解和兴趣。譬如陕西文坛,至今也不见一部号称"身体写作"的作品，许多省也类似陕西。认真掐着指头算起来，标榜"身体写作"的作家和他们的作品，也就那几个、那几本。很难形成倾向。

记者：伟大的时代呼唤伟大的文学家和文学作品。在历史上，社会危机尖锐的时代、断裂的时代，在强大的社会潮流影响下面临变革的时代，都有伟大的作品产生。我们一再赞颂我们这个时代是一个"伟大的时代"，可是为何没有出现相应的伟大作品？

陈忠实：你的这个问题是就世界文坛的大格局而言的。如果具体到某个国家或一个民族，情况就很难以这个普遍现象而论定了。比如泰戈尔之后，印度很少有世界性影响的作品产生，印度人也会提出如上述的诘问。类似的文学现象，就我大概的印象，颇为普遍。

就我对文学创作的感知和理解，伟大作家的出现和伟大作品的产生，确凿没有任何可行性的规律去蹈循。一个时代的伟大作家和伟大作品的出现，都只能看作是一个个例，几乎找不到相类似的第二个。这就是说，在相同的"伟大时代"的氛围里，或在"危机尖锐"和"断裂"的时代风浪冲击下，为什么出现 A 这个伟大作家，而不能再出现又一个伟大的 B 作家，永远都无法阐释清楚，永远也难以寻找到令人信服的依据。如果能阐释清楚也有依据可寻，那就有了培养伟大作家产生伟大作品的规律性途径，就可以如商品一样批量生产了，伟大作家和伟大作品就不再惹眼了不再珍贵了。研究者永远回答不了这样一个问题，在打破封建帝制冲破腐朽的社会氛围的大时代背景里，为什么既能出现呐喊呼号的鲁迅，同时也能出现鸳鸯蝴蝶派，可见作家的个性差异和感受冲击的内在气质有多大距离。依此类推的方法在作家出现和作品诞生这种事上，是无效而失灵的。我的态度是等待，是期盼，而且急不得。肯定在未来的某个早晨，影响世界文坛的一个伟大的中国籍作家和他的作品将辉耀于世。

记者：联想我们陕西出现的王汶石、柳青、杜鹏程、路遥，包括您以及贾平凹等这一批作家，请您谈谈文学作品与所处时代的关系。

陈忠实：上述提到的两代四位陕西作家，都是与时代几乎同步发展同步创作的最具影响力的作家。柳青一边兼职长安县县委书记搞农业合作化运动，同时就酝酿创作长篇小说《创业史》，被公认为十七年的文学代表性成就之一。杜鹏程随西北野战军一路前进直到解放新疆，放下行军包就开始了《保卫延安》的创作，属于最早反映人民解放战争的长篇小说，亦被誉为战争史诗。路遥的中、长篇小说，几乎全部都是写新时期陕北社会生活的变迁，尤其是青年男女情感和精神世界的复杂的历程的。《人生》和随后的《平凡的世界》里的人物，曾经得到无论北方无论南方无论城市无论乡村读者的共鸣和呼应，这是一个作家最值得自信的奖赏和回报。就我有限的阅读，贾平凹的小说创作，占绝大多数是写当代生活的，包括他的成名作获奖作以及有争议的长篇《废都》。他的笔触从农村延伸到城市，却仍然是当代城市各个阶层人物的心理躁动和向往。这四位作家均为最拥有读者群也富于声誉的作家。起码可以辨正一点，作家选择与时代发展同步的路子，没有如某些言论裁定的所谓误区，起码是诸种创作途径中的一种，同样可以获得优秀作品的一条途径。

在我理解，作家在他生活的时代，每日每时都在接受生活运动的冲击，大的社会浪潮的直接冲撞，细微的生活异变的无声感应，各种人物在生活变迁里发生的得意、欢乐、挫伤、跌落、笑声和叹息等等，都会引发作家最敏感的神经，产生表现的欲望，进入思考和文字诉述。这是包括我自己在内的创作某篇某部或大或小的作品的过程。即使是写过去生活题材的作品，也是所处时代某种因素的启示所产生的诱惑，新的思维对过去了的生活内容达到了新的理解，如同照亮到前所未及的深的层面。这样，我就依然相信，作家应该进入生活，参与生活的变革，感受生活运动的形态，研究生活变化里的各种心态和情绪，把握较为新鲜而又准确的各种情感的流向，就可能把握住时代生活的准确的脉象。当然，这仅仅是进行创作的一个重要因素，而不是全部,还有作家对生活的理解的深浅,以及艺术表述功夫的强弱。

记者:一百多年前有人问雨果,说我们的文学、戏剧和诗很快就要死亡了——当年也有很多新东西构成了极大的吸引力,比如更通俗更便当的那些读物,一如我们现在从报纸上、电视上看到的那些东西——雨果说你不要担心这个,如果连文学都要死亡,那就等于说情人之间不再相爱,比利牛斯山就要倒塌,母亲不要她的孩子,也没有阳光了。一百多年过去了,我们的文学时而高潮时而低谷,但有一点是可以肯定的,文学它没有死亡。非但没有死亡,而且单从印刷量上,已经比雨果时代增加了百倍,借您常说的一句话"文学依然神圣",您对当今的文学走势是如何看待的?

陈忠实:从你提问里所引证的雨果的掷地有声的话可以判断,你也神圣着文学。人们对当代文学之所以有诸如"死亡"诸如"不再神圣"的议论,大约是对如前述的某些浮泛文坛的玩文学的现象产生失望。我到美国坐地铁坐汽车,站前的书摊上卖着各种流行杂志和流行小说,专供长途旅行的人消遣时光的读物。旅客花小钱买一本,看看热闹和离奇,乃至荒诞不经,下车时就扔到废物筒里了。据说有一批专门写作这种读物的作家,写得快出得快,收益颇丰,却也不计较在文坛的排名。然而这并不妨碍一个又一个堪称伟大的作家在美国出生。用一句话概括,不以文学为神圣而乐在玩中的作家尽可以继续玩下去,还以文学为神圣的作家仍然在探索着艺术的新的途径。

我对文学未来的发展走势持乐观态度。我们的社会实行开放政策不过才二十几年,禁锢打开之后出现的纷繁和杂沓现象,之所以还会兴一时热议,更多的是出于稀奇。当这些尚能引起新奇诧异的花样过眼之后,读者就见怪不怪了。我之所以确信未来文学前景的乐观,首先是时代的进步,思想的开放,信息的流通,作家可以获得诸多的思想启示和艺术形式的参照借鉴。再,教育的普及和作家文化素养的奠基,都比我这一代作家雄厚得多了,艺术视野更开阔,起步会更高,思想力度会更具穿透的深度,优秀的作家和如你前称的伟大作品,肯定会出现,只是一个时日长短的事。

记者:"人一思考,上帝就发笑;而人不思考,上帝就会发疯。"您经常讲的文学家应是个大的思想家,也就是说一个伟大的作家必然是一个伟大的思想家,他的作品也应该灵魂裸露、个性逼人,从语言到思想,不同凡响。您对文学和文学性、思想和思想性是如何理解的?

陈忠实:关于作家的思想,是我近年间愈来愈感到清晰明朗的一个创作命题。这是经过优秀作品和平庸小说的阅读参照过程中得到的启示。

作家创作发展历程中要完成多次突破,其情景类似蚕儿一次又一次的眠蜕。每一次突破,都使作家进入一个新鲜的开阔的艺术境域。作家完成一次突破或在突破的坚壁之前被捂死,通常所说的诸如生活积累生活体验,艺术表述能力,想象力,包括文字功夫等等,都是重要的因素,欠缺哪一方面的能力或是火候不足,都会成为实现新的突破的制约性障碍。然而,近年间对各类作品的阅读参照里,我意识到思想对创作的至关性的作用。尤其是那些已有颇多建树的作家,或者说创作已经达到较高层次的作家,如何避免类似性的自我重复,如何缩短原地踟蹰的时间,实现更新更高艺术境界的突破,思想力度就成为诸多因素里尤为突显,乃至致命的一个因素。

作家拥有各自的生活积累和生活体验,进入创作就进入对生活素材的取与舍或者说提炼的艰巨过程,这是常识。甚至在一个或大或小的作品刚刚产生灵感之时,直到酝酿和构思基本完成,这个过程里就进行着素材的选择和提炼。对生活素材的选择和提炼的决定性因素,首当思想力度。这情形类似于炼钢,冶炼手段的强弱,决定着钢的精度,粗钢和精钢都来自同一块矿石,而钢的品位却相差甚远。

作家的思想力度可以类比为炼钢能力。作家的思想决定着穿透生活的深度。匍匐着的平庸的思想,穿透生活和提炼生活的力度太浅太弱,作品的平庸不是最后而是最初就注定了的。思想铸就作品的脊骨,是渗透游荡在字里行间最具攫获力的幽灵,是精神张力和人物心灵世界最具冲击力的灵魂。我在阅读那些经典——老经典和新经典——作品时,都会有类似的感受,而绝不因这些经典作品题材的差别和生活远近而发生影响。我也看到许多缺乏思想力度可资借鉴的作品,素材的随意选择,生活细节的大量堆砌(且不说胡编乱造)不可避免一堆铺摊着的无骨无灵性的肉的直观效果。企图凭借某些小趣味小噱头或吓人的想象的情节细节来制造艺术效果,都是很难奏效的。

思想的深度和力度,影响乃至决定着作家生活体验的质量和层次。尤其是从生活体验进入生命体验,非超常独到的思想而绝无可能。人们很随意地说着生命体验这个颇为时尚的词汇。就我的感觉,能进入生命体验的作品,也只是许多堪称名家名作中一个小小的部分。我差不多读过昆德拉的全部小说,在我的阅读判断里,只有《生命中不能承受之轻》是进入生命体验的一部小说。有趣的是,此前昆德拉还有一部成名作《玩笑》,题材和立意与《生命中不能承受之轻》颇为类近。《玩笑》也是超出捷克国界产生广泛影响的一部小说,结构、人物和作品开掘的深度,都可以说完美。然而对照《生命中不能承受之轻》,我发现《玩笑》还是属于生活体验的作品。只有《生命中不能承受之轻》这部小说进入生命体验的层面,这是一个作家创作生涯里梦寐难求的一次升华性质的艺术突破。我曾经认真思索昆德拉从《玩笑》到《生命中不能承受之轻》这两部小说的创作现象,唯一能得到的较为合理的理解,是昆德拉的思想提升了发展了,穿透生活烟云的强度和力度更强大了,而且在这种独到的思想的辐射下,对社会和人生获得独自独特的发现,而且潜移默化为生命深层的体验了,创作就进入自由自如如同蚕到蛾的羽化状态。

说到作家的思想,有人便联想或等同于政治,甚至敏感到极左的政治。这显然不是无知就是无趣。极左政治只是政治这个概念里不大光彩的歧义性的一支。尽管无论生活在什么制度下的国度里的作家,都无法避脸蒙眼不问政治,因为政治充盈着所有国家的社会空间,政治影响着社会发展和人的生存状态,必然引起作家的关注。然而作家的思想绝无可能等同于政治,这也是常识。作家关于世界关于生活关于人生,应该而且肯定有自己的见解,这见解就是思想,这思想的锋芒、深度和力度,决定着作家全部创作的成色,即便是一篇千字文,也显示着思想左右下的审美趣味。还有一种更简单化的理解,说到思想,便以为让作家用文字去图解政治乃至政策,已经没有辨正的必要了。

记者: 这几年陕西这块厚土似乎让文学有所板结,甚至有断代说。有人说是你们几个重量级作家"震慑"住了,您觉得你们几位名气很大的作家对陕西作家队伍的形成、茁壮、繁茂是有益还是有阻力?

陈忠实: 进入新世纪以来,关于陕西作家"断代"的议论时有耳闻。我不大赞成也从未使用过"断代"一词。我认为,陕西作家和陕西文学没有"断代"。就我所知,陕西青年作家的人数和出版发表的多类体裁的文学作品的数量,都是前所未有的。我省有一批四十岁以下的青年作家,起步高,出手不凡,思维活跃,艺术灵感敏锐,一些人已经出版了几部长篇小说,有的作品得到省内资深评论家的好评。这个年龄区段的这一批青年作家的作品,改变了二十世纪七十年代末到八十年代初形成的包括我在内的青年作家群体几乎清一色农村题材作品的单一结构,更多地把笔触伸向变革前沿的城市,城市里多个层面上从事各种职业的人,尤其是青春男女,官场商场校园以及文化体育等等,在他们的作品里都可以感知到生活最新跳动的脉象。

就我有限的阅读印象,最强烈的一点,他们笔下的城市男女形象,确实属于当代城市人的真实真切的气息,起码不似我偶尔写到的城市题材的作品,总让人感到是穿着城市人服装的乡下人。他们的写作手法包括语言都更趋多样化,作品面貌不沾陈迹旧痕。因为几乎所有作品都与当代城市生活同步发展,作品人物的生存形态、追求里的得失所引发的情感世界的流程,弥漫着当代城市生活蜕变的最新心理信息,更容易与现时的读者发生情感交流和心灵呼应,作品出版发行甚为可观的数量,就是一个不容置疑的事实。

我能感到的问题仅仅只集中到一点,如何使这个甚为壮观又极富艺术创造活力的创作群体里的青年作家,实现思想探索和艺术追求的新突破,哪怕先有一两个或三四个,率先完成一次重大突破,不仅使自己的作品跃上一个更新更开阔的艺术境界,也能跃出陕西,在当代中国文坛打开局面,崭露头角、横空出世,引得普遍关注和好评,在整个国家现时的文学平台上突显出陕西青年作家的名字,其作品成为年度和阶段性的创作述评里不可遗漏的被论说的佳作。

以我对文学创作的理解,尚不能急,更不可泼冷水,需要等待,因为一个作家的成长和一部好作品的出现,几乎没有可以依赖的规律去循蹈。至于几位所谓重量级是否有"震慑"的遗患,我以为不过是调皮话而已。

记者: 有人说,当年的那个陈忠实如果不走进陕西作家协会,很可能就不会有后来的辉煌和成就。请您谈谈个人理解。

陈忠实: 这个纯粹涉及我个人创作的问题,又是从这个角度提出来,不仅始料未及,此前似乎没有从这个角度想过。

"当年"这个时间概念,在我判断应该在进入陕西作家协会之前。我是一九八二年冬天调进来的。"当年"即应是此前一段。在我看来进入作协的最重要意义,就在于时间完全可以由自己支配安排了,即所谓专业创作的实质。此前我在西安市灞桥区文化局和文化馆都挂着行政职务。那时区委的张书记是很关护我的创作的，他亲自当众宣布，让我只参与文化局大事的决策和研究，把更多的时间用在创作上。我从那时到现在都一直感动着。进入省作协之前的"当年"，我实际上已处于半专业的创作，读书和写作的时间还是充裕的。但我仍然参与区里的中心工作。西安郊区农村推行"责任制"的一九八二年春天，我到渭河边的一个乡里住了两个多月，骑自行车奔跑在渭河滩大大小小的村庄里，有时深夜才回到下乡"知青"返城后遗下的屋里。一九八二年所写的一组反映农村生活变革的短篇小说，即是这次下乡参与生活变革的收获。那时我对我的生活和创作状态颇为满足，对进入省作协不是太急切。因为此前的一九八一年，省作协党组已决定调我到专业创作组，只是因为行政辖属的绊磕没有调成，我也基本泰然地顺其自然。

一年多后调入省作协，几乎同时我就做出决定，回归老家。自从一九六四年离开老家村子，我变换过几种单位和职业，按那个时候的规矩，只有星期六下午放假回家，周日晚必须回到供职单位，直到在文化局文化馆工作都如此一贯制下来。我做出回归老家的理由有这样几点，珍惜难得的时间支配的自主权，可以避免没有实际意义的应酬；我在新时期形成的青年作家群里年龄偏大，又遇到前所未有的文艺复兴时期，自然就有紧迫感；我在乡村工作整整二十年，很想安静地坐下来，回嚼我的乡村生活体验和积累的素材，争取多出作品；也很想认真读书，一些过去被禁的名家名著，需要领略，以开阔自己的艺术视野，进一步清除极左文艺政策所造成的视野的狭窄和偏见；躲开热闹，也躲开文坛不可或缺的叽叽咕咕是是非非，保持思考所必具的沉静的心境，把精力和用心专注到思维和探索上，不至于空耗了。这样，我在乡下居住的老屋生活了十年，从短篇、中篇写作到《白鹿原》长篇的完成。

如果继续在文化馆待着而不进省作协，我不知道会循怎样的创作道路发展过来。因为人生只能就已有的过程论说得失,任何"如果"的假设既不可靠,也无依据。

我感慨自己在"当年"做出了一个起码切合我实际的回家的决定。我依然怀恋那十年在乡村捅着火炉吃着烤馍和农民乡党下棋的日子……没有上帝,自己拯救自己。

2005 年 3 月 26 日 二府庄

关于《白鹿原》及其他

——与《时代人物周报》记者徐海屏的谈话

电影不必忠实

时代人物周报：吴天明很早就说希望《白鹿原》为自己的导演生涯画个句号，你也一直在推荐他，为什么最终选择了王全安？

陈忠实：我可以提供一点参考意见，但我决定不了，那是制片厂的事情。据我所知，现在的导演王全安是编剧芦苇推荐的。芦苇比较认可这个年轻导演的风格和拍摄手法。

时代人物周报：白嘉轩的扮演者一直确定不了，当时你写书的时候，心中有过具体的形象吗？现在有觉得贴切的男演员吗？

陈忠实：我对影视圈不熟悉。"白嘉轩"是一个关中地区典型的男人形象，很综合，没有对照什么人来写。

时代人物周报：小说改编电影，有时会将小说改编得面目全非，比如《周渔的喊叫》改编为《周渔的火车》，当时电影恶评如潮。

陈忠实：我觉得电影是另外一种表述形式，你要按照作家的方法那可弄不成电影。电影编剧和导演自有他们对小说中感兴趣的东西，他们有他们的方法。

时代人物周报：但是无论改编成什么样，电影出来以后都会写着

"陈忠实"的名字。

陈忠实：原著是"陈忠实"，但是电影不是。他们编的剧嘛！

时代人物周报：以前听说你对无论是秦腔还是话剧的改编都很放心，现在看起来你对电影的改编也很宽容？

陈忠实：只能如此。我也听说过一些小说的作者和导演编剧之间关于作品的争执。哪儿多了，哪儿少了，一旦争起这个来，结果都是很不愉快的，而且作家还很难改变编剧和导演的意见，那我也就顺其自然了，这是一。第二，主要是我这个小说改编电影的难度比较大。有些小说人物和故事集中，改编成电影好弄。这个小说我自己知道，时间跨度长、人物多、情节比较复杂，没有一个中心事件。就我一般的印象，电影都应该有一个中心事件，一个线索，一个发展的过程，曲折，迂回，还要有悬念。而我这个小说没有统一的故事和统一的时间，从小说写作上来说，是以人物为结构的，这样电影改编起来就有很大难度。而且电影用不了小说的全部，在取舍问题上，包括我自己都不好把握。

放在棺材里做枕头的书

一九九八年获得茅盾文学奖之后，陈忠实的行政职务步步高升，从陕西作协主席到全国作协副主席。《白鹿原》无疑是陈忠实的巅峰之作，仅人民文学出版社发行量就累计一百二十万册，此外还有港台、海外其他版本，以及销数不可估计的盗版。《白鹿原》也不时地以连环画、陶塑、秦腔等形式出现在人们的视野中。陈忠实的人生在外人看来也因为这部小说而被分割成了两个部分——《白鹿原》之前与《白鹿原》之后。

时代人物周报：每过一年，是不是有时候会感到自己离《白鹿原》又远去了一年？

陈忠实：当然越来越远。写完它以后,我对小说的兴趣就恢复不到最好状态了。所以这几年我主要写散文,对散文特别感兴趣,可以直接抒发情感。

时代人物周报：我注意到,不少茅盾文学奖获奖作者都在获奖或者说完成获奖作品之后,没有再出过长篇,这一点在你身上最明显。这是因为在创作第一部长篇后功力耗尽?

陈忠实：不可能耗尽的,这都是外行看的。作家某一部作品的产生,不可能还用上一次的办法去写,那是最笨的办法,新的小说也不可能获得成功。那样实际上等于自己重复自己。一部小说的产生,创作欲望是最重要的。《白鹿原》之后,我对小说失去了兴趣,这个状态持续了好长时间。近几年才又开始写小说,不过都是短篇的。

时代人物周报：按照随笔、短篇、中篇、报告文学和长篇的顺序,你最终创作出了一部获得最高荣誉的长篇作品,是不是觉得此生足矣?

陈忠实：没有,没有这个感觉。因为我很小的时候对文学就挚爱,从来不会有这个感觉。这部小说能够获得读者普遍的接受和喜爱,我非常欣慰。作为一个作家,能受到读者如此的热爱,我说过一句——"我过去所有的付出都是合理的",这足以表述我的心理。现在表面看起来大家感兴趣的就是改编话剧、电影、电视。实际上前一段时间,有一位青年学者把二〇〇四年的有关资料整理出来,仅仅去年一年发表在全国高校学报上的关于《白鹿原》的评论文章就有四十多篇。他把这个拿给我的时候,我自己都吃惊,我这里很难接触到学报,只有陕西几家高校的学报给我寄,外省的都不寄,所以我接触不上。我根本没有想到,到现在每年还能有四十多篇评论文章发表在大学学报上,我确实很感动。

时代人物周报：所以你觉得"过去所有的努力都是合理的"。假设《白鹿原》没有获得那么大的成功,是否所有的努力都不合理?

陈忠实：那我就养鸡去了。这部小说再写失败，我都五十岁了，我就把我的生活再颠倒过来。因为过去我有正经工作，创作是业余的，后来搞了专业，创作是职业，其他事儿那就是副业了。小说写完以后老婆说，如果这个书出不了怎么办？我说出不了咱们就去养鸡吧。以养鸡为业，创作我也不会放弃，只是创作我就摆到了业余的位置上。那样的话我心里可能会调节得更好一些。

时代人物周报：你还说过《白鹿原》在创作之前就是你发誓要写成将来放在棺材里做枕头的书。

陈忠实：死人进棺材都要有枕头的，就是垫头的。我意思是说能让我死后有一个让我安宁地闭眼，能托住我脑袋的一本书，能让我踏实地死去，就算是对我一生爱文学的安慰吧。我起草这部书的时候已经四十六岁了，在陕西当时那一拨青年作家中，我年龄偏大一些。我一想，按照写作计划，写完都五十岁了。五十岁的人按照过去的观念看就已经算是"老汉"了。爱了一辈子文学，弄到现在还没有写出一本得到读者普遍认可的作品，如果这个作品写不好，"老汉"了以后，还有多大能量，自己都觉得有点不安。

时代人物周报：获得茅盾文学奖之后，是否觉得自己再写也超不过《白鹿原》的水平了？

陈忠实：我没有这个感觉，我想着如果有新的生活启发，可能还会写。写出来，也没有必要再和《白鹿原》较劲儿。作家创作一部新的作品，是根据新的体验，要表述的东西，你能把它表述完美，就你所体验到的表述出来，你感觉没有遗憾，这就行啦。你要较劲儿，那世界上优秀作品太多了，你跟哪一个较劲儿呢？要超过哪个呢？而且作品没有可比性的，是要看你体验的东西有多少价值。你总是跟什么在较劲儿，那是作家创作的一种误区。

时代人物周报：如果发表在今天的文学市场上，《白鹿原》是否还能有这样的结果？

陈忠实：我相信会有。一九九三年出版以后，这都出版十二年了，读者和评论界依然对它热情洋溢，并不因为美女作家、"下半身写作"而冷落《白鹿原》。所以我对文学，真实的文学仍然有信心。

时代人物周报：你喜欢发表《白鹿原》的那个文学年代，还是现在？为什么？

陈忠实：那个年代也不好。进入二十世纪九十年代以后，一九九一年和一九九二年是文学的最低潮时期，"作家出书难"的呼声就是从九十年代初喊起来的。当时出版界改革，从原来的计划经济、政府管理转变为企业化经营的时候，有名作家的作品去征订就是几百册，这是常有的。当时《白鹿原》第一版全国征订，人民文学出版社的征订数字是一万四千八百五十册。他们写信告诉我，我非常振奋，当时都高兴死了。一万册以上意味着出版社不赔钱，这样我心里就安宁了。不要说稿费多少，你让出版社赔钱给你出书，自己心里都不安啊。那时出版环境相当艰难，所以征订一万四千八百五十册，出版社就是按照这个数字印的，再多印一百五十册凑够一万五千册，出版社都不敢多印。不过出来很快就开始了第二次印刷，五万册、十万册……而且是连着印。这种盛况现在可能不太见得到了。

社会的而非个人的

陈忠实对自己的创作反思过，他自问为什么总是写这么"土"的东西，为什么不能写出今天的生活。然而功成名就的陈忠实至今仍然喜欢守着西安东郊灞桥西蒋村的老屋，抽着两块五一包的巴山雪茄，喝着烧酒，哑摸着乡里的秦腔。或许就是这种遥远于互联网时代的生活方式注定了陈忠实小说的"土气"，然而谁也无法否认，正是这种土得掉渣的生活经历帮助陈忠实孕育出了《白鹿原》。

时代人物周报：你曾说到白嘉轩，"我理解他是这种精神剥离过程中最痛苦的人,因为他最顽固最深切地与他的时代相融"。你是一个与自己的时代顽固深切相融的人吗?

陈忠实:我也在不断地进行着那种剥离过程。

时代人物周报:像你的"蓝袍先生"(一九八五年具有突破性的一部短篇小说《蓝袍先生》的主人公)一样的剥离过程吗?

陈忠实:有点类似。因为我们接受的都是过去的社会和道德观念。随着社会新命题、新标尺的出现,我们肯定就要与原来恪守的东西发生冲突。我倒是觉得很随意地能够完成这个过程,一步从封建社会跳到社会主义的人,可能就没有任何精神信仰和道德恪守。太轻易的人可信度就比较低,他对什么都能适应,最后他自己什么都没有了。

时代人物周报:现在会不会写书的名人都在忙着出自传,你有写自传的计划吗?

陈忠实:有好几家出版社从七八年前开始,一直到现在都在约我写这个东西,我不想写。

时代人物周报:是因为你的经历和你的感受都在你的作品中写彻底了?

陈忠实:我觉得自传不能做完全的表述。尽管有一些东西是真实的,但是既然不能做完全的表述,那它就不是你完全的真实历程。

时代人物周报:是哪一方面不能做完全的表述呢?

陈忠实:这个我就不解释了。

时代人物周报:作家通常总会将自己写进作品中,如果在《白鹿原》中找出一个角色,你觉得哪个角色最能代表自己?

陈忠实:有一些小说更多带有作家自传性质,个人色彩特别明显;有一些小说是作家对社会和人生的体验形成的。我的作品就不属于前者,我到现在也没有过多揭示我个人世界的作品。

时代人物周报:不希望别人在小说中读到你本人?现在很多作

家都喜欢以自己的生活为原型来写作啊。

陈忠实：那是对社会理解太少，生活面太窄，他们只感受着自己，对社会的了解还有待于进一步打开，有待于进一步完成对社会的体验。我对社会的变革和人的精神历程的变异比较敏感，也感兴趣，所以我的作品大部分都是这种题材。

时代人物周报：《白鹿原》曾被著名学者范曾誉为"一代奇书"，有人评论说它是完成了"一部民族的秘史"。现在回想，当时一个做了十几年农村基层干部的，如何能有"探索民族文化发展隐秘与描述和批判的能力"呢？

陈忠实：这也可能就是我认识发展变化的结果吧。谁都拥有生活素材，但如何能把这些素材提炼出来？这就跟炼钢差不多，大家都拥有矿石，有人炼出来的是粗钢，有的人是合金钢。差别在哪呢？除了艺术表现形式以外，更重要的是思想。作家对生活的提炼和发现，就有如炼钢的冶炼能力。思想平庸、软弱，就跟炼钢的落后设备，冶炼能力差，只能炼粗钢一样。所以思想的提升对于发展到一定程度的作家是至关重要的，是致命的。

时代人物周报：这更多的是来源于技巧的培养还是天赋？

陈忠实：学习，不断接收新的理念。当然更多的是对生活的思考。有些作品写得也很生动，但是你感觉就是生动的素材和生动的故事，你得不到什么感受，很难完成一种精神和心灵的震荡。如果你研究生活，研究新的关于生活的观念，接受你觉得合理的成分，来提升思想，强化自己的思想，然后把这种思想化为无形的关于生活的一种体验，用这样一种思想照亮你拥有的生活素材的时候就大不一样了。

时代人物周报："蓝袍先生"经过了省城生活之后回到乡村家中的时候发出了"归来已觉不是家"的感慨。一九九八年你从人民大会堂领奖获得至高荣誉，回到家有没有这样的感慨？

陈忠实：我的感觉是，家更亲切了。因为我生于斯，长于斯，得于斯，这部小说就是在我老房子里头完成的。我现在把那个老房子改造成新房子了。直到现在，一旦回到老家那个院里头，我的情绪就总是最好的，最敏感的。这个没有办法改变。

2005 年 4 月 4 日

公安文化及其他

记者：您认为公安文化是什么样的文化？

陈：我认为公安文化和社会的文化没有区别，文化不应该条条格格细到行业中去，这是行业特点不是文化特点。文化形态延伸到社会各个方面，各个领域。当然，也覆盖到任何行业。在我的意识中，不太主张把行业划分得太具体，太细，包括对一个地域、一个地区的文化。我都不太欣赏强调一个地区、一个地域自己的文化特点。包括中国人，我们常说中国的东部人、西部人、南方人、北方人，好像特点分明，其实也无多大差别。总之，走出国门，在外国人眼里都是中国人，根本不能区分。所以，把这种东西分得越细，反而把最重要的东西失掉了。在我理解，中国人在传统的文化中，都受孔子的影响，在历代文化，南方、北方都受这个影响。"五四"以来，我们同样都接受新文化的影响，革命的影响。"文革"期间，北京的红卫兵穿的是解放军退下来的旧军装。上海、广东、广西、陕西都是这样的打扮。还有多大差别？人生所受的精神和心理的影响主要来自社会观念和文化的影响。外在形象上包括个性习惯上的影响，那个就差别很多了，东一个村子和西一个村子都是有差别的，总不能把文化分得这么细吧！这没有多少实际意义，反而分得越细越让人找不到北，失掉了文化的核心和精华部分。公安的文化是行业的差别，公安接受的也是共产党的领导。我们现在学的是最新的科学知识，包括文化的科学知识,仅仅是个职业的差别。流行歌曲——社会上的年轻人都喜欢唱,我们警察同样也喜欢。所以没有太大的差别。我以为,公安上搞文化的,不管是传播文化的或者接受文化的,不要老在公安文化上定格,而应该接受民族泛文化的东西,才不至于圈在很狭小的职业范围里面,变得狭隘。倒是应该倡导民族最优秀、最传统的东西,也应该融入现代文明的东西。应该接受这些东西,来提高自身的素养,启迪自己的思维,更新自己的心理结构和思维结构,这样能使自己的眼界开阔。

记者: 公安题材的影视作品,群众喜闻乐见,受众面很广,怎样才能更深地挖掘公安题材?

陈: 我也很喜欢公安题材的影视作品,因为它涉及惩治犯罪这样的社会问题,本身就带有惊险性。作为普通观众,就我所知,大家都喜欢看些现实生活的惊险情节题材的影视作品。不仅是要拍得好,也要有一些纪实的东西,这样才能给人一种生活的真实感。现在的一些公安影视作品远离生活,为什么造成这种后果?我后来想了想:这些作品要么剧情不是太高明,要么凭空想象,当然也包括演员造作的演技。如何提高这些东西?这和其他的影视,包括文学都有类似的问题。就我有限的看过的公安影视片而言,看到坏人得以惩治,道义得以捍卫,总有一种痛快感。我们现在社会犯罪率比较高,且不说职业犯罪,抢劫等暴力行为几乎每天的电视上都有报道,有些很残忍,所以从整个社会来说,呼唤惩治邪恶的强大力量,作为社会分工,就要体现在公安上。这样一种力量,公安题材的影视作品多加以表现,它对社会受众的心理也是一种呼应。这既是社会的一种正义力量的显示,也能加重以正压邪的社会气氛。这种艺术造成的气氛会给人们造成一种很好的影响,实际上我们社会在很大程度上减少犯罪,最直接的功能就是公安(它不是全部),还有道德和良知。当然教育是另外的一个层面的。影片水准的提高有各个方面的途径。编剧应该更精彩,更趋于一种艺术的真实;另一点,演员的演技有待于提高,有的造作,故意做出公安人员特有的那种行为。叫人看了很不舒服,应该演得更自然些,更贴近生活一些,应变成艺术的真实。从生活的真实到艺术的真实,不是从生活提升出来变成一种虚假,那种装腔作势,好像和生活中的公安人员不相匹配,让人看了很别扭,这当然有个提高的过程了。不光是公安题材,很多影视作品都存在这个问题。还要讲究自然的真实,作品中的正面英雄人物也有家庭、有普通人的生活。他在社会交往中,也面对社会的方方面面,要体现公安人员情感生活多面性。不光是爱情,也包括亲情、友情,真正的公安实际上集成着一种大善和大美,这样才能惩治社会的大恶和大丑的东西,没有大善和大美就没有那种惩治邪恶的道义和良知,所以充分展示惩治邪恶的正义这一面同时,也要展示大善、大美,能让人看到他们比较丰富的内心世界和情感世界。我们现在常谈人性,那么人性中就有善和恶,公安人员就是以大善惩治罪恶的英雄。作品要把生活领域各个方面表述得更清,把平常人的那部分表现出来。英雄就是英雄,问题是这个英雄是虚假英雄还是真实英雄?真实的英雄,人们是会崇敬的。欧美影视也努力塑造英雄的一面。他们的一些作品让人看到英雄更丰富的东西。但并不是把英雄拉入庸常之辈,英雄就是英雄,他们身上的一些东西是常人所不具备的。我们从英雄身上看到更多的东西,你要承认生活中需要英雄,艺术表述要表述英雄,这是艺术的责任。我们现在不满足对英雄世界的狭窄,情感世界的狭窄,精神、性格等方面的单调。而不是说要否定英雄,尤其是公安题材,没有英雄就不行,破一起案件就会有英雄出现。基于这一点我觉得我们应该塑造出一个或者几个让观众难以忘怀的英雄来,惩治邪恶的英雄来,因为我看过一些美国类似破案的题材,那些人个性鲜明,机智勇敢,塑造出他们自己的英雄,惩治社会丑恶的英雄。但发脾气摆架子的不是我们所要塑造的英雄,不能简单化理解。

创作者自己探索理解,当然也要学习、借鉴一些东西,把英雄塑造得更丰满、更人性化、更让人难忘。

记者: 公安系统在书法、绘画、文学等各个领域人才辈出,是否应该走专业化的道路?

陈: 关于专业和业余不只是公安系统,实际上是各行各业的里面都有。文学的业余作者、书法作者都很多(包括很多领导干部工作之余也都在练习书法,练画画),就文学领域来说,从全国的范围来看,大都对原有的专业作家形态持否定态度。要提高业余水平,提高写作能力。能想到好多办法,好多创作苗子,我现在认为,他在工作之余,搞自己喜欢艺术的门类:书法、音乐、美术和文学包括各种活动,大家都有这种爱好而愿意作为调节生活陶冶性情的方式,人家感到很愉悦,这是很好的。有人愿意不断提高、不断钻研,走到专业的作家或者画家书法家的队伍中,这个也无可厚非。现在有很重要的一点,比如说"画画和写字",靠公家养的道路行不通了,现在都在改革,咱们国家延续下来的专业作家、专业画家等在世界上是独一无二的,西方的国家整个没有这种体制,如果你的专业养活了你,你在社会上谋求一种生活,是很自然的事情。其实我认为在业余和专业之间没有明确的界限。你觉得你在这个行业里有建树了,你可以发挥才能,你就是专业的。要多看、多写,提高自己的修养、提高自己的境界。不管是钻研哪方面的,都有提高的过程。品位提高到一定的高度,得到受众欢迎和认可,专业和业余也就没有什么界限了。得到欢迎都可以很自信地称自己是个"家",读者和观者不是因为你是专业人士就喜欢你的作品。他不是依人来判断,主要是依作品来判断。现在一周有两天的礼拜,一年有三分之一休息日,有自己正当职业、有自己爱好的人,就应该充分利用这些时间,晚上用两个小时做业余的钻研,你可利用这些时间学习某个艺术种类就相当有优势了。所以不应该争取专业时间,利用这些业余时间不断提高,达到一种新的境界，社会就会非常需要你了，社会就会为你创造专业的时间。但大多数人将艺术作为生活爱好，生活调节，下班后闲余时间画画、读书、弹琴……这种自娱感觉会很好。当然你们在提高艺术修养的同时，更要做好本职工作，因为你承担维护社会安宁的重大责任。

2006 年 3 月 24 日

答《解放日报》记者姜小玲问

得到的远超出期待

问：说到您,总是绕不开《白鹿原》,《白鹿原》是您的代表作,又是一个已经树在那儿的标杆,这对您以后的创作是利还是弊?

陈：这个问题此前已经几次被问及,我几乎没有想过对我这会是一个问题。现在看来,这的确已成为一个问题,但仍然不属于我,而是记者、研究者和关注我的创作的读者,猜测我的写作状态想到的一个疑问。我的理解是,无论我日后的写作朝哪里走,会产生什么样的作品,都与《白鹿原》没有关系了。《白鹿原》是二十世纪八十年代中到九十年代初的一次写作,是那时候对历史和现实的体验所选择的一种表达方式。我后来寻找新的体验,同时也寻找新的表述形式,哪怕一个短篇小说或一篇散文。在写这些东西的时候,几乎想不到昨天以前我曾经写过什么,包括《白鹿原》。

问：您说,要写一部可以"放进棺材里当枕头"的作品,《白鹿原》有没有实现您的这个想法?

陈：我确实说过这个话。这个话是我当时的创作心态的表述形式,所指完全是内向的,让我从小就迷恋创作的心,别弄到离开这个世界时留下空落和遗憾。我从这本书出版到现在所领受到的文学界的评价和读者的热情,已经远远超出原来的期待了。

问:《白鹿原》为您带来了很多,包括名、利,您觉得这些东西有没有干扰您的写作?

陈:我在写完这部小说时,最基本的估计是,如果能够出版,肯定会有反响,不会不被理睬的。但刚一发表迅即引起的强烈反应,尤其是读者收听广播或文本阅读后的热烈反响,让我始料不及。再说利,当小说被确定先在《当代》发表然后出版单行本,我和夫人暗自庆幸,按当时稿酬标准,各得一万元,我们家将成万元户。后来一版再版连续印刷,版权费也就超出最初的预计。

我随之承担了作家协会的一些工作责任。我想对陕西文学发展尤其是更年轻一代作家的发展尽一份义务。我是自觉自愿地做,从来没有把做这些事看成对我写作的"干扰"。干扰确实存在,有许多打着文化招牌却与文化基本无关的活动,有的常常策动我的领导、朋友乃至远亲近邻来扯拽。时间就被分割得很零碎。

问:有人说,您以前的写作是丘陵,而《白鹿原》是高山,"高山仰止",您有没有想过要继续写出超过《白鹿原》的作品?

陈:无论是所谓以前的"丘陵",还是后来所谓的"高山",都已是跋涉过的熟路旧途了,我不会再流连。写作对我永远都是一种新鲜的陌生和陌生的新鲜。只有对陌生境界的探看才有新鲜感,才激发创造的欲望和热情。当要把一种体验和感受诉诸文字,铺开稿纸的时候,哪怕是一个短篇小说,甚或一篇两三千字的散文,依然是一种唯恐写不到位的诚惶诚恐。我只按我的写作习惯写作,写自己真实的体验,既不跟别人较劲,也不与自己较劲。

问:您好像说,《白鹿原》是"独子",不会有续集,您是基于什么样的考虑?

陈:《白鹿原》作为一部单行本独立的长篇小说已经完成,无事可续。这是在给《白鹿原》画上最后一个句号时就确定无疑的事。

哦！应该是在起草第一章第一行时就确定下来的事。

离开土地最是痛处

问：土地和农村是您小说创作丰厚的资源，您现在长期生活在城市，离开了土地写当下的生活，您认为自己有优势吗？

陈：你的这个话题点到了我的痛处。用关中民间话说，"戳到了疤疤子上"。我与乡村失去直接联系已有十余年时间。我抬头所见的左邻右舍，已经不是不做任何修饰的乡村男女，而是满口新潮文化名词的城市人；出门看到的不是树木和田野色彩的淡浓变幻，而是从地皮直砌到天空的各色瓷片。乡村对我来说不仅是创作资源的累加，还有一个情感纽带。这些都在近十年间基本隔断了。已经不是优势存在与否，而是断止了直接的生活体验。我基本上是依赖直接的生活体验写作。我现在偶尔回到乡下老家，和碰见的熟人匆匆聊几句家常。我在城市最令人伤痛的位置上看见的几乎全是农民，常常说不出话来。我现在很难回到如过去一样的生活氛围里去，人们不在意我。我却在意他们的行为和说话方式。

问：感觉上，擅长写农村题材小说的都是年纪比较大的，有较长农村生活经历的作家，您怎么认识生活和创作之间的关系？

陈：擅长农村题材写作的人，有一批卓有建树的年纪较大的作家，也涌现出一茬接一茬的年轻作家。就我有限的经验，在农村题材创作上有显著成就的作家，几乎都有直接的乡村生活经历。生活与创作的关系是一个大话题，也是一个老话题，自我学习写作的少年时期就知道了作家要体验生活，要写自己最熟悉的生活。尽管近年间有不同意见，然而在我看来，似乎尚不足以推翻这个被古今中外的大作家普遍验证着的规律。差异或歧义仅仅在于，相对于社会各个大的生活层面，有作家坚持写个人生活圈子的体验。在我看来，只是生活圈子大小的事,关键在于,作家体验到了什么质量的东西,还有表述的成色究竟如何。

问:写作对您意味着什么？是倾诉的需要？是生活的一部分？

陈:创作对我来说,最基本的无法改变的一点,完全是兴趣。这发端于一根对文字敏感的神经,兴趣由此而生。最大的陶醉,往往就是获得了自己得意的文字叙述,任何财富任何荣誉都无法比拟,更无法替代。这根对文字敏感的神经如不萎缩干枯,对文字表述的兴趣就不会衰竭,也就难以搁笔。

要把短篇写到非读不可

问:当您为《白鹿原》打上最后一个句号时,忍不住热泪盈眶,六年辛苦,作家所花的精力和代价,读者不难从字里行间感觉到。而现在一些作家四十三天可以完成一部长篇小说,您怎么看这个现象？

陈:每个作家的写作习惯差别迥然。单以写作时间长短或写作速度的快慢难以判断作品的成色。"慢工出细活",多指技艺性劳动。创作活动中,慢工能出好活儿,也会出平庸活儿;快工出粗活儿,也出过不少绝活儿,这在中外文学史上不乏先例。关键在于,作家体验到了什么,或者说体验的深浅和独到性如何,还有一个不可忽视的表述形式的完美程度。我只是特别关注一点,如果作家获得了深层的又是独立独到的体验,弥足珍贵的又是难得的体验,当耐心细致打磨,不要因仓促而留下遗憾。

问:您写作是"精雕细刻"型的,还是"高产快手"型的？

陈:我可以找到更符合我也更恰当的比喻,我如果获得良种,就要寻找最适宜其生长的土地,尽我的务作能力,耙磨播种,除草施肥浇水,期待收获。我有慢的时候,像关中农民过去普遍使用现在还未绝迹的手推车,一步一哼地前行。也有快的时候,如同骑自行车,相对手推车就快得远了。然而没有飞行器速度，连汽车速度都达不到。

问：很长时间没再读到您新的小说了，为什么不写了？

陈：自二〇〇一年以来，写过大约十个短篇小说，可能没有进入你的阅读视野。我争取要把短篇小说写到让你感兴趣非读不可的水准。

问：如果要您给自己作个评语，您会怎么写？

陈：早已对自己有一个基本评判，只是不可告诉你。存在自己心里，踏实自信。洒出去就等于放了气了。

2006 年 4 月 30 日　二府庄

答《南方周末》记者张英问

十三年前,《白鹿原》刚一发表就红极一时。获得茅盾文学奖以后,《白鹿原》累计销售超过一百三十万册。还成为教育部"高等学校中文系本科专业阅读书"当代文学唯一入选长篇小说。

今年,《白鹿原》突然又成了一个文化热点,各种形式的《白鹿原》纷纷面世:北京人艺的话剧;西安电影制片厂的电影;首都师大的音乐交响舞剧;北京一家公司与央视正在运作的电视剧。

话剧《白鹿原》首演次日,在人艺附近的一家酒店里,记者对看过话剧《白鹿原》的陈忠实进行了独家专访。

电视剧《白鹿原》还没拿到许可证

记者:《白鹿原》刚出版,就有影视公司要买改编权,但后来又传出《白鹿原》不能被改编的消息。时隔多年,《白鹿原》怎么就突然可以被改编成话剧、电影、电视剧了呢?

陈忠实:《白鹿原》刚出来的时候,有几位大导演都有把它改编成电影、电视剧的想法,后来我也是从媒体上看到不准改编《白鹿原》的消息。一九九八年《白鹿原》获茅盾文学奖之后,改编就不成问题了。我想,大概是一个作品从出来到大家接受,要有一个过程吧。

记者:将一部长篇小说改编成两小时的话剧,你有什么期待?

陈忠实：我把《白鹿原》话剧改编权给林兆华导演时，唯一关注的是话剧如何体现小说的基本精神。我相信林兆华导演，与他初次交流时，我已经感受到他对小说《白鹿原》的理解，产生了最踏实的信赖，所以连"体现原作精神"的话都省略不说了。

话剧有文字阅读无法代替的直接的情感冲击，然而这种"直接的情感冲击"，又与我写《白鹿原》小说的初衷完全一致，连我自己也觉得新奇又新鲜。

记者：新鲜在哪？

陈忠实：林兆华将《白鹿原》改成了独幕话剧，大幕拉开，一个背景，一群演员从头演到尾，让我感觉很新鲜，因为我以前看过的话剧都是多幕剧。

《白鹿原》这部小说人物众多，情节复杂，时间跨度也很长。两个半小时的话剧，把小说中的重要人物、重要事件都包容进去了，对敏感事件也没回避，在这点上，话剧《白鹿原》大大超出了我原来的估计。再者，话剧《白鹿原》能够以舞台艺术形式，把二十世纪前五十年中国乡村封闭的原生态表现得淋漓尽致，与原著的精神气质一脉相承；演员的表演也很生活化，对人物的心灵世界也有很好的揭示，做到了艺术与生活的和谐统一。

记者：你自己为什么不做编剧？

陈忠实：小说和电视剧、电影、话剧完全是不同的表达方式。《白鹿原》改编难度的确很大，首先是人物众多，一部电影至多两个多小时，但是小说要涉及上百个人物，要在这么短的时间内完全展现，是不可能的；其次，小说并没有一个连续的完整的故事，而电影要求故事性强，这两方面都是改编最难的地方。改编成话剧、舞剧有同样的困难，我从未试探过话剧创作，舞剧更隔膜，现在学习也来不及了。我最想看到的是电视剧，只有电视剧能够不受时间限制，充分展开，拍他个四十集。北广集团很早就跟我表明了改编的意向，也一直在做这方面的工作,但不知什么原因一直到现在没拿到拍摄许可证。

为了茅盾文学奖,修订《白鹿原》?

记者:我十一年前采访你,你对自己的作品很自信,但对于社会是否接受心里没底。你怎么看待这部作品被接受的过程?

陈忠实:我写小说的基本目的,就是要争取与最广泛的读者交流和呼应。一个作家,具体到我本人,从写短篇小说、中篇小说到写长篇小说,与读者的交流和呼应的层面就会逐渐扩大。《白鹿原》发表后,读者的热情和呼应,远远超出我写作完成之时的期待。

十三年来,这部作品也带来了不少荣誉,获了几次文学奖。但真正能给作者长久安慰的还是书的畅销和常销。从二十世纪九十年代中期到现在,每年加印几万或十几万册,持续这么多年。算起来,《白鹿原》总共发行了一百三十多万册。暂且可以说,这部小说不是一个"过眼云烟"。我以为这是对我最好的回报和最高奖励,一个作家通过作品表达对历史或现实的体验和思考,得到读者的广泛认可,才可能引发那种呼应。

记者:为什么当时的茅盾文学奖是奖给《白鹿原》(修订本)的?后来你修改了哪些地方?

陈忠实:这些指责存在误传和误解。第四届茅盾文学奖评到最后,已经确定《白鹿原》获奖了。当时评委会负责人电话通知我的时候,随之问我:"忠实,你愿不愿意对小说中的两个细节做修改?"这两个细节很具体,就是书里朱先生的两句话。一句是白鹿原上农民运动失败以后,国民党"还乡团"回来报复,惩罚农民运动的组织者和参与者,包括黑娃、小娥这些人,手段极其残酷。朱先生说了一句话:"白鹿原这下成了鏊子了。"

另外一句话是朱先生在白鹿书院里说的。鹿兆鹏在他老师朱先生的书院里养伤,伤养好了,要走的时候,他有点调侃和试探他老师,因为当时的政局很复杂,他老师能把他保护下来养伤也是要冒风险的。鹿兆鹏在和朱先生闲聊时,问朱先生对国民党革命和共产党革命怎么看,朱先生就说了一句话:"我看国民党革命是'天下为公',共产党革命是'天下为共',这个公和共没有本质区别啊,合起来就是天下为公共嘛。('天下为公'是孙中山的话,是国民革命的宗旨和核心。)为什么国民党和共产党打得不可开交?"朱先生是一个儒家思想的人,他不介入党派斗争,也未必了解孙中山之后的国民党,他是站在旁观者的角度看的,说这样的话是切合他的性格的。那个细节我记得很清楚,就是朱先生说完之后,兆鹏没有说话,这个没有说话的潜台词就是不同意他老师的观点,但也不便于反驳,因为毕竟是他很尊敬的老师,但是也不是默许和认同的意思。后来我就接受意见修改这两个细节。

记者:修订本还没有出版就拿了奖,当时媒介对此有很多指责,说这是文学腐败,还说你为拿奖而妥协。

陈忠实:当时已经确定了获奖,投票已经结束了,当时这个负责人是商量的口吻,说你愿意修改就修改,我给你传达一下评委的意见,如果你不同意修改也就过去了。我当时就表示,我可以修改这两个小细节,只要不是大的修改,这两个细节我可以调整一下。后来调整的结果是这两句话都仍然保存,在朱先生关于国共的议论之后,原来的细节是兆鹏没有说话,后来我让兆鹏说了几句话,表明了自己的观点,也不是很激烈的话。

我之所以愿意修改,是因为我能够理解评委会的担心。哪怕我只改了一句话,他们对上面也好交代,其实上面最后也未必看了这个所谓的修订本。

记者:十一年前,你对我说《白鹿原》是一部可以"垫在脑袋底下进棺材"的书。现在你还这样认为吗?

陈忠实：大概是一九八八年,我到长安县查县志和文史资料时,遇到一个搞文学的朋友,晚上和他一起喝酒。他问我:"以你在农村的生活经历,写一部长篇小说还不够吗?怎么还要下这么大功夫来收集材料,你究竟想干什么?"我当时喝了酒,性情有点控制不住。就对他说了一句:"我现在已经四十六岁了,我要写一本在我死的时候可以做枕头的小说。我写了一辈子小说,如果到死的时候才发现,自己没有一部能够陪葬的小说,那我在棺材里都躺不稳。"

这句话是我当时的创作心态的表述,所指完全是内向的,我不想在离开这个世界时留下空落和遗憾。可以说,这个期望应该实现了。

《白鹿原》之后的门槛

记者:十一年前,我采访你的时候,你当时说正在准备下一部长篇小说,已经准备了两年时间。为什么到现在这部长篇小说还没有出版?

陈忠实:唉,这对我是个老问题了,这些年我走到哪里都有人问我,你不写是不是因为害怕超不过《白鹿原》,让读者失望?我一般都打个哈哈混过去。既然是你问我,我就告诉你,确实,《白鹿原》写完后,我一直想写长篇,但这个小说和《白鹿原》没有直接的联系。

《白鹿原》写的是二十世纪前五十年的事。《白鹿原》完成时,我心里很自然地有一种欲望,想把二十世纪后五十年的乡村生活也写一部长篇小说。但我这个人写长篇小说,必须有一种对生活的独立理解和体验,一种能让自己灵魂激荡不安的那种体验,才会有强烈的表达欲望。可惜我至今未能获得那种感觉。因为缺失这种独特体验,我发现自己没有写长篇小说的激情和冲动。如果凭着浮光掠影或人云亦云的理解去硬写,肯定会使读者失望,也更挫伤自己。

于是我开始写散文和随笔,没想到竟陷进去了。这些年我一直都在写散文,而且一连出了几本散文集。二〇〇一年我恢复写小说,对写短篇小说兴趣陡增,这几年我已经写了十个短篇小说了。

对这个现象,我不知道评论家如何从理论上、心理上进行阐述。《白鹿原》获得了那么大的荣誉,按说我应该进入创作的兴奋期,结果却相反,我对小说的兴趣跌入了最冷淡的心理谷底,很长一段时间都回升不起来。

记者:具体来说,你的困难在哪里?

陈忠实:我面对的一个重要困难是,二十世纪的后五十年历史离我的生活非常近,非常熟悉,写来本应该更得心应手;但也正因为后五十年我是亲身经历和参与的,所以很多政治、社会问题,我很难用理性思维来把握。

我在一九八〇年代中期准备写《白鹿原》时,对二十世纪前五十年的理解和把握,是非常自信的,所以写起来就很从容。现在我对二十世纪后五十年的理解,还达不到当年的那种自信。一直到现在,我对二十世纪后五十年历史的理解还在持续之中。

记者:你的压力是来自于自己,还是外界?比如发表之后可能有争议,或者不能被出版?

陈忠实:这个我没有考虑过,我想写就会写,即使不能出版也没有关系。

问题的关键在于,我要求自己理解历史,如果我想做出对整个历史的判断,我就要负责任。在这一点上,以前的教训太多了。

从实际操作上来讲,我不能让我对历史的理解直接进入作品中,我必须将其转化成一种体验。我写作的时候,特别注重自己的体验和感受。这些年里,一想到《白鹿原》,我就不由自主地陷入了对后五十年这段历史的"回嚼"。

记者:也就是说,写下一部长篇小说,还有些"关口"要过?

陈忠实:对后五十年的历史,我还没有能够形成独到见解,并把这种见解转化为个体体验。

打个比方,矿石大家都有,谁都能把它冶炼成钢。但你炼的是粗钢还是精钢,这要看谁的思想深刻,谁的能力强,谁的冶炼容器大。小冶炼炉只能炼出粗钢,大的、现代化的冶炼炉就能够炼出精钢。

我现在需要做的,就是找到大的容器。一个作家对创作形成有自信的理解,要花很长时间,这个过程我现在还没有完成。这些年里,我的压力和痛苦不是来自于外界,而是来自于自己。

记者:说到痛苦,你痛苦在哪里呢?

陈忠实:陕西这个地方的文化氛围比一些商业城市要浓厚一些,但它现在也附着了商业社会的因素,贴着文化标签的商业行为的干扰也很厉害。身为作协主席,我现在受这方面的影响很大,各种复杂的人际关系浪费了我很多精力。

记者:你现在也开始卖字(书法)了?

陈忠实:写字完全是好玩,到各种场合参加社会活动,有时候人家就要我写字,没办法。

记者:你的下一部长篇小说迟迟难以动手,如何对自己交代?

陈忠实:我有时候就对自己说,中国现在不缺长篇啊,现在一年有一千部长篇小说出版,我会写的,我现在还处在准备过程中……我就这样宽慰自己。

2006 年 7 月 13 日 二府庄

和《瞭望东方周刊》记者的对话

听陈忠实说话,就知道他是西北汉子。他不会客套,几乎不用形容词,说话简单直白。偶然一两句的玩笑话,也会逗乐在座的所有人。

在说到一些地方官商勾结掠夺式开发资源时,他冒出一句:钱都让能人拿走了,把烂摊子留给放羊的。

他过去喜欢抽巴山雪茄,现在这种雪茄停产了,他就改抽安徽产的另外一个牌子。别人送他一盒古巴雪茄,他点了一支,抱怨说:这个"抽不动"。

他似乎是个能够享受沉默的人。一起吃饭的时候,他很少主动挑起话题。别人高谈阔论的时候,他就用手在桌布上画字。

西安美院旁边一个叫作荞麦园的风味餐馆是陈忠实时常坐坐的地方。那里的陕北琴师把陈忠实编进了说唱大鼓里:写书的吃了烩麻什,将来赛过陈忠实,画画的吃了香酥鸡,以后就超过刘文西……陈忠实听了,刀削斧刻般棱角分明的脸上闪过憨厚的一笑。

五月三十一日,人艺版的话剧《白鹿原》终于在北京拉开大幕。演出持续到七月初,但这一名著的电影和电视剧还迟迟不见动静。

在上海华山路《瞭望东方周刊》编辑部里,抽空来做客的陈忠实提起了当天碰到谢晋的情景。谢晋对他说:老陈,当初要是你把《白鹿原》给我,电影早都出来了,可你非要给吴天明。说这话的时候,陈忠实一脸平静。

临别的时候,我们希望他说一句体现生活感悟的留言。陈忠实一边走一边说:馍蒸到一半最害怕啥?最害怕揭锅盖。锅盖一揭,气就放了,馍就夹生了。

唯一觉得踏实的是整个过程没有炒作

据记载,白鹿原在周代时就有了。小说《白鹿原》给真实的白鹿原带来的好处,是让一个古老的、在人家记忆中消亡了很多年的名字复活了。现在到白鹿原旅游的人也多了,还有人抢注白鹿原商标。南方有个省注册了一个野菜,也叫白鹿原。

这本书,我唯一自信的、心里觉得踏实的,是整个过程没有炒作。我记得一个细节,当时我们灞桥区只有一个复印机。我小说写出来后,做的第一件事是叫一个朋友假公济私,帮忙给我复印。他复印了半部分,后半部分是雁塔区政府一个朋友帮忙的。为什么要复印,因为过几天编辑要把书稿拿走,万一弄丢了,我就不得活了。

当时陕西几个评论家知道我写完了,都很关注,把书稿传得一两个月还传不回来。最后我找到刘建军家里,很奇怪,床头摆了一部分,卫生间也摆了一部分。刘教授很过意不去,说不怕难为情,连上卫生间都要看。

《白鹿原》后,我对写长篇小说的欲望和兴趣一下子降下来了,再提升不起来了。这个现象我都没办法解释。现在就是写点有兴趣的文章,写序成了一个很大的压力。

作家把握的是一个时代人的精神心理,普遍的一种社会精神心理。我有一个观点,作家不应该淡泊名利,而应该创造更大的利润和影响。但这有一个前提,是以正常的创作途径,而不应该用一些非文学手段来获得文学的名利。

人们现在厌恶的是,文学力量不足而自我炒作有余,用非文学的手段去制造名气。任何非文学的手段,达到的名和利的收益永远不能获得文学真正的成就。包括有些自露隐私的极端的方式炒作,刚兴起的时候,的确达到了一定的目的,但现在留给大家的,显然负面的比正面的要多得多。

文学始终在边缘

文学本身不存在边缘与不边缘的问题。任何一个时代,任何一个国家,文学都不可能成为整个社会的中心话题。实际上,文学始终都应当在边缘上。一个合理的社会结构,首先是政治,其次是工商业的发展。这些始终是一个国家最主要的东西,是一个国家占统治地位的、永远都不会转变的话题。文学欣赏都是附属于这个而存在的,是皮和毛。

我不能忘记,三年困难时期,人连饭都吃不上,谁还有心思读小说呀。所以文学,你就不要想占据国家的中心位置。作为作家,也应该关注国家经济的发展。当官的可以不喜欢文学,但他应该了解文学。比如咱们不搞科研,但咱们对"神六"上天还要了解一下基本常识。

商业化写作也不是中国独有。美国虽然没有多少历史传统文化,但出了一批有世界影响的大作家,也有一批纯粹是商业利益的写作通俗作品的作家,是给社会上爱看热闹的人写的,纯粹是情趣性的猎奇性的。你上火车时,火车站口搁一堆书,两三美元一本,上火车后就可以消磨时间,看完就扔到垃圾桶里了。有些人对文学虽然没有啥兴趣,上火车时没事干,是纯粹的阅读消遣。

这样的作品,生产很快,包装很简单,产品对社会也没有啥伤害。不是所有人都想当作家,不是所有人都想进行高雅文学欣赏。金庸的小说为什么有那么多的读者,我是很钦佩的。

现在各个行业都有大批的文学爱好者,政界、商界、农民,这也是个正常现象,是一个社会的文化精神。也不是所有出格的事情都可以单纯地归结为炒作。有一天我去机场,在报纸上看到有个女孩二十万元叫卖书稿,当时觉得是炒作没在意。出差回来后,我从媒体进一步的报道看这个娃的情况,她得了绝症。后来记者和我联系,说作者想和我见一下,我说可以,如果书写得基本还好,就是稍微差一些,咱也尽量帮忙。见面后我就给太白文艺出版社说明情况。后来作品就出版了,叫《午夜天使》。

小说家实际上是从心理层面来写历史

历史常常是突变演进的。它有一段是处于一种平稳发展的时期,有时就是处于突变的关键时刻。譬如说中国历史中帝制的被打碎,共和兴起,这种突变我们把它叫作"历史性"的变化。

辛亥革命带来了很多变化,比如从表层的象征性意义上把代表封建帝制的辫子剪掉,女人缠了千年的小脚要解放,不准裹脚了,婚姻不能包办了。那么作家要研究的是,这个辫子被剪掉对中国人意味着什么?对一个人意味着什么?女人的脚放开以后,对女人意味着什么?一般来说那是一个大政治观念的更新。作家要研究的关注的是,留辫子的观念和剪辫子的观念,这个变化对人的心理会发生怎样的秩序颠覆?

鲁迅先生在他的短篇小说《风波》中,就把这个深刻的见解留下了历史的一笔:一个人跑到城里被人把辫子剪掉了,回到家就惶惶不可终日。老婆说:你看你没辫子还像个人不?明天怎么出门呢?那个辫子,在我们今天看来无法理解——没有辫子就不是一个人了?这就是历史裂变在人心理层面的投影,是作家应该关注的东西。

辫子有没有都危及不了生命,辫子是旧的观念所影响下的长期稳定的心理结构的象征。人的心理是以他的精神道德的那些准则织成的一个稳定的结构,这个心理结构就平衡在那个辫子上头。有辫子是人,没有辫子是鬼。有这个辫子心理就平衡着,剪掉这个辫子就把心理秩序打乱了。心理结构打乱了颠覆了,就出现惶恐不安甚至自杀,所以更深层的东西是心理秩序。接受了新的观念,就会形成一种新的心理秩序的平衡。比如女人这个脚,以前女人都要缠脚,大脚就是最丑的女人,嫁不出去。现在小脚是被整个世界嘲笑的丑陋东西。中国人的心理早已经都平衡在"大脚是美"这个观念上了。

小说家实际上是从心理层面来写历史和现实生活。作家要把握的是一个时代人的精神心理,普遍的一种社会心理。我觉得巴金的《家》伟大之处也在这里。人们经常形容一部作品像史诗。史诗不单是写了重要的历史事件,更重要的是反映了重要的社会心理变化。

作家不是培养出来的

我们设想和创办的白鹿书院,借用了小说《白鹿原》里虚拟的那个书院的名字。书院主要搞文化交流和学术讨论。中国传统文化的博大精深,有很多优秀的东西。我觉得,我们今天已经到了可以冷静地、客观地对待这个民族一脉传承下来的东西的时候。开掘民族文化中优秀的东西,重新回首来看传统文化,关于人道人文人性,包括做人的一些精神品质方面,这些东西当然应该继承。

我们国家引进和建立现代教育之前,传统教育最高的形式就是书院。书院培养出了好多思想家、政治家,也出了一批人文专家。成立这个书院,一个是寻找中国传统文化和现代文化的契合点;另一个就是,搞一些文学交流活动,搞文学创作和研究,包括对一个具体作家和一种文学现象的研究,尤其是促进青年作家创作的发展,甚至包括图书出版。

白鹿书院对正常的教学来说是一个补充。我当了十几年作协主席,从来不用也不敢用一个词:培养。作家不是培养出来的,白鹿书院只是提供一种服务和环境,促进他们创作发展。如果能培养作家,我为啥不把我儿子培养成一个作家。我三个娃没有一个搞创作的。谁都不具备把一个人培养成一个作家的能力。

陕西青年作家的发展,是我多年比较关注的一个问题。现在陕西四十岁以下的作家,连续出版几部长篇小说的,有几十个人,但几乎没有一部小说在全国打响的。应该说这不是文化素养的问题。现在的年轻作家普遍都接受过大学教育。我们这一代人,学历最高的是贾平凹和路遥,我和京夫、邹志安都是高中毕业。创作发展一时上不去,不能怨天尤人。文学创作的神秘性可能就在这里。

文学创作是个体劳动,有影响力,但又几乎没有直接的传承性。作家的成长和作品的诞生是个自然的过程。你既难揠苗助长,也不能靠炒作去催发。我们能做的是,按文学规律来促进青年作家的发展,促进优秀的文学作品的产生,做一些有益的事情。

新农村不能离开现实而空想

我当过官,当过最低层一级政府的小官,是二十世纪七十年代称作公社(现在的乡镇)的副主任、副书记,前后干了有十年。后来有三四年在区上的文化局当过副局长,这都是实际工作。我对中国农村的了解和体验,对那个时代农民生存形态的了解,就是这二十年印象最深刻(此前在乡村中小学六年),那不同于作家兼职体验生活。

很实际地说,解放前的农村我不太了解,但现在的农村起码是解放后最好的发展状态。农民能够吃饱穿暖,普遍盖起了新房子。远的不说,自解放以来,一直没能完全解决农民吃饭穿衣的问题,饥饿这个阴影始终没有从中国农民心里解除过。土地下户以后,一年就把吃饭问题解决了。这个事情说来是很神奇了。

我们现在说农村的差距是相对城市而言,我们的农业人口基数和少得可怜的土地决定了这种现实。我现在想,任何国家都很难有什么好办法能很快解决这个差距,这不是哪个领导人的能力,而是我们的现实,需要一个较为漫长的过程和持续的努力才能改变的。

农村的发展前景我不敢说,我也没法想象。离开农业人口多和土地越来越少这个现实,光凭想象有什么意思?现实就在那里,怎么能假如它不存在呢?空想是没有任何实用意义的。我充分意识到,城市化过程中乡村人口削减,城市人口增加,还有商业快速发展给农村人口提供就业机会,当是希望所在。这不会是简单的过程,不可能快。

我唯一能够期待的就是,把进城打工的农民纳入行政的法制化管理。已经打了工的工钱,一定要保证给到农民手里头。现在不给农民工工钱的黑心老板连周扒皮都不如。这一点政府应该做到,把它纳入法制化、规范化的管理。如果政府连这一点都做不到,那么就是对农民最基本的权利的不负责任。

交朋友,不交铁哥

我多年来过年基本不出门。节假期间看哪天家里没人来,就到原上看老舅,只走这一门亲戚。大年三十下午,肯定要回一趟老家。我哥还在老家住。我的一院房常年锁着门。大年三十下午回去把院子清扫一下,按我们的传统风俗,放一长串炮,用炮声把在这个房子生活过的列祖列宗的灵魂招回来,昭示他们过年了,你们回家吧。

过年最愉快的是三十晚上,在西安的家里,全家人都聚到一块,说说话。孙子放炮我也跟着,很愉快的感觉。前几年还自己写写对联,给农村老家的大门上贴,后来有一年三十下午贴好,大年初一早上就给人揭跑了。揭得还很完整。邻居说可能三十下午贴的糨糊还没干,就被谁给揭了。后来这几年都是我哥给我写,没人揭了。

我不会上网。手机会用来收短信,但自己不会发。

我有好多朋友,却没有铁哥,也不要铁哥。我的理解里,铁哥往往都带有某些狭隘利益搅和在一块。大家都是朋友,接触多点或少点没有关系。朋友怎么亲近都可以,但亲近不是铁哥。"铁哥"在我的印象里,是不管坏事好事都兜上揽上,这个有损于朋友的含义。

我的朋友其实很少有我这种性格,我交了各种性格的人。我交友不选择性格。爱说还是不爱说,严谨或者开朗,我不选择这些。一个最基本的契合点是诚实。不管思想观点艺术见解差异多大,都可以交流。接受不了不要紧,这个东西不可能一致的,但可以互相倾听,互相了解。作为朋友,一个最基本的东西是信赖,是真诚。

譬如说已经去世的西北大学老师蒙万夫,就是我非常敬重的一个朋友。在我的创作发展历程中,从二十世纪八十年代初他就比较关注,常给我一些理解文学和创作的有益的启示。我们从没有在一块为了某种利益,要去设计一个什么,达到一个什么,我们的友谊完全限定在对于创作的理解上。

2006 年 7 月 16 日 雍村

我相信文学依然神圣

——答《延安文学》特约编辑周瑄璞问

在我看来,陕西男性作家——尤其是优秀的几位——假如要从他们身上找一个共同点的话,他们的形象、气质总体可概括为介于欧洲绅士与关中农民之间。陈忠实是个最典型的代表。

《白鹿原》问世十多年来,保持着持续不断的销售和话题,印数累计一百三十多万册,各种评论文章已无法统计。话剧《白鹿原》的上演,更是掀起一个新的《白鹿原》热。而这十多年来,作家陈忠实不断地出现在人们期待的目光里。他对于大众,对于文学爱好者、研究者,是熟悉的还是陌生的?他是被人们神化了的偶像,还是一个平凡的人?在重重光环的映照下,在文学的身份变得边缘、模糊的当今,他在思索着什么?他的欣慰和烦恼是什么?他的内心世界是怎样的斑斓姿彩?让我们一起和他对话吧。

周瑄璞(以下简称周):《白鹿原》相对于您此前的作品,在文学观念上,思想深度上,代表了哪一个层面?是否认为《白鹿原》达到了臻美的境界?

陈忠实(以下简称陈):《白鹿原》是我小说创作又一次突破的作品。每个作家的创作历程,都在寻求突破和实现突破。每一次突破,既意味着一种新的艺术表述形式的呈现,也意味着对生活体验的深化和独立发现。我自发表小说直到二十世纪八十年代初的较长时段里，小说创作可以说是与生活发展同步，都是对眼下发生着的生活现象做出回响式的反应，现在我可以在那些小说的阅读里，回忆新时期以来疾骤变化的重要的社会事件。到一九八二年秋天，我写出中篇小说《康家小院》，应该是对之前的那种同步感应式写作的一次突破。从这个中篇起始，我探索人的情感世界的复杂性，探索我所熟悉的地域原生形态的生活意蕴，包括贫穷和落后里潜存的诗意和人性美，争取展现生活的厚度和深度，把此前作品里较为直白显露的意指化为一种情感体验。这种探索持续了五六年，直到《白》的创作意图的萌发，应该是我对生活的理解和体验又进入一个新的层面，有了自以为颇为新鲜甚至惊讶的发现，实现新的表现欲望比过去任何时候都更强烈。当然有艺术形式的探索，也不再满足此前中短篇小说的表述形式，包括语言，都必须寻找到能够负载已经意识到的生活内容的新的艺术形式。应该说，《白》是我小说创作截至九十年代初的探索结果，是从七十年代不断学习不断探索不断突破所实现的一次长篇创作。

我无论如何也还不至于愚蠢到或利令智昏到会以为它"臻美"。尽管读者和评论界给予了巨大的关爱和评价，我仍然清醒地思考那些批评性的文字。

周： 目前，中国当代文学面临的整体性问题是什么？外界对陕西文学界有一些相当尖锐的批评，比如说他们对当今时代的审美、观念上的落伍。总体来说还是在写农村。您对此怎么认为？

陈： 中国当代文学呈现着前无古人的繁荣景象，年均出版八百到一千部长篇小说的数量，已持续多年，应该是世所罕见的繁荣局面。对于小说创作尤其是长篇创作的神秘感，是一个彻底的颠覆。我说不准"面临的整体性问题"，这是一个太大的问题。我向你和大家推荐《光明日报》7月5日头版头条发表的雷达的文章《当前文学创作症候分析》。这篇论文对当代文学创作尤其是长篇小说创作的见解,在我感觉是切中症候的,是高屋建瓴的灼见,甚至有振聋发聩的力度。我自觉没有这样深刻透彻的见解,所以建议你读雷达文章以作参考。

你说到"外界对陕西文学界有相当尖锐的批评",我把握不准批评"尖锐"到怎样的火色,也不知道"尖锐批评"的内容指向,仅依你列举的"时代审美、观念上的落伍",我也很难判断。就我阅读本省一些颇具代表性作家作品的印象,他们一个和另一个的审美倾向、对生活审视和体验里所呈现的观念和意识,差别很大,谁也不类同于谁。他们本身就不存在一个共同的"审美"和"观念",更无从谈论其前沿或滞后了。你归结到"总体来说还是在写农村",问题所指就比较具体也比较明晰了,我可以说话了。

我以为一部优秀的作品,既在于他写了什么题材,更在于他对这类题材写出了什么新的前所未见的内涵。谁恐怕也不会简单到认为"还在写农村"就"落伍",写城市生活就一定前卫。二战过去六十年了,世界上创作出版了多少反映二战的小说,拍摄了多少电影,现在仍然有新的长篇中篇小说在出版。已经成为了过去的旧题材,却在新的思想视点透视里折射出令人震惊的力量,让人类重新理解更深刻反思曾经发生过的重大历史事件,依然被那些对生活自觉承担着责任的作家艺术家开创着。中国一直是一个乡村社会。历经大小十三个王朝国都的西安,到解放前夕不过是一个集中着较多人口稍大点的村镇。尚不足三十年之前,我工作的西安东郊的生产队的马车长驱扬鞭,骄傲地碾过坑坑洼洼的东西大街的街道,响鞭在残破剥落的钟楼金顶上回响。五十年前我在西安东关读初中,学校后院居然有狼出现,吓得同学晚上不敢上厕所。西安的现代化外景,不过是最近二十年才形成的这般壮丽模样,对这个已进入现代文明节奏和新潮情感的城市,作家们当会有强烈而又新鲜的体验,形成自己的小说。但不要排斥写乡村题材。中国乡村一直负载着这个民族精神和心理上最辉煌和最痛苦的记忆，直到今天，仍是生活发展中引发疼痛的敏感点之一。我只是期待有独到体验的作品，也相信那种负载着民族精神和心路历程的作品，肯定会被当代或后来的作家创造出来。

周：请说一下陕西文学在全国文坛处于什么样的位置？在西部处于什么样的位置？和全国其他省比较怎样？它还是中国的文学重镇吗？

陈：陕西是一个文学重镇，主要指当代文学。新文学和现代文学的开创者奠基者和卓有建树者，多为南方人，我们常说的最具代表性的"鲁、郭、茅、巴、老、曹"，其中仅老舍一位是北方人。陕西在现代文学史上最具影响的一位作家是郑伯奇先生，长安区人。当代文学我说陕西是一个重镇，有两条因素，首先，有一个对当代文学做出重要著述的作家群。"文革"前的十七年和"文革"后的新时期，陕西都形成了在全国有广泛影响的作家群体，恕我不一一列举，那将是很长的一串名字。再者，这些作家现在仍然被读者和评论家频频论说，稍微了解陕西文学的人都很清楚。他们作品的影响，不仅跨越省界，有的被译介到国外。另一条因素，是产生过一个时期最具思想深度和艺术魅力的作品。这样的作品可以当作一个时期当代文学的标志性成就，譬如《创业史》在十七年农村题材的诸多小说里，应该是至今依然被公认的一部。杜鹏程的《保卫延安》在许多写解放战争题材的小说中，也是这样品格的作品之一。路遥的《人生》和《平凡的世界》，贾平凹的《浮躁》和获得南北评论界广泛好评的《秦腔》，都是新时期文学最重要的作品。作为一个省的文学，能拥有这样令人注目的作家群体和广泛获得好评的作品，就应该构成一个文学重镇。现在的状况，似乎没有太大的变化，新时期跃出的这个作家群体，还活跃在文坛上，尽管路遥、邹志安等几员大将早逝，但五十岁左右的一拨作家的势头依旧强劲。我近年比较关切的是四十岁这个年龄档上的青年作家，人数很多作品也很多，在省内文坛形成了影响，在全国文坛声音微弱。期待他们的声响早一年影响到中国文坛去，以自己独特的声音。

我向来不与其他省市做比较，更不做排列名次的愚蠢事。一个省的 GDP 是可以排列的，文学是难以如此排位的，至今尚未见到任何一位高人对中国当代文学排出各地域的名次来。我倒是想强调一点，可以称得文学重镇的省有许多，绝不止陕西一家。我们不能把自己囿在潼关以内自吹自擂自我欣赏，更不可自己给自己排座次，文坛毕竟不是水泊梁山。自信是进行艺术创造最可靠的精神品格和心理素质，而自吹"自排"却滑到不健全的心理形态去了。

周：很多人对您文学的师承很感兴趣，拉美文学、俄罗斯文学、欧洲文学中，您受哪一块文学的影响更深呢？有没有具体到哪一位或哪几位作家？

陈：我崇拜的第一位中国作家是赵树理。我在初中二年级的语文课上知道了赵树理，并到学校图书馆借阅了已出版的赵树理的几本书，这是我有生之年第一次借阅文学书籍。两年后《创业史》在《延河》连载发表的时候，我崇拜的第二位中国作家柳青，一直延续到今天，仍是崇拜和敬重。崇拜一个作家，主要是接受其作品的熏染和影响，还有对他的精神人格的仰慕和尊敬。我接受翻译文本的影响也比较早，在爱上文学的同时（即初中二年级），借着暑假阅读了《静静的顿河》，这是我读的第一本外国小说。当时给农业合作社的牲畜割草挣工分，坐在村子背后的山坡上，常常把脚下的灞河川道想象成顿河草原。从二十世纪六十年代到八十年代中期，我持续阅读苏联作家的作品，高尔基不用说了，肖洛霍夫的长篇和短篇我几乎全部读了，还有柯切托夫写苏联五十年代以后的七八部长篇。再如瓦西里耶夫、艾特玛托夫、拉斯普京、沃罗宁等名家的作品，凡翻译过来的都读了。也读过包括海明威、杰克·伦敦等美国作家的作品。还有捷克作家昆德拉的全部翻译小说。到八十年代中期，读过马尔克斯的《百年孤独》之后,我又读了拉美几个国家几位代表性作家的代表作,我还是以为《百》是最耐得阅读的史诗。所有这些我曾经喜欢的作品,都对我的写作产生过影响,很难分清谁更深谁次深或谁重谁轻了。这些作品不仅提升我的写作能力,更重要的是扩展我的艺术视野,也扩展我看取生活和社会的视角。我曾在前年末写过一篇较长的这方面内容的文章,《借助巨人的肩膀——翻译小说阅读记忆》,获得《长江文艺》年度奖。

周: 您爱不爱诗歌?您和诗歌的关系怎样?对当代中国诗歌有了解吗?

陈: 我在爱上文学的初中二年级就开始写诗。我一直写到二十世纪六十年代中期,不断向报纸副刊投稿诗歌和散文。《西安晚报》一位副刊编辑对我谈话,让我往后以散文写作为主,先行突破,再触类旁通。他直言不讳地告诉我,诗歌写得不如散文。我后来就侧重写散文和小说了,仍然忍不住时常会写点诗歌,却不敢投稿。当我的短篇小说引起关注(七十年代中期)以后,基本不再写诗歌了。直到九十年代以后,偶尔写点古体诗或词,却因平仄的难以把握而受制。

我对新诗比较隔膜,很少读,对诗歌的现状和态势一片茫然。

周: 我们发现,在陕西男性作家中,作家本人和男主人公的身上,儒家文化的痕迹非常多,表现为牺牲、退让、顾全大局,甚至他们处处在维护这种观念。您是不是这样的呢?用现代眼光来看,他们的软弱和胆怯将会何去何从?

陈: 我还真没有注意更没有研究陕西作家儒家文化痕迹多了还是少了的事。如果你的这个"发现"能够成立,那么如你列举的"牺牲、退让、顾全大局"这些观念,有什么可指责的呢?一个人(包括作品中的人物)对国家和民族的前途命运负载使命和责任,乃至牺牲自己的生命,顾全大局而不计较个人得失,在个人利益上退让,这是儒家精神,既是这个民族千古以来推崇的高尚人格,也是世界上几乎所有民族都崇敬且延续着的精神和美德。各个民族都出现过这种精神品质的不朽典型。我崇敬这样的精神,但我仅仅是一个普通人。一个普通人也不应丧失这种人类共同的道德操守。

你用"现代眼光"一看,怎么把儒家文化一下子就归入"软弱和胆怯"的范畴了。"软弱"和"胆怯"不是儒家文化,而是儒家文化所摒弃的不齿的秕谷。无须动用现代眼光,这个民族从来也没有推崇过"软弱胆怯"作为子孙的心理建构,也没有听说世界上哪个民族和国家把"软弱胆怯"作为民族精神去推广。

周: 有研究者发现,陕西主要的男性作家作品中被肯定的女性形象多为勤俭克己、泥土式的人物,这是不是中国农耕文明对你们造成了这种根深蒂固的影响,你们对女性的价值取向不自觉地形成了,女人是男人的泥土。如您的《白鹿原》中着墨不多的白嘉轩的姐姐、朱先生的妻子,但您对她进行了完全的肯定与礼赞。请您说一下在您心目中她与小娥的区别,她们代表着你们男性作家心目中怎样的女性评价?

陈: 我同样没有注意研究陕西男性作家笔下的女性形象的共性,更不敢妄论是否"多为勤俭克己、泥土式的人物",亦不知"女人是男人的泥土"这样"价值取向"是从哪儿归结得来的。你既然以《白鹿原》里朱先生的妻子朱白氏为例,那么我就只能作自我阐释,不敢妄论别的作家和作品,是否如你所说的那种印象。

首先得把我和朱白氏暂且分开说。我写的朱白氏是一位贤妻良母,是我塑造的那个时代中国人道德规范里理想的一位女性。还用我啰唆她与小娥在我心目中的区别吗?我只想告诉你写作这两个人物时的不同感受,写到朱白氏时几乎是水到渠成十分自然,几乎不太费多少思索就把握住这个人的心理气象和言语举止,因为太熟悉了。而投入到小娥身上的思索,不仅在这本书的女性中最多,也不少于笔墨更多的另几位男性人物。我写到小娥被公公鹿三捅死,回过头来叫出一声"大呀"的时候,我自己手抖眼黑难以继续,便坐下来抽烟许久,随手在一张白纸上写下"生的痛苦活的痛苦死的痛苦",然后才继续写下去。我在朱白氏和小娥身上投注的笔墨有何"区别",还用得着我说出 ABC 等条文吗?不仅这两个人物,还有白灵,还有被封建道德封建婚姻长期残害致为"淫疯"的冷先生女儿。我写了那个时代乡村社会不同家庭不同境遇下的几种女性形象,我自觉作者投入情感最重的两个女性是田小娥和白灵。前者是以最基本的人性或者说人的本能去实现反叛,注定了她的悲剧结局的必然性,想想近两千年的封建道德之桎梏下,有多少本能的反叛者,却不见一个成功者。活着的小娥反叛失败,死了的小娥以鬼魂附体再行倾诉和反抗,直到被象征封建道德的六棱塔镇压到地下,我仍然让她在冰封的冬天化蛾化蝶,向白鹿原上的宗法道德示威……你竟然不体察我的良苦用心。白灵是以一个觉醒了的新女性反抗白鹿原沉重的封建意识的人物,她不仅决然弃除包办婚姻,实行自身的婚姻解放,更着意在她对白鹿原和整个中国旧制度的反叛,争取国家和民族的解放。我对这位女性投注的笔墨里的情感是最热烈的,区别于对所有人物的文字色彩。这除了纯粹的作品人物个性气质对作家文字的制约之外,难道没有作家的感情倾向吗?

然而,你偏偏看重的是我对朱白氏的笔墨,而且由此结论出我和"陕西男性作家作品中被肯定的女性形象多为勤俭克己、泥土式的人物"。看来你的敏感点,只局限在你比较热心关注的既定成见上。

周:我一直在关注一个问题,当代文坛,一说女性写作,写情感,写个人——当然,我这里说的是优秀的作品,不代表泛滥成灾的速成之作——那必然是轻的,是浅的,是不厚重的,是轻飘的,是不可以堂而皇之地拿奖的。还有人将她们归为女性写作。为什么没有相对的男性写作呢?这个局面的造成我认为有两个:一是长期男权社会形成的观念,女性是附庸是陪衬,即使她们写的是人类共有的、需要男女双方来完成的情爱、结合、人类的繁衍,它还是轻的。二是我们国家长期贫穷落后,我们的人民、每个个人的奋斗目标是解决温饱,是出人头地和光宗耀祖,是致富奔小康,总之我们的情感是公共的,大众的,我们的文学也理所应当地担起这样的责任。在这样两个原因形成的大环境下,女性写作似乎有饱暖思淫欲之嫌。您对这个问题怎样看待呢?请您评价一下陕西文坛女作家。

陈: 我首先坦白,在我此前的文章或集会发言中,几乎从来不使用"女性写作"这个词汇。在我的意识里,向来是以作品的阅读感受说话的,不是太在意作者的性别。作为一个读者,我阅读的基本目的是欣赏作品,期待获得新的超出我的理念的关于社会人生的体验,以及独到的新颖而又智慧的叙述艺术,以开阔自己的视野,启迪自己对生活更深一层的理解,扩展艺术表现的境界。这种阅读目的不会因为男作家或女作家而发生区别。

我感到当代文坛没有性别歧视。中国当代文坛活跃着一批女作家,她们的精彩之作时时在文坛引发波澜,对新时期文学做出了谁也不敢轻视的贡献,每一届茅盾文学奖和鲁迅文学奖,都有数量可观的女作家的作品获奖。张洁两次获得茅盾文学奖,不仅在女作家,而是在当代所有作家中绝无仅有。如你所说的写情感写个人"那必然是轻的,是浅的,是不厚重的,是轻飘的,是不可以堂而皇之地拿奖的"现象,我不敢断定绝对不存在,但确实没有太深的印象。应该说,作品都是写人的情感的,不写情感的人物,能算小说吗?我想你说的侧重点,可能主要指人物的男女恋情。这不仅女作家写,男作家也多有人写,都在探索人的情感世界的复杂性和丰富性;国内作家无论男女都有成功之作,翻译作品也不乏产生巨大影响的作品。二〇〇四年诺贝尔文学奖获得者是奥地利女作家耶利内克,她的小说《钢琴教师》被认为"以一种非凡的语言炽热,揭露了社会成规的荒谬及其使人就范的力量"。我读这部小说时很久难以理解,直到三分之二后才感到一种深度的震惊,也才惊讶耶利内克的敏感和透视人的情感的锋利,以及她所抵达的层面,也就感到了自己的浮泛。由此可以说,无论写社会结构中哪个位置上的男人或女人,负有重大使命的以革命为职业的大官或村官,困于四堵墙里的大专院校中小学各类知识分子,演艺界的明星或耍地摊卖唱的艺人,都要集中于他们的情感世界,这是任何一个男性作家和女性作家都不会含糊的,问题的致命之点在于,某部作品对人的情感写出了什么,这才是决定作品分量和品相的关键。这里根本不存在因为写感情就"必然是轻的浅的"的偏见,这种常识性的低级偏见存在的可能性很少很小。

你由此而归结的两个原因我也难以苟同。男权社会这个话题太大也太老,我在这里很难说得充分。我只想提醒你,别的国家我不敢贸说,中国无论南北或东西,倒是弥漫着"妻管严"的社会习性,且已有年。从中央到乡镇的各级领导班子,都配备一名女性,但仍然是男性占绝对多数。世界各国的政要,也是男性居绝对多数,尽管近年间有几位女性跃上几个国家的最高权力位置,还是改变不了男性的绝对多数。我觉得这主要是男人和女人生理差异形成的局面。再说是否定性为男权社会,既要看男人统领国家还是女人当总统,更要看这些领导者对待男人和女人的态度是否平等,这才是实质。我以为共和国成立以来,政治路线上出现过极左,经济方针上发生过重大失误,知识分子政策上也出过问题,只有男女平等的国策和人权一直稳定而没有反复,甚至有人咏叹"妻管严"了(玩笑)。怎么会由此而引申到对女性作家是"附庸和陪衬"呢!

你说的第二个原因,我以为更离谱了。我的理解是,作家经历着社会生活的演变,体验着各种人在这种演变过程中的精神蜕变。作家自己在经历社会裂变的过程中,也经受自身理论和情感变化中的欢乐和痛苦,才会产生以创作来表述这些体验的欲望。中国人的奋斗目标是"解决温饱","是出人头地光宗耀祖,是致富奔小康",那么世界上哪个民族不是如此呢？无非是一些发达国家早过中国人百十年,度过了温饱小康阶段而进入富裕社会罢了。耶利内克为什么不在意享受富裕的生活,而要把巨大痛苦的精神黑洞揭示给当代人呢？中国人刚得温饱刚见富裕(一部分人),怎么会以为女性写作是"饱暖思淫欲"呢？我的理解是,如上所述,作家创作的欲望产生自对社会的体验和个人经历的体验,基本与个人物质的多寡关系不大。

陕西女作家的创作成就是显著而耀眼的。

"文革"前十七年,贺抒玉的小说和散文在全国有很好的影响。新时期以来的女作家人数成十倍扩大了,李天芳的小说创作和散文创作很有成就,产生过广泛的影响。早逝的李佩芝的散文不同凡响,在全国赫然有名。叶广芩和冷梦都获得了鲁迅文学奖。这个奖项设立以来的几届评奖,陕西有四位作家荣列其中,男女作家各占半壁。更年轻的女性作家,远比十七年和新时期之初的二十世纪八十年代队列壮观得多了,刘亚丽的诗歌,张虹的小说和散文,惠慧的几部长篇小说,都在全国产生了重要影响。还有如夏坚德、毛安秦等人的散文,数量虽不太大,都很富个性。近年来,又涌现出几位不上四十岁的青年女作家,王晓云、唐卡、辛娟,还有你周瑄璞,等等。我关注这一茬女作家,不是性别的劣势或优势,而是从四十岁以下陕西青年作家群体的发展和建树来考虑的。我期待在三十岁左右的年轻作家里,跃出如路遥、贾平凹、杨争光、叶广芩等震响当代文坛的新人来。路遥的《人生》发表时不过三十三岁,平凹叫响文坛比路遥还年轻。现在这一茬三十多岁的女性作家,比新时期我这一茬更具优势,不单是社会环境物质生活都好得远了,更在于知识装备更雄厚,读书面很宽,信息量大而又敏锐。你们已经有相当数量的作品出版,业已形成令人鼓舞的文学创作成绩。但不要满足,要有新的探索的锐气和雄心,以新的独到的深层体验的作品,推到中国文学的前沿,也推到读者阅读惊喜的声浪里去,创造陕西文学的又一个繁荣和高峰,也为当代中国文学留驻一部或几部不被言说家忽略的作品。尽管我也理解作家的创作是一种体验所催逼的文字诉叙,许多人也直言不讳地表示只要诉叙得自己痛快淋漓就再不顾什么了。我仍然期待能有作品让更广泛层面上的读者,对这个诉叙发生共鸣,引起一个又一个心灵的惊悚,甚至形成一种普遍的呼应,一部无须炒作的优秀作品就诞生了。我印象最深的《人生》就是这样。

周: 有人说,您也就一部《白鹿原》了,并且有着先天的、后天的一些缺陷,您怎样看待这些说法呢?您同意李博士对您"狭隘的民族主义"的批评吗?我们看到,话剧《白鹿原》中也出现了"日本人的头发"这一情节。您怎么看这个问题?

陈: 感谢你给我传达了"有人说"的这些议论的话。其实,我比任何人都明白这一点。"先天性和后天性的缺陷",具体所指我尽管不清楚,相信不会超过十余年来一些批评文章的内容。这本小说发表十三年来,已出版六七本研究专著,其中有冷静的缺点分析且不说,大量的单篇评论已收集出版三部合著,每一集的编辑者征求我的意见时,我都首先要保证把虽居于少量批评包括否定的文章编入合集。有的意见和分析很富于启示,即使对于已出版的小说无法补助,对我进一步理解创作很有教益。有些看法未必与作者我的实际相吻合,也未必切到人物的真实脉象上,然对我仍是一种提醒,让我清醒地看到别人会从这样使人意料不到的视角看你的人物和细节。也发生过这样一种批评,对《白》做出彻底的全盘的批评否定,甚至推断出"陈忠实的创作才能等于零"。我没有看到那本书,是从两三篇对这种观点辩论的文章里知道的。这位评论家我没有谋过面,肯定没有人际关系和人为因素,我也将其尊重为一种看法。所谓一人掌勺百人品味,任何作品都不可能获得百分之百的赞成。我当然也不会矫情地接受这种判断,那样也就虚伪了。按照"零才能"的判决,不是现在而是早就应该洗手封笔去养鸡了。

关于李博士因"倭寇毛发"而涉及"狭隘民族主义"的批评，到多年后你还记着，且来问我，真是很有心的人。首先要从创作的技术性说，要鹿兆海带回他亲自杀死的倭寇的毛发，且确实捎带回来四十三撮。这是朱先生这个人物当时的强烈的国仇家恨的表现。是作者我对朱先生这个人的心理气象和个性气质之一个侧面的揭示，包括他发表抗日宣言且不惜老身要渡过渭河亲赴前线。作者对人物各种行为的塑造，必然蕴含着自己的情感倾向，这也是写作常识，所以坦率地说，我对朱先生在国难当头时的义举是崇敬的张扬的。这样就涉及朱先生这个人物和作者在这个细节上，是不是"狭隘的民族主义"。我知道这样一个数字，抗日战争八年时间里，中国军人战死和被日本鬼子屠杀的无辜平民达三千五百多万，这数字相当欧洲一个中等国家的人口。从东条英机到进入中国的士兵，整个都变成了野兽，践踏科技和经济尚不发达的中国。中国人除了杀死野兽驱逐倭寇出中国，不然就会亡国亡种，连任何做人的尊严和基本权利都丧失了，如何发生宽容仁慈之情愫？只有在把野兽驱逐出家园，野兽反省之后复苏了人性，被害者才可能原谅和宽容。实际上中国人已经做到了，譬如战争赔款，毛泽东一句话就把那一笔罪恶债务划掉了。德国连续两任总理在被杀害的犹太人墓前跪倒忏悔，整个世界被纳粹伤害的人都感动了。日本现任首相小泉至今还坚持拜谒包括东条英机在内的二战厉鬼……我想我不需再解释了。

周：在陕西文坛，您是一棵大树，大家都知道您乐于扶持新人，帮助弱小，热心地奔走一些事情。这非常符合一个作协主席的身份。您在一名作家和一个主席之间如何把握？您还有时间写作吗？您是否怀念当年独居白鹿原下潜心写作的五年时光？您现在还能否走得开？您是否曾为此苦恼？

陈：我做过一些在我看来于文学发展需要做的事，既与我承担的主席这个身份有关，更在于一种责任。我基本不欣赏这个官衔意味着一个作家之外的什么荣耀待遇之类,我坚持领作家职称工资,而舍弃了级别工资。在不可推辞的环境里,我才遵从在某些主席台上的位置安排,一般较为自由灵活的集会里,我更喜欢坐在随意一个位置上,这不是矫情,而是从年轻时就形成的一种心理。我坐在太庄严的主席台上往往很不自在,想抽烟想咳嗽想挠脖子想打个盹儿,总觉得被许多人盯着而极不舒展,很受罪,从来没有坐主席台坐出风光的感觉。我有许多毛病,只信一个优点,从来没有因为在什么场合给我的排位不显眼不醒目而闹意见。我不是靠当"主席"这份荣耀获得自信,而是以一个作家活着。

我毕竟又兼着这个名号,其意义仅在于对本省文学的发展做有益的事,还有帮一些作家尤其是年轻作家做一些需要帮助的事。我做得很不够,既有能力不济的因素,也有我个性里的弱点,这不是客气。

我确实怀念二十世纪八十年代到九十年代初在白鹿原下祖居老屋写作的环境气氛。乡村人知道我是作家,却按习惯把我当作乡党对待,红白喜事必不可少邀我去管"账房"当先生,盖房上梁要我去轰热火的场面。我家里偶有活儿需得帮干,都热心来帮忙。我每天写作完毕,晚上就找他们去下象棋,饿了就在他家吊在房梁上的馍笼子里摸馍吃。我的生活稍优越于他们,大约十天可以吃一次肉,他们达不到这个水平。我只有进入小房间扭开钢笔与稿纸上的人物对话时,我才是一个作家。你想想,我现在怎么能回归到那种心理状态中去。我常年回不了几次老屋,回去就是急急忙忙清除院子里长到房檐高的野草。我锁着大门,仍然有人扛着相机到那里去拍摄,难得一方安静之地了。

我没有再写长篇,主要不是工作和活动的原因。尽管这些活动不少,把时间分割得很零碎,也难集中思维,但仍不是这原因。主要是我没有产生自以为独特的体验,没有达到令人兴奋难捺非写不可的状态。那么还有写作的必要和劲头吗？我注重那种体验的质量，这是我的习惯。

周：话剧《白鹿原》终于问世了，也回到了陕西演出，请您评价一下这部话剧。

陈：林兆华以他全新的话剧理念，导演了关中乡村半个世纪的生活演变，让今天的观众没有陌生感和距离感，这是他的成功。把那么多的人物和那么多的情节和那样长的时段，在一张布景之中在两个半小时里得以完整地表现，这已是非富于创造性的构思而难以达到。作品中的几个主要人物的命运转折和起伏突显出来了，他们经历的心理剥离和精神蜕变也就完成了，人物的个性气质也塑造成功了。我作为原作者，可能最清楚小说写了多大一堆庞杂的事件，也就最知舞台时空限制下演绎的难处。应该说，我已经感到一种超出期待的欣慰。

导演林兆华和编剧孟冰，创造性地展示了他们理解的《白鹿原》。我陪他俩上原。

周：您曾有一句名言：文学依然神圣。结合目前文坛种种现象和一些无奈的现实，您现在和不论多远的将来，还这样认为吗？

陈：文学依然神圣的话，是我二十世纪九十年代初说的。那时候满社会都在吵吵文学已经失去光环了，谁都可以不在乎了，吃文学这碗饭已经没有什么味道了。十余年过去，现在又有一个"文学边缘化"的说法，与九十年代初的说法差不多，或者是一言以蔽之的归结。当今文坛，是有许多让人无奈的现象，我把它看成一种过程。即社会发展到今天，今天中国社会特有的文学现象就发生了出现了，似乎持续多久也难以判断。这现象只能看成是我们这个特色的社会里的文学特色，能否在世界上找到先例以便参照，再做出日后会如何演变的预料，似乎不易。我觉得，这些现象既然已经发生和出现，可能会自觉不自觉地挟裹进去不少声音，就同样需要一定的时间完成那个过程。我可以参照的倒是八十年代末到九十年代初,媒体上最热闹的一个讨论话题是"文人要不要下海",而主张下海的观点显然更充分更得到欢呼,确也有一批作家下海了搞经营去了。不过十年,下海的人先后又回到文坛,比当时不主张下海的人的理由更新鲜更有说头。

我还是相信,文学本身是神圣的,不会因为出现了这样那样的现象就改变文学本身的神圣质地。谁以为文学不神圣是他个人的选择,以为文学神圣也是另一种人的选择。

周:请说说您对延安的印象和对《延安文学》的评价。

陈:延安我记不清去过多少次了。我第一次去延安是一九七三年冬天。我怀着虔诚和敬仰的心情参观了毛泽东和老一代革命家住过的窑洞和发表讲演的讲台,那是另一种精神的神圣。我留下深刻印象的是,小饭馆里要饭的孩子比食客多得多,一个人刚坐下吃饭,就有一伙孩子围住他伸出手去。我后来每去一次延安,最敏感这个革命圣地的每一条街巷的变化,男人女人服饰和脸色的变化。应该说,现在的延安,才实践了五十多年前那一代老革命对延安人和中国人的革命远景的承诺。

《延安文学》是我省唯一一本大型文学双月刊。一个地区市成功地创办一本大型文学刊物,弥补了我省的空缺,给作家们提供一个宽阔的园地,很了不起。我记得这是诗人谷溪兄当年创办的,他的气魄和胆识,还有痴迷文学事业的精神,令我敬重和感动。现在继任的同人们把这本刊物办得更具声威了。谁都会想到它对作家的意义,我也借此机会向他们表示敬意,他们的富于创造性的办刊思路,对于陕西和当代文学的繁荣和发展,对于青年作家的成长,都是最可敬重的默默的无名良师和益友。

2006 年 7 月 29 日 二府庄